BLOOD WORK

MICHA CONI

BLOOD WORK

EL
ELLY

블러드 워크

마이클 코넬리 지음
김승욱 옮김

알에이치코리아

Media Review

"코넬리의 작품은 정말, 정말로 좋다. 그가 얼마나 아름답게 상상력을 펼치고, 추리를 하며, 인물을 창조하는지 직접 느껴보길." _뉴욕 데일리 뉴스

"마이클 코넬리는 한 작가가 평생 한 편 쓰기도 어려운 최고의 스릴러를 이미 두 편이나 써냈다. 그것은 바로 《시인》과 《블러드 워크》다." _뉴욕 타임스

"그 누구도 흉내 낼 수 없는 넘치는 스릴과 서스펜스. 이것은 절대 과장이 아니다. 참으로 오랜만에 진정 만족스러운 작품과 함께했다." _런던 리터러리 리뷰

"매력적이다. 책을 읽는 동안 느껴지는 흥분 때문에 오르락내리락하는 혈압에 책을 덮고 나면 척추까지 쑤셔올 정도다." _피플

"설득력 넘치는 설정, 생생한 묘사, 감정적으로 공감 가는 캐릭터, 넘치는 서스펜스." _덴버 포스트

"첫 장면부터 독자들의 호기심을 매우 자극한다. 코넬리는 흠을 잡을 수 없는 완벽한 스릴러 작가다." _선데이 텔레그래프

"코넬리는 스토리텔링의 구조를 세움에 있어 마스터의 경지에 들어섰다. 단락 단락도 개별의 이야기를 이루지만 그것이 모두 합쳐져 큰 이야기를 만드는 그의 스타일은 한 칸 한 칸이 합쳐져 거대한 기차가 되는 기관차 스타일과도 같다."_
USA 투데이

"코넬리의 대표작 '해리 보슈 시리즈'의 팬들도, 새로운 독자들도 한 치의 오차 없이 훌륭하게 구성된 이 강력한 스릴러에 모두 나가떨어지고 말 것이다."_**퍼블리셔스 위클리**

"공감하지 않을 수 없는 구조를 가진 코넬리의 소설. 그의 작품 속에서 억지 설정을 찾아내기는 하늘의 별 따기보다 어려울 것이다."_**월 스트리트 저널**

"내가 읽은 크라임 픽션 중 가장 리얼리티가 강한 소설이다. 이 놀라운 이야기는 첫 페이지를 읽기 시작하면 끝을 볼 때까지 결코 내려놓을 수 없을 만큼 몰입도가 강하다."_**제임스 리 버크(작가)**

Contents

테리 핸슨에게,
그리고 제시와 마일라 매케일렙에게
이 책을 바칩니다.

프롤로그

그녀가 마지막으로 생각한 것은 레이먼드였다. 곧 그를 만나게 될 것이다. 그는 항상 그랬듯이 깨어 있을 것이고, 집으로 돌아온 그녀를 반기며 안아주는 그의 품은 따스하고 힘이 될 것이다.

그녀가 미소를 짓자 카운터 뒤의 미스터 강도 마주 웃어주었다. 그녀의 밝은 미소가 자신을 위한 것인 줄 아는 모양이었다. 그는 매일 밤 그녀에게 웃어주면서도 그녀가 사실은 레이먼드를 생각하며 웃고 있다는 사실을 결코 몰랐다. 아직은.

그녀 뒤쪽의 문이 열리면서 종소리가 났지만 그 소리는 그녀의 생각 속으로 들어오지 못하고 주변만 어른거렸다. 그녀는 1달러짜리 지폐 두 장을 미리 꺼내 들고 있다가 카운터 너머의 미스터 강에게 건네주었다. 하지만 그는 돈을 받지 않았다.

그제야 그녀는 그의 시선이 더 이상 자신을 향하지 않고 문에 고정되어 있음을 깨달았다. 그의 미소는 사라졌고, 입이 살짝 벌어지는 중이었다. 뭔가 말할 것 같은 표정이었지만 단어가 얼른 떠오르지 않는 듯했다.

뒤에서 누군가 그녀의 오른쪽 어깨를 붙잡는 것이 느껴졌다. 강철의 차가운 느낌이 그녀의 왼쪽 관자놀이를 눌렀다. 빛줄기들이 소나기처럼 그녀의 시야를 가로질렀다. 눈부시게 밝은 빛이었다. 그 순간 그녀는 레이먼드의 다정한 얼굴을 얼핏 보았다. 그러고는 모든 것이 암흑으로 변했다.

01 슬픔의 여인

매케일렙이 먼저 그녀를 보았다. 그는 백만장자들의 배가 줄지어 늘어선 중앙 부두를 내려오던 중이었다. 〈더 팔로잉 시〉 호의 선미에 여자가 서 있는 것이 보였다. 시각은 토요일 오전 10시 30분. 따스한 봄의 속삭임 덕분에 많은 사람들이 샌 페드로 부두에 나와 있었다. 매케일렙은 매일 오전의 정해진 일과인 산책을 이제 막 마치려는 참이었다. 그는 카브리요 마리나를 완전히 빙 돌아서 돌로 지은 방파제까지 갔다가 돌아왔다. 이렇게 산책이 끝날 때쯤이면 숨이 가빴기 때문에 그는 걷는 속도를 한층 더 늦춰서 자기 배로 다가갔다. 그가 여자를 보고 가장 먼저 느낀 것은 짜증이었다. 여자가 멋대로 그의 보트에 올라탄 때문이었다. 하지만 보트가 가까워질수록 짜증 대신 여자의 정체와 목적에 대한 궁금증이 일었다.

여자는 보트를 타려고 나온 옷차림이 아니었다. 허벅지 중간쯤까지 내려오는 헐렁한 여름 원피스를 입고 있었다. 바닷바람이 옷자락을 자꾸 들치려고 했기 때문에 그녀는 한 손을 옆구리에 대고 옷자락을 눌렀다. 매케일렙은 아직 그녀의 발을 볼 수 없었지만, 갈색 다리의 근육이 팽팽하게 긴장한 것으로 보아 보트슈즈를 신은 것 같지는 않았다. 하이힐 같았다.

매케일렙은 그 여자가 누군가에게 잘 보이려고 그런 차림으로 나왔다는 판단을 내렸다.

그는 누군가에게 잘 보이기 위한 차림이 전혀 아니었다. 유행 때문에 일부러 찢은 게 아니라 낡아서 찢어진 청바지, 그리고 몇 년 전 여름에 카탈리나 골드컵 경기에서 받은 티셔츠 차림이었다. 셔츠와 바지에는 모두 여기저기 얼룩이 묻어 있었다. 대부분 물고기 피였지만, 그의 핏자국도 있었다. 선박용 폴리우레탄과 엔진오일 자국도 있었다. 그는 이 옷을 낚시복 겸 작업복으로 입었다. 주말에 배에서 일을 할 계획이었기 때문에 거기에 맞게 옷을 입고 나온 길이었다.

배가 가까워지면서 여자의 모습이 점점 똑똑히 보일수록 그는 자신의 옷차림을 의식하게 되었다. 그는 헤드폰을 귀에서 떼고 하울링 울프가 '난 미신을 안 믿어(I ain't Superstitous)'를 한창 불러대던 시디를 껐다.

"무슨 일로 오셨습니까?" 그는 자기 보트에 오르지 않고 먼저 질문부터 던졌다.

여자는 그의 목소리를 듣더니 화들짝 놀라서 배의 응접실로 통하는 미닫이문에서 시선을 돌렸다. 매케일렙은 여자가 그 유리문을 두드리고는 그가 나오기를 기다리고 있었던 모양이라고 짐작했다. 아마 그가 안에 있는 줄 알았을 것이다.

"터렐 매캘럽 씨를 찾아왔는데요."

그녀는 30대 초반의 매력적인 여자였다. 매케일렙보다는 족히 10여 년쯤 어린 셈이었다. 어디선가 그녀를 본 것 같은 느낌이 들었지만, 정확히 어디인지는 알 수 없었다. 일종의 데자뷔 현상인 것 같았다. 그런데 그녀가 왠지 낯익다는 생각을 하는 순간 그 느낌이 사라져버렸다. 착각이었다. 이 여자는 그가 모르는 사람이었다. 그는 사람들의 얼굴을 잘 기억했다. 이렇게 매력적인 여자라면 잊을 리가 없었다.

그녀는 그의 이름을 매케일렙이 아니라 매캘럽이라고 잘못 발음했다
(She had mispronounced the name, saying Mc-Cal-ub instead of Mc-
Kay-Leb, 원문의 이름은 McCaleb. 시기상 1998년 작인 《블러드 워크》는 2004년
작 《시인의 계곡》의 전작에 해당. 국내에서는 출간 순서가 바뀌어 이 부분을 반영하
지 못했음을 밝혀둠. 《시인의 계곡》의 매컬렙과 본 작품의 매케일렙은 동일인물
임-편집자). 게다가 기자들을 제외하면 아무도 부르지 않는 그의 원래 이
름까지 말했다. 그제야 그는 어찌 된 상황인지 이해가 되었다. 이 여자가
왜 배로 자기를 찾아왔는지 알 것 같았다. 이 여자 역시 길을 잃고 헤매다
가 번지수를 잘못 찾아온 것이다.

"매케일렙입니다." 그가 발음을 바로잡아주었다. "테리 매케일렙이
에요."

"죄송합니다. 저는, 저, 선생님이 안에 계신 줄 알았어요. 이렇게 배에
타서 문을 두드려도 괜찮은 건지도 잘 몰랐고요."

"그런데도 행동에 옮기셨네요."

그녀는 자신을 나무라는 그의 말을 무시하고 자기가 하려던 말을 계속
했다. 마치 지금의 행동과 오늘 꼭 해야 하는 말을 미리 연습하고 온 사람
같았다.

"드릴 말씀이 있어요."

"글쎄요, 지금은 좀 바쁩니다만."

그는 갑판 아래로 통하는 해치를 가리켰다. 그것이 열려 있는데도 그녀
가 그 안으로 떨어지지 않은 것이 다행이었다. 그는 얼룩이 묻지 말라고
선미 쪽에 깔아둔 천 위의 공구들도 가리켰다.

"이 배를 찾느라고 거의 한 시간 동안이나 돌아다녔어요." 그녀가 말했
다. "오래 걸리지 않을 거예요. 저는 그래시엘라 리버스라고 합니다. 선생
님을 찾아온 건…."

"잠깐만요, 리버스 씨." 그는 양손을 들어올려 그녀의 말을 중간에서 끊었다. "난 정말이지… 신문에서 내 얘기를 읽었죠?"

그녀는 고개를 끄덕였다.

"그럼 댁이 이야기를 시작하기 전에 내가 먼저 할 말이 있어요. 여기까지 날 찾아오거나, 내 전화번호를 알아내서 전화를 걸어온 사람들이 이미 많습니다. 그 사람들한테 했던 말을 지금 댁한테도 그대로 해야겠네요. 난 일자리를 구할 생각이 없습니다. 그러니까 날 고용하고 싶다거나 내 도움을 청하고 싶다는 말을 하러 온 거라면, 미안하지만 난 그렇게 할 수 없습니다. 난 그런 종류의 일을 할 생각이 없어요."

그녀는 아무 말도 하지 않았다. 그는 그녀가 안쓰러워서 가슴이 찔렸지만, 그거야 이미 그를 찾아왔던 다른 사람들에게도 느낀 감정이었다.

"내가 아는 사립탐정이 두어 명 있으니까 필요하다면 추천해줄 수는 있습니다. 성실하고 바가지도 씌우지 않는 좋은 사람들이에요."

그는 선미의 뱃전으로 가서 산책을 갈 때 깜박 잊어버린 선글라스를 썼다. 대화가 끝났다는 신호였다. 하지만 그녀는 그의 행동과 말을 무시해버렸다.

"신문에 선생님 실력이 좋다고 되어 있었어요. 죄를 지은 사람이 유유히 도망치는 걸 아주 싫어하신다는 얘기도 있었고요."

그는 주머니에 손을 넣고 어깨를 치켜올렸다.

"댁이 반드시 생각해야 하는 게 있어요. 내가 결코 혼자 일한 게 아니라는 점. 동료들도 있고, 감식반도 있었어요. FBI 전체가 나를 지원해주었단 말입니다. 나 혼자 이리 뛰고 저리 뛴 게 아니에요. 절대. 내가 댁을 돕고 싶은 마음이 든다 해도 아마 도울 수 없을 겁니다."

그녀는 고개를 끄덕였다. 그는 그녀가 말을 알아들은 줄 알고 이제 대화가 끝났다고 생각했다. 그래서 주말 동안 끝마칠 계획인, 엔진의 밸브

수리에 대해 생각하기 시작했다.

하지만 그녀는 포기한 것이 아니었다.

"제 생각에는 선생님이 도와주실 수 있을 것 같아요." 그녀가 말했다. "어쩌면 그게 선생님 자신을 돕는 일이 될 수도 있어요."

"난 돈도 필요 없어요. 그럭저럭 잘 지내고 있습니다."

"돈 얘기가 아니에요."

그는 잠시 그녀를 바라보다가 입을 열었다.

"무슨 소리인지 모르겠군요." 그는 짐짓 화난 목소리로 말했다. "난 댁을 도울 수 없어요. 이젠 FBI 신분증도 없고, 그렇다고 사립탐정도 아니니까요. 내가 사립탐정 행세를 하거나 면허증도 없이 돈을 받고 일을 하는 건 불법입니다. 신문기사를 읽었다면 내가 무슨 일을 겪었는지도 알 텐데요. 난 하다못해 운전도 하면 안 되는 몸입니다."

그는 줄지어 늘어선 배들 뒤의 주차장을 가리켰다.

"크리스마스 선물처럼 꼭꼭 싸놓은 차가 보여요? 그게 내 차입니다. 내가 의사한테서 다시 운전해도 좋다는 허락을 받을 때까지 저 차는 저기 가만히 있어야 해요. 그런 사람이 무슨 수사를 하겠습니까? 난 버스를 타고 다닙니다."

그녀는 그의 항변을 무시하고 그냥 그를 바라보기만 했다. 결의에 찬 표정이 신경에 거슬렸다. 어떻게 하면 저 여자를 배에서 쫓아낼 수 있을지 방법이 떠오르지 않았다.

"가서 아까 말한 사립탐정들 연락처를 가져오죠."

그는 그녀 옆을 돌아 응접실 문을 열었다. 그리고 안으로 들어가서 다시 문을 닫았다. 저 여자와 떨어져 있을 필요가 있었다. 그는 해도탁자 밑의 서랍으로 가서 전화번호 수첩을 찾기 시작했다. 그걸 찾아본 지가 워낙 오래됐기 때문에 어디에 두었는지 생각이 나지 않았다. 그는 문을 통해 밖을 내다보며 여자가 선미로 가서 난간에 엉덩이를 기대고 그를 기다리는 모습을 지켜보았다.

문의 유리에는 거울처럼 빛을 반사하는 필름이 붙어 있었다. 그래서 그녀는 자신을 지켜보는 그의 모습을 볼 수 없었다. 저 여자를 어디서 본 것 같은 느낌이 또 들어서 그는 그녀를 떠올려보려고 했다. 그녀는 눈이 번쩍 뜨일 만큼 매력적인 여자였다. 아몬드 모양의 검은 눈은 슬프면서도 뭔가 비밀을 이해하고 있는 듯했다. 만약 저 여자를 만난 적이 있다면, 아니 그냥 관찰하기만 했다 해도 기억하지 못할 리가 없었다. 그런데 아무런 기억도 떠오르지 않았다. 그의 시선이 본능적으로 그녀의 손으로 향했다. 반지를 끼었는지 확인하기 위해서였다. 반지는 없었다. 신발에 대한 그의 짐작도 맞았다. 그녀는 5센티미터 높이의 코르크 굽이 달린 샌들을 신고 있었다. 분홍색으로 칠해진 발톱이 부드러운 갈색 피부 때문에 더욱 돋보였다. 저 여자가 항상 이렇게 꾸미고 다니는 건지, 아니면 그를 유혹해서 일거리를 받아들이게 하려고 일부러 차려입은 건지 궁금했다.

그는 두 번째 서랍에서 전화번호 수첩을 찾아내 잭 러벨과 톰 킴볼의 이름을 재빨리 찾아보았다. 그는 낡은 해병 모집 전단지에 두 사람의 이름과 전화번호를 적은 뒤 미닫이문을 열고 나갔다. 여자는 막 가방을 열던 중이었다. 그가 종이를 들어올렸다.

"여기 두 사람 이름을 적어놨어요. 러벨은 LA 경찰로 일하다 퇴직했고, 킴볼은 전직 FBI 요원입니다. 두 사람 모두 나랑 일한 적이 있는데, 어느 쪽이든 일을 잘 해줄 겁니다. 둘 중 아무나 골라서 전화하세요. 나한테서 연락처를 받았다고 꼭 말하시고요. 그럼 신경 써서 일을 해줄 겁니다."

여자는 그에게서 종이를 받지 않았다. 대신 가방에서 사진을 한 장 꺼내 그에게 건네주었다. 매케일렙은 아무 생각 없이 그 사진을 받았다. 그리고 그 즉시 실수를 깨달았다. 그가 받은 것은 어떤 여자가 생일 케이크

의 촛불을 불어 끄는 사내아이를 바라보며 미소 짓는 모습을 찍은 사진이
었다. 촛불을 세어보니 일곱 개였다. 처음에는 몇 년 전에 찍은 리버스의
사진인 줄 알았다. 하지만 다시 보니 그녀가 아니었다. 사진 속 여자의 얼
굴이 더 둥글고 입술이 더 얇았다. 그래시엘라 리버스만큼 미인은 아니었
다. 둘 다 짙은 갈색 눈이었지만, 사진 속 여자의 눈에는 지금 그를 지켜
보는 여자의 눈만큼 강렬한 느낌이 없었다.

"동생인가요?"

"예. 동생 아들하고요."

"어느 쪽이죠?"

"네?"

"어느 쪽이 죽었어요?"

이 질문을 던진 것이 두 번째 실수였다. 이 질문 때문에 그는 이 일에
더 깊숙이 끌려 들어가고 말았다. 질문을 던지는 순간 그는 여자에게 사
립탐정의 이름이 적힌 종이를 빨리 받으라고 고집을 부렸어야 했다는 걸
깨달았다. 거기서 일을 끝냈어야 했다.

"동생이요. 글로리아 토레스. 우린 걔를 글로리라고 불렀어요. 조카 이
름은 레이먼드예요."

그는 고개를 끄덕이고는 사진을 돌려주었지만 여자는 사진을 받지 않
았다. 그는 여자가 어쩌다 그렇게 됐느냐는 질문을 기다리고 있다는 걸
알았지만, 이번에는 브레이크를 걸 수 있었다.

"이래 봤자 소용없습니다." 그가 말했다. "댁이 무슨 생각으로 이러는지
나도 알아요. 나한테는 소용없습니다."

"선생님이 동정심도 없는 분이라는 뜻인가요?"

그는 잠시 머뭇거렸다. 분노가 목구멍에 차올랐다.

"동정심은 있습니다. 신문기사를 읽으셨으니 내가 무슨 일을 당했는지

알 겁니다. 처음부터 나한테는 동정심이 문제였어요."

그는 화를 누르며 나쁜 감정을 없애버리려고 애썼다. 여자가 갑갑해서 미칠 지경이라는 사실은 그도 알고 있었다. 매케일렙은 이 여자 같은 사람들을 지금까지 수백 명이나 보았다. 느닷없이 사랑하는 사람을 빼앗긴 사람들. 범인이 체포되지도, 유죄판결이 내려지지도 않아서 마음의 마무리가 되지 않는 사람들. 개중에는 좀비처럼 살아가는 사람들도 있었다. 그들의 삶 자체가 돌이킬 수 없게 변해버렸다. 길 잃은 영혼들. 그래시엘라 리버스도 지금 그런 상태였다. 그렇지 않고서야 이렇게 애써 그를 찾아냈을 리가 없었다. 그는 그녀가 자신에게 무슨 말을 해도, 자신이 아무리 화가 나도, 자신이 느끼는 갑갑함과 분노를 그녀에게 퍼부어서는 안 된다는 것을 알고 있었다.

"난 정말로 할 수 없는 일입니다. 미안합니다." 그가 말했다.

그는 그녀의 팔을 잡고 부두와 연결된 계단으로 그녀를 이끌었다. 피부가 따스했다. 부드러운 살갗 밑에 강한 근육이 느껴졌다. 그는 다시 사진을 내밀었지만 그녀는 여전히 받으려 하지 않았다.

"다시 한 번 봐주세요. 부탁입니다. 딱 한 번만 사진을 봐주시면 더 이상 귀찮게 하지 않을게요. 달리 느껴지는 게 하나도 없으세요?"

그는 고개를 저으며 그래봤자 달라질 것이 없다고 말하려는 듯 손을 살짝 움직였다.

"난 전직 FBI 요원이지 점쟁이가 아닙니다."

그래도 그는 사진을 들어올려 한 번 더 들여다보았다. 사진 속 여자와 아이는 행복해 보였다. 축하를 하는 자리였다. 촛불 일곱 개. 매케일렙은 자신이 일곱 살이 되었을 때는 부모님이 아직 함께 살고 있었다는 사실을 떠올렸다. 하지만 그 후로 얼마 지나지 않아 상황이 달라졌다. 그의 시선은 여자보다 아이에게 더 끌렸다. 어머니를 잃은 아이가 지금 어떻게 지내고 있는지 궁금했다.

"죄송합니다, 리버스 씨. 진심이에요. 내가 해드릴 수 있는 일이 없습니다. 사진을 다시 받지 않을 겁니까?"

"똑같은 사진이 한 장 더 있어요. 한 장 값으로 두 장을 뽑아준다고 해서요. 선생님이 그 사진을 갖고 싶어 할 거라고 생각했어요."

그는 감정이 잔뜩 배인 그녀의 목소리 속에 다른 것이 숨어 있음을 처음으로 느꼈다. 하지만 그것이 무엇인지 알 수 없었다. 그는 그래시엘라 리버스를 꼼꼼히 뜯어보았다. 자기가 여기서 한 발짝만 더 나아가서 누가 봐도 뻔한 질문을 던지기만 하면 저 여자한테 끌려 갈 거라는 느낌이 들었다.

하지만 어쩔 수 없었다.

"댁을 도와줄 수도 없는데 내가 왜 이 사진을 갖고 싶어 합니까?"

여자는 슬픈 미소를 지었다.

"동생이 선생님의 목숨을 구했으니까요. 그래서 선생님이 가끔 동생이 어떻게 생겼는지, 어떤 사람이었는지 되새겨보고 싶어 할지도 모른다고 생각했어요."

그는 한참 동안 그녀를 빤히 바라보았지만, 사실은 그래시엘라 리버스를 보고 있는 것이 아니었다. 그는 자신의 내면을 바라보며 기억과 지식을 뒤져 방금 그녀가 한 말의 의미를 알아내려 했다. 하지만 답이 떠오르지 않았다.

"그게 무슨 소리죠?"

그는 간신히 이렇게 물었다. 이제 대화의 주도권은 물론 그 밖의 모든 것이 자신에게서 멀어져 그녀를 향해 미끄러져 가고 있다는 느낌이 들었다. 그녀의 말 속에 숨어 있던 무엇인가가 그를 붙들었다. 그것이 그를 끌어가고 있었다.

그녀는 손을 뻗어 그가 여전히 그녀를 향해 내밀고 있는 사진을 지나 그의 가슴에 손바닥을 댔다. 그리고 셔츠 앞섶을 손으로 쓸었다. 그녀의 손가락이 셔츠 밑에 굵은 밧줄처럼 자리 잡은 흉터를 따라 움직였다. 그는 가만히 있었다. 얼어붙은 듯이 가만히 서서 그녀를 제지하지 못했다.

"선생님 심장." 그녀가 말했다. "그거 제 동생 거예요. 제 동생이 선생님 목숨을 구했어요."

02 악의 수혜자

곁눈질을 해야만 모니터를 볼 수 있었다. 화면에는 알갱이가 뭉친 것 같은 흑백 영상이 떠 있고, 심장은 진동하는 유령 같았다. 혈관을 폐쇄하느라 막아놓은 못과 스테이플 때문에 그의 가슴에 산탄 총알이 박힌 것처럼 보였다.

"다 됐어요." 누군가가 말했다.

그의 오른쪽 귀 뒤에서 들리는 소리였다. 보니 폭스. 언제나 편안하고 차분하게 환자들을 대하며 전문가다운 태도를 잃지 않는 사람이었다. 곧 카테터 선이 뱀처럼 화면 안으로 들어와 동맥을 따라서 심장 안으로 들어가는 것이 보였다. 그는 눈을 감았다. 그는 기구가 닿는 느낌이 싫었다. 병원에서는 아무 느낌이 없을 거라고 말하지만, 환자들은 항상 느낀다.

"됐어요. 아무 느낌이 없을 거예요." 폭스가 말했다.

"그렇겠죠."

"말하지 마세요."

이내 그 느낌이 왔다. 마치 낚싯줄이 살짝 당겨지는 것 같은 느낌. 못된 물고기가 미끼를 훔쳐 달아날 때의 느낌. 그는 눈을 뜨고 카테터 선을 보왔다. 낚싯줄처럼 가느다란 선이 여전히 심장 깊숙이 들어가 있었다.

"됐어요. 잡았어요." 폭스가 말했다. "이제 나옵니다. 잘했어요, 테리."

폭스가 그의 어깨를 두드리는 것이 느껴졌다. 하지만 그는 고개를 돌릴 수 없는 처지라 그녀의 얼굴을 볼 수 없었다. 폭스는 카테터를 제거하고 목의 절개 부위에 압박붕대를 붙였다. 아주 불편한 각도로 그의 머리를 고정시키고 있던 기구의 끈이 풀리자 그는 서서히 목을 똑바로 펴며 손을 들어올려 뻣뻣한 근육을 움직였다. 보니 폭스 박사의 웃는 얼굴이 그의 얼굴 위에 나타났다.

"기분이 어때요?"

"불평할 처지가 아니죠. 이제 처치가 끝났으니까."

"얼마 뒤에 다시 오세요. 내가 혈액검사 결과를 확인하고 조직을 검사실에 넘겨줄게요."

"선생님한테 드릴 말씀이 있습니다."

"그럼 잠시 뒤에 다시 봐요."

몇 분 뒤 간호사 두 명이 매케일렙의 침대를 카테터 실에서 밀고 나가 엘리베이터에 올랐다. 그는 이렇게 환자 취급을 받는 것이 싫었다. 그는 얼마든지 걸을 수 있었지만, 그가 직접 걷는 것은 규칙에 어긋나는 일이었다. 심장 조직검사를 받은 환자는 반드시 수평자세를 유지해야 했다. 병원에는 항상 이런저런 규칙이 있게 마련이다. 시더스 사이나이 병원은 그중에서도 규칙이 많은 곳인 것 같았다.

그는 6층의 심장병동으로 옮겨지는 중이었다. 침대에 누운 채 동쪽 복도를 이동하면서 그는 행운아들과 대기자들의 병실을 지나갔다. 새로운 심장을 받은 사람들과 아직도 대기 중인 사람들. 매케일렙이 어떤 병실의 열린 문 안쪽을 흘깃 바라보니 사내아이가 침대에 누워 있고, 몸에 심폐기와 연결된 튜브들이 달려 있었다. 양복을 입은 남자가 침대 뒤편의 의자에 앉아 있었다. 그의 눈은 아이를 향하고 있었지만, 사실은 다른 것을 보는 듯 멍한 표정이었다. 매케일렙은 시선을 돌렸다. 이건 그도 잘 아는 상황이었다. 저 아이에게는 시간이 얼마 없었다. 기계로는 오래 버티지 못한다. 이제 기계도 소용없는 상황이 되면, 아버지로 짐작되는 양복 차림의 남자는 지금과 똑같은 표정으로 관을 바라보게 될 것이다.

이제 일행은 그의 병실에 도착했다. 간호사들이 그를 들어 침대로 옮기고는 가버렸다. 그는 차분히 기다릴 준비를 했다. 폭스가 나타날 때까지 길게는 여섯 시간이나 걸릴 수도 있다는 걸 경험으로 알고 있었다. 검사실에서 혈액검사가 얼마나 신속하게 진행되는지, 그리고 폭스가 얼마나 빨리 검사실에 들러 결과를 확인하는지에 따라 시간이 달라졌다.

그는 올 때부터 미리 준비를 했다. 예전에 컴퓨터와 수많은 사건 파일들을 넣어가지고 다니던 낡은 가죽 가방에 이런 날을 위해 모아둔 철 지난 잡지들이 잔뜩 들어 있었다.

두 시간 반 뒤에 보니 폭스가 문을 열고 들어왔다. 매케일렙은 읽고 있던 〈보트 복원〉을 내려놓았다.

"와, 빨리 오셨네요."

"검사실에서 일이 좀 늦어졌어요. 기분이 어때요?"

"누가 내 목을 두어 시간 동안 누르고 있었던 것 같은 느낌이에요. 검사실에는 이미 다녀오신 건가요?"

"예."

"결과가 어때요?"

"전부 좋아요. 거부 반응도 없고, 모든 게 좋습니다. 아주 만족스러워요. 일주일 뒤에는 프레드니손(부신피질 호르몬제―옮긴이) 양을 줄여도 될 것 같아요."

폭스는 침대 식탁에 검사결과를 펼쳐놓고 다시 확인하면서 말을 이어 갔다. 그녀는 지금 매케일렘이 매일 아침과 저녁에 먹어야 하는 약들에 대해 말하고 있었다. 지난번에 세어 보니 그가 아침에 먹는 약이 18알, 저녁에 먹는 약이 16알이었다. 배 안의 약장에는 그 많은 약병들을 다 넣을 수가 없었다. 그래서 뱃머리 쪽의 저장실 중 하나를 이용하는 수밖에 없었다.

"잘됐네요." 그가 말했다. "하루에 세 번씩 면도하는 게 지겹던 참인데."

폭스는 보고서를 덮고 침대 옆 탁자에서 클립보드를 집어 들었다. 그리고 그가 병원에 올 때마다 확인해야 하는 것들의 목록을 눈으로 재빨리 훑었다.

"열은 전혀 없었어요?"

"없어요. 깨끗합니다."

"설사는요?"

"없어요."

박사가 항상 같은 질문을 던지며 확인을 거듭했기 때문에 그는 열과 설사가 거부반응의 전조임을 알 수 있었다. 그는 적어도 하루에 두 번씩 체온을 쟀으며, 혈압과 맥박도 같이 쟀다.

"수치는 좋아 보여요. 앞으로 몸을 기울여보실래요?"

박사는 클립보드를 내려놓았다. 그러고는 청진기를 입김으로 데운 다음 그의 등 세 군데에 청진기를 대고 심장 소리를 들었다. 그다음에는 그에게 누우라고 하더니 가슴에 청진기를 댔다. 그녀는 손가락 두 개를 그의 목에 대고 눈으로 손목시계를 보면서 맥박도 쟀다. 이렇게 맥박을 잴 때면 그녀와 그의 거리가 아주 가까워졌다. 그녀에게서 오렌지 꽃 향수 냄새가 났다. 매케일렘의 머릿속에서 이 향수는 항상 나이가 좀 있는 여자들이나 뿌리는 것이었다. 하지만 보니 폭스는 나이가 많지 않았다. 매케일렙은 시선을 들어 손목시계를 열심히 들여다보는 그녀의 얼굴을 열심히 살폈다.

"우리가 이런 걸 해도 되는지 생각해본 적 없어요?" 그가 물었다.

"말하지 마세요."

마침내 그녀가 손가락을 그의 손목으로 옮겨 또 맥박을 쟀다. 그다음에는 혈압계를 벽에서 떼어내 그의 팔에 두르고 혈압을 쟀다. 그동안 내내 그녀는 말이 없었다.

"좋아요." 진찰을 끝낸 뒤 그녀가 말했다.

"다행이네요." 그가 말했다.

"우리가 이런 걸 해도 되냐니, 무슨 말이에요?"

중단되었던 이야기나 까맣게 잊고 있던 이야기를 갑자기 꺼내서 이어가는 건 그녀다운 행동이었다. 박사는 매케일렙이 한 말을 잊는 법이 거의 없었다. 보니 폭스는 매케일렙과 비슷한 또래의 몸집이 작은 여자였으며, 짧은 머리에는 나이에 비해 일찍 서리가 내렸다. 박사의 하얀 가운은 키가 큰 사람에 맞게 만들어졌기 때문에 거의 발목까지 내려올 지경이었다. 가슴 주머니에는 그녀의 전문 분야인 심혈관계의 윤곽이 수놓아져 있었다. 매케일렙을 진찰할 때 그녀는 철저히 의사로 행동했다. 그녀는 자신감이 있으면서도 상냥했다. 매케일렙이 보기에 이 두 가지 특징을 모두 지닌 의사는 흔치 않았다. 지난 몇 년 동안 많은 의사를 만나보았기 때문에 알 수 있었다. 그는 박사와 마찬가지로 자신감이 있으면서도 상냥한 태도로 박사를 대했다. 그는 그녀를 신뢰하고 좋아했다. 처음에는 이 여자의 손에 자신의 목숨을 맡기는 것에 대해 마음속 깊은 곳에서 잠시 망설임이 일었다. 하지만 그 망설임은 금방 사라졌고, 죄책감만 남았다. 이식수술을 받을 때 그가 수술실에서 잠에 빠져들기 전에 마지막으로 본 것은 박사의 웃는 얼굴이었다. 그때는 그의 마음속에서 모든 망설임이 사라진 뒤였다. 그가 새로운 심장과 생명을 얻어 세상으로 돌아왔을 때 그를 환영해준 것도 역시 박사의 웃는 얼굴이었다.

매케일렙이 이식수술을 받은 뒤 8주 동안 한 번도 문제가 생긴 적이 없다는 사실은, 그녀가 정말로 믿을 만한 의사라는 증거였다. 그가 처음 그녀에게 진찰을 받으러 왔을 때부터 3년이 흐르는 동안 두 사람 사이에는 직업적인 관계를 훨씬 뛰어넘는 유대감이 생겼다. 이제 두 사람은 좋은 친구였다. 적어도 매케일렙은 그렇게 믿었다. 함께 식사를 한 적도 대여섯 번은 되었고, 유전자 복제에서부터 O. J. 심슨 재판에 이르기까지 온갖 문제에 대해 열띤 토론을 벌인 적은 헤아릴 수도 없이 많았다. O. J. 심슨 재판의 첫 번째 평결이 나왔을 때 매케일렙은 그녀에게서 100달러를 땄다. 재판 결과를 놓고 내기를 했기 때문이다. 그는 그녀가 사법제도에 대한 굳건한 믿음 때문에 그 사건의 인종적 측면을 보지 못할 것임을 쉽사리 알아차릴 수 있었다. 두 번째 평결 때는 그녀가 내기를 하려고 하지 않았다.

주제가 무엇이든 매케일렙은 자기도 모르게 그녀에게 반대하는 입장에 설 때가 절반쯤 되었다. 순전히 그녀와 대결하는 것이 즐겁기 때문이었다. 폭스는 이제 또 대결을 벌일 준비가 됐다는 표정으로 아까 매케일렙이 하다 만 이야기를 다시 꺼냈다.

"우리가 이런 걸 해도 되냐는 말은…." 매케일렙은 마치 병원 전체를 가리키려는 듯이 손으로 크게 원을 그리며 말했다. "장기를 떼어내고 새걸로 집어넣는 걸 말하는 거예요. 가끔은 내가 현대판 프랑켄슈타인이 된 것 같아요. 다른 사람 몸의 일부가 내 몸속에 들어 있잖아요."

"다른 사람 몸의 딱 한 부분만 들어 있는 거죠. 그러니 너무 과장하지는 마세요."

"하지만 그게 아주 중요한 부분이잖아요. 옛날에 FBI에 있을 때는 매년 사격장에서 자격시험을 치러야 했어요. 목표물을 쏴서 맞히는 시험. 시험에 통과하려면 심장을 쏘는 게 제일 좋은 방법이었어요. 심장 주위의 원을 쏘면 머리를 쐈을 때보다 점수가 높습니다. 그래서 그걸 10점 고리라고 하죠. 가장 점수가 높은 곳이에요."

"혹시 우리가 하느님 행세를 해도 되느냐는 식의 문제를 제기하려는 건가요? 그런 이야기는 이미 옛날에 다 끝낸 거 아니었어요?"

박사는 고개를 절레절레 흔들고는 미소를 지으며 몇 초 동안 그를 바라보았다. 미소가 천천히 사라졌다.

"진짜 문제가 뭐예요?"

"모르겠어요. 아마 죄책감을 느끼는 모양이에요."

"무슨 죄책감이요? 살아 있는 것에 대한 죄책감?"

"모르겠어요."

"말도 안 되는 소리 마세요. 이것도 벌써 예전에 다 했던 얘기잖아요. 살아남은 사람이 느끼는 죄책감까지 상대해줄 시간은 없어요. 지금 선택할 수 있는 게 뭔지 한번 보세요. 간단해요. 한쪽에는 생명이 있고, 반대편에는 죽음이 있어요. 큰 결정이죠. 그런데 이걸 놓고 왜 죄책감을 느끼는 거죠?"

그는 항복한다는 듯 손을 들어올렸다. 박사는 항상 모든 걸 지극히 명쾌하게 설명했다.

"전형적이에요." 박사는 그가 그냥 물러나게 내버려두지 않았다. "거의 2년 동안 심장을 기다리다가 하마터면 죽을 뻔한 고비까지 넘겼는데 이제는 이렇게 심장을 이식하는 게 옳은 일인지 회의가 생긴다고요? 진짜 문제가 뭐예요? 난 테리 씨하고 헛소리를 주고받을 시간 없어요."

그는 그녀를 바라보았다. 그녀는 이제 그의 마음을 훤히 들여다보고 있었다. 이건 그가 아는 최고의 FBI 요원들과 경찰들이 모두 갖고 있던 재주였다. 그는 머뭇거리다가 자기 생각을 말하기로 했다.

"나한테 심장을 준 여자가 살해당했다는 사실을 왜 나한테 말해주지 않은 건지 궁금해서 이러는 것 같아요."

박사는 불의의 일격을 당한 사람 같았다. 그의 말을 듣고 충격을 받은 표정이 역력했다.

"살해당해요? 그게 무슨 소리예요?"

"그 여자는 살해당했어요."

"어떻게요?"

"나도 정확히는 몰라요. 밸리의 편의점에 들어갔다가 강도사건에 휘말린 모양이에요. 머리에 총을 맞았어요. 그렇게 그 여자가 죽고, 난 심장을 얻은 거죠."

"기증자에 대해서는 원래 아무것도 모르게 되어 있어요. 이런 걸 다 어떻게 알아냈어요?"

"그 여자 언니가 토요일에 날 찾아왔어요. 모든 얘기를 해줬습니다…. 그걸 듣고 나니 사정이 좀 달라졌어요."

폭스는 병원 침대에 앉아 그에게 몸을 기울였다. 엄격한 표정이었다.

"우선 나는 그 심장이 누구 건지 전혀 몰랐어요. 우린 그런 거 원래 몰라요. BOPRA를 통해서 장기가 오니까. 우리한테는 대기자 명단 꼭대기에 있는 사람과 혈액검사 결과가 일치하는 장기가 생겼다는 사실만 통보될 뿐이에요. 그때는 그 대기자가 테리 씨였어요. BOPRA가 어떻게 활동하는지는 테리 씨도 알죠? 오리엔테이션 때 동영상을 봤잖아요. 우리한테 제한된 정보만 전달되는 건 그게 최선이기 때문이에요. 난 우리가 아는 사실을 그대로 테리 씨한테 말해줬어요. 내 기억이 맞다면 스물여섯 살의 여자라고 했을 거예요. 건강상태도 최상이고, 혈액검사 결과도 완벽하게 일치하는 완벽한 기증자라고. 그게 전부예요."

"그렇다면 사과를 해야겠네요. 난 박사님이 알면서도 말해주지 않은 줄 알았어요."

"나도 몰랐어요. 우리 모두 몰랐어요. 그런데 그 언니는 심장을 받은 사람이 누군지 어떻게 알아낸 거죠? 그 여자가 테리 씨를 어떻게 찾아낸 거예요? 어쩌면 그 여자가 사기꾼인지도⋯."

"아뇨, 그 여자가 맞아요. 난 알 수 있습니다."

"어떻게 알아요?"

"지난 일요일자 신문에서 봤대요. 〈로스앤젤레스 타임스〉지 메트로 섹션의 '그때 그 일은 어떻게⋯?'라는 칼럼. 내가 심장이식 수술을 받은 건 2월 9일이에요. 내 혈액형이 드물어서 한참 기다리다 수술을 받았죠. 그여자 언니가 그 칼럼을 읽고 상황을 추리한 거예요. 동생이 언제 죽었는지는 분명히 알고, 동생이 심장을 기증했다는 것도 알고, 동생 혈액형이 희귀하다는 것도 알고 있으니까요. 홀리크로스 병원 응급실 간호사라서 심장을 받은 사람이 나라는 걸 추리해낸 겁니다."

"그래도 테리 씨 심장이 그 여자 동생 거라는 증거는⋯."

"그 여자는 내가 쓴 편지도 갖고 있었어요."

"무슨 편지요?"

"수술 뒤에 다들 쓰는 거요. 기증자 가족에게 쓰는 익명의 감사 편지. 병원이 우편으로 부쳐주잖아요. 그 여자가 내 편지를 갖고 있었어요. 내가 읽어봤는데, 내 편지가 맞아요. 내가 뭐라고 썼는지 기억하니까요."

"이건 있어서는 안 되는 일이에요, 테리 씨. 그 여자가 원하는 게 뭐예요? 돈을 달라던가요?"

"아뇨, 돈이 아니에요. 모르겠어요? 그 여자는 내가 범인을 찾아주기를 바라는 겁니다. 자기 동생을 죽인 범인이요. 경찰은 사건을 해결하지 못했어요. 두 달이 지났는데 체포된 사람이 없어요. 그 여자도 경찰이 포기했다는 걸 알고 있었어요. 그러다 신문에서 내 기사를 본 거예요. 거기에 내가 옛날에 FBI에서 무슨 일을 했는지 나와 있었죠. 그 여자는 내가 자기 동생의 심장을 받았다는 걸 알아내고, 어쩌면 경찰이 못 한 일을 내가 해낼 수 있을지도 모른다고 생각한 겁니다. 사건을 해결해달라는 거예요. 토요일에 내 배를 찾느라고 샌 페드로 마리나를 한 시간 동안이나 걸어다녔어요. 그 여자가 아는 거라고는 신문에서 읽은 배 이름밖에 없는데도 날 찾아 나선 겁니다."

"말도 안 돼. 그 여자 이름을 가르쳐주세요. 그럼 내가…."

"안 돼요. 그 여자한테 아무짓도 하지 마세요. 박사님이 그 여자라고 생각해보세요. 동생을 사랑하는 언니라고. 그럼 박사님도 그 여자처럼 했을 겁니다."

폭스는 침대에서 일어섰다. 눈을 휘둥그렇게 뜬 표정이었다.

"설마 그 일을 맡을 생각은 아니겠죠."

이건 질문이 아니라 단언이었다. 의사의 지시. 그는 대답하지 않았다. 그것만으로도 대답이 되었다. 폭스의 얼굴에 다시 분노가 차오르는 것이 보였다.

"내 말 잘 들어요. 테리 씨는 지금 그런 일을 할 수 있는 상태가 전혀 아니에요. 심장이식 수술을 받은 지 겨우 60일밖에 안 됐는데 탐정놀이를 하면서 뛰어다니겠다고요?"

"그냥 생각만 하는 거예요. 그 여자한테 생각해보겠다고 했으니까. 나도 위험하다는 건 압니다. 이젠 내가 FBI 요원이 아니라는 것도 알아요. 옛날과는 완전히 다르겠죠."

폭스는 성난 표정으로 가느다란 팔을 가슴 앞으로 들어 팔짱을 꼈다.

"생각도 하면 안 돼요. 주치의로서 명령하는 겁니다. 그 일을 하면 안 돼요. 이건 명령이에요."

그녀는 이 말을 한 뒤 이내 부드러운 목소리로 바뀌었다.

"테리 씨가 받은 선물을 정말 소중하게 생각해야죠. 두 번째 기회 말이에요."

"하지만 소중하게 생각해야 할 건 그것 말고도 또 있어요. 그 여자의 심장을 받지 못했다면 난 지금쯤 죽었을 거예요. 내가 그 여자한테 신세를 진 겁니다. 그러니까…."

"그 여자나 그 여자 가족들한테 신세진 건 하나도 없어요. 편지를 보낸 걸로 된 거예요. 그걸로 끝이라고요. 테리 씨가 심장을 받았든 다른 사람이 받았든, 그 여자가 죽었다는 사실에는 변함이 없어요. 테리 씨가 지금 잘못 생각하는 거예요."

그는 그녀의 말을 이해한다는 뜻으로 고개를 끄덕였지만, 그냥 그녀처럼 생각해버릴 수는 없었다. 지적이고 이성적인 차원에서는 말이 되는 이야기라 해도 가슴속에서는 얘기가 달라질 수 있었다. 그녀도 그의 생각을 읽은 모양이었다.

"무슨 말을 하고 싶은 거예요?"

"모르겠어요. 그냥… 만약 내가 기증자에 대해 알게 된다 해도, 기증자는 사고로 죽은 사람일 거라고 생각했어요. 그것에 대해서는 마음의 준비가 되어 있었어요. 오리엔테이션에서 교육을 받을 때도 그런 말을 들었고, 박사님도 처음 진료를 시작할 때 그런 말을 하셨으니까요. 기증자 100명 중 99명은 사고로 치명적인 머리부상을 당한 사람들이라고. 자동차 사고. 계단에서 떨어지는 사고. 오토바이 사고. 그런데 이건 다릅니다. 그래서 얘기가 달라졌어요."

"계속 그 말을 하는데, 뭐가 달라진다는 거예요? 심장은 그냥 장기일 뿐이에요. 생물학적인 펌프라고요. 원래 소유주가 어떻게 죽었든 아무 상관이 없어요."

"사고라면 나도 받아들일 수 있습니다. 기다리는 동안 내내 내가 살려면 누군가가 죽어야 한다는 사실을 알고 있었기 때문에 나는 사고를 받아들일 마음의 준비를 했어요. 사고라면 그냥 운명 같은 거니까. 하지만 살인은… 그건 사악한 의도로 저질러진 일이죠. 우연한 일이 아니에요. 그렇다면 나는 사악한 행위의 수혜자가 됐다는 뜻입니다. 그래서 얘기가 달라지는 거예요."

폭스는 잠시 아무 말이 없었다. 그녀는 가운 주머니에 양손을 찔러 넣었다. 매케일렙은 그녀도 이제 그의 말을 조금씩 이해하는 모양이라고 생각했다.

"악은 오랫동안 내 삶의 중심이었습니다." 그가 조용히 말을 이었다. "악을 찾아내는 것이 내 직업이었어요. 나는 실력이 좋았지만, 결국은 악이 나보다 실력이 더 좋았죠. 악이 날 이겼어요. 결국은 악이 내 심장을 가져갔다고 해도 될 겁니다. 아니, 그런 게 확실해요. 그런데 지금은 나의 그런 삶이 아무 의미가 없는 것처럼 되어버렸어요. 새 심장을 얻어 새로운 삶과 두 번째 기회를 누리게 됐는데, 그게 순전히 누군가가 저지른 사악한 행위 때문이니까요."

그는 깊은 한숨을 내쉰 뒤 말을 이었다.

"그 여자는 아이에게 줄 사탕을 사려고 그 가게에 들어갔는데 그만…. 하여튼 그냥 달라졌습니다. 구체적으로 설명할 수는 없지만."

"지금 너무 조리 없는 얘기를 하고 있어요."

"내 생각을 말로 표현하기가 힘듭니다. 그냥 내 기분이 어떤지 알 뿐이에요. 나한테는 충분히 조리 있는 얘깁니다."

폭스는 체념한 표정이었다.

"테리 씨가 뭘 하고 싶어 하는지는 알아요. 그 여자분을 돕고 싶은 거겠죠. 하지만 아직은 안 돼요. 신체적으로 전혀 준비가 안 됐어요. 감정적으로도. 지금 얘기를 들어보니, 하다못해 자동차 사고조차 조사할 수 있는 상태가 아닌 것 같아요. 몸과 정신건강 사이의 평형관계에 대해 내가 한 말 기억나요? 그 둘은 서로를 지탱해주는 관계예요. 그런데 지금 테리 씨의 머릿속을 차지한 생각이 몸에도 영향을 미칠까 봐 걱정스러워요."

"무슨 말인지 알아요."

"아니, 몰라요. 테리 씨는 지금 자기 목숨을 갖고 도박을 하려는 거라고요. 만약 일이 잘못돼서 감염이 되거나 거부반응이 일어나면 우린 테리 씨의 목숨을 구해줄 수 없어요. 지금 그 심장을 얻을 때까지 22개월을 기다렸어요. 이번에 그 심장을 망친다면, 테리 씨와 혈액형이 일치하는 또다른 심장이 저절로 펑 하고 나타날 것 같아요? 절대 아니죠. 저기 저쪽 병실에는 기계에 의지해 연명하는 환자가 있어요. 심장이 나오기를 기다리고 있지만 언제 나올지는 몰라요. 테리 씨가 그렇게 될 수도 있어요. 기회는 한 번뿐이라고요. 그 기회를 날려버리지 말아요!"

그녀가 침대 위로 손을 뻗어 그의 가슴에 놓았다. 그는 그래시엘라 리버스 역시 자기 가슴에 손을 댔던 것을 떠올렸다. 손의 온기가 느껴졌다.

"그 여자한테 안 된다고 말해요. 그 여자 부탁을 거절하고 테리 씨 목숨을 구해요."

03 피의 작업

달은 아이들이 공중에서 떨어지지 않게 막대기로 찔러대는 풍선 같았다. 수십 척이나 되는 배들의 돛대가 그 밑에 솟아 있었다. 언제든 달이 떨어지지 않게 찔러대려는 것처럼. 매케일렙은 달이 검은 하늘에서 어른거리다가 마침내 저 멀리 카탈리나 섬 상공 어디쯤의 구름 뒤로 살짝 도망쳐버리는 것을 지켜보았다. 저기도 숨기에 좋은 곳이지. 그는 손에 든 빈 커피 잔을 내려다보며 생각했다. 하루 일을 마친 뒤 한 손에는 얼음처럼 차가운 맥주를 들고 다른 손에는 담배를 든 채 선미에 앉아 있던 시절이 그리웠다. 하지만 담배가 바로 문제의 원인 중 하나였기 때문에 이제는 영원히 포기해야 했다. 술을 마시는 것도 몇 달 뒤 약이 어느 정도 줄어들었을 때나 가능할 터였다. 보니 폭스의 말에 따르면, 지금은 맥주를 한 병만 마셔도 치명적이었다.

매케일렙은 일어서서 배의 응접실로 들어갔다. 처음에는 취사실 식탁에 앉았지만 이내 일어나서 텔레비전을 켜고 멍하니 채널을 이리저리 돌리기 시작했다. 그러다가 텔레비전을 끄고 해도탁자 위에 흩어진 물건들을 살펴보았지만 거기에도 그가 할 일은 하나도 없었다. 그는 선실 안을 돌아다니며 달리 정신을 쏟을 만한 것을 찾았다. 하지만 그런 것을 하나도 찾지 못했다.

그는 계단을 내려가 전방 통로를 지나 뱃머리로 갔다. 그리고 약장에서 체온계를 꺼내 흔든 다음 혀 밑에 집어넣었다. 체온계는 유리 튜브 모양의 구식 물건이었다. 액정화면이 있는 디지털 체온계를 병원에서 주었지만, 아직 상자도 뜯지 않은 채 약장 선반에 그냥 올려두었다. 이유는 잘 모르겠지만 하여튼 그는 디지털 체온계가 미덥지 않았다.

그는 거울에 비친 자신을 바라보며 셔츠 깃을 열어 오전의 조직검사 때문에 생긴 자그마한 상처를 유심히 살펴보았다. 그 상처는 도무지 나을 기회가 없었다. 조직검사를 워낙 자주 받기 때문에 상처가 나을 만하면 의사가 또 상처를 벌려 카테터를 집어넣었다. 아무래도 영원히 흉터가 남을 것 같았다. 그의 가슴에 남은 30센티미터짜리 흉터처럼. 그는 자신의 모습을 빤히 바라보며 자기도 모르게 아버지를 생각했다. 아버지의 목에 있던 표식이 생각났다. 그건 방사능이 암과 전투를 치르며 남긴 흔적이었지만, 그래봤자 불가피한 일을 뒤로 미루는 효과만 있을 뿐이었다.

체온은 정상이었다. 그는 체온계를 씻어 다시 넣어두고 수건걸이에서 체온을 기록하는 클립보드를 빼내 날짜와 시간을 적었다. 그리고 '체온'이라고 적혀 있는 마지막 칸에 변화 없음을 뜻하는 사선을 그었다.

클립보드를 다시 건 뒤 그는 거울을 향해 몸을 기울이고 눈을 살펴보았다. 초록색이 점점이 섞인 회색 눈. 각막에 머리카락처럼 가느다랗게 충혈된 자국이 있었다. 그는 뒤로 물러서서 셔츠를 벗었다. 거울이 작았지만 흉터를 볼 수는 있었다. 희멀건 분홍색의 굵은 흉터가 보기 흉했다. 그는 자주 이렇게 거울을 보며 자기 몸을 평가하곤 했다. 자신의 몸에 아직 익숙해지지 않은 탓이기도 했고, 이 몸이 자신을 완전히 배신해버린 기억 때문이기도 했다. 심근증. 폭스는 바이러스가 그의 심장 벽에 오랫동안 숨어 있다가 우연한 기회에 활성화돼서 스트레스를 먹고 자라났을 가능성이 있다고 말해주었다. 하지만 이런 설명은 그에게 별로 의미가 없었다. 예전의 자신으로 돌아가는 것은 영원히 불가능하다는 생각이 조금이나마 편하게 느껴지지도 않았다. 가끔 그는 거울에 비친 자신을 보면서 삶에 휘둘려 지치고 약해진 타인을 보는 것 같은 기분이 들었다.

그는 셔츠를 다시 입은 뒤 뱃머리 선실로 갔다. 이물의 모양을 따라 삼각형으로 만든 방이었다. 좌현 쪽에는 이층 선반이 있고, 우현 쪽에는 수납공간이 줄줄이 늘어서 있었다. 그는 이층 선반 중 아래쪽을 책상으로 바꾸고, 위쪽은 옛날 FBI 시절의 파일들을 잔뜩 넣어둔 마분지 상자 보관실로 사용했다. 각각의 상자 옆구리에는 사건 이름들이 적혀 있었다. 시인, 코드 킬러, 조디액, 보름달, 브레머. 그 밖에 '다양한 용의자들'이라고 적힌 상자가 두 개 있었다. 매케일렙은 FBI를 떠나기 전 대부분의 사건파일을 복사해두었다. FBI 방침에 어긋나는 행동이었지만 아무도 그를 저지하지 않았다. 이 상자 속에는 다양한 사건의 파일들이 들어 있었는데, 개중에는 해결된 것도 있고 미제로 남은 것도 있었다. 어떤 사건은 상자를 통째로 차지할 만큼 파일이 많은가 하면, 한 상자에 여러 사건을 담아도 될 만큼 파일이 얇은 경우도 있었다. 자신이 이 파일들을 왜 복사했는지는 그도 확실히 알지 못했다. 퇴직한 뒤로 그는 이 상자를 한 번도 열어보지 않았다. 하지만 이 파일들을 바탕으로 책을 쓰거나, 아니면 미제사건 수사를 계속하게 될지도 모른다는 생각을 한 적은 많았다. 어쨌든 그는 자신이 FBI에서 일하는 동안 이러이러한 일을 했다는 물리적 증거로서 이 파일들을 갖고 있는 것이 그냥 좋았다.

매케일렙은 책상에 앉아 벽에 붙여놓은 전등을 켰다. 순간적으로 그의 시선이 FBI 배지에 머물렀다. 그가 16년 동안 가지고 다니던 것이었지만 지금은 투명한 합성수지에 싸여서 책상 위의 벽에 걸려 있었다. 그 옆에는 치아교정기를 낀 소녀가 카메라를 향해 웃고 있는 사진이 있었다. 아주 오래전의 연감에서 복사한 사진이었다. 매케일렙은 그때의 기억을 떠올리며 인상을 찌푸리고 시선을 피했다. 그의 시선이 지저분한 책상에 떨어졌다.

책상에는 청구서와 영수증들이 흩어져 있었다. 아코디언처럼 생긴 파일에는 진찰기록이 가득 들어 있고, 빈 마닐라 파일들이 쌓여 있었으며, 드라이독 회사 세 곳의 전단지와 카브리요 마리나의 부두 사용규정집도 있었다. 그의 수표책은 언제라도 쓸 수 있게 열려 있었지만, 그는 청구서 대금을 지불하는 지극히 평범한 일을 할 생각이 전혀 없었다. 지금은 싫었다. 그는 왠지 마음이 초조했지만, 그래시엘라 리버스가 찾아왔을 때의 일과 그로 인해 자신이 겪은 갑작스러운 변화에 대한 생각을 멈출 수가 없었다.

그는 책상에 흩어진 물건을 정리하다가 그 여자가 이 배를 찾아오게 만든 신문기사를 찾아냈다. 그 기사가 실린 날 그는 신문을 오려놓고는 나중에는 다 잊어버리려고 애썼다. 하지만 잊을 수가 없었다. 그 기사 때문에 범죄 피해자들이 줄지어 그의 배를 찾아왔다. 10대 딸이 르돈도의 해변에서 훼손된 시체로 발견되었다는 엄마. 아들이 웨스트할리우드의 어느 아파트에서 목이 매달려 죽었다는 부모. 아내가 어느 날 밤 선셋대로의 클럽에 갔다가 돌아오지 않았다는 젊은 남편. 모두들 신에게 느낀 배신감과 슬픔 때문에 몸과 마음이 거의 마비되어서 마치 좀비 같았다. 매케일렙은 그들에게 위안을 줄 수도, 그들을 도와줄 수도 없었다. 그래서 그들을 그냥 보내버렸다.

그가 그 신문기사를 쓴 기자와 인터뷰를 한 것은 순전히 그 기자에게 신세진 것이 있기 때문이었다. 그가 FBI에서 일할 때 케이샤 러셀이라는 기자가 항상 그에게 호의를 베풀었다. 그녀는 남에게 호의를 베풀고 나서 항상 그만큼 대가를 챙기는 기자가 아니었다. 그런 그녀가 기사가 실리기 한 달 전 배로 전화를 걸어 그의 호의를 요구했다. 〈로스앤젤레스 타임스〉지의 '그때 그 일은 어떻게…?' 칼럼을 맡았다는 것이었다. 그녀는 그보다 1년 전에 매케일렙이 심장을 기다리고 있다는 기사를 쓴 적이 있기 때문에 그 뒤로 이식수술을 받았는지 알고 싶어 했다. 매케일렙은 인터뷰를 하면 자신이 즐기고 있는 익명의 삶이 방해를 받으리라는 것을 알기 때문에 그녀의 부탁을 거절하고 싶었지만, 러셀은 예전에 자기가 수없이 도와줬던 일들을 언급했다. 수사의 세세한 사항을 기사로 쓰지 않은 것이나 매케일렙의 부탁으로 일부러 특정 사실을 기사에 실어주었던 일 같은 것. 매케일렙은 선택의 여지가 없었다. 그는 항상 신세를 갚아야 직성이 풀리는 사람이었다.

기사가 나간 날 매케일렙은 그것이 이제는 전직 요원이 된 자신의 처지를 공식적으로 확인해주는 배지 같다는 생각을 했다. 대개 그 칼럼은 정치판에서 사라진 속물 정치가나 반짝 인기를 누리다 사라져간 사람들의 최근 소식만 다뤘다. 그래서 가끔 부동산 중개인이 되거나 화가가 돼서 자신의 진정한 창의력을 발휘하고 있는 왕년의 텔레비전 스타들 소식이 실리곤 했다.

매케일렙은 오려놓은 신문기사를 펼쳐서 다시 읽어보았다.

전직 FBI 요원의 새 심장과 새로운 출발
케이샤 러셀, 〈로스앤젤레스 타임스〉 기자

터렐 매케일렙의 얼굴은 예전에 로스앤젤레스 저녁뉴스에 항상 붙박이처럼 등장하곤 했다. 그의 말은 지역신문에 항상 실렸다. 그에게도 이 도시에게도 그리 좋은 일만은 아니었다.

FBI 요원 시절 매케일렙은 FBI가 지난 10년 동안 로스앤젤레스를 비롯한 서부 지역에서 발생한 여러 연쇄살인사건을 수사할 때마다 수사팀 대표로 내세운 인물이었다.

언론을 잘 알고 항상 인용하기 좋은 말을 할 줄 아는 그는 자주 스포트라이트를 받았다. 그리고 이 때문에 가끔 이 지역 요원들은 물론 버지니아 주 콴티코의 상사들에게도 오해를 받곤 했다.

하지만 그가 대중의 레이더에 전혀 잡히지 않은 지 벌써 2년여가 흘렀다. 이제 매케일렙은 배지도 총도 가지고 다니지 않는다. 심지어 FBI 요원들의 유니폼처럼 되어버린 짙은 남색 정장도 갖고 있지 않다고 말한다.

요즘 그는 낡은 청바지와 찢어진 티셔츠를 자주 입고 42피트짜리 낚싯배인 〈더 팔로잉 시〉 호를 수리하곤 한다. 로스앤젤레스에서 태어나 근처 카탈리나 섬의 애벌론에서 자란 매케일렙은 현재 샌 페드로의 한 마리나에 배를 정박시켜놓고 거기서 살고 있지만 나중에는 이 배를 애벌론 항구에 정박시킬 계획이다.

심장이식수술을 받은 후 요양 중인 매케일렙은 연쇄살인범과 강간범들을 뒤쫓는 일은 자신의 마음을 떠난 지 이미 오래라고 말한다.

올해 46세인 매케일렙은 자기가 원래 타고난 심장을 FBI에 주어버렸지만 전혀 아쉬워하지 않는다. 의사들에 따르면, 심한 스트레스가 바이러스를 자극하는 바람에 그의 심장이 약해져서 치명적인 지경에까지 이르렀다고 한다.

"이런 일을 겪고 나면 몸뿐만 아니라 마음도 바뀝니다." 매케일렙은 지난 주 기자와의 인터뷰에서 이렇게 말했다. "세상을 넓은 시각에서 바라보게 돼요. FBI 시절이 아주 오래전 같습니다. 지금은 새로운 인생을 살고 있어요. 이 새로운 인생을 정확히 어떻게 살아나갈지는 아직 잘 모르지만, 별로 걱정은 안 합니다. 뭔가 찾아내겠죠."

매케일렙은 하마터면 새로운 인생을 누리지 못할 뻔했다. 그와 같은 혈액형을 지닌 사람이 인구 중 1퍼센트도 안 될 만큼 드물기 때문에 그는 적합한 심장이 생길 때까지 거의 2년을 기다려야 했다.

매케일렙의 이식수술을 집도한 보니 폭스 박사는 "정말이지 목이 다 빠질 지경이었다"면서 "더 늦었다면 매케일렙 씨가 버티지 못했거나, 수술을 감당할 수 없을 만큼 쇠약해졌을 것"이라고 말했다.

매케일렙은 현재 병원에서 퇴원한 상태이며, 수술 후 겨우 8주밖에 되지 않았는데도 몸을 활발하게 움직이는 생활을 하고 있다. 예전에 수사에 몰두하던 시절은 가끔밖에 생각나지 않는다고 한다.

매케일렙이 FBI 요원 시절 담당했던 사건의 목록을 보면, 공포의 전당에 등재된 사람들의 인명록을 보는 것 같다. 그가 담당했던 지역 사건들로는 밤의 스토커 사건과 시인 사건이 있다. 그는 또한 코드 킬러, 선셋대로 교살자, 루서 해치 등을 추적하는 데도 핵심적인 역할을 했다. 루서 해치는 피해자들의 무덤을 찾아갔던 사실이 체포 뒤 밝혀지면서 묘지 방문자라는 별명으로 유명해진 인물이다.

매케일렙은 콴티코 본부에서 여러 해 동안 프로파일러로 활약했다. 그는 특히 서해안 쪽 사건들을 전문으로 다루었기 때문에, 지역 경찰의 수사를 도우려고 로스앤젤레스를 자주 찾았다. 그래서 결국 그의 상관들이 로스앤젤레스에 위성 기지를 하나 세우기로 했고, 매케일렙은 고향인 로스앤젤레스로 돌아와 웨스트우드의 FBI 지부 사무실에서 일했다. 로스앤젤레스로 근거지를 옮긴 뒤 그는 지역 경찰이 FBI의 도움을 요청한 많은 사건들을 더욱 가까이에서 수사할 수 있게 되었다.

하지만 모든 수사가 성공적으로 끝난 것은 아니었기 때문에 결국은 스트레스가 병을 부르고 말았다. 매케일렙은 어느 날 저녁 지부 사무실에서 일하다가 심장발작을 일으켰다. 그러나 다행히 야간 경비원에게 발견돼 목숨을 구할 수 있었다. 의사들은 매케일렙이 중증 심근증(심장 근육이 약해지는 병)을 앓고 있다는 진단을 내리고 그를 이식 대기자 명단에 올렸다. 그리고 그는 건강을 이유로 FBI를 그만두었다.

그 뒤로 그가 FBI 호출기 대신 차게 된 병원 호출기가 2월 9일에 울렸다. 혈액형이 일치하는 심장이 있다는 연락이었다. 시더스 사이나이 병원에서 여섯 시간 동안 수술을 받은 끝에 매케일렙의 가슴에서 기증자의 심장이 뛰기 시작했다.

매케일렙은 새로운 인생을 어떻게 살아야 할지 아직 확실한 계획이 없다. 요즘은 그저 낚시를 즐기고 있을 뿐이다. 전직 FBI 요원들과 형사들이 그에게 사립탐정이나 보안 컨설턴트 일을 함께 하자고 제의했지만, 아직 그는 아버지에게서 물려받은 20년 된 낚싯배인 〈더 팔로잉 시〉 호를 복원하는 데 전념하고 있다. 이 배는 6개월 동안 방치되어 많이 손상되었기 때문에 매케일렙은 줄곧 이 배에만 매달려 있다.

그는 "지금은 한번에 조금씩 일을 해나가는 데 만족한다"면서 "미래를 지나치게 걱정할 필요는 없다"고 말했다.

그는 후회나 아쉬움이 거의 없는 사람이지만, 은퇴한 수사관들과 어부들이 항상 그럴

듯이 그물을 피해 도망치는 놈들이 있는 현실을 안타까워한다.

그는 "내가 맡은 사건을 모두 해결했다면 좋았을 것이다. 범인을 잡지 못할 때는 정말 기분이 나빴다. 지금도 도망치는 물고기들을 보면 그렇다"고 말했다.

매케일렙은 기사와 함께 실린 사진을 잠시 들여다보았다. 그가 FBI에 있을 때 신문에 자주 실렸던 오래된 사진이었다. 그의 눈이 대담하게 카메라를 똑바로 바라보고 있었다.

케이샤 러셀은 이 기사를 쓰려고 그를 찾아올 때 사진기자를 함께 데려왔다. 하지만 매케일렙은 사진 찍기를 거부하고, 그냥 옛날 사진을 쓰라고 말했다. 지금 자신의 모습을 아무에게도 보여주고 싶지 않아서였다.

물론 그가 셔츠를 벗어 수술 흉터를 드러내지 않는 한, 사람들이 그의 사진을 보고 쑤군덕거리지는 않을 것이다. 몸무게가 15킬로그램쯤 빠지기는 했지만, 그가 숨기고 싶은 것은 그게 아니었다. 눈이 문제였다. 총알처럼 상대를 강하게 꿰뚫어보던 눈빛을 이제는 볼 수 없었다. 그는 그 사실을 아무에게도 알리고 싶지 않았다.

그는 오려두었던 이 신문기사를 접어 한쪽 옆으로 치웠다. 그러고는 잠시 손가락으로 책상을 두드리며 생각에 잠겼다가 전화기 옆의 종이꽂이를 바라보았다. 그래시엘라 리버스가 연필로 전화번호를 적어준 종이쪽지가 종이꽂이에 꽂힌 여러 메모지들 중 가장 위에 꽂혀 있었다.

요원 시절에 그는 자신이 뒤쫓는 사람들에게 깊이를 알 수 없는 분노를 느꼈다. 그들이 저지른 짓을 직접 봤기 때문에 그 끔찍한 환상을 현실로 옮긴 놈들이 대가를 치르게 만들고 싶었다. 피로 진 빚은 반드시 피로 갚아야 했다. 그래서 FBI 연쇄살인 전담반 요원들은 자기들이 하는 일을 '피의 작업'이라고 불렀다. 달리 표현할 길이 없었다. 그래서 대가를 치르지 않고 빠져나가는 놈이 생길 때마다 그는 상처를 입었다. 매번.

그런데 지금은 글로리아 토레스 사건이 그에게 상처를 입히고 있었다. 악이 그 여자의 목숨을 앗아갔기 때문에 그는 목숨을 건졌다. 그래시엘라는 그에게 사건의 자초지종을 이야기해주었다. 그 이야기에 따르면, 글로리아는 아무 이유 없이 죽었다. 범인과 현금등록기 사이에 서 있었다는 것이 죄라면 죄였다. 그렇게 단순하고, 터무니없고, 지독한 이유로 목숨을 잃다니. 그래서인지 매케일렙은 왠지 빚을 진 기분이었다. 글로리아와 그녀의 아들에게, 그래시엘라에게, 심지어 자기 자신에게도.

그는 수화기를 들고 종이에 적힌 번호를 눌렀다. 늦은 시각이었지만 더이상 미루고 싶지 않았다. 그녀 역시 그가 미적거리는 것을 원하지 않을 것 같았다. 벨이 겨우 한 번 울린 뒤에 그녀가 속삭이듯 작은 소리로 전화를 받았다.

"리버스 씨?"

"네."

"테리 매케일렙입니다. 어제 내 배로⋯."

"네."

"지금 통화가 어려운가요?"

"아뇨."

"그렇다면 드릴 말씀이 있습니다. 내가, 저, 좀 생각을 해봤는데, 내가 어떤 결정을 내리든 전화하겠다고 약속했죠?"

"네."

딱 한 마디뿐인데도 희망이 깃들어 있는 목소리였다. 그것이 그의 심금을 울렸다.

"내가 무슨 생각을 했냐면, 내, 그러니까, 내 재주가, 아마 재주라고 하면 될 것 같은데, 그게 이런 범죄에는 잘 맞지 않습니다. 동생분 사건에 대한 댁의 설명에 따르면, 이번 일은 범인이 금전적인 동기에서 무작위로 저지른 일이에요. 강도사건이죠. 그러니까, 저, 내가 FBI에서 맡았던 사건들, 연쇄살인사건들과는 다릅니다."

"저도 알아요."

희망이 점점 사라지고 있었다.

"아뇨, 내가 안 하겠다는… 그러니까, 관심이 없다는 얘기가 아닙니다. 내가 전화한 건 내일 경찰서에 가서 이번 사건에 대해 물어볼 거라는 얘기를 하고 싶어서예요. 하지만…."

"고맙습니다."

"…얼마나 성과가 있을지는 잘 모르겠습니다. 내가 말하고 싶은 게 그거예요. 너무 기대를 부풀리고 싶지 않습니다. 그 말을 하고 싶어요. 이런 일들은… 글쎄요."

"저도 이해해요. 그래도 그렇게 해주겠다고 하셔서 고마워요. 정말 아무도…."

"어쨌든 내가 한번 살펴보겠습니다." 그가 그녀의 말을 잘랐다. 그녀에게서 지나친 감사인사를 듣고 싶지 않았다. "내가 LA 경찰에서 얼마나 협조를 얻을 수 있을지 잘 모르지만, 일단 애를 써보겠습니다. 댁의 동생분을 위해서 적어도 그 정도는 해야 할 것 같으니까요. 시도라도 해봐야죠."

그녀는 아무 말이 없었다. 그는 LA 경찰국에서 이 사건을 담당한 형사들의 이름은 물론 동생에 대해서도 추가 정보가 필요하다고 말했다. 두 사람은 10분쯤 이야기를 나눴다. 그가 필요한 정보를 작은 수첩에 다 받아 적은 뒤 전화선을 타고 불편한 침묵이 흘렀다.

"뭐, 이 정도면 될 것 같네요." 마침내 그가 말했다. "물어볼 것이 또 있거나 새로운 정보가 생기면 전화하겠습니다."

"정말 고마워요."

"오히려 내가 고맙다고 해야 할 것 같은데요. 내가 이 일을 할 수 있어서 기쁩니다. 그저 도움이 되기만을 바랄 뿐이에요."

"당연히 도움이 될 거예요. 제 동생의 심장을 갖고 계시잖아요. 그애가 선생님을 인도할 거예요."

"예." 그는 머뭇거리며 대답했다. 그녀의 말이 무슨 뜻인지, 자기가 왜 예라고 대답했는지 잘 알 수 없었다. "나중에 전화하겠습니다."

그는 전화를 끊고 잠시 전화기를 노려보며 그녀의 마지막 말에 대해 생각해보았다. 그러고는 다시 자신의 사진이 실린 기사를 펼쳤다. 그는 사진 속의 눈을 한참 동안 들여다보았다.

마침내 그는 신문기사를 접어서 책상 위의 서류더미 속에 감췄다. 그리고 치아교정기를 낀 소녀를 잠시 올려다보다가 고개를 끄덕이고는 불을 껐다.

04 탱고와 도넛

매케일렙이 FBI에 있을 때, 함께 일하던 요원들은 이 과정을 '어려운 탱고'라고 불렀다. 지역 경찰들을 상대할 때 각별히 신경을 써야 한다는 뜻이었다. 여기에는 자존심과 영토싸움이 걸려 있었다. 개는 다른 개의 영역 안에서 오줌을 싸지 않는 법이다. 허락을 받지 않는 한.

건강한 자존심이 없으면 강력사건 전담 형사가 될 수 없었다. 건강한 자존심이야말로 이 일에 절대적으로 필요한 요건이었기 때문이다. 강력사건을 담당하려면 자신이 이 일을 감당할 수 있음을, 자신이 적보다 더 훌륭하고, 더 똑똑하고, 더 강하고, 더 비열하고, 더 재주가 많고, 참을성도 더 많다는 확신을 가슴 깊이 품고 있어야 했다. 자기가 승리할 것이라는 강한 확신이 있어야 했다. 혹시라도 의심이 생기거든 당장 뒤로 물러서서 그냥 주택절도 사건이나 담당하든지, 도로 순찰을 하든지, 아예 다른 일을 해야 했다.

문제는 살인사건 전담반 형사들이 지나치게 자존심을 세우려다가, 자신을 돕고 싶어 하는 동료 수사관들, 특히 FBI 요원들을 적대시하는 경우가 가끔 있다는 점이었다. 수사가 지지부진할 때, 누군가 다른 사람, 특히 콴티코의 연방요원들이 수사에 도움을 주거나 오히려 더 훌륭한 성과를 거둘 수도 있지 않겠느냐는 말을 듣고 좋아라 하는 살인사건 전담반 형사는 아무도 없다. 매케일렙은 경찰관이 결국 사건을 포기하고 파일을 미제 사건으로 분류할 때에는 다른 사람이 그 파일을 다시 꺼내서 사건을 해결하는 일이 없기를 내심 바란다는 사실을 경험으로 알고 있었다. 다른 사람이 사건을 해결하면 처음 사건을 맡았던 경찰관이 뭔가 잘못을 저질렀다고 증명하는 꼴이 될 테니까 말이다. FBI 요원 시절 매케일렙에게 수사 공조나 조언을 요청한 형사는 거의 한 명도 없었다. FBI에게 협조를 요청한 것은 언제나 수사팀을 감독하는 상관들이었다. 상관들은 수사팀 형사들의 자존심이나 마음의 상처 따위 아랑곳하지 않았다. 그들이 원하는 것은 사건을 해결해서 통계치를 개선하는 것뿐이었다. 그래서 FBI에 수사 공조 요청이 들어왔을 때 매케일렙은 경찰서에서 수사팀장과 신경전을 벌여야 했다. 매끄럽게 협조가 잘 이루어질 때도 가끔 있었지만, 힘든 신경전을 벌일 때가 더 잦았다. 그들은 서로 발을 밟고 밟히면서 자존심에 상처를 입었다. 함께 일하는 형사가 정보를 일부러 알려주지 않거나, 매케일렙이 범인의 정체를 알아내지도 못하고 사건을 종결짓지도 못하는 것을 보며 은근히 즐거워하는 것 같다는 생각이 든 적이 한두 번이 아니었다. 그것은 법을 집행하는 사람들의 세계에서 벌어지는 치사한 영토다툼이었다. 심지어 피해자나 피해자 가족에 대한 배려는 아예 뒷전으로 밀려날 때도 간혹 있었다. 그런 것은 디저트에 불과했다. 가끔은 디저트가 아예 없을 때도 있었다.

매케일렙은 이번에도 LA 경찰관들과 힘겨운 신경전을 벌여야 할 거라고 거의 확신하고 있었다. 경찰의 글로리아 토레스 사건 수사가 벽에 부딪혀서 도움이 필요하다는 사실은 중요하지 않았다. 중요한 건 영토를 지키는 것이니까. 설상가상으로 매케일렙은 이제 FBI 요원도 아니었다. 배지도 없이 알몸으로 경찰을 찾아가는 꼴이었다. 그가 화요일 아침 7시 30분에 웨스트밸리 경찰서에 도착했을 때 그가 들고 있는 것은 가죽가방과 도넛 한 상자뿐이었다. 음악도 없이 어려운 탱고를 추러 무대로 나가는 꼴이었다.

매케일렙이 일부러 이 시간을 골라 경찰서로 온 것은 대부분의 형사들이 일찍 출근해서 일찍 일을 끝내고 싶어 한다는 사실을 알기 때문이었다. 따라서 이 시간이면 글로리아 토레스 사건을 맡은 두 형사를 사무실에서 만날 가능성이 가장 높았다. 형사들의 이름은 그래시엘라가 알려주었다. 어랭고와 월터스. 매케일렙은 이 두 형사와 모르는 사이였지만, 그들의 상관인 댄 버스커크 반장과는 몇 년 전 코드 킬러 사건 때 만난 적이 있었다. 하지만 잘 아는 사이는 아니었다. 매케일렙은 버스커크가 자신을 어떻게 생각하는지 알 수 없었다. 그래도 절차대로 버스커크부터 만나본 다음, 어랭고와 월터스에게 접근하는 것이 상책일 것 같았다.

웨스트밸리 경찰서는 리시다의 오웬스머스 거리에 있었다. 이런 곳에 경찰서가 있는 것이 좀 이상했다. LA 경찰국에 소속된 대부분의 경찰서는 경찰의 관심이 가장 많이 필요한 우범지대에 자리 잡고 있었다. 그래서 차를 타고 지나가며 총을 쏘는 녀석들이 있을까 봐 출입구에 콘크리트로 높은 담을 세워놓았다. 하지만 웨스트밸리는 달랐다. 담도 없고, 목가적인 중산층 주택가가 경찰서 주위에 펼쳐져 있었다. 한쪽에는 도서관이 있고, 반대편에는 공원이 있었으며, 경찰서 앞 길가에는 수많은 차들이 주차되어 있었다. 그리고 길 건너편에는 샌퍼낸도 밸리식 농장주택들이 늘어서 있었다.

경찰서 정문 앞에서 택시에서 내린 매케일렙은 중앙 로비를 지나 접수대 뒤의 정복 경찰관에게 가벼운 경례를 하고는 왼쪽 복도로 향했다. 그는 조금도 머뭇거리지 않았다. LA 경찰서들의 구조가 대부분 비슷했기 때문에 이쪽 복도로 가면 형사과가 나온다는 사실을 그는 알고 있었다.

정복 경찰관이 그를 제지하지 않았기 때문에 매케일렙은 한층 용기가 났다. 그가 들고 있는 도넛 상자 덕분일 수도 있지만, 그는 자기가 아직도 왕년의 그 분위기를 조금이라도 갖고 있다는 뜻이라고 생각하고 싶었다. 총과 배지를 믿고 자신 있게 걷는 모습 말이다. 비록 지금 그에게는 총도 배지도 없었지만.

형사과로 들어가니 접수대가 또 있었다. 그가 접수대에 몸을 붙이고 허리를 숙이자 왼쪽에 자그마한 사무실의 유리 창문이 보였다. 형사반장의 사무실이었다. 하지만 방은 비어 있었다.

"무슨 일로 오셨습니까?"

그는 몸을 똑바로 세우고 근처 책상에 있다가 접수대로 다가온 젊은 형사를 바라보았다. 아마 신참이라 접수대를 맡게 됐을 것이다. 대개 접수대는 자원봉사자로 나선 동네 노인들이 맡거나, 아니면 부상이나 징계 때문에 본격적인 업무를 맡을 수 없는 경찰관들이 맡았다.

"버스커크 반장을 만나러 왔습니다. 안에 계신가요?"

"밸리 본부에서 회의 중이십니다. 제가 도와드릴 일은 없습니까?"

버스커크가 밸리 지역 전체를 총괄하는 본부가 있는 밴 나이스에 가 있다는 뜻이었다. 반장부터 만나겠다는 매케일렙의 계획이 날아갔다. 버스커크를 기다리든지, 아니면 갔다가 나중에 다시 오든지 둘 중 하나를 선택해야 했다. 그런데 여길 나가서 어디로 간다? 도서관? 근처에는 심지어 커피숍도 전혀 없었다. 그는 위험하더라도 어랭고와 월터스를 일단 만나보기로 했다. 계속 움직이며 행동을 하고 싶었다.

"살인사건 전담반의 어랭고 형사와 월터스 형사는 있습니까?"

접수대를 맡은 형사는 벽에 걸린 플라스틱판을 흘깃 바라보았다. 플라스틱판 왼편에는 이름이 죽 나열되어 있고, 그 옆에 줄줄이 늘어선 빈 칸에는 이름의 주인이 내근 중인지 외근 중인지, 휴가 중인지 법원에 가 있는지가 표시되어 있었다. 하지만 어랭고와 월터스의 이름 옆에는 아무런 표시가 없었다.

"한번 확인해보죠." 접수대 형사가 말했다. "성함이?"

"매케일렙입니다. 하지만 두 형사분은 내 이름을 들어도 모를 테니 글로리아 토레스 사건 때문에 왔다고 전해주세요."

접수대 형사는 자기 책상으로 돌아가 전화기로 숫자 세 개를 눌렀다. 그리고 속삭이듯 작은 소리로 통화를 했다. 매케일렙은 저 접수대 형사의 눈에는 '왕년의 그 분위기'가 전혀 보이지 않는다는 사실을 깨달았다. 통화는 30초 만에 끝났다. 접수대 형사는 자기 책상에서 일어날 생각도 하지 않고 그냥 이렇게 말했다.

"돌아서서 복도를 내려가시면 오른편 첫 번째 방입니다."

매케일렙은 고개를 끄덕이고는 접수대에 놓아두었던 도넛 상자를 들고 형사가 가르쳐준 대로 복도로 나갔다. 두 형사의 사무실이 가까워지자 그는 문을 열기 위해 가죽가방을 한쪽 팔 밑에 끼었다. 하지만 그가 막 손을 뻗는 순간 문이 열렸다. 하얀 셔츠에 넥타이를 맨 남자가 문 뒤에 서 있었다. 오른팔 밑에 찬 어깨 총집에 총이 걸려 있었다. 이건 나쁜 징조였다. 형사들은 무기를 거의 사용하지 않는다. 특히 살인사건 전담반 형사들은 더했다. 매케일렙의 경험상 살인사건 전담반 형사가 편안하게 허리띠에 맬 수 있는 클립 대신 어깨 총집을 찼다는 것은 자존심이 아주 강한 사람이라는 뜻이었다. 그는 하마터면 큰 소리로 한숨을 내쉴 뻔했다.

"매케일렙 씨?"

"맞습니다."

"에디 어랭고입니다. 무슨 일로 오셨습니까? 접수대 친구 말이 글로리아 토레스 사건 때문에 오셨다고 하던데요."

매케일렙은 도넛 상자를 힘들게 왼손으로 옮긴 뒤 어랭고와 악수를
했다.

"맞습니다."

어랭고는 몸집이 컸다. 위보다는 옆으로 더 퍼져 있었지만. 라틴 계였
으며, 숱이 많은 검은 머리에 흰머리가 섞여 있었다. 40대 중반에 몸집이
탄탄했고, 허리띠 위로 늘어진 뱃살도 없었다. 어깨 총집과 잘 어울리는
몸이었다. 그는 문을 통째로 가리고 서서 방문객을 안으로 들이려는 기색
이 전혀 없었다.

"어디 얘기를 좀 나눌 수 있는 곳이 없습니까?"

"얘기라니 무슨 얘기요?"

"내가 그 살인사건에 대해 좀 알아보고 싶어서요."

부드럽게 에둘러 말하는 건 이미 물 건너갔군. 매케일렙은 속으로 생각
했다.

"아, 젠장, 이럴 줄 알았어." 어랭고가 말했다.

그는 짜증스럽게 고개를 저으며 뒤를 흘깃 돌아보고는 다시 매케일렙
을 바라보았다.

"좋습니다." 그가 말했다. "빨리 끝내죠. 10분 뒤에는 내가 당신을 밖으
로 던져버릴 테니까 그리 알아요."

그가 몸을 돌려 안으로 들어가자 매케일렙은 그 뒤를 따랐다. 책상들과
형사들이 방 안에 가득했다. 몇몇 형사들은 일을 하다 말고 시선을 들어
침입자인 매케일렙을 바라보았지만, 대부분의 형사들은 신경도 쓰지 않
았다. 어랭고가 손가락을 튕겨 안쪽 벽 앞의 책상에 앉아 있던 형사를 불
렀다. 그는 통화를 하다가 고개를 들어 어랭고를 바라보더니 고개를 끄덕
이고는 손가락 하나를 들어올렸다. 어랭고는 조사실로 향했다. 한쪽 벽에
붙여놓은 작은 탁자와 의자 세 개가 있었다. 감방보다도 작은 방이었다.

어랭고가 문을 닫았다.

"앉아요. 내 파트너도 금방 올 겁니다."

매케일렙은 탁자 맞은편의 의자에 앉았다. 그래서 어랭고가 매케일렙의 왼편에 앉으려면 그의 의자 뒤로 힘들게 지나가야 하는 꼴이 되었다. 매케일렙은 어랭고를 오른쪽에 앉히고 싶었다. 이건 사소한 일이었지만, 요원 시절에 항상 지키던 법칙이었다. 나와 이야기를 나눌 상대를 오른편에 앉혀라. 그럼 상대는 나를 왼편에서 보게 될 것이고, 뇌에서 비교적 덜 비판적인 부분이 활성화될 것이다. 콴티코 소속의 심리학자가 예전에 최면술을 이용한 수사기법에 대한 강의를 하다가 가르쳐준 요령이었다. 매케일렙은 이 방법이 효과가 있는지 확신하지 못했지만, 그래도 가능한 한 유리한 위치를 차지하고 싶었다. 어랭고를 상대할 때도 그것이 필요할 것 같았다.

"도넛 하나 드릴까요?" 오른쪽 의자에 앉는 어랭고를 향해 매케일렙이 물었다.

"아뇨. 난 댁이 가져온 도넛에는 관심 없습니다. 그저 빨리 꺼져주기를 바랄 뿐이지. 그 언니가 보낸 거죠? 그 망할 놈의 언니한테 부탁을 받은 거죠? 어디 신분증 좀 봅시다. 그 여자는 무슨 생각으로 이런 데 돈을 낭비…."

"난 면허증이 없습니다."

어랭고는 흉터투성이 탁자를 손가락으로 두드리며 잠시 생각에 잠겼다.

"아, 젠장, 이 방은 왜 이렇게 갑갑한 거야. 문을 닫아두지 말아야 하는 건데."

어랭고는 연기력이 별로였다. 이 말을 할 때 말투는 마치 벽에 걸린 도표를 읽는 것 같았다. 그는 자리에서 일어나 문 옆에 걸린 온도계를 조절하고는 다시 의자에 앉았다. 매케일렙은 그가 방금 문 위의 환기구 뒤에 숨겨진 비디오카메라와 녹음기를 켰다는 것을 알고 있었다.

"우선 이것부터 확실히 합시다. 글로리아 토레스 사건을 조사 중이라고 했죠? 맞습니까?"

"글쎄요, 아직 조사를 시작한 건 아닙니다. 우선 댁과 이야기를 해보고 그걸 출발점으로 삼아 움직일 생각이었죠."

"그래도 피해자 언니의 부탁을 받은 건 맞죠?"

"그래시엘라 리버스가 나더러 한번 조사해봐 달라고 부탁한 건 맞습니다."

"그런데 캘리포니아에서 사립탐정으로 활동할 수 있는 면허증이 없다고요?"

"맞습니다."

문이 열리고 어랭고가 아까 신호를 보냈던 남자가 안으로 들어왔다. 어랭고는 고개를 돌려 파트너를 바라보지도 않고 손가락을 쫙 편 채 한 손을 들어올렸다. 방해하지 말라는 신호였다. 월터스라고 짐작되는 남자는 팔짱을 끼고 문 옆의 벽에 등을 기댔다.

"면허증도 없이 이런 식으로 사립탐정 활동을 하는 게 캘리포니아 주에서는 범죄라는 걸 알고 계십니까? 지금 당장 당신을 경범죄로 체포할 수도 있습니다."

"제대로 된 면허증도 없이 사립탐정 행세를 하며 돈을 받는 건 불법일 뿐만 아니라 비윤리적인 일입니다. 그래요, 나도 잘 알고 있습니다."

"잠깐, 지금 공짜로 이 일을 하고 있다는 겁니까?"

"맞습니다. 그 집 가족과 친구거든요."

매케일렙은 이렇게 쓸데없는 소리를 주고받는 것이 금방 지겨워져서 빨리 일을 끝내고 싶어졌다.

"쓸데없는 소리는 그만하고, 저기 테이프랑 카메라도 끈 뒤에 그냥 몇 분만 이야기 좀 합시다. 게다가 댁의 파트너가 지금 마이크에 등을 기대고 있어서 소리가 제대로 녹음되지도 않았을 겁니다."

어랭고가 고개를 돌려 매케일렙의 말이 맞다는 것을 확인하는 것과 동시에 월터스가 온도계에서 펄쩍 뛰듯이 물러났다.

"왜 말 안 해줬어?" 월터스가 파트너에게 물었다.

"시끄러워."

"자, 자, 도넛 좀 드세요." 매케일렙이 말했다. "난 그저 도우러 온 사람입니다."

어랭고가 다시 매케일렙을 바라보았다. 여전히 당황한 표정이었다.

"저기 테이프가 있다는 건 도대체 어떻게 알아낸 겁니까?"

"시내의 모든 형사과 조사실 구조가 똑같으니까요. 난 조사실에 아주 많이 가봤습니다. 옛날에 FBI에 있었기 때문에. 그래서 아는 겁니다."

"FBI?" 월터스가 물었다.

"지금은 은퇴했습니다. 그래시엘라 리버스와는 그냥 좀 아는 사이예요. 나더러 이 사건을 좀 봐달라고 부탁하기에 그러겠다고 했습니다. 돕고 싶어서요."

"이름이 뭡니까?" 월터스가 물었다.

그는 밖에서 통화를 하다 왔기 때문에 계속 뒷북을 치고 있었다. 매케일렙은 의자에서 일어나 손을 내밀었다. 월터스가 그 손을 잡자 그는 자기소개를 했다. 데니스 월터스는 어랭고보다 나이가 어렸으며, 흰 피부에 호리호리한 몸매였다. 헐렁한 옷을 입은 걸로 봐서 몸무게가 급격히 빠졌는데 옷을 새로 사지 않은 모양이었다. 겉으로 드러나게 총집을 차고 있지도 않았다. 아마 현장에 나갈 때까지 가방 안에 총을 모셔둔 모양이었다. 매케일렙과 같은 유형의 경찰관이었다. 중요한 건 총이 아니라는 걸 안다는 점에서. 하지만 월터스의 파트너는 그걸 몰랐다.

"댁이 누군지 알아요." 월터스가 손가락으로 매케일렙을 가리키며 말했다. "바로 그 사람이죠. 연쇄살인 담당."

"무슨 소리야?" 어랭고가 말했다.

"그 왜, 프로파일러들 있잖아. 연쇄살인 전담반. 거기서 여기로 파견돼서 아예 여기서 상근하던 분이야. 미친놈들이 대부분 여기서 활개치고 있으니까. 선셋대로 교살자 사건을 맡았을걸. 또 뭐가 있더라. 코드킬러, 묘지 어쩌고 하는 놈, 그 밖에도 몇 건이 더 있어."

월터스는 다시 매케일렙에게 시선을 돌렸다.

"맞죠?"

매케일렙은 고개를 끄덕였다. 월터스가 손가락을 튕겼다.

"얼마 전에 댁에 관한 기사를 읽은 적이 있는데. 〈로스앤젤레스 타임스〉였나? 맞죠?"

매케일렙은 또 고개를 끄덕였다.

"'그때 그 일은 어떻게…?' 칼럼. 2주 전 일요일자."

"그래요. 맞았어. 심장이식수술을 받았죠?"

매케일렙은 천천히 고개를 끄덕였다. 친숙함이 편안함을 낳는 법이었다. 마침내 세 사람은 일 이야기로 돌아갔다. 월터스는 어랭고 뒤쪽에 계속 서 있었지만, 매케일렙은 그의 시선이 탁자 위의 상자로 향하는 것을 보았다.

"도넛 하나 줄까요? 그냥 버리기는 아까운데. 아침을 못 먹어서 사 왔지만, 댁들이 안 먹으면 나도 안 먹을 겁니다."

"나는 먹어줄 수 있어요." 월터스가 말했다.

그는 앞으로 다가와 상자를 열면서 불안한 시선으로 파트너를 흘깃 바라보았다. 어랭고의 얼굴은 돌처럼 무표정했다. 월터스는 시럽을 바른 도넛을 꺼냈다. 매케일렙은 계피 설탕을 바른 도넛을 선택했다. 마침내 어랭고도 고집을 꺾고 마지못해 슈거파우더를 뿌린 도넛을 잡았다. 세 사람은 아무 말 없이 도넛을 먹었다. 잠시 후 매케일렙은 겉옷 주머니에 손을 넣어 도넛 가게에서 가져온 냅킨 뭉치를 꺼냈다. 그가 탁자 위로 냅킨을 던지자 다들 하나씩 집어 들었다.

"FBI 연금이 너무 짜서 사립탐정 일을 해야 할 정도인가 보죠?" 월터스가 입 안에 도넛을 가득 문 채 말했다.

"난 사립탐정이 아닙니다. 피살자 언니랑 아는 사이일 뿐이에요. 아까도 말했지만, 돈을 받고 하는 일이 아니에요."

"아는 사이라고요?" 어랭고가 말했다. "그 말만 벌써 두 번쨌데. 정확히 어떻게 아는 사입니까?"

"난 저쪽 항구에서 배에서 살아요. 어느 날 그 근처에서 그 여자를 만났습니다. 그 여자도 배를 좋아하거든요. 그래서 만난 겁니다. 그 여자는 옛날에 내가 FBI에서 일했다는 얘기를 듣더니 이 사건을 한번 살펴봐 달라고 부탁했습니다. 뭐가 이상합니까?"

그는 자신이 진실을 감추는 이유가 무엇인지 알 수 없었다. 어랭고를 보자마자 마음에 안 들었다는 점을 제외하더라도, 그는 글로리아 토레스, 그래시엘라 리버스 자매와 자신이 어떻게 연결되어 있는지 밝히고 싶지 않았다.

"좋습니다." 어랭고가 말했다. "그 여자가 댁한테 뭐라고 했는지는 모르지만, 이건 그냥 편의점 강도사건입니다, FBI 요원님. 찰리 맨슨이나 테드 번디나 망할 놈의 제프리 다머 같은 연쇄살인범하고는 상관없단 말입니다. 복잡한 사건도 아니에요. 어떤 정신 나간 놈이 돈 좀 몇 푼 만져보려고 복면을 하고 총을 들고 들어와서는 무슨 생각을 했는지 총을 갈겨댄 사건이에요. 댁이 옛날에 접하던 사건하고는 종류가 다릅니다."

"그건 나도 압니다." 매케일렙이 말했다. "하지만 그 여자한테 한번 확

인해보겠다고 약속했어요. 수사가 시작된 지 얼마나 됐죠? 두 달쯤? 지금
쯤이면 댁들도 이 사건에 많은 시간을 쏟을 수 없을 테니 신선한 시각을
지닌 사람이 한번 사건을 살펴봐도 괜찮을 텐데요."

월터스가 이 미끼를 물었다.

"우리 팀은 그 뒤로 네 건을 맡았습니다. 에디는 지난 2주 동안 밴 나이
스에서 재판에 참석했고요. 리버스 사건은…."

"아직 수사 중입니다." 어랭고가 파트너의 말을 잘랐다.

매케일렙은 월터스에서 어랭고에게로 시선을 돌렸다.

"그래요…. 그렇겠죠."

"그리고 수사 중인 사건에는 아마추어들을 끌어들이지 않는 것이 우리
규칙입니다."

"아마추어?"

"댁은 배지도 없고, 사립탐정 면허도 없으니 나한테는 아마추어예요."

매케일렙은 이 모욕을 그냥 넘겼다. 어랭고가 그의 반응을 보려고 일부
러 수작을 거는 것 같았다. 매케일렙은 그냥 자기주장을 밀고 나갔다.

"그거야 댁들이 편의대로 내세우는 규칙이죠." 그가 말했다. "내가 수사
에 도움이 될 수 있다는 건 우리 셋 다 아는 사실입니다. 하지만 한 가지
분명히 해둘 게 있습니다. 난 댁들한테 망신을 주려고 온 게 아닙니다. 그
럴 생각은 전혀 없어요. 내가 뭘 찾아낸다면 댁들한테 가장 먼저 알릴 겁
니다. 용의자든 단서든 전부. 다 댁들한테 말해줄 거예요. 난 그냥 약간의
협조를 바랄 뿐입니다."

"협조라면 정확히 뭘 말하는 겁니까?" 어랭고가 물었다. "말 많은 내 파
트너의 말처럼 우리가 좀 바빠서 말이죠."

"사건기록을 복사해주세요. 동영상 자료가 있으면 그것도. 난 범죄현장
분석을 잘 합니다. 그게 내 전문분야였다고나 할까. 그러니 내가 도움이

될지도 모릅니다. 댁들이 갖고 있는 자료만 복사해주면 나는 물러나겠습니다."

"우리가 수사를 엉망으로 했다고 생각한다는 얘기군. 댁은 연방요원이고, 연방요원들은 우리보다 훨씬 똑똑하니까 자료만 보면 답이 알아서 튀어나오기라도 한답니까?"

매케일렙은 웃음을 터뜨리며 고개를 절레절레 저었다. 마초 성향을 드러내는 총집을 보자마자 실패를 자인하고 물러났어야 한다는 생각이 들었다. 그는 한 번 더 설득을 시도했다.

"아뇨, 그런 뜻이 아닙니다. 댁들이 단서를 놓쳤는지 아닌지는 나야 모르죠. 난 LA 경찰국과 함께 일한 적이 많습니다. 그러니 만약 나더러 내기를 걸라면, 댁들이 아무것도 놓치지 않았다는 쪽에 걸 거예요. 난 그저 그래시엘라 리버스에게 한번 살펴보겠다고 약속을 해버렸으니 나도 어쩔 수 없다는 얘기를 하는 겁니다. 하나만 물어봅시다. 그 여자가 댁한테 전화를 자주 합니까?"

"그 언니요? 너무 자주 하죠. 매주 잊어먹지도 않습니다. 그때마다 나는 똑같은 대답을 하고요. 용의자도, 단서도 없다고."

"댁은 지금 무슨 일이 일어나기를 기다리는 거죠? 그래서 이 사건이 새로운 생명을 얻게."

"글쎄요."

"뭐, 날 도우면 최소한 그 여자한테 시달리는 일은 더 이상 없을 겁니다. 내가 댁들의 자료를 훑어보고 그 여자한테 가서 댁들이 최선을 다했다고 말하면, 그 여자도 뒤로 물러날지 몰라요. 그 여자는 내가 어떤 사람인지 아니까 내 말은 믿을 겁니다."

두 사람 다 아무 대답이 없었다.

"밑져야 본전 아닙니까." 매케일렙이 채근했다.

"협조를 할 거면 그전에 반장님한테 허락을 얻어야 합니다." 어랭고가 말했다. "반장님 허락도 없이 수사기록을 무작정 복사해서 내돌릴 수는 없어요. 규칙을 들먹일 것도 없습니다. 사실 그 부분에서는 댁이 잘못했어요. 우릴 찾아오기 전에 반장님을 먼저 만났어야죠. 이쪽 세계 규칙을 아시는 분이. 댁이 규칙을 어긴 겁니다."

"그건 나도 알아요. 처음에 반장님을 찾았더니 밸리 본부에 가 있다고 했어요."

"예, 뭐, 그래도 금방 돌아오실 겁니다." 어랭고가 손목시계를 보며 말했다. "그건 그렇고, 범죄현장 분석을 잘 한다고요?"

"예. 현장을 비디오로 찍었다면, 내가 한번 보고 싶습니다."

어랭고는 월터스를 바라보며 한쪽 눈을 찡긋하더니 다시 매케일렙에게 시선을 돌렸다.

"범죄현장 비디오보다 더 좋은 게 있습니다. 범죄 순간의 비디오가 있어요."

그가 의자를 차고 일어섰다.

"갑시다." 그가 말했다. "도넛도 들고 오세요."

05 범죄의 순간

어랭고는 살인사건 전담반 사무실을 꽉꽉 채운 책상들 중 한 곳으로 가서 서랍을 열고 비디오테이프를 꺼냈다. 그러고는 사무실을 나가 복도를 내려가서 형사계 접수대의 낮은 문을 지나갔다. 매케일렙은 그의 뒤를 따르며, 지금 버스커크의 사무실로 가는 중임을 알아차렸다. 그 사무실의 주인은 아직도 출타 중이었다. 매케일렙은 접수대에 도넛을 놓아두고 다른 사람들 뒤를 따라 안으로 들어갔다.

방 한쪽 구석에 바퀴가 달린 높은 강철 캐비닛이 있었다. 교실이나 점호실 구조와 비슷했다. 어랭고가 캐비닛의 문을 열자 텔레비전과 비디오 플레이어가 모습을 드러냈다. 그는 두 기계를 켜고 테이프를 집어넣었다.

"자, 이걸 보고 우리가 아직 못 찾아낸 걸 말해보시죠." 그는 매케일렙을 보지도 않고 말했다. "그럼 우리가 반장님 앞에서 댁의 편을 들어줄지도 모르니까."

매케일렙은 텔레비전 정면에 가서 섰다. 어랭고가 재생 버튼을 누르자 곧 흑백 화면이 나타났다. 매케일렙이 보고 있는 것은 자그마한 편의점 천장의 감시카메라가 찍은 영상이었다. 가게 정면의 계산대 주위가 화면의 중심을 차지했다. 계산대 상판 위에는 유리가 깔려 있고, 담배, 1회용 카메라, 건전지 같은 물건들이 잔뜩 놓여 있었다. 화면 맨 아래에 날짜와 시간이 나타났다.

잠시 동안 화면에 아무도 없다가 반백의 점원 정수리가 왼쪽 아래 구석에 나타났다. 그가 금전등록기 쪽으로 몸을 숙인 덕분이었다.

"이 사람이 가게 주인인 찬호 강입니다." 어랭고가 손가락으로 화면을 두드리며 말했다. 화면에 도넛 기름 자국이 남았다. "저 사람이 이승에서 보낸 마지막 몇 초를 보고 있는 거예요."

강은 금전등록기 서랍을 열고 25센트 동전 묶음을 꺼내 계산기 구석에 탁탁 쳐서 포장지를 찢은 다음 서랍 안의 한 칸에 동전을 쏟아 넣었다. 그가 막 서랍을 닫는 순간 어떤 여자가 화면 안으로 들어왔다. 손님이었다. 매케일렙은 그래시엘라 리버스가 배에서 보여준 사진 속의 그 여자임을 금방 알아보았다.

글로리아 토레스는 미소를 지으며 계산대로 다가와 허시 막대사탕 두 개를 계산대에 내려놓았다. 그러고는 가방을 열고 지갑을 꺼냈다. 강은 금전등록기에 금액을 입력했다.

글로리아가 돈을 꺼내 들고 고개를 들었을 때 갑자기 또 다른 사람이 화면에 들어왔다. 검은 스키 마스크로 얼굴을 가리고 검은 점프수트처럼 보이는 옷을 입은 남자였다. 그가 글로리아의 뒤로 다가갔지만, 두 사람은 신경 쓰지 않았다. 그녀는 여전히 웃는 얼굴이었다. 매케일렙은 화면 아래쪽의 시간을 확인했다. 22:41:39라고 되어 있었다. 그는 다시 시선을 움직여 가게 안의 상황을 살폈다. 현실 같지 않은 흑백화면으로 소리도 없이 사건이 벌어지는 광경을 지켜보니 기분이 이상했다. 스키 마스크를 쓴 남자는 글로리아 뒤에서 그녀의 오른쪽 어깨에 오른손을 올리고는 연달아 왼손을 움직여 그녀의 왼쪽 관자놀이에 총구를 들이댔다. 그러고는 망설이지도 않고 방아쇠를 당겼다.

"탕탕!" 어랭고가 말했다.

매케일렙은 총알이 글로리아의 두개골을 찢고 들어가는 모습을 지켜보며 누가 주먹으로 가슴을 꽉 움켜쥔 것 같은 느낌이 들었다. 총알이 들어간 구멍과 나온 구멍, 즉 머리 양편에서 피가 무시무시한 안개처럼 흩뿌려졌다.

"순식간이라 저 여자는 아무것도 몰랐을 겁니다." 월터스가 조용히 말했다.

글로리아는 계산대 위로 털썩 쓰러졌다가 다시 뒤로 튕겨나가 총을 쏜 자의 품으로 쓰러졌다. 범인은 오른팔로 그녀의 몸을 감았다. 팔이 그녀의 가슴 위를 지나갔다. 범인은 글로리아를 방패 삼아 그렇게 붙들고 뒷걸음질을 치며 다시 왼손을 들어 강에게 총을 쏘았다. 총알은 강의 몸 어딘가를 맞힌 모양이었다. 강은 벽에 부딪혔다가 앞으로 튕겨 나와 계산대 위로 쓰러졌다. 그 충격으로 유리에 금이 갔다. 강의 팔이 계산대 너머로 늘어지고, 손은 절벽을 오르는 사람처럼 뭔가 잡을 것을 찾아 움직였다. 하지만 결국 그의 손에서 힘이 빠지고, 그의 몸이 계산대 뒤의 바닥으로 털썩 쓰러졌다.

범인은 글로리아의 시체를 놓았다. 글로리아는 미끄러지듯 바닥으로 쓰러졌고, 그 바람에 상반신이 화면 밖으로 나갔다. 화면에는 뭔가를 잡으려는 것처럼 뻗은 손과 다리만 보였다. 범인은 계산대로 가서 그 위로 몸을 수그리고 바닥에 쓰러진 강을 내려다보았다. 강은 계산대 밑의 선반에 손을 뻗어 종이봉투 더미를 미친 듯이 잡아당기고 있었다. 범인은 그냥 그를 바라보기만 했다. 마침내 강이 검은 권총을 꺼내 들었다. 범인은 강이 총을 들어올리기도 전에 침착하게 그의 얼굴을 쏘았다.

범인은 다리가 허공에 뜰 만큼 카운터 너머로 더욱 몸을 수그려서 강의 팔 바로 옆에 떨어진 탄피 중 하나를 집었다. 그러고는 몸을 똑바로 펴고 손을 뻗어 금전등록기의 열린 서랍에서 지폐를 꺼냈다. 그는 카메라를 올려다보았다. 복면을 썼는데도 범인이 윙크를 하며 카메라를 향해 뭐라고 말하는 것이 분명히 보였다. 범인은 재빨리 화면 왼쪽으로 사라졌다.

"다른 탄피 두 개를 줍는 중이에요." 월터스가 말했다.

"저 카메라에 소리는 없죠?" 매케일렙이 말했다.

"없어요." 월터스가 말했다. "놈이 무슨 말을 했는지는 몰라도 그냥 혼잣말이에요."

"가게 안에 카메라는 한 대뿐입니까?"

"한 대뿐이에요. 강이 구두쇠였답니다. 사람들 말이 그래요."

화면 속에서는 범인이 밖으로 나가는 길에 화면 구석을 한 번 더 지나갔다.

매케일렙은 텔레비전 화면을 멍하니 바라보았다. 지금까지 많은 경험을 쌓았는데도 저 냉혹한 폭력성이 충격적이었다. 지폐 몇 장 때문에 두 생명이 사라지다니.

"〈미국에서 가장 웃기는 홈비디오〉 프로그램에 나올 만한 장면은 아니죠." 어랭고가 말했다.

매케일렙은 어랭고 같은 경찰들을 오랫동안 상대했다. 그들은 마치 어떤 일에도 영향을 받지 않는 사람처럼 굴었다. 그들은 최악의 범죄현장을 보고도 우스갯거리를 찾아냈다. 그건 생존본능이었다. 자신에게는 방패, 즉 경찰 배지가 있기 때문에 아무리 끔찍한 일도 아무런 의미가 없다는 식으로 행동하고 말하는 것. 자신은 결코 상처받지 않을 것처럼 구는 것.

"다시 볼 수 있을까요?" 매케일렙이 말했다. "이번에는 좀 천천히 해주겠어요?"

"잠깐만요." 월터스가 말했다. "아직 안 끝났어요."

"예?"

"착한 사무엘이 지금쯤 나타날 거예요."

월터스는 새뮤얼을 히스패닉처럼 사무엘이라고 발음했다.

"착한 새뮤얼이요?"

"착한 사마리아인이요. 멕시코인이 가게에 들어와서 두 사람을 발견하고 도우려고 해요. 그 덕분에 여자는 숨이 붙어 있는데, 강은 그 남자도 손을 쓸 길이 없죠. 멕시코인은 바깥의 공중전화로 나가서⋯ 저기 나오네요."

매케일렙은 다시 화면을 바라보았다. 화면의 시각은 22:42:55로 바뀌어 있었다. 검은 머리, 검은 피부의 남자가 청바지와 티셔츠 차림으로 화면 안으로 들어왔다. 처음에 그는 화면 오른쪽에서 머뭇거렸다. 글로리아 토레스를 본 모양이었다. 하지만 그는 이내 카운터로 가서 그 뒤를 들여다보았다. 강의 시체는 흥건한 피 속에 누워 있었다. 그의 가슴과 얼굴에 총알이 들어간 상처가 크고 무시무시하게 나 있었다. 그는 눈을 뜬 채였다. 아무리 봐도 죽었음이 분명했다. 착한 사마리아인은 글로리아에게 돌아갔다. 그는 바닥에 무릎을 꿇고 글로리아의 상체 위로 몸을 수그린 것 같았다. 글로리아의 상체가 화면 밖에 있어서 확실치는 않았다. 하지만 그는 몸을 수그리자마자 다시 일어서서 화면 밖으로 나갔다.

"반창고를 찾으려고 진열대로 간 겁니다." 어랭고가 말했다. "실제로 커다란 테이프와 생리대로 상처를 싸맸어요. 놀랍죠?"

착한 사마리아인이 다시 나타나서 글로리아를 돌보기 시작했다. 하지만 그의 움직임은 모두 화면 밖에서 이루어졌다.

"카메라에는 저 친구 모습이 확실히 잡히지 않았습니다." 어랭고가 말했다. "게다가 저 친구가 오래 머물지도 않았어요. 가게 앞에서 공중전화로 911에 전화한 뒤로 줄행랑을 쳤거든요."

"나중에 다시 오지도 않았어요?"

"네. 우리가 저 친구 이야기를 텔레비전 뉴스에 내보냈어요. 그 왜, 수사에 도움이 될 만한 사실을 목격했을지도 모르니까 우리한테 와서 이야기를 해달라고 호소하는 것 말입니다. 그런데 전혀 효과가 없었어요. 저 친구는 온데간데없이 사라져버렸습니다."

"이상하네요."

화면 속에서 남자가 일어섰다. 여전히 카메라를 등진 채였다. 그는 화면 밖으로 나가면서 왼쪽을 흘깃 바라보았다. 그 덕분에 옆모습이 잠깐 화면에 잡혔다. 그는 검은 콧수염을 기르고 있었다. 그는 이내 화면에서 사라졌다.

"지금 경찰에 신고하러 가는 건가요?" 매케일렙이 물었다.

"911이에요." 월터스가 말했다. "저 친구가 '구급차'라는 말을 했기 때문에 그쪽에서 소방서로 연결해줬어요."

"저 친구가 왜 경찰을 찾아오지 않았을까요?"

"우리가 생각해본 게 있어요." 어랭고가 말했다.

"그게 뭐죠?"

"911에 녹음된 목소리를 들어보면 발음이 독특해요." 월터스가 말했다. "라틴계 발음이죠. 그래서 저 친구가 불법체류자가 아닌가 싶어요. 현장에 오래 머무르지 않은 것도 혹시 우리랑 이야기를 하다가 불법체류자라는 사실을 들켜서 추방될까 봐 그런 거고요."

매케일렙은 고개를 끄덕였다. 그럴듯한 얘기였다. 특히 LA에서는. 이곳에서는 수십만 명의 불법체류자들이 당국의 눈길을 피해 살고 있었다.

"멕시코인들이 사는 동네에 전단을 뿌리고 채널 34 뉴스에도 얘기를 내보냈습니다." 월터스가 말을 이었다. "우리한테 와서 목격한 걸 말해주기만 하면 절대 추방하지 않겠다고 약속했는데도 아무 소식이 없어요. 그쪽 동네에서는 흔한 일이죠. 하긴 뭐, 그 친구들이 온 나라에서는 악당보다 경찰이 더 무서우니까요."

"유감이네요." 매케일렙이 말했다. "사건 직후에 현장에 나타났으니까 범인의 차를 봤을 텐데. 어쩌면 번호판을 봤을지도 모르고요."

"그럴지도 모르죠." 월터스가 말했다. "번호판을 봤는지 어쨌는지는 모르지만, 하여튼 911에 신고할 때 번호판 얘기는 없었습니다. 자동차를 대충 설명하기는 했죠. 트럭 같이 생긴 검은 차라고 말입니다. 하지만 교환원이 번호판을 봤냐고 묻기도 전에 전화를 끊어버렸어요."

"저걸 다시 볼 수 있을까요?" 매케일렙이 물었다.

"당연하죠. 안 될 게 뭐 있겠습니까?" 어랭고가 말했다.

그가 테이프를 다시 돌려서 틀었다. 세 사람은 아무 말 없이 화면을 바라보았다. 범인이 총을 쏘는 장면에서는 어랭고가 슬로모션 버튼을 조작했다. 매케일렙은 범인이 화면에 나타날 때마다 그에게 시선을 집중했다. 복면 때문에 표정은 보이지 않았지만, 범인의 눈이 분명히 보일 때가 몇번 있었다. 두 사람을 총으로 쏘아 죽이면서도 아무런 변화를 보이지 않는 잔혹한 눈이었다. 흑백 화면이라 눈동자가 무슨 색인지는 알 수 없었다.

"세상에." 매케일렙은 녹화된 영상이 끝난 뒤 이렇게 말했다.

어랭고가 테이프를 꺼내고 비디오플레이어를 껐다. 그러고는 시선을 돌려 매케일렙을 바라보았다.

"자, 이제 말씀해보시죠." 그가 말했다. "우리를 도와주러 오신 전문가 선생."

어디 얼마나 잘났는지 한번 보자는 뜻이 목소리에 역력히 드러났다. 할 말 없으면 입 닥치고 가만히 있으라는 뜻이기도 했다. 영역싸움이 다시 시작된 것이다.

"좀 생각을 해봐야겠습니다. 저 테이프를 좀 더 봐야 할 것 같기도 하고요."

"내 그럴 줄 알았지." 어랭고가 무시하듯이 대꾸했다.

"한 가지는 말해주죠." 매케일렙이 어랭고만 바라보며 말했다. "놈은 초범이 아닙니다."

그는 꺼진 화면을 가리켰다.

"망설임도 없고, 당황하지도 않았고, 재빨리 들어와서 재빨리 나갔습니다…. 차분하게 무기를 다루는 솜씨, 탄피까지 줍는 치밀함. 놈은 이런 일을 해본 적이 있습니다. 이번이 처음이 아니에요. 아마 마지막도 아니겠죠. 또 하나, 놈은 이 가게에 와본 적이 있습니다. 카메라가 있다는 걸 알고 있었어요. 그래서 복면을 쓴 겁니다. 물론 저런 가게 중에는 카메라를 설치한 곳이 많지만, 놈은 카메라를 똑바로 올려다보았습니다. 카메라가 어디 있는지 알고 있다는 얘기예요. 그렇다면 전에 여기 와본 적이 있는 놈이죠. 동네에 사는 놈이거나, 아니면 사전답사를 했을 겁니다."

어랭고는 능글맞게 웃었고, 월터스는 매케일렙에게서 파트너에게 재빨리 시선을 옮겼다. 그가 막 뭐라고 말하려는 순간 어랭고가 손을 들어 그의 말을 막았다. 그 순간 매케일렙은 자신이 방금 한 말이 정확했으며, 이 두 사람도 이미 아는 얘기였음을 깨달았다.

"뭡니까?" 그가 물었다. "다른 사건이 몇 건이나 되는 겁니까?"

어랭고는 두 손을 들어올려 따지지 말라는 듯한 몸짓을 했다.

"오늘은 그만하죠." 그가 말했다. "반장님과 상의한 뒤에 연락드리겠습니다."

"이건 무슨 경우예요?" 매케일렙이 소리쳤다. 인내심이 바닥난 것이다. "나한테 테이프를 보여주고 이제 그만하자니. 나한테 기회를 달란 말입니다. 내가 도울 수 있을지도 몰라요. 밑져야 본전 아닙니까?"

"아, 물론 우릴 도우실 수 있겠죠. 하지만 우리도 매인 몸이라서 말입니다. 먼저 반장님과 상의한 뒤에 연락한다니까요."

그는 모두 밖으로 나가자는 신호를 보냈다. 매케일렙은 나가지 않겠다고 버틸까 하고 잠시 생각해보았지만, 좋은 생각이 아닌 것 같았다. 그가 가장 먼저 밖으로 나가고, 어랭고와 월터스가 그 뒤를 따랐다.

"언제 연락을 줄 겁니까?"

"우리가 맥한테 뭘 해줄 수 있는지 결정이 내려지자마자 알려드리죠." 어랭고가 말했다. "번호를 알려주시면 연락드리겠습니다."

06 여섯 건의 기사

매케일렙은 경찰서 로비 바깥에 서서 택시를 기다리고 있었다. 어랭고의 술수에 놀아났다는 생각에 화가 났다. 어랭고 같은 놈들은 사람한테 뭘 줄 것처럼 내밀었다가 휙 가져가는 장난을 좋아했다. 어랭고 같은 놈들은 어디에나 있었다. 법의 편에도, 그 반대편에도.

하지만 지금은 어쩔 수 없었다. 어랭고가 멋대로 구는 걸 내버려두는 수밖에 없었다. 매케일렙은 그가 연락을 할 거라고는 기대하지 않았다. 대답을 들으려면 매케일렙이 먼저 전화를 걸어야 할 것이다. 그것이 게임의 방식이었다. 매케일렙은 다음 날 아침까지 기다렸다가 전화를 걸기로 했다.

택시가 나타나자 매케일렙은 운전석 뒷자리에 올라탔다. 운전기사가 말을 걸지 못하게 하기 위해서였다. 그는 대시보드에 붙은 면허증에서 이름을 확인했다. 발음이 불가능한 러시아 이름이었다. 그는 가방에서 자그마한 수첩을 꺼내 운전기사에게 커노가 공원의 셔먼 슈퍼마켓으로 가자고 말했다. 차는 리시다 대로를 따라 북쪽으로 가다가 셔먼 웨이에서 서쪽으로 꺾어졌다. 잠시 후 위닛카 애버뉴 교차로 근처의 자그마한 슈퍼가 나왔다.

택시는 작은 가게 앞에 멈춰 섰다. 별다른 특징이 없는 가게였다. 유리창에는 밝은 색의 세일 광고지들이 덕지덕지 붙어 있었다. 시내의 수많은 소형 슈퍼들과 똑같았다. 하지만 범인은 이곳에서 강도짓을 하기로 했고, 그 목적을 달성하기 위해 두 사람을 죽였다. 차에서 내리기 전에 매케일렙은 창문을 뒤덮은 광고지들을 유심히 살펴보았다. 광고지 때문에 안이 들여다보이지 않았다. 아마 그 이유 때문에 범인이 이 가게를 고른 것 같았다. 사람들이 자동차를 타고 지나가다가 이 가게를 흘깃 보더라도 안에서 무슨 일이 벌어지고 있는지 모를 것 같았다.

그는 마침내 문을 열고 차에서 내렸다. 그리고 운전석 쪽 창문으로 가서 기사에게 잠시 기다려달라고 말했다. 가게 안으로 들어갈 때 문 위에 매달린 종이 딸랑거렸다. 비디오 화면에 나왔던 카운터는 문 바로 맞은편 벽에 설치되어 있었다. 나이가 지긋한 여자가 카운터 뒤에 서 있었다. 그녀는 겁먹은 표정으로 매케일렙을 빤히 바라보았다. 아시아인이었다. 매케일렙은 그녀가 누군지 알 것 같았다.

그는 마치 목적이 있어서 들어온 사람처럼 주위를 둘러보다가 과자가 잔뜩 쌓인 진열대를 발견하고 허시 막대사탕을 골랐다. 그는 카운터로 가서 그것을 내려놓았다. 카운터 상판 위의 유리에 여전히 금이 가 있었다. 그 순간, 글로리아 토레스가 서서 강 씨를 향해 미소를 지었던 바로 그 자리에 자신이 서 있다는 생각이 퍼뜩 떠올랐다. 그는 고통스러운 표정으로 여자를 바라보며 고개를 끄덕였다.

"더 필요하신 건요?"

"없습니다. 이거면 돼요."

여자가 금전등록기에 금액을 입력했고, 그는 돈을 치렀다. 그는 그녀가 머뭇거리는 모습을 유심히 살펴보았다. 그녀는 그가 이 동네 사람도 아니고, 단골손님도 아니라는 사실을 알고 있었다. 그래서 아직도 마음을 놓지 못했다. 어쩌면 영원히 마음을 놓을 수 없을지도 모른다.

여자가 잔돈을 거슬러 줄 때 매케일렙은 여자의 팔목에서 커다란 문자판에 널찍한 검은색 고무 띠가 부착된 손목시계를 보았다. 남자 시계라서 여자의 자그맣고 허약해 보이는 손목이 더욱 왜소하게 보였다. 그는 그 시계를 본 적이 있었다. 감시 카메라 화면에서 찬호 강이 차고 있던 시계였다. 매케일렙은 강이 총에 맞은 뒤 카운터 위에서 뭔가 잡을 것을 찾으려고 몸부림치다가 결국 바닥으로 쓰러지는 장면에서 자신이 특히 그 시계를 유심히 살핀 기억이 났다.

"강 부인이세요?" 매케일렙이 물었다.

여자는 금전등록기를 조작하다가 동작을 멈추고 그를 바라보았다.

"그런데요. 저랑 아는 사이신가요?"

"아뇨. 그냥… 여기서 일이 있었다는 얘기를 들었습니다. 남편분 얘기요. 유감입니다."

그녀는 고개를 끄덕였다.

"예, 감사합니다." 그러고는 이번 사건을 설명할 방법, 또는 자신의 상처를 치유할 연고를 찾으려는 사람처럼 이렇게 덧붙였다. "악이 들어오지 못하게 막는 유일한 방법은 문을 잠그고 열어주지 않는 것이지만, 그건 불가능한 일이에요. 장사를 해야 하니까요."

이번에는 매케일렙이 고개를 끄덕였다. 범죄가 잦은 도시에서 남편이 밤늦게 현금 장사를 하는 것 때문에 이 여자가 걱정스러워할 때 남편이 해준 말 같았다.

그는 여자에게 인사하고 가게를 나왔다. 문에서 다시 종소리가 났다. 그는 다시 택시에 올라 가게 정면을 한 번 더 살펴보았다. 도무지 이해가 가지 않았다. 왜 이 가게일까? 그는 감시 카메라가 찍은 비디오를 생각해보았다. 범인의 손이 현금을 움켜쥐던 장면. 범인이 가져간 돈은 얼마 되지 않을 것이다. 이번 사건에 대해 좀 더 자세히 알 수 있으면 정말 좋겠다는 생각이 들었다.

가게 유리창 오른편 벽에 있는 공중전화가 그의 시선을 끌었다. 정체를 알 수 없는 착한 사마리아인이 사용한 전화가 바로 그것인 것 같았다. 착한 사마리아인이 정체를 드러내지 않을 거라는 사실이 분명해진 뒤 경찰이 저기서 지문을 채취했는지 궁금했다. 아마 안 했을 것이다. 그때쯤에는 이미 너무 늦었을 테니까. 물론 처음부터 그다지 가망이 없는 일이기도 했지만.

"어디로 모실까요?" 운전기사가 물었다. 짧은 문장인데도 독특한 발음이 뚜렷했다.

매케일렙은 앞으로 몸을 수그려 기사에게 주소를 불러주려다가 망설였다. 그는 운전석의 플라스틱 등받이를 손가락으로 두드리며 잠시 생각에 잠겼다.

"미터기를 꺾지 말고 그냥 기다리세요. 전화를 좀 걸고 올 테니."

매케일렙은 다시 택시에서 내려 공중전화로 향하면서 또 수첩을 꺼냈다. 그는 원하는 번호를 찾아내서 신용카드로 전화를 걸었다. 상대방이 즉시 전화를 받았다.

"〈LA 타임스〉의 러셀입니다."

"케이샤 씨, 테리 매케일렙입니다."

"어머, 안녕하세요?"

"잘 지내요. 기사를 잘 써줘서 고맙다는 인사를 하고 싶어서요. 더 일찍 전화했어야 하는 건데. 기사 잘 봤어요."

"와, 멋진데요. 여태껏 무슨 일로든 저한테 전화해서 고맙다고 말한 사람은 한 명도 없었는데."

"멋지긴요. 부탁할 것도 있어서 겸사겸사 전화했어요. 지금 컴퓨터가 켜져 있어요?"

"남의 기분을 망치는 재주가 진짜 좋으시네요. 네, 컴퓨터 켜져 있어요. 무슨 일인데요?"

"글쎄요, 뭘 좀 찾는 중인데 어떻게 찾아야 할지 잘 몰라서요. 핵심단어 검색이라는 걸 좀 해줄래요? 강도가 사람을 쏜 사건을 다룬 기사들을 찾고 싶은데."

그녀는 웃음을 터뜨렸다.

"겨우 그거예요?" 그녀가 말했다. "강도를 만나서 총에 맞는 사람이 얼마나 많은지 아세요? 여긴 LA잖아요."

"그래요, 나도 알아요. 내가 바보지. 그럼, 스키 마스크를 추가하면 어때요? 기간은 18개월 전까지만 하면 될 거예요. 그럼 범위가 좀 줄어들까요?"

"어쩌면요."

그녀가 기사파일을 모아놓은 신문사의 컴퓨터 시스템에 검색어를 입력하는 소리가 들렸다. 강도, 스키 마스크, 총 같은 핵심단어들을 입력하면, 이 단어들이 포함된 기사들이 모두 화면에 뜨게 되어 있었다.

"도대체 무슨 일이에요? 은퇴하신 줄 알았는데요."

"맞아요."

"아닌 것 같은데요. 옛날하고 똑같잖아요. 지금 무슨 수사라도 하고 계신 거예요?"

"뭐, 그런 셈이죠. 친구 부탁으로 뭘 좀 확인하는 중인데, LA 경찰국이 어떤지 알잖아요. 배지가 없는 사람한테는 더 심해요."

"무슨 일인데요?"

"아직 기삿거리는 아니에요. 만약 기사가 될 만하면 가장 먼저 알려줄게요."

케이샤는 화가 난다는 듯 크게 숨을 내쉬었다.

"이런 거 정말 싫어요." 그녀가 반발했다. "기삿거리가 되는지 안 되는지 내가 직접 판단도 못 하게 하는데, 내가 왜 테리 씨를 도와야 돼요? 신문기자는 나예요. 테리 씨가 아니라."

"알아요, 알아. 내 말은, 나도 아직 뭐가 뭔지 모르니까 당분간만 나 혼자 알고 있겠다는 거였어요. 나중에 다 말해줄게요. 약속해요. 조금이라도 단서가 잡히면 곧 알려줄게요. 결국은 별일 아닌 걸로 판명될 것 같지만, 그래도 말해줄게요. 검색결과가 나왔어요?"

"네." 그녀가 짐짓 삐친 목소리로 말했다. "18개월 동안 기사가 여섯 건이네요."

"여섯 건? 어떤 내용이에요?"

"제목을 읽어드릴 테니까, 어떤 기사를 불러낼지 결정하세요."

"알았어요."

"그럼 읽을게요. '강도 미수사건에서 두 명 총격', '현금지급기에서 총기강도', 그다음에는 '현금지급기 총격 사건 수사관들 도움 요청'. 어디 보자, 그다음 세 건은 같은 사건을 다룬 것 같아요. 제목은 '강도가 상점 주인, 손님 총격', '두 번째 피해자 사망, 〈LA 타임스〉 직원', 아, 이런, 난 이런 얘기 한 번도 못 들었는데. 이건 제가 읽어봐야겠어요. 마지막 기사는 '경찰, 착한 사마리아인 찾는 중'. 이렇게 여섯 건이에요."

매케일렙은 잠시 생각에 잠겼다. 기사 여섯 건, 사건은 세 건.

"처음 세 개를 불러내서, 기사가 너무 길지 않으면 나한테 좀 읽어줄래요?"

"그러죠, 뭐."

그녀가 다시 자판을 두드리는 소리가 들렸다. 그는 눈으로 택시를 지나쳐면 웨이를 바라보았다. 밤에도 통행량이 많은 4차선 도로였다. 어랭고와 월터스가 범인이 도망치는 모습을 본 목격자를 찾아낼 수 있을지 궁금했다. 착한 사마리아인 말고 다른 목격자를 찾을 수 있을지.

매케일렙의 시선이 도로 건너편으로 옮겨갔다. 상가 주차장에 세워진 자동차 안에 어떤 남자가 앉아 있었다. 매케일렙이 막 남자를 발견하는 순간 남자가 신문을 들어올리는 바람에 얼굴이 가려져버렸다. 매케일렙은 자동차를 확인했다. 낡은 외제차였다. 어랭고가 자신에게 미행을 붙였을지도 모른다는 생각이 사라졌다. 케이샤가 컴퓨터 화면에 나타난 기사를 읽기 시작했다.

"첫 번째 기사는 작년 10월 8일자예요. 기사가 짧아요. '지난 목요일 강도미수사건으로 부부가 총상을 입었다. 잉글우드 경찰서는 범인이 행인들과 몸싸움 끝에 붙잡혔다고 말했다. 부부는 11시에 맨체스터 대로를 걷고 있었는데, 스키 마스크를 쓴 남자가 다가와….'"

"범인이 잡혔어요?"

"여기 그렇게 돼 있는데요."

"그럼 다음으로 넘어가요. 난 미결사건을 찾아야 할 것 같아요."

"알았어요. 다음 기사는 1월 24일, 금요일자예요. 제목은 '현금지급기에서 총기 강도'. 기자 이름은 없어요. 이것도 짧아요. '랭커스터 주민이 수요일 밤 현금지급기에서 현금을 인출하다가 총에 맞아 숨졌다. 로스앤젤레스 카운티 보안관서가 무분별한 총격이라고 표현한 이 사건으로 인해 피해자인 제임스 코델(30)은 머리에 총을 한 발 맞았다. 신원이 밝혀지지 않은 범인은 코델이 방금 인출한 돈 300달러를 빼앗아 달아났다. 이번 총격 사건은 랭커스터 로드의 1800번지에 있는 리지오널 스테이트 은행 지점에서 밤 10시경 발생했다. 보안관서의 제이 윈스턴 형사는 총격 장면 일부가 현금지급기 보안 카메라에 포착되었지만, 범인의 얼굴을 알아보기 힘들다고 말했다. 카메라에 순간적으로 잡힌 얼굴을 보면, 범인은 검은 니트 스키 마스크를 머리에 쓰고 있었다. 윈스턴 형사는 코델이 범인과 맞서거나, 돈을 빼앗기지 않으려고 저항하지는 않았다고 말했다. 윈스턴 형사는 정말 냉혹하기 짝이 없는 사건이라면서 범인은 그냥 다가와서 무작정 총을 쏘고 돈을 가져갔다. 냉혹하고 잔인한 놈이다. 남이야 어찌 되든 그저 돈을 원했을 뿐이라고 말했다. 코델은 불이 환하게 켜진 현금지급기 앞에 쓰러졌지만, 약 15분 뒤 다른 사람이 돈을 찾으러 왔을 때야 비로소 발견되었다. 구급대원들은 그가 현장에서 사망한 것으로 판정했다.' 이게 끝이에요. 다음 거 읽을까요?"

"그래요."

매케일렙은 기사 내용 중 일부를 수첩에 받아 적고 있었다. 그는 윈스턴이라는 이름 밑에 세 번 줄을 그었다. 제이 윈스턴은 그와 아는 사이였다. 어쩌면 윈스턴이 기꺼이 도와줄지도 모른다는 생각이 들었다. 어랭고와 월터스보다는 나을 것이다. 제이 윈스턴은 딱딱한 친구가 아니었다. 매케일렙은 마침내 뭔가 실마리를 잡은 것 같았다.

케이샤 러셀이 다음 기사를 읽기 시작했다.

"다음 기사예요. 같은 얘기예요. 기자 이름은 없고요. 이것도 짧은데 날짜는 이틀 뒤예요. '보안관서는 현금지급기에서 돈을 인출하던 주민이 총격을 당한 사건과 관련해서 아직 용의자가 없다고 말했다. 제이 윈스턴 형사는 수요일 밤 랭커스터 로드 1800번지 일대를 지나다가 10시 20분에 발생한 총격 전후에 범인을 목격한 운전자나 행인을 찾고 있다고 말했다. 이번 사건의 피해자인 제임스 코델(30)은 스키 마스크를 쓴 강도가 쏜 총에 머리를 맞아 현장에서 사망했다. 강도는 코델에게서 300달러를 강탈해갔다. 리지오널 스테이트 은행의 보안 카메라에 총격 장면 중 일부가 찍히기는 했지만, 범인이 스키 마스크를 썼기 때문에 보안관서는 범인의 정체를 밝혀내지 못했다. 윈스턴은 범인이 나중에는 분명히 스키 마스크를 벗었을 것이라면서 마스크를 쓴 채 거리를 걷거나 차를 운전하지는 않았을 것이다. 따라서 이 범인을 목격한 사람이 반드시 있을 것이라고 보고 현재 목격자를 찾는 중이라고 말했다. 이게 끝이에요."

매케일렙은 이 기사는 하나도 받아 적지 않았다. 그는 케이샤가 아까 읽은 기사에 대해 생각 중이었기 때문에 아무런 대답도 하지 않았다.

"테리 씨, 듣고 계세요?"

"네. 미안해요."

"좀 도움이 됐어요?"

"그런 것 같아요. 아마도."

"무슨 일인지는 여전히 말 안 해줄 거죠?"

"아직은 아니에요. 고마워요. 나중에 제일 먼저 알려줄게요."

그는 전화를 끊고 어랭고가 준 명함을 셔츠 주머니에서 꺼냈다. 그는 어랭고가 전화할 때까지 기다리지 않기로 했다. 내일까지 일단 기다려보자는 생각도 버렸다. 이제 실마리가 생겼으니 LA 경찰국이 협조하든 안 하든 상관없었다. 그는 저쪽에서 전화를 받기를 기다리며 거리 건너편을 바라보았다. 남자가 신문을 읽고 있던 자동차가 사라지고 없었다.

벨이 여섯 번 울린 뒤 누군가가 전화를 받아 어랭고에게 돌려주었다. 매케일렙은 버스커크가 아직 돌아오지 않았느냐고 물었다.

"나쁜 소식이에요, 친구." 어랭고가 말했다. "반장님이 돌아오시긴 했는데, 우리 기록을 그쪽한테 넘기는 건 보류하자고 하시네요."

"그래요? 왜요?" 매케일렙은 화가 나는 걸 감추려고 애썼다.

"글쎄, 나도 안 물어봐서 모르겠지만, 댁이 반장님을 먼저 만나지 않았기 때문에 화가 난 게 아닐까요? 그러게 내가 뭐랬습니까? 명령계통을 따랐어야죠."

"그게 쉽지가 않아서 말이죠. 반장이 오늘 아침에 자리에 없었으니까.

그리고 아까도 말했지만, 사실 나도 반장님을 가장 먼저 찾았어요. 반장님한테 그 얘길 했습니까?"

"예, 말했죠. 그런데 오늘 기분이 안 좋으신 모양입니다. 밸리 본부에서 무슨 일이 있었는지. 아마 무슨 일 때문에 잔뜩 섭히고 와서 화풀이로 날 섭은 거겠죠. 가끔 그러니까. 먹이사슬이에요. 어쨌든, 댁은 오늘 운이 좋았습니다. 우리가 그 테이프를 전부 보여줬으니까. 그걸 출발점으로 삼으면 좋을 거예요. 사실 우리가 그렇게 해주면 안 되는 건데."

"출발점이라…. 그렇게 관료적인 난장판 속에서 해결되는 사건이 하나라도 있다는 게 놀라울 지경입니다. 난 FBI만 그런 줄 알았는데. 그래서 우리는 FBI가 연방타성국(Federal Bureau of Inertia)의 약자라고 농담을 하곤 했죠. 그런데 어디나 마찬가지인 모양입니다."

"어이, 댁한테서까지 잔소리를 듣는 건 사양입니다. 여기도 그런 걸 할 사람은 많으니까. 우리 반장님은 내가 댁을 이리로 불러들인 줄 아는지 나한테 잔뜩 화가 나 있어요. 짜증나게. 화를 내려거든 마음대로 해요. 그냥 우릴 귀찮게 굴지만 마십쇼."

"알았어요, 어랭고 형사. 범인을 잡을 때까지 절대 연락 안 할 테니. 내가 범인을 잡아다 드리지."

매케일렙은 말을 하면서도 이것이 터무니없는 허풍임을 알고 있었다. 하지만 2월 9일 이후로 그는 바보들을 도저히 참아줄 수 없다는 사실을 점점 더 실감하고 있었다.

어랭고는 냉소적인 웃음을 터뜨렸다. "그래요. 기다리고 있을 테니 잡아오기나 하시지."

그는 전화를 끊었다.

07 더 팔로잉 시

매케일렙은 택시 기사에게 손가락 하나를 들어 보이고 전화를 한 통 더 걸었다. 처음에는 제이 윈스턴을 생각했지만 그쪽은 좀 더 미루기로 하고 대신 그래시엘라 리버스가 준 번호로 전화를 걸었다. 홀리크로스 병원 응급실의 간호사실 전화번호였다. 그래시엘라 리버스는 만나서 이른 점심을 먹자는 그의 제의를 받아들였다. 그가 아직 알아낸 것이 별로 없다고 설명했는데도. 그는 11시 30분에 응급실 대기실로 가겠다고 말했다.

병원은 밸리의 미션 힐스라는 지역에 있었다. 택시를 타고 그곳으로 가면서 매케일렙은 창밖으로 지나가는 풍경을 바라보았다. 길가에 길게 늘어선 쇼핑가와 주유소들이 대부분이었다. 기사는 북쪽으로 가기 위해 405번 도로로 향하는 중이었다.

매케일렙이 밸리에 대해 알고 있는 지식은 사건과 관련해서 알게 된 것이 전부였다. 이 지역에는 사건이 많았는데, 그는 그중 대부분을 서류와 사진으로 보며 수사를 검토했다. 고속도로변과 북쪽 평원 옆의 산허리에 버려진 시체들을 찍은 비디오테이프도 있었다. 코드킬러는 밸리에서 네 번 사건을 저지른 뒤 아침 안개처럼 자취 없이 사라져버렸다.

"뭐 하시는 분이세요? 경찰?"

매케일렙은 창문에서 눈을 돌려 백미러를 바라보았다. 기사가 그를 바라보고 있었다.

"네?"

"경찰 일을 하는 분이세요?"

매케일렙은 고개를 저었다.

"아뇨, 난 아무것도 안 해요."

그는 다시 창밖을 내다보았다. 택시는 고속도로 진입로를 힘들게 올라가고 있었다. 커다란 종이에 돈이 필요하다는 말을 써서 들고 있는 여자가 창밖으로 지나갔다. 범죄의 피해자가 될지도 모르는 또 다른 후보였다.

그는 대기실의 플라스틱 의자에 앉았다. 부상당한 여자와 그녀의 남편이 맞은편에 있었다. 여자는 배가 아픈지 양팔로 배를 끌어안고 있었다. 그리고 아픈 부위를 보호하려고 몸을 수그렸다. 남편은 좀 어떠냐고 계속 물으면서 접수창구로 가서 언제쯤 진찰을 받을 수 있느냐고 물어보았다. 하지만 매케일렙은 남편이 여자에게 조용히 이렇게 묻는 것을 두 번이나 들었다. "그 사람들한테 뭐라고 할 거야?"

그때마다 여자는 고개를 돌려버렸다.

11시 45분에 그래시엘라 리버스가 응급실 문을 열고 나왔다. 그녀는 한 시간밖에 시간을 낼 수 없다면서 그냥 병원 카페테리아로 가자고 말했다. 매케일렙은 수술을 받은 뒤 입맛이 아직 돌아오지 않았기 때문에 상관없었다. 병원에서 점심을 먹는 것이나, 훌륭한 식당에서 먹는 것이나 그에게는 별로 다르지 않을 터였다. 대개 그는 음식에 신경을 쓰지 않았다. 때로는 끼니를 까맣게 잊어버리고 있다가 머리가 아프기 시작한 뒤에야 에너지를 다시 채워야 할 필요가 있다는 생각을 떠올리기도 했다.

카페테리아는 거의 텅 비어 있었다. 두 사람은 창가 자리로 쟁반을 들고 갔다. 커다란 하얀색 십자가를 거대한 초록색 잔디밭이 둘러싸고 있는 바깥 풍경이 내다보이는 자리였다.

"제가 하루 중 햇빛을 볼 수 있는 시간은 지금뿐이에요." 그래시엘라가 말했다. "응급실에는 창문이 하나도 없거든요. 그래서 항상 창가 자리에 앉으려고 해요."

매케일렙은 이해한다는 듯 고개를 끄덕였다.

"옛날에 콴티코에서 일할 때, 우리 사무실은 지하에 있었어요. 창문도 없고, 항상 습기가 찼죠. 겨울에는 히터를 켜도 엄청나게 추웠고요. 햇빛은 구경도 못 했습니다. 그렇게 얼마쯤 지나면 사람이 지치게 되죠."

"그래서 이쪽으로 옮겨오신 건가요?"

"아뇨. 다른 이유 때문이에요. 뭐, 이제 창문이 있는 곳에서 살겠다는 생각을 하기는 했지요. 틀린 생각이었지만. 날 FO의 창고에다 앉혀놓더라고요. 17층이었지만 창문은 없는 곳. 그래서 지금 배에서 살고 있는 것 같아요. 하늘이 가까이 있는 게 좋아서."

"FO가 뭐예요?"

"미안합니다. 지부를 그렇게 줄여서 말해요. 웨스트우드에 있었습니다. 참전용사 묘지 근처의 커다란 연방건물 안에."

그녀는 고개를 끄덕였다.

"그래, 신문에 난 것처럼 정말로 카탈리나 섬에서 자라셨어요?"

"열여섯 살 때까지 살았죠." 그가 말했다. "그 뒤로 어머니랑 같이 시카고로 이사를 갔어요…. 우습죠? 어렸을 때는 그 섬에서 빠져나갈 생각만 했는데, 지금은 그리로 다시 돌아가려고 기를 쓰고 있으니 말입니다."

"거기서 뭘 하시려고요?"

"나도 몰라요. 아버지가 남겨주신 계선소가 하나 있기는 한데, 어쩌면 아무것도 안 하고 빈둥거릴지도 모릅니다. 그저 낚싯대나 하나 드리워놓고, 손에는 맥주를 든 채 햇빛을 받으며 앉아 있을지도 몰라요."

그가 미소를 짓자 그녀도 마주 미소를 지었다.

"계선소가 있다면서 왜 당장 가지 않으세요?"

"배가 아직 준비가 안 됐어요. 나도 그렇고요."

그녀는 고개를 끄덕였다.

"아버님이 쓰시던 배인가요?"

이것도 신문에 나온 얘기였다. 그가 케이샤 러셀에게 자신에 관해 너무 많은 이야기를 떠든 모양이었다. 사람들이 자신에 대해 그토록 쉽게 그토록 많은 사실을 알아내는 것이 마음에 들지 않았다.

"아버지도 그 배에서 사셨어요. 아버지가 돌아가신 뒤에 내 차지가 됐죠. 하지만 몇 년 동안이나 그냥 내버려뒀습니다. 그래서 지금 손볼 데가 아주 많아요."

"이름은 아버님이 지으신 건가요, 아니면 선생님이 지으신 건가요?"

"아버지가요."

그래시엘라는 미간에 주름을 잡으며 눈을 가늘게 떴다. 마치 신 음식을 먹은 사람 같았다.

"그런데 왜 그냥 팔로잉 시라고 하지 않고 더 팔로잉 시라고 하셨을까요? 팔로잉 시 앞에 더를 붙이는 건 말이 안 되잖아요."

"아뇨, 말이 됩니다. 그건 바다의 뒤를 따라가는 행위를 가리키는 말이 아니니까요. 흔히 더 팔로잉 시, 또는 어 팔로잉 시라고 부르는 게 있어요."

"그래요? 그게 뭔데요?"

"바다는 파도죠. 파도소리를 들으면 바다가 얼마나 떨어져 있는지 알 수 있죠?"

"그렇죠."

"어 팔로잉 시는 우리가 조심해야 하는 파도를 가리키는 말입니다. 배 뒤를 바짝 쫓아오는 파도예요. 하지만 눈에는 안 보이죠. 그 파도가 뒤에서 배를 때리면 배가 가라앉아요. 그러니까 그렇게 뒤를 쫓아오는 파도들이 있을 때는 파도보다 더 빨리 움직여야 합니다. 파도를 앞서는 거죠. 아버지는 그 사실을 잊지 않으려고 배 이름을 그렇게 지은 겁니다. 항상 등 뒤를 조심하라고요. 어렸을 때 나한테도 항상 그런 말씀을 하셨어요. 내가 뭍으로 건너갈 때도 마찬가지고요."

"뭍으로 건너간다고요?"

"섬을 떠난다는 얘기죠. 나더러 뭍에서도 항상 뒤따라오는 파도를 조심하라고 하셨습니다."

그래시엘라는 미소를 지었다.

"얘기를 듣고 나니 그 이름이 마음에 드네요. 아버님이 그리우세요?"

매케일렙은 고개만 끄덕였을 뿐 아무런 설명도 하지 않았다. 대화가 시나브로 끊기고, 두 사람은 샌드위치를 먹기 시작했다. 매케일렙은 원래 그래시엘라와 만나서 자기 이야기나 늘어놓을 생각이 아니었다. 샌드위치를 몇 입 먹은 뒤 그는 오전에 별다른 성과를 거두지 못했다며 자세한 이야기를 그녀에게 들려주었다. 비디오테이프로 그녀의 동생이 살해당하는 장면을 봤다는 이야기는 하지 않았지만, 토레스와 강의 살인사건이 적어도 한 건의 다른 사건과 관련되어 있는 것 같은 육감이 든다는 얘기는 해주었다. 그는 또한 케이샤 러셀이 읽어준 기사들 속에서 그 현금지급기 강도사건을 알게 되었다는 이야기도 해주었다.

"이제 어떻게 하실 거예요?" 그의 이야기가 끝나자 그녀가 물었다.

"낮잠을 자야죠."

그래시엘라가 묘한 표정으로 그를 바라보았다.

"지쳤어요." 그가 말했다. "요즘 돌아다니질 않아서요. 이렇게 생각을 많이 한 것도 아주 오랜만이고요. 그래서 배로 돌아가 좀 쉴 겁니다. 내일 다시 시작해야죠."

"죄송해요."

"그런 말은 하지 마세요." 그가 미소를 지으며 말했다. "그래시엘라 씨는 이번 사건에 끼어들 이유가 있는 사람을 찾고 있었죠. 난 이유가 있으니까 끼어든 거고요. 하지만 처음에는 좀 천천히 갈 필요가 있습니다. 간호사시니까 이해하실 겁니다."

"그럼요. 선생님이 건강을 상하는 건 바라지 않아요. 그러면 글로리의 죽음이 더욱더…."

"압니다."

둘 다 잠시 동안 아무 말이 없다가 매케일렙이 다시 입을 열었다.

"LA 경찰국에 대한 그래시엘라 씨의 생각이 맞았어요. 그 친구들은 무슨 일이 일어나길 기다리면서 수사를 잠시 미뤄두고 있는 것 같아요. 아마 범인이 또 일을 저지르기를 기다리는 거겠죠. 어쨌든 수사를 안 하는 건 확실합니다. 다시 사건이 일어날 때까지 이건 그냥 미결사건이에요."

그래시엘라는 고개를 저었다.

"그 사람들이 자기는 수사를 안 하면서도 선생님이 끼어드는 건 싫어하다니요. 나 참, 기가 막히네요."

"그건 영역싸움이에요. 원래 그게 게임의 규칙입니다."

"이건 게임이 아니에요."

"나도 알아요."

그는 다른 말을 쓸 걸 그랬다는 생각이 들었다.

"그럼 선생님이 하실 수 있는 일이 뭐죠?"

"아침에 기운이 나면 관련 사건을 담당한 보안관서를 찾아가볼 겁니다. 담당형사인 제이 윈스턴을 알거든요. 오래전에 함께 수사를 한 적이 있어요. 그때 결과가 괜찮았으니까 아마 일단 안으로 들어갈 수는 있을 겁니다. 적어도 LA 경찰국에서보다는 성과가 있겠죠."

그녀는 고개를 끄덕였지만, 실망감을 감추지 못했다.

"그래시엘라 씨." 매케일렙이 말했다. "누가 나타나서 자물쇠에 열쇠를 넣고 돌리듯이 단번에 사건을 해결해주기를 기대하셨는지도 모르지만, 그건 비현실적인 기대입니다. 영화에나 나오는 이야기예요. 지금 이 사건은 현실입니다. FBI에서 일하던 그 오랜 세월 동안 대부분의 사건은 아주 사소한 일을 계기로 해결됐어요. 처음에는 사람들이 못 보고 지나치거나 중요하다고 생각하지 않았던 사소한 일들. 그런 것이 나중에 다시 나타나서 사건 전체를 해결하는 열쇠가 되는 겁니다. 다만 거기까지 도달해서 그 사소한 일이 뭔지 알아내는 데 시간이 좀 걸릴 때가 있어요."

"알아요, 알아요. 그냥 좀 더 빨리 수사가 이루어지지 않은 게 속상해서 그래요."

"그래요, 처음…."

그는 '피가 아직 굳기 전에'라고 말할 생각이었다.

"네?"

"아무것도 아닙니다. 시간이 흐를수록 사건을 해결하기 어려워지는 경우가 대부분이기는 하죠."

이런 말이 그래시엘라에게 전혀 도움이 되지 않는다는 건 알고 있었다. 하지만 결국 그가 실패할 경우를 대비해서 그녀에게 마음의 준비를 시키고 싶었다. 비록 그가 옛날에 실력 있는 수사관이기는 했어도, 그렇게까지 실력이 뛰어나지는 않았다. 그는 자신이 사건을 맡겠다고 한 것이 그래시엘라 리버스에게 실망감을 안겨주는 결과만 낳게 되리라는 것을 이제야 알 수 있었다. 마음의 빚을 갚고 싶다는 자신의 이기적인 꿈이 그녀에게는 현실을 일깨워주는 고통만 안겨줄 것이다.

"그 사람들은 전혀 관심이 없어요." 그래시엘라가 말했다.

매케일렙은 아래로 내리깐 그녀의 눈빛을 살폈다. 그녀가 말한 '그 사람들'이 어랭고와 월터스라는 건 그도 알고 있었다.

"뭐, 나는 관심이 있습니다."

두 사람은 침묵 속에서 식사를 마쳤다. 매케일렙은 접시를 옆으로 밀어 둔 뒤 창밖을 응시하는 그래시엘라를 지켜보았다. 하얀 간호사 제복을 입고 머리를 뒤에서 핀으로 고정시켜 올렸어도 그래시엘라 리버스의 모습은 그의 마음을 움직였다. 그녀가 왠지 슬퍼 보여서 그는 그 슬픔을 달래주고 싶었다. 동생이 죽기 전에도 저렇게 슬픈 얼굴이었는지 궁금했다. 대부분의 사람들은 그런 편이다. 매케일렙은 아기들의 얼굴에서도 그런 슬픔을 본 적이 있었다. 사람들이 살아가면서 겪는 일들은 그렇게 타고난 슬픔을 확인해주는 역할만 하는 것 같았다.

"동생분이 여기서 돌아가셨나요?" 매케일렙이 물었다.

그래시엘라는 고개를 끄덕이고는 그에게 시선을 돌렸다.

"처음에는 노스리지 병원으로 가서 일단 상태가 안정된 다음에 여기로 옮겼어요. 생명유지장치를 뗄 때 제가 옆에 있었죠. 제가 그애 옆에 있었어요."

그는 고개를 절레절레 저었다.

"정말 힘들었겠어요."

"전 응급실에서 매일 사람이 죽는 걸 봐요. 우리는 거기서 쌓이는 스트레스를 해소하려고 일부러 죽음을 가지고 우스갯소리를 하죠. 말장난을 하면서요. 하지만 죽은 사람이 가족일 때는… 저는 이제 그런 농담을 안 해요."

매케일렙은 슬픔을 떨쳐버리고 마음을 새롭게 한 뒤 앞으로 나아가려고 애쓰는 그녀의 얼굴을 지켜보았다. 세상에는 슬픔에서 벗어나려고 자신을 몰아붙이는 사람들이 있다.

"동생분에 대해서 이야기해주세요." 매케일렙이 말했다.

"무슨 말씀이세요?"

"그래서 오늘 여기 온 겁니다. 동생분에 대해서 이야기해주세요. 그게 도움이 될 겁니다. 내가 동생분을 잘 이해할수록 일을 하기도 수월해질 거예요."

그래시엘라는 잠시 아무 말이 없었다. 입술을 말아 올려 찡그린 것 같은 표정을 짓고 몇 마디 말로 자기 동생을 어떻게 설명해야 할지 생각하는 모양이었다.

"선생님 배에 주방이 있어요?" 마침내 그래시엘라가 물었다.

뜻밖의 질문이었다.

"네?"

"주방이요. 배에 있어요?"

"어, 사실 그건 취사실이라고 부르는데요."

"그럼 취사실이라고 하죠. 진짜 요리를 할 수 있을 만큼 공간이 좀 있어요?"

"그럼요. 그런데 그건 왜요?"

"제 동생에 대해 알고 싶다고 하셨죠?"

"네."

"그럼 제 동생의 아들을 만나보셔야 해요. 제 동생의 좋은 점들이 모두 레이먼드한테 있으니까요. 레이먼드만 알면 제 동생을 아는 거나 같아요."

매케일렙은 무슨 소린지 알겠다는 듯 천천히 고개를 끄덕였다.

"그러니까 제가 레이먼드를 데리고 오늘 밤에 선생님 배로 가서 저녁 식사를 만들어드릴게요. 레이먼드한테는 이미 선생님과 배에 대해 이야기해두었어요. 아이가 한번 보고 싶대요."

매케일렙은 잠시 생각해본 뒤 말했다. "이렇게 하죠. 내일로 미루면 어떨까요? 그러면 내일 보안관서에 가서 어떤 성과가 있었는지도 얘기해줄 수 있을 겁니다. 어쩌면 정말로 성과가 있을지도 모르죠."

"내일도 괜찮아요."

"저녁 식사는 걱정 마세요. 요리는 내 몫이니까."

"그런 게 아니에요. 저는…."

"알아요, 압니다. 하지만 그건 나중에 그래시엘라 씨 집에서 하기로 하죠. 내일은 그래시엘라 씨가 내 집에 오는 거니까 저녁 식사는 내가 알아서 합니다. 됐죠?"

"알았어요." 그래시엘라가 말했다. 여전히 찌푸린 얼굴이었지만, 그가 고집을 꺾지 않을 것임을 깨달은 모양이었다. 그녀가 이내 미소를 지으며 말했다. "내일 갈게요."

405번 도로 남쪽 방향에는 차가 많았다. 매케일렙은 2시가 지난 뒤에야 샌 페드로의 마리나에 도착해 택시에서 내렸다. 택시에 에어컨이 없었기 때문에 고속도로에 가득한 배기가스와 운전기사의 체취가 뒤섞여 머리가 조금 아팠다.

배 안으로 들어온 뒤 매케일렙은 자동응답기를 확인했다. 누군가가 그냥 전화를 끊어버린 소리만 녹음돼 있을 뿐, 메시지는 하나도 없었다. 오랜만에 많이 움직였기 때문에 몸 상태가 안 좋았다. 다리 근육도 아프고, 등도 아팠다. 그는 뱃머리로 가서 체온을 쟀다. 열은 없었다. 혈압과 맥박도 이상 없었다. 그는 클립보드에 측정결과를 모두 적은 뒤 선실로 가서 옷을 벗고 헝클어진 침대로 기어들었다.

몸이 완전히 지쳤는데도 잠이 오지 않아서 머리가 말똥말똥했다. 그날 있었던 일들과 감시카메라 영상에서 본 장면들이 머릿속에서 소용돌이쳤다. 한 시간 동안 그렇게 덧없이 누워 있다가 그는 침대에서 일어나 응접실로 갔다. 그리고 의자 위에 걸쳐둔 재킷에서 수첩을 꺼내 아까 적어둔 메모를 읽어보았다. 특별히 눈에 띄는 것은 없었지만, 이런 식으로 수사 과정을 기록하기 시작했다는 사실이 왠지 위안이 되었다.

그는 새로운 페이지에 감시카메라 영상에 대해 추가로 떠오른 생각들과 다음 날 제이 윈스턴을 만났을 때 반드시 물어보고 싶은 질문 두어 가지를 적었다. 수사관들이 두 사건이 관련되어 있다는 결론을 내렸다면, 두 사건 사이의 연결고리가 얼마나 탄탄한지, 첫 번째 사건에서 제임스 코넬이 강탈당한 300달러가 코넬의 몸에 있던 돈인지 아니면 현금지급기에서 나온 돈인지 알고 싶었다.

그는 배가 고프다는 사실을 깨닫고 수첩을 옆으로 치웠다. 그러고는 자리에서 일어나 프라이팬으로 달걀흰자 세 개를 부쳐서 타바스코 소스와 살사 소스를 넣은 뒤 흰 빵으로 샌드위치를 만들었다. 샌드위치를 두 입 먹어본 뒤 그는 타바스코 소스를 더 넣었다.

취사실을 치우고 나니 다시 피로가 몰려와서 이제는 정말로 잠을 잘 수 있을 것 같았다. 그는 재빨리 샤워를 하고 체온을 잰 뒤 저녁에 먹는 약들을 먹었다. 거울을 보니 이틀 동안 면도를 안 한 것처럼 수염이 무성했다. 아침에 면도를 했는데도. 그가 먹고 있는 약의 부작용 때문이었다. 거부 반응을 줄여주는 프레드니존이라는 약은 체모의 성장을 촉진하는 기능도 있었다. 그는 거울 속의 자신을 향해 미소를 지었다. 전날 보니 폭스를 만났을 때 프랑켄슈타인이 아니라 늑대인간이 된 것 같은 기분이라고 말할걸 그랬다는 생각이 들었다. 자기가 어떤 괴물과 닮았는지 점점 헷갈리기 시작했다. 그는 잠자리에 들었다.

그의 꿈은 흑백이었다. 지금은 그렇지만, 수술 전에는 흑백이 아니었다. 이게 무엇을 의미하는지는 알 수 없었다. 폭스 박사에게 말했더니 박사는 그저 어깨만 으쓱할 뿐이었다.

꿈에 그는 그 가게에 갔다. 어랭고와 월터스가 보여준 감시카메라 영상 속에 그 자신이 들어가 있었다. 그는 카운터에 서서 찬호 강을 향해 미소를 지었다. 강이 마지못해 마주 미소를 지으며 뭐라고 말을 했다.

"뭐라고요?" 매케일렙이 물었다.

"당신은 그걸 받을 자격이 없어." 강이 말했다.

매케일렙은 자신이 골라서 카운터에 놓은 물건들을 내려다보려고 했지만 그걸 보기도 전에 차가운 강철이 관자놀이에 닿았다. 재빨리 몸을 돌리자 복면을 하고 총을 든 남자가 있었다. 매케일렙은 그 남자가 복면 뒤에서 미소를 짓고 있다는 걸 알 수 있었다. 꿈이니까 그냥 알 수 있었다. 강도가 총을 아래로 내려 매케일렙의 가슴을 쏘았다. 총알은 10점짜리 과녁, 즉 심장을 정확히 맞혔다. 매케일렙의 몸이 종이로 만든 과녁인 것처럼 총알이 곧장 몸을 뚫고 나갔다. 하지만 그 충격 때문에 그는 뒤로 한 걸음 물러났다가 천천히 쓰러졌다. 고통은 없었다. 안도감만 느껴질 뿐이었다. 그는 쓰러지면서 살인범을 바라보았다. 놈의 눈이 복면 뒤에서 자신을 지켜보고 있었다. 그건 그 자신의 눈이었다. 그 눈이 윙크를 했다.

그리고 그는 계속 아래로, 아래로 떨어졌다.

08 해변의 한량

근처의 로스앤젤레스 항구에서 쿵쿵거리며 빈 컨테이너들을 하역하는 소리에 매케일렙은 동트기 전에 잠에서 깼다. 침대에 누워 눈은 감았지만 머리는 완전히 깬 상태로 그는 하역과정을 상상했다. 크레인이 트레일러 트럭만 한 컨테이너를 갑판에서 들어올려 하역장 쪽으로 휙 이동시키면, 지상의 인부들이 컨테이너를 내리라는 신호를 일찌감치 보낸다. 그러면 거대한 강철 상자가 약 1미터 아래로 떨어지면서 근처 보트 정박지 전체에 항공기 폭발음 같은 소리가 울려 퍼진다. 매케일렙의 상상 속에서 지상의 인부들은 컨테이너가 떨어질 때마다 웃음을 터뜨렸다.

"나쁜 놈들 같으니." 매케일렙은 이렇게 말하며 결국 잠을 포기하고 일어나 앉았다. 이런 일이 한 달 만에 벌써 세 번째였다.

시계를 보니 잠든 지 열 시간 넘게 지나 있었다. 그는 천천히 뱃머리로 가서 샤워를 했다. 수건으로 물기를 닦은 뒤 아침마다 하는 습관대로 체온, 혈압, 맥박을 재고, 처방받은 약들을 먹었다. 그는 측정결과를 모두 차트에 적고 면도기를 꺼냈다. 하지만 얼굴에 면도 크림을 막 바르려다가 거울을 바라보며 이렇게 말했다. "깎으면 뭐 해."

그는 깔끔해 보이게 목에 난 털은 밀었지만, 그 이상은 면도를 하지 않았다. 평생, 아니 적어도 프레드니손을 먹는 동안 하루에 두세 번씩 면도를 하며 살고 싶지는 않았다. 지금까지 그는 턱수염을 길러본 적이 없었다. FBI가 가만 두지 않을 것 같아서였다.

옷을 입은 뒤 그는 기다란 잔에 오렌지주스를 따르고, 전화번호 수첩과 무선 전화기를 챙겨 선미로 갔다. 낚시 의자에 앉아 있는데 해가 떠올랐다. 주스를 마시면서 그는 계속 손목시계를 확인했다. 7시 15분이 되기를 기다리는 것이다. 제이 윈스턴에게 전화하려면 그때가 가장 좋을 것 같았다.

보안관서의 살인사건 전담반 사무실은 카운티의 반대편 끝에 있는 휘티어에 있었다. 살인사건 전담반 형사들은 로스앤젤레스 카운티에서 발생한 모든 살인사건을 다뤘다. 보안관서가 치안 서비스를 제공하기로 계약을 맺은 여러 도시들의 사건도 다뤘다. 그 도시 중에 제임스 코델의 살인사건이 발생한 팜데일이 있었다.

살인사건 전담반 사무실이 너무 멀기 때문에 매케일렙은 윈스턴이 자리에 있을지 없을지도 모르면서 무려 한 시간이나 택시를 타고 거기까지 가는 건 바보짓이라는 결론을 내렸다. 그래서 도넛 한 상자를 들고 무작정 찾아가느니 7시 15분에 전화를 걸기로 한 것이다.

"나쁜 새끼들."

매케일렙이 주위를 둘러보니 이웃 보트에 살고 있는 버디 로크리지가 조종실에 서 있는 것이 보였다. 그의 배는 42피트짜리 헌터급으로 이름은 〈더블다운〉이었다. 버디의 배는 〈더 팔로잉 시〉 호에서 세 칸 떨어진 곳에 있었다. 버디의 손에는 김이 피어오르는 커피가 담긴 머그잔이 들려 있었다. 버디는 목욕가운 차림이었는데, 머리카락 한쪽이 삐죽 솟아 있었다. 매케일렙은 버디가 말한 '나쁜 새끼들'이 누구인지 굳이 묻지 않아도 알 수 있었다.

"맞아." 매케일렙이 말했다. "아침부터 기분이 나쁘네."

"저놈들이 밤새 일을 하게 내버려두면 안 돼." 버디가 말했다. "너무 시끄럽잖아. 저기 롱비치에서도 그 소리가 들릴걸."

매케일렙은 그냥 고개만 끄덕였다.

"내가 항구관리자한테 얘기를 했어. 항만국에 불만제기라도 하라고 말이지. 그런데 그쪽에서는 신경도 안 써. 그래서 청원서라도 내볼까 생각 중이야. 청원서에 서명할 생각 있어?"

"서명해야지."

매케일렙은 손목시계를 확인했다.

"알아. 시간낭비라고 생각하는 거지?"

"아냐. 그게 효과가 있을지 확신이 안 서서 그래. 항구는 24시간 쉬지 않고 돌아가는 곳이야. 여기 배에서 사는 사람 몇 명이 불만을 제기한다고 해서 밤중에 하역작업을 멈출 것 같지는 않아."

"그래, 나도 알아. 나쁜 새끼들…. 저 커다란 상자가 저놈들 머리에나 콱 떨어져버려야 하는 건데. 그럼 저놈들도 우리 심정을 이해하겠지."

로크리지는 이곳 부두에서 허드렛일을 하며 살고 있었다. 늙은 서퍼이자 해변의 한량인 그는 다른 배들을 돌봐주거나 선체 청소를 해주는 등 임시 아르바이트로 생계를 꾸리고 있었기 때문에, 가능한 한 비용을 줄이려고 자기 배에는 별로 공을 들이지 않았다. 매케일렙이 로크리지를 처음 만난 것은 1년 전, 로크리지가 이곳 정박지의 보트로 이사를 왔을 때였다. 그날 매케일렙은 한밤중에 웬 하모니카 연주 소리 때문에 잠에서 깼다. 침대에서 일어나 밖으로 나가 보니 술에 취한 로크리지가 〈더블다운〉 호 조종실에 누워 하모니카를 불고 있었다. 그는 이어폰을 꽂은 채 거기서 흘러나오는 음악을 하모니카로 따라서 연주하는 중이었다. 그날 밤에는 매케일렙이 로크리지에게 불평을 늘어놓았지만, 시간이 흐르면서 두 사람은 친구가 되었다. 근처에 자기들처럼 배에서 사는 사람이 하나도 없다는 점이 가장 큰 역할을 했다. 주위에 이웃이라고는 달랑 두 사람뿐이었다. 버디는 매케일렙이 병원에 입원해 있는 동안 〈더 팔로잉 시〉 호를 돌봐주었다. 매케일렙이 운전을 할 수 없는 상태라는 것을 알고 장을 보러 갈 때나 근처 쇼핑몰에 갈 때 차를 태워주는 경우도 많았다. 매케일렙은 매주 한 번 정도 로크리지를 저녁 식사에 초대했다. 두 사람은 식사를 하면서 자기들이 좋아하는 블루스에 대해 이야기를 나누기도 하고, 범선과 모터보트의 차이에 대해 토론하기도 했다. 매케일렙의 과거 사건 파일들을 꺼내서 추리로 사건을 해결해볼 때도 간혹 있었다. 로크리지는 매케일렙이 FBI와 사건수사에 관해 자세히 들려주는 이야기들에 언제나 홀린 듯 귀를 기울였다.

"내가 전화할 데가 좀 있어." 매케일렙이 버디에게 소리쳤다. "나중에 보자고."

"그래. 가서 전화해. 일을 봐야지."

버디는 손을 흔들어주고는 자기 배의 선실 안으로 사라졌다. 매케일렙은 어깨를 으쓱했다. 그는 수첩에서 제이 윈스턴의 번호를 찾아 전화를 걸었다. 잠시 후 전화가 연결되었다.

"제이 씨, 테리 매케일렙입니다. 나 기억해요?"

잠시 침묵이 흐른 뒤 제이가 말했다. "당연히 기억하죠. 어떻게 지내요, 테리 씨? 새 심장을 달았다면서요?"

"네. 잘 지내요. 제이 씨는 어때요?"

"나야 뭐 항상 똑같죠."

"오늘 오전에 시간 좀 있어요? 내가 잠깐 들를까 하는데. 제이 씨가 맡은 사건에 대해 물어볼 게 있어요."

"지금은 사립탐정인 거죠?"

"아뇨. 그냥 친구 일을 좀 봐주고 있어요."

"무슨 사건을 말하는 거예요?"

"제임스 코델 사건이에요. 1월 22일에 발생한 현금지급기 사건."

윈스턴은 흠흠 소리만 낼 뿐 아무 말도 하지 않았다.

"왜요?" 매케일렙이 물었다.

"꽤 재미있네요. 나는 그 사건을 포기하고 접었는데, 이틀 만에 테리 씨를 포함해서 벌써 두 명이나 그 사건 때문에 전화를 걸었으니 말이에요."

젠장. 매케일렙은 속으로 생각했다. 자기 말고 누가 전화를 걸었는지 알 만했다.

"〈LA 타임스〉의 케이샤 러셀 기자예요?"

"네."

"그건 나 때문이에요. 내가 코델에 관한 기사를 찾아달라고 부탁했거든요. 하지만 이유는 말 안 했어요. 그래서 러셀 기자가 그쪽으로 전화를 한 겁니다. 낚시질을 해보려고."

"나도 그런 줄 알고 있었어요. 그래서 그냥 아무것도 모르는 척했죠. 그래, 이번 일을 부탁한 친구분은 누구예요?"

매케일렙은 자신이 글로리아 토레스의 살인사건을 조사하게 된 경위와 코델 사건에 관심을 갖게 된 과정을 설명해주었다. 그는 또한 LA 경찰국에서 전혀 도움을 주지 않기 때문에 이 사건을 조사하려면 윈스턴이 유일한 희망이라는 사실도 말해주었다. 하지만 자신의 새 심장이 원래 글로리아 토레스의 것이었다는 이야기는 하지 않았다.

"그래, 내가 제대로 짚은 건가요?" 매케일렙이 물었다. "두 사건이 연결돼 있어요?"

윈스턴은 잠시 머뭇거리다가 그의 생각이 맞다고 확인해주었다. 그녀는 또한 코델 사건이 잠시 보류 상태로 새로운 반전을 기다리고 있다고 말했다.

"내가 금방 그쪽으로 갈게요. 그냥 기록만 잠깐 살펴보면 돼요. 그 밖에 다른 자료도 보여주면 좋지만. 그러면 그래시엘라 리버스에게 내가 최선을 다하고 있다고 말할 수 있을 겁니다. 내가 무슨 영웅 행세를 하거나 누구한테 망신을 줄 생각은 전혀 없어요."

윈스턴은 아무 말도 하지 않았다.

"어때요?" 마침내 매케일렙이 물었다. "오늘 시간이 좀 있어요?"

"많지는 않아요. 잠깐만요."

"예."

매케일렙은 1분 동안 대기 상태로 기다렸다. 그는 갑판을 서성거리며 뱃전 너머의 검은 수면을 바라보았다.

"테리 씨?"

"예."

"저기, 11시에 내가 시내 법원에 갈 일이 있어요. 그러니까 10시에는 여기서 나가야 해요. 그전에 올 수 있겠어요?"

"물론이죠. 9시나 9시 15분은 어때요?"

"괜찮아요."

"좋아요. 그리고 고마워요."

"내가 신세진 게 있어서 이번에 편의를 봐드리는 거예요. 하지만 사실 여기도 별 게 없어요. 그냥 어떤 쓰레기 같은 놈이 총을 들고 나와서 저지른 사건일 뿐이에요. 삼진 아웃 같은 거죠."

"그게 무슨 소리예요?"

"지금 다른 전화가 와서 대기 중이에요. 이따 얘기해요."

매케일렙은 외출 준비를 하기 전에 배에서 내려 〈더블다운〉 호로 걸어
갔다. 〈더블다운〉 호는 이곳 정박지의 흉물이었다. 로크리지의 물건이 워
낙 많아서 배가 감당할 수 없을 지경이었다. 서프보드 세 개, 자전거 두
대, 조디악 고무보트 한 대가 갑판에 쌓여 있어서 마치 배에 벼룩시장을
펼쳐 놓은 것 같았다.

선실로 통하는 해치는 아직 열려 있었지만, 인기척이 전혀 없었다. 매
케일렙은 버디의 이름을 부르고 기다렸다. 주인의 허락도 없이 배에 발을
디디는 것은 무례한 짓이었다.

마침내 버디 로크리지의 머리와 어깨가 해치 밖으로 쑥 나왔다. 그는
머리를 깨끗이 빗고 옷을 차려입은 모습이었다.

"버디, 오늘 특별한 계획 있어?"

"그건 왜? 나야 뭐 매일 똑같지. 별일 없어. 킨코스에 가서 내 이력서나
다시 뽑을까 했는데."

"그럼 앞으로 며칠 동안 내 기사 노릇 좀 해줘. 며칠 더 걸릴지도 몰라.
시간당 10달러에 식비는 별도야. 날 기다리며 가만히 앉아 있는 시간이
많을 테니 책이라도 한 권 가져오면 좋을 거야."

버디는 선실에서 조종실로 완전히 올라왔다.

"어디로 갈 건데?"

"휘티어까지 가야 돼. 15분 뒤에 떠날 거야. 그다음에 어디로 갈지는 나
도 몰라."

"무슨 일이야? 수사라도 하는 거야?"

버디의 눈빛이 점점 들뜨기 시작했다. 그는 범죄소설을 많이 읽었으며,
매케일렙에게 소설 내용을 이야기해줄 때도 많았다. 그런데 이제 진짜 수
사에 참여하게 된 것이다.

"맞아. 누구 부탁으로 뭘 좀 조사하는 중이야. 하지만 내가 원하는 건

운전기사지 파트너가 아냐, 버디."

"그건 괜찮아. 내가 할게. 누구 차를 탈 거야?"

"자네 차를 타지, 뭐. 기름 값은 내가 넬게. 만약 내 체로키를 탄다면 난 뒷자리에 앉아야 돼. 조수석에 에어백이 있어서. 자네가 결정해. 어느 쪽이든 난 괜찮으니까."

보니 폭스의 지시에 따라 매케일렙에게 적어도 9개월 동안 운전은 금지였다. 그의 가슴 상처가 아직도 아무는 중이었기 때문이다. 겉의 피부는 다 아물었지만, 그 속의 흉골은 아직도 열려 있는 상태였다. 운전대나 에어백에 가슴을 부딪치면 목숨이 위험해질 수도 있었다. 아무리 저속으로 달리던 중이라 해도 상관없었다.

"글쎄, 난 체로키가 좋지만 내 차를 타야겠네." 버디가 말했다. "자네가 뒷좌석에 타면 내가 진짜로 운전기사 같잖아."

09 신원미상 용의자

1993년 여름 로스앤젤레스 카운티 북부의 앤틸로프 계곡에서 바스케스 바위라 불리는 커다란 사암 위에 쓰러져 있는 여자의 시체가 발견되었다. 시체는 그곳에 며칠 동안 방치되어 있었던 모양이었다. 부패가 심해서 성폭행을 당했는지는 알 수 없었지만, 경찰은 성폭행이 있었을 것이라고 생각했다. 시체는 옷을 입은 상태였으나, 팬티가 뒤집혀 있고 블라우스의 단추가 잘못 끼워져 있었기 때문이다. 이 여자가 직접 옷을 입지 않았거나, 심한 압박 속에서 옷을 입었다는 증거였다. 사망원인은 교살이었다. 교살 역시 강간살인 사건에서 가장 자주 사용되는 방법이었다.

보안관서의 제이 윈스턴 형사가 바스케스 바위 살인사건의 수사지휘를 맡았다. 하지만 범인이 금방 잡히지 않았기 때문에 윈스턴은 장기전을 각오했다. 포부는 크지만 일보다 자존심을 앞세우는 성격은 아니라서 그녀는 먼저 FBI에 도움을 요청했다. FBI는 그녀의 요청을 연쇄살인 전담반에 전달했고, 그녀는 나중에 연쇄살인 전담반의 폭력범죄자 체포프로그램(VICAP)의 사건 설문지를 작성했다.

매케일렙은 이 VICAP 설문조사를 통해 처음 윈스턴과 알게 되었다. 그녀가 콴티코로 보낸 사건 자료가 로스앤젤레스 지부의 매케일렙에게 전달되었던 것이다. 이 자료는 미국 대륙을 가로질러 갔다가 다시 출발지 근처로 우송되는, 전형적인 관료적 과정을 거쳐 창고를 개조한 매케일렙의 사무실에 도착했다.

VICAP의 데이터베이스(형사가 살인사건에 관한 80개 항목의 설문지를 작성해서 보내면 컴퓨터가 이 데이터베이스에 기록된 사건들과 설문지 내용을 비교한다)와 범죄현장 및 부검사진들을 통해 매케일렙은 바스케스 바위 사건을 1년 전 로스앤젤레스의 세풀베다 고개에서 발생한 또 다른 살인사건과 연결시킬 수 있었다. 비슷한 살해수법과 옷을 입힌 시체를 바위에 버린 것 등 두 사건 사이에 세세하게 일치하는 점이 몇 가지 있었다. 매케일렙은 LA 일대에 또 연쇄살인범이 등장했다고 생각했다. 두 사건의 피해자들은 죽기 2~3일 전부터 실종 상태였다. 그렇다면 범인이 그동안 여자를 산 채로 데리고 있었다는 뜻이었다. 아마 그 기간 동안 여자들을 이용해서 자신의 끔찍한 욕망을 채웠을 것이다.

이 두 사건을 연결하는 것은 사건 수사의 첫 단추에 불과했다. 범인을 파악해서 잡는 일이 아직 남아 있었다. 하지만 이렇다 할 단서가 전혀 없었다. 매케일렙은 두 사건 사이의 간격이 길다는 점에 관심이 쏠렸다. 줄여서 언섭이라고 부르는 신원미상의 용의자(unknown subject, FBI 서류에 공식적으로 기재되는 범인의 호칭)는 첫 번째 사건을 저지른 뒤 무려 11개월 동안이나 가만히 있다가 다시 충동에 사로잡혀 두 번째 피해자를 납치했다. 매케일렙은 살인이라는 행위가 범인의 머릿속에 아주 강력하게 각인되어서 범인이 거의 1년 동안 그 행위를 연료로 삼아 성적인 공상을 충족시킬 수 있었던 거라고 생각했다. 하지만 FBI의 연쇄살인범 프로파일링 프로그램에 따르면 범행 사이의 간격이 매번 짧아질 테니 범인은 곧 새로운 사냥감을 찾아 나설 터였다.

매케일렙은 윈스턴을 위해 범인의 프로파일을 작성했지만, 그것이 사건 해결에 별로 도움이 되지 않을 거라는 사실은 두 사람 모두 알고 있었다. 백인 남자, 스무 살에서 서른 살 사이, 힘들고 사회적 지위가 낮은 직업, 성범죄 전과나 일탈행동 기록. 하지만 만약 범인이 오랫동안 수감생활을 한 전력이 있다면 프로파일에 명시된 연령대가 달라질 수도 있었다.

결국 똑같은 얘기였다. VICAP 프로파일은 대개 놀라운 정확도를 자랑하지만, 범인을 잡는 데 도움이 되는 경우는 드물다는 것. 매케일렙이 윈스턴에게 준 프로파일에 해당하는 남자들은 로스앤젤레스 일대에 수백, 수천 명이나 되었다. 따라서 수사의 단서가 될 만한 것들이 더 이상 나오지 않자 그저 기다리는 것 외에는 달리 방법이 없었다. 매케일렙은 달력에 그 사건을 적어두고 다른 사건으로 넘어갔다.

그다음 해 3월, 즉 두 번째 살인사건으로부터 8개월이 지났을 때 매케일렙은 달력의 메모를 우연히 발견하고 사건기록을 다시 읽어본 뒤 윈스턴에게 전화를 걸었다. 윈스턴은 그동안 별다른 변화가 없었다고 말했다. 여전히 단서도, 용의자도 없는 상태라는 것이었다. 매케일렙은 윈스턴에게 두 살인사건의 시체 유기장소와 두 피해자의 무덤을 감시하라고 말했다. 범인이 이제 다시 충동을 느낄 때가 가까워졌기 때문이었다. 범인은 곧 더 이상 성적인 환상을 유지할 수 없는 상태가 될 것이다. 그래서 다른 사람을 데려다가 제압하면서 느끼는 기분을 새로이 재현하고 싶다는 충동이 점점 강해져서 범인 자신도 통제할 수 없는 지경이 될 것이다. 신원 미상의 용의자가 살인을 저지를 때마다 시체에 옷을 입혀주었다는 사실은 그의 마음속에서 심한 갈등이 벌어지고 있다는 분명한 징조였다. 그의 마음 한구석에는 자신이 저지른 일에 대한 수치심이 자리 잡고 있을 것이다. 그래서 피해자에게 옷을 다시 입혀 무의식적으로 범죄를 은폐하려 하는 것이다. 이는 이제 8개월이 지났으니 범인이 다시 엄청난 심리적 혼란에 사로잡혀 있을 거라는 뜻이었다. 자신의 성적인 환상을 현실에서 재현하고 싶다는 충동과 그 행위로 인해 느끼는 수치심은 범인의 내면에서 벌어지는 심리적 전쟁의 양면이었다. 그런 상황에서 범인은 살인 충동을 일시적으로 달래기 위해 예전의 범죄현장을 다시 찾아 자신의 성적인 환상에 새로운 연료를 공급하려 할 것이다. 매케일렙은 범인이 시체 유기장소나 피해자의 무덤을 찾을 것이라고 짐작했다. 시체 유기장소나 무덤에서는 피해자들과 한층 더 가까워진 기분이 들어서 다시 살인하고 싶은 충동을 쫓아버릴 수 있을 테니까 말이다.

윈스턴은 FBI 요원의 육감만을 근거로 그렇게 여러 지역에 감시 인력을 배치하는 걸 마뜩잖게 생각했다. 하지만 매케일렙은 자신과 다른 요원 두 명의 잠복근무 허가를 이미 받은 상태였다. 매케일렙은 또한 만약 감시 인력을 배치하지 않은 상태에서 신원미상의 용의자가 다시 범죄를 저지른다면, 과연 감시 인력을 배치했더라면 상황이 달라졌을지 영원히 고민하게 될 거라면서 윈스턴의 직업정신을 자극했다. 이 말 때문에 양심에 자극을 받은 윈스턴은 자신의 상관과 LA 경찰국의 사건 담당자를 찾아갔고, FBI와 보안관서와 LA 경찰국이 함께 감시팀을 꾸리게 되었다. 윈스턴은 잠복 계획을 짜면서 두 피해자가 모두 글렌데일 묘지에 묻혀 있으며, 두 무덤 사이의 거리가 약 100미터 정도밖에 안 된다는 사실을 알게 되었다. 이 말을 들은 매케일렙은 신원미상의 용의자가 과거의 사건을 다시 떠올리고 싶다면 반드시 묘지에 나타날 것이라고 예측했다.

그의 예측이 옳았다. 잠복을 시작한 지 5일째 되던 날 밤에 매케일렙과 윈스턴은 다른 형사 두 명과 함께 두 무덤이 한꺼번에 바라보이는 납골당에 숨어 있다가 어떤 남자가 승합차를 몰고 묘지 안으로 들어오는 것을 보았다. 남자는 차에서 내려 묘지 안쪽의 잠긴 울타리 문을 넘었다. 그는 팔 밑에 뭔가를 낀 채 첫 번째 피해자의 무덤으로 걸어가서 10분 동안 꼼짝도 않고 서 있다가 두 번째 피해자의 무덤으로 향했다. 그는 두 무덤의 위치를 미리 알고 있었음이 분명했다. 두 번째 무덤으로 간 남자는 무덤 위에 어떤 물건(나중에 침낭으로 밝혀졌다)을 펼치고는 그 위에 앉아 묘비에 등을 기댔다. 형사들은 남자를 방해하지 않고, 야간 투시경이 달린 비디오카메라로 남자의 모습을 녹화했다. 오래지 않아 남자는 바지 앞섶을 열고 자위행위를 시작했다.

남자가 승합차로 돌아가기도 전에 형사들은 자동차 번호판을 통해 이미 남자가 노스 할리우드 출신의 정원사인 루서 해치라는 사실을 알아냈다. 서른여덟 살인 그는 강간을 저질러 폴섬 교도소에서 9년간 복역한 뒤 4년 전 출소한 자였다.

이제 범인은 신원미상이 아니었다. 해치는 확실한 용의자였다. 그의 나이에서 복역기간을 빼면, 그는 VICAP의 프로파일에 완벽하게 들어맞았다. 형사들은 3주 동안 그를 24시간 감시했다. 그동안 그는 글렌데일 묘지를 두 번 더 찾아갔다. 마침내 어느 날 밤 그가 셔먼옥스 갤러리아를 나서던 젊은 여자를 자신의 승합차에 강제로 태우려고 하자 형사들이 그를 덮쳤다. 승합차 안에서는 공업용 테이프와 1미터 남짓한 길이로 자른 빨랫줄이 발견되었다. 경찰은 수색영장을 발부받아 승합차와 해치의 아파트를 샅샅이 수색했다. 거기서 발견된 체모, 실밥, 말라붙은 체액 등은 나중에 DNA 검사를 비롯한 여러 과학적 분석방법을 통해 두 피해자의 것으로 판명되었다. 지역 언론은 해치에게 금방 '묘지 방문자'라는 별명을 붙여주었고, 해치는 대중의 상상력을 사로잡은 연쇄살인범 목록에 한자리를 차지하게 되었다.

매케일렙은 전문적인 지식과 육감으로 윈스턴의 사건해결을 도왔다. 이 사건은 로스앤젤레스와 콴티코의 수사관들이 지금도 자주 입에 올리는 성공사례 중 하나였다. 잠복근무를 했던 형사들은 해치를 체포한 날 밤에 자기들끼리 축하연을 열었다. 술집의 소음이 잠시 가라앉았을 때 제이 윈스턴이 매케일렙을 바라보며 말했다. "테리 씨한테 신세를 졌어요. 우리 모두."

버디 로크리지는 테리 매케일렙의 운전기사 노릇을 할 거면서 마치 선셋 대로의 나이트클럽에 가는 사람처럼 옷을 차려입었다. 머리부터 발끝까지 온통 검은색이었다. 게다가 검은 가죽 서류가방까지 들고 있었다. 매케일렙은 〈더블다운〉 호 옆에 서서 그를 한참 동안 빤히 바라보며 아무 말도 하지 않았다.

"왜 그래?"

"아냐. 그만 가자."

"나 괜찮아?"

"괜찮긴 한데, 하루 종일 자동차 안에 앉아 있을 옷차림은 아닌 것 같은데. 그런 옷을 입고 편안하겠어?"

"당연하지."

"그럼 그만 가자."

로크리지의 차는 나온 지 7년 된 포드 토러스로 관리가 잘 되어 있었다. 휘티어까지 가는 길에 로크리지는 매케일렙이 조사하는 사건이 무엇인지 알아내려고 세 번이나 시도했지만, 매번 매케일렙은 아무런 대답을 하지 않았다. 결국 매케일렙은 범선과 모터보트의 장점에 관해 둘이서 옛날부터 주고받던 이야기를 끄집어내서 로크리지의 질문을 막을 수 있었다. 두 사람은 한 시간이 조금 더 지나서 보안관서 스타센터에 도착했다. 로크리지가 방문자용 주차장에 토러스를 세우고 시동을 껐다.

"얼마나 걸릴지 나도 잘 몰라." 매케일렙이 말했다. "뭔가 읽을거리라도 가져왔나 모르겠네. 아니면 하모니카라도 가져오든지."

"정말 내가 같이 안 들어가도 돼?"

"버드, 아무래도 내가 잘못 생각한 것 같다. 난 파트너가 필요한 게 아냐. 그냥 차를 운전해줄 사람이 필요한 것뿐이라고. 어제 내가 택시비로 쓴 돈만 100달러가 넘어. 그래서 그 돈을 자네한테 주는 편이 낫겠다 싶었는데, 자네가 이렇게 계속 내 일에 끼어들려고 하면….""

"알았어, 알았어." 로크리지가 매케일렙의 말을 잘랐다. 그는 항복했다는 듯이 양손을 들어올린 자세였다. "난 그냥 여기 앉아서 책이나 읽고 있을게. 이것저것 물어보지도 않고."

"좋아. 그럼 이따 봐."

매케일렙은 약속시간에 딱 맞춰서 살인사건 전담반 사무실에 들어섰다. 제이 윈스턴이 접수대 근처에서 어른거리며 그를 기다리고 있었다. 그녀는 매케일렙보다 몇 살 연상인 매력적인 여성이었다. 곧게 뻗은 금발은 대략 중간 길이쯤 되었다. 몸매는 호리호리했으며, 하얀 블라우스에 파란색 정장을 갖춰 입은 차림이었다. 매케일렙이 그녀를 마지막으로 본 것은 거의 5년 전, 루서 해치의 체포를 축하할 때였다. 윈스턴은 매케일렙과 악수를 나눈 뒤 그를 회의실로 데려갔다. 타원형 탁자 주위에 의자 여섯 개가 놓여 있었다. 한쪽 벽에 붙어 있는 작은 탁자에는 포트를 두 개 놓을 수 있는 커피메이커가 있었다. 사람은 없었다. 두툼한 서류 더미와 비디오테이프 네 개가 탁자 위에 놓여 있었다.

"커피 마실래요?" 윈스턴이 물었다.

"아뇨, 괜찮습니다."

"그럼 본론으로 들어가죠. 시간이 20분밖에 없어요."

두 사람은 탁자를 사이에 두고 마주 보는 자리에 앉았다. 윈스턴이 종이 더미와 비디오테이프를 가리켰다.

"전부 가져가도 돼요. 오늘 아침에 전화를 받은 뒤에 복사한 거니까."

"세상에, 그렇게까지 했어요? 고맙습니다."

매케일렙은 포커판에서 돈을 쓸어오는 사람처럼 양손으로 서류와 비디오테이프를 잡아당겼다.

"LA의 어랭고한테도 전화를 해봤어요." 윈스턴이 말했다. "그 친구는 나더러 테리 씨한테 협조하지 말라고 했지만, 나는 테리 씨만큼 뛰어난 요원을 본 적도 없고 게다가 신세진 것도 있다고 말해줬어요. 그 친구가 그 말을 듣고 화를 내기는 했는데, 뭐 좀 있으면 풀리겠죠."

"그럼 여기 LA 쪽 자료도 있는 거예요?"

"네. 서로 자료를 복사해서 교환했거든요. 한 2주 전부터는 어랭고한테서 자료가 전혀 넘어오지 않았지만, 그건 아마 보낼 자료가 없었기 때문일 거예요. 그러니까 여기 있는 자료에 최신 정보가 모두 있다고 보면 돼요. 문제는, 서류도 많고 테이프도 많은데 결과가 신통치 않다는 거죠."

매케일렙은 서류 더미를 반으로 나눠서 분류하기 시작했다. 약 3분의 2는 보안관서의 수사관들이 작성한 것이고, 나머지는 LA 경찰국 자료였다. 그는 비디오테이프를 가리켰다.

"저건 뭐예요?"

"두 사건의 현장을 찍은 자료와 총격장면이에요. 어랭고 말로는 슈퍼마켓 강도사건 테이프를 이미 테리 씨한테 보여줬다고 하던데요?"

"맞아요."

"우리 자료는 그것보다 더 빈약해요. 범인이 화면에 나타난 건 겨우 몇 초밖에 안 돼요. 그래서 놈이 복면을 하고 있다는 걸 알아본 게 고작이에요. 그래도 자료를 보고 싶으면 봐도 돼요."

"이쪽 사건에서 범인이 돈을 기계에서 뽑아 갔어요, 아니면 피해자한테서 뺏어 갔어요?"

"기계에서 뽑아 갔어요. 그건 왜요?"

"그걸 근거로 FBI에 도움을 요청할 수 있을지도 몰라요. 필요한 경우. 엄밀히 말해서, 범인이 피해자가 아니라 은행의 돈을 빼앗아갔다는 얘기니까요. 그건 연방범죄잖아요."

윈스턴은 무슨 말인지 알겠다는 듯 고개를 끄덕였다.

"그래, 어떻게 이 두 사건을 연결시키게 된 거예요? 탄도검사예요?" 매케일렙은 시간이 많지 않다는 것을 알고 있었으므로, 제한된 시간 안에 윈스턴에게서 최대한 많은 정보를 끌어낼 생각이었다.

그녀는 고개를 끄덕였다.

"내가 이 사건을 수사하기 시작한 지 몇 주가 지났을 때 신문에서 그쪽 사건 기사를 봤어요. 내용이 똑같은 것 같아서 LA로 전화를 걸었죠. 그래서 우리가 한자리에 모이게 된 거예요. 비디오테이프를 보면 테리 씨도 알 수 있을 거예요. 의심의 여지가 없어요. 수법도 똑같고, 총도 똑같고, 범인도 똑같아요. 탄도검사는 이미 아는 사실을 강조해줬을 뿐이에요."

매케일렙은 고개를 끄덕였다.

"납탄이 현장에 남을 거라는 걸 알면서 왜 구리 탄피를 가져갔는지 모르겠네요. 무기는 뭐였습니까?"

"9밀리 하드볼. 페더럴. 풀메탈재킷(FMJ). 탄피를 가져간 건 그냥 처음부터 잘 훈련된 습관인 거죠. 우리 사건의 경우 총알이 관통했기 때문에 우리가 콘크리트 벽에서 총알을 파냈어요. 놈은 아마 총알이 완전히 찌그러져서 탄도검사가 힘들 거라고 생각했겠죠. 희망사항이었을 거예요. 그래서 습관대로 구리 탄피를 가져갔을 거예요."

매케일렙은 고개를 끄덕였다. 윈스턴이 범인을 경멸하고 있음이 목소리에 드러났다.

"어쨌든, 그건 별로 중요하지 않아요." 그녀가 말했다. "아까도 말했듯이, 테이프를 봐요. 모두 동일범의 소행이에요. 탄도검사까지 들먹이지 않아도 분명해요."

"여기 보안관서나 LA 경찰국이 거기서 더 파고들었어요?"

"무슨 뜻이에요? 총기 검사실에 검사를 의뢰했냐는 뜻이에요?"

"네. 지금 탄피가 어디 있죠?"

"우리한테 있어요. LA 쪽 사람들이 우리보다 좀 더 바빠서요. 우리 사건이 먼저 일어났으니까, 모든 증거를 우리가 보관하기로 했어요. 총기 검사실에 일반적인 검사를 의뢰하기는 했죠. 비슷한 사례를 찾아보는 거나, 뭐 그런 것. 하지만 아무런 결과도 안 나왔어요. 이 두 사건뿐인 것 같아요. 지금으로서는."

매케일렙은 FBI의 DRUGFIRE 데이터베이스에 대해 말해줄까 생각해 보았지만, 아직은 때가 아니라는 결론을 내렸다. 일단 테이프와 자료를 살펴본 뒤 제안해도 될 것이다.

윈스턴이 손목시계를 확인하는 모습이 눈에 들어왔다.

"이 사건을 혼자 맡고 있어요?" 그가 물었다.

"지금은 그래요. 옛날에는 내가 책임을 맡고, 댄 시스트렁크가 파트너로 같이 수사했어요. 혹시 댄을 알아요?"

"저, 혹시 그날 밤 납골당에서 잠복했던 사람인가요?"

"맞아요, 해치 감시조였죠. 그 친구도 거기 있었어요. 어쨌든 이번 사건에서도 같이 일했는데, 다른 일이 일어나서요. 다른 사건들. 그래서 지금은 나 혼자예요. 운도 좋지."

매케일렙은 고개를 끄덕이며 미소를 지었다. 일이 어떻게 된 건지 알만했다. 수사팀이 사건을 빨리 해결하지 못하면, 결국 한 사람이 그 사건을 맡게 되는 법이었다.

"나한테 이런 자료를 줬다고 나중에 잔소리를 듣는 것 아니에요?"

"아뇨. 테리 씨가 리사 몬드리언 사건 때 도와준 걸 과장님도 알아요."

바스케스 바위에서 발견된 피살자가 바로 리사 몬드리언이었다. 윈스턴이 피살자의 이름을 직접 거론한 것이 이례적이었다. 그가 아는 경찰관들은 피살자를 사람이 아니라 그냥 피살자로만 대하려고 애쓰는 경우가 대부분이었다. 그래야 조금이나마 마음이 편해지기 때문이었다.

"그때는 과장님이 반장이었죠." 윈스턴이 말했다. "그래서 우리가 테리 씨한테 신세진 걸 알아요. 우리가 말했더니, 과장님이 테리 씨한테 자료를 주라고 했어요. 난 이보다 더 좋은 자료로 신세에 보답할 수 있으면 좋겠다는 생각뿐이에요. 이 자료로 뭘 할 수 있을지 모르겠어요. 지금까지 우리는 그냥 손놓고 기다리기만 한 거나 마찬가지니까."

범인이 또 사건을 저지르면서 실수하기만 기다리고 있었다는 뜻이다. 안타깝지만, 새로운 사건이 일어나야만 과거의 사건이 풀릴 때가 많았다.

"뭐, 내가 한번 살펴보죠. 적어도 바쁘게 시간을 보낼 수는 있겠는데요. 아까 전화로 삼진이 어쩌고 하던데, 그건 무슨 소리입니까?"

윈스턴은 미간에 주름을 잡았다.

"이런 사건이 점점 늘어나고 있어요. 새크라멘토에 삼진제도가 도입된 뒤로 계속 그래요. 테리 씨는 이 세계를 떠났으니 그동안의 변화를 알고 있는지 어떤지 잘 모르겠지만, 중범죄로 세 번 유죄판결을 받으면 자동으로 가석방 없는 종신형을 선고하는 법이 만들어졌어요."

"아, 나도 그 법에 대해 알아요."

"그런데 악당 녀석들 중에는 그 법이 도입된 뒤로 더욱더 조심스러워진 놈들이 있어요. 옛날에는 그냥 강도짓만 하던 녀석들이 이제는 목격자를 깡그리 죽여버리게 된 거죠. 삼진제도는 원래 범죄를 억제하려고 도입된 건데, 내가 보기에는 제임스 코델이나 슈퍼마켓의 피살자 두 명 같은 사람들만 더 많아진 것 같아요."

"그럼 이 범인도 그런 악당 녀석이라는 건가요?"

"내가 보기에는 그래요. 슈퍼마켓 테이프를 봤잖아요. 녀석은 망설임이 없어요. 이 악당 녀석은 현금지급기로 다가갈 때도, 슈퍼마켓에 들어갈 때도 처음부터 사람을 죽일 생각이었어요. 목격자를 살려둘 생각이 없었다고요. 난 이 육감을 근거로 수사를 하고 있어요. 남는 시간에 자료를 훑어보면서 벌써 두 번 이상 전과가 있는 권총강도를 찾는 거죠. 스키 마스크를 쓴 녀석도 그런 전과자일 거예요. 옛날에는 그냥 강도였는데, 지금은 살인강도가 된 거죠. 자연스러운 진화예요."

"그럼 아직 아무런 성과도 없는 겁니까?"

"없어요. 하지만 결국은 내가 놈을 찾아내든지, 놈이 날 찾아내든지 하겠죠. 놈이 갑자기 나 여기 있소 하고 나타나지는 않을 거예요. 게다가 놈이 겨우 몇백 달러를 훔치려고 사람들을 쏘아 죽이는 걸 보면, 무슨 일이 있어도 감옥으로 돌아갈 생각이 없는 게 분명해요. 놈은 다시 일을 저지를 거예요. 아직까지 잠잠한 게 오히려 놀랍죠. 마지막 사건 이후로 벌써 두 달이 지났으니까요. 만약 이번에 놈이 일을 저지르면, 혹시 사소한 실수 같은 걸 저지를지도 몰라요. 그럼 우리가 놈을 잡는 거죠. 조만간 잡을 거예요. 반드시. 우리 쪽 사건의 피살자는 아내와 어린 자식 둘이 있어요. 그러니 이런 짓을 저지른 그 나쁜 놈을 내가 반드시 잡을 거예요."

매케일렙은 고개를 끄덕였다. 분노를 바탕으로 사건에 헌신적으로 뛰어드는 윈스턴의 태도가 마음에 들었다. 어랭고와는 완전히 달랐다. 매케일렙은 서류와 테이프를 챙기면서 윈스턴에게 자료를 다 살펴본 뒤 전화하겠다고 말했다. 혹시 며칠이 걸릴지 모른다는 말도 했다.

"괜찮아요." 윈스턴이 말했다. "테리 씨가 뭘 하든 우리한테 도움이 될 테니."

매케일렙이 자동차로 돌아와 보니 버디 로크리지는 운전석 쪽 문에 등을 기대고 조수석에 다리를 쭉 뻗은 자세로 앉아 있었다. 무릎에 책을 펼쳐 놓은 채 하모니카로 블루스 한 소절을 한가로이 연습하는 중이었다. 매케일렙은 조수석 문을 열고 버디가 다리를 내리기를 기다렸다. 차에 오른 뒤에 버디가 읽고 있던 책의 제목을 보니《이마니시 형사의 수사일지》였다.

"금방 끝났네." 버디가 말했다.

"응. 할 얘기가 많지 않았어."

그는 사건 자료와 비디오테이프를 양발 사이의 바닥에 놓았다.

"그건 다 뭐야?"

"그냥 내가 봐야 할 자료야."

로크리지는 허리를 숙여 맨 위의 종이를 바라보았다. 사건 보고서였다.

"제임스 코델." 그가 소리 내어 읽었다. "이게 누구야?"

"버디, 아무래도…."

"알았어, 알았어."

그는 매케일렙의 뜻을 알아차리고 몸을 똑바로 펴더니 차에 시동을 걸었다. 그러고는 서류에 대해 더 이상 아무것도 묻지 않았다.

"이제 어디로 갈까?"

"그냥 돌아가. 샌 페드로로."

"며칠 동안 기사 노릇을 하라며? 이제는 이것저것 안 물어볼게. 절대로."

그의 목소리에 기분이 상한 기색이 살짝 묻어 있었다.

"그런 게 아니야. 기사는 지금도 필요해. 그냥 집으로 돌아가서 이 자료를 봐야 하기 때문에 그래."

버디는 풀 죽은 표정으로 자신이 읽던 책을 대시보드 위로 던지고, 하모니카를 도어포켓에 넣은 뒤 차를 출발시켰다.

10 지리적 대조

사무실로 쓰는 아래쪽 선실보다 응접실에 자연광이 더 많이 들어왔다. 매케일렙은 응접실에서 자료를 살펴보기로 했다. 응접실 캐비닛 윗칸에는 텔레비전과 비디오플레이어도 있었다. 그는 식탁을 치우고 스펀지와 종이타월로 닦은 뒤 윈스턴에게서 받아온 사건 자료를 올려놓았다. 종이철과 날카롭게 깎은 연필도 해도탁자 서랍에서 꺼내 식탁 위에 놓았다.

자료를 시간 순서대로 훑어보는 것이 가장 좋을 것 같았다. 그렇다면 코델 사건을 가장 먼저 봐야 한다는 뜻이었다. 매케일렙은 글로리아 토레스 사건 자료를 따로 분류해서 한쪽으로 밀어두었다. 그러고는 나머지 서류를 초동수사, 증거목록, 후속 면담조사, 막다른 길에 부닥친 단서, 기타 보고서, 사실 요약본, 주간 보고서 등 종류별로 나눴다.

FBI에서 일할 때 그는 책상을 아주 깨끗하게 치운 뒤 모든 서류를 펼쳐놓곤 했다. 그때는 서부 전역의 경찰서들이 그에게 사건을 의뢰했다. 개중에는 두툼한 서류 묶음을 보내는 곳도 있고, 얄팍한 파일 몇 개만 보내는 곳도 있었다. 매케일렙은 항상 범죄현장을 찍은 비디오테이프를 요구했다. 두툼하든 얄팍하든, 자료들은 모두 같은 것을 다루고 있었다. 매케일렘은 그런 자료를 보면서 매혹과 혐오를 동시에 느꼈다. 자그마한 사무실에 혼자 앉아 자료를 읽으며 그는 분노했다. 범인에게 복수해야겠다는 생각도 들었다. 그의 외투는 문에 달린 고리에 걸려 있고, 총은 서랍 속에 있었다. 그는 눈앞의 자료 외에는 모든 것을 머릿속에서 몰아낼 수 있었다. 그렇게 책상에서 일할 때 가장 성과가 있었다. 현장요원으로서 그는 기껏해야 평범한 수준이었다. 하지만 책상에 앉으면 웬만한 요원들보다 뛰어난 실력을 발휘했다. 그는 또한 서류 뭉치를 열어 새로운 악당을 잡기 위한 사냥을 시작할 때마다 내심 짜릿한 기쁨을 느꼈다. 지금도 자료를 읽기 시작하면서 그때와 똑같은 짜릿함을 느꼈다.

제임스 코델은 행복한 사람이었다. 가정이 있고, 좋은 집과 차가 있고, 몸도 건강하고, 연봉도 두둑해서 아내가 전업주부로 집에서 두 딸을 키우는 데만 전념할 수 있었다. 그가 기술자로 일하고 있던 회사는 주 정부의 하청을 받아 중부의 산에서 눈이 녹아 흘러내린 물을 남캘리포니아의 주민들을 위한 저수지까지 운반하는 수로를 관리하는 개인기업이었다. 집은 로스앤젤레스 카운티 북동쪽의 랭커스터에 있었다. 그래서 수로의 어느 지점이든 차로 한 시간 반 안에 도착할 수 있었다. 1월 22일 밤에 그는 론파인 지역의 수로를 하루 종일 검사한 뒤 집으로 가던 길이었다. 급료가 지급되는 날이었으므로 그는 집에서 1.5킬로미터쯤 떨어진 리지오널 스테이트 은행 지점에 들렀다. 급료 수표는 은행에 자동으로 입금되어 있었고, 그는 현금이 필요했다. 하지만 미처 기계에서 돈이 나오기도 전에 그는 머리에 총을 맞고 현금지급기 앞에 쓰러졌다. 기계에서 나온 빳빳한 20달러 지폐 뭉치는 살인범이 가져갔다.

매케일렙이 초동수사 보고서를 읽으며 가장 먼저 깨달은 것은, 경찰이 사건의 정황을 상당히 단순화해서 언론에 발표했다는 사실이었다. 케이샤 러셀이 어제 읽어준 〈로스앤젤레스 타임스〉의 기사 내용은 보고서 내용과 정확히 맞물리지 않았다. 기사에는 총격이 있은 지 15분 뒤에 코델의 시신이 발견되었다고 나와 있었다. 하지만 수사 보고서에 따르면, 코델은 사건 직후에 현금지급기 앞에서 발견되었다. 현금을 뽑으려고 차를 몰고 은행 주차장으로 들어오던 다른 사람이 코델을 발견한 것이다. 그때 주차장에서는 또 다른 차량(범인의 차량일 가능성이 높았다)이 쌩 하니 빠져나가는 중이었다. 제임스 눈이라고 이름을 밝힌 이 목격자는 즉시 자동차에 설치된 무선 카폰으로 도움을 요청했다.

그런데 이 전화가 무선 중계기로 중계되었기 때문에 911 교환원은 신고자가 어디서 전화를 걸고 있는지 정확히 파악할 수 없었다. 주소가 자동으로 뜨지 않았기 때문이다. 교환원은 구식으로, 즉 눈에게 직접 물어보는 방식으로 주소를 알아냈다. 그런데 응급 구조대를 파견하면서 교환원은 눈이 불러준 주소 중 숫자 두 개를 바꿔버리는 실수를 저질렀다. 눈은 진술서에서 구급차가 시끄럽게 사이렌을 울리며 일곱 블록이나 떨어진 곳으로 달려가는 모습을 무기력하게 지켜보았다고 말했다. 그는 다시 911에 전화를 걸어 다른 교환원에게 자초지종을 다시 설명했다. 그 덕분에 구급대원들이 방향을 돌려 현장에 도착하기는 했지만, 코델은 이미 숨을 거둔 뒤였다.

매케일렙은 구급대원들이 늦게 도착했기 때문에 코델이 죽은 건지 판단하기 어려웠다. 코델은 머리에 심한 부상을 입었다. 구급대원들이 10분 일찍 도착했더라도 결과가 달라지지는 않았을 것이다. 코델이 목숨을 건졌을 가능성은 희박했다.

그래도 911 교환원의 실수야말로 언론이 사랑해 마지않는 기삿거리였다. 따라서 보안관서의 누군가(아마 제이 윈스턴의 상관일 것이다)가 그 정보를 밝히지 않기로 한 모양이었다.

교환원의 실수는 매케일렙에게 별로 중요하지 않은 부차적인 문제였다. 그에게 중요한 것은, 적어도 사건의 일부를 목격하고 차량까지 본 목격자가 있다는 사실이었다. 눈은 진술서에서 자신이 은행 주차장으로 들어갈 때 엄청난 속도로 빠져나오는 검은 차와 부딪힐 뻔했다고 말했다. 그의 설명에 따르면, 그 차량은 외양이 예전보다 더 매끈해진 신형 검은색 지프 체로키였다. 눈은 운전자를 스치듯 순간적으로 보았을 뿐이라서, 그가 백인 남자이며 머리가 하얗게 셌거나 회색 모자를 쓰고 있었던 것 같다고 설명했다.

보고서에 다른 목격자 얘기는 없었다. 매케일렙은 보충 보고서와 검시 보고서로 넘어가기 전에 비디오를 먼저 보기로 했다. 그는 텔레비전과 VCR을 켜고 먼저 현금지급기의 감시카메라 테이프를 집어넣었다.

셔먼 슈퍼마켓의 테이프와 마찬가지로 화면 아래쪽에 시간이 표시되었다. 어안렌즈로 찍은 화면이라 영상이 일그러져 있었다. 제임스 코델이라고 짐작되는 남자가 화면 안으로 들어와서 기계에 카드를 집어넣었다. 그의 얼굴이 카메라에 아주 가까이 있었기 때문에 다른 것은 거의 보이지 않았다. 그것은 설계상의 결함이었다. 애당초 강도를 잡기 위해서가 아니라 훔친 카드나 가짜 카드로 돈을 뽑으려 하는 사기꾼들의 얼굴을 잡기 위해 카메라를 설치한 탓이었다.

코델은 비밀번호를 입력하다가 잠시 멈칫하더니 오른쪽 어깨 너머를 뒤돌아보았다. 그의 머리 움직임을 보니, 그가 뒤에서 움직이는 어떤 물체를 눈으로 좇고 있는 모양이었다. 바로 주차장으로 들어오는 체로키였다. 코델은 입력을 마친 뒤 불안한 표정을 지었다. 밤에 현금지급기에 가는 걸 좋아하는 사람은 없다. 범죄율이 낮은 동네에 불이 환하게 켜진 현금지급기라 해도 마찬가지다. 매케일렙은 언제나 24시간 슈퍼마켓 안에 설치된 현금지급기만 이용했다. 그런 곳에는 항상 사람들이 북적거려서 안전하기 때문이었다. 코델은 불안한 표정으로 왼쪽 어깨 너머를 흘깃 돌아보고는 화면 밖에 있는 누군가에게 목례를 하고 다시 기계를 향해 얼굴을 돌렸다. 그는 새로 나타난 사람이 위험하지 않다고 판단한 모양이었다. 범인이 복면을 쓰지 않았음이 분명했다. 코델은 비록 겉으로는 차분한 모습이었지만, 돈이 나오는 구멍으로 시선을 떨어뜨렸다. 아마 속으로 '빨리! 빨리!'를 주문처럼 외고 있었을 것이다.

바로 그때 총이 화면에 나타났다. 총이 코델의 어깨를 넘어 왼쪽 관자놀이에 닿자마자 방아쇠가 당겨지고, 제임스 코델의 목숨이 끊어졌다. 피가 카메라 렌즈에 안개처럼 흩뿌려지더니 코델이 처음에는 앞으로, 그다음에는 오른쪽으로 쓰러졌다. 그러고는 현금지급기 옆의 벽에 부딪혀 땅을 향해 뒤로 쓰러졌다.

범인이 화면 안으로 들어와 기계의 구멍을 통해 밖으로 나온 현금을 움켜쥐었다. 매케일렙은 여기서 화면을 정지시켰다. 화면에 복면을 쓴 범인의 얼굴이 완전하게 잡혀 있었다. 글로리아 토레스 사건 테이프에서 본 범인과 똑같은 어두운 색 점프수트 차림에 복면을 쓰고 있었다. 윈스턴이 말했듯이, 탄도검사를 해볼 필요도 없었다. 탄도검사는 윈스턴이 이미 알고 있는 사실을 확인해준 과학적 증거에 불과했다. 매케일렙도 윈스턴처럼 확신할 수 있었다. 분명히 동일범이었다. 옷도 똑같고, 수법도 똑같고, 복면 뒤의 죽은 눈도 똑같았다.

그가 버튼을 누르자 테이프가 다시 돌아가기 시작했다. 범인은 기계에서 나온 현금을 움켜쥐었다. 그러면서 뭔가 말을 하는 것 같았지만, 셔먼 슈퍼마켓 사건 때와 마찬가지로 그의 얼굴이 카메라를 정면으로 향하고 있지 않았다. 이번에는 범인이 카메라를 향해서 말하는 것이 아니라 혼잣말을 하는 것 같았다.

범인은 재빨리 화면 왼쪽으로 이동해서 허리를 숙여 보이지 않는 뭔가를 집어 들었다. 탄피였다. 범인은 재빨리 오른쪽으로 달려가 화면에서 사라졌다. 매케일렙은 잠시 더 화면을 지켜보았다. 화면 속에 보이는 것이라고는 기계 뒤의 길 위에 쓰러져 꼼짝도 않는 코델의 모습뿐이었다. 그의 머리 주위로 점점 피가 번지는 것 외에는 모든 것이 꼼짝도 하지 않았다. 피는 낮은 곳을 찾아 흘러가서 보도블록 틈새로 스며들어가 도로 턱을 향해 선을 그리기 시작했다.

1분이 지나자 어떤 남자가 화면 안으로 들어와 코델의 시체 옆에 쪼그리고 앉았다. 제임스 눈이었다. 그는 정수리 부분이 벗어진 대머리였으며, 테가 가느다란 안경을 쓰고 있었다. 그가 코델의 목에 손을 대보더니 주위를 둘러보았다. 혹시 자신도 위험한 건 아닌지 확인하는 것 같았다. 그러고 나서 그는 벌떡 일어나 어디론가 사라졌다. 카폰으로 전화를 하러 간 모양이었다. 30초쯤 지난 뒤 눈이 화면 속에 다시 나타나 구조대를 기다렸다. 시간이 점점 흐르는 동안 눈은 고개를 좌우로 돌리며 사방을 살폈다. 만약 아까 전속력으로 주차장을 빠져나간 차가 범인의 차가 아니라면, 범인이 아직 근처에 있을지도 모른다는 걱정을 하는 것 같았다. 얼마 뒤 그가 도로 쪽으로 시선을 돌렸다. 소리는 들리지 않았지만 그가 뭐라고 소리를 지르는 것 같았다. 머리 위에서 팔도 흔들어댔다. 구급차가 지나가는 모습을 본 모양이었다. 그는 다시 벌떡 일어서서 화면 밖으로 나갔다.

잠시 후, 화면이 훌쩍 뒤로 건너뛰었다. 매케일렙이 시간을 확인해 보니 7분 뒤였다. 구급대원 두 명이 재빨리 코델 옆에 자리를 잡았다. 그러고는 맥박과 동공반응을 살폈다. 구급대원 한 명이 코델의 셔츠를 찢어서 열고 청진기를 가슴에 댔다. 또 다른 구급대원이 바퀴침대를 밀며 서둘러 다가왔다. 하지만 처음 도착했던 두 구급대원 중 한 명이 세 번째 구급대원을 바라보며 고개를 저었다. 코델이 죽었다는 뜻이었다.

잠시 후 화면이 꺼졌다.

매케일렙은 거의 경의를 표하는 것 같은 심정으로 잠시 가만히 있다가 범죄현장 테이프를 VCR에 넣었다. 휴대용 비디오카메라로 찍은 영상인 것 같았다. 먼저 은행 주변과 거리가 화면에 잡혔다. 은행 주차장에는 차가 두 대 있었다. 먼지 낀 흰색 시보레 서버번과 그 반대편에 간신히 보이는 작은 자동차였다. 서버번은 코델의 차인 것 같았다. 크고 울퉁불퉁했으며, 코델이 수로를 따라 산길과 사막도로를 돌아다녔기 때문에 먼지가 끼어 있었다. 화면 속의 또 다른 차는 목격자인 제임스 눈의 것 같았다.

카메라가 현금지급기를 잡더니 천천히 아래로 내려가 피에 젖은 길바닥을 보여주었다. 코델의 시체는 구급대원들이 떠난 자리에 그대로 널브러져 있었다. 셔츠가 찢어져서 창백한 가슴이 드러난 모습 그대로였다.

그 뒤로 몇 분 동안 테이프는 시간을 훌쩍훌쩍 건너뛰어 범죄현장 감식의 여러 단계를 보여주었다. 먼저 감식반원이 현장을 측정하고 사진을 찍었다. 그다음에는 검시관들이 시체를 살핀 뒤 비닐 시체가방에 시체를 넣어 들것으로 운반했다. 마지막으로 감식반원들이 다시 등장해 현장을 철저히 수색하며 증거품과 지문을 찾았다. 감식반원이 못처럼 생긴 자그마한 금속기구로 현금지급기 옆의 벽에서 총알을 빼내는 모습도 보였다.

마지막으로 매케일렙이 예상치 못했던 보너스가 있었다. 자신이 목격한 것을 처음으로 진술하는 제임스 눈의 모습이 카메라에 잡힌 것이다. 그는 은행 마당 가장자리의 공중전화 옆에 서서 제복경찰관에게 이야기를 하고 있었다. 나이는 서른다섯 살쯤으로 보였다. 경찰관에 비해 키가 작고 몸집이 탄탄한 편이었다. 아까와 달리 지금은 야구모자를 쓰고 있었다. 그는 방금 목격한 사건 때문에 아직도 마음이 가라앉지 않은 듯했고, 구급대원들의 실수 때문에 화가 나 있는 것 같았다. 두 사람의 대화가 화면에서 흘러나왔다.

"저 사람이 잘하면 살 수도 있었다는 말입니다."

"네, 선생님, 압니다. 그 문제도 틀림없이 조사하게 될 겁니다."

"이건 반드시 조사를 해봐야 하는 일이에요…. 여기서 병원까지 거리가, 보자, 한 800미터쯤밖에 안 되잖습니까."

"저희도 알고 있습니다, 눈 씨." 경찰관이 참을성 있게 말했다. "이제 다른 얘기를 하면 안 될까요? 시체를 보기 전에 혹시 목격한 것이 있습니까? 뭐든 이상한 점 같은 것 말입니다."

"남자를 봤습니다. 아니, 본 것 같아요."

"어떤 남자요?"

"강도요. 범인이 차로 도망치는 걸 봤습니다."

"차가 어떻게 생겼던가요?"

"검은색 체로키였습니다. 신형이요. 구두상자처럼 생긴 것 말고요."

경찰관은 무슨 소리인지 몰라서 어리둥절한 표정이었지만, 매케일렙은 눈이 말한 구두상자가 그랜드 체로키 모델을 뜻한다는 걸 알 수 있었다. 그도 그 차를 갖고 있었다.

"내가 주차장으로 들어오는데 그 차가 쏜살같이 빠져나갔습니다. 하마터면 내 차랑 부딪힐 뻔했어요." 눈이 말했다. "나는 뭐 저런 녀석이 다 있나 싶어서 경적을 울린 뒤에 주차장으로 들어왔습니다. 그랬더니 저 남자가 보였어요. 그래서 카폰으로 구조대에 전화를 걸었는데, 일이 그렇게 개판이 된 겁니다."

"그렇군요. 말을 좀 조심해주시겠습니까? 이 테이프를 법정에서 틀게될지도 모르거든요."

"아, 죄송합니다."

"다시 그 자동차 얘기를 해볼까요? 혹시 번호판을 보셨습니까?"

"그건 보지도 않았습니다."

"차 안에 사람이 몇 명이 있던가요?"

"운전자 혼자였던 것 같습니다."

"남잡니까, 여잡니까?"

"남자예요."

"인상착의는요?"

"자세히 보질 않아서…. 그냥 그 차와 부딪힐까 봐 운전에만 정신을 쏟고 있었거든요."

"백인인가요? 흑인? 아시아인?"

"아, 백인이었습니다. 그건 확실해요. 하지만 그 사람을 다시 봐도 알아보지는 못할 겁니다."

"머리카락은 무슨 색이었죠?"

"회색이었습니다."

"회색이요?"

경찰관은 깜짝 놀란 표정이었다. 노인이 강도짓을 하다니. 이례적인 일이었다.

"그랬던 것 같아요." 눈이 말했다. "워낙 순식간에 지나갔기 때문에 확실치는 않습니다."

"모자가 아닐까요?"

"그러고 보니 모자일 수도 있겠네요."

"좋습니다. 다른 건요? 안경을 썼던가요?"

"저, 기억을 못 하는 건지 아니면 못 본 건지 잘 모르겠습니다. 그 남자를 자세히 보질 않아서요. 게다가 자동차 창문이 어두웠습니다. 내가 그놈을 본 건 앞 유리창을 통해서인데, 그게 한 1초밖에 안 돼요. 놈이 나를 향해 정면으로 달려올 때 본 거니까요."

"좋습니다, 눈 씨. 도와주셔서 감사합니다. 나중에 공식적으로 진술서를 작성하셔야 할 겁니다. 형사들도 선생님을 만나봐야 할 테고요. 그게 혹시 부담이 될까요?"

"그렇기야 하지만, 어쩌겠습니까? 수사를 도와야죠. 아까도 저 사람을 도와주려고 했고요. 그러니까 괜찮습니다."

"감사합니다. 제가 경찰관에게 선생님을 팜데일 경찰서로 모셔가라고 하겠습니다. 거기서 형사들을 만나시면 됩니다. 시간이 나는 대로 형사들이 선생님께 갈 겁니다. 제가 형사들한테 선생님이 기다리고 계신다고 반드시 연락해두겠습니다."

"좋습니다. 그런데 내 차는 어떻게 하죠?"

"일이 끝나면 경찰서에서 선생님을 이리로 모셔다드릴 겁니다."

테이프는 여기서 끝났다. 매케일렙은 테이프를 꺼낸 뒤 지금까지 보고, 듣고, 읽은 것에 대해 생각해보았다. 보안관서가 검은 체로키에 대한 정보를 언론에 밝히지 않았다는 점이 이상했다. 제이 윈스턴에게 물어봐야 할 것 같았다. 그는 지금까지 떠오른 의문점들을 적어둔 종이에 이 점도 메모한 뒤 코델 사건의 나머지 보고서를 읽기 시작했다.

범죄현장에서 수집한 증거품 목록은 달랑 한 장뿐이었으며, 그나마도 거의 백지나 다름없었다. 벽에서 찾아낸 총알, 현금지급기에서 수집한 여섯 개가량의 지문, 범인의 자동차가 남긴 흔적일 수도 있는 타이어자국 사진이 전부였다. 현금지급기의 감시카메라 영상도 증거로 기재되어 있었다.

타이어자국 사진과 현금지급기 감시카메라 영상 중 범인이 들고 있는 권총을 잡은 장면을 복사한 것이 보고서에 클립으로 끼워져 있었다. 감식반의 보충 보고서에는 타이어자국이 생긴 지 적어도 며칠은 지난 것이라 수사에 도움이 되지 않는다는 감식반원의 의견이 적혀 있었다.

탄도검사 보고서에는 총알이 약간 찌그러지기는 했지만 9밀리미터 페더럴 FMJ라고 되어 있었다. 이 보고서에는 부검보고서 중 두개골을 위에서 내려다본 그림을 복사한 것이 스테이플러로 첨부되어 있었다. 총알이 코델의 뇌 속을 어떤 경로로 지나갔는지 표시한 그림이었다. 총알은 왼쪽 관자놀이 바로 위로 들어가 전두엽을 일직선으로 통과해 오른쪽 관자놀이 부근에서 밖으로 나왔다. 총알이 지나가면서 만들어놓은 길의 너비는 1인치쯤 되었다. 매케일렙은 보고서를 읽으면서, 구급대원들이 늦게 온 것이 오히려 다행일 수도 있겠다는 생각이 들었다. 만약 구급대원들이 코델의 목숨을 살렸다 해도, 코델은 식물인간 창고나 다름없는 병원에서 평생 기계에 의지해 살아가는 신세가 되었을 가능성이 높았다.

탄도검사 보고서에도 총을 확대해서 찍은 사진이 포함되어 있었다. 비록 장갑을 낀 범인의 손에 총이 많이 가려져 있었지만, 보안관서의 총기 전문가는 이 총이 헤클러&코치(HK) P7임을 밝혀냈다. 총신이 4인치이고, 니켈로 마감된 9밀리미터 권총이었다.

매케일렙이 보기에는 범인이 이런 무기를 쓴 것이 기묘했다. HK P7은 합법적인 시장에서 1천 달러 정도로 가격이 상당히 비싼 편이라서 거리의 범죄에서 흔히 볼 수 있는 무기가 아니었다. 아마 제이 윈스턴은 범인이 과거에 저지른 강도사건에서 그 총을 손에 넣었을 거라고 추측했을 것이다. 매케일렙이 나머지 보고서들을 훑어보니, 과연 윈스턴이 카운티 전역의 범죄보고서들 중에서 이번 범행에 사용된 총의 특징과 일치하는 HK P7이 도난당한 사건들의 기록을 뽑아둔 것이 있었다. 하지만 윈스턴이 이 방향으로 수사를 더 진행하지는 않은 것 같았다. 총기를 도난당하고도 신고하지 않는 사람이 많은 것은 사실이었다. 애당초 불법으로 무기를 소지하고 있던 사람들이 그랬다. 그래도 매케일렙은 혹시 눈에 띄는 이름이나 주소가 있을까 싶어서 신고된 도난사건들(지난 2년 동안 겨우 다섯 건)을 훑어보았다. 아마 윈스턴도 이 기록을 훑어보았을 것이다. 아무런 성과가 없었다. 윈스턴이 뽑아놓은 다섯 건의 강도사건 모두 용의자가 없는 미결 사건이었다. 또 막다른 길이었다.

강도사건 목록 다음은 지난 1년 동안 카운티 내에서 발생한 검은 그랜 드 체로키 도난사건을 모두 모아 놓은 보고서였다. 윈스턴은 범인의 차도 이런 범죄에 어울리지 않는다고 생각한 모양이었다. 푼돈을 노린 범죄에 고급 차량을 이용했으니 말이다. 매케일렙이 보기에 자동차도 도난차량 일 거라고 생각한 것은 훌륭한 추론이었다. 도난사건 목록에 오른 체로키 는 모두 24대였지만, 다른 보고서가 없는 것으로 보아 후속수사는 이루어 지지 않은 모양이었다. 어쩌면 윈스턴이 이 사건과 토레스 사건의 연관성 을 깨달은 뒤 생각을 바꿨는지도 모른다는 생각이 들었다. 토레스 사건에 서 착한 사마리아인은 범인이 타고 도망친 차량이 체로키일 수도 있다고 말했다. 그렇다면 범인이 그 차를 버리지 않았다는 뜻이므로, 처음부터 도난차량이 아니었을 가능성이 있었다.

그다음은 부검 보고서였다. 매케일렙은 재빨리 종이를 넘기며 훑어보 았다. 경험상, 부검보고서 내용 중 90퍼센트는 피살자의 내장기관에서 발 견한 특징들, 사망당시의 건강상태 등을 미주알고주알 설명한 것으로 채 워져 있음을 알기 때문이었다. 매케일렙에게 중요한 내용은 대개 요약문 에 들어 있었다. 하지만 코델 사건의 경우에는 사망원인이 분명하기 때문 에 요약문조차 별로 의미가 없었다. 매케일렙은 그래도 요약문을 찾아 이 미 알고 있는 사실을 다시 확인하며 고개를 끄덕였다. 심한 뇌손상으로 인해 코델이 총에 맞은 지 몇 분 만에 사망에 이르렀다는 내용이었다.

매케일렙은 부검 보고서를 옆으로 제쳐두었다. 그다음에 쌓여 있는 것 은 삼진제도에 관한 윈스턴의 가설과 관련된 보고서들이었다. 범인이 한 번 더 유죄판결을 받으면 가석방 없는 종신형에 처해질 전과자라고 생각 한 윈스턴은 밴 나이스와 랭커스터의 가석방 관리국을 찾아가 가석방된 무장강도들 중 백인이고, 중범죄 전과가 두 건 있는 사람들의 기록을 찾아보았다. 새로 제정된 법에 따라 한 번 더 체포되면 삼진제도가 적용되는 인물들이었다. 이번에 발생한 두 건의 총격-강도 사건현장과 지리적으로 가장 가까운 밴 나이스와 랭커스터에는 그런 전과자가 일흔한 명 있었다.

윈스턴은 보안관서의 다른 수사관들과 함께 사건발생 이후 몇 주 동안 천천히 이 전과자들을 조사했다. 보고서에 따르면, 그들은 명단에 있는 사람들을 거의 모두 만나보았다. 일흔한 명 중 종적을 알 수 없는 사람은 일곱 명뿐이었다. 이 일곱 명은 가석방 조건을 어기고 이 지역을 떠났거나, 아니면 이 지역에 아직 숨어서 무장강도는 물론이고 심지어 살인까지 저지르고 있을 가능성이 있었다. 이 사람들을 잡기 위해 전국의 수사기관 컴퓨터 망에 수배령이 내려졌다. 윈스턴과 수사관들이 만난 사람들 중 거의 90퍼센트는 면담과 조사를 통해 알리바이가 입증되었다. 나머지 여덟 명도 다른 조사를 통해 혐의가 풀렸다. 그들의 신체적 조건이 비디오에 찍힌 범인의 상반신 모습과 일치하지 않는다는 점이 가장 큰 이유였다.

행방이 묘연한 일곱 명을 제외하면, 삼진제도를 바탕으로 한 수사는 답보상태였다. 윈스턴은 일곱 명 중에서 범인이 발견되기를 바라고 있는 것 같았다.

매케일렙은 코델 사건에 관한 나머지 보고서를 읽기 시작했다. 스타센터에서 제임스 눈에 대한 추가 면담이 두 차례 이루어졌다. 그의 진술은 보고서마다 정확히 일치했으며, 체로키 운전자에 대해 새로 기억해낸 것은 없었다.

범죄현장 스케치와 검은 체로키를 모는 남자 운전자들을 면담한 보고서 네 건이 그다음이었다. 보안관서의 무전을 듣고 현금지급기 총격사건의 범인이 체로키를 몰고 있다는 사실을 알게 된 수사관들을 사건발생 한 시간 이내에 랭커스터와 팜데일에서 체로키 운전자들을 불러 세워 조사했다. 경찰은 각각의 운전자들에 대해 컴퓨터로 신원조회를 해본 뒤 모두 수상한 점이 없는 것으로 밝혀지자 그냥 풀어줬다. 그리고 윈스턴에게 보고서를 보냈다.

매케일렙이 마지막으로 읽은 서류는 윈스턴이 직접 작성한 최신 요약 보고서였다. 윈스턴은 요점만 간단히 적었다.

"현재로서는 새로운 단서나 용의자가 없음. 담당 수사관은 용의자의 신원을 밝히는 데 도움이 될 추가 정보를 기다리고 있음."

윈스턴은 현재 벽에 부딪힌 상태였다. 그래서 새로운 사건이 벌어지기를, 누군가가 또 피를 흘리기를 기다리고 있었다.

매케일렙은 손가락으로 탁자를 두드리며 방금 읽은 모든 보고서 내용에 대해 곰곰이 생각에 잠겼다. 그가 보기에 윈스턴이 지금까지 취한 조치들은 대체로 옳았다. 하지만 그는 윈스턴이 놓친 것, 추가로 취할 수 있는 조치 등에 대해 생각해보았다. 그는 윈스턴의 삼진제도 가설이 마음에 들었기 때문에 일흔한 명의 명단에서 용의자를 찾아내지 못한 것에 그녀와 마찬가지로 실망을 느꼈다. 그 일흔한 명 중 대부분의 알리바이가 입증되었다는 사실이 마음에 걸렸다. 이미 두 번이나 나쁜 짓을 저지른 놈들이 두 건의 사건이 벌어진 날 모두 완벽한 알리바이가 있다는 것이 가능한 일인가? 그는 수사관으로 일할 때도 항상 알리바이를 잘 믿지 않았다. 누가 거짓말만 한 번 해주면 알리바이를 얼마든지 만들 수 있기 때문이었다.

그러다 매케일렙은 뭔가를 떠올리고 탁자를 두드리던 손가락을 딱 멈췄다. 그는 코델 보고서들을 탁자 위에 죽 펼쳐 놓았다. 하지만 그 보고서들을 훑어볼 필요는 없었다. 자신이 생각하고 있는 것이 그 서류들 속에는 없다는 사실을 알고 있기 때문이었다. 그가 생각해낸 사실이란, 윈스턴이 여러 가지 가설들을 세워 수사하면서 그 가설들을 지리적으로 비교해본 적이 없다는 점이었다.

그는 자리에서 일어나 배에서 나왔다. 매케일렙이 버디 로크리지의 배로 다가갔을 때 버디는 자기 배의 조종실에 앉아 잠수복의 찢어진 부분을 꿰매고 있었다.

"이봐, 지금 바빠?"

"저쪽 백만장자 구역에 있는 사람이 나더러 자기 배를 청소해 달래. 저쪽 버트램 60이야. 하지만 자네한테 운전사가 필요하다면, 그쪽 일은 나중에 하지, 뭐. 그 친구는 한 달에 한 번 와서 주말만 보내고 가거든."

"그런 게 아니라, 자네한테 혹시 지도책이 있으면 빌려가려고. 내 건 차 안에 있는데, 그걸 꺼내려고 덮개를 벗기기가 싫어서 말이야."

"아, 그래? 내 것도 차 안에 있어."

로크리지는 주머니에서 자동차 열쇠를 꺼내 매케일렙에게 던져주었다. 매케일렙은 로크리지의 토러스 자동차로 가는 길에 백만장자 구역을 흘깃 바라보았다. 그쪽에는 더 커다란 요트들이 정박해 있기 때문에 부두의 너비가 두 배나 되고, 길이도 더 길었다. 매케일렙은 버트램 60을 찾아냈다. 아름다운 배였다. 값도 비쌌다. 하지만 주인은 아마 기껏해야 한 달에 한 번 정도밖에 그 배를 쓰지 않을 터였다. 값이 적어도 150만 달러는 나갈 텐데 말이다.

로크리지의 차에서 지도책을 꺼낸 뒤 매케일렙은 열쇠를 로크리지에게 돌려주고 자기 배로 돌아와 다시 코델 기록을 살펴보기 시작했다. 먼저 그는 체로키 자동차와 HK P7 권총 도난사건 보고서들을 훑어보았다. 각각의 도난사건에 번호를 매긴 뒤 현장의 위치를 지도책에 표시했다. 그 다음에는 삼진제도 용의자들의 집과 직장 위치를 역시 지도책에 표시했다. 그리고 마지막으로 총격사건이 발생한 지점을 지도책에 표시했다.

이 작업을 마치는 데는 거의 한 시간이 걸렸다. 하지만 일을 끝내고 나니 조심스럽기는 해도 흥분이 느껴졌다. 일흔한 명의 전과자들 중 한 명이 셔먼 슈퍼마켓 총격사건과 HK P7 도난사건에 지리적으로 관련되어 있었던 것이다.

그의 이름은 미하일 볼로토프였다. 서른 살의 러시아 이민자인 그는 이미 무장강도 혐의로 캘리포니아 감옥에서 두 번 복역한 적이 있었다. 볼로토프의 집과 직장은 커노가 파크에 있었다. 그의 집은 셔먼 웨이 근처의 드소토 부근이었는데, 글로리아 토레스와 찬호 강이 살해된 곳까지의 거리는 1.5킬로미터쯤 되었다. 그의 직장은 위넛카 애버뉴에 위치한 시계 공장으로, 셔먼 슈퍼마켓에서 남쪽으로 여덟 블록, 동쪽으로 두 블록 거리였다. 마지막으로, 볼로토프의 직장은 12월에 강도가 들어 HK P7을 도난당한 커노가 파크의 주택으로부터 겨우 네 블록 거리였다. 매케일렙은 이 점에 특히 흥미가 일었다. 도난사건 보고서를 읽으면서 그는 범인이 크리스마스트리 밑에 있던 선물 여러 개를 가져갔다는 점에 주목했는데, 그중에 집주인이 아내에게 선물하려고 사온 HK P7이 있었다. LA 시민의 크리스마스 선물로 완벽한 물건이었다. 범인은 지문을 비롯해서 아무런 증거도 남기지 않았다.

매케일렙은 볼로토프의 가석방 관련 자료와 수사관의 보고서를 모두 읽었다. 볼로토프는 폭력전과가 많지만, 살인사건에 연루된 적은 없었다. 3년 전 감옥에서 출소한 뒤로는 법적인 문제를 일으킨 적도 없었다. 그는 가석방 담당관과의 약속을 잘 지켰으며, 겉으로 보기에는 좁고 곧은 길을 잘 걷고 있는 것 같았다.

코넬 사건과 관련해서 볼로토프를 직장으로 찾아가 면담한 사람은 보안관서의 리튼버와 애길라라는 수사관들이었다. 코넬 사건이 발생한 지 2주 뒤였다. 셔먼 슈퍼마켓 사건은 그로부터 거의 3주 뒤에 발생했다. 또

한 이 면담은 윈스턴이 HK P7 도난사건 보고서들을 살펴보기 전에 이루어진 듯했다. 그래서 수사관들이 지리적인 면에서 볼로토프의 의미를 알아차리지 못한 것 같았다.

수사관들은 볼로토프의 답변에 수상쩍은 구석이 없다고 판단한 모양이었다. 볼로토프의 알리바이는 그가 일하는 직장의 사장이 제공해주었다. 제임스 코넬이 살해당한 날 밤에 볼로토프는 여느 때와 마찬가지로 오후 2시부터 밤 10시까지 근무 중이었다는 것이다. 볼로토프는 자신의 근무시간이 찍힌 출근카드와 급료기록을 수사관들에게 보여주었다. 리튼버와 애길라는 이 정도면 충분하다고 생각했다. 코넬이 사망한 시각은 밤 10시 10분경이었다. 볼로토프가 커노가 파크에서 랭커스터까지 10분 만에 가는 것은 물리적으로 불가능한 일이었다. 헬리콥터를 타고 가도 불가능했다. 리튼버와 애길라는 명단의 다음 용의자에게 주의를 돌렸다.

"젠장." 매케일렙은 소리 내어 말했다.

뭔가 단서를 잡은 것 같았다. 볼로토프의 사장이 뭐라고 하든, 급료 기록에 뭐라고 되어 있든, 볼로토프를 다시 확인해볼 필요가 있었다. 놈의 직업은 원래 무장강도지, 시계공이 아니었다. 이번 수사에서 핵심적인 지점들과 지리적으로 가까운 곳에 놈의 집과 직장이 있다는 사실을 생각하면, 반드시 다시 한 번 살펴보아야 했다. 매케일렙은 윈스턴에게 말해줄 수 있는 뭔가를 찾아낸 듯한 기분이었다.

그는 종이에 급히 몇 가지 메모를 한 뒤 종이를 옆으로 밀어두었다. 자료를 살피며 생각을 하느라고 지쳤는지 머리가 조금씩 욱신거리기 시작했다. 손목시계를 보니 깨닫지 못하는 사이에 벌써 2시가 되어 있었다. 뭘 좀 먹어야 할 것 같았지만, 입맛이 당기는 음식이 전혀 없었다. 그래서 음식을 먹는 대신 낮잠을 자기로 하고 선실로 내려갔다.

11 잃어버린 시간

한 시간 동안 꿈도 꾸지 않고 낮잠을 자고 일어나니 기운이 좀 났다. 매케일렙은 흰 빵과 치즈로 샌드위치를 만들었다. 그리고 샌드위치와 함께 먹을 콜라도 한 캔 따서 다시 취사실 탁자에 앉아 글로리아 토레스 사건 자료를 훑어보기 시작했다.

먼저 그는 셔먼 슈퍼마켓의 감시카메라 테이프부터 살펴보았다. 어랭고, 월터스와 함께 이미 두 번이나 보았지만, 한 번 더 볼 필요가 있을 것 같았다. 그는 테이프를 기계에 넣고 정상적인 속도로 한 번 본 다음, 남은 샌드위치를 싱크대에 버렸다. 더 이상 먹을 수가 없었다. 속이 꽉 막힌 것 같았다.

그는 테이프를 되감아 다시 틀었다. 이번에는 슬로모션이었다. 글로리아의 움직임이 나른하고 느긋하게 보였다. 글로리아가 미소를 지을 때 매케일렙도 하마터면 마주 미소를 지을 뻔했다. 글로리아가 과연 무슨 생각을 하고 있었는지 궁금했다. 저 미소는 강 씨를 향한 걸까? 그렇지는 않을 것 같았다. 그것은 비밀스러운 미소였다. 자신의 내면을 향한 미소. 어쩌면 아들을 생각하고 미소를 지은 것 같기도 했다. 그렇다면 적어도 마지막 순간에 그녀가 행복했다는 뜻이었다.

　테이프를 봐도 새로운 생각이 떠오르지는 않았다. 범인을 향한 분노에만 새로 불이 붙을 뿐이었다. 매케일렙은 범죄현장 테이프를 기계에 넣고 현장을 측정하고 기록하는 모습을 지켜보았다. 글로리아의 시체는 당연히 그 자리에 없었다. 그녀가 쓰러진 자리에는 피가 아주 조금밖에 없었다. 착한 사마리아인 덕분이었다. 하지만 가게 주인의 시체는 카운터 뒤의 바닥에 구겨진 모습 그대로 있었고, 피 웅덩이가 시체를 완전히 둘러싸고 있는 것 같았다. 그걸 보니 어제 셔먼 슈퍼마켓에 갔다가 만난 부인이 생각났다. 그녀는 남편이 쓰러진 자리에 서 있었다. 그건 용기가 필요한 일이었다. 매케일렙은 자신이라면 그런 용기를 낼 수 없을 것 같았다.

　테이프를 끈 뒤 그는 보고서들을 읽기 시작했다. 어랭고와 월터스는 윈스턴만큼 보고서를 많이 작성하지 않았다. 매케일렙은 여기에 별다른 의미를 부여하지 않으려고 애썼지만 어쩔 수 없었다. 수사관으로서의 경험상, 살인사건 기록의 부피에는 수사의 깊이뿐만 아니라 수사관들의 열성도 반영되어 있었다. 매케일렙은 피해자와 수사관 사이에 신성한 유대감이 존재한다고 믿었다. 살인사건을 수사하는 경찰관이라면 모두 아는 사실이었다. 어떤 수사관들은 이 유대관계를 가슴으로 받아들였고, 어떤 수사관들은 단순히 심리적인 생존의 문제로 받아들였다. 하지만 어느 쪽이든 유대관계는 분명히 존재했다. 종교가 있는 사람이든, 아니면 세상을 떠난 사람들의 영혼이 자신을 지켜본다고 믿는 사람이든 상관없었다. 죽음과 함께 모든 것이 끝난다고 생각하는 사람조차 죽은 피살자를 대변하는 입장이긴 마찬가지였다. 수사관들은 피살자가 마지막 숨을 내쉴 때 자신의 이름을 불렀고, 오로지 자신만이 그 소리를 들었다고 생각했다. 그 사실을 아는 사람은 오로지 자신뿐이었다. 수사관과 피해자 사이에 이런 맹약이 성립되는 사건은 살인사건 외에는 없었다.

매케일렙은 토레스와 강의 두툼한 부검보고서를 맨 마지막에 읽으려고 제쳐두었다. 코넬의 기록과 마찬가지로, 부검보고서에는 이미 아는 사실 외에 이렇다 할 만한 새로운 사실이 별로 없을 터였다. 매케일렙은 재빨리 초동수사 보고서를 살핀 뒤 얄팍한 목격자 보고서로 넘어갔다. 여러 목격자들이 각자 자기가 본 것들을 진술했다. 주유소 직원, 지나가던 운전자, 글로리아와 함께 일하던 〈로스앤젤레스 타임스〉의 편집국 직원. 수사 요약보고서, 보충 보고서, 사실들을 정리한 자료, 범죄현장 도표, 탄도검사 보고서, 담당 형사들의 방문지와 통화내역을 시간 순서대로 기록한 보고서도 있었다. 그다음 자료는 신원이 밝혀지지 않은 착한 사마리아인이 총격사건 직후 현장에 우연히 들어가서 글로리아의 목숨을 구하려고 애쓰다가 911에 전화해서 교환원과 주고받은 말을 기록한 것이었다. 전화를 건 남자는 서투른 영어로 총격사건을 급히 설명하려고 애썼다. 하지만 교환원이 스페인어를 할 줄 아는 교환원에게 전화를 넘기겠다고 하자 그는 이 제의를 거절했다.

신고자 : 그만 끊어야 해요. 끊어요. 여자가 총에 심하게 맞았어요. 남자는 도망쳐요. 차를 몰고 가요. 검은 차. 트럭 같아요.
교환원 : 전화 끊지 마세요…. 선생님? 선생님?

이것으로 끝이었다. 남자는 사라져버렸다. 그는 차를 언급했지만, 용의자의 인상착의는 전혀 설명하지 않았다.

이 기록 다음에는 탄도검사 보고서가 있었다. 슈퍼마켓에서 찾아낸 총탄과 찬호 강을 부검하면서 찾아낸 총알들이 9밀리미터 페더럴 FMJ라는 내용이었다. 슈퍼마켓의 감시카메라에서 포착한 사진을 분석한 결과, 총도 HK P7이었다.

매케일렙은 나머지 자료들을 모두 훑어본 뒤 이 자료들에 시간이 명시되어 있지 않다는 사실을 깨달았다. 목격자가 한 명뿐인 코델 사건과 달리, 토레스 사건에는 별로 중요하지 않은 여러 목격자와 시간을 나타내는 지표들이 있었다. 그런데 수사관들은 이 모든 자료들을 차분히 대조해서 시간대 별로 상황을 정리해놓지 않았다. 사건이 어떤 순서로 진행되었는지 재현해놓지 않은 것이다.

매케일렙은 의자에 등을 기대고 앉아 잠시 생각에 잠겼다. 왜 시간을 정리하지 않았을까? 시간대별로 사건을 정확히 정리하는 것이 유용하기는 할까? 처음에는 아마 쓸모가 없었을 것이다. 살인범을 밝혀내는 데 별로 도움이 되지 않았을 테니까 말이다. 적어도 처음에는 범인의 신원을 밝혀내는 것이 무엇보다 중요한 법이었다. 하지만 사건을 시간대별로 분석하는 작업은 나중에라도 반드시 해야 하는 일이었다. 매케일렙은 자신에게 사건을 의뢰한 수사관들에게 시간대별로 상황을 정리해보라고 자주 조언하곤 했다. 그러면 용의자의 알리바이를 깰 수도 있고, 목격자 진술에서 구멍을 찾아낼 수도 있었다. 수사관이 사건의 정확한 정황을 좀 더 분명하게 파악할 수 있게 될 뿐인데도 말이다.

매케일렙은 자신이 공연히 뒤에서 이러쿵저러쿵 잔소리를 하는 꼴이라는 사실을 잘 알고 있었다. 어랭고와 월터스는 사건이 발생한 지 두 달이나 지난 지금 다시 사건을 들여다볼 여유가 없었다. 아마 시간대별로 상황을 정리해야 한다는 생각도 잊어버렸을 것이다. 그들에게는 이미 다른 사건들이 있었다.

그는 자리에서 일어나 취사실로 가서 커피메이커를 켰다. 자고 일어난 지 90분밖에 안 됐는데 또 피로가 몰려왔다. 매케일렙은 수술을 받은 뒤로 커피를 별로 마시지 않았다. 폭스 박사가 커피를 피하라고 말했기 때문이기도 하고, 그 충고를 무시하고 커피를 마셨다가 가슴이 벌렁거리는 느낌을 받은 적이 몇 번 있기 때문이기도 했다. 하지만 지금은 정신을 바짝 차리고 일을 끝내고 싶었다. 그래서 위험을 무릅쓰기로 했다.

커피가 다 끓자 그는 머그잔에 커피를 따라서 우유와 설탕을 잔뜩 넣었다. 그리고 다시 의자에 앉아 어랭고와 월터스를 위해 변명거리를 찾아주려 한 자신을 소리 없이 꾸짖었다. 어랭고와 월터스는 아무리 바빠도 반드시 시간을 내서 사건을 철저히 수사했어야 한다. 매케일렙은 두 사람을 변명해주려고 했던 자신에게 화가 났다.

그는 종이를 가져다 놓고 목격자 진술서를 다시 읽으며 목격자들이 밝힌 시간과 목격한 내용을 메모했다. 그러고 나서 다른 보고서들에 기록된 다양한 시간들과 비교해보았다. 이 작업을 하는 한 시간 동안 그는 아무 생각 없이 머그잔에 세 번이나 커피를 더 따라 마셨다. 작업을 마치고 보니 시간대별로 상황을 정리한 내용이 종이로 두 장이나 되었다. 하지만 이것을 다시 살펴보면서 그는 두어 군데를 제외하고는 사건의 순서가 모두 부정확하며, 완전히 앞뒤가 맞지 않는 부분도 있다는 점을 깨달았다.

10:01 P.M.
〈로스앤젤레스 타임스〉 채츠워스 인쇄공장 B조 근무 끝. 글로리아 퇴근.

10:10 P.M. – 대략적인 추정
글로리아, 동료 아네트 스테이플턴과 함께 밖으로 나옴. 주차장에서 5분가량 이야기를 나눔. 글로리아 파란색 혼다 시빅을 타고 출발.

10:29 P.M.
글로리아, 로스코의 위닛카에 있는 셰브론 주유소에 나타남. 셀프서비스, 신용카드 사용. 14.40달러. 직원 코너 데이비스는 글로리아가 밤에 자주 오는 단골손님이며 자신이 라디오로 경기 중계를 자주 듣기 때문에 스코어를 묻곤 했다고 말함. 시간은 신용카드 기록에서 뽑은 것.

10:40 P.M.~10:43 P.M. - 대략적인 추정

자동차 창문을 연 채 셔먼 웨이에서 동쪽으로 차를 몰던 운전자 엘렌 타피가 셔먼 슈퍼마켓을 지나면서 펑 하는 소리를 들음. 슈퍼마켓 쪽을 보았으나 별다른 문제 없었음. 주차장에 차 두 대. 슈퍼마켓 창문에 붙은 세일 전단들 때문에 가게 안을 들여다볼 수 없었음. 가게 쪽을 바라보는 동안 또 펑 하는 소리가 났지만, 역시 별다른 이상은 없었음. 소리가 난 시점은 KFWB 뉴스가 시작될 무렵이었다고 함. 뉴스 시작시간은 10:40.

10:41:03 P.M.

스페인어 억양의 신원미상 남성이 911에 전화를 걸어 셔먼 슈퍼마켓에서 어떤 여자가 총에 맞아 도움이 필요하다고 말함. 경찰이 올 때까지 남아 있지 않음. 불법체류자?

10:41:37 P.M.

글로리아 토레스, 총격으로 사망. 가게의 감시카메라 영상에 나타난 시각.

10:42:55 P.M.

착한 사마리아인이 가게에 들어와 글로리아를 도움. 가게의 감시카메라 영상에 나타난 시각.

10:43:21 P.M.

엘렌 타피가 카폰으로 911에 전화를 걸어 총격 소리를 들은 것 같다고 신고함. 이미 총격사건이 신고되었다는 말을 들음. 엘렌 타피의 이름과 전화번호가 형사들에게 전달됨.

10:47 P.M.

구급요원들 도착. 글로리아를 노스리지 메디컬센터로 이송. 찬호 강 사망 확인.

10:49 P.M.
현장에 처음으로 경찰관 도착.

매케일렙은 이 메모를 처음부터 다시 읽어보았다. 살인사건이란 원래 과학적으로 정확할 수 없다는 걸 알면서도 이 내용이 마음에 걸렸다. 살인사건 전담반의 최초 보고서에 따르면, 형사들이 파악한 총격사건 발생 시각은 10시 40분부터 10시 41분 사이의 60초 동안이었다. 형사들은 절대로 틀릴 수 없는 정보원, 즉 경찰국의 긴급출동 센터에 남아 있는 기록을 토대로 이런 결론을 내렸다. 총격에 관한 최초의 신고전화(착한 사마리아인)가 911에 걸려온 시각은 10시 41분 03초였다. KFWB 뉴스가 시작되고 얼마 지나지 않아 총소리가 들렸다는 엘렌 타피의 신고내용과 이 시각을 감안하면, 총격은 10시 40분부터 착한 사마리아인이 신고전화를 한 10시 41분 03초 사이에 발생했다.

그런데 이 시간대는 가게의 감시카메라 영상에 총격 시작시간으로 기록된 10시 41분 37초와 어긋났다.

매케일렙은 보고서들을 다시 훑어보았다. 이러한 시간 차이를 설명한 부분을 혹시 자신이 못 보고 그냥 지나친 건 아닌가 싶어서였다. 하지만 그런 설명은 없었다. 매케일렙은 손가락으로 탁자를 두드리며 생각에 잠겼다. 손목시계를 확인해보니 거의 5시가 다 되어 있었다. 형사들이 아직도 사무실에 있을 것 같지는 않았다.

매케일렙은 자신이 정리한 시간대별 상황을 다시 살피며 시간이 어긋난 이유를 찾으려 했다. 911에 두 번째로 걸려온 신고전화에 그의 시선이 멎었다. 총소리를 들었다는 운전자 엘렌 타피가 10시 43분 21초에 카폰으로 전화를 걸어 총격사건을 신고했으나 이미 같은 사건이 신고되었다는 말을 들었다.

매케일렙은 이 점을 생각해보았다. 형사들은 엘렌 타피의 신고내용을 근거로 살인이 뉴스가 시작된 10시 40분부터 10시 41분 사이에 발생했다는 결론을 내렸다. 하지만 엘렌 타피가 911에 전화를 걸었을 때, 그쪽에서는 이미 총격사건에 대해 알고 있었다. 엘렌 타피는 왜 2분 이상 지체하다가 신고전화를 걸었을까? 형사들이 엘렌 타피에게 착한 사마리아인을 보았느냐고 물어보기는 했을까?

매케일렙은 재빨리 보고서들을 뒤져 엘렌 타피의 목격자 진술서를 찾아냈다. 컴퓨터로 작성된 1쪽 분량의 서류였다. 맨 밑에는 엘렌 타피의 서명이 있었다. 이 진술서에는 엘렌 타피가 총격을 들은 뒤 911에 전화할 때까지 얼마나 지체했는지가 전혀 나와 있지 않았다. 가게 앞에 자동차 두 대가 주차되어 있었던 것 같다는 말은 있지만, 엘렌 타피는 차종도 알 수 없고 차 안에 사람이 있었는지도 기억나지 않는다고 말했다.

매케일렙은 진술서 맨 위에 있는 박스를 살펴보았다. 거기에는 엘렌 타피가 서른다섯 살의 기혼여성이며, 집은 노스리지이고, 직업은 헤드헌팅 회사의 중역이라는 정보가 적혀 있었다. 총소리를 들었을 때 엘렌 타피는 토팽가 플라자에서 영화를 보고 집으로 돌아가던 길이었다. 이 박스에는 그녀의 집 전화번호와 직장 전화번호도 적혀 있었다. 매케일렙은 전화기로 가서 엘렌 타피의 직장으로 전화를 걸었다. 비서가 전화를 받아 그에게 엘렌 타피의 이름을 잘못 발음했다고 말한 뒤, 그녀가 막 퇴근하려던 참이었다고 말했다.

"엘렌 테이프입니다." 새로 전화를 받은 사람이 말했다.

"아, 안녕하세요, 테이프 부인. 부인께서는 저를 모르실 겁니다. 저는 매케일렙이라는 사람인데, 두어 달 전 셔먼 웨이에서 발생한 총격사건을 조사 중입니다. 부인이 총소리를 듣고 경찰에서 진술서를 작성했던 사건 말입니다."

그녀가 귀찮다는 듯이 한숨을 내쉬는 소리가 들렸다.

"정말 영문을 모르겠네요. 벌써 형사들한테 다 얘기했는데요. 댁도 경찰관이신가요?"

"아뇨, 저는… 거기서 목숨을 잃은 여성의 가족에게 의뢰를 받은 사람입니다. 혹시 지금 통화하기가 힘드십니까?"

"네, 막 나가려던 참이었어요. 차가 밀리기 전에 나가고 싶은데… 그리고 솔직히 별로 해드릴 얘기도 없어요. 경찰에게 아는 걸 다 말했거든요."

"1분이면 됩니다. 그냥 몇 가지만 여쭤보겠습니다. 그때 죽은 여성에게는 어린 아들이 있습니다. 저는 그 아이에게서 엄마를 빼앗아간 놈을 잡으려는 것뿐입니다."

또 한숨을 내쉬는 소리가 들렸다.

"알았어요. 도와드리죠. 궁금하신 게 뭐예요?"

"좋습니다. 첫째, 총소리를 들은 뒤 카폰으로 신고전화를 걸 때까지 얼마나 지체하셨습니까?"

"지체하지 않았어요. 총소리를 듣자마자 전화했다고요. 저는 어렸을 때부터 총이 주위에 있었어요. 아버지가 경찰관이셨는데, 가끔 아버지랑 같이 사격장에 가곤 했거든요. 그래서 그게 총소리라는 걸 금방 알아차리고 당장 전화했죠."

"제가 지금 경찰 기록을 보고 있는데요, 여기에는 부인이 10시 40분경에 총소리를 들은 것 같다고 생각했으면서도 10시 43분에야 신고전화를 걸었다고 되어 있습니다. 저는….."

"거기 보고서에는 나와 있지 않지만, 제 전화가 바로 연결되지 않았어요. 총소리를 듣자마자 전화를 걸었는데, 미리 녹음된 안내 멘트만 나오더라고요. 교환원들이 모두 통화 중이라서 기다려야 했어요. 얼마나 기다렸는지는 모르겠지만, 어찌나 속이 탔는지 몰라요. 그러다 마침내 전화가 연결됐는데 총격에 대해 이미 알고 있다고 하잖아요."

"기다린 시간이 얼마나 되는 것 같습니까?"

"방금 잘 모르겠다고 했잖아요. 한 1분쯤 되려나. 그보다 더 길 수도 있고, 짧을 수도 있어요. 잘 모르겠어요."

"좋습니다. 보고서에는 부인이 총소리를 한 번 듣고 창문으로 가게 쪽을 바라봤다고 되어 있습니다. 그다음에 총소리가 한 번 더 들렸고요. 주차장에는 자동차가 두 대 있었습니다. 혹시 가게 밖에서 누굴 보시지 않았습니까?"

"아뇨. 아무도 없었어요. 이건 경찰에 이미 얘기했는데요."

"만약 두 대의 자동차 중 어디에라도 사람이 있었다면 부인께서 보실 수 있었을 것 같은데요."

"차 안에 사람이 있었는지는 몰라도, 저는 사람을 본 기억이 없어요."

"혹시 둘 중 한 대가 체로키 같은 SUV 차량이었습니까?"

"모르겠어요. 경찰도 그걸 묻던데, 저는 가게에만 주의를 기울이고 있었거든요. 그래서 자동차를 제대로 보지 않았어요."

"색깔은 어두웠습니까, 밝았습니까?"

"그것도 모르겠어요. 경찰에서 전부 한 얘기라니까요. 거기에 전부…."

"세 번째 총소리를 들으셨습니까?"

"세 번째 총소리요? 아뇨, 두 번만 들었어요."

"하지만 총이 세 번 발사되었는데요. 그러니까 부인은 처음 두 번을 들은 건지, 나중 두 번을 들은 건지 모르시는 거군요."

"맞아요."

매케일렙은 잠시 생각을 해본 결과 엘렌 테이프가 들은 총소리가 처음 두 번인지 나중 두 번인지 파악하는 건 아마 불가능할 것이라는 결론을 내렸다.

"테이프 부인, 됐습니다. 정말 감사합니다. 큰 도움을 주셨어요. 귀찮게 해드려서 죄송합니다."

이 짤막한 대화를 통해 그는 테이프의 911 신고전화가 지체된 이유를 알아냈지만, 착한 사마리아인의 신고전화와 가게 감시카메라 영상에 나타난 시각이 어긋나는 이유는 여전히 알 수 없었다. 매케일렙은 다시 손목시계를 보았다. 이제 5시가 지난 시각이었다. 형사들은 모두 퇴근했겠지만, 그래도 그는 일단 전화를 걸어보기로 했다.

웨스트밸리 경찰서에 전화했더니 놀랍게도 교환원은 어랭고와 월터스가 모두 자리에 있다며 둘 중 누구를 원하느냐고 물었다. 매케일렙은 월터스와 이야기를 나눠보기로 했다. 전날 그가 찾아갔을 때 월터스가 그에게 공감하는 듯 보였기 때문이다. 벨이 세 번 울린 뒤 월터스가 전화를 받았다.

"테리 매케일렙입니다…. 글로리아 토레스 사건으로 찾아갔었죠?"

"아, 예, 예."

"보안관서의 윈스턴 형사에게서 내가 서류를 받아갔다는 얘기를 아마 들으셨을 겁니다."

"네, 저희한테는 그다지 기분 좋은 소식이 아니죠. 〈LA 타임스〉에서도 그 건으로 전화가 왔습니다. 어떤 기자라고 하던데. 그것도 좋지는 않았어요. 댁이 누구한테 무슨 얘기를 했는지는 모르지만…."

"이봐요, 댁의 파트너 때문에 내가 다른 데서 정보를 찾아다니게 된 겁니다. 〈LA 타임스〉에 대해서는 걱정 말아요. 기사로 쓸 만한 게 없으니 기사가 나가는 일은 없을 겁니다. 적어도 지금은 그래요."

"앞으로도 그래야죠. 어쨌든 제가 좀 바쁜데요. 무슨 일이십니까?"

"사건을 맡았나 보죠?"

"네. 여기 빅 밸리에서는 사건들이 파리 떼처럼 계속 나타나니까요."

"그렇다면, 뭐, 오래 붙들고 있지 않겠습니다. 내가 궁금한 게 하나 있는데, 그쪽에서 도움을 줄 수 있겠다 싶어서요."

매케일렙은 대답을 기다렸다. 월터스는 아무 말도 하지 않았다. 전날 만났을 때와는 다른 사람이 된 것 같았다. 혹시 어랭고가 근처에 앉아서 통화 내용을 듣고 있는 건가 하는 생각이 들었다. 하지만 매케일렙은 계속 밀어붙이기로 했다.

"시간에 대해서 알고 싶은 게 있어요." 그가 말했다. "가게의 감시카메라 영상에 나타난 총격 시각은…." 그는 재빨리 시간대별로 상황을 정리한 메모를 훑어보았다. "어디 보자, 10시 41분 37초네요. 그다음에는 911 기록이 있는데, 거기에는 착한 사마리아인의 신고전화가 정확히 10시 41분 03초에 걸려왔다고 되어 있습니다. 내 말이 무슨 뜻인지 알겠습니까? 그 친구는 총격이 발생하기 34초 전에 어떻게 신고전화를 한 걸까요?"

"간단합니다. 감시카메라 영상의 시간이 잘못된 거죠. 시간이 좀 빨랐어요."

"아, 그렇군요." 매케일렙은 마치 그런 생각을 미처 못했다는 듯이 대답했다. "그쪽에서 확인한 겁니까?"

"제 파트너가 했습니다."

"그래요? 기록에는 그런 내용이 전혀 없던데요."

"이봐요, 제 파트너가 그 가게를 담당한 보안회사에 전화를 걸어서 확인했습니다. 보고하지 않기로 하고요. 그 가게가 보안설비를 들여놓은 건 1년도 더 전의 일입니다. 강 씨가 처음 강도를 당한 직후니까요. 에디가 그 설비를 설치한 친구랑 얘기를 해봤어요. 그 친구가 그때 자기 손목시계를 보고 카메라 시간을 맞춘 뒤 한 번도 가본 적이 없답니다. 혹시 정전이 되거나 하는 경우를 대비해서 강 씨한테 시간을 맞추는 법을 가르쳐줬거든요."

"그렇군요."

매케일렙은 이 이야기를 어떻게 판단해야 할지 알 수 없었다.

"결국 댁도 저와 다를 게 없군요. 처음 보안설비를 설치한 친구의 손목시계가 잘못된 걸까요, 아니면 강 씨가 그 뒤로 몇 번 직접 시간을 맞춘 걸까요? 어느 쪽이든 별로 중요한 사실은 아닙니다. 어차피 사람들 손목시계를 그대로 믿을 수는 없으니까요. 어쩌면 손목시계가 좀 빨랐는지도 모르죠. 카메라 시계가 1~2주마다 몇 초씩 빨라진 건지도 모르고요. 누가 알겠습니까? 어쨌든 그 시간을 그대로 믿을 수는 없습니다. 하지만 911의 시계는 믿을 수 있죠. 그 시계는 정확하니까 우리가 그쪽 시간을 따른 겁니다."

매케일렙은 아무 말도 하지 않았다. 월터스는 이것을 모종의 비난으로 받아들인 모양이었다.

"이봐요, 카메라 영상의 시각은 아무 의미도 없는 사소한 정보일 뿐입니다. 앞뒤가 맞지 않는 부분에 일일이 신경을 쓰다가는 사건을 한 건도 해결하지 못할 겁니다. 저는 바쁜 사람입니다. 뭐, 또 궁금한 것 있습니까?"

"아뇨, 없는 것 같습니다. 댁들은 감시카메라 영상의 시각을 확인하지 않았죠? 그러니까, 그 시각과 911의 기록을 확인해보지 않은 거죠?"

"안 했습니다. 이틀쯤 뒤에 가게에 다시 갔는데, 그동안 정전이 한 번 있었습니다. 샌타애나스가 선을 날려버리는 바람에. 그래서 감시카메라의 시간을 써먹을 수 없게 됐습니다."

"유감이군요."

"예, 유감이죠. 그만 끊어야겠습니다. 나중에 또 뵙죠. 뭐가 좀 나오면 윈스턴보다 우리한테 먼저 알려줘야 합니다. 안 그러면 우리가 무척 기분이 나쁠 겁니다. 아시겠습니까?"

"연락드리죠."

월터스가 전화를 끊었다. 매케일렙은 수화기를 내려놓고 잠시 전화기를 뚫어지게 바라보며 이제 어떻게 해야 할지 생각해보았다. 앞이 막막했다. 하지만 벽에 부딪힐 때마다 항상 출발점으로 되돌아가는 것이 그의 방식이었다. 출발점이란 대개 범죄현장을 의미했다. 하지만 이번에는 경우가 달랐다. 이번에는 실제 범죄 그 자체를 다시 볼 수 있었다.

그는 셔먼 슈퍼마켓의 비디오를 다시 기계에 넣고 슬로모션으로 영상을 보았다. 탁자 가장자리를 어찌나 세게 쥐었는지 손가락 관절이 다 아플 지경이었다. 세 번째로 테이프를 돌려 볼 때에야 비로소 그는 미처 보지 못했던 새로운 사실을 포착했다.

찬호 강의 손목시계. 이제는 그의 아내가 차고 있는 바로 그 시계였다. 찬호 강이 쓰러지면서 필사적으로 카운터를 움켜쥐려고 할 때 그 시계가 화면에 잡혔다.

매케일렙은 몇 분 동안 그 장면을 앞뒤로 돌려가며 보다가 시계 숫자판이 가장 선명하게 나온 것 같은 순간에 영상을 정지시켰다. 숫자판이 똑똑히 보이면 좋을 텐데, 벽 위쪽에 설치된 카메라에는 시계의 LED 화면이 잘 잡히지 않았다. 그래서 시계에 나타난 숫자, 즉 시각을 읽을 수 없었다.

매케일렙은 정지된 영상을 노려보며 앉아서 이 문제를 계속 파고들어야 할지 생각해보았다. 손목시계의 시간을 읽을 수만 있다면, 카메라의 시각과 911 기록상의 시각을 비교해볼 수 있을 것이다. 그러면 불확실한 부분이 확실히 정리될 수도 있었다. 하지만 그게 과연 의미 있는 일일까? 월터스의 말에도 일리가 있었다. 앞뒤가 안 맞는 사소한 문제들은 항상 있게 마련이라는 말. 항상 불확실한 부분들이 있었다. 매케일렙은 이번 일이 굳이 시간을 들여 확인해야 하는 문제인지 확신이 서지 않았다.

하지만 그는 계속 이런 생각을 하고 있을 수 없었다. 배에서 살기 시작하면서 그는 자신의 집인 배가 조금씩 오르락내리락하는 것의 의미를 읽어내는 법을 배웠다. 그래서 다른 배가 옆을 지나가는 바람에 배가 움직인 건지, 아니면 사람이 배에 탔기 때문에 배가 움직인 건지 구분할 수 있었다. 매케일렙은 배가 아주 살짝 가라앉는 것을 느끼자마자 어깨 너머로 미닫이문을 바라보았다. 그래시엘라 리버스가 방금 배에 올라선 뒤 몸을 돌려 어린 사내아이가 배에 오르는 것을 도와주고 있었다. 레이먼드. 저녁 약속. 그는 약속을 까맣게 잊고 있었다.

"젠장." 그는 재빨리 비디오를 끄고 자리에서 일어나 두 사람을 맞으러 나가면서 중얼거렸다.

12 여인과 소년

"잊어버렸죠?"

그녀의 얼굴이 편안한 미소를 짓고 있었다.

"아뇨…. 그러니까, 지난 다섯 시간 동안은 잊었다고 할 수 있는데…. 이 서류들을 훑어보느라 아무 생각이 없었어요. 원래는 시장에 가서…."

"뭐, 괜찮아요. 나중에 하면 되죠…."

"아뇨, 아뇨, 무슨 소리예요? 저녁을 먹어야죠. 이 아이가 레이먼드인 가요?"

"당연하죠."

그래시엘라가 아이를 향해 시선을 돌렸다. 아이는 선미 쪽에서 그래시 엘라 뒤에 수줍게 서 있었다. 나이에 비해 몸집이 작아 보였다. 머리카락 과 눈은 검은색이고, 피부는 갈색이었다. 줄무늬 셔츠에 반바지 차림인 아이는 손에 스웨터를 들고 있었다.

"레이먼드, 이분이 매케일렙 아저씨야. 내가 얘기했지? 여긴 아저씨 배 야. 아저씨가 여기서 사시거든."

매케일렙은 한 걸음 앞으로 나서서 손을 내민 채 몸을 구부렸다. 아이

는 오른손에 장난감 경찰차를 쥐고 있다가 왼손으로 옮겨 쥐었다. 그러고
는 조심스레 매케일렙의 손을 바라보다가 그와 악수했다. 매케일렙은 아
이를 보며 이유를 알 수 없는 슬픔을 느꼈다.

"그냥 테리라고 불러라." 매케일렙이 말했다. "만나서 반갑다, 레이먼드.
나도 네 얘기 많이 들었어."

"이 배에서 낚시도 할 수 있어요?"

"당연하지. 언젠가 내가 널 데리고 배를 띄워야겠다. 네가 낚시를 하고
싶다면."

"그러고 싶어요."

매케일렙은 몸을 똑바로 펴고 그래시엘라에게 미소를 지었다. 그녀는
사랑스러운 모습이었다. 처음 배로 그를 만나러 왔을 때 입었던 것과 비
슷한 가벼운 여름 원피스를 입고 있었다. 바다에서 불어오는 산들바람에
금방 몸에 휘감기는 천으로 만든 옷이었다. 그녀도 스웨터를 들고 있었
다. 매케일렙은 반바지와 샌들, 그리고 '로비쇼의 부두와 미끼상점'이라는
문구가 적힌 티셔츠 차림이었다. 왠지 자신의 옷차림이 조금 마음에 걸
렸다.

"이렇게 합시다." 그가 말했다. "저쪽 선박용품점 위에 좋은 식당이 있
어요. 음식도 맛있고, 전망도 좋아서 석양을 볼 수 있죠. 거기서 저녁을 먹
는 게 어때요?"

"좋죠." 그래시엘라가 말했다.

"금방 옷 갈아입고 나올게요. 레이먼드, 나한테 좋은 생각이 있는데 말
이야, 선미 쪽에 낚싯줄을 드리우면 어떨까? 아저씨가 이모랑 같이 안에
들어가서 그동안 하던 일을 좀 보여주는 동안 네가 물고기가 잡히는지 한
번 봐."

아이의 얼굴이 환해졌다.

"좋아요."

"그래, 그럼 내가 준비를 해주지."

매케일렙은 두 사람을 남겨두고 안으로 들어갔다. 응접실의 높은 선반에서 그는 가장 가벼운 낚싯대와 낚싯줄을 꺼낸 다음, 해도탁자 밑의 낚시 도구상자로 가서 8번 고리와 추가 달려 있는 강철 목줄을 꺼냈다. 그는 목줄을 낚싯줄에 연결한 뒤 취사실의 냉장고로 갔다. 그 안에 냉동 오징어가 조금 있었다. 그는 날카로운 칼로 오징어의 몸통 끝부분을 한 조각 잘라 고리를 끼웠다.

그는 낚싯대와 낚싯줄을 들고 선미로 다시 나와서 레이먼드에게 건네주었다. 그리고 아이의 뒤에서 아이를 감싸듯이 팔을 앞으로 뻗어 미끼를 던지는 법을 간단하게 가르쳐주었다. 낚싯줄에 손가락을 대고 물고기가 입질을 하는지 감지하는 법도 가르쳐주었다.

"할 수 있겠니?" 간단한 낚시 강습이 끝난 뒤 매케일렙이 물었다.

"어, 네. 여기 배 옆에 물고기들이 있는 거예요?"

"물론이지. 지금 네가 낚싯줄을 던진 바로 그 자리에서 도미 한 떼가 헤엄치는 걸 봤어."

"도미요?"

"노란 줄무늬가 있는 물고기야. 가끔 물속에서 녀석들이 움직이는 게 보여. 그러니까 잘 보고 있어야 한다."

"네."

"너희 엄마한테 마실 것을 좀 갖다줘야겠는데, 내가 잠깐 안에 들어가도 괜찮겠니?"

"엄마 아니에요."

"아, 그렇지. 미, 미안하다, 레이먼드. 그래시엘라 이모를 말한 건데. 들어갔다 와도 되지?"

"네."

"그래, 뭐가 걸리거든 소리를 질러. 그러고는 줄을 감아 들이는 거야!"

그는 손가락을 아이의 옆구리에 갖다 대고는 자그마한 갈비뼈를 따라 위로 움직였다. 매케일렙이 낚싯대를 쥐고 있어서 옆구리가 노출될 때면 아버지가 하시던 행동이었다. 레이먼드는 키득거리며 몸을 비틀어 피하면서도 낚싯줄이 어두운 물속으로 자취를 감춘 지점에서 결코 눈을 떼지 않았다.

매케일렙은 그래시엘라와 함께 응접실로 들어가서 아이가 이쪽 대화를 듣지 못하게 문을 닫았다. 아이에게 실수를 저지른 탓에 얼굴이 벌겋게 달아오른 모양이었다. 그가 미처 사과하기도 전에 그래시엘라가 먼저 그의 마음을 읽었다.

"괜찮아요. 앞으로 그런 일을 많이 겪을 텐데요, 뭐."

그는 고개를 끄덕였다.

"그래시엘라 씨가 아이를 키울 건가요?"

"네, 그럴 만한 사람이 저밖에 없어요. 하지만 그건 중요하지 않아요. 저는 저애가 태어났을 때부터 죽 옆에 있었으니까요. 이미 엄마를 잃었는데 저까지 사라져버린다면 저애한테는 견디기 힘든 일일 거예요. 그래서 제가 키우고 싶어요."

"아이 아버지는 어디 있어요?"

"그거야 아무도 모르죠."

매케일렙은 고개를 끄덕이고는 이제 이 문제에 대해서는 더 이상 질문을 던지지 않기로 했다.

"엄마 노릇을 아주 잘하실 겁니다." 그가 말했다. "포도주 한 잔 드릴까요?"

"그거 정말 반가운 소리인데요."

"적포도주? 백포도주?"

"아무거나 선생님이 드시는 걸로 주세요."

"난 지금 술을 못 마셔요. 두어 달 동안은."

"아, 그럼 공연히 저 때문에 병을 새로 따지는 마세요. 그냥…."

"아뇨, 내가 대접하고 싶어서 그래요. 적포도주 어때요? 좋은 적포도주가 조금 있는데. 지금 병을 따면 나도 최소한 그 냄새는 맡을 수 있잖아요."

그녀가 미소를 지었다.

"글로리도 임신했을 때 꼭 이랬어요. 제 옆에 붙어 앉아서 제가 마시는 포도주의 냄새만이라도 맡고 싶다고 했죠."

미소가 슬프게 변했다.

"동생분은 좋은 사람이었을 겁니다." 매케일렙이 말했다. "저 아이를 보면 알 수 있어요. 그래시엘라 씨가 나한테 보여주고 싶었던 게 그거 아닌가요?"

그녀는 고개를 끄덕였다. 매케일렙은 취사실로 가서 선반에서 적포도주 한 병을 꺼냈다. 그가 즐겨 마시는 샌포드 피노누아였다. 그가 병을 따고 있는데 그래시엘라가 조리대로 다가왔다. 연한 향수 냄새가 났다. 바닐라 향 같았다. 기분이 짜릿하게 들떴다. 그녀가 가까이 있어서라기보다는, 오랫동안 잠들어 있던 뭔가가 그의 마음속에서 깨어나는 것 같은 느낌 때문이었다.

"아이가 있으세요?" 그래시엘라가 물었다.

"아뇨, 없어요."

"결혼한 적은 있어요?"

"네, 한 번이요."

그는 그녀에게 포도주를 한 잔 따라주고는, 포도주의 맛을 보는 그녀의 모습을 지켜보았다. 그녀가 미소를 지으며 고개를 끄덕였다.

"좋은데요. 얼마나 된 거예요?"

"네? 내가 결혼한 게 언제냐고요? 글쎄요, 한 10년쯤 전이네요. 3년 만에 끝났죠. 아내도 FBI 요원이라 함께 콴티코에서 일했습니다. 결혼생활이 삐걱대는 바람에 이혼한 뒤에도 같이 일을 해야 했죠. 그건… 글쎄요, 우린 쿨하게 처신했지만 그다지 좋은 일은 아니었어요. 그런데 바로 그 시기에 이쪽에 사시던 아버지가 병석에 누우셨습니다. 그래서 이쪽에 요원을 하나 상주시키는 게 어떻겠느냐는 아이디어를 냈죠. 그러면 비용이 절감될 거라면서 말이에요. 어차피 내가 사건 때문에 매번 이쪽으로 날아오지 않느냐, 나 말고도 그런 사람이 많다, 그러니 여기에 자그마한 기지 같은 걸 하나 만들면 돈을 좀 아낄 수 있을 거다…. 위쪽에서도 내 말에 동의했기 때문에 내가 이리로 오게 된 거죠."

그래시엘라는 고개를 끄덕이고는 고개를 돌려 미닫이문을 통해 레이먼드가 잘 있는지 확인했다. 아이는 물속에 물고기가 있기를 바라며 수면을 열심히 노려보고 있었다.

"그래시엘라 씨는 어때요?" 매케일렙이 다시 물었다. "결혼한 적이 있어요?"

"저도 한 번 있어요."

"아이는요?"

"없어요."

그래시엘라는 여전히 레이먼드를 바라보고 있었다. 얼굴의 미소는 여전했지만, 대화 내용 때문인지 긴장한 표정이었다. 매케일렙은 그녀가 어떻게 살아왔는지 궁금했지만 굳이 물어보지 않기로 했다.

"그건 그렇고, 아까 아이를 잘 다루시던데요." 그래시엘라가 고갯짓으로 레이먼드를 가리키며 말했다. "균형을 잘 잡으셨어요. 아이를 가르치면서도 아이가 스스로 찾아내게 하는 것. 저애한테 정말 좋은 일을 해주셨어요."

그래시엘라가 그를 바라보았다. 매케일렙은 그냥 어쩌다 보니 그렇게 됐다는 듯 어깨를 으쓱했다. 그는 그녀의 잔을 자신의 코 앞으로 가져가 향기를 음미한 뒤 다시 그녀에게 건네주었다. 그러고는 커피포트에 마지막으로 남아 있던 커피를 잔에 따르고 우유와 설탕을 넣었다. 두 사람은 서로 잔을 부딪친 뒤 각자 포도주와 커피를 마셨다. 그래시엘라는 포도주가 맛있다고 말했다. 매케일렙은 커피 맛이 꼭 타르 같다고 말했다.

"저런." 그녀가 말했다. "선생님 앞에서 이걸 마시려니 좀 미안해요."

"괜찮아요. 맛이 있다니 다행이네요."

침묵이 응접실을 채웠다. 그녀의 시선이 탁자 위에 쌓여 있는 보고서와 비디오테이프로 향했다.

"저한테 보여주시겠다던 게 뭐예요?"

"아, 구체적인 건 없어요. 그냥 레이먼드 앞에서 그런 이야기를 하고 싶지 않아서 그런 거예요."

매케일렙은 유리문을 통해 아이가 잘 있는지 확인했다. 별다른 문제는 없는 것 같았다. 아이는 여전히 파도에 흔들리는 낚싯줄을 열심히 바라보고 있었다. 매케일렙은 뭐라도 잡혔으면 좋겠다는 생각이 들었지만, 그럴 것 같지는 않았다. 이곳 마리나의 아름다운 수면 밑은 오염물질 천지였다. 아마 바퀴벌레와 맞먹는 생존능력을 지니고 물속에 섞여 있는 물질을 먹고 사는 물고기들만 살아남을 수 있을 터였다.

매케일렙은 다시 그래시엘라에게 시선을 돌렸다.

"그래도 오늘 아침에 보안관서에 가서 담당형사를 만나기는 했습니다. LA 경찰국 사람들보다는 훨씬 더 시원시원한 여자예요."

"여자요?"

"제이 윈스턴 형사. 실력 있는 사람이죠. 전에 나랑 같이 일한 적이 있어요. 어쨌든, 윈스턴 형사가 두 사건에 관한 서류를 전부 복사해줬습니다. 그래서 하루 종일 그걸 보고 있었어요. 분량이 아주 많아서요."

"그래서요?"

매케일렙은 그래시엘라의 동생과 관련된 부분은 가능한 한 표현을 순화하려고 애쓰면서 조사 내용을 요약해주었다. 동생이 살해당하는 장면이 담긴 비디오테이프가 지금 이 배 안에 있다는 말은 하지 않았다.

"FBI에는 '전면조사'라는 말이 있습니다." 매케일렙은 요약이 끝난 뒤 말을 덧붙였다. "모든 걸 샅샅이 조사해서 그 어떤 것도 우연에 맡기지 않는다는 뜻이죠. 동생분의 살인사건 수사는 전면조사가 아니었습니다. 하지만 형사들의 수사에 특별히 빠진 구석이 있는 것 같지는 않아요. 형사들이 몇 가지 실수를 하기는 했습니다. 모든 사실을 파악하기 전에 섣불리 추측한 부분도 있겠죠. 하지만 그 추측이 반드시 틀린 건 아닙니다. 이만하면 철저한 수사예요."

"이만하면 철저한 수사라고요?" 그래시엘라는 바닥을 바라보며 매케일렙의 말을 되풀이했다. 순간 매케일렙은 자신이 말을 잘못했다는 걸 깨달았다.

"내 말은…."

"그러니까 범인이 그냥 무사히 빠져나갈 거라는 얘기네요." 그래시엘라가 단언하듯 말했다. "선생님이 이런 말을 할 거라는 걸 처음부터 알고 있었어야 하는 건데."

"그런 얘기가 아니에요. 윈스턴 형사, 그러니까 보안관서의 담당형사 말입니다, 적어도 그 형사는 지금도 적극적으로 수사를 하고 있어요. 그리고 나도 여기서 멈출 생각이 없습니다, 그래시엘라 씨. 그런 뜻으로 한 말이 아니에요. 이 사건은 나하고도 관련된 일입니다."

"저도 알아요. 선생님이 하신 일이 불만스럽다는 뜻은 아니었어요. 절대 선생님 때문이 아니에요. 그래도 화가 나네요."

"나도 이해합니다. 하지만 너무 속상해하지 말아요. 가서 맛있는 저녁을 먹은 뒤 나중에 다시 이야기합시다."

"그러죠."

"레이먼드랑 같이 먼저 나가 있어요. 난 옷을 갈아입고 나갈 테니."

깨끗한 바지와 날아다니는 파인애플 조각들이 그려진 하와이안 셔츠로 갈아입은 매케일렙은 두 사람을 데리고 부두를 내려가 식당으로 향했다. 레이먼드의 낚싯줄을 걷어 들이지는 않았다. 매케일렙은 뱃전의 받침대에 낚싯대를 걸어둔 뒤 아이에게 식사를 하고 와서 확인해보자고 말했다.

그래시엘라와 레이먼드는 전망이 좋은 식탁의 양 옆자리에 앉았다. 숲처럼 우뚝우뚝 솟아 있는 돛대들 뒤로 이제 막 해가 지기 시작한 참이었다. 그래시엘라와 매케일렙은 구운 황새치 스페셜을 주문했고, 레이먼드는 피시앤칩스를 주문했다. 매케일렙은 레이먼드를 대화에 끌어들이려고 몇 번이나 시도했지만, 별로 성과가 없었다. 매케일렙과 그래시엘라는 배에서 사는 것과 집에서 사는 것이 어떻게 다른지에 대해 주로 이야기했다. 매케일렙은 물 위에서 사는 것이 아주 평화로울 뿐만 아니라 건강도 회복시켜준다고 말했다.

"이제 저쪽으로 나가면 훨씬 더 좋겠죠." 매케일렙은 태평양 쪽을 가리키면서 말했다.

"배를 손보는 데 얼마나 걸려요?" 그래시엘라가 물었다.

"별로 안 걸려요. 보조엔진을 다시 조립하기만 하면 언제든 나갈 수 있을 겁니다. 나머지는 전부 배를 예쁘게 꾸미려고 하는 짓이에요. 그런 거야 언제든 할 수 있죠."

식사를 마치고 돌아오는 길에 레이먼드는 방파제를 따라 앞장서서 빠르게 걸었다. 한 손에는 아이스크림콘이, 다른 손에는 손전등이 들려 있었다. 파란색 스웨터를 입은 레이먼드는 고개를 이쪽저쪽으로 움직이며 손전등을 비춰 방파제를 기어오르는 농게들을 찾아냈다. 이제 하늘에는 빛이 거의 없었다. 배에 도착하면 그래시엘라와 레이먼드는 집으로 가야 할 것 같았다. 매케일렙은 벌써부터 두 사람이 그리워질 것 같은 기분이 들었다.

아이가 앞으로 한참 걸어나간 뒤 그래시엘라가 다시 사건 얘기를 꺼냈다.

"지금 선생님이 하실 수 있는 일이 뭐죠?"

"사건과 관련해서요? 우선 단서가 하나 있습니다. 형사들이 미처 살펴보지 못한 것 같아요."

"그게 뭔데요?"

매케일렙은 지리적인 대조를 한 결과 미하일 볼로토프의 이름이 나왔다고 설명해주었다. 하지만 그래시엘라가 점점 흥분하는 것을 보고 그는 재빨리 주의를 주었다.

"볼로토프한테는 알리바이가 있어요. 놈한테 뭔가가 있는 것 같기는 한데, 결국 아무 소득이 없을 수도 있어요."

매케일렙은 이야기를 계속했다.

"FBI에 가서 탄도검사결과를 가지고 요원들을 끌어들일 생각도 하고 있어요."

"그게 무슨 뜻이죠?"

"범인이 다른 곳에서 일을 저질렀을 가능성이 있으니까요. 놈은 아주 비싼 총을 써요. 놈이 이번에 두 사건을 저지르면서 중간에 총을 없애버리지 않았다는 건, 총에 애착이 있다는 뜻입니다. 그렇다면 이번 일 이전에 다른 곳에서도 그 총을 썼을 가능성이 있어요. 탄도검사가 가능한 총알이 형사들에게 있으니, 내가 그걸 FBI에 갖다 주면 요원들이 어떻게든 해볼 수 있을지도 모릅니다."

그래시엘라는 아무 말도 하지 않았다. 매케일렙은 그녀가 이것이 그다지 가능성이 없는 얘기라는 상식적인 판단을 내린 건지 궁금했다. 그래도 그는 말을 계속했다.

"목격자들을 다시 만나서 조금 다른 방식으로 질문을 던져볼 생각도 있어요. 특히 첫 번째 사건에서 총격사건을 일부 목격한 남자가 중요합니다. 그런데 목격자들을 만나서 조사하려면 아주 조심해야 해요. 윈스턴 형사의 발등을 밟는 꼴이 되거나, 윈스턴 형사가 수사를 하면서 실수를 저질렀다고 내가 생각하는 것 같은 인상을 주면 안 되니까요. 그래도 어쨌든 그 남자를 직접 만나서 얘기를 해보고 싶습니다. 그 사람이 최고의 목격자거든요. 그 사람뿐만 아니라 다른 목격자들도 두어 명쯤 만나볼 생각입니다. 동생분이… 그 사건 목격자들 말이에요."

"목격자가 있는 줄은 몰랐어요. 가게 안에 사람들이 있었던 건가요?"

"아뇨. 직접적인 목격자는 아닙니다. 차를 몰고 지나가다가 총소리를 들은 여자가 있고, 동생분이 그날 밤 〈LA 타임스〉에서 함께 일한 동료들 두어 명의 진술서도 있어요. 난 그 사람들을 전부 직접 만나서 혹시 새로 기억난 것이 있는지 물어보고 싶습니다."

"그건 제가 도와드릴 수 있을 것 같아요. 동생 친구들이라면 저도 대개 알거든요."

"잘됐네요."

두 사람은 잠시 침묵 속에서 걸었다. 레이먼드는 여전히 한참 앞에 있었다. 마침내 그래시엘라가 입을 열었다.

"혹시 부탁을 하나 드려도 될까요?"

"물론이죠."

"글로리가 우리 동네에서 친하게 지내던 아주머니가 있어요. 오테로 부인인데요, 제가 없을 때 동생이 레이먼드를 맡기기도 하던 사람이에요. 글로리가 혼자 오테로 부인을 찾아가서 고민을 털어놓은 적도 많고요. 혹시 선생님이 오테로 부인을 만나주실 수 있을까요?"

"어… 나는… 그러니까 오테로 부인이 이번 사건에 대해 뭔가 알고 있을 거라는 뜻입니까? 아니면 혹시 그분을 위로해주라는 뜻인가요?"

"부인이 수사를 도와줄 수 있을지도 몰라요."

"어떻게…"

말을 하다가 그는 마침내 의미를 깨달았다.

"혹시 점쟁이입니까?"

"영매예요. 글로리는 오테로 부인을 믿었어요. 부인은 천사들과 이야기를 나눌 수 있다고 했는데, 글로리는 그 말이 사실이라고 믿었어요. 그런데 오테로 부인이 계속 전화를 걸어서 저한테 할 얘기가 있다는 거예요. 그래서, 글쎄요, 선생님하고 같이 가면 어떨까 하고…."

"글쎄요. 난 그런 걸 안 믿는 편입니다, 그래시엘라 씨. 내가 그 부인한테 무슨 말을 하게 될지 나도 모르겠어요."

그래시엘라는 그냥 그를 바라보기만 했다. 그런데 그 눈빛에 왠지 나무라는 듯한 기색이 있다는 생각이 들자 그는 가만히 있을 수 없었다.

"그래시엘라 씨… 난 나쁜 일과 나쁜 사람들을 워낙 많이 봐서 그런 건 믿을 수 없어요. 지상에서 사람들이 이렇게 나쁜 짓들을 하는데 어떻게 천사가 있을 수 있겠어요?"

그래도 그래시엘라는 아무 말이 없었다. 그녀의 침묵은 곧 비난이라는 생각이 들었다.

"내가 생각을 좀 해보고 나중에 연락하면 안 되겠어요?"

"좋아요." 마침내 그녀가 입을 열었다.

"화 풀어요."

"저기, 죄송해요. 제가 선생님을 이 일에 끌어들인 게 큰 실례라는 건 알아요. 제가 무슨 생각으로 그런 말을 했는지 모르겠어요. 아마 그냥 선생님이…."

"신경 쓸 필요 없어요. 내가 이 일을 하는 건 그래시엘라 씨뿐만 아니라 나를 위한 일이기도 하니까요. 그래시엘라 씨는 희망을 잃지만 않으면 됩니다. 아까도 말했듯이 내가 하려고 생각하는 일이 아직 몇 가지 있고, 윈스턴 형사도 포기할 생각이 없어요. 며칠만 시간을 줘요. 만약 내가 벽에 부딪히면 그때 가서 오테로 부인을 만나도 되겠죠. 어때요?"

그래시엘라는 고개를 끄덕였지만, 실망한 기색이 드러났다.

"동생은 어렸을 때 정말 착했어요." 얼마 뒤 그래시엘라가 말했다. "레이먼드를 가지면서 모든 게 변했죠. 동생이 정신을 차리고 우리 집으로 들어와서 제대로 살아보려고 했어요. 오전 시간에는 캘리포니아 주립대학에도 다닐 생각이었어요. 그래서 밤에 일하는 직장을 구한 거예요. 동생은 머리가 좋아서 신문사에서 자기가 하는 일 말고 다른 일, 그러니까 기자가 될 생각이었어요."

매케일렙은 고개만 끄덕일 뿐 아무 말도 하지 않았다. 그래시엘라가 이런 식으로 계속 이야기를 하게 내버려두는 것이 좋을 것 같았다.

"기자가 됐으면 잘했을 거예요. 인정이 많은 애였으니까. 걔가 어떻게 살았는지 한번 보세요. 자원봉사를 했잖아요. 폭동이 일어난 뒤에는 현장을 치우는 걸 도왔어요. 지진이 난 뒤에는 병원에 가서 응급실에서 대기 중인 사람들을 위로해줬어요. 장기 기증도 하기로 했어요. 병원에서 피가 필요하다는 연락이 오면 항상 달려가서 헌혈도 했어요. 희귀한 혈액형 중에서도… 유난히 더 희귀한 혈액형이었으니까요. 어떤 때는 제가 동생 대신 그때 그 가게 안에 있었더라면 좋았을 거라는 생각이 들어요."

매케일렙은 손을 뻗어 위로하듯이 그녀의 어깨를 안아주었다.

"그런 생각은 그만해요." 그가 말했다. "그래시엘라 씨도 병원에서 많은 사람을 돕고 있잖아요. 레이먼드한테는 또 어떻고요. 정말 훌륭한 엄마가 되어줄 겁니다. 동생이 더 가치 있는 사람이라면서 처지가 바뀌었더라면 좋았을 거라는 생각은 터무니없어요. 동생분이 겪은 일은 애당초 일어나지 말았어야 하는 일이에요."

"그래도 레이먼드한테는 저보다 제 엄마가 있는 편이 훨씬 더 나았을 거예요."

이 말에는 달리 반박할 길이 없었다. 매케일렙은 팔을 움직여 그녀의 목에 손을 놓았다. 그래시엘라는 울지는 않았지만, 금방이라도 울음을 터뜨릴 것 같은 표정이었다. 매케일렙은 그녀를 위로해주고 싶었다. 하지만 그가 아는 방법은 하나뿐이었다.

그의 배가 있는 부두가 바로 앞이었다. 레이먼드는 보안용 문 앞에서 기다리고 있었다. 문은 여느 때처럼 5센티미터가량 열려 있었다. 문에 부착된 스프링에 녹이 슬어서 문은 저절로 닫히는 기능을 잃어버렸다.

"그만 가자." 아이가 있는 곳에 다다르자 그래시엘라가 말했다. "시간도 늦었고, 너도 내일 학교에 가야 하잖아."

"낚싯대는 어떡하고?" 레이먼드가 반발했다.

"매케일렙 아저씨가 잘 봐주실 거야. 이제 낚시도 하게 해주고, 저녁 식사와 아이스크림도 사주셔서 감사하다고 아저씨한테 인사해야지."

레이먼드가 자그마한 손을 내밀자 매케일렙은 다시 아이와 악수했다. 아이의 손이 차갑고 끈적끈적했다.

"그냥 테리 아저씨라고 해. 그리고 나중에 진짜 낚시를 한번 하자. 내가 배 수리를 끝내는 대로. 바다로 나가서 큰 물고기를 잡는 거야. 카탈리나 섬 건너편에 좋은 자리를 내가 알거든. 이맘때쯤이면 크래피(물고기의 일종—옮긴이)를 잡을 수 있을 거야. 그 녀석들이 아주 많아. 나중에 가는 거다. 알았지?"

레이먼드는 아무 말 없이 고개를 끄덕였다. 아저씨가 말은 이렇게 하지만, 실제로 낚시를 하러 가게 되는 일은 없을 거라고 생각하는 것 같았다. 그 모습을 보니 매케일렙은 슬퍼졌다. 그는 그래시엘라를 바라보았다.

"토요일 어때요? 배 수리가 다 끝나진 않겠지만, 아침에 두 분이 이리로 오면 방파제에서 낚시를 할 수 있습니다. 원한다면 여기서 하룻밤 자도 되고요. 방은 많으니까요."

"좋아요!" 레이먼드가 외쳤다.

"글쎄요." 그래시엘라가 말했다. "이번 주 사정을 봐서요."

매케일렙은 자신이 방금 어떤 실수를 저질렀는지 깨닫고 고개를 끄덕였다. 그래시엘라가 자신의 래빗 컨버터블 자동차 조수석 문을 열어주자 아이가 차에 탔다. 그녀는 문을 닫은 뒤 매케일렙에게 다가왔다.

"아까 그런 소리를 해서 미안합니다." 그가 낮은 목소리로 말했다. "아이 앞에서 그런 말을 하면 안 되는 건데."

"괜찮아요." 그래시엘라가 말했다. "저도 그러고 싶은데 그러려면 처리해야 할 일이 좀 있어서요. 그러니까 두고 봐야 할 것 같아요. 지금 당장대답을 해야 하는 건 아니죠?"

"그럼요. 그냥 나중에 알려주세요."

그래시엘라는 매케일렙에게 한 걸음 다가와 손을 내밀었다.

"오늘 밤에는 정말 고마웠어요." 그녀가 말했다. "요즘 아이가 조용히 있을 때가 많은데, 오늘은 즐거웠나 봐요. 저도 그렇고요."

매케일렙은 그녀의 손을 잡고 악수했다. 그런데 그녀가 그를 향해 몸을 기울이더니 그의 뺨에 입을 맞췄다. 그러고는 뒤로 물러서면서 손으로 입을 만졌다.

"까끌까끌하네요." 그녀가 미소를 지으며 말했다. "턱수염을 기르시는 중이에요?"

"그럴까 생각 중이에요."

이 말을 들은 그녀가 무슨 이유에서인지 웃음을 터뜨렸다. 그녀가 자동차 운전석 쪽으로 걸어가자 그는 그녀를 위해 문을 열어주려고 뒤를 따라갔다. 운전석에 앉은 그녀가 그를 올려다보았다.

"저기요, 선생님도 그걸 믿으셔야 해요." 그녀가 말했다.

그는 그녀를 내려다보았다.

"천사 말입니까?"

그녀는 고개를 끄덕였다. 그도 마주 고개를 끄덕였다. 그녀는 차를 몰고 떠났다.

다시 배로 돌아온 그는 선미 구석으로 갔다. 낚싯대는 여전히 받침대에 놓여 있고, 줄도 여전히 물속에 있었다. 하지만 줄을 감아 보니 걸린 것이 하나도 없었다. 줄이 마침내 물속에서 다 빠져나오자 그는 고리와 추를 보았다. 미끼가 사라지고 없었다. 저 아래에서 어떤 녀석이 미끼만 먹고 달아나버린 것이다.

13 조력자

목요일 오전에 매케일렙은 항구에서 하역작업이 시작되기 전에 벌써 일어나 있었다. 전날 마신 커피 속의 카페인이 그의 혈관 속을 줄기차게 돌아다니며 잠을 쫓아버린 탓이었다. 수사에 관해서, 사건과 천사를 바라보는 시각의 차이에 대해서, 그래시엘라와 레이먼드에 대해서 자꾸만 뒤숭숭한 생각이 들었다. 결국 그는 잠을 포기하고 그냥 눈을 뜬 채 블라인드 틈새로 여명이 새어들어오기만 기다렸다.

6시까지 그는 샤워를 하고, 맥박과 체온 등을 재고, 약을 먹는 일을 다마쳤다. 그러고는 수사관련 자료들을 다시 응접실 탁자로 가져가 또 커피를 한 주전자 끓인 뒤 시리얼을 한 그릇 먹었다. 그러는 동안에도 그는 끊임없이 손목시계를 확인하며 제이 윈스턴과 먼저 이야기를 하지 않고 그냥 버넌 캐러서스에게 전화를 걸지 고민했다.

윈스턴은 아직 출근하지 않았을 것이다. 하지만 FBI 본부는 워싱턴 D.C.에 있으므로 여기보다 세 시간이 앞서 있었다. 따라서 매케일렙의 친구인 버넌 캐러서스는 과학수사실의 FAT부에 있는 자기 자리에 벌써 앉아 있을 것이다. 매케일렙은 윈스턴에게 미리 양해를 구하지 않고 캐러서스에게 전화를 걸면 안 된다는 것을 알고 있었다. 이것이 윈스턴의 사건이기 때문이었다. 하지만 세 시간이나 되는 시차를 생각하니 마음이 조급해졌다. 원래 매케일렘은 성질이 급한 사람이었다. 하루도 허비하지 않고 빨리빨리 일을 처리하고 싶은 충동이 그를 밀어붙였다.

시리얼 그릇을 씻어 싱크대에 놓은 뒤 그는 손목시계를 한 번 더 확인하고는 그냥 전화를 걸기로 결심했다. 그는 전화번호 수첩을 꺼내 캐러서스의 직통번호로 전화를 걸었다. 벨이 겨우 한 번 울린 뒤 캐러서스가 전화를 받았다.

"버넌, 나 테리야."

"터렐 매케일렘! 워싱턴에 온 거야?"

"아니, 아직 LA에 있어. 어떻게 지내?"

"그러는 자네는? 하도 오랫동안 소식이 없어서 말이야."

"나도 알아. 어쨌든 난 잘 지내고 있어. 병원으로 카드 보내준 것 고마워. 마리한테도 고맙다고 전해줘. 정말 큰 힘이 됐다고. 일찌감치 전화를 하든지, 아니면 편지를 보냈어야 하는 건데. 미안해."

"사실 우리가 자네한테 전화를 하려고 했는데 자네 번호가 전화번호부에 안 나와 있더라고. 게다가 그쪽 지부에서도 새 번호를 모르는 것 같고. 심지어 케이트도 모르고 있던데. 자네가 웨스트우드의 아파트를 떠났다는 것만 안다고 했어. 지부의 다른 직원한테서는 자네가 배에서 산다는 말을 들었고. 혹시 사람들하고 완전히 연락을 끊기로 한 거야?"

"뭐, 한동안은 그러는 게 좋을 것 같아서. 그러니까 내가 몸을 좀 움직일 수 있게 될 때까지는 말이야. 지금은 모든 게 좋아. 자네는 어때?"

"나야 불평할 입장이 아니지. 언제 이쪽으로 한번 올 거야? 여기 아직도 자네 방이 있는 건 알지? 아직 콴티코에서 온 다른 사람한테 방을 빌려준 적은 없어. 감히 못 그러지."

매케일렙은 웃음을 터뜨리며 아쉽게도 가까운 시일 안에 동부로 여행할 계획은 없다고 말했다. 그와 캐러서스는 거의 12년 지기였다. 매케일렙은 콴티코에서 일했고, 캐러서스는 워싱턴의 과학수사실에서 총기 및 도구 자국 분석(FAT)을 맡았다. 하지만 묘하게도 둘이 같은 사건을 다루는 일이 많은 것 같았다.

캐러서스가 회의 때문에 콴티코에 올 때마다 매케일렙과 아내 케이트는 그를 자기 집에 재워주었다. FBI 아카데미의 기숙사에서 자는 것보다는 그래도 이 편이 훨씬 나았다. 캐러서스와 그의 아내 마리 역시 매케일렙이 워싱턴에 갈 때마다 예전에 아들이 쓰던 방을 내주었다. 아들은 수년 전 백혈병에 걸려 열두 살의 나이로 세상을 떴다. 캐러서스는 자기도 매케일렙에게 받은 것만큼 호의를 베풀어야 한다고 굳이 고집을 부렸다. 사실 매케일렙은 FBI의 돈으로 뒤퐁 서클 근처의 힐튼 호텔에서 근사한 방을 잡아 쉴 수 있었는데 말이다. 처음에 매케일렙은 캐러서스의 아들이 쓰던 방에서 잠을 자면서 마치 침입자가 된 것 같은 기분이었다. 하지만 버넌과 마리는 그를 따뜻하게 대해주었다. 게다가 남부의 요리와 즐거운 대화는 힐튼 호텔이 감히 따라올 수 없는 수준이었다.

"언제든 와도 돼." 캐러서스도 함께 웃음을 터뜨리며 말했다. "언제든."

"고마워."

"내 계산으로는, 지금 그쪽은 겨우 동이 텄을 시간인데, 이렇게 일찍 무슨 일이야?"

"내가 일을 좀 하는 게 있어서."

"자네가? 일을 한다고? 은퇴생활이 얼마나 근사하냐고 지금 막 물을 참이었는데? 정말로 배에서 살기는 하는 거야?"

"배에서 사는 건 맞아. 하지만 아직 전원생활을 즐긴다고 하기는 좀 그렇지."

"그래, 무슨 일인데?"

매케일렙은 자신이 글로리아 토레스의 심장을 받았다는 이야기까지 포함해서 자초지종을 들려주었다. 그는 다른 사람들과 달리 캐러서스에게는 모든 것을 알려주고 싶었다. 캐러서스라면 무슨 일이 있어도 믿을 수 있는 사람이었고, 매케일렙이 피살자에게 느끼는 유대감도 이해할 수 있는 사람이었다. 캐러서스 역시 피해자들, 특히 젊은 피해자들에게 강한 동질감을 느꼈다. 아들이 눈앞에서 서서히 죽어가는 모습을 보며 생겨난 마음의 상처 때문에 그는 최고의 현장요원들조차 따라올 수 없을 만큼 일에 헌신적으로 매달리게 되었다.

매케일렙이 이야기를 중간쯤 했을 때, 화물선 하역작업 때 나는 쿵쿵 소리가 부두 전체에 울려 퍼지기 시작했다. 캐러서스가 이게 도대체 무슨 소리냐고 묻자 매케일렙은 대답을 하면서 전화기를 들고 뱃머리 쪽 선실로 내려가 문을 닫았다. 그 소리에서 가능한 한 도망치기 위해서였다.

"그러니까 나더러 총알을 한번 봐달라는 거지?" 매케일렙의 이야기가 끝난 뒤 캐러서스가 물었다. "그래도 될까 모르겠네. 거기 보안관서 사람들도 실력이 좋아."

"그건 나도 알아. 그 사람들을 의심하는 게 아냐. 그냥 신선한 시각이 필요해서 그래. 컴퓨터로 대조만 해주면 돼. 그게 가능하다면. 어떤 결과가 나올지 모르는 일이잖아. 어쩌면 뭐가 걸릴 수도 있어. 왠지 그럴 것 같은 느낌이 들어."

"또 그 감 얘기군. 내가 그걸 잊을 리가 있나. 알았어. 그럼 누가 나한테 자료를 보내줄 거야? 보안관서야, 자네야?"

"내가 그쪽에다 잘 말해서 자료를 보내게 할게. 자네가 규정까지 어겨가면서 이 일을 하는 건 원하지 않으니까. 어쨌든 가능하면 관련된 사건을 한 번 찾아봐. 범인은 같은 짓을 자꾸 저지르는 놈이야. 그러니까 놈에 관한 단서를 찾으면 더 이상의 인명피해를 막을 수 있을지도 몰라."

캐러서스는 잠시 아무 말이 없었다. 아마 머릿속으로 자기 스케줄을 확인하는 모양이었다.

"오늘이 목요일이지? 늦어도 화요일 오전까지는 자료를 보내줘. 월요일 중에 받을 수 있으면 더 좋고. 그러면 내가 자료를 제대로 검토할 수 있을 테니까. 다음 주 수요일에 나는 증언을 하러 캔자스시티로 갈 거야. 폭동 사건이야. 아마 주말까지 그쪽에 있어야 할 거야. 그러니까 일을 빨리 처리하고 싶으면 나한테 자료를 빨리 보내줘야 돼. 그러면 내가 자료를 받자마자 한번 살펴볼게."

"너무 무리하는 건 아니지?"

"당연히 무리하는 거지. 여기 일이 두 달치나 밀려 있는데. 언제는 안 그랬어? 어쨌든 자료를 보내주면 내가 알아서 할게."

"알았어. 어떻게든 늦어도 월요일까지는 보낼게."

"그럼 좋지."

"아, 한 가지 더. 내 번호 받아 적어. 아까도 말했지만, 난 지금 공식적인 직함을 갖고 이 일을 조사하는 게 아냐. 그러니까 자네는 보안관서하고 의견을 주고받는 게 맞아. 하지만 조사를 하다가 혹시 특이한 사항이 눈에 띄거든 나한테 미리 얘기해주면 좋겠어."

"알았어." 캐러서스가 주저 없이 말했다. "전화번호나 불러. 주소도. 마리가 크리스마스카드를 보내고 싶어 할 테니까."

매케일렙이 전화번호와 주소를 불러준 뒤 캐러서스가 헛기침을 했다.

"그래, 최근에 케이트한테는 연락해봤어?" 그가 물었다.

"수술을 받고 이틀쯤 뒤에 병원으로 전화가 왔어. 하지만 내가 아직 정신이 오락가락할 때라 얘기를 오래 하지는 못했어."

"흠, 그럼 케이트한테 전화해서 이젠 괜찮다는 얘기라도 해줘."

"글쎄. 케이트는 어떻게 지내?"

"잘 지내겠지. 문제가 있다는 얘기는 못 들었으니까. 자네가 한번 전화해봐."

"내 생각에는 그냥 이대로가 좋아. 우린 이혼했잖아."

"그거야 뭐, 자네가 알아서 할 일이지. 내가 이메일이나 한 통 보내서 자네가 아직 살아있다고 알려줄게."

매케일렙은 캐러서스와 몇 분 동안 더 이야기를 나누며 회포를 푼 뒤 전화를 끊고 커피를 더 마시려고 응접실로 갔다. 우유가 다 떨어져서 그냥 블랙으로 마실 수밖에 없었다. 이건 숙취를 술로 푸는 것 같은 어리석은 짓이었지만 기왕 일을 시작했으니 계속 밀고 나가야 했다. 그가 바라는 대로 일이 진행된다면, 그는 오늘 하루를 대부분 길에서 보내게 될 터였다.

7시가 다 된 시각이었다. 조금만 있으면 윈스턴에게 전화를 해도 될 것이다. 매케일렙은 아침 풍경을 둘러보려고 갑판으로 나갔다. 안개가 짙게 끼어 있어서 다른 배들이 마치 유령처럼 보였다. 안개가 사라지고 해가 드러나는 걸 보려면 앞으로 몇 시간은 더 기다려야 할 터였다. 매케일렙은 버디 로크리지의 배를 바라보았다. 아직 조용했다.

7시 10분에 매케일렙은 종이철을 앞에 놓고 응접실 탁자 앞에 앉아 제이 윈스턴의 번호를 눌렀다. 그녀는 막 출근해서 자리에 앉는 참이었다.

"지금 막 들어오는 길이에요." 윈스턴이 말했다. "한 이틀 동안은 아무 소식이 없을 줄 알았는데…. 내가 준 서류가 워낙 많았잖아요."

"네, 그랬죠. 그런데 일단 읽기 시작하니까 손에서 놓을 수가 없더라고요."

"그래, 어때요?"

단도직입적으로 자신의 수사에 대한 매케일렙의 의견, 즉 판정을 묻는 질문이었다.

"아주 빈틈없이 수사를 한 것 같아요. 뭐, 옛날부터 알고 있던 사실이지만. 제이 씨가 취한 모든 조치가 마음에 들어요. 내가 보기엔 문제가 전혀 없어요."

"그런데요?"

"그런데 내가 몇 가지 질문을 좀 적어봤어요. 시간 좀 있어요? 원한다면 두어 가지 제안을 할 수도 있을 겁니다. 내가 볼 때 단서도 한두 개 있는 것 같고요."

윈스턴이 사람 좋은 웃음을 터뜨렸다.

"하여간 연방 요원들은 항상 질문이 있다, 제안할 것이 있다, 새로운 단서가 있다고 말한다니까요."

"이런, 난 이제 연방 요원이 아니에요."

"뭐, 그래도 버릇이 골수에 박혀 있나보죠. 말해봐요."

매케일렙은 전날 적어놓은 메모를 바라보며 미하일 볼로토프 이야기부터 시작했다.

"먼저, 리튼버와 애길라 말인데, 그 사람들하고 친해요?"

"잘 몰라요. 살인사건 전담반이 아니라서요. 과장님이 강도사건 팀에서 두 사람을 데려와서 내 밑에 일주일 동안 뒀어요. 그게 우리가 삼진제도를 조사할 때예요. 그 두 사람이 왜요?"

"뭐, 그 사람들이 그냥 지워버린 이름들 중에 한 번 더 살펴봐야 하는 사람이 있는 것 같아서요."

"그게 누군데요?"

"미하일 볼로토프."

윈스턴이 리튼버와 애길라의 보고서를 찾는지 종이 스치는 소리가 들렸다.

"아, 찾았어요. 여기 뭐가 있어요? 알리바이가 확실한 것 같은데."

"지리적 대조라는 말 들어봤어요?"

"네?"

매케일렙은 이 개념을 설명해준 뒤, 자신이 어떤 경로를 거쳐 볼로토프에게 이르렀는지 말해주었다. 볼로토프를 면담한 시점이 셔먼 슈퍼마켓 강도/총격 사건 이전이므로 볼로토프의 집과 직장의 위치가 슈퍼마켓 사건 및 HK P7 도난사건과 관련해서 어떤 의미를 지니는지 분명히 드러나지 않았다는 점도 설명해주었다. 그의 설명이 끝나자 윈스턴도 볼로토프를 다시 살펴볼 필요가 있다는 지적에 수긍했지만 매케일렙만큼 기대가 크지는 않았다.

"아까도 말했듯이 난 그 두 형사를 잘 모르니까 장담할 수는 없지만, 그래도 두 사람이 풋내기는 아닐 거예요. 이런 면담을 처리하고, 알리바이를 확인할 능력은 있을 거예요."

매케일렙은 아무 말도 하지 않았다.

"이번 주에는 내가 법정에 나가야 하기 때문에 볼로토프를 다시 확인해볼 수 없어요."

"난 할 수 있어요."

이번에는 윈스턴이 조용해졌다.

"흥분하지 않고 상황에 맞게 잘 처신할게요." 매케일렙이 말했다.

"글쎄요. 지금은 민간인 신분이잖아요. 솔직히 이건 좀 문제가 될지도 몰라요."

"그럼 한번 생각해봐요. 그것 말고도 할 얘기가 또 있어요."

"뭔데요?"

만약 대화 도중에 윈스턴이 볼로토프 얘기를 다시 꺼내지 않는다면, 그건 매케일렙에게 그를 확인해봐도 좋다고 비공식적으로 허락하는 거나 마찬가지였다. 윈스턴은 그에게 조사를 허락한다고 말로 분명히 인정하고 싶지 않을 뿐이었다.

매케일렙은 종이철을 다시 내려다보았다. 지금부터 꺼낼 얘기는 신중을 기해야 했다. 먼저 기반을 탄탄히 다지면서 차근차근 올라가서 자신이 윈스턴의 수사에 딴죽을 거는 것 같은 인상을 주지 말아야 했다.

"음, 우선, 코델 사건에서 은행 카드에 관한 정보가 전혀 없는 것 같아요. 범인이 돈을 가져간 건 아는데, 혹시 카드도 가져갔나요?"

"아뇨. 카드는 기계 안에 있었어요. 카드가 밖으로 나왔는데도 범인이 가져가지 않으니까 기계가 자동으로 다시 삼켰거든요. 사람들이 카드를 깜박 잊고 그냥 가는 경우 다른 사람이 가져갈 수 없게 하려는 보안장치예요."

매케일렙은 고개를 끄덕이며 자신이 적어 놓은 질문에 확인 표시를 했다.

"그럼 됐어요. 그다음에는 체로키에 대해 궁금한 게 있어요. 언론에 왜 체로키 얘기를 안 한 거죠?"

"언론에 밝히기는 했는데 시간이 좀 지난 뒤였어요. 첫날에는 아직 우리가 여러 정보를 검토 중이라 보도자료에 안 넣었거든요. 나도 그걸 밝혀야 하는지 확신이 없었어요. 범인이 보도를 보고 차를 버릴지도 모른다 싶어서요. 그런데 며칠 동안 수사가 전혀 진전되지 않아서 내가 체로키에 관한 정보를 집어넣은 보도자료를 다시 만들었어요. 문제는, 코델 사건이 이미 옛날 얘기라 매체들이 전혀 보도하지 않았다는 거죠. 피해자가 살던 동네에서 나오는 작은 주간지만 그걸 보도했어요. 그게 실수였던 건 나도 알아요. 첫 번째 보도자료에 그 얘기를 다 밝힐 걸 그랬어요."

"꼭 그런 건 아니에요." 매케일렙이 종이에 다시 확인 표시를 하며 말했다. "제이 씨 생각에도 일리가 있어요."

그는 종이에 적어 놓은 메모를 다시 훑어보았다.

"두어 가지만 더요…. 두 비디오테이프에서 범인은 뭐라고 말을 해요. 총을 쏜 뒤에. 혼잣말을 하는 건지, 카메라를 향해 말을 하는 건지 둘 중 하난데 보고서에는 아무 얘기가 없어요. 혹시 조사가…."

"FBI의 이쪽 지부에 청각장애인 동생이 있는 요원이 있어요. 그 요원이 테이프를 동생한테 보여주고 입술을 읽어보라고 했지만, 첫 번째 테이프, 그러니까 현금지급기 테이프 외에는 잘 모르겠다고 하더래요. 그 동생 말로는 범인이 기계에서 돈을 가져가면서 '카슐라를 잊지 마'라고 한 것 같대요. 다른 테이프에서는 무슨 말을 하는지 잘 모른다고 했고요. 아마 같은 말을 했거나, 아니면 뭔가를 '망치지 말라'는 뜻의 말을 한 것 같은데 두 테이프에서 모두 첫 단어를 확실히 알아볼 수 없다고 했대요. 아마 내가 보충자료를 작성하지 않은 모양이에요. 테리 씨는 정말 놓치는 게 없네요."

"물론이죠." 매케일렙이 말했다. "만약 범인이 러시아어로 말했어도 그 청각장애인이 알아볼 수 있었을까요?"

"네? 아, 볼로토프 말이죠? 아뇨. 그 요원 동생은 아마 러시아어를 모를 걸요."

매케일렙은 범인이 한 말을 번역할 필요가 있을지도 모른다고 메모했다. 그러고는 펜으로 종이를 두드리며 모험을 해야 할지 생각해보았다.

"아직 남은 게 있어요?" 마침내 윈스턴이 물었다.

매케일렙은 지금은 캐러서스 얘기를 꺼낼 때가 아니라고 판단했다. 적어도 직접 그 얘기를 꺼내면 안 될 것 같았다.

"총이요." 그가 말했다.

"알아요. 나도 마음에 안 들어요. P7은 악당 녀석들이 자주 사용하는 총이 아니죠. 그러니까 틀림없이 훔쳤을 거예요. 내가 도난사건 보고서들을 찾아낸 것 봤죠? 그런데 거기서도 벽에 부딪혔어요. 전혀 성과가 없었어요."

"그래도 훌륭한 가설이에요." 매케일렙이 말했다. "일리가 있어요. 그런데 범인이 첫 번째 사건 뒤에도 총을 버리지 않은 게 이상해요. 만약 훔친 총이라면 코델을 죽인 뒤 곧장 사막으로 가서 가능한 한 멀리 던져버려야할 텐데. 다른 총을 훔쳐서 다음 범행에 쓰면 되잖아요."

"아뇨, 그렇지는 않아요." 윈스턴이 말했다. 매케일렙은 그녀가 고개를 흔드는 모습을 상상했다. "범인은 확실한 패턴이 없어요. 총이 비싸다는 걸 알고 그냥 갖고 있기로 했을 수도 있어요. 게다가 코델이 관통상을 입었다는 점도 잊으면 안 돼요. 범인은 총알이 아예 발견되지 않거나, 은행 건물에 맞아서 대조를 할 수 없을 만큼 뭉그러졌을 거라고 생각했는지도 몰라요. 실제로 총알이 건물에 박혀 있었고요. 범인은 탄피를 가져갔어요. 아마 그 총을 최소한 한 번은 더 쓸 수 있다고 생각했을 거예요."

"그럴 수도 있겠네요."

두 사람은 잠시 아무 말도 하지 않고 쉬었다. 매케일렙의 종이철에는 아직 두 가지가 더 남아 있었다.

"그다음은 총알이에요." 그가 조심스레 말을 시작했다.

"그게 왜요?"

"어제 두 사건의 탄도검사 결과를 모두 가지고 있다고 했죠?"

"맞아요. 전부 증거보관실에 있어요. 무슨 얘길 하려고요?"

"혹시 FBI의 DRUGFIRE 데이터베이스에 대해 들어본 적 있어요?"

"아뇨."

"그게 우리한테 도움이 될지도 몰라요. 제이 씨한테. 가능성이 희박하기는 하지만, 그래도 시도해볼 가치는 있어요."

"그게 뭔데요?"

매케일렙은 DRUGFIRE 데이터베이스에 대해 설명해주었다. DRUGFIRE

데이터베이스는 지문자료를 전산화해서 보관하는 것과 비슷한 발상에서 설계된 것으로, 1980년대 초에 과학수사실이 만들어낸 작품이었다. 미국 전역의 많은 도시, 특히 마이애미에서 코카인 전쟁이 벌어지면서 살인사건이 급격히 늘어난 탓이었다. 대부분의 살인사건은 총격에 의한 것이었다. FBI는 전국에서 벌어지는 살인사건들 중 서로 관련된 사건과 범인을 가려낼 수 있는 방법을 찾아내려고 애쓰던 중 DRUGFIRE 데이터베이스를 생각해냈다. 마약을 둘러싼 살인사건에서 사용된 총알의 파인 자국을 레이저로 읽어 들인 다음 번호를 붙여 컴퓨터 데이터뱅크에 저장하기로 한 것이다. 이 컴퓨터 데이터베이스는 전국의 수사기관들이 사용하는 지문검색 시스템과 똑같은 방법으로 운영되었다. 그래서 이 데이터베이스 덕분에 총알의 특징들을 재빨리 비교해볼 수 있게 되었다.

날이 갈수록 탄도검사 결과가 계속 덧붙여지면서 데이터베이스가 방대해졌다. 폭도 넓어져서 이름은 여전히 DRUGFIRE였지만 FBI에 의뢰된 모든 사건들의 탄도검사 결과도 여기에 포함되었다. 라스베이거스에서 일어난 집단 살인이든, 로스앤젤레스 남부의 갱단 살인이든, 포트로더데일의 연쇄살인이든 총이 사용된 살인사건이 FBI로 이첩되면 그 자료가 추가되었다. 데이터베이스를 가동하기 시작한 지 10년이 넘게 지난 지금, 컴퓨터에는 수천 건의 탄도검사 결과가 저장되어 있었다.

"범인에 대해서 죽 생각해봤어요." 매케일렙이 말했다. "그 총을 계속 갖고 있더군요. 이유가 무엇이든, 그게 훔친 총이든 아니든, 놈이 그 총을 버리지 않은 게 유일한 실수예요. 그래서 일치하는 총알을 찾아낼 수 있을지도 모른다는 생각을 했어요. 테이프에 나타난 범행수법을 보면, 놈이 코델 사건에서 느닷없이 나타나 사람들을 쏘아죽이기 시작한 건 아닌 것 같아요. 전에도 총을 쏴본 놈이라는 거죠. 어쩌면 옛날에도 바로 그 총을 썼는지도 모르고요."

"하지만 우리도 비슷한 사건을 이미 찾아봤다고 말했잖아요. 탄도검사 결과로는 아무 소득도 없었어요. 전국 범죄색인 데이터베이스도 돌려봤는데, 역시 아무것도 없었어요."

"나도 알아요. 하지만 놈의 범행수법이 점점 발전하고 있는 건지도 몰라요. 예를 들어, 옛날에 피닉스에서 범행을 저질렀다 해도 이번 사건과는 수법이 달랐을 수도 있다는 거예요. 내가 하고 싶은 말은, 범인이 어딘가 다른 곳에서 이 도시로 흘러왔을 가능성이 있다는 겁니다. 그렇다면 놈이 전에 살던 곳에서 그 총을 썼을 가능성이 높아요. 그러니까 운이 좋다면 FBI 컴퓨터에 그 자료가 있을지도 몰라요."

"글쎄요." 윈스턴이 말했다.

윈스턴은 잠시 아무 말 없이 생각에 잠겼다. 매케일렙은 윈스턴이 무슨 생각을 하고 있는지 짐작했다. DRUGFIRE 데이터베이스를 검색해서 범인을 찾아낼 가능성은 높지 않았다. 윈스턴은 머리가 좋은 사람이니 그 사실을 알고 있을 터였다. 그리고 만약 매케일렙의 제안을 받아들인다면, 그건 FBI를 이번 사건 수사에 끌어들이는 거나 마찬가지였다. 자신이 공식적으로는 아무런 지위도 없는 매케일렙에게서 지시를 받고 있음을 스스로 인정하는 거나 마찬가지라는 점 또한 말할 필요도 없었다.

"어때요?" 마침내 매케일렙이 물었다. "그쪽에 총알 하나만 보내주면 돼요. 두 사건에서 나온 총알이 모두 몇 개죠? 네 갠가요?"

"글쎄요." 윈스턴이 말했다. "우리 물건을 워싱턴에 보내는 게 그다지 내키지는 않아요. LA 경찰국도 마찬가지일 걸요."

"LA 경찰국 쪽에 반드시 알릴 필요는 없어요. 제이 씨가 증거보관을 맡고 있으니까요. 총알을 하나만 보내주면 돼요. 그리고 일주일 안에 총알을 다시 돌려받을 수 있을 거예요. 어랭고는 총알이 워싱턴에 갔다 왔다는 사실을 전혀 모를걸요. FBI에서 총기와 도구자국 분석을 맡고 있는 친구한테 벌써 상의해봤어요. 우리가 자료를 보내주면 자기가 한번 해보겠대요."

매케일렙은 지그시 눈을 감았다. 이거야말로 윈스턴이 화를 낼 만한 일이었다.

"그 사람한테 우리가 자료를 보낼 거라고 이미 말했단 말이에요?" 윈스턴이 물었다. 기분이 상한 목소리였다.

"아뇨, 그런 말은 안 했어요. 아주 철저하고 헌신적으로 수사를 하는 형사가 한 명 있는데, 자기가 혹시 빠뜨린 부분이 없는지 확인하고 싶어 할지도 모르겠다고만 말했어요."

"아이고, 이거 어디서 많이 들어본 소리인데요."

매케일렙은 미소를 지었다.

"한 가지 더 있어요." 그가 말했다. "여기서 별로 소득이 없더라도 최소한 이 총에 관한 자료를 그쪽 컴퓨터에 등록할 수는 있어요. 그러면 언젠가 일치하는 사건이 나올지도 몰라요."

윈스턴은 잠시 생각에 잠겼다. 매케일렙은 윈스턴이 도저히 거절할 수 없는 상황을 만들었다고 확신했다. 루서 해치를 잡기 위해 묘지에서 잠복하자고 주장했을 때처럼. 윈스턴은 이번 일을 받아들일 수밖에 없을 것이다. 그렇지 않으면 앞으로 계속 '그때 그 제안을 받아들였다면 어떻게 됐을까?' 하는 생각에서 벗어날 수 없을 것이다.

"알았어요, 알았어요." 마침내 윈스턴이 말했다. "내가 과장님한테 말해볼게요. 내가 이렇게 한번 해보고 싶다고. 과장님 허락이 떨어지면 내가 자료를 보낼게요. 총알 하나만. 그게 다예요."

"그거면 돼요."

매케일렙은 캐러서스에게 화요일 오전까지 자료가 도착해야 한다는 점을 일러주며 가능한 한 빨리 과장과 이야기해보라고 재촉했다. 그러자 그녀가 또 침묵했다.

"나는 그냥 한번 시도해볼 가치가 있다는 거예요, 제이 씨." 매케일렙은 자신의 주장을 강조하기 위해 이렇게 말했다.

"알아요. 그냥… 아뇨, 신경 쓰지 말아요. 그 FBI 쪽 사람의 이름과 전화번호나 알려줘요."

매케일렙은 주먹을 쥐고 허공을 한 번 후려쳤다. 가능성이 아무리 희박해도 상관없었다. 이미 주사위는 던져졌으니까. 일이 뜻대로 굴러가는 것 같아서 기분이 좋았다.

윈스턴은 캐러서스의 직통번호와 주소를 받아 적은 뒤, 매케일렙에게 할 얘기가 더 있느냐고 물었다. 그는 종이철을 내려다보았지만, 그가 말하고 싶은 내용은 거기에 적혀 있지 않은 것이었다.

"마지막으로 한 가지만 더요. 제이 씨가 아주 곤란해질지도 모르는 얘기지만." 그가 말했다.

"아이고, 세상에." 윈스턴이 앓는 소리를 냈다. "법정에 나가는 날 전화 같은 걸 받는 게 아닌데. 뭔데요? 말해봐요."

"제임스 눈이요."

"목격자요? 그 사람은 왜요?"

"그 사람이 범인을 봤어요. 범인의 차를 봤죠."

"그래봤자 우리한테는 아무 소용없었는데요, 뭐. 캘리포니아 남부에만도 그런 체로키가 10만 대는 돼요. 게다가 그 사람이 말한 인상착의가 너무 모호해서 범인이 모자를 썼는지 안 썼는지도 확실치 않다고요. 제임스 눈이 목격자인 건 맞지만, 본 게 별로 없어요."

"그래도 범인을 봤어요. 스트레스 상황이었고요. 스트레스가 심할수록 정보가 깊게 각인되는 법이에요. 눈은 완벽한 대상이에요."

"완벽한 대상이라니요?"

"최면을 걸기에 완벽하다고요."

14 VGC

버디 로크리지가 할리우드의 라브리어 애버뉴에 있는 비디오 그라FX 컨설턴츠(VGC)의 넓은 주차장에 토러스 자동차를 세웠다. 매케일렙의 운전기사 노릇이 이틀째인 오늘 로크리지는 할리우드 스타 같은 옷차림이 아니었다. 오늘 그는 우클렐레(하와이 원주민들의 악기. 기타와 비슷함-옮긴이)와 훌라걸들이 푸른 바다에 떠 있는 모습을 그린 하와이언 셔츠와 배에서 입는 반바지 차림이었다. 매케일렙은 곧 돌아오겠다고 말하고 차에서 내렸다.

VGC는 주로 연예오락산업 종사자들이 이용하는 곳으로, 전문적인 비디오 장비는 물론 비디오 편집기와 더빙 스튜디오도 대여해주었다. 비디오 영화가 대부분인 성인영화 제작자들이 이곳의 주요 고객이었지만, VGC는 할리우드 최고의 비디오 효과 및 영상 보정 장비도 갖추고 있었다.

매케일렙은 전에 FBI 지부의 금융팀과 함께 일할 때 VGC 내부에 한 번 들어가 본 적이 있었다. 금융팀과 일하는 건 콴티코와는 다른 현장지부 근무의 단점이었다. 엄밀히 말해서 그는 지부장의 부하이기 때문에, 만약 지부장이 연쇄살인 팀이 좀 한가해 보인다는 생각이 들면(과연 그럴 때가 있을지는 잘 모르겠지만) 그에게 다른 일을 맡길 수 있었다. 그리고 그 다른 일이란 대개 매케일렙이 재미없다고 생각하는 일이었다.

지난번에 VGC에 들어갔을 때 매케일렙은 비벌리힐스의 웰스파고 은행 천장에 설치된 감시카메라의 비디오테이프를 갖고 있었다. 복면을 하고 총을 든 남자들 여럿이 은행에 들어와 현금 36만 3천 달러를 강탈해 달아난 사건 때문이었다. 같은 강도 일당이 열이틀 동안 벌써 네 번째 저지른 은행강도 사건이었다. 비디오테이프에는 사건의 유일한 단서가 있었다. 강도 한 명이 은행원에게 가방에 돈을 넣으라고 시킨 뒤 그 가방을 잡으려고 팔을 뻗었을 때, 소매가 카운터의 대리석 상판 가장자리에 걸리면서 말려 올라갔던 것이다. 강도는 재빨리 소매를 내렸지만, 팔 안쪽에 새긴 문신이 순간적으로 화면에 잡혔다. 하지만 화질이 나쁘고, 카메라가 9미터나 떨어진 곳에 있었다는 점이 문제였다. 지부 소속의 기술자가 자기 힘으로는 손을 쓸 수 없다고 말했지만, 요원들은 테이프를 워싱턴의 본부로 보내지 않기로 했다. 본부에서 그 테이프를 분석하려면 한 달 이상 시간이 걸리기 때문이었다. 강도들은 사흘마다 한 번씩 사건을 저지르고 있었다. 비디오 화면에 잡힌 그들은 잔뜩 흥분해서 금방이라도 폭력을 휘두를 것처럼 보였다. 반드시 수사를 서둘러야 했다.

매케일렙은 테이프를 VGC로 가져갔다. VGC의 기술자는 비디오에서 문신이 찍힌 장면을 찾아내 하루 만에 문신을 알아볼 수 있을 만큼 화면을 선명하게 만들어주었다. 문신은 매가 양 발톱에 각각 라이플과 낫을 움켜쥐고 하늘을 나는 모습을 그린 것이었다.

이 문신이 사건을 해결해주었다. 요원들은 문신의 모습을 복사해서 전국의 60개 현장지부에 팩스로 보냈다. 이 팩스를 받은 버트 지부의 감독관은 아이다호 주의 쾨르 달린에 있는 소규모 지부로 이 정보를 다시 전송했고, 그곳의 요원이 문신을 알아보았다. 그 지역에서 활동하는 반정부

극단주의자 단체의 한 회원 집 앞에서 똑같은 그림이 그려진 깃발을 보았다는 것이었다. 그 단체는 얼마 전 시외의 농지를 대규모로 사들이면서 FBI의 감시와 의심을 간헐적으로 받고 있었다. 버트 지부의 감독관은 로스앤젤레스 지부에 그 단체 회원들의 이름과 사회보장번호를 보내주었다. 요원들은 그 정보를 받은 뒤 호텔을 뒤지기 시작해, 에어포트 힐튼 호텔에서 그 단체의 회원 일곱 명을 찾아냈다. 요원들이 그들을 감시하기 시작한 다음 날, 그들은 윌로브룩에서 또 은행을 털었다. 은행 밖에서는 요원 30명이 각자 위치를 잡고 폭력이 발생하자마자 진입할 준비를 갖추고 있었다. 하지만 폭력사태는 발생하지 않았다. 요원들은 호텔로 돌아가는 강도들을 미행한 뒤, 룸서비스 웨이터나 청소부로 위장해 각자의 방에서 조직적으로 범인들을 체포했다. 강도들 중 한 명은 FBI에 협조하기로 하고 그 단체가 아이다호에서 땅을 더 사기 위한 자금을 모으려고 은행을 털었다고 자백했다. 지도자의 장담처럼 미국에 아마겟돈이 곧 닥쳐오면, 회원들이 안전하게 재난을 이겨낼 공간을 확보하기 위해 땅을 살 예정이었다는 것이다.

오랜만에 VGC를 다시 찾은 매케일렙은 접수대로 다가가면서 은행강도 사건 수사가 종결된 뒤 자신이 FBI 인장이 들어간 편지지로 보낸 감사 편지가 접수대 뒤의 벽에 걸려 있는 것을 보았다. 그는 카운터 위로 몸을 기울여 편지의 수신인 이름을 찾아보았다.

"어떻게 오셨습니까?" 접수원이 물었다.

매케일렙은 접수원 뒤의 편지를 가리키며 말했다. "토니 뱅크스 씨를 만나러 왔는데요."

접수원은 매케일렙에게 이름을 물었다. 바로 뒤의 벽에 편지가 걸려 있는데도, 그의 이름을 알아보는 기색은 없었다. 접수원이 전화를 건 직후 어떤 남자가 그를 만나러 나왔다. 매케일렙은 토니 뱅크스의 얼굴을 알아보았지만, 뱅크스는 매케일렙이 은행강도 사건을 이야기한 뒤에야 비로소 그를 알아보았다.

"맞아요, 맞아요, 기억납니다. 요원님이 저 편지를 보내셨죠."

그가 액자에 걸린 편지를 가리켰다.

"맞아요."

"이번엔 어쩐 일이세요? 또 은행강도 사건인가요?"

그는 매케일렙이 들고 있는 비디오테이프를 흘깃거렸다.

"이번에는 다른 사건이에요. 뱅크스 씨가 이 테이프를 한번 봐주면 어떨까 싶어서요. 화질이 좀 나아지면 뭐가 보일 것 같아서 말이죠."

"우선 한번 보죠. 언제든 기꺼이 도와드리겠습니다."

그는 매케일렙을 이끌고 회색 카펫이 그려진 복도를 걸어갔다. 매케일렙은 전에 와본 적이 있기 때문에 복도에 늘어선 문들이 편집 부스로 통한다는 것을 알고 있었다. 장사가 잘 되는 모양이었다. 모든 문에 '사용 중'이라는 불이 켜져 있었다. 어떤 문 뒤에서는 열정의 신음소리가 작게 들려왔다. 뱅크스가 어깨 너머로 그를 바라보며 눈을 굴렸다.

"진짜로 하는 게 아니에요." 그가 말했다. "테이프를 편집하는 거예요."

매케일렙은 고개를 끄덕였다. 그는 전에도 똑같은 설명을 했었다.

뱅크스가 복도의 마지막 문을 열었다. 그는 방 안으로 고개만 집어넣어 방이 비었는지 확인한 뒤 다시 물러서서 매케일렙에게 안으로 들어가라는 시늉을 했다. 비디오 편집기 앞에 의자 두 개가 있고, 30인치 모니터 두 대가 기계 위에 설치되어 있었다. 뱅크스가 장비를 켜고 어떤 단추를 누르자 왼쪽의 테이프 투입구가 열렸다.

"아주 잔인한 장면이 담겨 있어요." 매케일렙이 말했다. "사람에 총에 맞아 죽는 장면입니다. 원한다면 뱅크스 씨는 밖에 나가 있어도 좋습니다. 내가 보고 싶은 장면을 프레임으로 옮겨 놓을 테니까요."

뱅크스는 잠시 생각을 해보는 눈치였다. 그는 서른 살 가량의 마른 남자로, 부드러운 머리카락을 금발로 염색하려다가 너무 무리했는지 머리카락이 거의 하얀색으로 탈색돼 있었다. 정수리 부위는 머리가 길었지만, 머리 양옆은 깨끗이 깎은 모습이었다. 할리우드식 스타일이었다.

"저도 잔인한 장면은 많이 봤어요." 그가 말했다. "그냥 넣으세요."

"아마 이런 건 못 봤을 겁니다. 실제상황과 영화는 다르니까요."

"그냥 넣으세요."

매케일렙이 테이프를 넣자 뱅크스가 테이프를 재생시켰다. 범인이 글로리아 토레스를 뒤에서 잡은 뒤 머리에 총을 대고 발사하는 장면이 나오자 뱅크스가 헉 하고 숨을 들이쉬는 소리가 들렸다. 매케일렙은 손을 뻗어 일시정지 버튼에 갖다 댔다. 찬호 강이 총에 맞아 카운터 위로 쓰러졌다가 뒤로 미끄러지는 장면에서 그는 버튼을 눌러 화면을 정지시켰다. 이 상태에서 다이얼을 이용해 화면을 앞뒤로 돌려보면서 자신이 원하는 장면을 정확히 찾아낼 수 있었다. 그는 뱅크스를 바라보았다. 뱅크스는 마치 인류가 저지른 사악한 짓을 방금 모조리 알아낸 사람 같은 표정이었다.

"괜찮아요?"

"정말 끔찍하네요."

"그렇죠."

"제가 뭘 하면 되죠?"

매케일렙은 셔츠 주머니에서 펜을 꺼내 화면을 가리키며 찬호 강이 손목에 찬 시계를 톡톡 두드렸다.

"시계요?"

"네. 이 화면을 확대하든지 해서 시간을 읽을 수 있으면 좋겠어요. 이 장면이 찍힌 시간을 알고 싶어서요."

"시간이요? 여기 있잖아요."

뱅크스는 화면 아래쪽에 나타난 시간표시를 가리켰다.

"그 시간을 믿을 수 없어서 그래요. 그래서 손목시계를 확인할 필요가 있어요."

뱅크스는 몸을 앞으로 기울이고 초점과 영상 크기를 조절할 수 있는 다이얼들을 조작하기 시작했다.

"이건 원본이 아니네요." 그가 말했다.

"이 테이프가요? 원본이 아니라고요? 어떻게 알죠?"

"화면을 많이 확대할 수가 없어요. 원본을 가져오실 수 있어요?"

"힘들 것 같은데요."

매케일렙은 화면을 바라보았다. 뱅크스 덕분에 화면이 더 선명하고 크게 변해 있었다. 찬호 강의 상반신과 쭉 뻗은 팔이 화면을 가득 채웠다. 하지만 시계 문자판은 여전히 흐릿한 회색으로만 보일 뿐이었다.

"그럼, 이걸 일단 두고 가세요. 제가 조금 해보고, 기술실 쪽 사람한테도 한번 물어볼게요. 픽셀을 재조정하면 좀 더 선명해질지도 몰라요. 하지만 이 장비로는 이게 최선이에요."

"원본이 없어도 그렇게 하면 나아질 것 같아요? 뭐가 좀 보이겠어요?"

"잘은 모르지만 시도해볼 가치는 있어요. 기술실에서는 정말 말도 안 되는 일도 해내거든요. 지금 이 범인을 쫓는 거죠? 비디오에 찍힌 놈 말이에요."

비록 지금은 범인이 화면에 없었지만, 뱅크스는 화면을 가리켰다.

"그래요. 그놈을 쫓고 있어요."

"그럼 최선을 다해볼게요. 이걸 두고 가셔도 돼요?"

"네. 그러니까… 어, 그걸 복사해서 나한테 줄래요? 다른 사람한테 보여주게 될지도 모르거든요."

"그러죠, 뭐. 가서 테이프를 가져올게요."

뱅크스가 일어나서 부스를 나갔다. 매케일렙은 가만히 앉아 화면을 빤히 바라보았다. 아까 뱅크스가 이 장비를 조작할 때 유심히 봐둔 덕분에 그는 테이프를 뒤로 돌려 복면을 쓴 범인이 찍힌 장면을 확대할 수 있었다. 별다른 소득은 없었다. 매케일렙은 빨리감기 버튼을 잠시 눌렀다가 글로리아의 얼굴이 클로즈업된 곳에서 멈췄다. 방금 목숨을 잃은 여자를 이렇게 가까이에서 빤히 바라보고 있는 것이 엄청난 사생활 침해 같다는 느낌이 들었다. 화면에는 글로리아의 왼쪽 옆모습이 나타나 있었는데, 그녀는 왼쪽 눈을 여전히 뜨고 있었다.

왼쪽 귀에 귀걸이 세 개가 걸려 있었다. 하나는 자그마한 은색 초승달 모양이고, 귀의 곡선을 따라 조금 내려간 곳에는 은제품으로 짐작되는 자그마한 고리가 걸려 있었다. 그리고 마지막으로 귓불에는 십자가가 대롱대롱 매달려 있었다. 적어도 한쪽 귀만이라도 구멍을 여러 개 뚫어 귀걸이를 하는 것이 젊은 여성들 사이에서 유행이라는 건 매케일렙도 알고 있었다.

매케일렙은 뱅크스를 기다리면서 한 번 더 다이얼을 조작해 테이프를 뒤로 돌려서 글로리아의 오른쪽 얼굴이 나온 장면을 찾아냈다. 그녀가 화면에 처음 나타난 순간이었다. 오른쪽 귀에는 초승달 모양의 귀걸이가 하나밖에 없었다.

뱅크스가 테이프를 들고 돌아와서 재빨리 두 번째 테이프 투입구에 넣으며 매케일렙이 갖고 온 테이프를 처음으로 되감기했다. 고속복사에는 약 30초밖에 걸리지 않았다. 뱅크스가 테이프를 꺼내 케이스에 넣은 뒤 매케일렙에게 건네주었다.

"고마워요." 매케일렙이 말했다. "언제쯤 기술자가 이걸 봐줄 수 있을 것 같아요?"

"요즘 저희가 좀 바빠서요. 하지만 제가 근무 일정표를 보고 가능한 한 빨리 봐줄 수 있는 사람을 찾아볼게요. 아마 내일이나 토요일쯤이면 될 거예요. 그 정도면 괜찮은가요?"

"괜찮아요. 고마워요, 토니. 정말 고마워요."

"에이, 뭘요. 지금도 저한테 요원님 명함이 있는지 모르겠네요. 제가 전화를 드릴까요?"

이 질문을 듣는 순간 매케일렙은 뱅크스를 계속 속이기로 마음을 정했다. 그래서 자신이 이제는 FBI 요원이 아니라는 말을 하지 않았다. 뱅크스가 이걸 FBI의 일로 알고 있으면 좀 더 열심히 해줄 것 같았다.

"아, 내 개인 전화번호를 줄게요. 만약 내가 전화를 안 받으면 그냥 메시지를 남겨요. 그러면 가능한 한 빨리 연락할 테니."

"좋죠. 저희가 도움이 될 수 있다면 좋을 텐데요."

"그건 나도 마찬가지예요. 아, 토니? 부탁이 있는데, 이 테이프를 꼭 필요한 사람 외에는 절대 보여주지 말아요."

"그러죠." 뱅크스가 말했다. 얼굴이 약간 붉어진 것 같았다. 매케일렙이 하지 않아도 되는 말을 해서 뱅크스에게 쓸데없이 창피를 주었거나, 아니면 뱅크스가 마침 이 테이프를 다른 사람에게 보여줄 생각을 하고 있던 참이거나, 둘 중 하나인 것 같았다. 매케일렙은 아마 두 번째 경우일 거라고 짐작했다.

그는 뱅크스에게 전화번호를 가르쳐준 뒤 악수를 하고 혼자 복도를 되돌아 나왔다. 아까 열정적인 신음소리가 들리던 문 뒤에서는 이제 아무 소리도 들리지 않았다.

매케일렙이 토러스의 문을 열자 라디오 소리가 들려나왔다. 로크리지는 허벅지에 하모니카를 올려놓고 자기가 연주할 수 있는 순간을 기다리고 있었다. 그는 읽고 있던 《테너의 죽음》이라는 책을 덮었다. 중간쯤에 책갈피가 꽂혀 있었다.

"푸지가마 형사는 어떻게 됐어?"

"뭐?"

"자네가 어제 읽던 책 말이야."

"《이마니시 형사의 수사일지》야. 그건 다 읽었지."

"그래, 이마니시. 책을 빨리 읽네."

"좋은 책은 빨리 읽혀. 자네도 범죄소설을 좋아해?"

"난 이미 진짜 사건들을 많이 봐서 더 이상 참을 수 없게 된 사람인데 일부러 만들어낸 사건 이야기를 읽고 싶겠어?"

버디는 차를 출발시켰다. 그가 열쇠를 두 번 돌린 뒤에야 비로소 시동이 걸렸다.

"책 속은 완전히 다른 세상이야. 모든 게 잘 정돈돼 있고, 선과 악이 분명하게 구분되고, 악당은 항상 응분의 벌을 받고, 주인공은 반짝반짝 빛나고, 찝찝하게 남는 구석은 하나도 없어. 그러니까 진짜 세상의 괴로움을 달래주는 해독제라고."

"듣기만 해도 지루하네."

"아냐, 마음이 놓인다니까. 이제 어디로 갈까?"

15 첫 번째 용의자

매케일렙은 아주 좋아하는 식당이지만 지난 2년 동안 발걸음을 한 적이 없는 무소와 프랭크 식당에서 점심을 먹은 뒤 할리우드에서 언덕을 넘어 밸리로 가서 1시 45분에 델토나 클락스가 들어 있는 건물에 도착했다. 매케일렙은 아침에 부두에서 출발하기 전에 미리 이곳에 전화를 걸어 미하일 볼로토프가 지금도 2시부터 10시까지 일하는 근무조에 속해 있다는 것을 확인했다.

델토나 클락스는 커다란 창고 건물이었지만, 거리에 면한 전면에는 자그마한 전시장과 매장이 있었다. 로크리지가 매장 앞에 차를 세운 뒤 매케일렙은 발 앞의 바닥에 놓아둔 가죽가방에서 총을 꺼냈다. 총이 이미 캔버스 총집에 예쁘게 들어가 있었기 때문에 그는 총집을 허리띠에 찼다.

"아니, 대체 무슨 일을 하러 들어가는 건데 이래?" 로크리지가 총을 보고 말했다.

"별일 아냐. 이건 그냥 소도구야."

매케일렙은 2~3센티미터 두께의 보안관서 수사기록을 꺼내 볼로토프와 이 회사 사장을 면담한 기록이 맨 위에 있는지 확인했다. 사장의 이름은 아놀드 톨리버였다. 모든 준비를 마친 매케일렙은 로크리지를 바라보 았다.

"여기서 기다려."

이번에는 버디가 같이 들어가겠다는 말을 하지 않았다. 아무래도 총을 자주 들고 다녀야 할 것 같았다.

매장 안에는 손님이 하나도 없었다. 엄청나게 다양한 크기의 싸구려 시계들이 진열되어 있었다. 대부분 주택보다는 학교 교실이나 자동차부품 가게에 걸려 있을 법한 물건들이었다. 매장 뒤쪽 카운터 뒤의 벽에는 전 세계 8개 도시의 시각을 보여주는 똑같은 시계 여덟 개가 걸려 있었고, 카운터 뒤의 접의자에는 젊은 여자가 앉아 있었다. 사방에 시계가 널려 있는 이곳에서 손님 하나 없이 시간을 보내려면 하루가 참 길겠다는 생각이 들었다.

"톨리버 씨를 만나러 왔는데요." 매케일렙은 카운터로 다가가 말했다.

"아놀드 톨리버요, 랜디 톨리버요?"

"아놀드."

"전화해봐야 돼요. 손님은 누구세요?"

"난 시계를 사러 온 게 아니에요. 2월 3일에 보안관서에서 실시한 조사의 후속조사를 하는 중입니다."

매케일렙은 여자가 공식적인 서류양식을 볼 수 있게 수사기록을 카운터 위에 털썩 내려놓았다. 그리고는 양손을 엉덩이에 대서 상의가 벌어지며 권총이 드러나게 했다. 그는 여자가 총을 보는 순간 눈빛이 어떻게 변하는지 지켜보았다. 여자는 카운터 위의 전화기를 들고 숫자 세 개를 눌 렀다.

"사장님, 웬디예요. 보안관서에서 수사인지 뭔지 때문에 사람이 나오셨 어요."

매케일렙은 여자의 말을 바로잡아주지 않았다. 그는 지금까지 여자에게 거짓말을 하지 않았고, 자신의 정체나 직장에 대해 앞으로도 거짓말을 할 생각이 없었다. 하지만 여자가 멋대로 틀린 짐작을 하는 것까지 고쳐줄 생각 또한 없었다. 웬디는 수화기를 귀에 댄 채 잠시 가만히 있다가 매케일렙을 올려다보았다.

"어떤 수사예요?"

매케일렙은 고갯짓으로 전화기를 가리키며 손을 내밀었다. 웬디는 잠시 머뭇거리다가 수화기를 그에게 넘겨주었다.

"톨리버 씨?" 매케일렙은 수화기를 향해 말했다. "테리 매케일렙입니다. 두어 달 전에 보안관서에서 나온 리튼버 형사, 애길라 형사가 미하일 볼로토프라는 직원에 대해 물어본 적이 있죠? 기억하십니까?"

톨리버는 한참 동안 망설이다가 기억한다고 말했다.

"이제는 제가 그 사건을 수사하고 있습니다. 리튼버와 애길라는 다른 사건을 맡았어요. 그래서 톨리버 씨에게 추가로 몇 가지 여쭤볼 것이 있습니다. 제가 그쪽으로 가도 될까요?"

톨리버는 또 머뭇거렸다.

"글쎄요…. 저희가 지금 눈코 뜰 새 없이 바빠서요. 저는….."

"오래 걸리지 않을 겁니다. 이건 살인사건 수사입니다. 그러니 계속 도와주시면 좋겠어요."

"글쎄요, 제 생각에는….."

"생각이라니요?"

"어, 그냥 이리로 오십시오. 거기 여직원이 제가 어디 있는지 말해줄 겁니다."

매케일렙은 줄줄이 늘어서 있는 조립라인과 포장대를 지나 건물 끝에서 끝까지 걸어가서 건물 뒤쪽 배송장 옆에 있는 사무실로 갔다. 전화를 끊은 뒤 3분이 지난 시각이었다. 사무실로 들어가려면 계단을 몇 개 올라가야 했다. 사무실 문 옆에는 창문이 있어서 톨리버가 배송장은 물론 저쪽 작업대까지 전부 내다볼 수 있게 되어 있었다. 매케일렙은 여기까지 오는 동안 직원들의 대화를 몇 마디 들을 수 있었다. 그중에 러시아어 느낌이 나는 말을 들은 게 세 번이었다.

매케일렙이 사무실 문을 열자 톨리버로 짐작되는 남자가 전화를 끊고 그에게 들어오라고 손짓했다. 톨리버는 비쩍 마른 60대 남자였으며, 갈색 피부는 쭈글쭈글하고, 머리 양 옆에는 흰머리가 희끗희끗했다. 셔츠 주머니에 꽂아둔 플라스틱 주머니 보호대에는 온갖 펜들이 잔뜩 꽂혀 있었다.

"빨리 끝내야 합니다." 톨리버가 말했다. "트럭에 물건을 싣는 걸 감독해야 하거든요."

"그러죠." 매케일렙은 자신이 가져온 서류뭉치의 맨 위에 놓인 보고서를 내려다보았다. "두 달 전에 리튼버와 애길라라는 형사에게 톨리버 씨는 미하일 볼로토프가 1월 22일 밤에 여기서 일했다고 말했습니다."

"맞아요. 기억납니다. 내 기억은 지금도 똑같아요."

"확실합니까, 톨리버 씨?"

"그게 무슨 뜻입니까? 확실하냐니요? 당연히 확실하죠. 내가 그 두 형사들을 위해서 기록을 찾아봤다고요. 기록에 다 있었습니다. 내가 출근카드 기록을 꺼내 봤어요."

"그러니까 출근카드 기록을 근거로 그런 결론을 내렸다는 겁니까, 아니면 실제로 그날 밤 볼로토프가 일하는 걸 봤다는 얘깁니까?"

"볼로토프는 여기 있었어요. 내가 분명히 기억합니다. 그 친구는 일을 빼먹은 적이 없어요."

"볼로토프가 10시까지 여기서 꼼짝 않고 일한 게 분명히 기억난단 말이죠?"

186

"출근카드를 보면 그 친구가…."

"출근카드 얘기를 하는 게 아닙니다. 볼로토프가 10시까지 여기서 일한 걸 톨리버 씨가 분명히 기억하느냐고 물은 거예요."

톨리버는 대답하지 않았다. 매케일렙은 창밖에 줄줄이 늘어선 작업대들을 흘깃 바라보았다.

"직원이 많군요, 톨리버 씨. 2시부터 10시까지 근무하는 직원은 몇 명이나 됩니까?"

"현재 88명입니다."

"그럼 그때는요?"

"비슷했죠. 그건 왜요?"

"톨리버 씨가 출근카드 기록을 근거로 볼로토프의 알리바이를 제공했다는 얘기를 하는 겁니다. 볼로토프가 남들 눈에 띄지 않고 일찍 퇴근한 뒤, 친구를 시켜 출근카드를 찍게 할 수도 있지 않을까요?"

톨리버는 대답하지 않았다.

"잠시 볼로토프 얘기는 접어두고, 혹시 그런 문제가 발생한 적이 있습니까? 직원들이 다른 사람 대신 출근카드를 찍어서 회사를 속이는 일 말입니다."

"우리가 여기서 사업을 한 지 16년입니다. 그러니 그런 일이 있었죠."

"좋습니다." 매케일렙은 고개를 끄덕였다. "그럼 볼로토프도 그런 방법을 쓸 수 있었을까요? 아니면 톨리버 씨가 매일 밤 지키고 서서 직원들이 남의 출근카드를 찍어주지 못하게 감시하시는 건가요?"

"그런 수를 쓰려면 쓸 수야 있죠. 우리가 감시를 하지는 않으니까요. 대개 밤에 공장 문을 닫는 건 내 아들입니다. 난 그전에 퇴근하고요. 아들이 일을 감독해요."

매케일렙은 잠시 숨을 죽였다. 그동안 참아왔던 흥분이 점점 커졌다.

톨리버가 법정에서 이런 증언을 한다면, 볼로토프의 알리바이를 산산조각 내기에 충분했다.

"아드님 이름이 랜디입니까?"

"예, 랜디 맞아요."

"아드님을 만나볼 수 있을까요?"

"지금 멕시코에 있습니다. 멕시칼리에 공장이 또 있거든요. 랜디는 매달 일주일을 거기서 보냅니다. 다음 주에 돌아올 거예요."

"그럼 전화를 하는 건요?"

"전화를 걸어보기는 하겠지만, 아마 공장에 나가 있을 겁니다. 그러려고 거기에 가는 거니까요. 라인이 제대로 돌아가는지 확인하려고. 게다가 석 달 전 어느 날 밤에 무슨 일이 있었는지 그 녀석이 무슨 수로 기억하겠습니까? 우리는 시계를 만드는 사람들입니다. 매일 밤 똑같은 시계를 만들어서 매일 낮에 배송해요. 매일 밤이 똑같이 흘러갑니다."

매케일렙은 톨리버에게서 시선을 돌려 다시 창밖을 내다보았다. 직원들 여럿이 자리를 뜨고, 다른 직원들이 그 자리에 들어서는 모습이 보였다. 그는 직원들의 근무교대 장면을 그렇게 지켜보다가 볼로토프라고 짐작되는 사람을 찾아냈다. 수사기록에는 사진 대신 빈약한 인상착의만 있었다. 하지만 지금 매케일렙의 눈에 띈 남자는 검은 티셔츠를 입고 있었는데, 문신으로 범벅이 된 굵은 팔뚝을 셔츠 소매가 팽팽하게 감싸고 있었다. 문신의 색깔은 모두 똑같았다. 감옥에서 쓰는 파란색. 볼로토프가 틀림없었다.

"저 친구죠?"

매케일렙은 방금 작업대에 들어선 그 남자를 고갯짓으로 가리켰다. 부품 조립이 끝난 시계 알맹이에 플라스틱 케이스를 씌워 바퀴 네 개짜리 카트에 쌓는 것이 볼로토프의 일인 것 같았다.

"누구요?"

톨리버는 창가로 다가와 매케일렙 옆에 나란히 서 있었다.

"문신을 한 친구요."

"맞아요."

매케일렙은 고개를 끄덕이고는 잠시 생각을 해보았다.

"리튼버와 애길라 형사에게 저 친구의 알리바이가 출근카드 기록을 근거로 한 것이라고 말했습니까? 톨리버 씨가 아드님이 그날 밤에 실제로 저 친구를 본 건 아니라는 말을 한 겁니까?"

"말했죠. 그 사람들은 상관없다고 했어요. 그러고는 그냥 가버렸다고요. 그런데 이제 댁이 나타나서 이런 걸 묻다니. 왜 일을 이 모양으로 합니까? 석 달이나 지난 다음에 나타날 것이 아니라, 그때 물어봤다면 겨우 2~3주 전의 일이니 내 아들도 훨씬 쉽게 기억할 수 있었을 텐데."

매케일렙은 아무 말 없이 리튼버와 애길라에 대해 생각해보았다. 두 사람은 이 사건에 배정된 일주일 동안 25명을 만나야 했을 것이다. 두 사람이 일을 형편없이 한 건 맞지만, 매케일렙은 어쩌다 이렇게 된 건지 이해가 갔다.

"이봐요, 난 이제 배송장으로 나가봐야 합니다." 톨리버가 말했다. "내가 다시 올 때까지 기다릴 겁니까, 어쩔 겁니까?"

"이렇게 하죠. 톨리버 씨가 나가면서 볼로토프를 이리로 들여보내는 겁니다. 저 친구를 만나봐야겠어요."

"이리로요?"

"톨리버 씨에게 폐가 되지 않는다면요. 계속 수사에 협조하면서 돕고 싶으신 것 맞죠?"

매케일렙은 톨리버가 미처 말하지 못한 항의를 완전히 막아버리기 위해 그를 뚫어지게 바라보았다.

"아이고, 나도 모르겠다." 톨리버는 짜증스럽다는 듯 양손을 들어올리더니 문으로 향했다. "그저 하루 종일 여기서 얼쩡거리지나 말아요."

"아, 톨리버 씨?"

톨리버는 문 앞에서 걸음을 멈추고 매케일렙을 돌아보았다.

"밖에서 러시아어가 많이 들리던데, 어디서 러시아인 직원들을 구합니까?"

"러시아인들은 일도 잘하고 불평도 안 해요. 쥐꼬리만 한 돈을 줘도 신경 안 쓰고요. 그래서 이 지역 러시아어 신문에 구인광고를 냅니다."

톨리버는 밖으로 나간 뒤 문을 닫지 않고 그냥 열어두었다. 매케일렙은 책상 앞의 의자 두 개를 끌어다가 약 1.5미터 거리를 두고 서로 마주 보게 놓았다. 그러고는 문에 가까운 쪽 의자에 앉아 기다렸다. 그는 어떤 방식으로 면담을 진행할지 재빨리 검토해보고는, 볼로토프를 강하게 밀어붙이기로 했다. 그에게서 반응을 이끌어내서 그가 어떤 사람인지 감을 잡고 싶었다.

방 안에 누군가가 있는 것 같아서 매케일렙은 문을 바라보았다. 볼로토프라고 짐작했던 남자가 문간에 서 있었다. 키는 175센티미터쯤이고, 검은 머리에 피부는 창백한 하얀색이었다. 하지만 울룩불룩한 팔 근육과 문신(한쪽 팔은 뱀이 휘감은 모양이고, 다른 팔은 거미줄로 뒤덮여 있었다)이 그의 이미지를 결정해버렸다. 매케일렙은 빈 의자를 가리켰다.

"앉아."

볼로토프는 의자로 가서 주저 없이 앉았다. 거미줄 문신이 셔츠 밑으로도 계속 연결되어 목의 양편으로 기어 올라갔다. 오른쪽 귀 바로 밑의 거미줄에 검은 거미가 한 마리 앉아 있었다.

"무슨 일이에요?"

"전의 그 얘기야, 볼로토프. 난 매케일렙이다. 1월 22일 밤 말이야. 그날 뭘 했는지 말해봐."

"전에도 다 말했잖아요. 여기서 일했다고. 댁이 찾는 범인은 내가 아니에요."

"그래, 그렇게 말했지. 그런데 지금은 상황이 달라졌어. 그때는 밝혀지지 않았던 사실들이 밝혀졌거든."

"그게 뭔데요?"

매케일렙은 일어서서 문을 잠그고 다시 자리에 앉았다. 이건 자신이 칼자루를 쥐고 있음을 강조하려는 자그마한 쇼였다. 그는 볼로토프에게 자신이 호락호락하지 않다는 걸 보여주고 싶었다.

"그게 뭔데요?" 볼로토프가 다시 물었다.

"메이슨의 주택에서 일어난 강도사건 같은 거. 여기서 겨우 몇 블록 거리지? 크리스마스트리 밑에 선물이 잔뜩 놓여 있던 집 말이야. 네가 거기서 총을 가져온 거잖아. 그렇지, 볼로토프?"

"아뇨, 난 그런 짓은 전혀 안 했어요."

"헛소리 작작해. 네가 그 집에 들어가서 새로 산 비싼 총을 가져왔잖아. 그러고는 그 총을 실제로 사용해보기로 했지. 그래서 랭커스터에서 한 번, 여기서 모퉁이만 돌면 나오는 슈퍼마켓에서 또 한 번 써먹은 거야. 넌 살인범이야, 볼로토프. 살인범."

볼로토프는 꼼짝도 않고 앉아 있었지만, 그의 팔 근육이 단단해지면서 문신이 더 선명하게 드러났다. 매케일렙은 그를 더욱 몰아붙였다.

"2월 7일은 어때? 그날 밤에도 알리바이가 있나?"

"그날 밤은 어떤지 몰라요. 생각을 해봐야…."

"그날 밤 네가 셔면 슈퍼마켓에 들어가서 두 사람을 죽였잖아. 그런 걸 모를 리가 있나."

볼로토프가 갑자기 벌떡 일어섰다.

"당신 누구야? 경찰 아니지?"

매케일렙은 그대로 자리에 앉아 볼로토프를 올려다보았다. 깜짝 놀란 기색이 얼굴에 드러나지 않았기를 바라면서.

"경찰은 둘씩 다녀. 당신 누구야?"

"난 너를 쓰러뜨릴 사람이야. 네가 범인이야, 볼로토프. 내가 그걸 증명할 거야."

"무슨…."

그때 누군가가 거칠게 문을 두드리는 소리가 들려서 매케일렙은 본능적으로 시선을 돌렸다. 작은 실수였지만 볼로토프에게는 이것만으로도 충분했다. 매케일렙은 검은 덩어리 같은 것이 자신에게 다가오는 것을 언뜻 보았다. 그래서 그는 가슴을 보호하려고 본능적으로 양팔을 들어올렸다. 하지만 동작이 빠르지 못했다. 볼로토프가 온몸의 체중을 실어 부딪혀 온 충격이 고스란히 느껴지면서 매케일렙은 의자와 함께 옆으로 쓰러졌다.

볼로토프가 그를 바닥에 찍어 눌렀다. 톨리버인지 누구인지 하여튼 문밖에 있는 사람은 계속해서 거칠게 문을 두드리고 있었다. 볼로토프는 매케일렙보다 몸집도 크고 힘이 셌으므로 그를 찍어 누르고 그의 주머니를 뒤졌다. 총이 만져지자 그는 총을 허리띠에서 거칠게 떼어내 방 반대편으로 던져버렸다. 마침내 매케일렙의 상의 안주머니에서 지갑을 찾아낸 그는 주머니가 찢어질 정도로 거칠게 지갑을 꺼내 펼쳤다.

"배지가 없잖아. 그럴 줄 알았지."

그는 면허증에 적힌 이름을 읽었다. 면허증은 지갑 안쪽의 투명한 비닐 포켓 속에 들어 있었다.

"테-렐-매-카우-립."

볼로토프는 계속해서 주소를 읽었다. 매케일렙은 그것이 부두 관리사무소 주소라서 다행이라는 생각이 들었다. 그곳에 그의 사서함이 있었다.

"내가 한번 찾아가도 되겠지, 응?"

매케일렙은 대답도 하지 않고, 움직이지도 않았다. 자신이 볼로토프를 제압할 가능성이 없다는 것은 그도 잘 알고 있었다. 그가 어쩌면 좋을지 궁리하고 있는데, 볼로토프가 그의 가슴에 지갑을 던지고는 벌떡 일어섰다. 그리고 매케일렙의 엉덩이 밑에서 의자를 휙 빼내 머리 위로 쳐들었다. 매케일렙은 얼굴과 머리를 보호하려고 팔을 치켜들다가 자신의 가슴이 훤히 노출되어 있음을 깨달았다.

유리가 산산조각 나는 소리가 들려서 양팔 사이로 바라보니 의자가 사무실 창문을 박살내고 있었다. 볼로토프가 그 뒤를 따라가 구멍을 통해 가볍게 창문을 뛰어넘더니 공장 작업대로 내려가 사라져버렸다.

매케일렙은 양팔로 가슴을 감싸고 무릎을 세우며 옆으로 몸을 굴렸다. 그리고 손을 쫙 펴서 가슴에 대고 박동을 느껴보려고 했다. 그는 두 번 심호흡을 한 뒤 먼저 천천히 무릎으로 일어선 다음 몸을 완전히 일으켜 세웠다. 문을 두드리는 소리는 여전했다. 이제는 톨리버가 당황해서 빨리 문을 열라고 외치는 소리도 함께 들려왔다.

매케일렙은 손을 뻗어 문을 열다가 갑자기 현기증을 느꼈다. 3.5미터 높이의 파도 마루에서 골로 미끄러지는 것 같았다. 톨리버가 문을 박차고 들어와 뭐라고 고함을 지르기 시작했지만, 매케일렙은 무슨 말인지 알 수가 없었다. 그는 양손을 바닥에 납작하게 대고 눈을 감은 채 현기증이 물러가기를 기다렸다.

"젠장." 그는 간신히 속삭이듯 이 한 마디를 할 수 있었다.

버디 로크리지는 매케일렙이 다가오는 것을 보고 토러스에서 뛰어나와 차 앞을 돌아서 매케일렙의 옆으로 달려왔다.

"세상에, 무슨 일이야?"

"아무것도 아냐. 내가 실수를 좀 했어."

"꼴이 말이 아냐."

"이젠 괜찮아. 출발해."

로크리지는 매케일렙을 위해 문을 열어준 다음 운전석으로 돌아가서 차에 올랐다.

"정말로 괜찮아?"

"얼른 가자니까."

"어디로?"

"전화기를 찾아."

"바로 저기 하나 있는데."

그는 바로 옆 잭인더박스 식당을 가리켰다. 문 옆의 벽에 공중전화가 있었다. 매케일렙은 차에서 내려 전화기로 천천히 걸어갔다. 그는 앞쪽의 길바닥에서 시선을 떼지 않으려고 조심했다. 또 현기증이 몰려올까 싶어서였다.

그는 제이 윈스턴의 직통번호로 전화를 걸었다. 아마 메시지를 남겨야 할 거라고 생각했지만, 윈스턴이 금방 전화를 받았다.

"테리예요. 법원에 간 줄 알았는데요."

"그건 맞는데 지금은 점심시간이에요. 2시에 다시 가야 돼요. 안 그래도 테리 씨한테 막 전화하려던 참이었어요."

"왜요?"

"우리가 하기로 했거든요."

"하다니 뭘요?"

"눈 씨한테 최면을 사용하는 거요. 과장님이 허락해서 내가 눈 씨한테 연락했어요. 눈 씨도 흔쾌히 좋다고 했고요. 다만 오늘 밤에 했으면 좋겠대요. 여길 떠날 예정이라서요. 아마 라스베이거스로 돌아가는 모양이에요. 6시에 이리로 오기로 했어요. 그때 할 수 있죠?"

"시간 맞춰 갈게요."

"그럼 됐네요. 그나저나 전화는 왜 했어요?"

매케일렙은 망설였다. 자칫하면 오늘 밤의 최면 계획이 물거품이 될 수도 있었다. 하지만 말을 안 하고 미룰 수는 없었다.

"오늘 밤까지 볼로토프의 사진을 구할 수 있어요?"

"이미 갖고 있어요. 눈한테 보여주게요?"

"네. 방금 볼로토프를 만나봤는데, 반응이 썩 좋지는 않네요."

"어떻게 됐는데요?"

"내가 질문을 세 개 던지기도 전에 놈이 나한테 덤벼들더니 그대로 내뺐어요."

"지금 날 놀리는 거죠?"

"그러면 오죽 좋겠어요."

"알리바이는 확인했어요?"

"빵 덩어리처럼 흐물흐물해요."

매케일렙은 톨리버와 볼로토프를 만나 나눈 이야기를 차례로 간단히 들려주었다. 그리고 볼로토프에게 당장 수배령을 내려야 할 것 같다고 말했다.

"무슨 혐의로요? 테리 씨나 톨리버가 신고라도 했어요?"

"난 안 했지만, 톨리버가 창문을 깬 죄로 신고할 거라고 했어요."

"알았어요. 수배령을 내릴게요. 테리 씨는 괜찮아요? 목소리에 힘이 없는 것 같은데요."

"괜찮아요. 혹시 이것 때문에 뭐가 달라지지는 않겠죠? 오늘 밤 최면은 아직 유효한 거죠?"

"난 물러날 생각 없어요."

"됐어요. 이따 봐요."

"저기, 테리 씨, 볼로토프한테 너무 기대를 걸지는 말아요."

"내가 보기에는 그놈이 유력해요."

"글쎄요. 랭커스터는 볼로토프의 집에서 상당히 멀어요. 그리고 놈이 전과자라는 사실도 잊으면 안 돼요. 놈은 이번 일과 상관이 없어도 당신을 그렇게 공격했을 거예요. 이번 일은 아니더라도, 뭔가 다른 일을 저질렀을 테니까요."

"그럴지도 모르죠. 그래도 난 그놈한테 마음이 끌려요."

"글쎄요, 눈이 이따가 놈을 용의자로 찍어줄지도 모르죠."

"내 말이 그 말이에요."

전화를 끊은 뒤 매케일렙은 아무 문제 없이 토러스로 돌아왔다. 차에 올라탄 그는 바닥에 놓아둔 가죽 가방 안에서 항상 가지고 다니는 여행용 세트를 꺼냈다. 그 안에는 하루치 약과 템프스트립스라는 1회용 체온계 10여 개가 들어 있었다. 그는 체온계 포장지를 벗기고 입에 넣었다. 그러고는 로크리지에게 차를 출발시키라는 신호를 했다. 차에 시동이 걸린 뒤 매케일렙은 에어컨을 켰다.

"차 안이 답답해서?" 로크리지가 물었다.

매케일렙이 고개를 끄덕이자 로크리지가 에어컨 강도를 높였다.

3분 뒤 매케일렙은 체온계를 입에서 꺼내 확인해보았다. 가느다란 빨간 선이 섭씨 38도를 넘어 치솟은 것을 보니 더럭 겁이 났다.

"집으로 가."

"집으로?"

"그래. 부두로."

로크리지가 101번 프리웨이를 향해 남쪽으로 방향을 돌리는 동안 매케일렙은 자기 좌석 앞의 환기구 방향을 돌려 차가운 공기가 곧바로 얼굴로 향하게 했다. 그는 체온계를 하나 더 꺼내서 다시 혀 밑에 물었다. 그는 마음을 진정시키려고 라디오로 KFWB 방송을 틀고, 차창 밖으로 스쳐 지나가는 거리 풍경을 내다보았다. 2분이 지나 체온을 확인해보니 처음보다는 나았지만, 여전히 미열이 있었다. 그래도 두려움이 조금 가라앉고 목에도 힘이 풀렸다. 그는 양 손바닥으로 대시보드를 후려치며 고개를 흔들었다. 그러면서 열이 나는 건 일시적인 현상이라고 속으로 되뇌었다. 지금까지는 아무 문제가 없었다. 이번에도 볼로토프와 뒤엉키는 바람에 열이 올랐을 뿐, 달리 문제가 생길 이유가 없었다.

매케일렙은 배로 돌아가서 아스피린을 먹고 늘어지게 한잠 잔 뒤 저녁에 제임스 눈에게 최면수사를 실시할 준비를 하기로 했다. 아니면 보니 폭스에게 연락하는 방법도 있었다. 하지만 그랬다가는 며칠 동안 병원 침대에 누워서 갖가지 검사를 받게 될 터였다. 폭스는 자기 일을 철저히 해내는 사람이었다. 매케일렙은 자기도 맡은 일을 철저히 해내는 사람이라고 생각하고 싶었다. 매케일렙이 전화를 걸면 폭스는 주저 없이 그를 입원시킬 것이다. 그랬다가는 병원 침대에 누워 최소한 일주일을 잃어버릴 터였다. 그러면 눈에게 최면을 시험해볼 기회를 놓치는 것은 물론이고, 이번 수사에서 그를 우호적으로 대해주던 유일한 인물조차 잃어버리게 될 것이다.

16 최면수사

잘 모르는 사람들(여기에는 매케일렙이 지난 세월 동안 함께 일했던 많은 경찰관들과 요원들도 포함된다)은 대개 최면을 일종의 미신 같은 것으로 보았다. 수사를 하다가 벽에 부딪힌 수사관들이 차마 점쟁이를 찾아갈 수는 없어서 차선책으로 선택하는 것이 최면이라는 식이었다. 최면수사는 곧 수사가 벽에 부딪히거나 실패했다는 상징으로 간주되었다. 하지만 매케일렙은 전혀 그렇지 않다는 확신을 갖고 있었다. 그는 최면이 마음속 깊은 곳을 살피는 믿음직한 수단이라고 믿었다. 최면이 잘못되는 경우는 대개 최면술사의 잘못 때문이지 최면술 자체의 문제 때문은 아니었다.

매케일렙은 눈에게 최면을 걸어 다시 조사하고 싶다는 제안에 윈스턴이 호의적인 반응을 보이는 것을 보고 깜짝 놀랐다. 윈스턴은 살인사건 전담반의 주간 회의 때 벽에 부딪힌 코델 사건과 관련해서 최면수사가 제안된 적이 두어 번 있다고 말했다. 하지만 그 제안은 두 가지 이유 때문에 받아들여지지 않았다. 첫 번째 이유가 중요했다. 최면술은 1980년대 초까지 경찰이 자주 사용하던 방법이지만, 캘리포니아 대법원이 최면술로 기억을 새로 다듬은 목격자는 형사법정에서 증언할 수 없다는 판결을 내리면서 사정이 달라졌다. 법원의 판결로 수사관들은 목격자에게 최면술을 사용할 건지 결정할 때마다 최면술로 얻어낼 수 있는 이득이 법정에 세울 목격자를 잃는 위험을 감수할 만큼 큰지 가늠해볼 수밖에 없었다. 바로 이 문제 때문에 코델 사건에서도 쉽사리 최면술을 사용할 수 없었다. 윈스턴과 과장은 유일한 목격자를 잃어버리고 싶지 않았다.

두 번째 이유는 캘리포니아 대법원의 그 판결 이후, 보안관서가 형사들에게 최면술을 사용하는 법을 더 이상 훈련하지 않게 되었다는 점이었다. 따라서 판결 이후 지금까지 15년이 넘게 흐르는 동안 최면술을 사용할 수 있는 형사들의 숫자가 자연스레 줄어들었다. 현재 보안관서에는 눈에게 최면을 걸 수 있는 형사가 한 명도 없었다. 외부에서 최면술사를 불러와야 한다는 뜻이었다. 그렇다면 문제가 복잡해질 뿐만 아니라 비용도 추가로 들 터였다.

매케일렙이 FBI에서 10여 년 전에 최면술을 사용해본 적이 있어서 이번에도 기꺼이 사용해보고 싶다고 말했을 때, 윈스턴은 특히 더 반색을 했다. 그리고 몇 시간 뒤 윈스턴은 과장의 승인을 얻어 최면수사를 준비했다.

매케일렙은 보안관서 스타센터에 있는 살인사건 전담반에 30분 일찍 도착했다. 그는 로크리지에게 시간이 좀 걸릴 테니까 가서 저녁을 먹고 오라고 말했다.

오후에 낮잠을 잔 덕분에 열이 정상에 비해 겨우 0.5도 차이 이하로 내려갔다. 그는 이제 다시 일을 할 수 있을 것 같았다. 제임스 눈의 머릿속에서 확실한 단서를 이끌어내서 사건 수사에 박차를 가할 수 있게 될 거라고 생각하니 마음이 들떴다.

제이 윈스턴이 접수대에서 그를 기다리고 있다가 과장의 사무실로 안내하면서 빠른 말투로 그동안의 일들을 이야기했다.

"볼로토프에 대한 수배령을 내렸어요. 놈의 아파트 앞에 경찰차 한 대를 보냈지만 놈은 이미 사라지고 없더라고요. 급히 떠난 모양이에요. 테리 씨가 뭔가를 건드린 게 분명해요."

"어쩌면 내가 놈한테 살인범이라고 말한 게 주효했는지도 모르죠."

"난 아직 확신이 없지만, 현재로서는 놈이 제일 유력하죠. 어랭고는 당연히 테리 씨가 한 일에 대해 불만이 많아요. 뭐, 내가 미리 그쪽에 알려 주지 않은 건 사실이지만요. 어랭고는 테리 씨가 카우보이 흉내를 내고 있다고 생각해요."

"그건 신경 쓰지 말아요. 어랭고가 뭐라고 생각하든 나야 상관없으니까요."

"볼로토프가 마음에 걸려요? 놈이 테리 씨 주소를 가져갔다면서요."

"아뇨. 내 배가 아니라 부두 사무실 주소예요. 부두가 얼마나 넓은데요."

윈스턴은 과장실 문을 열고 매케일렙에게 먼저 들어가라고 했다. 좁은 사무실 안에서 남자 세 명과 여자 한 명이 기다리고 있었다. LA 경찰국의 어랭고와 월터스가 보였다. 윈스턴이 매케일렙을 앨 히친스 과장과 다나드 그릇이라는 여성 화가에게 소개했다. 화가를 부른 것은, 눈이 볼로토프를 명확히 지목하지 않는 경우 용의자 몽타주를 작성하기 위해서였다.

"일찍 오셔서 다행입니다." 히친스가 말했다. "눈 씨가 벌써 와 계시거든요. 지금 곧바로 시작해도 될까요?"

매케일렙은 고개를 끄덕이고 방 안의 다른 사람들을 바라보았다. 어랭고는 최면술 따위 못 믿겠다는 듯 이죽거리는 표정이었다. 꾹 다문 입술에서 이쑤시개 하나가 1센티미터쯤 튀어나와 있었다.

"사람이 너무 많습니다." 매케일렙이 말했다. "이러면 정신이 산만해져요. 눈 씨가 편안한 상태여야 합니다. 이렇게 관객이 많으면 편안해질 수가 없죠."

"우리가 전부 들어갈 건 아닙니다." 히친스가 말했다. "매케일렙 씨와 제이만 방에 들어가면 돼요. 때가 되면 다나를 불러들이시면 되고요. 우리가 모니터를 바로 여기에 세워 놓고 비디오로 녹화할 겁니다. 우린 여기서 지켜볼 거예요. 그러면 되겠습니까?"

히친스는 구석에 놓인 모니터를 가리켰다. 매케일렙이 화면을 보니, 어떤 남자가 팔짱을 끼고 탁자에 앉아 있는 모습이 보였다. 눈이었다. 그가 야구모자를 쓰고 있는데도 매케일렙은 범죄현장과 현금지급기 테이프에서 보았던 그의 얼굴을 알아볼 수 있었다.

"그거면 됩니다."

매케일렙은 윈스턴을 바라보았다.

"볼로토프를 포함한 여러 사람의 사진을 눈에게 보여줄 준비는 다 됐어요?"

"네, 내 책상에 있어요. 최면을 실시하기 전에 그걸 먼저 보여줄 거예요. 혹시 행운을 잡을 수도 있으니까요. 눈이 볼로토프를 지목하면 최면은 안 할 거예요. 그래야 눈을 법정에 세울 수 있잖아요."

매케일렙은 고개를 끄덕였다.

"놈이 도망치기 전에 눈한테 사진을 보여줬으면 오죽 좋았을까." 어랭고가 입을 열었다.

그는 매케일렙을 바라보았다. 매케일렙은 뭐라고 대꾸를 할까 생각했지만 그냥 입을 다물기로 했다.

"눈 씨한테 특별히 물어보고 싶은 거라도 있어요?" 매케일렙은 대꾸를 하는 대신 이렇게 물었다.

어랭고는 자신의 파트너를 바라보며 윙크를 했다.

"있죠. 그 도주차량의 번호나 말해보라고 해요. 그걸 알면 좋죠."

어랭고는 활짝 웃었다. 입술로 물고 있던 이쑤시개가 위로 들렸다. 매케일렙도 마주 웃었다.

"전에도 성과를 거둔 적이 있어요. 강간 피해자가 나한테 범인의 팔에 있던 문신을 정확히 설명해줬죠. 최면을 걸기 전에는 문신이 있다는 사실조차 몰랐었는데 말입니다."

"잘됐네요. 그럼 이번에도 해봐요. 번호를 알아내요. 문신도 알아내고. 당신 친구 볼로토프도 문신이 많잖아요."

도전적인 기색이 역력한 목소리였다. 어랭고는 모든 사람의 반감을 사려고 작정한 사람 같았다. 마치 매케일렙이 여러 건의 살인을 저지른 범인을 잡아들이려고 애쓰는 것이 자신을 무시하는 행동이라고 생각하는 것 같았다. 웃기는 생각이지만 그는 매케일렙이 이번 사건에 끼어들었다는 것 자체를 도전으로 받아들이고 있었다.

"자자, 여러분." 히친스가 두 사람의 말을 끊고 분위기를 바꾸려고 했다. "그냥 한번 시도를 해보는 것뿐입니다. 그럴 만한 가치가 있으니까요. 여기서 뭘 알아낼 수도 있고, 성과가 없을 수도 있습니다."

"그 결과 우린 저 친구를 영원히 법정에 세울 수 없게 되겠죠." 어랭고가 말했다.

"무슨 법정 말입니까?" 매케일렙이 말했다. "지금까지 수사한 걸로는 법정 근처에도 못 가요. 이번이 마지막 기회입니다, 어랭고 형사. 내가 당신에게 마지막 기회라고요."

어랭고가 벌떡 일어섰다. 매케일렙에게 몸으로 달려들려고 그런 것은 아니고, 자신의 말을 강조하기 위해서인 것 같았다.

"야, 이 자식아, FBI에서 쫓겨난 주제에 누구 앞에서 이래라저래라…."

"자자, 그만." 히친스가 같이 일어서며 말했다. "당장 시도해봅시다. 제이, 테리 씨를 조사실로 데려가서 시작해. 우린 여기서 기다릴 테니."

윈스턴이 매케일렙을 데리고 문으로 갔다. 매케일렙은 어깨 너머로 어랭고를 뒤돌아보았다. 어랭고는 화가 나서 얼굴이 시뻘겋게 달아오른 모습이었다. 다나 드 그룻이 묘한 미소를 짓고 있는 것이 눈에 띄었다. 남자들의 기 싸움이 재미있는 모양이었다.

매케일렙은 제이와 함께 살인사건 전담반 사무실의 빈 책상들을 지나가면서 당혹스러운 마음에 고개를 절레절레 저었다.

"미안해요." 그가 말했다. "내가 그놈 술수에 말려들다니."

"괜찮아요. 그놈이 원래 그렇잖아요. 어차피 조만간에 일어날 일이긴 했어요."

두 사람은 윈스턴의 책상에 들러 사진을 붙여둔 파일을 챙긴 뒤 복도를 내려가 닫힌 문 앞에 이르렀다. 윈스턴은 문고리를 쥐고 매케일렙을 뒤돌아보았다.

"혹시 특별히 생각하고 있는 방식이라도 있어요?"

"중요한 건, 일단 최면을 건 뒤 오로지 나만 눈 씨와 이야기를 나눌 때 효과가 제일 좋다는 거예요. 그래야 내가 누구한테 질문을 던지는 건지 눈 씨가 헷갈리지 않을 겁니다. 그러니까 제이 씨나 내가 서로에게 하고 싶은 말이 있을 때는 메모를 쓰든지, 아니면 문을 가리키기로 하죠. 여기 밖으로 나와서 이야기를 나누게요."

"좋아요. 그런데 괜찮아요? 지금 꼴이 말이 아니에요."

"괜찮아요."

윈스턴이 문을 열자 제임스 눈이 탁자에서 시선을 들었다.

"눈 씨, 이쪽은 제가 얘기했던 최면 전문가 테리 매케일렙 씨예요." 윈스턴이 말했다. "예전에 FBI 요원이셨어요. 오늘 선생님께 최면을 시도하실 거예요."

매케일렙은 미소를 지으며 탁자 너머로 손을 뻗어 눈과 악수했다.

"만나서 반갑습니다, 눈 씨. 시간이 오래 걸리지는 않을 거예요. 마음도 오히려 편안해질 거고요. 제가 선생님을 제임스 씨라고 불러도 되겠습니까?"

"네, 괜찮습니다."

매케일렙은 방 안을 둘러본 뒤 탁자와 의자를 바라보았다. 의자는 정부 기관에서 흔히 볼 수 있는 것으로, 좌판에 1~2센티미터 두께의 패딩이 붙어 있었다. 매케일렙은 윈스턴을 바라보았다.

"제이 씨, 제임스 씨한테 좀 더 편한 의자를 가져다줄 수 있어요? 팔걸이가 있는 게 좋을 것 같은데요. 아까 히친스 과장이 앉아 있던 의자랑 비슷한 걸로요."

"금방 가져오죠."

"아, 그리고 가위도 필요해요."

윈스턴은 의아한 표정으로 그를 바라보았지만 아무 말 없이 방을 나갔다. 매케일렙은 시설을 평가하듯이 방을 둘러보았다. 천장에는 형광등 여러 개가 설치되어 있었다. 그것이 유일한 조명이었다. 왼쪽 벽의 거울 창문은 천장의 빛을 더욱 증폭시키는 역할을 했다. 매케일렙은 거울 뒤에 비디오카메라가 설치되어 있다는 것을 알고 있었으므로, 눈이 그쪽을 바라보는 자리에 앉게 만들어야 했다.

"어디 보자." 매케일렙이 말했다. "저 조명을 좀 손봐야 하니까 제가 탁자 위로 올라가야겠는데요."

"그러세요."

매케일렙은 의자를 사다리 삼아 탁자 위로 올라가서 형광등 덮개로 손을 뻗었다. 그는 또 현기증이 일어날까 봐 천천히 움직이며 덮개를 떼어내고 긴 형광등을 차례로 빼서 눈에게 건네주었다. 그러면서 그는 눈을 편안하게 해주려고 일부러 가벼운 이야기를 건넸다.

"라스베이거스로 가신다면서요? 출장입니까, 놀러 가시는 겁니까?"

"어, 주로 출장이죠."

"무슨 일을 하시는데요?"

"컴퓨터 소프트웨어 쪽이에요. 엘 리오 사의 회계 및 보안시스템을 새로 설계하고 있어요. 아직 버그를 해결하지 못했지만. 다음 주쯤 시험에 들어갈 겁니다."

"라스베이거스에서 일주일이라니. 저 같으면 돈을 엄청나게 잃고 올 것 같은데요."

"저는 도박을 안 합니다."

"그거 다행이네요."

매케일렙은 전등 네 개 중 세 개를 빼서 조도를 낮췄다. 이 정도 불빛으로도 비디오를 찍을 수 있을지 궁금했다. 그가 탁자에서 내려오는데 윈스턴이 의자를 가지고 돌아왔다. 히친스가 앉았던 것과 정말로 똑같은 의자였다.

"과장한테서 뺏어왔어요?"

"이게 여기서 제일 좋은 의자예요."

"잘했어요."

매케일렙은 거울을 바라보며 그 뒤의 카메라를 향해 윙크를 했다. 그런데 눈 밑에 다크서클이 생기기 시작한 것이 눈에 띄어서 그는 서둘러 거울에서 시선을 돌렸다.

윈스턴은 상의 주머니에서 조심스레 가위를 꺼냈다. 매케일렙은 그것을 받아 탁자 위에 놓고는 탁자를 거울 밑의 벽으로 밀었다. 그리고 과장의 의자를 반대편 벽 앞에 놓았다. 그는 탁자에서 의자 두 개를 가져다가 과장의 의자와 마주 보게 놓았다. 하지만 카메라가 눈을 찍을 수 있게 의자 사이에 거리를 두었다. 그는 눈을 과장의 의자로 보내고 윈스턴에게도 자리를 지정해준 뒤 나머지 의자에 앉았다. 손목시계를 보니 5시 50분이었다.

"됐습니다." 그가 말했다. "출장을 가셔야 한다니까 빨리 끝내죠, 제임스씨. 우선, 오늘 저희가 할 일에 대해 궁금한 건 없습니까?"

눈은 잠시 생각해본 뒤 입을 열었다.

"글쎄요, 제가 아는 게 별로 없는 것 같네요. 저한테 무슨 변화라도 생기는 겁니까?"

"그런 건 없습니다. 최면은 사실 의식상태를 살짝 바꾸는 거예요. 눈 씨는 점점 긴장을 이완시켜서 머릿속의 후미진 곳까지 쉽사리 드나들 수 있게 된 다음, 거기 저장된 정보를 꺼내서 말해주시면 됩니다. 명함철을 죽 돌리다가 필요한 명함을 뽑아내는 거랑 좀 비슷해요."

매케일렙은 더 질문이 있는지 기다렸지만, 눈은 아무 말이 없었다.

"우선 연습을 좀 해볼까요? 고개를 살짝 뒤로 젖히고 위를 보세요. 그리고 눈동자를 최대한 위로 치켜뜨시는 겁니다. 안경을 벗는 게 좋겠는데요."

눈은 안경을 벗어서 잘 접어 주머니에 넣었다. 그러고는 고개를 뒤로 젖힌 뒤 눈동자를 위로 굴렸다. 매케일렙은 그를 유심히 살펴보았다. 그가 최대한 눈을 치켜뜨면 눈동자 아래쪽으로 흰자위가 5~6밀리미터쯤 보였다. 최면 감수성이 높다는 뜻이었다.

"좋습니다. 자, 이제 긴장을 푸세요. 길고 깊게 숨을 쉬면서 1월 22일 밤에 목격한 사건에 관해 기억나는 대로 말씀해주세요. 지금 기억나는 걸 그냥 말씀해주시기만 하면 됩니다."

눈은 랭커스터의 현금지급기 앞에서 벌어진 총격과 강도사건 막바지에 자신이 현장에 도착해서 본 것들을 10분 동안 들려주었다. 그날 밤 이후 그가 조사를 받을 때마다 했던 얘기와 똑같았다. 새로 덧붙인 이야기도 없고, 빼먹은 이야기도 없는 것 같았다. 이건 이례적인 동시에 좋은 징조였다. 대부분의 목격자들은 사건 이후 두 달이 지나면 기억이 흐려지기 시작한다. 그래서 세세한 부분을 잊어버리게 된다. 그런데 눈이 모든 걸 상세히 기억하고 있는 걸 보니, 머릿속 후미진 곳에 묻혀 있는 기억도 아주 선명할 것 같았다. 눈의 이야기가 끝나자 매케일렙은 윈스턴에게 고개를 끄덕였다. 그러자 윈스턴은 눈을 향해 몸을 기울이며 사진 여섯 장을 붙인 파일을 건네주었다.

"제임스 씨, 이 파일을 열고 사진을 잘 보세요. 그리고 혹시 그날 밤 현장을 떠나던 차에서 본 얼굴이 여기에 있는지 말씀해주세요."

눈은 다시 안경을 쓰고 파일을 받았지만 이렇게 말했다. "글쎄요, 잘 보지를 못해서….

"알아요." 윈스턴이 말했다. "그래도 한번 보세요."

눈은 파일을 열었다. 안에는 세 개씩 두 줄로 정사각형 구멍이 있는 마분지 한 장이 있고, 정사각형마다 남자들 사진이 한 장씩 붙어 있었다. 볼로토프의 사진은 윗줄 세 번째였다. 눈은 사진들을 차례로 살펴보고는 고개를 저었다.

"죄송합니다. 그 사람 얼굴을 못 봤어요."

"괜찮습니다." 매케일렙은 눈에게 부정적으로 들릴 수도 있는 말을 윈스턴이 할까 봐 서둘러 말했다. "그럼 이제 최면을 걸 차례 같은데요."

그는 눈에게서 파일을 받아 탁자 위로 던졌다.

"긴장을 풀고 싶을 때 대개 어떻게 하십니까, 제임스 씨?" 매케일렙이 물었다.

눈은 멍한 표정으로 그를 바라보았다.

"그 왜, 기분이 좋아지는 일 말이에요. 긴장을 풀고 마음을 아주 평화롭게 해주는 일. 저는 배를 수리하거나 낚시를 합니다. 물고기를 잡지 못해도 상관없어요. 그냥 물속에 낚싯줄을 드리우고 있는 게 좋으니까요. 선생님은 어떻습니까? 농구를 하거나, 골프를 하시나요? 어떤 방법을 쓰시죠?"

"음, 글쎄요. 컴퓨터로 작업을 하는 것 같은데요."

"그건 정신적 긴장을 푸는 방법이 아닌데요. 생각을 많이 해야 하는 일 말고, 생각을 전부 놓아버리고 싶을 때 쓰는 방법을 얘기해주세요. 생각을 하다가 지쳐서 머리를 완전히 비우고 싶을 때 쓰는 방법 말입니다."

"저… 글쎄요. 저는 해변에 가는 걸 좋아해요. 제가 아는 장소가 있거든요. 그리로 갑니다."

"그 장소가 어떻게 생겼죠?"

"거기는 모래가 아주 하얗고, 널찍해요. 말을 빌려서 절벽 밑의 물가를 달릴 수도 있습니다. 물이 절벽 밑동을 파들어 가서 절벽이 허공에 걸려 있는 것 같아요. 그래서 그 그늘에 사람들이 앉아 있곤 하죠."

"그거 좋군요. 정말 좋아요, 제임스 씨. 자, 이제 눈을 감고 팔을 무릎에 편안히 놓으세요. 그리고 머릿속으로 그곳을 상상하세요. 지금 그 바닷가를 걷고 있다고 상상하는 겁니다. 긴장을 풀고 바닷가를 걸으세요."

매케일렙은 30초 동안 침묵을 지키며 눈의 얼굴을 지켜보았다. 감은 눈의 꼬리 근처 피부에서 긴장이 풀리기 시작하자 매케일렙은 그에게 먼저 양말의 느낌에 정신을 집중하라고 한 다음, 바지 위에 놓인 손, 콧잔등에 얹힌 안경, 머리 위의 머리카락(많이 벗어지긴 했지만)으로 점점 감각을 옮기게 했다.

이렇게 5분이 지난 뒤 매케일렙은 근육 운동으로 옮겨가서 눈에게 발가락을 가능한 한 세게 움츠린 채 잠시 가만히 있다가 힘을 풀라고 말했다.

그는 근육 운동의 초점을 점점 위쪽으로 옮겨가며 모든 근육을 차례로 움직이게 했다. 그러고는 다시 발가락으로 내려가 위로 올라오기를 반복했다. 근육을 지치게 해서 긴장을 풀고 휴식하라는 암시를 정신이 더 쉽게 받아들이게 하기 위한 과정이었다. 눈의 호흡이 점점 길고 깊어졌다. 모든 것이 잘 진행되고 있었다. 손목시계를 보니 6시 30분이었다.

"좋습니다, 제임스 씨, 이제 눈을 그대로 감은 채로 왼손을 얼굴 앞으로 들어올려 30센티미터 거리를 유지하세요."

눈이 시키는 대로 하자 매케일렙은 꼬박 1분 동안 그 자세를 유지하게 하면서 계속 긴장을 풀고 바닷가를 걷는 상상을 하라고 말했다.

"좋습니다. 이제 손을 천천히 얼굴로 가져가세요. 아주 천천히."

눈의 손이 코를 향해 움직이기 시작했다.

"좋습니다. 더 천천히." 매케일렙의 말투도 점점 느리고 부드럽게 변했다. "좋습니다, 제임스 씨. 천천히. 손이 얼굴에 닿으면 제임스 씨는 완전히 긴장이 풀려서 깊은 최면상태에 빠질 겁니다."

그는 잠시 침묵을 지키며 눈의 손이 천천히 움직이는 모습을 지켜보았다. 손바닥이 코에 닿는 순간, 눈의 머리가 앞으로 살짝 수그러지고 어깨에서 힘이 빠졌다. 손은 무릎으로 떨어졌다. 매케일렙은 윈스턴을 바라보았다. 윈스턴은 눈썹을 치켜 올리며 고개를 끄덕였다. 이제 겨우 절반쯤 일이 진행됐을 뿐이지만, 모든 일이 잘 풀리고 있었다. 매케일렙은 조금 테스트를 해보기로 했다.

"제임스 씨, 당신은 이제 완전히 긴장을 풀고 편안히 쉬고 있습니다. 팔이 깃털처럼 가볍게 느껴집니다. 무게가 전혀 없습니다."

그는 눈을 지켜보았다. 눈은 꼼짝도 하지 않았다. 좋은 징조였다.

"좋습니다. 이제 제가 헬륨이 가득 든 풍선을 당신의 왼손에 묶을 겁니다. 지금 묶고 있습니다. 자, 풍선이 손목에 묶여 있습니다, 제임스 씨. 이제 제가 풍선을 놓습니다."

이 말을 마치자마자 눈의 왼팔이 점점 위로 올라가 쭉 펴졌다. 손은 머리보다 더 높은 곳에 있었다. 매케일렙은 가만히 지켜보았다. 30초가 지났는데도 눈의 팔에서 힘이 빠지는 기색이 없었다.

"좋습니다, 제임스 씨. 제가 가위를 들고 끈을 자를 겁니다."

매케일렙은 탁자에서 가위를 들고 끈을 자르는 시늉을 했다. 눈의 팔이 무릎으로 뚝 떨어졌다. 매케일렙은 윈스턴을 바라보며 고개를 끄덕였다.

"좋습니다, 제임스 씨. 이제 긴장이 완전히 풀렸습니다. 마음에 걸리는 것도 전혀 없습니다. 바닷가를 걷다가 정원에 이르는 상상을 해보세요. 정원은 초록색 식물이 무성해서 아름답습니다. 꽃이 피어 있고, 새들이 지저귑니다. 정말 아름답고 평화롭습니다. 이렇게 평화로운 곳은 처음입니다. 이제… 정원을 걷다가 문이 있는 자그마한 건물에 이르렀습니다. 문은 엘리베이터 문입니다, 제임스 씨. 나무로 만들어졌고, 가장자리에는 황금색 테두리 장식이 있습니다. 아름답습니다. 여기서는 모든 것이 아름답습니다. 문이 열립니다, 제임스 씨. 당신은 이 엘리베이터를 타면 당신만의 특별한 방으로 내려갈 수 있다는 걸 알기 때문에 올라탑니다. 그 방은 다른 사람은 결코 갈 수 없는 곳입니다. 오로지 당신만이 그 방에 갈 수 있습니다. 그리고 그 방에 가면 당신은 완전한 평화를 느낍니다."

매케일렙은 일어서서 눈 앞에 섰다. 눈과 그의 거리는 겨우 1미터 정도였다. 눈은 가까이에 다른 사람이 있다는 사실을 전혀 인식하지 못하는 것 같았다.

"엘리베이터 버튼을 보니 당신이 있는 곳은 10층입니다. 당신의 방으로 가려면 1층으로 내려가야 합니다. 당신이 버튼을 누르자 엘리베이터가 내려가기 시작합니다. 한 층, 한 층 내려갈 때마다 점점 긴장이 풀립니다."

매케일렙은 한 팔을 들어 땅과 평행으로 유지했다. 눈의 얼굴과 그 팔의 거리는 30센티미터였다. 그는 점점 팔을 들어올렸다가 다시 내리고, 다시 올렸다. 팔의 움직임 때문에 눈의 눈꺼풀에 닿는 빛이 변화하면 엘리베이터를 타고 아래로 내려가는 것 같은 느낌이 더욱 강해질 터였다.

"당신은 아래로 내려가고 있습니다, 제임스 씨. 점점 더 깊게. 이제 9층입니다…. 8층, 7층…. 당신은 점점 깊게 내려갑니다. 점점 긴장이 풀립니다. 방금 6층을 지났습니다…. 이제 5층입니다…. 4층… 3층… 2층… 1층…. 문이 열리고 당신은 당신만의 특별한 방에 들어섭니다. 이제 도착했습니다, 제임스 씨. 마음은 완전히 평화롭습니다."

매케일렙은 자신의 의자로 돌아가 앉은 뒤 눈에게 세상에서 가장 편안한 의자가 그 방에서 그를 기다리고 있다고 말했다. 그리고 아주 약한 불에 놓인 프라이팬에서 자그마한 버터 덩어리가 녹는 상상을 하라고 했다.

"지글거리지는 않습니다. 그냥 천천히, 천천히 녹습니다. 그게 바로 당신입니다, 제임스 씨. 당신은 의자 속으로 녹아 들어가고 있습니다."

매케일렙은 잠시 가만히 있다가 눈에게 바로 앞에 텔레비전이 한 대 놓여 있다고 말했다.

"당신은 손에 리모컨을 쥐고 있습니다. 이 텔레비전은 특수한 리모컨이 딸린 특수한 텔레비전입니다. 이 텔레비전으로는 무엇이든 원하는 것을 볼 수 있습니다. 장면을 뒤로 돌릴 수도 있고, 앞으로 돌릴 수도 있고, 확대해 들어가거나 뒤로 물러날 수도 있습니다. 무엇이든 하고 싶은 대로 할 수 있습니다. 자, 이제 그 텔레비전을 켜십시오, 제임스 씨. 이제부터 우리는 그 특수한 텔레비전으로 당신이 1월 22일 밤 돈을 찾으려고 랭커스터의 은행으로 가다가 본 일을 볼 것입니다."

매케일렙은 잠시 기다렸다.

"텔레비전을 켜세요, 제임스 씨. 켰습니까?"

"네." 눈이 말했다. 30분 만에 처음으로 하는 말이었다.

"좋습니다. 이제 그날 밤으로 돌아가 봅시다, 제임스 씨. 눈에 뭐가 보이는지 말씀해주세요."

17 좌절

제임스 눈은 이야기를 시작했다. 매케일렙과 윈스턴이 자신과 함께 차에 타고 있다고 생각하는 것 같았다. 어쩌면 두 사람이 아예 자기 머릿속에 들어와 있다고 생각하는 것 같기도 했다.

"내가 깜박이를 켜고 안으로 들어가고 있어요. 그놈이 옵니다! 브레이크! 놈이 나를… 나랑 충돌할 뻔했어요. 나쁜 자식! 하마터면…."

눈은 왼팔을 들어 주먹을 쥐더니 가운뎃손가락을 뻗었다. 자기 옆을 쌩하고 지나가버린 그 차의 운전자에게 보내는 무력한 몸짓이었다. 그가 이런 행동을 할 때 매케일렙은 그의 얼굴을 유심히 살펴보았다. 감은 눈꺼풀 뒤에서 눈동자가 빠르게 움직이고 있었다. 이건 최면 대상자가 깊은 최면상태에 빠졌을 때 나타나는 현상이기 때문에 매케일렙은 항상 이런 현상이 나타나는지 주의 깊게 살피곤 했다.

"놈은 사라져버렸고, 난 이제 차를 세우고 있습니다. 그런데, 남자가 보입니다. 땅바닥에 어떤 남자가 불빛을 받으며 쓰러져 있어요. 현금지급기 옆에. 쓰러져 있습니다. 나는 차에서 내려 살펴보러 갑니다…. 피가 있어요. 남자는 총을 맞았습니다…. 누가 남자를 쏜 겁니다. 이런, 사람을 불러와야겠습니다…. 나는 전화를 걸려고 차로 돌아갑니다. 전화로 구조대를 부르면 됩니다. 남자는 총에 맞았습니다. 피가… 피가 사방에 있어요."

"좋습니다, 제임스 씨, 좋습니다." 매케일렙은 처음으로 눈의 말을 가로 막았다. "아주 좋습니다. 이제 당신의 특수한 리모컨을 들고 화면을 되돌려 은행 주차장에서 그 차가 나오는 걸 처음 본 순간으로 갑시다. 할 수 있겠죠?"

"네."

"좋습니다. 그 순간으로 돌아갔나요?"

"네."

"좋습니다. 이제 다시 화면을 재생하세요. 하지만 이번에는 슬로모션으로 해야 합니다. 아주 천천히. 그래야 모든 걸 볼 수 있으니까요. 지금 화면을 돌리고 있습니까?"

"네."

"좋습니다. 당신을 향해 다가오는 차가 가장 똑똑히 보이는 장면에서 화면을 멈추세요."

매케일렙은 기다렸다.

"됐어요, 장면을 잡았습니다."

"좋습니다. 차종이 뭔지 알 수 있습니까?"

"네. 검은색 체로키입니다. 먼지가 아주 많아요."

"연식도 알 수 있나요?"

"아뇨. 신제품입니다. 그랜드 체로키예요."

"체로키의 측면이 보입니까?"

"네."

"문이 몇 개죠?"

이건 눈이 나중에 들은 얘기가 아니라 정말로 그날 밤 실제로 본 것을 말하고 있는 건지 확인하기 위한 간단한 테스트였다. 매케일렙은 범죄현장 테이프에서 처음 눈을 면담한 경찰관이 눈에게 그 체로키 자동차가 신제품 스타일이라면 그랜드 체로키 모델일 것이라고 말하는 것을 본 적이 있었다. 따라서 눈이 말한 차종이 정말로 확실한 것인지 확인할 필요가 있었다. 그가 알기로 그랜드 체로키는 모두 문이 네 개였다.

"음, 측면에 문이 두 개 있어요." 눈이 말했다. "전부 해서 문이 네 개네요."

"좋습니다. 이제 정면으로 돌아오세요. 차에 흠집 같은 것이 보입니까? 움푹 들어간 곳이나 눈에 띄게 긁힌 곳이 있어요?"

"아뇨."

"차에 줄무늬 같은 것이 있습니까?"

"음, 아뇨."

"범퍼는 어떻습니까? 전면 범퍼가 보이나요?"

"네."

"좋습니다. 이제 리모컨을 들고 범퍼를 확대해보세요. 번호판이 보입니까?"

"아뇨."

"왜죠, 제임스 씨?"

"번호판이 덮여 있어요."

"무엇으로 덮여 있습니까?"

"어, 티셔츠예요. 티셔츠가 범퍼를 감싸면서 번호판도 같이 가렸습니다. 티셔츠 같아요."

매케일렙은 윈스턴을 흘깃 바라보았다. 실망한 표정이었다. 매케일렙은 계속 질문을 던졌다.

"좋습니다, 제임스 씨. 리모컨을 들고 화면을 확대해서 차 안으로 들어

가보세요. 할 수 있겠습니까?"

"그럼요."

"그 체로키에 사람이 몇 명이나 타고 있습니까?"

"한 명이요. 운전자."

"좋습니다. 운전자 얼굴을 확대해보세요. 무엇이 보입니까?"

"잘 안 보여요."

"왜죠? 무슨 문제라도 있습니까?"

"빛이요. 놈이 하이빔을 켜두었습니다. 빛이 너무 밝아서…."

"좋습니다, 제임스 씨. 이제 리모컨을 들고 화면을 움직여보세요. 앞으로, 뒤로. 그러면서 운전자 얼굴이 가장 잘 나온 장면을 찾는 겁니다. 찾으면 말씀하세요."

매케일렙은 윈스턴을 바라보았다. 윈스턴은 눈썹을 치켜 올리며 그를 마주 바라보았다. 눈에게 최면을 건 것이 과연 가치 있는 일이었는지 아닌지가 금방 판가름날 터였다.

"찾았습니다." 제임스가 말했다.

"좋습니다. 운전자가 보입니까?"

"네."

"운전자가 어떻게 생겼는지 말씀해주세요. 피부색이 무엇입니까?"

"백인이지만 모자를 쓰고 챙을 내렸어요. 시선을 내리깔고 있어서 얼굴이 모자챙에 가렸습니다."

"얼굴 전부가요?"

"아뇨, 입은 보여요."

"턱수염이나 콧수염이 있습니까?"

"아뇨."

"치아가 보이나요?"

"아뇨. 입을 다물고 있어요."

"눈이 보입니까?"

"아뇨. 모자에 가렸어요."

매케일랩은 등을 기대고 앉아 갑갑한 마음에 한숨을 내쉬었다. 믿을 수가 없었다. 눈은 최면을 걸 대상으로 완벽한 조건을 갖추고 있었다. 그리고 지금 깊은 최면상태에 빠져 있었다. 그런데도 범인의 얼굴에 대한 정보를 끌어낼 수가 없었다.

"좋습니다. 지금 보고 있는 화면이 정말로 운전자의 얼굴이 가장 잘 잡힌 장면입니까?"

"확실합니다."

"머리카락이 보입니까?"

"네."

"무슨 색이죠?"

"짙은 색입니다. 짙은 갈색이나 검은색 같아요."

"길이는요?"

"짧은 것 같습니다."

"모자는 어떻죠? 어떻게 생겼습니까?"

"야구모자고 회색입니다. 많이 빨아서 바랜 것 같은 회색이요."

"좋습니다. 모자에 무슨 글자가 팀 로고 같은 게 있습니까?"

"무슨 상징 같은 게 있습니다."

"어떻게 생겼죠?"

"글자들이 서로 겹쳐 있는 것 같아요."

"어떤 글자들인데요?"

"C 위에 선이 하나 그어져 있고, 숫자 1인지, 대문자 I인지, 소문자 L인지 알 수 없는 글자가 있습니다. 그다음에는 원이 있어요···. 타원입니다.

그게 전체를 감싸고 있어요."

매케일렙은 잠시 생각에 잠겼다.

"제임스 씨, 제가 필기도구를 주면 눈을 뜨고 그 그림을 그릴 수 있을 것 같습니까?"

"네."

"좋습니다. 이제 눈을 뜨세요."

매케일렙은 일어섰다. 윈스턴은 손에 들고 있던 클립보드에 이미 새 종이를 펼쳐두고 있었다. 매케일렙은 그것을 받아서 자신의 펜과 함께 눈에게 건네주었다.

눈은 눈을 뜨고 멍하니 종이를 바라보며 그림을 그렸다. 그림이 완성되자 그는 종이를 매케일렙에게 다시 건네주었다. 그림은 그가 설명한 것과 똑같은 모양이었다. 수직선이 커다란 C자를 비스듬히 가로지르며 내려갔다. 그리고 타원이 그림 전체를 감싸고 있었다. 매케일렙이 윈스턴에게 종이를 건네주자 윈스턴은 비디오로 지켜보는 사람들이 볼 수 있게 종이를 거울 창문 앞으로 잠시 들어올렸다.

"좋습니다, 제임스 씨. 잘하셨습니다. 이제 눈을 감고 다시 운전자가 나오는 화면을 보세요. 보입니까?"

"네."

"운전자의 귀가 보입니까?"

"오른쪽 귀가 보입니다."

"특이한 점이라도 있나요?"

"아뇨."

"귀걸이가 있습니까?"

"아뇨."

"귀 아래쪽은 어떻습니까? 목이 보입니까?"

"네."

"특이한 점이 있나요? 뭐가 보이죠?"

"어, 아무것도요. 어, 그냥 목입니다."

"지금 보고 있는 게 오른쪽이죠?"

"네, 오른쪽입니다."

"목에 문신은 없습니까?"

"없습니다."

매케일렙은 다시 한숨을 내쉬었다. 볼로토프를 용의자로 보고 하루 종일 애를 썼는데, 방금 그를 사실상 용의선상에서 제외해버리는 진술이 나온 것이다.

"좋습니다." 그는 체념한 목소리로 말했다. "손은 어떻습니까? 손이 보입니까?"

"핸들을 잡고 있습니다."

"특이한 점이 있습니까? 손가락에 끼고 있는 건요?"

"없습니다."

"반지가 없어요?"

"네."

"손목시계를 차고 있습니까?"

"손목시계요? 네."

"어떤 시계죠?"

"안 보입니다. 시계 끈은 보여요."

"어떤 끈입니까? 색깔은요?"

"검은색입니다."

"어느 쪽 손목이죠? 왼쪽입니까, 오른쪽입니까?"

"그게… 오른쪽입니다. 오른쪽이에요."

"좋습니다. 옷차림을 보고 설명해줄 수 있습니까?"

"셔츠만 보입니다. 짙은 색이에요. 짙은 남색 운동복입니다."

매케일렙은 또 무엇을 질문해야 할지 생각해보았다. 지금까지 이렇다 할 단서를 찾아내지 못했기 때문에 실망이 커서 생각이 정리되지 않았다. 마침내 그는 아까 그냥 스치듯 지나가버린 주제를 생각해냈다.

"자동차 앞 유리창에 혹시 스티커 같은 것이 붙어 있습니까?"

"음, 아뇨. 아무것도 안 보입니다."

"좋습니다. 이제 백미러를 한번 보세요. 거기에 뭐가 붙어 있습니까? 뭔가 매달아 놓은 것이 있나요?"

"제 눈에는 안 보입니다."

매케일렙은 의자에 늘어져버렸다. 이건 재앙이었다. 법정에 세울 수 있는 증인을 한 명 잃어버렸고, 유력한 용의자도 잃어버렸다. 그런데 그 결과 얻어낸 것이라고는 야구모자와 흠집 하나 없는 체로키 자동차에 관한 상세한 설명뿐이었다. 이제 남은 것은 눈에게 화면을 빨리 돌려서 달아나는 체로키를 마지막으로 본 장면을 찾아 차의 뒤쪽을 보라고 말하는 것뿐이었다. 하지만 앞쪽 번호판이 가려져 있다면, 뒤쪽 번호판 역시 가려져 있을 가능성이 높았다.

"좋습니다, 제임스 씨. 이제 화면을 빨리 돌려서 체로키가 당신의 차를 지나간 뒤로 가봅시다. 당신이 놈에게 가운뎃손가락을 뻗는 장면으로요."

"좋습니다."

"번호판을 확대해보세요. 보입니까?"

"가려져 있습니다."

"뭘로 가려져 있죠?"

"수건이나 티셔츠 같아요. 확실치 않습니다. 앞쪽과 똑같아요."

"다시 뒤로 물러나세요. 자동차 뒷부분에 특이한 점이 있습니까?"

"음, 아뇨."

"범퍼 스티커는요? 혹시 자동차 대리점 이름은 없습니까?"

"아뇨, 그런 건 없습니다."

"창문에는요? 스티커가 없나요?"

매케일렙의 귀에도 자신의 목소리가 절박하게 들렸다.

"아뇨, 아무것도 없습니다."

매케일렙은 윈스턴을 바라보며 고개를 저었다.

"묻고 싶은 것 있어요?"

윈스턴은 고개를 저었다.

"화가를 부를까요?"

윈스턴은 이번에도 고개를 저었다.

"확실해요?"

윈스턴은 또 고개를 저었다. 매케일렙은 눈에게 다시 시선을 돌렸다. 하지만 자신이 도박을 했다가 실패했다는 생각을 떨칠 수 없었다.

"제임스 씨, 1월 22일 밤에 본 것을 앞으로 며칠 동안 잘 생각해보시고, 혹시 새로운 것이 기억나거든 윈스턴 형사에게 전화해주시기 바랍니다. 아시겠습니까?"

"네."

"좋습니다. 이제 제가 5에서부터 숫자를 거꾸로 셀 겁니다. 제가 숫자를 세는 동안 당신은 몸에 다시 기운이 솟는 것을 느끼고 점점 정신이 또렷해지다가 제가 '1'이라고 말하는 순간 완전히 정신을 차릴 겁니다. 깨어난 뒤 당신은 마치 여덟 시간 동안 푹 자고 일어난 것처럼 기운이 넘칠 겁니다. 라스베이거스에 도착할 때까지 전혀 잠들지 않겠지만, 오늘 밤 침대에 들면 금방 잠들 수 있을 겁니다. 마음에 드십니까?"

"네."

매케일렙은 눈을 최면에서 깨웠다. 눈은 기대감에 찬 시선으로 윈스턴을 바라보았다.

"수고하셨습니다." 매케일렙이 말했다. "기분이 어때요?"

"좋은 것 같습니다. 제가 잘했나요?"

"잘하셨습니다. 우리가 나눈 얘기를 기억하십니까?"

"네, 그런 것 같아요."

"다행입니다. 기억하는 게 당연하죠. 혹시 새로운 기억이 떠오르거든 윈스턴 형사에게 연락하는 거 잊지 마세요."

"네."

"자, 저희가 선생님을 더 이상 붙들고 있으면 안 되겠죠? 한참 동안 자동차 운전을 하셔야 할 텐데요."

"괜찮습니다. 원래 7시나 돼야 여기 일이 끝날 거라고 생각했으니까요. 예정보다 일찍 끝난 셈입니다."

매케일렙은 손목시계를 본 뒤 다시 눈을 바라보았다.

"지금 7시 30분이 거의 다 됐습니다."

"네?"

눈은 자신의 손목시계를 확인했다. 깜짝 놀란 표정이었다.

"최면상태에 빠지면 시간감각을 잃어버리는 경우가 많습니다." 매케일렙이 말했다.

"겨우 10분 정도 지난 줄 알았는데요."

"그게 정상입니다. 시간감각이 흐트러진 거죠."

매케일렙은 일어서서 눈과 악수했다. 윈스턴이 그를 데리고 나갔다. 매케일렙은 다시 의자에 앉아 머리 위에서 양손을 깍지 꼈다. 죽을 만큼 피곤해서 자기야말로 여덟 시간 동안 푹 자고 일어난 것 같은 기분을 느낄 수 있으면 좋겠다는 생각이 들었다.

조사실 문이 열리더니 히친스 과장이 들어왔다. 시무룩한 표정이었다. 그게 무슨 뜻인지는 뻔했다.

"그래, 좀 어떻습니까?" 과장이 탁자 위에 놓인 가위 옆에 앉으면서 물었다.

"과장님과 같은 기분입니다. 실패예요. 자동차에 대해 더 상세한 설명을 얻어냈지만, 그래봤자 해당하는 자동차가 1만 대쯤 될 겁니다. 모자도 마찬가지죠. 자동차보다 더 많을지도 몰라요."

"클리블랜드 인디언즈일까요?"

"네? 아, 그 로고요? 글쎄요. 인디언즈 모자에는 작은 인디언이 한 명 있지 않던가요?"

"그렇죠. 그럼… 몰로토프는 어떻게 하죠?"

"볼로토프입니다."

"어쨌든. 이제 그놈은 용의선상에서 제외된 것 같은데요."

"그런 것 같네요."

히친스는 양손을 짝 소리가 나게 붙였다. 잠시 불편한 침묵이 이어지다가 윈스턴이 돌아와 상의 주머니에 손을 넣은 자세로 섰다.

"어랭고와 월터스는 어디 있어요?" 매케일렙이 물었다.

"갔어요." 윈스턴이 말했다. "그러면 그렇지 하는 기색이에요."

매케일렙은 다시 일어서서 히친스에게 탁자를 제자리에 돌려놓고 형광등도 다시 끼울 테니 탁자에서 일어서달라고 말했다. 히친스는 그럴 필요 없다면서, 매케일렙에게 이미 할 만큼 했다고 말했다. 매케일렙에게는 여러 가지 의미가 담긴 말로 들렸다.

"그럼 이제 그만 가봐야겠군요." 매케일렙은 이렇게 말하고 나서 거울을 가리키며 말을 덧붙였다. "녹화 테이프나 녹취록을 제가 한 부 얻을 수 있을까요? 그걸 한번 보고 싶은데요. 후속조사에 필요한 아이디어를 몇 가지 얻을 수 있을지도 모르니까요."

"뭐, 제이가 복사해줄 수 있을 겁니다. 테이프 복사기가 있으니까요. 하지만 이 사건을 더 수사할 필요가 있을지 모르겠군요. 저 친구는 범인의 얼굴을 못 본 게 분명하고, 번호판도 가려져 있었다니…. 더 이상 뭘 할 수 있겠습니까?"

매케일렙은 아무 말도 하지 않았다. 이 말을 끝으로 세 사람 모두 방을 나왔다. 히친스는 자기 의자를 밀며 사무실로 돌아갔고, 윈스턴은 매케일렙을 데리고 비디오실로 갔다. 윈스턴은 선반에서 새 테이프를 꺼내 기계에 넣었다. 최면수사를 녹화한 기계가 이미 거기에 연결되어 있었다.

"그래도 난 이번 일이 시도해볼 만한 가치가 있었다고 생각해요." 매케일렙이 말했다. 윈스턴은 버튼을 이것저것 눌러서 테이프를 복사하기 시작했다.

"신경 쓰지 말아요. 나도 그렇게 생각하니까요. 내가 실망한 건 얻어낸 것이 별로 없고, 볼로토프가 용의선상에서 제외됐기 때문이에요. 최면을 시도한 것 자체는 문제가 없어요. 과장님 생각은 어떤지 모르지만, LA 경찰국 친구들이야 무슨 생각을 하든 내 알 바 아니죠. 내 생각은 그래요."

매케일렙은 고개를 끄덕였다. 윈스턴이 이런 식으로 그의 부담감을 덜어주려 하는 건 고마운 일이었다. 사실 최면을 걸자고 주장한 사람은 매케일렙인데, 그 결과 얻어낸 것이 거의 없으니 윈스턴이 모든 걸 그의 탓으로 돌리려면 돌릴 수도 있는 상황이었다.

"만약 과장이 제이 씨를 못살게 굴거든 전부 내 탓으로 돌려요. 전부 내가 고집한 일이라고."

윈스턴은 아무 말도 하지 않았다. 그녀는 복사된 테이프를 기계에서 꺼내 마분지 케이스에 넣어 매케일렙에게 건네주었다.

"내가 배웅해줄게요." 윈스턴이 말했다.

"아뇨, 그러지 않아도 돼요. 나도 나가는 길을 아니까요."

"그러죠 뭐, 그럼. 연락하세요."

"당연하죠." 윈스턴과 함께 복도로 나온 뒤 매케일렙은 갑자기 뭔가를 떠올렸다. "잠깐, DRUGFIRE 얘기 과장한테 했어요?"

"아, 그럼요. 그쪽에 의뢰할 거예요. 내일 페덱스로 소포를 보낼 예정이에요. 워싱턴의 그 사람에게 전화해서 소포를 보내겠다고 말했어요."

"잘됐네요. 어랭고한테도 말했어요?"

윈스턴은 인상을 찌푸리며 고개를 저었다.

"기본적으로 테리 씨가 낸 아이디어라면, 어랭고는 관심을 보이지 않을 것 같아요. 그래서 말 안 했어요."

매케일렙은 고개를 끄덕이고는 그녀를 향해 경례하는 동작을 해 보이고 출구로 향했다. 그는 주차장을 가로질러 걸으면서 눈으로 버디 로크리지의 토러스를 찾았다. 그런데 그가 차를 찾아내기 전에 어떤 자동차가 그의 옆에 와서 섰다. 그쪽을 흘깃 보니 조수석에서 어랭고가 그를 바라보고 있었다.

매케일렙은 최면을 걸어봤자 아무 소용이 없었다고 어랭고가 고소해하는 꼴을 봐야겠구나 싶어서 마음의 준비를 했다.

"무슨 일입니까?" 매케일렙이 말했다.

멈추지 않고 계속 걸어가는 그를 차가 나란히 따라왔다.

"아무것도." 어랭고가 말했다. "아까 그거 정말 굉장한 쇼였다는 말을 해주고 싶어서 말이죠. 별 네 개짜리는 될 겁니다. 내일 아침에 출근하자마자 그 소식을 여기저기 전송해야겠어요."

"그것 참 재미있는 농담이군."

"당신의 그 쇼 때문에 우리가 목격자 한 명과 애당초 용의자가 되지 말았어야 하는 용의자 한 명을 잃었는데도 얻은 건 하나도 없다는 걸 알려주고 싶어서요."

"그래도 새로 알아낸 것이 아주 없지는 않아요…. 난 그 친구가 우리한테 범인의 주소를 알려줄 거라고 장담한 적이 없습니다."

"그렇죠. 뭐, 모자에 적혀 있던 CI가 무슨 뜻인지는 우리가 이미 알아냈어요. 완전한 바보(Complete Idiot)죠. 아마 범인도 우리를 그렇게 생각하고 있을 겁니다."

"그렇다면 이미 옛날부터 그런 생각을 하고 있었다는 뜻인데요."

어랭고는 말문이 막힌 모양이었다.

"당신은 당신 목격자나 생각해봐요. 엘렌 테이프 말입니다." 매케일렙이 말했다.

"이번처럼 최면을 걸라고요?"

"그래요."

어랭고는 월터스에게 차를 세우라고 고함을 지르더니 문을 벌컥 열고 뛰어내렸다. 그러고는 얼굴이 거의 맞닿을 정도로 매케일렙에게 다가왔다. 매케일렙이 그의 입 냄새를 맡을 수 있을 정도였다. 어랭고는 자동차 대시보드 서랍에 버번을 넣어두고 수시로 마시는 모양이었다.

"잘 들어, FBI 요원님. 우리 목격자한테는 손도 대지 마. 내 사건에 손댈 생각은 하지도 말라고."

어랭고는 말을 끝낸 뒤에도 물러나지 않고 그대로 서 있었다. 그의 입에서 나는 술 냄새 때문에 매케일렙의 코가 화끈거렸다. 매케일렙은 미소를 지으며 고개를 끄덕였다. 마치 방금 엄청난 비밀을 알아낸 사람처럼.

"정말로 걱정을 하고 있군, 그렇지?" 매케일렙이 말했다. "내가 이번 사건을 해결할까 봐 정말로 걱정하고 있어. 당신이 신경 쓰는 건 사건도 아니고, 죽거나 다친 피해자들도 아냐. 그저 당신이 해내지 못한 걸 내가 해내는 게 싫은 거야."

그는 상대의 반응을 기다렸지만 어랭고는 아무 말도 하지 않았다.

"그래, 계속 걱정해, 어랭고."

"그래? 이번 사건을 해결해보시겠다?"

어랭고는 독기가 가득한 거짓 웃음을 터뜨렸다.

"내가 비밀을 하나 말해줄까?" 매케일렙이 말했다. "글로리아 토레스 알지? 당신이 신경도 안 쓰는 그 피해자 말이야. 난 바로 그 여자 심장을 받았어."

매케일렙은 자기 가슴을 두드리며 어랭고를 바라보았다.

"내가 그 여자 심장을 받았다고. 그 여자가 죽어서 내가 살아 있는 거야. 그게 너무나 마음에 걸려. 그러니까 당신 감정 따위 신경 쓰고 싶지 않아, 어랭고. 내가 당신 발을 밟는 꼴이 되든 말든 상관없어. 고약하게 굴고 싶으면 마음대로 해. 내가 참아야지, 뭐. 하지만 난 범인을 잡을 때까지 절대 물러날 생각이 없어. 당신이 잡든, 내가 잡든, 아니면 누구 다른 사람이 잡든 상관없어. 어쨌든 나는 사건이 해결될 때까지 안 물러날 거야."

두 사람은 한참 동안 서로를 노려보았다. 마침내 매케일렙이 오른손을 들어 조용히 어랭고를 밀었다.

"난 이제 가봐야 해, 어랭고. 나중에 보자고."

18 악의 징조

그는 꿈에 어둠을 보았다. 물속에 풀린 피처럼 움직이는 어둠. 시야의 가장자리에서 어떤 이미지들이 쏜살같이 움직이는데, 그가 무엇인지 보려고 하면 이미지들이 사라져버렸다.

그는 공연히 불안해서 밤에 세 번이나 깼다. 현기증이 날 정도로 벌떡 일어나서 가만히 귀를 기울였지만 수많은 돛대에 바람이 스치는 소리밖에 들리지 않았다. 그는 일어나서 배 안을 살펴보고, 부두 저편을 내다보았다. 혹시 볼로토프가 왔나 싶어서였다. 그가 여기 나타날 가능성이 별로 없다는 걸 아는데도. 그는 화장실에 갔다 와서 맥박과 체온을 쟀다. 매번 결과는 똑같았다. 그리고 잠이 들면 또 의미를 알 수 없는 어두운 물의 꿈을 꿨다.

금요일 아침 9시에 전화벨 소리가 그를 깨웠다. 제이 윈스턴이었다.

"잤어요?"

"아뇨. 그냥 오늘은 좀 천천히 시작하고 싶어서요. 무슨 일이에요?"

"어랭고한테서 아주 마음에 걸리는 얘기를 들어서요."

"그래요? 무슨 얘기인데요?"

"테리 씨가 누구한테서 심장을 받았는지 말해주던데요."

매케일렙은 손으로 얼굴을 쓸었다. 자신이 어랭고에게 그 말을 했다는 걸 잊고 있었다.

"그게 왜 마음에 걸리는 건데요?"

"테리 씨가 나한테 모든 얘기를 해주지 않은 것 같아서요. 난 비밀이 싫어요. 그 고약한 자식한테서 그 말을 듣고 나니까, 그 사실을 마지막으로 알게 된 내가 고약한 자식이 된 것 같잖아요."

"제이 씨가 그걸 알든 모르든 달라질 게 없잖아요."

"그거 일종의 이해관계의 충돌 아니에요?"

"아뇨, 그런 거 없어요. 굳이 얘기한다면, 강화제라고나 할까요. 범인을 잡고 싶다는 생각이 경찰보다 더 강해졌으니까요. 또 마음에 걸리는 거 있어요? 눈 때문인가요?"

"아뇨, 그런 건 아니에요. 어젯밤에도 말했잖아요. 최면을 시도한 건 옳은 일이었다고요. 오늘 과장님이 벌써 나한테 한 소리 했지만, 그래도 내 생각은 그대로예요."

"다행이네요. 나도 그래요."

이 말을 끝으로 조심스러운 침묵이 흘렀다. 아무래도 윈스턴에게 할 말이 더 있는 것 같아서 매케일렙은 그냥 기다렸다.

"저기, 혼자 카우보이처럼 굴지는 말아요, 알았죠?" 윈스턴이 말했다.

"무슨 소리예요?"

"나도 몰라요. 테리 씨가 무슨 계획을 세우고 있는지 몰라서 그래요. 테리 씨가 말한 그 '강화제' 때문에 무슨 일을 꾸미고 있을지 걱정하는 것도 싫고요."

"알았어요. 그건 사실 걱정할 거리도 안 돼요, 제이 씨. 처음부터 말했듯이, 내가 뭔가를 알아내면 그쪽에다 알릴 거예요. 지금도 내 생각은 그래요."

"됐어요, 그럼."

"그래요."

매케일렙이 수화기를 내려놓으려는데 윈스턴의 목소리가 들렸다.

"그건 그렇고, 오늘 총알을 그쪽에 보냈어요. 그쪽 사람이 토요일에도 출근한다면 내일 받을 거고, 아니라면 월요일에 받을 거예요."

"잘됐네요."

"그쪽에서 뭔가 알아내면 나한테도 알려줄 거죠?"

"그쪽에서 제이 씨한테 먼저 말할 거예요. 제이 씨가 소포를 보냈으니까요."

"나도 다 아니까 공연한 소리는 하지 말아요, 테리 씨. 그 사람은 테리 씨 친구잖아요. 그러니까 테리 씨한테 연락하겠죠. 그러고 나서 곧장 나한테 연락해주기만 바랄 뿐이에요."

"그 친구한테 반드시 그렇게 하라고 할게요."

이번에도 수화기를 내려놓으려는데 또 윈스턴의 목소리가 들렸다.

"오늘은 뭘 할 거예요?"

그는 아직 딱히 생각해놓은 것이 없었다.

"글쎄요…. 아직 모르겠어요. 어딜 가야 할지 생각을 안 해봐서요. 글로리아 토레스 사건의 목격자들을 다시 만나보고 싶은데, 어랭고가 어제 나한테 아주 심하게 협박을 해서요."

"그럼 뭘 하죠?"

"글쎄요. 오늘은 그냥 배에서 빈둥거릴까 했는데요. 사건 자료랑 테이프를 한 번 더 보면서 새로운 단서라도 찾아보면 어떨까…. 처음에 그냥 빨리 훑어보기만 했지 철저히 살펴보지 않아서요."

"지루한 하루가 되겠네요. 나 못지않게 재미없는 하루가 되겠어요."

"또 법정에 가요?"

"차라리 그러면 낫게요. 금요일에는 재판이 쉬어요. 그러니까 오늘은 하루 종일 서류작업을 해야 돼요. 그동안 밀린 일들. 이제 그만 일해야겠어요. 나중에 봐요, 테리 씨. 아까 말한 거 잊지 말아요. 새로운 게 나오면 나한테 먼저 연락하겠다고 한 거요."

"정말로 연락할게요."

마침내 윈스턴이 전화를 끊었다. 매케일렙은 전화기를 배에 끌어안은 채 다시 침대에 털썩 누웠다. 그는 몇 분 동안 간밤의 꿈을 기억해내려고 애쓰다가 수화기를 들고 전화번호 안내번호로 전화를 걸어 홀리크로스 병원의 응급실 번호를 물어보았다.

그는 병원에 전화를 걸어 그래시엘라 리버스를 바꿔달라고 했다. 거의 1분이나 기다린 뒤에야 그녀가 전화를 받았다. 무뚝뚝하고 급한 목소리였다. 아마 통화를 하기가 힘든 상황인 모양이었다. 매케일렙은 그냥 전화를 끊으려다가 자신이 전화했음을 그래시엘라가 눈치챌지도 모른다는 생각이 들었다.

"여보세요?"

"미안해요. 지금 한창 바쁜 모양이죠?"

"누구세요?"

"테리예요."

"아, 테리 씨. 안녕하세요? 안 바빠요. 레이먼드 일인 줄 알았어요. 이쪽으로 전화하는 사람이 많지 않거든요."

"내가 괜히 놀라게 한 모양이네요. 미안해요."

"괜찮아요. 어디 편찮으세요? 목소리가 이상해요. 그래서 제가 목소리를 못 알아들었어요."

그래시엘라가 어색하게 웃었다. 그의 목소리를 알아듣지 못해서 당황한 모양이었다.

"지금 누워 있어서 그래요." 매케일렙이 말했다. "아파서 결근한다고 전화하면서 이렇게 해본 적 있어요? 그러면 정말로 아픈 것처럼 들려요."

이번에는 그래시엘라가 정말로 유쾌한 웃음을 터뜨렸다.

"전 한 번도 안 해봤는데요. 꼭 기억해둬야겠네요."

"그럼요, 얼마나 유용한데요."

"그래, 어쩐 일이세요? 일은 잘돼요?"

"사건 수사는 그다지 좋지 않아요. 어제 뭔가 잡은 것 같았는데 또 벽에 부딪혔어요. 오늘은 전체적으로 다시 한 번 검토를 해보려고요."

"네."

"내가 전화한 건, 내일 어떻게 할까 해서요. 내일 레이먼드를 데려오면 어때요? 그러면 내가 아이를 데리고 돌밭으로 나갈 수 있을 것 같은데요."

"돌밭이요?"

"방파제요. 거기 낚시하기 좋은 데가 있어요. 아침에 거기까지 자주 산책을 하는데, 항상 사람들이 낚싯줄을 드리우고 있더라고요."

"글쎄요, 지난번에 거기 갔다 온 뒤로 레이먼드가 계속 그 얘기만 하고 있기는 해요. 그래서 저도 생각은 하고 있었죠. 테리 씨만 괜찮다면 저도 좋아요."

매케일렙은 잠시 머뭇거렸다. 혹시 볼로토프가 여기까지 찾아오지 않을까 싶어서였다. 하지만 그래시엘라와 아이를 보고 싶었다. 두 사람을 꼭 봐야 할 것 같았다.

"다음번으로 미룰까요?" 그래시엘라가 말했다.

"아뇨." 매케일렙이 말했다. 볼로토프의 유령이 그의 머릿속에서 사라졌다. "그냥 생각을 좀 하느라고요. 이쪽으로 오세요. 재미있을 거예요. 그리고 지난번에 내가 저녁을 직접 요리하기로 해놓고 깜박했던 걸 이번에 보상해야죠."

"그럼, 좋아요."

"여기서 자고 가도 돼요. 방은 많으니까요. 선실이 두 개예요. 응접실 탁자를 접으면 침대가 또 하나 생기고요."

"그건 그때 봐서요. 가능하면 레이먼드의 생활에 변화가 생기지 않게 하고 싶어요. 잠자리를 바꾸지 않는 것도 그렇고요."

"이해해요."

두 사람은 다음 날 계획에 대해 좀 더 이야기를 나눴다. 그래시엘라는 다음 날 아침에 부두로 오기로 했다. 전화를 끊은 뒤에도 매케일렙은 계속 전화기를 배에 올려둔 채 침대에 누워 있었다. 그는 그래시엘라를 생각했다. 그녀와 함께 있는 것이 좋았기 때문에 토요일 하루를 함께 지낼 생각을 하니 절로 웃음이 나왔다. 그런데 볼로토프에 관한 생각이 다시 그를 방해했다. 매케일렙은 상황을 신중하게 검토해본 뒤 볼로토프는 걱정할 필요가 없다는 결론을 내렸다. 말로 협박한 사람들이 협박을 실천하는 경우는 드물었다. 게다가 볼로토프가 그를 해치고 싶다 해도 〈더 팔로잉 시〉 호를 찾아내기가 쉽지 않을 것이다. 마지막으로, 볼로토프는 이제 이번 사건의 용의자가 아니었다.

이런 생각을 하다 보니 다른 의문이 떠올랐다. 볼로토프가 용의자가 아니라면, 도대체 왜 도망친 거지?

매케일렙은 전날 밤 윈스턴이 한 말을 생각해보았다. 볼로토프가 이번 사건의 범인은 아니더라도, 십중팔구 뭔가 다른 짓을 저질렀을 거라는 말. 그래서 도망쳤을 것이다.

매케일렙은 볼로토프 생각을 그만두고 마침내 침대에서 일어났다.

매케일렙은 커피 한 잔을 마신 뒤 사무실로 내려가서 경찰 보고서와 테이프를 모조리 들고 다시 응접실로 올라왔다. 그러고는 미닫이문을 열어 배 안에 바람이 통하게 한 뒤 의자에 앉아 사건과 관련된 비디오테이프 장면들을 꼼꼼히 살펴보기 시작했다.

20분 뒤 그가 글로리아 토레스의 총격 장면을 세 번째로 보고 있을 때, 뒤에서 버디 로크리지의 목소리가 들렸다.

"이게 도대체 뭐야?"

매케일렙이 돌아보니 로크리지가 응접실의 문간에 서 있었다. 매케일렙은 로크리지가 배에 오르는 것을 느끼지 못했다. 그는 리모컨을 들어 텔레비전을 껐다.

"테이프야. 여긴 웬일이야?"

"출근한 거지."

매케일렙은 멍한 표정으로 그를 바라보았다.

"오늘 아침에 오라며. 어제 그랬잖아."

"아, 그렇지. 그런데 오늘은… 오늘은 그냥 여기서 일하게 될 것 같아. 혹시 나중에라도 무슨 일이 생기면 운전해줄 수 있어?"

"아마 될걸."

"됐어, 그럼. 고마워."

매케일렙은 로크리지가 나가기를 기다렸지만, 로크리지는 가만히 서 있기만 했다.

"왜?"

"저게 지금 조사하는 거야?" 로크리지가 텔레비전을 가리키며 물었다.

"응, 버디, 저거야. 하지만 자네한테 자세한 얘기는 해줄 수 없어. 사생활 보호 때문에."

"그건 괜찮아."

"그럼 또 할 말 있어?"

"어, 그게, 월급날은 언제야?"

"월급날? 그게 무슨… 아, 자네 월급날? 뭐, 아무 때나. 돈이 필요해?"

"그렇지, 뭐. 오늘 좀 필요할 것 같아."

매케일렙은 지갑과 열쇠를 놓아둔 취사실 카운터로 갔다. 그는 지갑을 열면서 버디가 운전을 해준 시간이 기껏해야 여덟 시간쯤일 것이라고 계산했다. 그는 20달러 지폐 6장을 꺼내 로크리지에게 건네주었다. 버디는 지폐를 손으로 펼쳐 보더니 너무 많다고 말했다.

"기름 값도 포함된 거야." 매케일렙이 설명했다. "그러고도 남는 돈은 어디 못 가고 대기한 시간에 대해 주는 거고. 그럼 됐지?"

"나야 좋지. 고마워, 테러."

매케일렙은 미소를 지었다. 로크리지는 처음 만난 날부터 그를 테러라고 불렀다. 그날 매케일렙은 로크리지가 시끄럽게 불어대는 하모니카 소리에 엄청 화를 냈었다.

마침내 로크리지가 나가자 매케일렙은 다시 일을 시작했다. 비디오테이프에서는 의미 있는 것이 하나도 보이지 않아서 그는 서류를 읽기 시작했다. 이렇게 철저히 자료를 조사할 때 시간은 중요한 요인이 아니었다. 매케일렙은 한 글자도 놓치지 않으려고 애썼다.

그는 뒤에서부터, 즉 강-토레스 사건부터 시작했다. 하지만 현장 보고서와 수사상황 요약을 읽어 보아도, 처음에 발견했던 시간상의 모순 외에는 아무것도 눈에 띄지 않았다. 비록 어랭고의 성격과 그를 무작정 따르는 월터스는 마음에 안 들었지만, 두 사람이 미처 보지 못하고 놓친 부분이나 수사를 잘못한 부분은 없는 것 같았다.

마지막으로 그는 부검보고서와 글로리아 토레스의 시체 사진을 복사한 것을 보았다. 전에는 이 사진들을 보지 않았다. 그럴 만한 이유가 있어서였다. 그가 기억하는 피해자들은 항상 시체 사진 속의 모습뿐이었다.

그는 그들이 죽은 후의 모습만 봤지, 살아 있을 때의 모습을 본 적이 없었다. 그가 본 것은 범인이 피해자의 몸에 남겨 놓은 흔적뿐이었다. 그래서 처음 자료를 읽을 때 그는 글로리아의 시체 사진을 볼 필요가 없다는 결론을 내렸다. 그녀의 그런 모습을 보고 싶지도 않았고, 굳이 볼 필요도 없을 것 같았다.

하지만 지금은 지푸라기라도 잡는 심정으로 그 사진들을 들여다보았다. 복사기로 복사한 것이라서 화질이 형편없기 때문에 세세한 부분들이 뭉그러져서 사진이 그다지 충격적으로 보이지 않았다. 매케일렙은 사진들을 재빨리 훑어본 뒤 다시 맨 처음 사진으로 되돌아왔다. 강철 부검대 위에 알몸으로 누워 있는 글로리아의 사진, 즉 부검 전에 찍은 사진이었다. 장기이식을 위해 외과의사들이 수술을 하면서 길게 절개한 흔적이 양 가슴 사이를 지나 흉골까지 이어졌다. 매케일렙은 양손으로 그 사진을 들고, 남에게 침범당한 그녀의 몸을 오랫동안 들여다보며 슬픔과 죄책감이 뒤섞인 감정을 느꼈다.

전화벨이 울리는 바람에 그는 화들짝 놀랐다. 그는 다시 벨이 울리기 전에 수화기를 들었다.

"네?"

"테리 씨? 폭스 박사예요."

매케일렙은 탁자 위의 사진을 뒤집었다. 이유는 자신도 알 수 없었다.

"여보세요?"

"네, 안녕하세요?"

"잘 지내요?"

"잘 지내요, 선생님."

"지금 뭐 해요?"

"지금요? 그냥 앉아 있는데요."

"테리 씨, 내 말이 무슨 뜻인지 알잖아요. 그 여자의 부탁을 어떻게 하기로 했어요? 그 언니라는 사람 말이에요."

"저, 그게…." 매케일렙은 사진을 다시 뒤집어 바라보았다. "조사해보기로 했어요."

박사는 아무 말도 하지 않았지만, 자기 책상에 앉아 눈을 감고 고개를 절레절레 젓는 모습이 보이는 듯했다.

"미안해요." 매케일렙이 말했다.

"유감이네요." 박사가 말했다. "테리 씨, 그게 얼마나 위험한 일인지 잘 모르는 모양인데요…."

"알아요, 박사님. 하지만 나도 어쩔 수 없어요."

"그럼 나도 어쩔 수 없네요."

"무슨 뜻이에요?"

"테리 씨가 그렇게 나오면 나도 계속 테리 씨 주치의 노릇을 할 수 없다는 뜻이에요. 내 충고를 귀담아 듣거나, 내 지시를 따라야 한다는 생각이 없는 것 같으니까요. 테리 씨는 건강보다 그 일을 선택했어요. 테리 씨가 그 일을 하는 한 나는 테리 씨를 치료해줄 수 없어요."

"날 쫓아내는 건가요?"

매케일렙은 불안한 웃음을 터뜨렸다.

"농담하는 거 아니에요. 그게 테리 씨의 문제인지도 모르겠네요. 이걸 무슨 농담처럼 생각하죠? 테리 씨 본인은 천하무적인 것 같죠?"

"아뇨, 그런 생각은 안 해요."

"말은 그렇게 하지만 행동은 다르잖아요. 월요일에 조수들한테 테리 씨 기록을 정리하라고 해야겠어요. 다른 심장전문의 두세 명을 소개해드리죠."

매케일렙은 눈을 감았다.

"저기, 선생님, 저는… 무슨 말을 해야 할지…. 오랫동안 절 치료해주셨잖아요. 끝까지 책임져야 한다는 생각 안 드세요?"

"그런 건 한쪽만 애쓴다고 되는 게 아니에요. 월요일까지 테리 씨한테서 아무 소식이 없으면, 그 사건 조사를 계속하겠다는 뜻으로 받아들일 거예요. 여기 있는 테리 씨 기록을 정리해둘게요."

박사는 전화를 끊었다. 매케일렙은 여전히 수화기를 귀에 댄 채 꼼짝도 않고 앉아 있었다. 이내 수화기에서 뚜뚜뚜뚜 하는 소리가 울려나오기 시작했다.

매케일렙은 자리에서 일어나 밖으로 나갔다. 조종실에서 그는 부두와 주차장을 살펴보았다. 버디 로크리지도, 다른 어느 누구도 보이지 않았다. 바람 한 점 없는 날씨였다. 매케일렙은 선미 난간 위로 몸을 기울여 물속을 들여다보았다. 너무 어두워서 바닥이 보이지 않았다. 그는 물속을 향해 침을 뱉었다. 그 침과 함께 폭스의 통고로 인한 불안감도 물속으로 사라졌다. 매케일렙은 흔들리지 않겠다고 다짐했다.

다시 돌아와 보니 사진은 탁자 위에서 여전히 그를 기다리고 있었다. 매케일렙은 사진을 들고 다시 유심히 살펴보았다. 이번에는 그의 시선이 몸을 거슬러 올라가 얼굴로 향했다. 눈에 검은 연고 같은 것이 있었다. 장기이식을 위해 내부 장기를 떼어내면서 눈도 함께 떼어냈을 거라는 생각이 들었다.

왼쪽 귓바퀴에서 귓불까지 작은 구멍 세 개가 나 있는 것이 보였다. 오른쪽 귓불에는 구멍이 하나밖에 없었다.

매케일렙은 이 사진을 내려놓으려다가, 병원 측이 피해자의 몸에서 떼어낸 물건들을 경찰에 넘겼다는 보고서를 전에 본 기억이 났다.

사소한 부분들이 전부 일치하는지 확인해보고 싶어진 매케일렙은 서류 더미에서 소지품 보고서를 찾아냈다. 그러고는 손가락으로 옷가지 목록을 짚어 내려가다가 마침내 장신구라는 소제목에 이르렀다.

- **장신구**
  1. 타이멕스 손목시계
  2. 귀걸이 3개(초승달 2개, 은 고리 1개)
  3. 반지 2개(탄생석, 은)

매케일렙은 총격장면이 잡힌 비디오테이프에서 글로리아 토레스가 모두 합해 네 개의 귀걸이를 하고 있었던 것을 떠올리며 한참 동안 생각에 잠겼다. 왼쪽 귀에는 고리, 초승달, 십자가. 오른쪽 귀에는 초승달 한 개. 그런데 소지품 보고서에는 귀걸이가 세 개뿐이었다. 부검 사진에서 글로리아의 양쪽 귀에 분명히 보이는 구멍 개수와도 맞지 않았다.

매케일렙은 테이프를 다시 보려고 텔레비전을 향해 돌아섰다가 그만두었다. 확실했다. 글로리아의 귀에 걸려 있던 십자가는 그가 상상으로 만들어낸 것이 아니었다. 그런데 그것이 사라져버린 것이다.

미심쩍은 부분이었다. 매케일렙은 손가락으로 소지품 보고서를 두드리며 이것이 의미 있는 사실인지 아닌지 생각해보았다. 그 십자가 귀걸이는 어떻게 됐을까? 왜 이 목록에 없을까?

손목시계를 확인해보니 12시 10분이었다. 그래시엘라가 점심을 먹을 시간이었다. 매케일렙은 병원으로 전화를 걸어 카페테리아를 대달라고 말했다. 어떤 여자가 전화를 받자 그는 창가의 식탁에 앉아 있는 간호사에게 가서 메시지를 좀 전해줄 수 있겠느냐고 물었다. 여자가 머뭇거리자 매케일렙은 그래시엘라의 생김새를 설명하고 이름을 말해주었다. 여자는 마지못해 무슨 말을 전하고 싶은 거냐고 물었다.

"가능한 한 빨리 매케일렙 박사에게 전화해달라고만 하시면 됩니다."

5분 뒤 그녀에게서 전화가 왔다.

"매케일렙 박사라고요?"

"미안해요. 그래야 그 여자가 메시지를 확실히 전해줄 것 같아서요."

"무슨 일이에요?"

"그게, 지금 사건 자료를 다시 살펴보는 중인데 좀 미심쩍은 데가 있어서요. 소지품 보고서에는 병원 측이 동생분 귀에서 초승달 귀걸이 두 개와 고리 귀걸이 한 개를 떼어냈다고 되어 있어요."

"맞아요. CAT 스캔을 하려면 그런 건 떼어내야 하거든요. 총알이 들어간 길을 보려고 그걸 찍었을 거예요."

"그럼 동생분이 왼쪽 귀에 하고 있던 십자가 귀걸이는 어떻게 됐죠? 소지품 보고서에는 그 말이 없어서…."

"그날 밤에는 그 귀걸이를 안 했어요. 안 그래도 계속 이상하다는 생각이 들었어요. 그애가 그 귀걸이를 제일 좋아했는데, 그걸 안 해서 나쁜 일이 생긴 건가 싶기도 하고요. 원래 그애는 그 귀걸이를 매일 하고 다녔거든요."

"일종의 개인적인 상징 같은 거군요." 매케일렙이 말했다. "그런데 그날 밤에는 그걸 안 했다고요?"

"경찰이 저한테 건네준 소지품에, 그러니까 시계며 반지며 귀걸이 중에는 없었어요. 그러니까 그애가 그걸 안 한 거죠."

"확실해요? 비디오에서는 그 귀걸이를 하고 있는데요."

"비디오라니요?"

"그 가게 비디오요."

그래시엘라는 잠시 아무 말이 없었다.

"그럴 리가 없어요. 제가 그걸 동생 장신구 상자에서 찾았다고요. 그래서 동생을 묻을 때 귀에 걸어주라고 장의사에 주었어요."

이번에는 매케일렙이 침묵했다. 그러다 어떻게 된 일인지 알 것 같다는 생각이 들었다.

"그 귀걸이가 원래 두 짝이 아닐까요? 나야 십자가에 대해서는 전혀 모르지만, 귀걸이는 원래 두 개가 한 쌍이잖아요."

"네, 맞아요. 그건 제가 생각을 못 했네요."

"그럼 그래시엘라 씨가 찾은 건 나머지 하나겠죠?"

매케일렙은 속이 요동치는 것 같았다. 이런 느낌을 받은 것이 아주 오랜만이었지만, 그는 이 느낌을 금방 알아차렸다.

"그렇겠죠….." 그래시엘라가 말했다. "그럼 그애가 그 귀걸이 한 짝을 하고 있었다면, 그건 어디로 간 거죠?"

"내가 알고 싶은 게 바로 그거예요."

"그런데 그게 중요한 일인가요?"

매케일렙은 잠시 아무 말 없이 어떤 대답을 해야 할지 생각해보았다. 지금은 확실한 것이 전혀 없으므로 그래시엘라에게 말하지 않는 편이 낫겠다는 생각이 들었다.

"그냥 미심쩍은 부분을 확실히 해두고 싶어서 그래요. 하나만 물어보죠. 그 귀걸이는 고리처럼 구멍에 걸게 되어 있는 건가요, 아니면 뒤에 고정장치가 하나 더 있는 건가요? 무슨 뜻인지 알죠? 비디오만으로는 확실히 알 수가 없어서요."

"그렇죠. 음, 귀에 걸면 저절로 닫히면서 고정되는 고리 형태였던 것 같아요. 그게 저절로 떨어졌을 것 같지는 않아요."

그래시엘라의 말을 들으면서 매케일렙은 서류 더미를 뒤져 구급대 보고서를 찾아냈다. 그리고 손가락으로 줄을 짚어가며 내용을 훑다가 글로리아를 치료하고 이송한 구급대원 두 명의 이름과 그들이 소속된 소방서

번호를 찾아냈다.

"됐습니다. 이제 그만 끊어야겠어요." 그가 말했다. "내일 약속은 그대로죠?"

"물론이죠. 저, 테리 씨?"

"네?"

"그 가게의 비디오테이프를 봤다고 했죠? 저기, 그걸 전부 봤어요? 글로리아가….."

"네." 매케일렙은 조용히 말했다. "어쩔 수 없었어요."

"그애가… 그애가 겁에 질려 있던가요?"

"아뇨, 그래시엘라 씨. 아주 순식간에 벌어진 일이었어요. 동생분은 전혀 예상도 못 했어요."

"그건 다행이네요."

"그러게요…. 괜찮겠어요?"

"괜찮아요."

"됐어요, 그럼. 내일 봅시다."

글로리아를 이송한 구급대원들은 76 소방서 소속이었다. 매케일렙은 그곳으로 전화를 걸었지만, 1월 22일 밤에 근무한 대원들은 일요일까지 휴가라고 했다. 소방서장은 '범죄 이송'과 관련된 소방서 지침에 따라, 만약 들것이나 구급차 안에 떨어진 소지품이 있었다면 반드시 경찰에 돌려주었을 거라고 말했다. 따라서 구급대원들이 글로리아 토레스를 병원으로 이송한 뒤에 경찰에 추가로 소지품을 넘겼다면, 경찰이 소지품을 인수했다는 내용의 서류가 사건자료 속에 포함되어 있어야 할 터였다. 하지만 그런 서류는 없었다. 십자가 귀걸이의 행방은 여전히 묘연했다.

매케일랩은 타인의 심장을 받은 뒤로 항상 자기 말고 다른 사람이 이 심장을 받아 생명을 건졌어야 마땅하다는 생각을 내심 품고 있었다. 자기 말고 다른 사람이 받았어야 했다. 글로리아의 심장을 받기 전 며칠, 몇 주 동안 그는 이미 마지막을 각오하고 있었다. 그는 죽음을 당연한 일로 받아들였다. 하느님을 믿는 단계는 이미 오래전에 지나 있었다. 그가 FBI에서 일하면서 목격한 수많은 끔찍한 일들이 조금씩 그의 믿음을 갉아먹어서 나중에는 인간이 저지를 수 있는 사악한 행동에는 한계가 없다는 절대적인 믿음만 남았다. 그의 심장이 점점 쇠약해져서 이제 마지막이 다가왔다고 생각하던 그 시기에도 그는 죽음이라는 미지의 세계에 대한 두려움을 달래려고 잃어버린 믿음에 필사적으로 매달리는 짓은 하지 않았다. 그 대신 그는 자신이 무(無)로 돌아갈 거라는 사실, 이것이 마지막이라는 사실을 받아들였다.

그건 쉬운 일이었다. FBI에서 일할 때 그는 임무수행에 모든 것을 바쳤다. 임무를 성공적으로 마치고 나면, 자신이 조금이라도 세상을 바꿔놓았다는 생각이 들었다. 그는 심장 전문의보다 더 많은 생명들을 끔찍한 종말로부터 구해내고 있었다. 그는 최악의 악마들, 극악한 암 덩어리들에 맞서고 있었다. 비록 그 싸움은 항상 힘들고 고통스러웠지만, 그 싸움이 그의 삶에 의미를 주었다.

하지만 그의 심장이 그를 저버리던 날, 그래서 그가 가슴을 칼에 찔렸음이 분명하다는 생각을 하며 지부 사무실 바닥에 쓰러지던 날 그 싸움은 그의 삶에서 사라져버렸다. 2년 뒤, 이식받을 심장이 나타났다는 소식을 들었을 때도 마찬가지였다.

그는 새 심장을 얻었지만, 새로운 삶을 살게 된 것 같지는 않았다. 그는 결코 항구를 떠나지 않는 배에서 살았다. 그가 신문기자를 상대로 삶의 두 번째 기회가 어쩌고저쩌고 하며 떠들어댄 말은 무의미했다. 이런 생활은 매케일렙을 만족시키지 못했다. 그래시엘라 리버스가 그의 삶 속으로 들어왔을 때 그는 한창 그런 갈등을 겪던 중이었다.

그래시엘라가 그에게 내민 부탁은 그의 마음속 갈등을 피할 수 있는 방편이었다. 하지만 지금은 갑자기 모든 게 달라졌다. 사라진 십자가 귀걸이가 그의 마음속 깊은 곳에서 잠자고 있던 뭔가를 건드렸다. 오랜 경험 덕분에 그는 악에 대한 진정한 지식과 본능을 지니게 되었다. 그는 악의 징조를 알고 있었다.

이것도 그런 징조 중 하나였다.

19 새로운 가설

　매케일렙이 일주일 동안 보안관서의 살인사건 전담반 사무실을 워낙 자주 드나들었기 때문에, 접수대 직원은 안에 전화를 걸어보지도 않고 그냥 손짓으로 들어가라고 말했다. 제이 윈스턴은 책상에 앉아 구멍 세 개짜리 펀치로 두툼한 서류에 구멍을 뚫은 다음, 바인더에 서류를 끼워 넣고 있었다. 윈스턴은 바인더를 찰싹 닫고 그를 올려다보았다.

　"아예 눌러 살지 그래요?"

　"그럴까 생각 중이에요. 서류에 붙들린 거예요?"

　"그래도 넉 달치가 아니라 두 달치밖에 안 돼요. 어쩐 일이에요? 오늘 올 줄은 몰랐는데요."

　"내가 그 얘기를 안 해줘서 아직도 화난 거예요?"

　"이미 지난 일인데요, 뭐."

　윈스턴은 의자에 등을 기대고 그를 바라보며 오늘 왜 자기를 찾아왔는지 그가 설명하기를 기다렸다.

　"내가 뭘 좀 찾아냈는데 조사해볼 필요가 있을 것 같아요." 매케일렙이 말했다.

"또 볼로토프 얘기예요?"

"아뇨, 다른 얘기예요."

"자칫하면 테리 씨가 양치기 소년 같은 꼴이 될지도 몰라요."

윈스턴이 미소를 지었다.

"안 그래요."

"그럼 말해봐요."

매케일렙은 양 손바닥으로 책상을 짚고 몸을 기울였다. 윈스턴에게만 들리게 작은 소리로 말하기 위해서였다. 사무실 안에는 윈스턴의 많은 동료들이 주말이 오기 전에 일을 끝내려고 각자 자리에 앉아 분주히 움직이고 있었다.

"어랭고와 월터스가 놓친 게 있어요." 매케일렙이 말했다. "나도 처음 자료를 살펴볼 때 그걸 놓쳤고요. 하지만 오늘 오전에 비디오와 서류를 두 번째로 살펴보다가 찾아냈어요. 아주 진지하게 생각해봐야 하는 문제예요. 이걸로 상황이 바뀔지도 몰라요."

윈스턴은 미간에 주름을 잡으며 심각한 표정으로 매케일렙을 바라보았다.

"변죽만 울리는 건 그만해요. 그 두 사람이 놓친 게 뭔데요?"

"말보다는 직접 보여주는 게 나을 거예요." 매케일렙은 바닥에 놓아둔 자신의 가죽 가방을 열어 감시카메라 테이프 복사본을 꺼냈다. "이걸 지금 볼 수 있을까요?"

"그럴걸요."

윈스턴은 자리에서 일어나 앞장서서 비디오실로 걸어갔다. 윈스턴은 테이프를 한 번 바라본 뒤 기계를 켜고 테이프를 집어넣었다. 자신이 수요일에 매케일렙에게 준 테이프가 아니라는 사실을 알아차린 것 같았다.

"이건 뭐예요?"

"슈퍼마켓의 감시카메라 테이프예요."

"내가 준 게 아닌데요."

"복사본이에요. 누구 다른 사람한테 그 테이프를 좀 봐달라고 부탁했거든요."

"그게 무슨 소리예요? 누구한테 부탁한 건데요?"

"FBI에서 일할 때 알게 된 기술자예요. 그냥 몇 장면을 확대해달라고 부탁했어요. 별일 아니에요."

"그래, 나한테 보여주겠다는 게 뭐예요?"

윈스턴은 재생 버튼을 눌렀다.

"일시정지 버튼은 어디 있죠?"

윈스턴이 어떤 버튼을 가리켰다. 매케일렙은 그 위에 손가락을 갖다 대고 화면을 보며 원하는 장면이 나오기를 기다렸다. 화면 속에서 글로리아 토레스가 카운터로 다가가 강에게 미소를 지었다. 이내 범인이 나타나 총을 쏘자 글로리아의 몸이 카운터 위로 튀어나가듯 쓰러졌다. 매케일렙은 여기서 화면을 정지시키고, 주머니에서 꺼낸 펜으로 글로리아의 왼쪽 귀를 가리켰다.

"화질이 나쁘지만, 확대한 영상을 보면 이쪽 귀에 귀걸이가 세 개 있는 게 보여요." 매케일렙은 이렇게 말하고 나서 펜으로 각각의 귀걸이를 가리켰다. "초승달 모양, 고리 모양, 그리고 귓불에 매달린 십자가 모양."

"지금은 잘 안 보이지만, 테리 씨 말을 그냥 믿을게요."

매케일렙이 일시정지 버튼을 다시 누르자 화면이 돌아가기 시작했다. 그는 글로리아의 몸이 다시 뒤로 팅겨나가면서 머리가 왼쪽으로 돌아간 장면에서 또 일시정지 버튼을 눌렀다.

"오른쪽 귀예요." 매케일렙은 또 펜으로 귀를 가리켰다. "초승달 한 개뿐이에요."

"그건 알겠는데, 여기에 무슨 의미가 있다는 거예요?"

매케일렙은 이 말을 무시하고 다시 버튼을 눌렀다. 총알이 발사되고, 글로리아는 카운터 위로 퉁기듯 쓰러졌다가 그 반동으로 다시 뒤로 퉁겨 올라오며 범인을 향해 쓰러졌다. 범인은 글로리아를 앞에서 잡은 채로 강을 향해 총을 쏘며 뒷걸음질로 화면을 벗어나 글로리아를 바닥에 내려놓았다.

"여기서 범인이 피살자를 카메라에서 벗어난 바닥에 눕혀요."

"범인이 의도적으로 그렇게 했다는 거예요?"

"그래요."

"왜요?"

매케일렙은 다시 가방을 열어 소지품 보고서를 꺼내서 윈스턴에게 주었다.

"이건 피살자의 소지품에 관한 경찰 보고서예요. 병원에서 작성한 거죠. 그때는 글로리아가 아직 살아 있었다는 걸 잊으면 안 돼요. 병원 사람들이 글로리아의 몸에서 떼어낸 물건들을 순찰경관에게 줬고, 그 경관이 보고서를 작성했어요. 거기 뭔가 빠진 게 보여요?"

윈스턴은 보고서를 훑어보았다.

"글쎄요. 그냥… 십자가 귀걸이?"

"맞아요. 그게 없어졌어요. 놈이 가져간 거예요."

"순찰경관이요?"

"아뇨, 범인이요. 범인이 귀걸이를 가져갔어요."

윈스턴이 어리둥절한 표정을 지었다. 무슨 소리인지 모르겠다는 표정이었다. 윈스턴은 매케일렙이 지금까지 겪은 일들을 접하거나 본 적이 없었다. 그래서 그 의미를 알아차리지 못하는 것이다.

"잠깐만요." 윈스턴이 말했다. "범인이 귀걸이를 가져갔다는 걸 어떻게 알아요? 그냥 귀걸이가 떨어져서 어디론가 사라져버렸을 수도 있잖아요."

"아뇨. 피살자 언니한테도 물어보고, 병원 사람들과 구급대원들한테도 물어봤어요."

매케일렙이 사실 그 정도로 자세히 조사하지는 않았지만, 지금 윈스턴을 확실히 설득할 필요가 있었다. 자기가 내린 결론 외에 다른 결론을 내릴 수 있는 여지를 윈스턴에게 남겨줄 수는 없었다.

"피살자 언니 말이, 그 귀걸이는 뒤에서 한 번 더 고정하게 되어 있는 거래요. 그러니까 저절로 떨어졌을 가능성은 별로 없어요. 설사 떨어졌다 해도, 구급대원들 말로는 들것이나 구급차 안에 귀걸이가 없었대요. 병원에서도 귀걸이를 못 찾았고요. 범인이 가져간 거예요, 제이 씨. 게다가 만약 귀걸이가 저절로 떨어졌다 해도, 범인이 총을 쏠 때 떨어졌을 가능성이 높아요. 총격이 피살자의 머리에 얼마나 강한 충격을 줬는지 봤잖아요. 만약 귀걸이가 떨어졌다면 그때였을 거예요. 하지만 귀걸이는 저절로 떨어지지 않았어요. 범인이 뺀 거예요."

"알았어요, 알았어요. 범인이 가져갔다고 쳐요. 그게 왜요? 아직 테리씨 말을 믿는 건 아니지만, 거기에 무슨 의미가 있다는 거예요?"

"그게 사실이라면 모든 게 바뀌죠. 이건 단순한 강도사건이 아니에요. 글로리아는 운 나쁘게 총을 맞은 게 아니라, 처음부터 범인의 목표였어요. 글로리아가 범인의 사냥감이었다고요."

"아이고, 세상에. 글로리아는… 무슨 생각으로 이러는 거예요? 이걸 무슨 연쇄살인사건으로 만들기라도 할 생각이에요?"

"난 아무런 의도도 없어요. 그냥 보이는 대로 말하는 거예요. 처음부터 이 사건에는 이런 의미가 숨어 있었어요. 이쪽 형사들, 아니 우리들이 그걸 보지 못했을 뿐이에요."

윈스턴은 매케일렙에게서 시선을 돌리고 구석으로 걸어가며 고개를 절레절레 저었다. 그러고는 다시 그에게 고개를 돌렸다.

"좋아요, 그럼 테리 씨 생각을 말해봐요. 난 뭐가 뭔지 모르겠으니까. 나야 LA 경찰국에 가서 그 두 놈한테 너희들이 수사를 망쳤다고 말하고 싶죠. 하지만 아직 테리 씨 말을 믿을 수가 없어요."

"좋아요, 우선 귀걸이 이야기부터 시작해보죠. 아까도 말했지만, 난 피살자 언니를 만나봤어요. 그 언니 말이, 글로리아 토레스가 그 귀걸이를 매일 하고 다녔대요. 다른 귀걸이는 바꿔서 끼기도 했지만, 십자가 귀걸이는 항상 하고 다녔다는 거예요. 언제나. 매일. 그 귀걸이가 기독교의 상징인 건 나도 알지만, 달리 표현할 말이 없으니까 일단 그게 글로리아에게 행운의 부적 같은 거였다고 해두죠. 알겠어요? 여기까지는 이해가 되죠?"

"지금까지는요."

"좋아요. 이제 범인이 그걸 가져갔다고 가정해봐요. 아까도 말했지만, 병원 사람들과 소방서 사람들 모두 귀걸이를 못 보았다고 했어요. 그러니까 범인이 가져갔다고 가정하자고요."

매케일렙은 양손을 펼친 채 윈스턴의 대답을 기다렸다. 윈스턴은 마지못해 고개를 끄덕였다.

"그럼 이걸 두 가지 각도에서 보기로 해요. 어떻게, 그리고 왜. 첫 번째 의문은 쉬워요. 비디오 화면을 생각해봐요. 범인이 글로리아에게 총을 쏘자 글로리아의 몸이 카운터에 부딪혔다가 뒤로 튀어나왔고, 범인은 글로리아의 몸을 화면에서 벗어난 바닥에 눕혔어요. 그러니 남의 눈에 띄지 않고 귀걸이를 가져가는 게 얼마든지 가능하죠."

"테리 씨가 잊어버린 게 하나 있어요."

"뭔데요?"

"착한 사마리아인. 그 사람이 글로리아의 머리를 감싸줬잖아요. 그러니까 그 사람이 가져갔을 수도 있어요."

"나도 그걸 생각해봤어요. 불가능한 일은 아니죠. 하지만 범인이 가져 갔다고 생각하는 편보다는 가능성이 낮아요. 착한 사마리아인은 이번 일에 우연히 끼어든 사람이에요. 그 사람이 그걸 왜 가져가겠어요?"

"나야 모르죠. 그렇게 따지면 범인은 왜요?"

"아까도 말했듯이, 그걸 생각해보자는 거예요. 놈이 가져간 물건이 뭐예요? 종교적인 상징이자 행운의 부적이에요. 피살자는 그걸 매일 하고 다녔어요. 그 사람의 개인적인 상징이었다고요. 피살자에게는 그 물건이 지닌 금전적인 가치보다 개인적으로 더 커다란 의미가 있었어요."

매케일렙은 잠시 기다렸다. 이제 배경 설정을 마쳤으니 최종적으로 못을 박아야 했다. 윈스턴은 여전히 저항 중이었지만, 실력 있는 수사관이니 그의 말을 알아들을 것이다. 매케일렙은 윈스턴을 설득할 수 있을 거라고 자신했다.

"글로리아를 아는 사람이라면 그 귀걸이의 의미도 알 거예요. 그리고 글로리아와 가까이 있었던 사람, 며칠 동안 글로리아를 유심히 관찰했던 사람도 그 의미를 알아차릴 수 있었겠죠."

"범인이 스토킹을 했다는 거예요?"

매케일렙은 고개를 끄덕였다.

"범인은 정보수집을 위해서 피살자를 관찰했어요. 글로리아의 습관을 알아내서 계획을 짰죠. 그리고 상징이 될 만한 물건도 찾았어요. 자기가 가져가서 글로리아를 기억할 수 있는 물건."

"그게 귀걸이군요."

매케일렙은 다시 고개를 끄덕였다. 윈스턴은 매케일렙을 보지 않은 채 작은 방 안을 서성거리기 시작했다.

"생각을 좀 해봐야겠어요. 나는… 어디 좀 앉을 수 있는 데로 가요."

윈스턴은 매케일렙의 대답을 기다리지 않고 문을 열었다. 매케일렙은 재빨리 테이프를 꺼내고 가방을 든 뒤 윈스턴의 뒤를 따랐다. 윈스턴은 매케일렙이 처음 사건 이야기를 하러 온 날 이야기를 나눴던 회의실로 그를 데려갔다. 방은 비어 있었지만 맥도널드 같은 냄새가 났다. 윈스턴은 주위를 둘러보다가 탁자 밑에 있는 쓰레기통이 냄새의 주범임을 알아차리고 그걸 복도로 내놓았다.

"원래 이 방에서 뭘 먹으면 안 돼요." 윈스턴은 이렇게 말하면서 문을 닫고 의자에 앉았다.

매케일렙은 그녀의 맞은편에 앉았다.

"좋아요, 범인에 대해 이야기해보죠. 제임스 코델은 어떻게 된 거예요? 그 사람은 남자잖아요. 글로리아는 여자고요. 게다가 섹스의 흔적도 없어요. 범인은 여자 몸에 손도 안 댔다고요."

"그런 건 전혀 중요하지 않아요." 매케일렙은 재빨리 말했다. 이런 질문이 나올 거라는 건 이미 예상하고 있었다. 항구에서 여기까지 버디 로크리지가 모는 차를 타고 오면서 그는 내내 이 의문들의 답을 찾아내는 데만 몰두했다. "만약 내 생각이 옳다면, 이번 사건은 이른바 권력형 살인모델이라고 할 수 있어요. 기본적으로 범인은 자기가 살인을 저지르고도 무사히 빠져나갈 수 있다는 걸 알기 때문에 이런 일을 저질러요. 스스로 도취한 거죠. 놈은 이런 사건을 통해 사회적인 권위를 우롱하고 사회에 충격을 주는 걸 즐겨요. 범인은 직장, 자신감, 여자들, 어머니 등 자기만의 특수한 상황에서 생긴 문제들을 경찰의 탓으로 돌려요. 수사관들에게. 경찰관들을 멋대로 농락하면서 필요한 자신감을 순간적으로 얻는 거죠. 거기서 모종의 힘을 얻어요. 범인한테는 그게 성적인 힘이 될 수도 있어요. 범행수법에 실제로 성적인 행동이 포함되어 있지 않다 해도 마찬가지예요. 오래전의 코드 킬러 기억나요? '샘의 아들' 버코위츠(1970년대에 뉴욕에서 6명을 살해한 연쇄살인범. '샘의 아들'은 그의 별명임-옮긴이)는 어때요?"

"당연히 기억하죠."

"둘 다 같은 유형이에요. 놈들의 범행수법에 섹스는 포함되지 않았지만, 놈들의 범행은 모두 섹스와 관련되어 있었어요. 버코위츠를 한번 봐요. 놈은 남녀를 막론하고 사람들을 쏘아 죽이고는 도망쳤다가 며칠 뒤 현장에 다시 나타나서 자위행위를 했어요. 우린 코드 킬러도 같은 짓을 했다고 보고 있어요. 우리 감시팀이 그걸 직접 목격하지 못했다 뿐이죠. 그러니까 반드시 노골적으로 섹스가 범행에 포함될 필요는 없어요, 제이 씨. 내가 하고 싶은 말은 그거예요. 항상 누가 봐도 정신병자 같은 놈들만 이상한 짓을 하는 건 아니에요."

매케일렙은 혹시 윈스턴이 자기 말을 잘못 이해하면 어쩌나 싶어서 그녀를 유심히 살펴보았다. 하지만 윈스턴은 그의 말을 제대로 이해한 것 같았다.

"그것뿐만이 아니에요." 매케일렙은 계속 말을 이었다. "중요한 게 하나 더 있어요. 범인은 카메라에도 중독되어 있어요."

"우리한테 범행장면을 보여주는 걸 즐긴다고요?"

매케일렙은 고개를 끄덕였다.

"그게 새로운 반전이에요. 내가 보기에 놈은 카메라가 있는 곳을 원해요. 자기가 성취한 것이 화면으로 기록되어 사람들이 그걸 보면서 감탄하길 바라는 거예요. 카메라가 있으면 범인한테는 그만큼 위험해지기 때문에, 범행을 통해 범인이 얻을 수 있는 힘도 커져요. 위험을 무릅쓸 보람이 있는 거죠. 그럼 그런 상황을 만들기 위해 범인은 어떻게 할까요? 내가 보기에 놈은 표적을 미리 정하는 것 같아요. 사냥감을 골라 계속 감시하면서 하루 일과를 알아낸 다음, 사냥감들이 일 때문에 카메라가 있는 장소로 가기를 기다리는 거예요. 현금지급기나 슈퍼마켓 같은 곳 말이에요. 놈은 카메라를 원해요. 카메라를 향해 말도 해요. 윙크도 해요. 카메라는 곧 수사관이에요. 놈은 수사관들에게 말을 걸면서 혼자 도취하는 거예요."

"그럼 놈이 굳이 피살자를 고른다고 보지 않아도 되잖아요." 윈스턴이 말했다. "어쩌면 놈은 피살자한테는 전혀 신경을 쓰지 않는 건지도 몰라요. 오로지 카메라에만 신경을 쓰는 거예요. 버코위츠처럼. 버코위츠도 자기가 누구한테 총을 쐈는지는 관심 밖이었어요. 그냥 무작정 총만 쏴댔잖아요."

"하지만 버코위츠는 기념품을 가져가지는 않았어요."

"귀걸이 말이에요?"

매케일렙은 고개를 끄덕였다.

"그건 개인적인 의미가 있는 행동이에요. 그래서 피살자들을 미리 선택했다고 본 거예요. 범인이 무작정 아무나 쏜 게 아니에요."

"생각을 아주 많이 해본 모양이네요."

"아직 완벽하게 알아낸 건 아니에요. 범인이 피살자들을 무슨 이유로, 어떻게 골랐는지는 아직 모르겠어요. 그래도 그 문제에 대해 생각을 해보긴 했어요. 친구랑 여기까지 오는 한 시간 반 동안 내내. 차가 많이 막혔거든요."

"친구요?"

"운전사 노릇을 해주는 친구예요. 아직은 내가 운전을 못 해요."

윈스턴은 아무 말도 하지 않았다. 매케일렙은 운전사 이야기를 하지 말걸 그랬다는 생각이 들었다. 윈스턴에게 약점을 드러낸 꼴이었으니까.

"처음부터 다시 시작해야 돼요." 매케일렙이 말했다. "처음에는 범인이 우연히 마주친 사람들을 쐈다고 생각했으니까요. 범인이 피살자가 아니라 장소를 골랐다고 봤죠. 하지만 내가 보기에는 우리 생각이 틀렸어요. 범인은 피살자를 골랐어요. 피살자들이 사냥감이었어요. 범인은 미리 특정한 사람을 골라서 미행하면서 정보를 수집했어요. 그러니까 피살자들에 대해 조사해보아야 돼요. 틀림없이 공통점이 있을 거예요. 사람이든, 장소든… 시간이든 피살자들과 미지의 범인을 서로 연결해주는 게 있을 거예요. 그걸 찾아서…."

"잠깐만요, 잠깐만요."

매케일렙은 자기도 모르게 열에 들떠서 목소리를 높였음을 깨닫고 말을 멈췄다.

"제임스 코델한테서는 무슨 기념품을 가져갔죠? 범인이 현금지급기에서 가져간 돈이 기념품이라는 거예요?"

"기념품이 뭔지는 모르지만 돈은 아니에요. 그건 그냥 강도사건으로 위장하려는 쇼의 일환이었어요. 돈은 상징적인 물건이 아니죠. 게다가 놈은 돈을 기계에서 빼갔지 코델한테서 뺏어가지 않았잖아요."

"그럼 테리 씨가 너무 성급한 결론을 내린 것 아니에요?"

"아뇨. 틀림없이 놈이 뭔가를 가져갔을 거예요."

"그랬다면 우리가 알았겠죠. 범행 장면이 전부 비디오로 찍혔는데요."

"글로리아 토레스의 경우에도 그걸 알아챈 사람이 하나도 없었어요. 그 사건도 전부 비디오로 찍혔는데 말이에요."

윈스턴은 의자에 앉은 채 몸을 돌렸다.

"글쎄요. 왠지 모든 게… 하나만 물어볼게요. 너무 개인적으로 받아들이지는 말아요. 혹시 전에 FBI에서 하던 일이 그런 일이라서 자기도 모르게 그런 특징만 찾고 있는 것 아니에요?"

"그러니까, 내가 지금 상황을 과장하고 있는 게 아니냐고요? 전에 하던 일을 다시 하고 싶어서 이런 주장을 하는 것 아니냐?"

윈스턴은 어깨를 으쓱했다. 굳이 그런 말을 입에 담고 싶지는 않은 모양이었다.

"내가 일부러 그런 특징을 찾은 게 아니에요, 제이 씨. 그냥 눈에 보였어요. 있는 그대로. 그래요, 귀걸이에 다른 의미가 있을 수도 있어요. 어쩌면 아예 아무 의미가 없을 수도 있어요. 하지만 이 바닥에서 내가 아는 게 하나 있다면, 바로 이런 사건이에요. 이 범인 같은 놈들. 난 그놈들을 잘 알아요. 놈들이 무슨 생각을 하는지, 어떤 행동을 하는지. 느낌이 와요, 제이 씨. 악의 기운이 느껴진다고요. 여기서."

윈스턴은 묘한 표정으로 그를 바라보았다. 매케일렙은 그녀의 의심에 자기가 너무 열성적으로 반응한 것 같다는 생각이 들었다.

"코델의 트럭, 시보레 서버번은 화면에 나오지 않았어요. 그 트럭을 조사해봤어요? 제이 씨가 준 서류에는 그 얘기가 전혀…."

"아뇨, 그 차에는 손도 안 댔어요. 코델은 좌석에 지갑을 펼쳐 놓은 채 현금지급기 카드만 들고 기계로 갔어요. 만약 범인이 트럭 안을 살펴봤다면 코델의 지갑을 가져갔을 거예요. 하지만 지갑이 그대로 있기에 우리는 더 이상 신경 안 썼어요."

매케일렙은 고개를 저으며 말했다. "제이 씨는 이번 사건을 아직도 강도 사건으로 바라보고 있어요. 트럭을 조사하지 않기로 한 건 문제가 안 됐겠죠. 이게 정말로 강도사건이라면. 하지만 만약 그런 게 아니라면요? 범인은 트럭에서 지갑처럼 뻔한 물건 말고 다른 물건을 가져갔을 거예요."

"다른 물건이라니요?"

"나도 모르죠. 지갑 말고 다른 것. 코델은 차를 많이 썼어요. 하루 종일 차를 몰고 수로를 돌아다녔죠. 그러니 차가 또 하나의 집 같았을 거예요. 차 안에 개인적으로 중요한 물건들도 많았을 테고요. 범인이 그중 하나를 가져갔을 수도 있어요. 사진, 백미러에 매달아 놓은 장식품…. 어쩌면 여행일기를 가져갔을지도 모르죠. 그 트럭은 어디 있어요? 아직도 경찰이 보관하고 있다면 정말 좋을 텐데."

"그럴 리가요. 총격사건이 있고 이틀쯤 뒤에 피해자 부인한테 넘겨줬어요."

"그럼 이미 청소를 깨끗이 해서 팔아넘겼겠네요."

"그렇지는 않아요. 마지막으로 코델 부인과 이야기를 나눈 게 겨우 2주쯤 전인데, 그 차를 어떻게 해야 할지 모르겠다고 하더라고요. 자기가 타기에는 너무 큰 데다가 기분도 나쁘대요. 직접 그렇게 말한 건 아니지만, 그런 뜻으로 들렸어요."

매케일렙은 갑자기 짜릿한 흥분을 느꼈다.

"그럼 나랑 같이 그리로 가서 차를 살펴보고 부인이랑 얘기를 나누면서 범인이 뭘 가져갔는지 조사해봐요."

"만약 범인이 뭘 가져갔다면…."

윈스턴은 인상을 찌푸렸다. 매케일렙은 그녀의 처지를 이해했다. 윈스턴의 과장은 최면 실패와 볼로토프 건 이후 이미 그녀가 외부인에게 너무 쉽게 휘둘린다고 생각하고 있을 가능성이 높았다. 그러니 정말로 100퍼센트 확신이 없다면 매케일렙의 새로운 가설을 들고 다시 과장한테 이야기를 건네고 싶지 않을 터였다. 하지만 100퍼센트 확신이란 불가능하다는 건 매케일렙도 잘 알고 있었다. 그렇게 확신할 수 있는 경우는 한 번도 없었다.

"어떻게 할래요?" 매케일렙이 물었다. "난 이미 차에 타서 출발준비를 마친 거나 다름없어요. 제이 씨도 나랑 같이 차에 탈래요, 아니면 그냥 길에 서 있을래요?"

매케일렙은 잡다한 걱정거리나 직장에서 자신이 수행해야 하는 역할, 타성 같은 것에 자신이 전혀 구애받을 필요가 없다는 생각이 들었다. 윈스턴이 차에 함께 타도 좋고, 매케일렙 혼자서 그냥 차를 몰고 떠나도 상관없었다. 윈스턴도 그 사실을 깨달은 모양이었다.

"그게 아니죠." 윈스턴이 말했다. "문제는 테리 씨가 앞으로 어떻게 할 건가 하는 점이에요. 테리 씨는 나처럼 여기서 잡다한 문제들을 처리할 필요가 없잖아요. 지난 번 최면수사 이후로 과장님은….”

“제이 씨, 난 그런 거 전혀 신경 안 써요. 내가 신경 쓰는 건 딱 하나예요. 범인을 잡는 것. 그러니까 제이 씨는 그냥 가만히 앉아서 나한테 며칠만 시간을 줘요. 내가 뭐든 찾아올 테니. 내가 사막으로 가서 코델의 아내를 만나 트럭을 살펴볼 거예요. 그래서 제이 씨가 과장한테 들고 갈 수 있을 만한 단서를 찾아올게요. 만약 단서가 없다면, 내 가설을 그냥 접으면 돼요. 그렇게 되면 제이 씨도 나한테 더 이상 상관할 필요 없을 테고, 나도 제이 씨를 다시는 귀찮게 하지 않을게요.”

“테리 씨, 그런 게….”

“내 말이 무슨 뜻인지 알잖아요. 제이 씨는 법원에도 가야 하고, 다른 사건들도 처리해야 해요. 그러니 옛날 사건을 다시 철저히 조사하는 건 정말 달갑지 않은 일이죠. 아무래도 내가 오늘 제이 씨를 찾아온 게 너무 일렀던 것 같네요. 코델의 아내를 먼저 만나러 갈걸. 하지만 이건 제이 씨의 사건이고 제이 씨가 날 인간적으로 대해주었기 때문에 먼저 양해를 구하고 싶었어요. 그러니까 이제 나한테 축복과 약간의 시간을 허락해주면 내가 혼자 가서 코델의 아내를 만나본 다음, 그 결과를 알려줄게요.”

윈스턴은 한참 동안 아무 말이 없다가 마침내 고개를 끄덕였다.

“좋아요, 그렇게 해요.”

20 증거

로크리지와 매케일렙은 휘티어에서부터 여러 번 프리웨이를 갈아탄 끝에 앤틸롭 밸리 프리웨이에 들어섰다. 이 길을 따라 가면 드디어 카운티의 북동쪽 구석까지 갈 수 있을 터였다. 로크리지는 주로 한 손으로만 핸들을 잡고 다른 손으로는 하모니카를 입에 대고 있었다. 매케일렙은 불안했지만, 대신 무의미한 농담을 들을 필요가 없으니 좋았다.

매케일렙은 바스케스 바위를 지날 때 바위의 모양을 유심히 살핀 끝에, 제이 윈스턴을 만나게 해준 그 시체가 발견된 지점을 찾아냈다. 지각변동 때문에 한쪽으로 기울어져서 들쭉날쭉한 형태로 형성된 바위들이 오후의 햇빛 속에서 아름답게 보였다. 햇빛이 앞쪽 바위들을 낮은 각도에서 비췄기 때문에 바위 틈새들은 깊은 어둠 속에 잠겨 있었다. 아름다운 동시에 위험해 보이는 모습이었다. 매케일렙은 루서 해치가 바로 그 점 때문에 이곳에 이끌린 건지도 모르겠다는 생각이 들었다.

"저기 가본 적 있어? 바스케스 바위 말이야." 버디가 하모니카를 양다리 사이에 끼우고 물었다.

"응."

"좋은 곳이야. 100년쯤 전에 은행인지 뭔지를 털고 나서 저기 바위틈에 몸을 숨긴 멕시코인 무법자 이름을 따서 바스케스 바위가 됐지. 저긴 숨을 데가 워낙 많아서 아무도 바스케스를 못 찾았어. 결국 바스케스는 전설이 됐지."

매케일렙은 고개를 끄덕였다. 이 이야기가 마음에 들었다. 자신이 알고 있는 장소들의 내력은 지금 이 이야기와 너무나 다르다는 생각이 들었다. 그가 알고 있는 이야기에는 항상 시체와 피가 등장했다. 전설도 없고, 영웅도 없었다.

러시아워의 퇴근 차량과 주말을 맞아 도시를 빠져나가는 차량들이 본격적으로 몰리기 직전이라 속도를 제법 낼 수 있었기 때문에 두 사람은 5시 조금 지나서 랭커스터에 도착했다. 두 사람은 '사막의 꽃 주택단지'라는 지역을 천천히 지나가면서 제임스 코델이 살던 집을 찾았다. 사막은 많이 보였지만, 꽃이나 주택은 그다지 많지 않아서 단지의 이름과는 어울리지 않는 것 같았다. 이 단지는 프라이팬처럼 뜨거운 날이 대부분인 평지에 조성되어 있었다. 주택들은 스페인 양식이라 빨간 지붕들은 불룩한 모양이고, 전면에는 아치형 창문과 출입문이 있었다. 앤틸롭 밸리에는 이곳과 비슷한 단지들이 수십 군데나 흩어져 있었다. 집들은 크고 상당히 매력적이었다. 로스앤젤레스의 비싼 생활비, 높은 범죄율, 높은 인구밀도를 피해 도망치고 싶어 하는 사람들이 주로 이곳에 살고 있었다.

사막의 꽃 주택단지에는 주택 구매자들을 위해 세 가지 디자인의 집들이 마련되어 있는 것 같았다. 동네를 지나가면서 살펴보니, 대략 두 집 건너 한 집씩 똑같은 디자인이 보였다. 때로는 똑같이 생긴 집들이 나란히 서 있기도 했다. 매케일렙은 이 동네를 보면서 제2차 세계대전 뒤 샌 퍼낸도 밸리의 동네들을 떠올렸다.

이곳에 살면 어떨까 생각해보니 기분이 우울해졌다. 동네 분위기 때문이 아니라, 이곳이 바다에서 너무 멀기 때문이었다. 바다는 항상 그에게 새로운 기운의 원천이었다. 따라서 이런 동네에서는 결코 오래 버틸 수 없을 것 같았다. 이런 동네에서 그는 바짝 말라서, 일정한 간격을 두고 차창 밖을 굴러가는 덤불처럼 바람에 날아가버릴 것이다.

"여기 있네." 버디가 말했다.

그가 우편함에 적힌 번지를 손으로 가리키자 매케일렙은 고개를 끄덕였다. 버디가 차를 세웠다. 범죄현장 비디오에서 본 흰색 시보레 서버번이 진입로의 농구대 밑에 주차돼 있는 것이 보였다. 문이 열린 차고 한쪽에는 미니 승합차가 서 있고, 나머지 공간에는 자전거와 여러 상자들이 어지럽게 흩어져 있었다. 차고 안의 작업대 위에도 역시 여러 물건들이 흩어져 있었다. 차고 뒤편에는 서핑보드 하나가 서 있었다. 낡은 보드라서, 제임스 코델이 한때 바다를 즐기던 사람이었는지도 모른다는 생각이 들었다.

"시간이 얼마나 걸릴지 잘 모르겠어." 매케일렙이 말했다.

"여기 있으면 엄청 더워질 텐데. 내가 그냥 자네랑 같이 들어가면 안 될까? 아무 말도 안 하고 가만히 있을게."

"지금은 기온이 점점 내려가는 시간이야, 버디. 그래도 너무 더워지거든 에어컨을 틀어. 차를 몰고 주위를 좀 돌아다니든가. 아마 근처 어디서 애들이 레모네이드를 팔고 있을 거야."

매케일렙은 버디가 또 뭐라고 하기 전에 차에서 내렸다. 로크리지를 조사에 동참시켜 자신의 수사를 아마추어의 것으로 전락시킬 생각은 전혀 없었다. 그는 진입로를 올라가다가 걸음을 멈추고 서버번 안을 들여다보았다. 뒷좌석에는 공구들이 가득했고, 앞좌석에도 여러 물건들이 흩어져 있었다. 갑자기 기운이 솟았다. 어쩌면 뭔가가 있을 것 같았다. 그동안 아무도 이 차에 손을 대지 않은 것 같았다.

제임스 코넬의 미망인 이름은 어밀리어였다. 매케일렙은 경찰 자료에서 이미 그 이름을 보아 알고 있었다. 그가 문에 다다르기도 전에 어밀리어로 짐작되는 여자가 아치형 문을 열었다. 제이 윈스턴이 어밀리어에게 미리 전화를 해두겠다는 약속을 지킨 모양이었다.

"코넬 부인?"

"그런데요."

"저는 테리 매케일렙입니다. 혹시 윈스턴 형사가 전화하셨던가요?"

"예, 전화 받았어요."

"지금 괜찮으세요?"

"제가 괜찮겠어요?"

"제가 말을 잘못했군요. 죄송합니다. 이야기를 좀 나누고 싶은데, 시간을 낼 수 있으신가요?"

어밀리어는 키가 작고, 얼굴도 자그마했으며, 머리카락은 갈색이었다. 코는 빨간색이었는데, 감기에 걸렸거나 아니면 울고 있었던 것 같았다. 매케일렙은 이 여자가 혹시 제이 윈스턴의 전화를 받고 울고 있었던 게 아닌가 하는 생각이 들었다.

어밀리어는 고개를 끄덕이고는 앞장서서 집 안으로 들어가 깔끔하게 정리된 거실로 가더니 소파에 앉았다. 매케일렙은 그녀의 맞은편 의자에 앉았다. 두 사람 사이의 커피탁자에 티슈 상자가 있었다. 다른 방에서 텔레비전 소리가 들렸다. 만화 프로그램인 것 같았다.

"차 안에서 기다리는 분은 파트너인가요?" 어밀리어가 물었다.

"저, 운전사입니다."

"그분도 들어오시라고 할까요? 밖에 있으면 많이 더울 텐데요."

"아뇨, 괜찮습니다."

"사립탐정이세요?"

"엄밀히 말하면 아닙니다. 저는 커노가 파크에서 살해된 여자의 가족들과 친구예요. 윈스턴 형사가 뭐라고 했는지 모르지만, 저는 예전에 FBI에서 일한 적이 있기 때문에 이런 일에 경험이 좀 있습니다. 부인께서도 아마 아시겠지만, 보안관서와 LA 경찰국은 지난 몇 주 동안, 저, 수사에 별다른 성과를 거두지 못했죠. 저는 수사를 돕기 위해 제가 할 수 있는 일을 하는 중입니다."

어밀리어가 고개를 끄덕였다.

"우선, 남편분의 일은 정말 유감입니다."

어밀리어는 미간을 찌푸리며 고개를 끄덕였다.

"저 같은 낯선 사람의 생각이야 별로 중요하지도 않겠지만, 이 댁의 슬픔에 진심으로 공감하고 있습니다. 보안관서 자료를 읽어보니 남편분인 제임스 씨는 정말 좋은 분이셨더군요."

어밀리어가 미소를 지으며 말했다. "고마워요. 누가 그 사람을 제임스라고 부르는 게 우습네요. 다들 짐이나 지미라고 불렀거든요. 하지만 댁의 말씀이 맞아요. 남편은 좋은 사람이었어요."

매케일렙은 고개를 끄덕였다.

"제가 무엇을 대답해드리면 될까요, 매케일렙 씨? 그날 일에 대해서는 저도 아는 게 없어요. 그래서 제이 씨 전화를 받고 좀 어리둥절했어요."

"글쎄요, 먼저…." 매케일렙은 자신의 가방에서 그래시엘라가 처음 배로 자신을 찾아왔을 때 준 폴라로이드 사진을 꺼내 탁자 위로 어밀리어 코렐에게 건네주었다. "그 사진을 보고 그 여자분이 아는 분인지, 아니면 혹시 남편께서 아시던 분인지 말씀해주시겠습니까?"

어밀리어는 사진을 받아 열심히 들여다보았다. 표정은 진지했고, 눈동자가 살짝살짝 움직이는 것을 보니 사진 속의 모든 것을 자세히 살피는 듯했다. 마침내 어밀리어가 고개를 저었다.

"아뇨, 모르는 사람이에요. 이분이 거기서….”

"네. 두 번째 강도사건의 피해자입니다."

"이 아이는 아들인가요?"

"네."

"정말 모르겠네요. 제 남편이 이 여자와 어떻게 아는 사이였을까요? 혹시 이 두 사람이….”

"아뇨, 아뇨, 제 질문에는 아무 의미도 없습니다, 코넬 부인. 저는 단지…. 솔직히 말씀드리자면, 수사 중에 어떤 사실이 발견되었는데 그걸 계기로 혹시나, 분명히 말씀드리지만 아직은 어디까지나 혹시나 하고 짐작하는 단계입니다, 어쨌든 혹시나 눈에 보이지 않는 모종의 의미가 숨어 있는 게 아닌가 하는 생각이 들었습니다."

"의미라니요?"

"어쩌면 범인은 강도를 목적으로 이런 일을 저지른 게 아닐 수도 있습니다. 아니면 강도가 목적이더라도, 그 밖에 다른 목적이 또 있었을 수도 있고요."

어밀리어는 무표정한 얼굴로 잠시 매케일렙을 바라보았다. 매케일렙은 그녀가 자신의 말을 여전히 잘못 이해했음을 깨달았다.

"코넬 부인, 남편분과 이 여자가 어떤 관계를 맺고 있었다는 말이 절대 아닙니다. 제 말은 언젠가, 어디선가 남편분과 이 여자가 범인과 우연히 마주쳤을 가능성이 있다는 뜻입니다. 그것도 관계라면 관계지만, 그건 피살자와 범인 사이의 관계입니다. 댁의 남편분과 다른 피살자들이 각각 다른 시기에 범인과 우연히 마주쳤을 가능성이 높지만, 제 입장에서는 모든 가능성을 고려해야 하기 때문에 부인께 이 사진을 보여드린 겁니다. 부인께서는 정말로 이 여자를 본 적이 없습니까?"

"네, 확실해요."

"총격 사건이 있기 전 몇 주 동안 남편분이 무슨 이유로든 커노가 파크에 가셨을 가능성이 있습니까?"

"제가 아는 한은 없어요."

"혹시 남편분께서 〈로스앤젤레스 타임스〉와 관련된 일은 없었습니까? 구체적으로 말해서, 남편분이 채츠워스에 있는 그 신문사 공장에 가셨을 가능성이 있습니까?"

이번에도 어밀리어는 그럴 가능성이 없다고 대답했다.

"혹시 직장에서 문제는 없었습니까? 기자를 만나서 이야기를 할 만한 문제 말입니다."

"어떤 문제를 말씀하시는 거예요?"

"저야 모르죠."

"이 여자가 기자였나요?"

"아뇨. 하지만 기자들이 있는 곳에서 일했습니다. 그러니까 어쩌면 거기서 범인과 마주쳤을지도 모릅니다."

"글쎄요, 제 남편은 아닐걸요. 뭔가 문제가 있었다면, 지미가 저한테 말했을 거예요. 항상 그랬으니까요."

"그렇군요. 알겠습니다."

매케일렙은 그 뒤 15분 동안 코델 부인에게 남편의 일상과 총격이 있기 전 몇 주 동안 그가 한 일에 대해 물어보았다. 그는 부인의 대답을 수첩에 무려 세 장이나 받아 적었지만, 적으면서도 별로 도움이 될 것 같지 않다는 생각이 들었다. 지미 코델은 근면한 사람이고, 여가는 주로 가족과 함께 보낸 것 같았다. 죽기 전 몇 주 동안 그는 캘리포니아 주 중부의 수로들만 조사했다. 어밀리어는 남편이 그 시기에 남쪽으로 내려오지는 않았을 거라고 말했다. 그녀는 또한 남편이 크리스마스 이전부터 밸리나 시내 다른 지역에도 간 적이 없을 거라고 말했다.

매케일렙은 수첩을 닫았다.

"시간을 내주셔서 감사합니다, 코델 부인. 마지막으로, 남편의 소지품 중에 혹시 없어진 것이 있습니까?"

"소지품이요? 그게 무슨 뜻이죠?"

어밀리어 코델은 매케일렙을 집 밖의 시보레 서버번으로 안내해주었다. 남편의 옷가지와 장신구에 대해서는 이미 매케일렙이 물어본 뒤였다. 어밀리어는 없어진 물건은 하나도 없다고 단언했다. 현금지급기 비디오에 나타난 그대로였다. 그렇다면 남은 건 서버번뿐이었다.

"그 뒤로 아무도 이 차에 안 탔습니까?" 매케일렙은 자동차 잠금장치를 열고 있는 어밀리어에게 물었다.

"제가 보안관서에서 여기까지 몰고 왔어요. 제가 이 차를 운전한 건 아마 그때뿐일 거예요. 지미는 순전히 직장 일 때문에 이 차를 샀어요. 그래서 우리가 일과 상관없는 개인 일에 이 차를 쓰기 시작하면 비용을 지원받을 수 없다고 했어요. 저는 차가 너무 높아서 타고 내리기가 불편하기 때문에 이 차를 안 몰아요."

매케일렙은 고개를 끄덕이고는 운전석 쪽의 열린 문을 통해 차 안으로 몸을 기울였다. 뒷좌석은 접혀 있었고, 짐칸에는 조사 장비와 접이식 제도대 등 여러 장비들이 가득 차 있었다. 매케일렙은 그 장비들을 재빨리 무시해버렸다. 개인적인 의미가 없는 물건들이었기 때문이다.

매케일렙은 차량 앞부분으로 주의를 돌렸다. 모든 것이 흙먼지를 뒤집어쓰고 있었다. 코델이 창문을 연 채로 사막을 달린 모양이었다. 매케일렙은 한 손가락으로 도어포켓을 열어 보았다. 휴게소 영수증과 스프링이 달린 자그마한 수첩이 잔뜩 쑤셔 넣어져 있었다. 수첩에는 코델이 이동거리, 날짜, 목적지 등을 적어두었다. 매케일렙은 코델이 밸리 서쪽, 특히 채

츠워스나 커노가 파크 쪽으로 간 적이 있는지 보려고 수첩을 꺼내서 훑어 보았다. 코델이 그 지역에 다녀온 기록은 없었다. 남편에 대한 어밀리어 코델의 말이 맞는 모양이었다.

운전석 햇빛 가리개를 내려보니 접힌 지도가 두 장 있었다. 매케일렙은 지도를 들고 차 앞쪽으로 가서 엔진덮개에 펼쳤다. 하나는 캘리포니아 중부의 주유소 지도였고, 나머지 하나는 수로와 접근로를 표시한 조사용 지도였다. 매케일렙은 코델이 지도에 이례적인 표시를 해두지 않았는지 살펴보았지만, 그런 표시는 하나도 없었다. 매케일렙은 지도를 다시 접어 제자리에 돌려놓았다.

이제 그는 운전석에 앉아 주위를 둘러보았다. 백미러가 눈에 들어오자 그는 어밀리어 코델에게 혹시 남편이 백미러에 자질구레한 장식물을 매달아두지 않았느냐고 물었다. 어밀리어는 그런 물건을 본 기억이 없다고 말했다.

매케일렙은 대시보드 서랍과 중앙 콘솔을 살폈다. 서류와 음악 테이프, 여러 종류의 펜과 샤프펜슬, 그리고 봉투가 뜯어진 우편물 더미가 있었다. 코델은 컨트리 음악을 좋아한 모양이었다. 이상한 부분은 하나도 없는 것 같았다. 달리 떠오르는 생각도 없었다.

"혹시 남편분이 특별히 아끼던 펜이나 연필이 있었습니까? 이를테면 누구한테 선물로 받은 특별한 펜이라든가…."

"그런 건 없었을 걸요. 기억이 안 나네요."

매케일렙은 우편물을 묶고 있던 고무줄을 벗겨 내고 봉투들을 훑어보았다. 업무상 주고받은 우편물, 회의 통보서, 코델이 조사할 수로의 문제점에 관한 보고서 등인 것 같았다. 매케일렙은 우편물을 다시 고무줄로 묶어 대시보드 서랍에 넣었다. 어밀리어 코델은 말없이 그를 지켜보았다.

두 앞좌석 사이에는 호출기와 선글라스가 놓여 있었다. 코델은 그날 밤 현금지급기에 들렀을 때 집으로 오던 길이었다. 그렇다면 그가 선글라스를 쓰지 않은 이유는 설명이 되지만, 호출기는 얘기가 달랐다.

"코델 부인, 이 호출기가 왜 여기 있는지 아십니까? 남편분이 왜 이걸 몸에 차고 있지 않았을까요?"

어밀리어는 잠시 생각을 해보다가 입을 열었다. "차를 오래 운전할 때는 대개 허리띠에 차지 않았어요. 불편하다면서요. 호출기가 콩팥 부위를 파고든대요. 그래서 차에 둔 채 잊어버리고 내렸다가 호출을 놓친 적도 몇 번 있어요. 그래서 저도 그 이유를 알게 됐어요."

매케일렙은 고개를 끄덕였다. 그가 자리에 앉아 또 어디를 확인해볼지 생각하고 있는데 갑자기 조수석 문이 열리더니 버디 로크리지가 나타났다.

"일은 잘 돼?"

매케일렙은 버디의 어깨 너머로 새어 들어오는 햇빛 때문에 눈을 가늘게 떠야 그를 볼 수 있었다.

"거의 다 끝났어, 버디. 차에 가서 기다리지 그래?"

"엉덩이가 아파서 말이야." 버디는 매케일렙 뒤의 어밀리어 코델을 바라보며 목례를 했다. "죄송합니다."

매케일렙은 짜증스러웠지만 어밀리어 코델에게 로크리지를 동료로 소개했다.

"그래, 우리가 뭘 찾으면 되는 거야?" 버디가 물었다.

"우리? 난 여기 있어야 하는데 없어진 물건을 찾는 중이야. 자네는 차에서 기다리지 그래?"

"누가 가져간 물건이 있을지도 모른다는 거로군. 알았어."

로크리지는 조수석 햇빛 가리개를 내렸다. 매케일렙이 이미 확인해본 곳이었다. 거기에는 아무것도 없었다.

"내가 알아서 할게, 버디. 자네는⋯."

"여긴 뭐가 있었죠? 사진인가요?"

로크리지가 대시보드를 가리켰다. 매케일렙은 그의 손가락이 가리키는 곳을 보았지만 아무것도 보이지 않았다.

"무슨 소리야?"

"저기. 먼지 보여? 사진 같은 게 있었던 것 같은데. 어쩌면 필요할 때 쓰려고 주차카드를 놔뒀을 수도 있고."

매케일렙은 다시 살펴보았지만, 로크리지가 무엇을 보고 그런 얘기를 하는지 여전히 알 수 없었다. 매케일렙은 버디가 있는 오른쪽으로 몸을 기울인 다음 고개를 돌려 대시보드를 바라보았다.

그때야 그것이 보였다.

속도계를 비롯한 여러 계기판을 덮은 투명한 플라스틱 판 위에 차가 달리는 동안 들어온 먼지가 쌓여 있었다. 그런데 플라스틱 판 한쪽에 정확하게 사각형으로 먼지가 없는 곳이 있었다. 최근까지 그곳에 뭔가가 놓여 있었다는 뜻이었다. 매케일렙은 정말로 운이 좋았다는 생각이 들었다. 혼자서는 아마 그것을 결코 눈치채지 못했을 것이다. 햇빛이 낮은 각도로 비칠 때 조수석 쪽에서 보아야만 그것을 볼 수 있었다.

"코델 부인?" 매케일렙이 말했다. "저쪽으로 돌아가서 그쪽 문으로 여길 봐주시겠습니까?"

매케일렙은 어밀리어가 반대편 문에 나타날 때까지 기다렸다. 로크리지는 어밀리어가 안을 들여다볼 수 있게 자리를 비켜주었다. 매케일렙은 플라스틱 판 위의 사각형 흔적을 가리켰다. 가로세로가 각각 12센티미터, 8센티미터 가량 되었다.

"남편분께서 여기 부인이나 아이들 사진을 놓아두셨습니까?"

어밀리어는 천천히 고개를 저었다.

"세상에, 정말 모르겠어요. 남편이 사진을 갖고 있었던 건 맞는데, 정확히 어디에 뒀는지 모르겠어요. 여기다 놓았을 수도 있지만 저는 몰라요. 이 차를 몰아본 적이 없어서요. 우린 항상 캐러밴을 탔거든요. 짐하고 저하고 단둘이서만 외출할 때도요. 아까도 말했지만, 저한테는 이 차가 너무 높아요."

매케일렙은 고개를 끄덕였다.

"혹시 남편분의 직장 동료 중에 아실 만한 분이 계실까요? 출근할 때나 점심 식사를 하러 갈 때 남편분과 함께 이 차를 탔을 만한 분이면 될 것 같습니다."

다시 앤틸로프 밸리 프리웨이로 나와 시내로 돌아가는 길에 반대편 차선에는 자동차들이 한도 끝도 없이 늘어서 있었다. 집으로 돌아가는 사람들이나 주말을 맞아 시외로 놀러가는 사람들이었다. 하지만 매케일렙은 생각에 깊이 빠져 있었기 때문에 아무것도 보이지 않았다. 심지어 로크리지의 말도 제대로 듣지 못해서 로크리지가 같은 말을 두 번이나 해야 했다.

"못 들었어. 뭐라고?"

"내가 그걸 알아차린 게 자네한테 도움이 된 것 같다고."

"맞아, 버디. 나 혼자서는 못 알아봤을지도 몰라. 그래도 자네가 차 안에 그대로 있었으면 좋겠다는 생각은 변함이 없어. 내가 자네한테 돈을 주는 건 운전사가 필요하기 때문이야."

매케일렙은 양손으로 자동차 모양을 그렸다.

"그래, 뭐, 내가 그냥 차 안에 앉아 있었다면 자네는 아직도 거기서 여기저기를 살펴보고 있겠지."

"그거야 모르는 일이지."

"그래, 자네가 알아낸 게 뭔지 나한테 말 안 해줄 거야?"

"없어, 버디. 알아낸 게 하나도 없다고."

거짓말이었다. 어밀리어 코넬은 그를 데리고 다시 집으로 들어가서 자기 집 전화로 남편 사무실에 전화를 걸게 해주었다. 버디에게는 그동안 자동차에서 기다리라고 했다. 매케일렙은 제임스 코넬의 상사에게서 코넬이 1월 초에 함께 일했을 가능성이 있는 수로관리자들의 이름과 전화번호를 알아냈다. 매케일렙은 론 파인 수로관리국에 전화를 걸어 그 수로관리자들 중 한 명인 매기 메이슨과 통화했다. 매기는 총격사건이 발생하기 전 주에 코넬과 함께 점심을 먹은 적이 두 번 있다고 말했다. 두 사람은 두 번 다 코넬의 차를 탔다.

매케일렙은 유도질문을 피하기 위해 매기에게 코넬의 자동차 대시보드에서 개인적으로 의미가 있는 물건을 본 적이 있느냐고 물었다. 메이슨은 질문을 받자마자 대시보드에 코넬의 가족사진이 있었다고 말했다. 심지어 자신이 몸을 기울여 사진을 자세히 들여다보기까지 했다는 것이었다. 매기는 코넬의 아내가 어린 두 딸을 무릎에 안고 있는 사진이었다고 말했다.

집으로 향하면서 매케일렙은 두려움과 흥분이 뒤섞인 감정이 점점 자라나는 것을 느꼈다. 글로리아 토레스의 귀걸이와 제임스 코넬의 가족사진을 갖고 있는 사람이 어딘가에 있었다. 이 두 살인사건에서 드러난 악이 이제 하나로 합쳐져서 사람의 형태를 갖췄다. 그가 사람을 죽이는 것은 돈을 위해서도, 두려움 때문도, 피살자와의 원한 때문도 아니었다. 그자의 악마성은 그런 수준을 한참 넘어섰다. 그자는 쾌락을 위해, 자신의 머릿속에서 바이러스처럼 요동치는 환상을 충족시키기 위해 사람을 죽였다.

악은 사방에 있었다. 매케일렙은 그 점에 대해 다른 사람들보다 더 잘 알고 있었다. 하지만 그는 또한 추상적인 악과 맞설 수는 없다는 사실도 알고 있었다. 악을 추적해서 파괴하려면, 악이 피와 살로 이루어진 사람의 형태로 구현되어야 했다. 지금 매케일렙이 찾아낸 것이 바로 그것이었다. 심장이 분노와 무시무시한 기쁨으로 세차게 뛰는 것이 느껴졌다.

21 휴식

토요일 아침의 짙은 안개가 마치 목덜미를 어루만지는 부드러운 손길 같았다. 매케일렙은 부두의 공용건물에 있는 빨래방에 가려고 7시 전에 일어났다. 그는 세탁기 여러 대를 한꺼번에 차지하고 자신이 가진 침구를 죄다 빨았다. 그러고 나서 그는 밤에 손님을 맞을 준비를 하기 위해 배를 청소하기 시작했다. 하지만 막상 시작하고 보니 청소에 정신을 집중하기가 어려웠다.

어제 저녁에 어밀리어 코델을 만나고 돌아온 뒤 그는 제이 윈스턴에게 전화를 걸었다. 그가 코델의 자동차에 있던 사진이 없었다고 말하자 윈스턴은 매케일렙이 어쩌면 훌륭한 단서를 찾아냈을지도 모른다는 점을 마지못해 인정했다. 한 시간 뒤 윈스턴이 전화를 걸어 와서 월요일 아침 8시에 스타센터에서 회의를 열기로 했다고 말했다. 윈스턴과 과장, 그리고 보안관서의 형사 몇 명이 회의에 참석할 예정이었다. 어랭고와 월터스도, FBI의 매기 그리핀도 올 거라고 했다. 그리핀은 FBI의 LA 지부에서 매케일렙이 맡고 있던 VICAP 일을 물려받은 요원이었다. 매케일렙은 그리핀을 평판으로만 알고 있었는데, 평판이 좋았다.

그것이 문제였다. 월요일 아침 회의에서 매케일렙은 모든 사람의 집중 포화를 받게 될 터였다. 회의 참석자들 전부는 아닐망정 대다수가 그의 말을 믿지 않을 것이다. 하지만 매케일렙은 회의에 대비해서 추가 조사를 하는 대신 어떤 여자와 사내아이를 데리고 방파제로 낚시를 가기로 되어 있었다. 그는 아무래도 회의가 마음에 걸려서 그래시엘라와 레이먼드에게 약속을 취소하자고 할지 어쩔지 내내 고민했다. 하지만 결국은 약속을 취소하지 않았다. 그래시엘라와 이야기할 필요도 있었지만, 그보다는 그냥 그녀와 함께 있고 싶은 마음이 컸다. 그 사실을 깨닫고 나니 불편한 생각 두 가지가 그의 머릿속에서 한 점으로 모였다. 수사를 미루는 것에 대한 죄책감과 도움을 구하러 온 여자에게 욕망을 느끼는 것에 대한 죄책감.

빨래와 청소를 끝낸 뒤 매케일렙은 부두 센터까지 걸어가서 그곳 상점에서 저녁 식사 재료를 샀다. 미끼 가게에서는 살아 있는 새우와 오징어를 한 양동이 샀다. 레이먼드에게 선물할 작은 낚싯대와 낚싯줄 한 벌도 샀다. 다시 배로 돌아온 그는 낚싯대를 뱃전의 받침대에 놓고 미끼가 든 양동이를 배 안의 물통에 넣어 미끼가 죽지 않게 했다. 그러고는 저녁 식사 재료를 취사실에 정리해두었다.

10시쯤에는 모든 준비가 끝났다. 아직 주차장에 그래시엘라의 자동차가 나타나지 않았기 때문에 매케일렙은 버디 로크리지의 배로 가서 월요일 오전에 시간이 있느냐고 물어보기로 했다. 그는 먼저 출입구로 가서 그래시엘라와 아이가 들어올 수 있게 문이 열려 있는지 확인한 다음, 로크리지의 배로 갔다.

부두의 관습에 따라 매케일렙은 〈더블다운〉 호에 무작정 발을 들여놓지 않았다. 대신 로크리지의 이름을 부른 다음 배 밖에서 기다렸다. 배의 중앙 해치가 열려 있는 것으로 보아 로크리지는 이미 잠자리에서 일어나 배 안을 돌아다니고 있는 것 같았다. 30초쯤 지난 뒤 머리가 헝클어지고 얼굴이 쭈글쭈글하게 일그러진 버디가 해치 위로 고개를 내밀었다. 보아하니 밤늦게까지 술을 마신 모양이었다.

"어이, 테리."

"그래. 자네 괜찮아?"

"내가 언제는 안 괜찮았나? 무슨 일이야? 어디 가게?"

"아니. 오늘은 아냐. 하지만 월요일 아침에 자네가 필요할 것 같아서. 스타센터까지 날 데려다줄 수 있어? 7시쯤에는 출발해야 할 것 같은데."

버디는 자신의 바쁜 스케줄에 틈이 있는지 확인하려는 것처럼 잠시 생각에 잠겼다가 고개를 끄덕였다.

"문제없어."

"운전해도 괜찮겠어?"

"당연하지. 스타센터에는 왜 가는데?"

"그냥 회의가 있어서. 어쨌든 반드시 정각에 도착해야 돼."

"그런 건 걱정하지도 마. 7시에 출발하면 되지? 내가 자명종을 맞춰 놓을게."

"됐어 그럼. 아, 한 가지 더. 주변을 잘 살펴봐."

"그 시계 공장에서 일한다는 친구 때문이야?"

"응. 정말로 여기에 나타날 것 같지는 않지만 그야 모르는 일이니까. 그 친구 양팔에 전부 문신이 있어. 팔뚝도 아주 굵고. 보면 금방 알 거야."

"잘 살펴볼게. 손님 두 명이 자네를 찾아온 것 같은데."

로크리지는 매케일렙의 뒤쪽을 바라보고 있었다. 매케일렙은 고개를 돌려 〈더 팔로잉 시〉 호를 바라보았다. 그래시엘라가 선미에 서서 레이먼드를 배 안으로 안아 올리고 있었다.

"가봐야겠어, 버드. 월요일에 봐."

그래시엘라는 색 바랜 청바지와 다저스 운동복 상의를 입고, 틀어 올린 머리에도 다저스 모자를 쓰고 있었다. 어깨에는 커다란 가방을 메고, 손에는 식료품 봉지를 들고 있었다. 레이먼드는 청바지에 킹스 하키 스웨터 차림이었다. 레이먼드 역시 야구모자를 썼으며, 손에는 양처럼 보이는 낡은 동물 인형과 장난감 소방차를 들고 있었다.

매케일렙은 그래시엘라를 조심스레 안으며 인사한 뒤 레이먼드에게 악수를 청했다. 아이는 동물 인형을 팔 밑에 끼고 그와 악수했다.

"잘 왔다." 매케일렙이 말했다. "오늘은 물고기를 좀 잡아볼까, 레이먼드?"

아이는 수줍어서 대답을 못 하는 것 같았다. 그래시엘라가 아이의 어깨를 쿡 찌른 뒤에야 아이는 고개를 끄덕였다.

매케일렙은 두 사람의 가방을 받아 들고 앞장서서 배 안으로 들어가 지난번에 보여주지 못했던 곳까지 샅샅이 배를 구경시켜주었다. 그러는 동안 취사실에 식료품 봉지를 놓고, 중앙 선실의 침대에는 가방을 놓았다. 매케일렙은 그래시엘라에게 이 방을 쓰면 된다면서 이불을 새로 빨아서 깔아두었다고 말했다. 그러고는 레이먼드를 뱃머리 쪽 선실의 2층 침대로 안내했다. 매케일렙이 서류 상자들을 대부분 책상 밑으로 옮겨두었기 때문에 방은 아이가 자도 될 만큼 깨끗해 보였다. 침대 윗칸에는 난간이 달려 있어서 아이가 자다가 굴러 떨어질 염려는 없었다. 매케일렙이 이걸 침상이라고 부른다고 하자 아이는 혼란스러운 표정을 지었다.

"배에서는 침대를 그렇게 불러, 레이먼드." 매케일렙이 말했다. "화장실은 '머리'라고 하고."

"왜요?"

"글쎄 말이다. 내가 누구한테 물어본 적이 없어서…."

매케일렙은 두 사람을 '머리'로 데려가서 페달을 이용해서 물을 내리는 법을 가르쳐주었다. 그래시엘라가 고리에 걸린 체온표를 바라보는 것을 보고 그는 왜 체온을 재는지 설명해주었다. 그래시엘라가 목요일 기록을 손가락으로 짚었다.

"열이 있었어요?"

"미열이에요. 금방 내렸고요."

"의사 선생님은 뭐래요?"

"아직 말 안 했어요. 열이 금방 내려서 지금은 괜찮아요."

그래시엘라는 걱정스러운 표정으로 그를 바라보았다. 짜증스러운 기색도 조금 섞여 있는 것 같았다. 그 순간 매케일렙은 자신이 죽지 않는 것이 그래시엘라에게는 매우 중요한 일일지도 모른다는 생각이 들었다. 동생이 마지막으로 남긴 선물이 물거품이 되는 건 그녀에게 반가운 일이 아닐 것이다.

"걱정 말아요." 매케일렙이 말했다. "난 괜찮으니까. 그날 좀 많이 돌아다녀서 그래요. 한참 동안 낮잠을 자고 일어났더니 열이 내렸어요. 그 뒤로는 아무 문제 없었고요."

매케일렙은 열이 올랐던 날 뒤로는 표에 사선들만 그어져 있는 것을 가리켰다. 레이먼드가 그의 바지자락을 잡아당기며 물었다. "아저씨는 어디서 자요?"

매케일렙은 그래시엘라를 흘깃 바라본 뒤 재빨리 계단 쪽으로 얼굴을 돌렸다. 얼굴이 달아오른 걸 그래시엘라에게 들키지 않기 위해서였다.

"날 따라오면 가르쳐주지."

다시 응접실로 돌아온 매케일렙은 레이먼드에게 취사실의 탁자를 1인용 침상으로 바꿀 수 있다고 설명해주었다. 아이는 만족한 표정이었다.

"그럼 이제 네가 뭘 가져왔는지 볼까?" 매케일렙이 말했다.

그는 그래시엘라가 가져온 식료품 봉지를 열어 그 안의 물건들을 정리하기 시작했다. 두 사람은 그래시엘라가 점심을 만들고, 매케일렙은 저녁을 준비하기로 이미 합의를 보았다. 그래시엘라는 점심 식사로 서브머린 샌드위치를 만들 생각인 것 같았다.

"내가 서브머린 샌드위치를 좋아하는 걸 어떻게 알았어요?"

"전 몰랐어요." 그래시엘라가 말했다. "그런데 레이먼드도 그걸 좋아해요."

매케일렙은 손을 뻗어 손가락으로 아이의 옆구리를 간질였다. 아이는 키득거리며 몸을 움츠렸다.

"이모가 우리가 낚시에 가져갈 샌드위치를 만드는 동안 넌 나랑 같이 밖으로 나가서 낚시 장비 챙기는 걸 좀 도와줄래? 저 밖에서 물고기들이 우리를 기다리고 있거든!"

"좋아요!"

매케일렙은 아이를 데리고 선미 쪽으로 가면서 그래시엘라를 뒤돌아보며 윙크를 했다. 갑판으로 나온 그는 레이먼드에게 아까 사둔 낚싯대와 낚싯줄을 선물했다. 아이는 이 물건들이 자기 것이라는 말을 듣고 마치 구명줄을 움켜쥐듯이 낚싯대를 움켜쥐었다. 그걸 보니 매케일렙은 기쁘기보다 오히려 슬퍼졌다. 이 아이의 주위에 남자 어른이 있었던 적이 있는지 궁금했다.

매케일렙이 시선을 들어 보니 그래시엘라가 응접실 문간에 서 있었다. 그녀도 슬픈 표정이었다. 두 사람을 향해 미소를 짓고 있었는데도. 매케일렙은 분위기를 바꿔야겠다는 생각이 들었다.

"이제 미끼를 봐야지." 그가 말했다. "양동이 하나 가득 있어. 오늘은 물고기들이 미끼를 아주 잘 물 것 같거든."

매케일렙은 물통 안에서 둥둥 떠 있던 빈 양동이를 꺼내고, 그 옆의 칸막이에서 그물도 꺼내서 레이먼드에게 그물을 물통에 담가 미끼를 꺼내는 법을 가르쳐주었다. 그는 그물을 두 번 던져 새우와 오징어를 끌어올려서 양동이에 담은 뒤 레이먼드에게 한번 해보라고 맡겼다. 그러고는 자신과 그래시엘라가 쓸 낚싯대 두 개와 낚시 도구가 든 상자를 가져오려고 안으로 들어갔다.

그가 아이에게 말소리가 들리지 않는 안으로 들어오자 그래시엘라가 다가와 그를 끌어안았다.

"정말 고마워요." 그녀가 말했다.

매케일렙은 그녀의 눈을 잠시 들여다보다가 입을 열었다.

"아이보다는 오히려 내가 더 기분이 좋은 것 같은데요."

"아이가 정말 신이 났어요." 그래시엘라가 말했다. "저는 보면 알아요. 빨리 물고기를 잡고 싶어서 안달이에요. 정말로 잡았으면 좋겠어요."

세 사람은 정박지의 중앙 부두를 따라 걸으며 가게들과 식당들을 지나쳐 주차장을 가로질렀다. 마침내 여러 정박지들과 닿아 있는 중앙수로가 나왔다. 자갈이 깔린 길이 수로 입구와 방파제까지 이어져 있었다. 방파제는 태평양 바다를 향해 100미터 가량 둥글게 휘어져 있었다. 세 사람은 커다란 화강암 판들로 이루어진 방파제를 조심스럽게 걸어 바다까지 절반쯤 나아갔다.

"레이먼드, 여기가 아저씨의 비밀 장소야. 여기서 물고기를 잡아보자."

아이는 좋다고 했다. 매케일렙은 장비를 내려놓고 낚시 준비를 시작했다. 밤에 밀물이 밀려왔기 때문에 바위는 아직도 젖어 있었다. 매케일렙은 가져온 수건을 들고 앉기 편한 평평한 바위를 찾아 주위를 돌아다녔다. 마침내 자리를 찾아낸 그는 수건을 깔고 그래시엘라와 레이먼드에게 앉으라고 말했다. 그러고는 도구상자를 열어 선크림을 꺼내 그래시엘라에게 준 뒤 자신은 낚싯줄에 미끼를 끼우기 시작했다. 그는 레이먼드의 낚싯줄에 오징어를 끼워주기로 했다. 아이가 자기보다 먼저 물고기를 잡게 하고 싶어서였다. 그가 보기에는 오징어가 최고의 미끼였다.

15분 뒤 세 사람은 각자 낚싯대를 물속에 드리웠다. 매케일렙은 줄을 던지는 법, 줄감개를 열어두는 법, 오징어가 물살을 따라 헤엄치게 내버려두는 법을 아이에게 가르쳐주었다.

"여기선 뭐가 잡혀요?" 아이가 낚싯줄을 바라보며 물었다.

"글쎄다, 레이먼드. 물고기가 워낙 많아서."

매케일렙은 그래시엘라 바로 옆의 바위에 자리를 잡았다. 아이는 너무 들떠서 가만히 앉아 있지 못했다. 그래서 낚싯대를 들고 이 바위, 저 바위로 옮겨 다니며 안달했다.

"카메라를 가져올걸 그랬어요." 그래시엘라가 속삭였다.

"다음에 가져오면 되죠." 매케일렙이 말했다. "저거 보여요?"

매케일렙은 바다 저편의 수평선을 가리켰다. 푸르스름한 섬의 윤곽이 저 멀리 안개 속에 솟아 있었다.

"카탈리나 섬이요?"

"네, 맞아요."

"이상해요. 선생님이 섬 출신이라는 게 아무래도 어울리지 않아요."

"섬 출신 맞아요."

"가족들이 어떻게 이리로 옮겨 오게 된 거예요?"

"우리 집안은 원래 시카고 출신이에요. 아버지는 야구선수였죠. 어느 해 봄에, 그러니까 1950년에 아버지는 시카고 컵스에서 입단테스트를 받았어요. 그때 시카고 컵스는 여기 카탈리나 섬에 봄 훈련캠프를 차리곤 했어요. 구단 소유주인 리글리 일가가 저 섬도 대부분 소유하고 있었거든요. 그래서 여기다 훈련캠프를 차리게 된 거예요. 아버지와 어머니는 고교시절부터 사귀던 연인이에요. 두 분이 결혼한 뒤 아버지가 컵스 입단기회를 잡은 거예요. 아버지는 유격수와 2루수를 겸했어요. 어쨌든 테스트 때문에 아버지가 여기까지 왔지만 합격하지는 못했어요. 그래도 여기가 마음에 들어서 리글리 일가를 위해 일하는 일자리를 구했죠. 그러고는 어머니도 이리로 부른 거예요."

매케일렙은 여기서 이야기를 끝낼 계획이었지만 그래시엘라는 더 많은 이야기를 듣고 싶어 했다.

"그다음에 선생님이 태어난 거로군요."

"조금 뒤에 태어났죠."

"그런데 부모님은 계속 저 섬에 사시지 않은 거예요?"

"어머니가 떠났어요. 섬을 견딜 수 없다면서. 여기서 10년을 살고 나니 더 이상 참을 수 없게 된 거예요. 어떤 사람들은 섬에서 폐쇄공포증을 앓기도 해요…. 어쨌든 부모님은 헤어졌어요. 아버지가 이 섬에 살면서 나를 키우고 싶어 하셨기 때문에 나도 섬에 남았죠. 어머니는 시카고로 돌아갔어요."

그래시엘라는 고개를 끄덕였다.

"아버님은 리글리 일가 밑에서 무슨 일을 하셨어요?"

"많은 일을 하셨죠. 농장 일을 하다가, 저택으로 옮겨 갔어요. 리글리 일가는 항구에 63피트짜리 크리스크래프트 보트를 갖고 있었어요. 아버지는 거기 갑판원으로 자리를 옮겼다가 나중에는 선장이 됐죠. 결국은 아버지가 직접 배를 사서 사람들에게 빌려주는 사업을 시작했어요. 자원 소방대원으로 활약하시기도 했고요."

매케일렙이 미소를 짓자 그래시엘라도 마주 미소를 지었다.

"그럼 〈더 팔로잉 시〉호는 아버님 배예요?"

"아버지 배, 아버지 집, 아버지 사업체, 전부 다 아버지 거예요. 리글리 일가가 아버지한테 자금을 대줬어요. 아버지는 대략 12년 동안 배에서 사셨죠. 그러다 건강이 아주 나빠지셔서 사람들이, 아니 내가, 내가 아버지의 유일한 자식이었으니까요, 내가 아버지를 시내 병원으로 모셨어요. 아버지는 거기서 돌아가셨어요. 롱비치의 병원에서."

"그렇군요."

"오래전 일이에요."

"아버님이 안되셨어요."

매케일렙은 그래시엘라를 바라보았다.

"살다 보면 사람이 이제 마지막이 왔다는 걸 알게 될 때가 있어요. 아버지도 가망이 없다는 걸 알고 저 섬으로 돌아가고 싶어 하셨어요. 당신의 배로. 섬으로. 하지만 나는 싫었어요. 의학적으로 할 수 있는 일을 모조리 해드리고 싶었거든요. 게다가 아버지가 섬으로 가시면 내가 아버지를 만나러 가는 게 보통 일이 아니었어요. 배를 타고 가야 하니까요. 그래서 내가 아버지를 퇴원시키지 않았어요. 결국 아버지는 병실에서 혼자 돌아가셨어요. 내가 사건 때문에 샌디에이고에 가 있을 때."

매케일렙은 바다 저편을 바라보았다. 섬을 향해 가는 배가 보였다.

"아버지 말씀을 들을걸 그랬어요."

그래시엘라가 손을 뻗어 그의 팔을 잡았다.

"좋은 의도로 한 일이잖아요. 그러니까 괴로워하지 마세요."

매케일렙은 레이먼드를 흘깃 바라보았다. 아이는 이제 자리를 잡고 가만히 앉아서 줄감개를 내려다보고 있었다. 줄이 꾸준히 풀려나가고 있었다. 오징어가 잡아당기는 힘이 그렇게 강할 리가 없었다.

"레이먼드, 고기가 잡힌 것 같은데."

매케일렙은 자신의 낚싯대를 내려놓고 아이에게 갔다. 줄감개 손잡이를 뒤집자 줄이 팽팽해지면서 낚싯대가 순식간에 아래로 휘었다. 아이의 손에서 낚싯대가 금방 빠져나갈 것 같아서 매케일렙이 낚싯대를 움켜쥐었다.

"고기가 잡혔어!"

"이모! 내가 잡았어요! 내가 잡았어요!"

"내 말 명심해, 레이먼드. 뒤로 잡아당기면서 줄을 아래로 감는 거야. 뒤로 잡아당기고, 아래로 감고. 저 녀석이 지칠 때까지 내가 낚싯대를 같이 잡아줄게. 아주 큰 놈 같은데. 괜찮겠어?"

"네!"

사실상 매케일렙 혼자 힘을 쓰는 거나 마찬가지였지만, 어쨌든 두 사람은 물고기와 싸움을 벌이기 시작했다. 그러면서 매케일렙은 그래시엘라에게 낚싯줄이 엉키지 않게 다른 낚싯줄들을 감아들이라고 지시했다. 매케일렙과 아이는 10분쯤 물고기와 실랑이를 했다. 낚싯대를 통해 물고기가 점점 지쳐가는 것이 느껴졌다. 마침내 매케일렙은 레이먼드가 일을 마무리할 수 있게 낚싯대를 넘겨주었다.

매케일렙은 도구상자에서 장갑을 꺼내 끼고 바위를 내려가 물가로 갔다. 수면 아래로 겨우 10센티미터쯤 되는 곳에서 은빛 물고기가 낚싯줄에 맞서서 힘없이 몸부림치고 있었다. 매케일렙은 바위에 무릎을 꿇었다. 신발과 바지가 젖었지만 그는 몸을 수그려 레이먼드의 낚싯줄을 손으로 잡았다. 그는 물고기를 앞으로 잡아당겨 입이 올라오게 한 다음, 장갑 낀 손을 물속으로 넣어 꼬리를 잡았다. 꼬리지느러미 바로 앞쪽이었다. 그는 물고기를 물에서 꺼내 바위를 올라가 레이먼드에게 갔다.

햇빛 속에서 물고기가 광택을 낸 금속처럼 반짝였다.

"바라쿠다야, 레이먼드." 매케일렙이 물고기를 쳐들며 말했다. "이 이빨 좀 봐라."

22 악마의 성

　즐거운 하루였다. 레이먼드는 바라쿠다 두 마리와 하얀 농어 한 마리를 잡았다. 가장 먼저 잡은 물고기가 가장 컸다. 낚시의 짜릿함도 그때가 가장 컸다. 두 번째 물고기는 세 사람이 점심을 먹는 동안 미끼를 물었기 때문에 하마터면 미처 못 본 사이에 낚싯대까지 물속으로 끌려 들어갈 뻔했다. 오후 늦게 배로 돌아온 뒤 그래시엘라는 저녁 식사를 하기 전에 레이먼드가 좀 쉬어야 한다면서 뱃머리 선실로 아이를 데려갔다. 그동안 매케일렙은 선미의 호스로 낚시 장비를 씻었다. 그래시엘라가 돌아온 뒤 두 사람은 갑판 의자에 호젓하게 앉았다. 매케일렙은 편안히 앉아 차가운 맥주를 마시고 싶은 생각이 간절했다.

　"정말 즐거웠어요." 그래시엘라가 말했다.

　"다행이네요. 여기서 저녁도 먹고 갈 거죠?"

　"당연하죠. 레이먼드도 여기서 자고 싶어 해요. 배를 좋아하거든요. 내일 또 낚시를 하고 싶은 모양이에요. 선생님 때문에 애가 버릇만 나빠졌어요."

　매케일렙은 다가오는 밤을 생각하며 고개를 끄덕였다. 몇 분 동안 편안한 침묵을 지키며 두 사람은 부두의 부산한 움직임들을 지켜보았다. 토요일은 언제나 가장 분주한 날이었다. 매케일렙은 계속 눈을 움직였다. 손님이 와 있기 때문에 볼로토프가 나타날지도 모른다는 걱정이 더 컸다. 실제로 그가 나타날 가능성은 희박하다는 결론을 내렸는데도 말이다. 볼로토프는 톨리버의 사무실에서 매케일렙을 제압했다. 만약 그가 매케일렙을 해치려 했다면 그때 해치울 수 있었을 것이다. 하지만 볼로토프를 생각하다 보니 사건 생각이 덩달아 떠올랐다. 그래시엘라에게 물어보려던 것도 생각났다.

"뭣 좀 물어볼게요." 매케일렙이 말했다. "그래시엘라 씨가 날 처음 만나러 온 게 지난 토요일이죠. 그런데 내 기사가 난 건 그 전주였어요. 왜 일주일을 미룬 거죠?"

"사실 미룬 건 아니에요. 그동안 그 기사를 못 봤거든요. 신문사에서 같이 일하던 글로리 친구가 전화를 해서 그 기사를 봤다며 혹시 선생님이 심장을 받은 사람인지 모르겠다고 말했어요. 그래서 제가 도서관으로 가서 기사를 찾아보고는 바로 다음 날 선생님을 찾아 온 거예요."

매케일렙은 고개를 끄덕였다. 그래시엘라는 이제 자기가 질문을 던질 차례라고 생각한 모양이었다.

"저 아래 저 상자들 말이에요."

"무슨 상자요?"

"책상 밑에 쌓여 있는 거요. 선생님이 맡았던 사건 자료예요?"

"옛날 사건들이에요."

"거기 적혀 있는 이름 중에 제가 아는 것도 있던데요. 그 기사에 그 이름들이 언급돼 있었어요. 루서 해치, 코드 킬러. 코드 킬러라는 이름은 왜 생긴 거죠?"

"그건 놈이, 그러니까 범인이 남자라면 그렇다는 거지만, 그놈이 우리한테 메시지를 남기거나 보냈는데, 항상 맨 밑에 똑같은 숫자가 적혀 있었기 때문이에요."

"그 숫자가 무슨 의미였는데요?"

"우리도 끝내 알아내지 못했어요. FBI 최고의 수사관들은 물론이고 국가안보국의 암호 전문가들조차 그걸 풀지 못했죠. 개인적으로 나는 거기에 아무런 의미도 없다고 생각했어요. 암호가 아니라고. 그 숫자는 그냥 그놈이 우리를 자극해서 계속 자기 꼬리만 뒤쫓는 꼴이 되게 하려고 보낸 거예요…. 903, 472, 568."

"그게 그 암호예요?"

"그 숫자예요. 방금 말했듯이, 난 그게 암호라고 생각하지 않아요."

"FBI도 결국 같은 결론을 내렸나요?"

"아뇨. FBI는 결코 포기하지 않았어요. 거기에 틀림없이 무슨 의미가 있을 거라고 확신했죠. 어쩌면 범인의 사회보장번호일지도 모른다고 생각했어요. 그 번호를 마구 뒤섞어 놓은 거라고. 그래서 컴퓨터로 그 숫자의 조합을 모두 출력해서 그 번호에 해당하는 사람들의 이름을 알아냈어요. 수십만 명이나 됐는데, 그 사람들을 전부 컴퓨터로 조회했어요."

"뭘 조회한 거예요?"

"전과기록, 프로파일과 일치하는 점…. 그야말로 대규모의 맨땅에 헤딩하기였죠. 언섭은 그 명단에 없었어요."

"언섭이 뭐예요?"

"신원미상의 용의자를 뜻하는 말이에요. 우린 범인을 잡을 때까지 범인을 그렇게 불렀어요. 하지만 코드 킬러는 끝내 잡지 못했어요."

희미한 하모니카 소리가 들려와서 매케일렙은 〈더블다운〉 호를 바라보았다. 로크리지가 배 안에서 '한 숟갈'이라는 곡을 연습하고 있었다.

"그런 사건은 그것뿐인가요?"

"범인을 못 잡은 사건 말이에요? 아뇨. 안타까운 일이지만, 끝내 잡지 못한 범인이 많아요. 하지만 코드 킬러 사건은 나한테 개인적인 의미가 있었던 것 같아요. 범인이 나한테 편지를 보냈거든요. 이유는 모르겠지만 나한테 화를 내고 있었어요."

"범인은 피해자들에게 무슨 짓을…."

"코드 킬러는 이례적인 놈이었어요. 다양한 방식으로 사람을 죽여서 눈에 띄는 패턴이 없었거든요. 남자, 여자는 물론이고 심지어 아이까지 죽였어요. 살인 방법도 총, 칼, 목 조르기 등 다양했고요. 단서가 될 만한 게 없었어요."

"그럼 그 사건들이 모두 같은 사람의 짓이라는 걸 어떻게 알았어요?"

"놈이 말해줬으니까요. 편지, 범죄현장에 남아 있던 암호. 피살자가 누구인지는 중요하지 않았어요. 피살자들은 놈이 자신의 힘을 행사하는 대상이자 사회적 권위에 맞서는 수단에 불과했어요. 놈은 사회적 권위에 콤플렉스를 지닌 살인자였어요. 그놈 말고 시인이라는 살인자도 있어요. 시인은 몇 년 전에 전국을 돌아다니며 일을 저지른 여행자 형이었어요."

"저도 기억나요. 여기 LA에서 도망쳤죠?"

"맞아요. 그놈도 사회적 권위에 맞서는 살인자였어요. 놈들의 환상과 범행수법을 모두 제외하고 나면, 결국 놈들은 대개 아주 비슷해요. 시인은 우리가 범인을 잡겠다고 몸부림치는 걸 지켜보며 열광했어요. 코드 킬러도 똑같았죠. 놈은 기회가 있을 때마다 경찰을 자극하고 놀렸어요."

"그러다 그냥 범행을 그만뒀어요?"

"죽었거나 아니면 다른 죄로 감옥에 갔겠죠. 아니면 다른 데로 가서 새로운 범죄를 시작했든지요. 그런 놈들은 원래 범행을 그만두고 싶어도 충동을 잠재우지 못해요."

"그럼 루서 해치 사건에서 선생님은 무슨 일을 하셨어요?"

"맡은 일을 했죠. 저기, 이런 것 말고 다른 얘기를 하는 게 낫지 않겠어요?"

"아, 죄송해요."

"그게 아니라, 그냥… 글쎄요, 그런 옛날 얘기를 하는 게 싫어서요."

매케일렙은 그래시엘라에게 동생 사건에서 새로 밝혀낸 사실들을 이야기하고 싶었지만, 아무래도 지금은 때가 아닌 것 같았다. 그래서 이번에는 그냥 가만히 있기로 했다.

저녁 식사로 매케일렙은 햄버거를 굽고 바라쿠다 스테이크를 만들었다. 레이먼드는 자기가 잡은 물고기를 먹는다며 신이 났지만, 정작 바라쿠다를 먹어보더니 맛이 너무 강해서 별로인 것 같았다. 그래시엘라도 마찬가지였다. 하지만 매케일렙에게는 맛이 괜찮았다.

식사를 마친 뒤 세 사람은 아이스크림 가게까지 걸어갔다가 내친 김에 카브리요 웨이에 늘어선 가게들을 구경하며 또 걸었다. 배로 돌아왔을 때는 이미 날이 어두워진 뒤였다. 부두는 이제 조용했다. 레이먼드는 그래시엘라의 말을 듣고 풀이 죽었다.

"레이먼드, 오늘 하루 동안 많이 놀았으니까 이제 그만 가서 자." 그래시엘라가 부드럽게 말했다. "말을 잘 들으면, 내일 떠나기 전에 또 고기를 잡게 해줄게."

아이는 매케일렙을 바라보았다. 이모의 말을 확인하려는 건지, 아니면 더 놀게 해달라고 간청하고 싶은 건지는 확실치 않았다.

"이모 말씀이 맞아, 레이먼드." 매케일렙이 말했다. "아침에 나랑 같이 또 방파제로 나가자. 고기를 더 잡는 거야. 좋지?"

아이는 골난 목소리로 알았다고 말했다. 그래시엘라가 아이를 방으로 데려다주었다. 아이는 자리를 뜨면서 낚싯대를 방으로 가져가게 해달라고 부탁했다. 그거야 반대할 이유가 없는 일이었다. 낚싯바늘은 매케일렙이 이미 낚싯대의 구멍에 안전하게 넣어둔 뒤였다.

배에는 난로가 두 대 있었기 때문에 매케일렙은 각각의 방에 하나씩 놓아주었다. 밤이 되면 배 안이 상당히 추워질 수 있었다. 그럴 때는 담요를 아무리 많이 덮어도 소용이 없었다.

"선생님은 어쩌시려고요?" 그래시엘라가 물었다.

"난 괜찮아요. 침낭에서 잘 거니까요. 아마 내가 제일 따뜻할걸요."

"정말이에요?"

"정말이에요."

매케일렙은 선실을 나와 갑판으로 올라가서 그래시엘라가 올라오기를 기다렸다. 그는 그래시엘라가 처음 오던 날 땄던 샌포드 피노누아 포도주를 그래시엘라의 잔에 마저 따랐다.

그리고 콜라 한 캔과 함께 잔을 들고 선미로 갔다. 10분 뒤 그래시엘라가 합류했다.

"밖이 점점 추워지네요." 그래시엘라가 말했다.

"그러게요. 레이먼드 방에 난로 하나면 충분하겠죠?"

"그럼요, 괜찮을 거예요. 눕자마자 잠들었어요."

매케일렙이 포도주 잔을 건네주자 그래시엘라는 콜라 캔에 잔을 부딪혔다.

"고마워요." 그녀가 말했다. "아이가 오늘 정말 좋아했어요."

"내가 기쁘죠."

매케일렙은 그래시엘라의 포도주 잔에 콜라 캔을 부딪혔다. 결국은 그래시엘라에게 수사에 대해 이야기해야 한다는 걸 알고 있었지만 지금 이 분위기를 망치고 싶지 않았다. 그래서 또 이야기를 미뤘다.

"책상 위에 있는 그 사진 속 여자애는 누구예요?"

"여자애라니요?"

"무슨 연감 같은 데서 오린 사진 같던데요. 레이먼드가 자는 방의 책상 위 벽에 테이프로 붙여놓으신 거요."

"아… 그건 그냥… 그건 그냥 내가 항상 기억하고 싶은 사람이라 붙여놓은 거예요. 죽었거든요."

"사건에 관련된 사람이에요, 아니면 개인적으로 알던 아이예요?"

"사건 쪽이에요."

"코드 킬러요?"

"아뇨. 그보다 한참 전이에요."

"아이 이름이 뭔데요?"

"오브리-린."

"어쩌다 죽었어요?"

"그건 결코 어느 누구도 겪으면 안 되는 일이었어요. 그 얘기는 이쯤에서 그만두죠."

"아, 죄송해요."

"괜찮아요. 레이먼드가 오기 전에 그 사진을 치웠어야 하는 건데."

매케일렙은 침낭 속으로 들어가지 않았다. 그냥 침낭을 몸에 덮고 양손을 머리 뒤에서 깍지 낀 자세로 누웠다. 몸이 피곤해야 마땅한데 전혀 그렇지 않았다. 수많은 생각들이 머릿속에서 소란을 피웠다. 일상적인 생각에서부터 속이 갑갑해지는 생각까지. 그는 아이의 침상에 놓아준 난로를 생각했다. 안전하다는 걸 알면서도 걱정이 됐다. 아까 아버지가 병원에 입원해 계실 때 이야기를 했던 것도 수많은 생각들과 섞여 다시 머릿속에 떠올랐다. 아버지가 집에서 돌아가시게 해드릴걸 그랬다는 생각이 또 들었다. 데스칸소 해변에서 장례식을 마친 뒤 그는 배를 몰고 나가서 카탈리나 섬 주위를 돌며 아버지의 재를 조금씩 나눠 뿌렸다. 섬을 한 바퀴 돌면서 빙 둘러 재를 뿌리기 위해서였다.

이런 기억들과 걱정들은 사실 그래시엘라에 관한 생각의 곁가지에 불과했다. 그래시엘라가 오브리-린 쇼이츠의 이야기를 꺼내는 바람에 오늘 저녁시간이 이상하게 흘러가버렸다. 그 아이에 관한 기억 때문에 매케일렙은 평정심을 잃고 입을 다물어버렸다. 그는 그래시엘라에게 흠뻑 빠져 있었다. 그래서 오늘 밤을 그녀와 함께 보내게 된다면 좋겠다고 생각했다. 하지만 그 우울한 기억이 끼어들어서 분위기를 망쳐버렸다.

배가 물살에 따라 부드럽게 오르락내리락하는 것이 느껴졌다. 그는 크게 한숨을 내쉬었다. 그 한숨과 함께 괴로운 생각들도 모두 나가버렸으면 싶었다. 매케일렙은 얄팍한 쿠션 위에서 자세를 바꿨다. 임시로 침대 구실을 하게 된 이 쿠션의 한가운데에 솔기가 있었기 때문에 어떤 자세를 취해도 불편했다. 매케일렙은 일어나서 오렌지주스를 좀 마실까 하다가, 그랬다가는 아침에 레이먼드와 그래시엘라가 먹을 양이 부족해질지도 모른다는 생각이 들었다.

마침내 그는 아래로 내려가서 맥박과 체온을 재보기로 했다. 시간을 보내는 데는 그만한 방법이 없었다. 일단 할 일이 생길 것이고, 어쩌면 몸이 피곤해져서 잠이 올 수도 있었다.

매케일렙은 혹시 레이먼드가 자다 일어나서 화장실에 갈까 봐 싱크대 위의 소켓에 야간등을 꽂아두었다. 그래서 천장의 등을 켜는 대신 그 희미한 불빛 속에 서서 체온계를 입에 물었다. 어두운 거울 속에 비친 자신의 얼굴을 보니 눈 밑의 어두운 그늘이 더욱 뚜렷해지고 있었다.

체온계를 읽으려면 몸을 싱크대 쪽으로 기울여 야간등에 체온계를 가까이 들이대야 했다. 약간 열이 있는 것 같았다. 매케일렙은 고리에 걸린 클립보드를 떼어내서 날짜와 시간을 적고, 사선 대신 37도라는 숫자를 적었다. 클럽보드를 다시 고리에 거는데 통로 맞은편 중앙 선실의 문이 열리는 소리가 들렸다.

취사실로 들어오면서 뱃머리 쪽으로 통하는 문을 닫지 않았기 때문에 어두운 복도 저편을 바라보니 그래시엘라가 선실 문 뒤에서 빠끔히 고개를 내민 것이 보였다. 그녀의 몸은 문에 가려져 있었다. 두 사람은 속삭이는 소리로 이야기를 나눴다.

"괜찮으세요?"

"네. 그래시엘라 씨는요?"

"저도 괜찮아요. 뭐 하세요?"

"잠이 안 와서요. 방금 체온을 쟀어요."

"열이 있어요?"

"아뇨…. 괜찮아요."

이 말을 하면서 그는 고개를 끄덕였다. 그러고 보니 그는 지금 사각 팬티만 입은 차림이었다. 그는 팔짱을 낀 뒤 한 손을 들어 턱을 문질렀다. 가슴의 보기 싫은 흉터를 가리기 위해서였다.

두 사람은 잠시 침묵 속에서 서로를 바라보았다. 매케일렙은 자신이 턱을 지나치게 오래 만지고 있음을 깨달았다. 그는 양팔을 옆구리로 늘어뜨렸다. 그래시엘라의 시선이 가슴으로 향하는 것이 보였다.

"그래시엘라…."

그는 말을 끝맺지 않았다. 그래시엘라가 천천히 문을 열었다. 그녀는 엉덩이까지 내려오는 분홍색 비단 잠옷 차림이었다. 그 옷을 입은 모습이 아름다웠다. 두 사람은 잠시 가만히 서서 서로를 바라보았다. 그래시엘라는 여전히 문을 잡고 있었다. 마치 살짝살짝 움직이는 배 위에서 균형을 잡으려는 것처럼. 잠시 후 그래시엘라가 복도 쪽으로 한 걸음 내딛었고, 매케일렙도 그녀를 향해 한 걸음 나아갔다. 그는 손을 뻗어 그녀의 옆구리를 부드럽게 어루만지며 올라가다가 허리를 감쌌다. 다른 손으로는 그녀의 목을 어루만지다가 목덜미로 옮겨갔다. 그리고 그녀를 자신에게 끌어당겼다.

"그래도 괜찮아요?" 그래시엘라가 그의 목에 얼굴을 묻고 속삭였다.

"세상에 그 무엇도 지금 날 막을 수 없어요." 그도 함께 속삭였다.

두 사람은 선실로 들어가 문을 닫았다. 매케일렙은 바닥에 팬티를 벗어 두고 그래시엘라와 함께 침대로 기어 올라갔다. 그래시엘라는 잠옷 단추를 풀고 있었다. 침대보와 담요에 이미 그녀의 냄새가 배어 있었다. 예전에 그가 느꼈던 바닐라 냄새였다. 매케일렙이 그녀의 몸 위로 올라가자 그녀가 그를 잡아당겨 오랫동안 입을 맞췄다. 그는 그녀의 가슴으로 내려가 입을 맞췄다. 그의 코는 그녀가 향수를 발라둔 목 바로 아래 지점을 찾아냈다. 사향 냄새가 섞인 진한 바닐라 향기가 그를 가득 채웠다. 그는 다시 그녀의 입술에 입을 맞췄다.

그래시엘라가 그와 자신의 몸 사이로 손을 움직여 그의 가슴에 따뜻한 손바닥을 댔다. 그는 그녀의 몸에 힘이 들어가는 것을 느끼고 눈을 떴다. 그녀가 속삭였다. "잠깐만요. 테리. 잠깐만요."

매케일렙은 움직임을 멈추고 한 팔로 몸을 지탱하며 들어올렸다.

"왜 그래요?" 그가 속삭였다.

"아무래도… 이러면 안 될 것 같아요. 미안해요."

"왜 안 될 것 같다는 거예요?"

"저도 잘 모르겠어요."

그래시엘라가 그의 몸 아래에서 자기 몸을 돌렸기 때문에 그는 옆으로 내려올 수밖에 없었다.

"그래시엘라?"

"당신 때문이 아니에요, 테리. 나 때문이에요. 나는… 그냥 서두르고 싶지 않아서 그래요. 생각을 좀 해보고 싶어요."

그래시엘라는 그에게 등을 돌린 채 모로 누워 있었다.

"동생 때문이에요? 내가 동생의…."

"아뇨, 그건 아니에요…. 아니, 조금은 관계가 있을지도 모르죠. 그냥 우리 둘 다 좀 더 생각을 해봐야 할 것 같아요."

그래시엘라는 뒤로 손을 뻗어 그의 뺨을 쓰다듬었다.

"미안해요. 당신을 방으로 불러들여서 이러지 말았어야 하는 건데."

"괜찮아요. 당신이 나중에 생각해보고 기분이 안 좋아질 일을 하는 건 나도 싫어요. 난 다시 올라갈게요."

그는 침대 발치를 향해 내려가려고 했다. 하지만 그녀가 그의 팔을 잡았다.

"아뇨, 가지 마세요. 아직은요. 여기 저랑 같이 누워 있어요. 아직은 가지 마세요."

매케일렙은 다시 위로 올라와서 그녀와 나란히 베개에 머리를 댔다. 기분이 묘했다. 분명히 그녀에게 거절을 당했는데도 전혀 불안하거나 걱정스럽지 않았다. 기다리다 보면 때가 올 것 같았다. 매케일렙은 여기 얼마나 있다가 침낭으로 돌아가면 될지 고민하기 시작했다.

"그 여자애 이야기를 해주세요." 그래시엘라가 말했다.

"네?" 매케일렙은 어리둥절했다.

"책상 위에 걸어 놓은 연감 사진 속의 아이요."

"듣기 좋은 얘기가 아닐 텐데요, 그래시엘라. 왜 그 얘기를 듣고 싶어 하는 거예요?"

"당신이 어떤 사람인지 알고 싶어서요."

그녀는 이 말밖에 하지 않았다. 하지만 매케일렙은 이해했다. 만약 두 사람이 연인이 되려면, 서로 비밀을 공유해야 한다는 뜻이었다. 당연한 일이었다. 매케일렙은 나중에 아내가 된 여자와 처음으로 사랑을 나눴던 오래전의 그날 밤, 그녀가 어렸을 때 성적인 학대를 당했다고 털어놓았던 것을 떠올렸다. 그녀가 조심스레 감춰오던 비밀을 털어놓았다는 사실이 실제로 사랑을 나누는 육체적인 행위보다 훨씬 더 깊은 감동을 주었다. 매케일렙은 항상 그 순간을 소중히 기억했다. 결혼생활이 끝난 뒤에도.

"지금부터 하는 얘기는 전부 목격자들의 이야기와 물리적 증거를 토대로 짜 맞춘 거예요…. 비디오도 있었어요." 매케일렙은 얘기를 시작했다.

"비디오라니요?"

"그건 나중에 이야기할게요. 플로리다에서 일어난 일이에요. 내가 이리로 오기 전에. 일가족이… 납치당했어요. 어머니, 아버지, 딸 둘. 쇼위츠 일가였죠. 사진 속의 오브리-린은 둘째 딸이었어요."

"몇 살이었어요?"

"플로리다에서 휴가를 즐기던 중에 막 열다섯 살이 됐어요. 쇼위츠 일가는 원래 오하이오의 소도시에 살았어요. 가족이 다 같이 휴가를 온 건 그때가 처음이었죠. 돈이 많지 않았거든요. 아버지는 자그마한 정비소를 운영하고 있었는데… 나중에 시신이 발견됐을 때 손톱 밑에 아직도 기름 때가 남아 있었어요."

매케일렙은 짤막한 웃음소리를 내며 숨을 내쉬었다. 재미없는 얘기를 하면서 이게 재미있는 이야기이길 간절히 바라는 사람이 내는 소리였다.

"쇼위츠 일가는 할인요금을 내고 휴가를 와서 디즈니월드를 비롯해서 여기저기를 다니다가 포트 로더데일에 이르렀어요. 거기서 I-95번 프리웨이 옆에 있는 싸구려 모텔에 들어갔죠. 오하이오에서 미리 예약한 모텔이었는데, 이름이 바닷바람이었기 때문에 그 사람들은 모텔이 바닷가에 있는 줄 알았어요."

이 이야기를 남에게 해주는 것이 처음이라 목이 메었다. 이 가족들의 이야기는 세세한 부분 하나하나가 안쓰러워서 가슴이 아팠다.

"어쨌든 모텔에 도착한 뒤 그 사람들은 그냥 거기 머물기로 했어요. 어차피 한 이틀밖에 안 있을 건데, 바닷가 호텔로 옮기려면 이 모텔에 건 계약금을 포기해야 했거든요. 그래서 그냥 거기 남았어요. 그리고 첫날 밤에 딸들 중 한 명이 주차장에서 픽업트럭을 봤어요. 에어보트를 실은 트레일러가 연결돼 있었죠. 에어보트가 뭔지 알아요?"

"비행기 프로펠러처럼 생긴 게 달려서 늪지에서도 움직일 수 있는 배 말이죠?"

"맞아요. 에버글레이드에서 탈 수 있는 배예요."

"CNN에서 비행기가 거기 늪지로 추락해서 사라졌다는 보도를 할 때 봤어요."

"맞아요, 바로 그거예요. 그런데 이 쇼위츠 일가는 그런 배를 텔레비전이나 잡지에서밖에 못 봤기 때문에 구경을 했어요. 그런데 그 배 주인이 그때 막 우연히 그 사람들이 있는 곳으로 걸어오던 참이었죠. 그 남자는 상냥하게 굴면서 원한다면 자기 에어보트로 진짜 플로리다 여행을 시켜주겠다고 말했어요."

그래시엘라는 매케일렙의 목덜미에 얼굴을 묻고 그의 가슴에 한 손을 올려놓았다. 앞으로 이야기가 어떻게 전개될지 이미 짐작이 가는 모양이었다.

"쇼위츠 일가는 좋다고 했죠. 고등학교가 하나밖에 없는 오하이오의 작은 마을 출신이었으니까요. 진짜 세상에 대해서는 아무것도 몰랐어요. 그래서 이 낯선 남자의 제안을 덥석 받아들인 거예요."

"그럼 그 남자가 그 가족을 죽인 거예요?"

"다 죽였어요." 매케일렙은 어둠 속에서 고개를 끄덕였다. "쇼위츠 일가는 그 남자랑 나갔다가 다시는 돌아오지 못했어요. 아버지가 가장 먼저 발견됐죠. 이틀쯤 지난 뒤 밤에. 가족들이 배를 타고 떠난 곳에서 그리 멀지 않은 곳이었어요. 뒤통수에 총을 한 방 맞고 배에서 버려진 거예요."

"딸들은요?"

"보안관들은 이틀이 지나서야 아버지의 신원과 바닷바람 모텔에 대해 알게 됐어요. 모텔에 죽은 남자의 아내와 아이들이 없고, 오하이오로 돌아가지도 않았다는 걸 알게 된 보안관들은 헬리콥터와 에어보트를 동원해서 다시 에버글레이드 수색에 나섰죠. 약 10킬로미터쯤 떨어진 곳에서 세 사람의 시신이 발견됐어요. 사람의 발길이 전혀 닿지 않는 곳이었어요. 에어보트를 타는 사람들이 '악마의 성'이라고 부르는 곳. 거기에 시신이 있었던 거예요. 범인은 세 명 모두에게 몹쓸 짓을 한 뒤 몸에 콘크리트 덩어리를 묶어 물속으로 던져버렸어요. 아직 살아 있을 때. 세 사람 모두 익사였어요."

"세상에…."

"그날은 하느님도 다른 곳에 가 계셨던 모양이에요. 시체가 부패하면서 가스가 차는 바람에 결국 수면으로 떠올라서 사람들에게 발견된 거예요. 콘크리트 덩어리도 소용없었죠."

한참 동안 침묵이 흐른 뒤 매케일렙은 다시 입을 열었다.

"사건이 이쯤 되자 보안관서는 FBI에 연락을 했어요. 그래서 내가 월링이라는 요원과 함께 그리로 갔죠. 단서가 별로 없었어요. 우리는 일단 프로파일을 작성했어요. 범인이 에버글레이드를 잘 아는 자라는 건 분명했어요. 에버글레이드는 대개 수심이 1미터 정도밖에 안 돼요. 그런데 그 시신들은 아주 깊은 곳에 잠겨 있었어요. 범인은 시신을 철저히 숨길 작정이었던 거예요. 그러니 그 장소에 대해 잘 아는 놈이 틀림없었어요. 그 악마의 성이라는 곳에 대해. 거긴 운석이 떨어져서 생긴 구덩이 같은 곳이었어요. 범인이 그 장소를 안다는 건 거기 와본 적이 있다는 뜻이었죠."

매케일렙은 어둠 속에서 천장을 노려보았다. 하지만 그의 눈에 보이는 것은 악마의 성에서 일어난 일을 스스로 상상해서 만들어낸 끔찍한 광경들뿐이었다. 이 광경들은 그의 기억 속에서 한시도 떠나지 않고, 그의 마음속 어두운 곳에 항상 숨어 있었다.

"범인은 피살자들의 옷을 벗기고, 장신구를 빼앗았어요. 신원을 알려줄 만한 것이라면 뭐든지. 하지만 오브리-린의 손을 나중에 억지로 펴봤더니 십자가가 달린 은목걸이가 있었어요. 범인 몰래 그걸 숨겨서 갖고 있었던 거죠. 아마 마지막까지 하느님한테 기도를 했을 거예요."

매케일렙은 이 이야기가 자신의 마음을 얼마나 사로잡고 있는지 생각해보았다. 오랜 세월이 흐른 지금도 그의 삶에는 이 사건의 여파가 남아 있었다. 거의 일정한 리듬으로 부드럽게 배를 들어올리는 물살과 같았다. 항상 곁을 떠나지 않는다는 점에서. 사실 그 아이의 사진을 책상 위에 신성한 카드처럼 걸어둘 필요도 없었다. 그 아이의 얼굴을 결코 잊을 수 없을 테니까 말이다. 그는 자신의 심장이 그 아이의 얼굴을 보며 죽어가기 시작했다고 확신했다.

"범인은 잡혔어요?" 그래시엘라가 물었다.

그녀는 이제 막 이 이야기를 처음 들었는데도, 이렇게 끔찍한 짓을 저지른 놈이 대가를 치렀는지 알고 싶어했다. 이런 이야기에는 제대로 된 결말이 필요했다. 매케일렙과 달리 그녀는 결말 따위는 중요하지 않다는 걸 몰랐다. 이런 이야기에는 결말이라는 것이 있을 수 없다는 걸 몰랐다.

"아뇨. 못 잡았어요. 경찰은 바닷바람 모텔의 숙박계를 뒤져서 사람들을 모조리 조사했어요. 그중에 끝내 찾지 못한 사람이 하나 있었어요. 숙박계에는 이름이 얼 핸포드로 적혀 있었지만 그건 가명이었죠. 그게 전부였어요…. 놈이 비디오를 보낼 때까지는."

잠깐 침묵이 흘렀다.

"놈은 보안관서의 수사팀장에게 비디오를 보냈어요. 쇼위츠 일가가 비디오카메라를 갖고 있었거든요. 에어보트를 타러 가면서 그것도 가져간 모양이에요. 비디오 앞부분에는 가족들이 행복하게 웃는 모습이 많이 나와요. 디즈니월드, 바닷가, 그리고 에버글레이드 일부. 그다음부터 범인이 녹화를 하기 시작해요…. 모든 걸. 놈이 얼굴에 검은 복면을 하고 있어서 우린 신원을 알아낼 수 없었어요. 화면에 배가 제대로 잡힌 적도 없어서 거기서도 단서를 못 구했어요. 치밀한 놈이죠."

"당신도 그걸 봤어요?"

매케일렙은 고개를 끄덕였다. 그는 그래시엘라에게서 떨어져 침대 가장자리에 앉았다. 그녀에게 등을 돌린 자세였다.

"놈은 라이플을 갖고 있었어요. 피살자들은 범인이 하라는 대로 했어요. 온갖 짓들을… 두 자매가… 같이 하기도 하고. 다른 것도 있었어요. 그런데도 놈은 그 사람들을 죽였어요. 그놈은… 아, 젠장…."

매케일렙은 고개를 흔들며 양손으로 얼굴을 세게 쓸었다. 그래시엘라의 따뜻한 손이 등에 닿는 것이 느껴졌다.

"놈이 피살자들에게 매단 콘크리트 덩어리는 세 사람을 곧장 바다로 끌어내릴 만한 무게가 못 되었던 모양이에요. 피살자들은 수면에서 몸부림을 쳤어요. 놈은 지켜보면서 비디오카메라로 녹화를 했고요. 그걸 보면서 흥분했는지, 피살자들이 물속으로 빠져 들어가는 걸 보면서 자위행위를 했어요."

그래시엘라가 조용히 우는 소리가 들렸다. 그는 다시 누워서 그녀를 팔로 감쌌다.

"그 테이프를 끝으로 범인한테서는 소식이 없었어요." 그가 말했다. "놈은 아직도 어딘가에 있어요. 다른 놈들도 마찬가지고요."

매케일렙은 어둠 속에서 그녀를 바라보았다. 그녀가 자신을 볼 수 있는지는 확실치 않았다.

"그렇게 된 거예요."

"당신이 그런 짐을 지고 있는지 몰랐어요."

"이젠 당신도 짐을 지게 됐네요."

그래시엘라는 눈물을 닦았다.

"그때부터 천사를 안 믿게 된 거죠?"

그는 고개를 끄덕였다.

동이 트기 한 시간쯤 전에 매케일렙은 일어나 응접실의 불편한 잠자리로 돌아갔다. 두 사람은 그때까지 속삭이는 소리로 이야기를 나누고, 서로 끌어안고 입을 맞추며 밤을 지새웠다. 하지만 사랑을 나누지는 않았다. 매케일렙은 침낭으로 돌아온 뒤에도 여전히 잠이 오지 않았다. 그의 머릿속에는 방금 그래시엘라와 몇 시간을 함께 보내며 했던 일들이 자꾸만 떠올랐다. 그녀의 따스한 손이 살갗에 닿던 느낌, 그의 입술에 닿은 그녀의 부드러운 젖가슴, 그녀의 입술에서 느껴지던 맛. 그의 마음이 이런 관능적인 기억에서 살짝 멀어진 순간에는, 자신이 그녀에게 들려준 이야기와 그녀의 반응을 생각했다.

아침에 두 사람은 밤에 선실에서 있었던 일이나 함께 나눈 이야기에 대해 한 마디도 하지 않았다. 레이먼드가 미끼를 넣어둔 웅덩이를 보려고 선미로 나가서 두 사람의 이야기를 들을 수 없을 때에도 그랬다. 그래시엘라는 사랑을 나눴든 나누지 않았든, 아예 만남 자체가 없었던 것처럼 행동했다. 매케일렙도 마찬가지였다. 그가 셋이 먹을 스크램블드에그를 만들며 가장 먼저 꺼낸 이야기는 사건에 관한 것이었다.

"오늘 집에 가서 뭘 좀 해줬으면 좋겠어요." 매케일렙은 레이먼드가 아직 밖에 있는지 어깨 너머로 확인하면서 말했다. "동생에 대해서 생각해보고, 동생의 일상에 대해 최대한 자세히 적어 봐요. 동생이 자주 가던 곳, 만나던 친구 등등. 처음 태어났을 때부터 그날 밤 그 가게에 들어갈 때까지 동생이 했던 일 중에 생각나는 건 모조리 적는 겁니다. 그리고 내가 〈로스앤젤레스 타임스〉의 동생 상사와 친구들을 좀 만나보고 싶어요. 그래시엘라 씨가 주선을 해주면 좀 쉬울 것 같은데요."

"그러죠. 그런데 왜 그런 부탁을 하는 거예요?"

"사건에 조금 변화가 생겨서 그래요. 내가 전에 귀걸이에 대해 물어본 것 기억나요?"

매케일렙은 범인이 귀걸이를 가져간 것 같다고 말해주었다. 첫 번째 피살자의 물건 중에서도 개인적인 의미가 있는 물건이 없어졌다는 사실을 금요일 오후에 알아냈다는 이야기도 해주었다.

"어떤 물건이었는데요?"

"아내와 아이들 사진이었어요."

"그럼 그게 무슨 의미인 것 같으세요?"

"어쩌면 이건 강도사건이 아닐지도 모릅니다. 현금지급기에서 죽은 그 남자와 그래시엘라 씨의 동생은 돈이 아니라 다른 이유로 범인의 목표가 됐는지도 몰라요. 두 사람이 범인과 전에 이미 마주친 적이 있을 가능성도 있고요. 어딘가에서 우연히 마주친 거죠. 그래서 그런 부탁을 한 겁니다. 첫 번째 피살자의 부인도 지금 내 부탁으로 같은 일을 하고 있어요. 난 두 분의 자료를 비교해서 공통점을 찾아볼 겁니다."

그래시엘라는 팔짱을 끼고 취사실 조리대 위로 몸을 기울였다.

"이 두 사람이 범인한테 무슨 짓을 했기 때문에 이런 일을 당했다는 뜻이에요?"

"아뇨. 두 사람이 범인과 우연히 마주쳤을 때, 뭔가가 범인의 주의를 끌었을 거라는 뜻이에요. 합당한 이유 같은 건 없어요. 아마 범인은 사이코패스일 거예요. 무엇이 범인의 관심을 끌었는지는 알 길이 없어요. 놈이 이 나라에 사는 수많은 사람들 중에서 그 두 사람을 고른 이유를 알 수가 없단 말입니다."

그래시엘라는 믿을 수 없다는 듯이 천천히 고개를 저었다.

"경찰은 이런 얘기를 듣고 뭐라고 해요?"

"LA 경찰국은 아마 아직 이런 가설이 있는 줄도 모르고 있을 겁니다. 보안관서의 형사도 내 주장을 받아들여야 할지 어쩔지 아직 마음을 정하지 못했고요. 내일 아침에 다시 이야기할 겁니다."

"그 남자는요?"

"남자라니요?"

"가게 주인이요. 어쩌면 그 사람이 범인과 마주쳤던 건지도 모르잖아요. 그러면 글로리는 범인과 아무 관계도 없는 거죠."

매케일렙은 고개를 저으며 말했다. "아뇨. 만약 가게 주인이 목표였다면 범인은 가게에 사람이 아무도 없을 때 들어가서 그 사람을 쐈을 겁니다. 범인의 표적은 그래시엘라 씨의 동생이었어요. 동생분과 랭커스터에서 먼저 죽은 남자. 둘 사이에 모종의 관련이 있을 겁니다. 그걸 찾아야 해요."

매케일렙은 청바지 뒷주머니에서 어밀리어 코렐이 준 사진을 꺼냈다. 제임스 코렐을 가까이서 찍은 사진으로, 사진 속의 그는 활짝 웃고 있었다. 매케일렙은 그 사진을 그래시엘라에게 보여주었다.

"혹시 아는 사람입니까? 동생이 이 사람과 아는 사이였을까요?"

그래시엘라는 사진을 받아서 자세히 들여다보더니 고개를 저었다.

"제가 아는 한은 아니에요. 이 사람이… 랭커스터의 그 사람인가요?"

매케일렙은 고개를 끄덕이고는 사진을 돌려받아 주머니에 넣었다. 그러고는 그래시엘라에게 아침 식사가 준비되었으니 레이먼드를 데려오라고 말했다. 그래시엘라는 미닫이문으로 향했다. 그런데 매케일렙이 그녀를 불러 세웠다.

"그래시엘라 씨, 날 믿어요?"

그녀는 그를 뒤돌아보았다.

"물론이죠."

"그럼 지금 내 말도 믿어줘요. LA 경찰국이나 보안관서가 내 말을 믿든 안 믿든 상관없지만, 내 생각은 틀림없어요. 경찰이 동의하든 안 하든 난 혼자서라도 계속 이쪽으로 밀고 나갈 겁니다."

그래시엘라는 고개를 끄덕이고는 다시 몸을 돌려 선미의 아이를 데리러 갔다.

23 전환

매케일렙이 월요일 아침 8시에 보안관서 스타센터의 형사국으로 들어가 보니 형사들이 북적거리고 있었다. 그런데 겨우 사흘 전에 그를 살인 사건 전담반으로 그냥 들여보내주었던 접수원이 오늘은 과장을 기다려야 한다고 말했다. 매케일렙은 어리둥절했지만 뭐라고 질문을 하기도 전에 접수원이 수화기를 들고 전화를 걸었다. 그녀가 전화를 끊자마자 히친스 과장이 회의실에서 나오는 것이 보였다. 금요일에 제이 윈스턴과 함께 앉아 있던 그 방이었다. 과장은 문을 닫고 매케일렙이 있는 곳으로 향했다. 회의실 유리창의 블라인드들이 내려져 있는 것이 눈에 띄었다. 히친스가 매케일렙에게 따라오라고 손짓했다.

"테리 씨, 나랑 같이 들어갑시다."

매케일렙은 과장을 따라 과장실로 들어갔다. 히친스는 그에게 자리를 권했다. 히친스가 지나치게 친절한 것이 어째 수상쩍었다. 히친스는 자기 의자에 앉아 팔짱을 끼더니 얼굴에 미소를 띠고 달력 겸 책상덮개 위로 몸을 기울였다.

"그래, 그동안 어디 계셨습니까?"

매케일렙은 손목시계를 보았다.

"무슨 소리입니까? 제이 윈스턴 형사가 회의 시간을 8시로 정했는데요. 지금 겨우 2분이 지났을 뿐입니다."

"일요일이랑 토요일을 말한 겁니다. 제이가 계속 전화를 했는데요."

매케일렙은 어떻게 된 일인지 즉각 알아차렸다. 토요일에 배를 청소하면서 그는 전화기와 자동응답기를 해도탁자 옆의 캐비닛 안에 넣어두었다. 그러고는 까맣게 잊어버렸다. 그가 그래시엘라와 함께 아이를 데리고 방파제에 나가 고기를 잡던 이틀 동안 배로 걸려온 전화를 하나도 받지 못한 것이다. 전화기와 자동응답기는 지금도 캐비닛에 있었다.

"이런." 매케일렙이 히친스에게 말했다. "자동응답기를 확인해보지 않았네요."

"그러게요, 우리가 전화를 했는데. 굳이 여기까지 나오지 않아도 될 걸 그랬습니다."

"회의가 취소됐습니까? 제이 형사가…."

"회의가 취소된 건 아닙니다. 그동안 새로운 변화가 좀 있어서 복잡하게 외부의 도움을 받을 필요 없이 수사를 진행하는 편이 더 낫겠다고 생각한 거죠."

매케일렙은 한참동안 과장을 바라보았다.

"복잡하다고요? 내가 심장을 받은 것 때문입니까? 제이 형사가 말하던가요?"

"굳이 나한테 말할 필요도 없었습니다. 이유는 여러 가지예요. 테리 씨는 여기 갑자기 나타나서 우리를 뒤흔들었습니다. 우리한테 좋은 단서들을 여러 개 줬죠. 우린 그 단서들을 좇을 겁니다. 아주 열심히. 하지만 지금은 테리 씨한테 선을 그어야겠어요. 미안합니다."

과장이 말하지 않고 숨기는 것이 있다는 생각이 들었다. 매케일렙 자신이 이해하지 못하거나 알지 못하는 뭔가가 진행 중이었다. 좋은 단서들이라. 매케일렙은 갑자기 과장의 말을 이해했다. 그가 주말 동안 윈스턴의 전화를 못 받았다면, 워싱턴의 버넌 캐러서스가 건 전화도 못 받았다는 뜻이었다.

"FAT의 내 친구가 뭘 좀 찾아냈습니까?"

"무슨 친구요?"

"총기 및 도구 자국 분석실 친구 말입니다. 그 친구가 여기에 대해 뭐라고 하던가요?"

히친스는 손바닥을 밖으로 해서 양손을 들어올렸다.

"그 얘기는 할 수 없습니다. 방금 말했듯이, 테리 씨 덕분에 수사에 다시 활기가 돌게 된 건 정말 고맙게 생각합니다. 하지만 이제부터는 우리가 알아서 하겠습니다. 나중에 진척상황을 알려드리죠. 만약 좋은 결과가 나온다면, 우리 기록과 언론에서 테리 씨의 공을 정당하게 인정해드리겠습니다."

"공을 인정받는 건 필요 없어요. 나는 그저 수사에 참여하고 싶을 뿐입니다."

"미안합니다. 이제부턴 우리가 맡을 겁니다."

"제이 형사도 동의한 일인가요?"

"제이가 동의하고 안 하고는 중요하지 않아요. 여기 책임자는 나지 제이 윈스턴 형사가 아닙니다."

과장의 목소리에 짜증스러운 기색이 역력했기 때문에 매케일렙은 윈스턴이 히친스와 다른 의견이라는 결론을 내렸다. 그건 다행이었다. 어쩌면 제이의 도움이 필요할 수도 있었다. 매케일렙은 히친스를 빤히 바라보면서 여기서 조용히 물러나 모든 걸 그만두는 일은 절대 없을 거라고 다짐했다. 그럴 수는 없었다. 과장도 그걸 깨달을 정도의 머리는 있는 것 같왔다.

"지금 무슨 생각을 하는지 압니다. 내가 하고 싶은 말은 자신을 궁지로 몰아넣지 말라는 것뿐입니다. 만약 현장에서 우리가 마주친다면 문제가 생길 테니까요."

매케일렙은 고개를 끄덕였다.

"알겠습니다."

"나중에 다른 소리 하지 마세요."

매케일렙은 로크리지에게 방문객 주차장을 한 바퀴 돌라고 말했다. 빨리 전화기를 찾고 싶었지만, 그전에 히친스가 회의실에서 누구와 있었는지 알아내고 싶었다. 제이 윈스턴은 틀림없이 회의실에 있었을 것이다. 어랭고와 월터스가 함께 있었을 가능성도 높았다. 하지만 버넌 캐러서스가 DRUGFIRE 데이터베이스에서 탄도검사결과가 일치하는 기록을 찾아냈을 거라는 짐작이 옳다면, 매기 그리핀 외에 또 다른 FBI 요원이 그 회의실에 있었을 가능성도 있었다.

차가 천천히 주차장을 도는 동안 매케일렙은 주차된 차들의 운전석 뒤쪽 창문을 일일이 확인했다. 마침내 세 번째 줄에서 그가 찾던 것이 눈에 들어왔다.

"잠깐 멈춰 봐, 버드." 그가 말했다.

로크리지는 금속 느낌의 파란색을 띤 포드 LTD 뒤에 차를 세웠다. 운전석 뒤쪽 창문에 바코드 스티커가 붙어 있었다. FBI의 자동차라는 뜻이었다. 업무시간이 끝난 뒤 웨스트우드의 연방건물로 차가 들어오면 주차장 입구에서 레이저 판독기가 이 바코드를 읽은 뒤 강철문을 들어올려 주었다.

매케일렙은 차에서 내려 그 자동차로 다가갔다. 운전자의 신원을 짐작할 수 있는 외부 표시는 전혀 없었다. 하지만 운전자가 누구든 앞 유리창 햇빛 가리개를 내려놓은 덕분에 매케일렙으로서는 일이 한결 수월해졌다. 회의에 참석하려고 아침 일찍 떠오르는 해를 바라보며 동쪽으로 차를 몰고 오던 요원이 햇빛 가리개를 내렸다가 그대로 두고 차에서 내린 모양이었다. 매케일렙이 아는 모든 FBI 요원들은 자기 차에 할당된 정부의 주유카드를 햇빛 가리개에 꽂아두었다. 필요할 때 쉽게 꺼내 쓰기 위해서였다. 이 자동차의 운전자도 예외가 아니었다.

매케일렙은 주유카드의 시리얼넘버를 알아낸 뒤 로크리지의 자동차로 돌아왔다.

"그 차는 왜?" 버디가 물었다.

"아무것도 아냐. 그만 가자."

"어디로?"

"전화기가 있는 데로."

"그럴 줄 알았지."

5분 뒤 두 사람은 벽에 전화기들이 늘어서 있는 주유소에 와 있었다. 로크리지는 전화기 앞에 차를 세우더니 통화내용을 엿들을 수 있게 창문을 내리고 시동을 껐다. 매케일렙은 차에서 내리기 전에 지갑을 열어 로크리지에게 20달러 지폐를 한 장 주었다.

"가서 뭘 좀 먹고 와. 다시 사막 쪽으로 가야 할 것 같으니까."

"젠장."

"오늘 하루 종일 시간 있다며?"

"그건 맞지만, 사막에 가고 싶어 하는 사람이 어딨어? 어디 해변으로 향하는 단서는 없어?"

매케일렙은 웃음을 터뜨리며 전화번호 수첩을 들고 차에서 내렸다.

그는 웨스트우드의 FBI 지부로 전화를 걸어 주차장을 바꿔달라고 말했다. 벨이 열두 번 울린 뒤 누군가 전화를 받았다.

"주차장입니다."

"아, 저, 누구십니까?"

"루프스요."

"아, 그렇군요." 매케일렙은 루프스를 기억하고 있었다. "루프스 씨, 저는 15층의 컨베이입니다. 여쭤볼 것이 하나 있어서요."

"말해보슈."

매케일렙이 잘 아는 사이인 것처럼 말한 것이 효과가 있는 모양이었다. 루프스가 그다지 영리한 사람이 아니었다는 사실이 기억났다. 그래서인지 FBI 요원들이 쓰는 차량의 관리상태도 엉망이었다.

"여기서 주유카드를 하나 주웠는데, 아무래도 거기 주차장에 있는 자동차에 있어야 하는 물건인 것 같아서요. 81번 카드가 누구 겁니까? 한번 찾아봐 주시죠."

"어… 81번?"

"예, 루프스, 81번입니다."

잠시 침묵이 흘렀다. 루프스가 장부를 찾아보는 모양이었다.

"그건 스펜스 씨 거네요. 그 사람 거예요."

매케일렙은 아무 말도 하지 않았다. 길버트 스펜서는 로스앤젤레스의 요원들 중 2인자였다. 직위야 어쨌든, 매케일렙은 길버트가 수사팀장으로서 자질이 뛰어난 편이 아니라고 항상 생각했다. 하지만 그가 제이 윈스턴과 히친스 과장, 그리고 그 밖의 사람들과 함께 스타센터에서 회의에 참석했다는 사실은 충격이었다. 매케일렙은 자기가 왜 사건에서 제외되었는지 점점 더 이해가 되었다.

"여보세요?"

"아, 예, 루프스, 고맙습니다. 81번 맞죠?"

"예. 스펜스 요원의 차요."

"알겠습니다. 제가 카드를 스펜스 요원에게 갖다 드리죠."

"글쎄요. 지금 여기 차가 없는데요."

"그건 걱정하지 마세요. 고맙습니다, 루프스."

매케일렙은 전화를 끊었다가 곧장 수화기를 다시 들었다. 그리고 명함에 적힌 번호를 보며 워싱턴의 버넌 캐러서스의 직통번호로 전화를 걸었다. 얼추 점심시간이 다 된 때라서 버넌이 자리에 없으면 어쩌나 하는 생각이 들었다.

"버넌입니다."

매케일렙은 안도의 한숨을 내쉬었다.

"테리야."

"세상에, 도대체 어디 있었어? 토요일에 미리 경고를 해주려고 전화했더니만, 이틀이나 지난 다음에 전화를 해?"

"알아, 알아. 내가 잘못했어. 어쨌든 뭘 좀 건졌다며?"

"당연하지."

"뭔데, 버넌? 뭐야?"

"함부로 말하면 안 될 것 같아. 이번 사건에는 기밀 사항이 많은 것 같은데 자네는…."

"…공식적인 관계자가 아니지. 그래, 나도 알아. 그건 이미 눈치챘어. 하지만 이건 내 사건이야, 버넌. 날 빼놓고 다른 사람이 멋대로 주무를 수 있는 게 아니라고. 그러니까 말해봐. 로스앤젤레스 지부의 부지부장이 현장까지 나올 만큼 대단한 사실이 뭔지. 그 친구가 현장에 나온 게 올해 처음이지 아마?"

"당연히 자네한테는 말해줄 거야. 위에서 알아봤자 날 어쩌겠어? 날 쫓아내더라도 그동안 내가 맡은 사건들을 재판할 때는 날 증언대에 세워야

되는데, 증언비만 두 배로 들걸."

"그럼 어서 말해봐."

"이번 건은 장난이 아냐. 그 윈스턴이라는 여자가 보낸 총알을 프로그램에 넣고 돌렸더니 11월에 도널드 케넌이라는 자의 머릿속에서 나온 커다란 총알 파편과 83퍼센트 일치한다는 결과가 나왔어. 그래서 그쪽 담당자들이 난리가 난 거야."

매케일렙은 휘파람을 불었다.

"이봐, 내 귀에 대고 그러면 어떻게 해?" 캐러서스가 투덜거렸다.

"미안. 총알은 페더럴 FMJ였어? 케넌이 맞은 것 말이야."

"아니, 사실 그건 부서지는 총알이었어. 데버스테이터. 그게 뭔지는 알아?"

"힐튼 호텔에서 레이건이 맞은 게 그거 아냐?"

"맞아. 끝에만 화약이 조금 들어 있지. 총알은 산산이 부서지게 돼 있고. 하지만 레이건은 총알이 부서지지 않아서 운이 좋았지. 케넌은 그렇지 않았지만."

매케일렙은 이게 무슨 의미인지 생각해보았다. 똑같은 HK P7 총이 세 건의 살인사건에 사용되었다. 케넌, 코델, 그리고 토레스. 하지만 케넌 사건에서는 부서지는 총알이었지만, 코델 사건에서 단단한 총알로 바뀌었다. 이유가 뭘까?

"명심해." 캐러서스가 말했다. "난 자네한테 아무 말도 안 한 거야."

"알아. 그런데 한 가지만 더 묻자. 그 검색결과가 나온 뒤에 어떻게 했어? 르윈한테 곧장 갔어, 아니면 좀 더 확인했어?"

조얼 르윈은 곧이곧대로 원칙을 따르는 캐러서스의 상사였다.

"내가 자네한테 보내줄 수 있는 게 남아 있느냐는 뜻이야?"

"맞아. 뭐든 보내주면 좋겠어."

"벌써 보냈어. 토요일에 여기서 난리가 나기 전에 급행으로 부쳤지. 컴퓨터 검색결과를 인쇄한 거야. 내부 자료를 전부 보냈다고. 오늘이나 내일쯤 도착할 거야. 이렇게까지 해줬으니까 나중에 끝내주는 낚시여행을 시켜줘야 돼."

"그거야 당연하지."

"그리고 그 자료도 절대 나한테서 받은 게 아냐."

"냉정하네. 그런 말은 굳이 안 해도 되는데."

"그건 알지만, 말을 하면 더 안심이 되거든."

"나한테 또 말해줄 거 없어?"

"대충 그게 다야. 이제 그 사건은 내 손을 벗어났어. 르윈이 나한테서 모든 걸 가져가서 고위층에 보고했거든. 나도 그걸 왜 검색했는지 위에다 설명해야 했어. 그래서 위에서도 자네가 이번 사건을 조사하고 있다는 걸 알아. 내가 그 이유는 말 안 했지만."

매케일렙은 최면수사 뒤에 자제심을 잃고 어랭고에게 화를 낸 자신을 소리 없이 탓했다. 자신이 이번 사건에 뛰어든 진짜 이유를 밝히지 않았다면, 계속 수사에 참여할 수 있었을지도 모른다. 캐러서스는 그 비밀을 밝히지 않았지만, 어랭고는 달랐다.

"들었어, 테리?"

"응. 저기, 이번 사건에 대해 뭐든지 또 알게 되거든 나한테 미리 좀 알려줘."

"알았어. 전화나 받으셔. 이번 사건과 관련해서 몸조심하고."

"항상 그러고 있지."

매케일렙은 전화를 끊은 뒤 뒤로 돌아섰다가 하마터면 버디 로크리지와 정면으로 부딪힐 뻔했다.

"버디, 그렇게 딱 붙어 있으면 내가 움직일 수가 없잖아. 그만 가자."

두 사람은 자동차를 향해 걷기 시작했다. 차는 여전히 주유기 앞에 서 있었다.

"사막으로?"

"응. 거기 가서 코델 부인을 다시 만나야 돼. 그 여자가 아직 날 만나주는지 한번 봐야지."

"왜 그런 소리를… 아냐, 됐어. 나야 그냥 운전기사인데 뭐."

"이제 좀 알아들은 모양이군."

사막으로 가는 길에 버디는 하모니카로 B플랫 노래를 연주했다. 매케일렙은 자가최면 기법을 이용해서 마음의 긴장을 풀었다. 그래야 도널드 케넌 사건에 대해 자신이 알고 있는 사실들을 더 쉽게 떠올릴 수 있을 것 같아서였다. 그 사건은 최근 몇 년 동안 FBI에 당혹감을 안겨준 수많은 사건들 중 하나였다.

케넌은 연방정부가 보증하는 저축 및 대출은행으로 로스앤젤레스, 오렌지, 샌디에이고 카운티 등에 지점을 둔 워싱턴 개런티의 행장이었다. 케넌은 언변이 좋은 금발의 출세주의자로 주식거래에 관한 내부자정보를 이용해 재력이 든든한 투자자들의 환심을 산 끝에 스물아홉 살이라는 파격적인 나이에 행장의 자리까지 올라간 인물이었다. 그 덕분에 그는 모든 경제잡지에 등장했다. 그는 투자자, 부하직원, 언론에 자신감 넘치고 믿을 만한 사람이라는 인상을 주었다. 그 믿음이 얼마나 대단했는지 그가 행장으로 있는 3년 동안 거짓 대출서류로 유령기업들에 돈을 빌려주는 것처럼 꾸며서 은행돈을 무려 3천500만 달러나 빼돌렸는데 아무도 그를 의심하지 않았다. 연방정부의 감사관들을 포함한 여러 사람들이 상황을 깨달은 것은 완전히 빈털터리가 된 워싱턴 개런티가 무너지고 케넌이 행방을 감춘 뒤였다.

이 이야기는 언론에서 몇 년까지는 아닐망정 적어도 몇 달 동안이나 보도되었다. 매케일렙이 기억하기로는 그랬다. 수중에 아무것도 남지 않은 정년퇴직자들 이야기, 기업들이 연쇄적으로 도산한 이야기, 파리, 취리히, 타히티 등 여러 곳에서 케넌이 목격되었다는 보도들이 언론을 장식했다.

도피생활을 시작한 지 5년 뒤에 케넌은 코스타리카에서 FBI의 도망자 전담부서에게 발견되었다. 그는 그곳에서 풀장 두 개, 테니스코트 두 개, 말 사육장 등이 갖춰진 사치스러운 저택에서 입주 개인트레이너까지 두고 살고 있었다. 이제 서른여섯 살이 된 이 횡령범은 로스앤젤레스로 추방되어 연방법정에 서게 되었다.

케넌이 연방정부의 구금시설에서 재판을 기다리는 동안 자산몰수팀이 나서서 6개월 동안 그의 행적을 추적하며 돈의 행방을 찾았다. 하지만 발견된 돈은 200만 달러가 채 되지 않았다.

이상한 일이었다. 케넌은 자신이 돈을 착복한 것이 아니라, 누군가의 살해위협을 받고 돈을 전달해주었을 뿐이라고 주장했다. 자신뿐만 아니라 가족들까지 전부 살해위협을 받았다는 것이었다. 그는 변호사들을 통해 협박 때문에 유령기업들을 세워 수천만 달러를 대출해주는 것처럼 꾸민 뒤 그 돈을 협박범에게 넘겼다고 밝혔다. 하지만 연방교도소에서 수년 동안 복역해야 하는 상황인데도, 케넌은 돈을 가져간 협박범의 이름을 대지 않았다.

연방 수사관들과 검사들은 그의 말을 믿지 않았다. 그들은 케넌이 워싱턴 개런티 행장 시절과 도피시절에 모두 화려한 생활을 즐겼다는 점, 그리고 코스타리카에서 비록 전체 액수에 비하면 소액에 불과하지만 어쨌든 돈을 일부 갖고 있었다는 점을 들어 그를 단독범으로 기소했다.

연방법원에서 4개월 동안 진행된 재판은 워싱턴 개런티의 파산으로 평생에 걸쳐 저축한 돈을 잃어버린 피해자들로 연일 만원을 이뤘다. 케넌은 중대한 사기죄로 유죄판결을 받았고, 미국 지방법원의 도로시 윈저 판사는 그에게 징역 48년형을 선고했다.

그런데 그다음에 벌어진 일이 FBI의 명성에 타격을 입혔다.

윈저 판사는 선고를 내린 뒤 케년에게 집에서 가족과 함께 지내며 감옥에 갈 준비를 하게 해주자는 변호인 측의 요청을 받아들였다. 변호인들은 그동안 항소를 준비하겠다고 했다. 검사는 강력하게 반대했지만, 윈저 판사는 케년에게 신변을 정리할 수 있게 60일간의 말미를 주었다. 60일 뒤에는 항소를 제기하든 안 하든 일단 교도소로 나와야 한다는 조건이었다. 윈저 판사는 또한 케년이 다시 도주하지 못하게 그의 발목에 전자발찌를 채우라고 명령했다.

유죄판결이 내려진 뒤 판사가 그런 명령을 내리는 것은 이례적인 일이 아니다. 하지만 피고인이 이미 당국을 피해 해외로 도피할 의지가 있음을 보여주었는데도 그런 명령이 나온 것은 이례적이었다.

케년이 연방법원 판사에게 어떤 식으로든 영향력을 행사해서 그런 판결을 얻어낸 뒤 또다시 도망칠 계획이었는지 어쨌는지는 이제 영원히 알 수 없게 되었다. 케년이 두 달간의 말미 중 21일째의 자유를 즐기고 있던, 추수감사절 이후의 화요일에 그가 세 들어 살고 있는 비벌리힐스 메이플 드라이브의 집에 어떤 사람이 들어왔다. 케년은 집에 혼자 있었다. 아내는 아이들을 학교에 데려다주러 나가고 없었다. 침입자는 주방에서 케년과 맞닥뜨린 뒤 그에게 총을 겨누며 대리석 타일이 깔린 출입구로 그를 끌고 갔다. 그러고는 총을 쏘아 그를 죽였다. 아내의 차가 집 앞의 원형 진입로로 막 들어서던 순간이었다. 침입자는 뒷문으로 나가 메이플 드라이브에 줄줄이 늘어선 저택들 뒤의 골목으로 도망쳤다.

이 살인사건 수사에 관한 보도를 제외하면, 이제 케년의 이야기는 끝난 것 같았다. 아니, 그 정도는 아니더라도 더 이상 진전이 없는 사건들이 으레 그렇듯이 그냥 평범하고 지루한 사건으로 전락할 것 같았다. 그런데 FBI가 케넌을 감청한 것이 문제였다. 그의 집과 자동차와 변호사 사무실에 도청장치를 심어 그를 불법으로 감시했던 것이다. 그래서 그가 총에 맞는 순간, 요원 네 명이 탑승한 기술팀 승합차가 두 블록 거리에 서 있었다. 살인과정이 기록으로 남았다는 뜻이었다.

FBI 요원들은 자신들이 지금 불법적인 일을 하는 중이라는 점을 알면서도 케넌의 집으로 달려가 침입자를 뒤쫓았다. 하지만 범인은 도망쳤고, 케넌은 시더스 사이나이 메디컬센터로 급히 이송되었지만 이미 사망한 뒤였다.

케넌이 워싱턴 개런티에서 훔친 돈은 결국 찾아내지 못했다. 하지만 FBI의 불법감청 사실이 드러나자 돈이 사라졌다는 사실은 가려져버렸다. FBI는 불법적인 활동을 했다는 이유로 신랄한 비난을 받았을 뿐만 아니라, 바로 코앞에서 살인사건이 벌어지는데도 거기에 개입해서 케넌의 죽음을 막고 범인을 체포할 기회를 실수로 날려버렸다는 이유로 공개적인 징계를 받았다.

매케일렙은 당시 이 모든 일을 멀리서 지켜보았다. 그가 이미 FBI를 그만둔 뒤에 벌어진 일이었기 때문이다. 게다가 케넌이 살해당하던 당시 매케일렙 자신도 죽음을 준비하고 있었다. 하지만 이 사건을 앞장서서 보도했던 〈로스앤젤레스 타임스〉의 기사는 기억났다. 보도에 따르면, 케넌 사건과 관련된 모든 요원들이 강등되었고, 워싱턴의 정치가들도 불법수사에 관한 의회 청문회를 열겠다고 나섰다. 설상가상으로, 케넌의 아내가 FBI를 상대로 사생활침해 소송을 제기해 수백만 달러의 배상금을 요구했다는 보도도 있었다.

이제 매케일렙이 해결해야 하는 문제는 11월에 케넌을 죽인 범인이 두세 달 뒤 코넬과 토레스를 죽인 범인과 동일인물인가 하는 점이었다. 만약 동일인물이라면, 전직 은행장, 수로 기술자, 신문사 인쇄공장 직원을 연결하는 접점이 과연 무엇일까?

생각에 빠져 있던 매케일렙은 주위를 둘러보았다. 바스케스 바위를 이미 한참 지나친 곳까지 와 있었다. 몇 분만 지나면 어밀리어 코넬의 집이 나올 것이다.

24 피해자의 가족

　어밀리어 코넬은 약속대로 주말에 상당한 시간을 할애해서 기억을 뒤져 남편이 1월 22일에 죽기 전 두 달 동안 다녀온 출장에 대해 생각나는 것을 모두 종이에 적어놓았다. 모두 네 쪽이나 되는 분량이었다. 매케일렙이 도착했을 때 어밀리어는 그 종이를 들고 커피탁자에 앉아 있었다.

　"이렇게 시간을 할애해주셔서 감사합니다." 매케일렙이 말했다.

　"도움이 될지도 모르니까요. 도움이 됐으면 좋겠어요."

　"저도 같은 생각입니다."

　매케일렙은 고개를 끄덕이고는 잠시 조용히 앉아 있었다.

　"저, 혹시 제이 윈스턴이나 아니면 보안관서의 다른 형사한테서 최근에 연락이 온 적이 있습니까?"

　"아뇨. 제이 형사가 금요일에 전화해서 선생님을 만날 수 있겠느냐고 물어본 게 마지막이에요."

　매케일렙은 고개를 끄덕였다. 제이가 일부러 다시 전화를 걸어 매케일렙을 만나지 말라고 말하지는 않았다는 사실에 기운이 났다. 제이는 매케일렙을 사건에서 빼기로 한 과장의 결정의 동의하지 않는 것 같다는 생각이 다시 들었다.

"다른 사람 전화도 없었고요?"

"네…. 누굴 말씀하시는 거예요?"

"그건 저도 모릅니다. 그냥, 그러니까, 제가 전해준 정보와 관련해서 형사들이 후속조치를 취하고 있는지 궁금해서요."

매케일렙은 이제 화제를 바꾸는 게 낫겠다는 생각이 들었다.

"코넬 부인, 남편께서 집에도 사무실을 갖고 계셨습니까?"

"네. 작은 방을 사무실처럼 썼어요. 왜요?"

"제가 거길 좀 둘러봐도 될까요?"

"예, 그러세요. 하지만 거기서 뭘 찾으시려는 건지 모르겠네요. 그냥 직장에서 가져온 파일들을 쌓아두고, 우리 집의 각종 청구서들을 처리하는 방이었거든요."

"글쎄요, 예를 들어 1월과 12월의 신용카드 대금청구서가 있다면 남편분이 그 기간 동안 어디어디에 들렀는지 알아내는 데 도움이 될 겁니다."

"선생님한테 저희 신용카드 청구서를 드려도 될지 잘 모르겠네요."

"저야 뭐 대금이 청구된 장소와 남편분이 구입한 물건의 종류를 알고 싶을 뿐이라는 말밖에 드릴 말씀이 없습니다. 신용카드 번호에는 관심이 없어요."

"그건 알아요. 죄송해요. 제가 바보 같은 생각을 했어요. 이제 짐한테 관심을 보이는 사람은 선생님뿐인 것 같은데 말이죠. 제가 왜 선생님을 의심했을까요?"

매케일렙은 이 말을 듣고 나니 어밀리어에게 진실을 다 밝히지 않았다는 점, 즉 수사당국이 더 이상 자신의 활동을 지원하지 않는다는 사실을 말하지 않았다는 점 때문에 마음이 불편해졌다. 그는 빨리빨리 움직여서 그런 문제를 잊어버리려고 자리에서 일어섰다.

코넬이 사무실로 썼던 방은 작았으며, 스키장비와 마분지 상자들이 많은 공간을 차지하고 있었다. 하지만 방 한쪽 끝에는 서랍 두 개와 파일 캐비닛 두 개가 달린 커다란 책상이 있었다.

"죄송해요. 방이 지저분하죠? 제가 청구서를 처리하는 데 아직 익숙하지 않아서요. 항상 짐이 처리했거든요."

"신경 쓰지 마세요. 여기 좀 앉아서 이것저것 살펴봐도 되겠습니까?"

"네, 그럼요."

"음, 혹시 물 한 잔 마실 수 있을까요?"

"물론이죠. 가서 가져올게요."

어밀리어는 문으로 향하다가 걸음을 멈췄다.

"사실은 물을 드시고 싶은 게 아니죠? 혼자 있고 싶으신 거죠? 주위에 어른거리는 제가 없이."

매케일렙은 살짝 미소를 지으며 낡은 초록색 카펫을 내려다보았다.

"그래도 물은 갖다 드릴게요. 그러고 나서 자리를 피해드리죠."

"고맙습니다, 코넬 부인."

"그냥 어밀리어라고 부르세요."

"어밀리어 씨."

매케일렙은 30분 동안 책상 위의 서류들과 서랍을 살펴보았다. 캐러서스가 보낸 소포가 항구관리사무실의 사서함에 이미 도착했을 시간이라 그는 재빨리 움직였다.

책상에서 매케일렙은 어밀리어 코넬이 기억을 적어둔 종이에 메모를 몇 개 덧붙이고, 나중에 살펴보기 위해 가져가고 싶은 서류와 신용카드 기록들을 정리해서 쌓아두었다. 그는 어밀리어 코넬에게 주기 위해 자신이 가져갈 서류들의 목록을 작성했다.

그가 마지막으로 살펴본 서랍은 파일 캐비닛 안에 있었다. 거의 비다시

피 한 서랍에는 코델의 업무관련 서류, 보험서류, 토지기록이 들어 있었다. 의료보험에 관한 두툼한 파일, 딸들의 출생날짜까지 거슬러 올라가는 청구서들, 코델 자신이 다리가 부러져서 치료를 받은 기록도 있었다. 그를 치료한 의사들 중 한 명의 주소가 콜로라도 주 베일로 되어 있어서 매케일렙은 코델이 스키를 타다가 다리가 부러진 모양이라고 짐작했다.

멋진 가죽커버의 검은색 바인더도 하나 있었다. 매케일렙이 그것을 열어보자 코델 부부의 유언장과 관련된 서류들이 들어 있었다. 이상한 점은 하나도 없었다. 두 사람 모두 상대방을 상속인으로 지정했으며, 부부가 모두 사망하는 경우 자녀들이 그다음 상속자였다. 매케일렙은 이 서류를 금방 보고 닫았다.

그가 마지막으로 본 서류는 꼬리표에 간단히 '직장'이라고만 적혀 있었다. 실적평가서, 사내에서 주고받은 다양한 통신문 등 여러 가지 서류가 들어 있었다. 매케일렙은 평가서를 훑어본 결과 상사들이 코델을 높이 평가한 것 같다는 결론을 내렸다. 매케일렙은 나중에 만나보기 위해 평가서에 서명한 상사들 몇 명의 이름을 적었다. 그러고는 마지막으로 다른 서신들을 훑어보았지만, 흥미를 끄는 것이 하나도 없었다. 사내 메모의 복사본, 코델이 사내의 연례 헌혈 캠페인을 이끈 것과 추수감사절에 불우이웃들에게 식사를 제공하는 프로그램에 자원봉사자로 참가한 것을 칭찬한 편지 등이 있을 뿐이었다. 2년 전에 코델이 론파인에서 교통사고로 부상한 사람들을 도와준 것을 칭찬한 직장상사의 편지도 있었다. 코델이 부상자들을 정확히 어떻게 도왔는지는 편지에 나와 있지 않았다. 매케일렙은 편지와 평가서들을 다시 파일 속에 넣고 파일을 서랍 속에 돌려놓았다.

그러고는 자리에서 일어나 주위를 둘러보았다. 관심이 가는 것이 전혀 없었다. 그런데 그때 책상 위에 놓인 액자 속의 사진이 눈에 띄었다. 코델의 가족사진이었다. 매케일렙은 그 사진을 들어 잠시 살펴보며 범인의 총탄에 이 가정이 산산조각 났다는 생각을 했다. 그러다 보니 레이먼드와 그래시엘라가 떠올랐다. 그는 그 두 사람과 자신이 함께 미소를 지으며 사진을 찍으면 어떨지 상상했다.

매케일렙은 빈 물 잔을 들고 부엌으로 가서 조리대 위에 두었다. 그러고 나서 거실로 들어가니 어밀리어 코델이 처음 앉았던 의자에 앉아 있었다. 그냥 가만히 앉아 있을 뿐이었다. 텔레비전도 켜지 않고, 손에 책이나 신문을 들고 있지 않았다. 그녀는 유리로 된 커피탁자 상판만 뚫어지게 바라보고 있는 것 같았다. 매케일렙은 부엌에서 거실로 이어진 복도에서 머뭇거렸다.

"코델 부인?"

어밀리어가 눈동자만 움직여 매케일렙을 바라보았다.

"네?"

"조사가 끝났습니다."

그는 안으로 들어가 탁자 위에 종이를 놓았다.

"제가 가져가는 물건 목록입니다. 며칠 뒤에 돌려드리겠습니다. 우편으로 부치든지, 아니면 제가 직접 가져올 겁니다."

이제 어밀리어는 그 목록을 바라보며 1미터쯤 떨어진 곳에서 내용을 읽으려 했다.

"필요한 건 찾으셨나요?"

"아직은 모르겠습니다. 이런 일을 할 때는 중요한 걸 실제로 발견할 때까지 뭐가 중요한지 결코 알 수 없어요. 무슨 말인지 아시죠?"

"잘 모르겠어요."

"음, 세부사항을 말하는 겁니다. 저는 지금 뭔가 확실한 사실을 말해주는 세부사항을 찾고 있어요. 제가 어렸을 때 하던 게임이 있는데, 이름은 기억이 안 나지만 혹시 요즘도 애들 사이에 유행하는지 모르겠습니다. 중

심부의 여러 구멍들에 플라스틱 지푸라기들이 잔뜩 꽂혀 있는, 투명한 플라스틱 튜브로 하는 게임입니다. 그걸 수직으로 세우고, 그 안에 구슬을 넣어 지푸라기가 그걸 지탱하게 합니다. 이 게임의 목적은 구슬이 떨어지지 않게 지푸라기를 빼내는 겁니다. 하지만 지푸라기를 하나씩 빼내다 보면, 항상 모든 것이 산사태처럼 무너져 내리는 결정적인 순간이 오죠. 제가 찾는 게 바로 그런 겁니다. 저는 지금 세부사항을 많이 알고 있어요. 그중에 어떤 세부사항이 산사태를 일으킬지 알아내려고 조사를 하는 겁니다. 그런데 문제는, 일단 지푸라기를 하나씩 빼보아야만 어떤 지푸라기가 결정적인지 알 수 있다는 겁니다."

어밀리어는 무표정한 얼굴로 매케일렙을 바라보았다. 지금까지 줄곧 커피탁자를 바라보던 바로 그 표정이었다.

"이런, 제가 시간을 너무 많이 뺏었군요. 이제 그만 가봐야겠습니다. 아까도 말했듯이, 이 서류들은 나중에 돌려드리겠습니다. 뭔가 새로운 사실이 발견되면 연락드리죠. 혹시 부인이 뭔가 새로운 사실을 생각해내거나 제 도움이 필요해질지도 몰라서 거기 서류 목록에 제 전화번호도 같이 적어두었습니다."

매케일렙이 목례를 하자 어밀리어도 안녕히 가시라고 인사했다. 매케일렙은 문 쪽으로 가려다가 뭔가 생각을 떠올리고 다시 방향을 돌렸다.

"아, 하마터면 잊을 뻔했네요. 남편분께서 론파인 근처에서 사고 현장을 보고 차를 세워 피해자를 도왔다며 칭찬하는 편지가 있던데, 혹시 그 일을 기억하십니까?"

"그럼요. 2년 전 일이에요. 11월."

"그때 상황을 기억하시나요?"

"지미가 차를 몰고 집으로 오던 길에 우연히 사고 현장을 봤다는 것밖에 몰라요. 사고가 방금 일어났는지, 사람들과 잔해들이 사방에 내동댕이

쳐져 있었대요. 지미는 카폰으로 구급차를 부르고는 사람들을 도와주었
어요. 그날 밤 어린 사내아이가 지미의 품에서 숨을 거뒀죠. 지미는 그것
때문에 많이 괴로워했어요."

매케일렙은 고개를 끄덕였다.

"지미는 그런 사람이었어요, 매케일렙 씨."

매케일렙은 그저 다시 고개를 끄덕이는 것밖에 할 수 없었다.

매케일렙이 집 앞 진입로에 서서 10분이나 기다린 뒤에야 버디 로크리
지가 차를 몰고 나타났다. 그는 차 안의 스테레오로 하울링 울프의 테이
프를 크게 틀어놓고 있었다. 매케일렙은 차에 탄 뒤 소리를 줄였다.

"어디 있었어?"

"드라이브를 좀 했지. 어디로 갈까?"

"내가 한참 기다렸잖아. 부두로 돌아가자."

버디는 유턴을 해서 다시 프리웨이로 향했다.

"나더러 그냥 차 안에 앉아서 기다리기만 하지 않아도 된다며. 드라이
브를 좀 하고 오라고 해서 그 말대로 한 것뿐이야. 자네가 나한테 말을 안
해주는데, 그 집에서 언제 나올지 내가 어떻게 알아?"

옳은 말이었지만, 매케일렙은 화가 났다. 그래서 사과하지 않았다.

"이번 일이 오래 이어지면 자네한테 카폰을 한 대 사줘야겠어."

"이번 일이 오래 이어지면 내 일당이나 올려줘."

매케일렙은 대답하지 않았다. 로크리지는 음악소리를 다시 키우고 자
동차 도어포켓에서 하모니카를 꺼냈다. 그리고 '웡 댕 두들(Wang Dang
Doodle)'의 가락에 맞춰 하모니카를 연주하기 시작했다. 매케일렙은 창밖
을 바라보며 어밀리어 코넬을 생각했다. 제임스 코넬을 죽인 총알이 그녀
도 죽여버린 것 같았다.

25 카놀리를 잊지 마

캐러서스가 보낸 소포가 사서함에서 매케일렙을 기다리고 있었다. 전화번호부만큼이나 두툼했다. 매케일렙은 소포를 배로 들고 가서 그 안에 들어 있는 서류를 응접실 탁자 위에 죽 늘어놓았다. 그는 케년 사건에 관한 최신 수사보고서 요약본을 발견하고 읽기 시작했다. 먼저 최근의 수사 상황을 파악한 뒤 처음으로 돌아가 첫 보고서부터 읽는 게 나을 것 같았다.

도널드 케년 살인사건 수사는 FBI와 비벌리힐스 경찰이 공동으로 진행 중이었다. 하지만 사건은 미궁에 빠져 있었다. FBI 쪽의 수석요원들, 즉 로스앤젤레스의 특수수사대 소속인 네빈스와 울리그 요원은 12월에 제출한 가장 최근의 보고서에서 케년이 청부살인업자에게 처형당했을 가능성이 높다는 결론을 내렸다. 그 청부살인업자를 고용한 주체에 대해서는 두 가지 가설이 제시되어 있었다. 첫 번째 가설은 은행이 무너지면서 피해를 입은 2천 명 중 한 명이 케년의 재판결과에 불만을 품었거나, 그가 또 법망을 피해 도망칠지도 모른다는 생각 때문에 청부살인업자를 고용했을 가능성이 있다는 것이었다. 두 번째 가설은 케년이 재판 중에 자신을 협박해서 돈을 빼돌리게 만들었다고 주장한 익명의 파트너가 청부살인업

324

자를 고용했다는 것이었다. 보고서에 따르면, FBI는 케년이 신원을 밝히지 않은 이 파트너의 정체를 아직 알아내지 못하고 있었다.

매케일렙은 보고서에 제시된 두 번째 가설에 관심이 갔다. 연방정부가 협박에 못 이겨 돈을 빼돌렸다는 케년의 주장을 믿는 듯한 분위기를 풍겼기 때문이다. 재판 중에 검찰은 케년의 이러한 주장에 콧방귀를 뀌며, 그 익명의 파트너를 케년의 유령이라고 불렀다. 그런데 FBI 요원들이 작성한 이 서류에는 그 유령이 어쩌면 실제로 존재할 수도 있다는 가능성이 제기되어 있었다.

네빈스와 울리그는 보고서 말미에 살인을 청부한 신원미상 용의자의 간략한 프로파일을 적어두었다. 두 개의 가설에 모두 들어맞는 프로파일이었다. 용의자는 돈이 많고, 자신의 흔적을 감춰 익명성을 유지할 능력이 있으며, 전통적인 폭력조직과 관련이 있거나 아예 그런 조직의 일원일 가능성이 있다는 내용이었다.

이 보고서가 케년의 유령에게 생명을 주었다는 사실 외에 또 매케일렙의 관심을 끈 것은 청부업자를 고용한 사람, 즉 진짜 살인자를 전통적인 폭력조직과 연결시킨 부분이었다. FBI 용어로 전통적인 폭력조직이란 곧 마피아를 뜻했다. 마피아는 사실상 촉수를 뻗치지 않은 곳이 없었지만, 캘리포니아 남부에서는 세력이 그다지 크지 않았다. 이 지역에서 조직범죄가 기승을 부리고 있기는 해도, 그 모든 일이 영화에 등장하는 전통적인 조직의 책임만은 아니었다. 캘리포니아 남부에서는 아시아계나 러시아계 폭력조직이 이탈리아계 조직보다 더 많을 수도 있었다.

매케일렙은 서류들을 시간 순으로 정리한 뒤 맨 처음 것부터 보기 시작했다. 일상적인 요약 보고서와 워싱턴의 상사들에게 최근의 수사상황을 알려주는 보고서가 대부분이었다. 매케일렙은 이 서류들을 재빨리 훑어보다가 총격이 벌어진 날 오전에 FBI 감시팀의 활동에 대한 보고서를 발견하고 홀린 듯이 읽어 내려갔다.

　살인이 발생한 순간 감시차량에는 요원 네 명이 있었다. 마침 근무교대 시간인 화요일 오전 8시였다. 그래서 네 명 중 두 명은 이제 막 도착했고, 나머지 두 명은 집으로 갈 참이었다. 도청기를 맡은 요원이 헤드폰을 벗어 교대요원에게 주었다. 하지만 교대요원은 소심한 A형 성격이라 예전에 다른 요원이 쓰던 헤드폰을 썼다가 머릿니가 옮았다고 주장했다. 그래서 헤드폰에 자기가 가져온 스티로폼 쿠션을 끼운 다음 소독약을 뿌리느라 시간을 잡아먹었다. 그동안 다른 세 요원은 그에게 싫은 소리를 해댔다. 대체요원이 마침내 헤드폰을 머리에 쓴 뒤 거의 1분 동안은 아무 소리도 나지 않았다. 그러다가 대화 소리가 작게 들려왔고, 케넌의 집에서 총소리가 났다. 집 출입구에는 도청장치를 설치하지 않았기 때문에 총소리도 작게 들렸다. FBI는 케넌이 혹시 도망을 치더라도 정면 출입구를 통해 도망치지는 않을 거라고 생각했기 때문에, 일상적인 생활이 이루어지는 집 안에만 도청장치를 설치했다.

　야간근무를 한 두 요원은 아직 차에서 내리지 않고 계속 농담을 주고받고 있었다. 그런데 총소리가 들리자 헤드폰을 쓴 요원이 조용히 하라고 소리쳤다. 그는 몇 초 동안 열심히 귀를 기울였고, 또 다른 요원이 또 다른 헤드폰을 썼다. 두 사람 모두 케넌의 집 안에서 누군가가 마이크 가까이에서 하는 말을 똑똑히 들었다. "카놀리를 잊지 마."

　두 요원은 서로 시선을 교환하며, 이 말을 한 사람은 케넌이 아니라고 의견일치를 보았다. 응급상황이라는 판단을 내린 요원들은 신분이 드러날 위험을 무릅쓰고 집으로 달려갔다. 그들은 다나 케넌과 간발의 차를 두고 케넌의 집에 이르렀다. 먼저 도착한 다나 케넌은 출입문을 열었다가 남편이 대리석 바닥에 쓰러져 있는 것을 발견했다. 머리 주위에 피가 흥건했다. 요원들은 FBI에 지원을 요청하고 경찰과 긴급구조대에도 연락한 뒤 집과 집 주위 동네를 수색했다. 하지만 범인은 보이지 않았다.

매케일렙은 케넌의 집에서 녹음된 도청 테이프 중 마지막 한 시간 분량을 풀어 쓴 녹취록으로 주의를 돌렸다. FBI는 테이프의 음질을 많이 개선해보았지만 여전히 알아들을 수 없는 단어가 몇 개 있었다. 딸들이 아침을 먹는 소리, 케넌과 아내와 딸들이 아침에 어느 집에서나 들을 수 있는 대화를 나누는 소리가 테이프에 녹음되었다. 그리고 7시 40분에 케넌의 아내가 딸들을 데리고 집에서 나갔다.

녹취록에 따르면, 그 뒤로 9분 동안 침묵이 이어지다가 케넌이 자신의 변호사 스탠리 라그로사의 집으로 전화를 걸었다.

라그로사: 네?
케넌: 도널드예요.
라그로사: 도널드 씨.
케넌: 그거 아직도 유효해요?
라그로사: 도널드 씨가 아직 진심으로 그럴 생각이라면요.
케넌: 난 진심이에요. 그럼 이따 사무실에서 뵙죠.
라그로사: 위험한 일이라는 건 알죠? 이따 봅시다.

또 8분 동안 침묵이 흐르다가 신원을 알 수 없는 새로운 목소리가 도청기에 잡혔다. 케넌과 그 미지의 남자가 나눈 퉁명스러운 대화 중 일부는 도청기에 잡히지 않았다. 두 사람이 집 안 여기저기 돌아다니면서 간간이 도청기의 범위를 벗어난 탓이었다. 두 사람의 대화는 FBI의 감시차량에서 교대요원이 헤드폰을 소독하느라고 시간을 끄는 동안에 이루어진 것 같았다.

케년: 무슨….

미지의 남자: 닥쳐! 내가 시키는 대로 하면 가족들의 목숨은 살려주지. 알았어?

케년: 이렇게 무작정 들어와서 이러는 법이….

미지의 남자: 닥치라고 했지! 가자. 이쪽으로.

케년: 가족들은 해치지 말아요. 제발, 나는….

미지의 남자: (말을 알아들을 수 없음)

케년: …그렇게 하죠. 나는 그러지 않을 겁니다. 그 사람도 그걸 알아요. 이게 다 무슨 일인지. 그 사람은….

미지의 남자: 닥쳐. 나한테는 상관없는 일이야.

케년: (말을 알아들을 수 없음)

미지의 남자: (말을 알아들을 수 없음)

보고서에는 2분 동안 침묵이 이어지다가 마지막 대화가 시작되었다고 적혀 있었다.

미지의 남자: 좋아, 잘 봐. 누군지….

케년: 안 돼…. 저 사람은 이번 일과 아무 상관없어요. 저 사람은….

그다음에 총소리가 한 번 났다. 그리고 잠시 후 뒤뜰로 통하는 문 옆의 뒷방에 숨겨둔 4번 마이크에 미지의 남자의 마지막 말이 잡혔다.

미지의 남자: 카놀리를 잊지 마.

서재 문은 열려 있었다. 범인이 그쪽으로 도망친 모양이었다.

매케일렙은 녹취록을 다시 읽어보았다. 여기에 적힌 것이 한 사람의 마지막 순간과 마지막 말들이라는 사실을 알고 있기 때문에 눈을 뗄 수가 없었다. 그는 도청 테이프를 직접 듣고 싶었다. 그러면 현장 상황을 더 생생하게 느낄 수 있을 텐데.

그가 다음으로 읽은 서류는 수사관들이 조직범죄와의 연관성을 고려한 이유를 설명해주었다. 암호 보고서. FBI는 케넌의 집에서 녹음된 도청테이프를 감식반으로 보내 음질개선을 요청했다. 그렇게 작성된 녹취록은 암호해독실로 보내졌다. 이 녹취록의 해석을 맡은 분석관은 범인의 마지막 말에 초점을 맞췄다. 그때 이미 케넌은 쓰러져 있었으므로 범인의 말과는 아무 상관이 없는 것 같았다. 분석관은 지금까지 알려진 암호, 또는 FBI 보고서나 문학작품이나 대중예술 작품 속의 문장 중에 일치하는 것이 있는지 보려고 '카놀리를 잊지 마'라는 말을 암호분석 컴퓨터에 입력했다. 정확하게 일치하는 구절이 하나 있었다.

수많은 마피아 단원들에게 영감을 준 영화 〈대부〉에서 콜리오네 가문의 최고위급 두목 중 한 명인 피터 클레멘자가 배신한 조직원을 뉴저지 초원으로 데려가 죽이라는 명령을 받는다. 명령을 수행하기 위해 그가 아침에 집을 나설 때, 아내가 오는 길에 빵집에 들러 패스트리를 사오라고 말한다. 엄청나게 체중이 많이 나가는 클레멘자가 자기가 죽여야 할 남자가 타고 있는 자동차로 쿵쿵 걸어가는 동안 아내가 뒤에서 소리친다. "카놀리(귤, 초콜릿, 치즈 등을 파이 반죽으로 싸서 튀긴 음식 – 옮긴이)를 잊지 마."

매케일렙은 이 영화를 아주 좋아했기 때문에 이 대사를 기억하고 있었다. 영화 속 조직원들의 삶을 단 한 마디로 생생하게 잡아낸 대사였다. 무자비하고 잔인하게 폭력을 휘두르면서도 전혀 죄책감을 느끼지 않는 조직원도 가족을 소중히 여기며 평범한 가정생활을 한다는 것. FBI가 케넌 살인사건이 어떤 식으로든 조직범죄와 관련되었을 거라는 결론을 내린 이유를 이제 알 것 같았다. 이 대사에는 조직생활의 대담함과 화려함이 담겨 있었다. 돌처럼 차가운 살인자가 자신의 작업에 만족한다는 뜻으로 이런 말을 하는 모습이 그려졌다.

"카놀리를 잊지 마." 매케일렙은 소리 내어 말했다.

그러다 갑자기 뭔가가 떠올라서 매케일렙은 순간적으로 온몸에 전기가 통한 듯했다.

"카놀리를 잊지 마." 그는 다시 말했다.

그리고 재빨리 가죽가방이 있는 곳으로 가서 가방 안을 뒤져 제임스 코델의 총격장면이 담긴 비디오테이프를 꺼냈다. 그는 기계에 그 테이프를 집어넣고 재생 버튼을 눌렀다. 일단 테이프가 어디에서 멈춰 있었는지 확인한 그는 빨리 감기 버튼을 눌러 코델이 총을 맞는 순간을 찾았다. 그는 복면을 쓴 범인의 입에서 눈을 떼지 않았다. 소리가 없는 테이프 속에서 범인이 뭐라고 말을 하기 시작하자, 매케일렙은 소리를 내어 범인의 말을 따라했다.

"카놀리를 잊지 마."

그는 테이프를 다시 뒤로 돌려서 같은 장면을 보며 또 같은 말을 따라했다. 그의 말소리와 범인의 입 모양이 일치했다. 틀림없었다. 속에서부터 흥분이 솟아올랐다. 뭔가 결정적인 돌파구를 발견했을 때만 느낄 수 있는 바로 그 기분이었다. 숨겨진 진실에 가까이 다가갈 때 느낄 수 있는 기분.

그는 글로리아 토레스 사건의 테이프를 꺼내 기계에 넣고 같은 과정을 반복했다. 이번에도 범인의 입 모양이 일치했다. 의심의 여지가 없었다.

"카놀리를 잊지 마." 매케일렙은 다시 소리 내어 말했다.

그는 해도탁자 옆의 캐비닛으로 가서 전화기를 꺼냈다. 주말 동안 거기 녹음된 메시지들을 아직 틀어보지 않았지만, 지금은 너무 들떠서 그걸 틀어볼 정신이 없었다. 그는 제이 윈스턴의 번호를 눌렀다.

"도대체 어디 있었어요? 자동응답기는 확인도 안 해요?" 윈스턴이 물었다. "주말 내내, 그리고 오늘 하루 종일 상황을 설명해주려고 얼마나 전화를 했는데요. 그건 내….”

“알아요. 제이 씨가 그런 게 아니라는 거. 히친스 과장이죠. 그것 때문에 전화한 거 아니에요. FBI가 제이 씨한테 뭐라고 했는지 알아요. 그쪽에서 준 정보가 뭔지도 알고요. 도널드 케넌 사건과의 접점이죠. 날 다시 수사에 끼워줘요.”

“그건 불가능해요. 히친스 과장이 나더러 테리 씨와는 말도 하지 말라고 이미 명령을 내렸어요. 그런데 내가 어떻게….”

“내가 제이 씨를 도와줄 수 있어요.”

“어떻게요? 뭘로요?”

“이것만 대답해줘요. 내 생각이 맞는지 보게. 오늘 아침에 길버트 스펜서와 현장요원 두 명이, 아마 이름이 네빈스와 울리그였을 거예요, 그 사람들이 와서 제이 씨가 워싱턴으로 보낸 총알이 케넌 사건의 총알과 일치한다고 말했죠? 맞아요?”

“거기까지는 맞아요. 하지만 그건 별로….”

“내 말 아직 안 끝났어요. 스펜서는 FBI가 제이 씨 사건과 LA 경찰국 사건을 조사해보고 싶다고 말했을 거예요. 하지만 지금으로서는 그 두 사건과 케넌 사건 사이에는 무기 외에 일치하는 점이 없는 것 같다고 했겠죠. 스펜서는 케넌의 경우 전문가에게 당했고, 이쪽 사건은 두 건 모두 노상강도라고 했을 거예요. 그뿐만 아니라 케넌 사건의 범인은 데버스테이터를 사용했는데, 이쪽 범인은 다른 총알을 썼죠. 페더럴이요. 이건 케넌 사건의 전문가 범인이 어딘가에 자기 무기를 버렸고, 이번 사건의 범인이 그 총을 주웠다는 FBI 가설을 뒷받침하는 사실이에요. 두 사건의 접점은 거기까지죠. 어때요? 내 말이 맞아요?”

“정확해요.”

“좋아요. 그래서 제이 씨는 스펜서에게 케넌 사건에 대한 정보를 요청했어요. 이쪽에서도 한 번 확인을 해보려고. 하지만 그쪽 반응이 별로 좋지 않았죠."

"스펜서는 케넌 사건이, 그 사람 표현을 그대로 쓰자면, 민감한 단계라 우리 같은 순경들한테는 꼭 필요한 것만 알려주겠다고 했어요."

"히친스 과장도 그 말에 동의했어요?"

"그냥 분위기를 따라간 거죠."

"그럼 혹시 누가 카놀리를 내놨어요?"

"네?"

매케일렙은 5분 동안 케넌의 집에서 녹음된 테이프 녹취록과 암호해독 보고서의 결론 부분을 윈스턴에게 읽어주며 카놀리의 의미를 설명해주었다. 윈스턴은 길버트 스펜서가 아침 회의 때 이런 얘기는 한 마디도 하지 않았다고 말했다. 매케일렙은 이미 그럴 줄 알고 있었다. 전직 FBI 요원이니 그도 FBI의 속성을 잘 알았다. FBI는 기회만 있으면 지역 경찰들을 옆으로 밀어버리고, 이제부터는 자기들이 모든 일을 맡아 처리하겠다고 나섰다.

"그러니까 이 카놀리는 우리 사건의 범인이 남이 버린 총을 우연히 주워서 저지른 일이 아니라는 사실을 분명히 해주는 열쇠예요." 매케일렙이 말했다. "세 사건 모두 같은 범인이 저지른 일이라는 얘기예요. 케넌, 코델, 토레스, 모두. FBI가 아침에 회의에 들어오면서 이 사실을 알고 있었는지 어땠는지는 나도 몰라요. 하지만 제이 씨가 사건 자료와 테이프를 복사해주었다면, 지금쯤은 이미 그쪽도 알고 있을 겁니다. 문제는, 이 세 건의 살인이 어떻게 연결되는가 하는 점이에요."

윈스턴은 잠시 가만히 있다가 마침내 혼란스러운 심정을 드러냈다.

"세상에, 나는 정말… 어쩌면 세 사건은 전혀 연결되어 있지 않은지도 모르죠. 만약 FBI 말대로 범인이 살인청부업자라면, 세 건의 별도 살인청부일 수도 있잖아요. 그러니까 같은 범인이 별도의 계약을 맺고 이 세 건의 살인을 저질렀다는 점 외에는 접점이 전혀 없을 수도 있어요."

매케일렙은 고개를 저으며 말했다. "그럴 수도 있겠죠. 하지만 그러면 말이 되는 게 하나도 없어요. 예를 들어서, 글로리아 토레스가 도대체 무슨 짓을 저질렀기에 프로 살인자의 표적이 됐을까요? 토레스는 신문사 인쇄공장에서 일하던 사람이에요."

"그 여자가 뭔가 목격한 게 있었는지도 모르죠. 테리 씨가 지난 금요일에 토레스와 코델 사건 사이에 모종의 공통점이 있다고 말했죠? 어쩌면 그 말이 사실일지도 몰라요. 다만 그 공통점이라는 게 두 사람이 보거나 알면 안 되는 사실을 목격했거나 알게 됐다는 점일 수도 있다는 게 다를 뿐이죠."

매케일렙은 고개를 끄덕였다.

"그럼 범인이 코델과 토레스에게서 가져간 기념품은요?" 이건 윈스턴에게 묻는 말이라기보다 매케일렙이 스스로에게 던지는 질문에 더 가까웠다.

"글쎄요." 윈스턴이 말했다. "어쩌면 범인이 기념품을 챙기는 걸 좋아하는 놈인지도 모르죠. 아니면 살인을 청부한 사람에게 계약을 제대로 수행했다는 사실을 증명하려고 가져갔을 수도 있고요. 케년 사건 보고서에 혹시 무슨 물건이 없어졌다는 얘기가 있던가요?"

"아직은 그런 얘기를 못 봤어요."

그의 머릿속에서 온갖 가능성들이 어지럽게 뒤엉켰다. 윈스턴의 질문을 듣고 보니 자신이 흥분한 나머지 윈스턴에게 너무 일찍 전화를 걸었다는 생각이 들었다. 아직 읽지 않은 케년 사건 기록이 한 무더기나 남아 있었다. 그가 찾고 있는 세 사건의 접점이 그 안에 있을 수도 있었다.

"테리 씨?"

"네, 미안해요. 그냥 생각을 좀 하느라고…. 저기, 내가 나중에 다시 전화할게요. 아직 훑어봐야 할 기록이 남았으니까 어쩌면…."

"어떤 기록을 갖고 있는데요?"

"모든 기록을 확보한 것 같아요. 거의 모든 기록. 스펜서가 회의에서 말하지 않은 사실들이요."

"그렇다면 테리 씨가 과장님의 마음을 다시 살 수도 있겠는데요."

"아직은 과장한테 아무 말도 하지 마세요. 내가 좀 더 조사를 해보고 다시 전화하죠."

"약속하는 거죠?"

"네."

"그럼 약속한다고 분명히 말해요. 테리 씨까지 나한테 FBI처럼 헛소리를 해대는 건 싫으니까요."

"어이쿠, 난 이미 퇴직했어요. 알죠? 약속해요."

한 시간 반 뒤 매케일렙은 FBI 서류를 검토하는 작업을 끝냈다. 아까 느꼈던 흥분은 이미 사라지고 없었다. 기록을 읽으며 그는 새로운 정보를 아주 많이 알게 됐지만 케넌, 코델, 토레스 사건 사이에 공통점이 있음을 암시하는 정보는 하나도 없었다.

그가 검토한 서류 중에는 케넌의 은행이 파산하는 바람에 피해를 입은 2천 명의 이름, 주소, 투자기록을 출력한 방대한 자료도 있었다. 하지만 그 속에 코델이나 토레스의 이름은 없었다.

FBI는 은행 파산의 피해자들 모두를 케넌 사건의 용의자로 고려할 수밖에 없었을 것이다. 그래서 모든 투자자들에 대해 배경을 조사하고, 범죄와의 연관성을 비롯해 용의자 지수를 높일 만한 모든 지표들을 살펴보았다. 그 결과 10여 명의 피해자들이 한 단계 높은 용의자가 되었지만, 본

격적인 조사결과 모두 혐의를 벗었다.

그 뒤로 FBI는 두 번째 가설, 즉 케넌이 말한 유령이 실존인물이고, 그가 자신을 위해 거액을 횡령해준 사람을 죽이라고 살인을 청부했다는 가설에 초점을 맞췄다.

케넌이 훔친 돈을 누구에게 건네줬는지 밝히려던 참이었다는 사실이 밝혀지면서 이 가설은 더욱 무게를 얻었다. 케넌의 변호사인 스탠리 라그로사의 진술서에 따르면, 케넌은 검찰이 판사에게 형량을 낮춰달라는 내용의 진정서를 제출해줄지도 모른다는 기대를 품고 수사당국에 협조하기로 이미 마음을 굳힌 상태였다. 라그로사는 케넌이 살해된 날 아침 자신을 만나 수사당국과 협조의 대가를 놓고 협상하는 전략을 논의하기로 되어 있었다고 말했다.

매케일렙은 보고서를 죽 넘겨서 케넌이 살해당하기 겨우 몇 분 전에 라그로사와 통화한 내용을 기록한 짤막한 녹취록을 다시 읽어보았다. 변호사와 고객 사이의 이 짧은 대화는 케넌이 수사에 협조할 생각이었다는 라그로사의 주장을 뒷받침하는 듯했다.

라그로사의 진술서에 첨부된 추가 보고서에서 FBI는 자신이 세운 가설을 개괄적으로 설명했다. 정체를 알 수 없는 케넌의 파트너가 혹시라도 일이 잘못될 가능성을 모두 뿌리 뽑기 위해 케넌을 제거했거나, 아니면 케넌이 수사당국과 협조할 계획이라는 사실을 알고 나서 그를 제거했을 거라는 내용이었다. 이 추가 보고서에 따르면, 케넌 측 사람이 FBI 요원이나 검사에게 접근해서 협조하겠다고 말한 적은 아직 없었다. 만약 그런데도 이 정보가 그 미지의 파트너에게 누출되었다면, 케넌 측 인물이 정보원이라는 얘기였다. 어쩌면 라그로사가 바로 그 정보원일 수도 있었다.

매케일렙은 일어나서 오렌지주스를 한 잔 따랐다. 토요일 아침에 산 0.5갤런 들이 주스 한 통이 어느새 바닥이 나 있었다. 그는 주스를 마시면서 케년 사건에 관한 이 모든 정보들이 지금 자신의 수사에 어떤 의미를 지니는지 생각해보았다. 상황이 복잡해진 건 틀림없는 사실이었다. 비록 아까는 순간적으로 흥분에 들떴지만, 이제 생각해보니 사실상 출발점으로 되돌아온 거나 마찬가지였다. 글로리아 토레스를 죽인 범인이 누구인지, 그리고 그 이유가 무엇인지 모르기는 캐러서스에게서 온 소포를 풀기 전이나 지금이나 마찬가지기 때문이었다.

매케일렙은 컵을 씻다가 남자 둘이 부두로 걸어오는 것을 보았다. 두 사람은 거의 똑같은 남색 정장 차림이었다. 부두에서 정장을 입은 사람은 유난히 눈에 띄기 마련이었다. 대개 그런 사람들은 배를 차압하러 온 은행 대출담당자들이었다. 하지만 지금 이 두 남자는 그런 사람들이 아니었다. 매케일렙은 두 사람의 행동거지를 보고, 두 사람이 자기를 찾아왔음을 알아차렸다. 버넌 캐러서스가 매케일렙에게 소포를 보낸 사실이 들통난 모양이었다.

매케일렙은 재빨리 탁자로 가서 FBI 서류들을 한데 모은 다음 은행 파산사건 피해자들의 이름과 주소를 비롯한 관련 정보를 따로 떼어냈다. 그리고 그 자료를 취사실의 벽 상단 수납장에 집어넣었다. 나머지 서류는 가죽가방에 쑤셔 넣어 해도탁자 밑의 캐비닛에 넣었다.

그는 응접실 문을 열고 조종실로 가서 두 요원에게 인사했다. 그리고 응접실로 통하는 문을 잠갔다.

"매케일렙 씨?" 둘 중 젊은 요원이 말했다. FBI의 규정에 어긋나게 콧수염을 기르고 있었다.

"내가 알아맞혀 볼까요? 네빈스와 울리그죠?"

두 사람은 상대가 자신들의 정체를 알아차린 것이 그다지 달갑지 않은 모양이었다.

"우리가 배에 올라도 될까요?"

"그럼요."

젊은 요원의 이름은 네빈스였다. 고참 요원인 울리그가 주로 이야기를 했다.

"우리가 누군지 안다면 왜 왔는지도 아시겠군요. 우리도 일이 필요 이상 복잡해지는 건 원치 않습니다. 특히 매케일렙 씨도 FBI에서 일하시던 분이니까 말이죠. 그러니 그 도난 서류들만 돌려주신다면 더 이상 문제 삼지 않겠습니다."

"이런." 매케일렙은 양손을 들며 말했다. "도난 서류요?"

"매케일렙 씨." 울리그가 말했다. "매케일렙 씨가 FBI의 기밀서류를 갖고 있다는 걸 압니다. 매케일렙 씨는 이제 요원이 아니에요. 그러니 그 서류들을 갖고 계시면 안 됩니다. 방금 말했듯이, 이번 일을 복잡하게 만들고 싶다면 얼마든지 그렇게 해드릴 수 있습니다. 하지만 우리가 원하는 건 오로지 그 서류를 돌려받는 것뿐이에요."

매케일렙은 밖으로 나가서 뱃전에 앉았다. 이 두 사람이 어떻게 사실을 알았을까 다시 생각해봤지만 역시 캐러서스가 들켰다는 결론이 나왔다. 그 외에는 다른 가능성이 없었다. 버넌은 워싱턴에서 궁지에 몰린 나머지 어쩔 수 없이 매케일렙의 이름을 댔을 것이다. 하지만 매케일렙의 오랜 친구인 버넌은 위에서 아무리 압력을 가한다 해도 그런 짓을 할 사람이 아니었다.

매케일렙은 본능을 믿고 허세를 부려보기로 했다. 그는 일단 네빈스와 울리그는 캐러서스가 매케일렙의 부탁으로 탄도검사결과를 비교해보았다는 사실밖에 모를 거라고 생각했다. 그 사실은 비밀도 아니니 두 사람도 당연히 알고 있을 터였다. 하지만 캐러서스가 컴퓨터 파일 사본을 매케일렙에게 보냈다는 사실은 두 사람이 아직 확실히 모른 채 짐작만 하고 있을 것 같았다.

"그만둡시다." 매케일렙이 마침내 말했다. "난 서류 같은 거 없습니다. 도난 서류든, 뭐든. 그쪽이 엉뚱한 정보를 입수한 거예요."

"그럼 우리가 누군지 어떻게 알았죠?" 네빈스가 물었다.

"그거야 쉽죠. 두 분이 오늘 보안관서에 가서 날 사건에서 빼라고 말했다는 얘기를 들었으니까."

매케일렙은 팔짱을 끼고 두 요원 너머에 있는 버디 로크리지의 배를 바라보았다. 버디는 조종실에 앉아서 맥주를 마시며 〈더 팔로잉 시〉 호에 올라탄 정장 남자 두 명의 모습을 지켜보고 있었다.

"그렇다면 우리가 한번 살펴봐야겠습니다. 확실히 해야 하니까." 울리그가 말했다.

"영장 없이는 안 됩니다. 아마 영장은 없을 것 같은데…."

"매케일렙 씨가 우리한테 들어와서 조사해봐도 좋다고 이미 허락했으니 영장은 필요없어요."

네빈스가 응접실 문으로 가서 열어보려 했지만 문은 잠겨 있었다. 매케일렙은 미소를 지었다.

"거기 들어가려면 문을 부숴야 할 겁니다, 네빈스 요원. 그럼 그게 과연 허락을 받은 것처럼 보일까요? 게다가 저기서 목격자가 지켜보고 있는데 그런 짓을 하고 싶지는 않겠죠?"

두 요원 모두 부두 사방을 두리번거리기 시작했다. 마침내 두 사람이 로크리지를 발견하자 로크리지는 인사라도 하려는 것처럼 맥주 캔을 들어올렸다. 분노 때문에 울리그의 턱이 딱딱하게 굳었다.

"좋습니다, 매케일렙 씨." 울리그가 말했다. "서류를 그냥 갖고 계시죠. 하지만 분명히 말하는데, 수사를 방해하면 가만두지 않겠습니다. FBI는 지금 이 사건을 가져오는 절차를 밟는 중이라 배지도 없고 심장도 없는 아마추어가 일을 망치는 건 사절이에요."

이번에는 매케일렙의 턱이 딱딱하게 굳었다.

"내 배에서 당장 꺼져."

"물론이죠. 갈 겁니다."

두 사람 모두 다시 부두로 내려섰다. 통로로 걸어가면서 네빈스가 뒤를 돌아보았다. "또 봅시다, 아마추어."

매케일렙은 두 사람이 문을 나갈 때까지 계속 지켜보았다.

"무슨 일이야?" 로크리지가 소리쳤다.

매케일렙은 계속 요원들을 지켜보면서 로크리지에게는 별일 아니라는 듯 손사래를 쳤다.

"그냥 옛 친구들이 찾아온 거야."

동부 시간으로는 저녁 8시가 다 된 시각일 터였다. 매케일렙은 캐러서스의 집으로 전화를 걸었다. 캐러서스는 이미 한바탕 홍역을 치렀다고 말했다.

"내가 그 친구들한테 이렇게 말했어. '어이, 내가 가진 정보는 르윈한테 넘겼어. 그래, 내가 전직요원 매케일렙의 부탁으로 그 건을 빨리 처리한 건 맞지만, 그 보고서든 다른 보고서든 사본을 그 친구한테 넘긴 적은 없어.' 그놈들이 내 말을 안 믿는다면 그걸 빌미로 삼을 수도 있겠지. 난 전혀 걱정 없어. 날 쫓아낼 테면 쫓아내라지. 그러면 내가 맡았던 사건에 대해 증언을 하러 나올 때마다 그쪽에서 나한테 따로 돈을 지불해야 돼. 그런데 내가 맡은 사건이 아주 많거든. 무슨 말인지 알지?"

캐러서스의 말투를 들어보면, 마치 제3자가 대화를 듣고 있기라도 한 것 같았다. 사실 상대가 FBI니 정말로 제3자가 있을 수도 있었다. 그래서 매케일렙도 캐러서스와 같은 말투를 쓰기로 했다.

"이쪽도 마찬가지야. 그 친구들이 와서 나한테 있지도 않은 보고서를 내놓으라고 하더라고. 그래서 내 배에서 당장 꺼지라고 말해줬어."

"그래? 잘했네."

"자네도 마찬가지야, 버넌. 이제 끊어야겠어. 더 팔로잉 시를 잘 봐."

"그게 무슨 소리야?"

"조심하라고."

"아. 그래. 자네도."

벨이 한 번 다 울리기도 전에 윈스턴이 전화를 받았다.

"도대체 어디 있었어요?"

"바빴어요. 네빈스와 울리그가 방금 왔다 갔어요. 혹시 지난 주에 나한테 복사해준 자료를 전부 그 친구들한테도 줬어요?"

"사건기록, 테이프. 히친스 과장이 전부 줬어요."

"그럼 그 친구들도 카놀리를 찾아냈을 거예요. 그쪽에서 사건을 내놓으라고 할 겁니다, 제이 씨. 잘 버텨야 돼요."

"무슨 소리예요? FBI가 갑자기 나타나서 살인사건을 넘기라고 할 수는 없어요."

"그쪽에서 방법을 찾아낼 거예요. 사건을 가져가는 게 아니라 수사 지휘를 맡겠죠. 그쪽도 이 사건들에 총 외에 다른 공통점이 있다는 걸 알 거예요. 못된 놈들이긴 해도 머리는 좋거든요. 아마 제이 씨한테서 받은 테이프를 보자마자 나랑 같은 걸 알아냈을 겁니다. 범인이 같다는 것, 이 세 사건을 연결하는 뭔가가 있다는 걸 알 거예요. 네빈스와 울리그가 온 건 나한테 겁을 줘서 사건에서 물러나게 만들려는 거였어요. 제이 씨가 다음 차례일 겁니다."

"내가 이 사건을 그냥 넘겨줄 거라고 생각한다면…."

"제이 씨가 문제가 아니에요. 그쪽에서는 히친스 과장을 찾아갈 겁니다. 과장이 물러나지 못하겠다고 하면, 그쪽은 그 위의 상급자를 찾아가겠죠. 나도 거기서 일했기 때문에 압니다. 그 친구들이 어떻게 일하는지 알아요. 위로 올라갈수록 압박을 가하기가 쉬워요."

"젠장!"

"나도 같은 심정입니다."

"이제 어쩔 거예요?"

"나요? 내일부터 다시 수사를 시작할 겁니다. 나야 FBI에도, 히친스한테도, 어느 누구한테도 매인 몸이 아니니까요. 그냥 나 혼자 움직이면 됩니다."

"이번 일을 해결할 사람이 있다면 아마 테리 씨일 거예요. 행운을 빌어요."

"고맙습니다. 행운이 필요할 것 같거든요."

26 침입자

매케일렙은 그날 하루가 다 저물 때까지도 어밀리어 코델에게서 받아온 메모와 은행기록을 살펴보지 못했다. 책상에서 하루 종일 서류를 보느라 지친 그는 메모만 재빨리 살펴보았지만 그다지 흥미를 끄는 대목이 없었다. 은행기록을 보니 코델의 급료가 매주 수요일에 은행에 직접 예치되었음을 금방 알 수 있었다. 매케일렙이 기록을 갖고 있는 석 달 동안 코델은 매주 수요일 같은 은행 지점의 현금지급기에서 돈을 뽑았다. 그가 결국 죽임을 당한 바로 그곳이었다. 그렇다면, 글로리아 토레스가 밤마다 셔먼 슈퍼마켓에 들렀던 것과 마찬가지로 코델 역시 일정한 패턴에 따라 행동하다가 살해당했다는 얘기였다. 범인이 피살자들을 미리 감시하며 지켜봤다는 가설에 더욱 힘이 실렸다. 코델의 경우 범인이 최소한 일주일 이상 그를 감시했다고 봐야 했다.

매케일렙은 신용카드 청구서를 살펴보다가 배가 살짝 가라앉는 것을 느끼고 밖을 내다보았다. 그래시엘라가 선미에 발을 들여놓고 있었다. 반갑고 놀라웠다.

"그래시엘라." 그는 선미로 나갔다. "여긴 웬일이에요?"

"제 메시지 못 받으셨어요?"

"아뇨, 난… 아, 메시지 확인을 안 했어요."

"제가 미리 전화해서 오겠다고 말했어요. 글로리에 대해 생각나는 걸 좀 적어봤거든요. 지난번에 부탁하신 대로."

매케일렙은 하마터면 끙 하고 앓는 소리를 낼 뻔했다. 또 서류라니. 하지만 그는 그녀에게 이렇게 빨리 부탁을 들어줘서 고맙다고 말했다.

그래시엘라가 팔에 커다란 가방을 걸고 있는 것이 눈에 띄자 그는 그 가방을 받아 들었다.

"이 안엔 뭐가 있는 거예요? 설마 메모를 이렇게 많이 한 건 아니죠?"

그래시엘라는 그를 바라보며 미소를 지었다.

"제 물건이에요. 오늘 밤에도 여기서 자고 갈까 하고요."

매케일렙은 살짝 기분이 들뜨며 짜릿함을 느꼈다. 그녀가 자고 간다고 해서 반드시 둘이 함께 잘 거라는 뜻은 아니라는 점을 잘 알고 있는데도.

"레이먼드는 어디 있어요?"

"오테로 부인 집에요. 부인이 내일 학교에도 데려다주신다고 했어요. 저는 내일 하루 휴가를 냈고요."

"왜요?"

"선생님 운전기사 노릇을 하려고요."

"운전해줄 사람은 이미 있는데요. 굳이 휴가까지 내면서…."

"그건 알지만 제가 하고 싶어서 그래요. 게다가 〈로스앤젤레스 타임스〉의 글로리 상사와 약속도 잡아놨어요. 선생님이 그 사람을 만날 때 저도 같이 가고 싶어요."

"좋아요. 운전기사로 고용하죠."

그래시엘라가 미소를 지었다. 매케일렙은 그녀를 응접실로 안내했다.

그래시엘라의 가방을 선실에 가져다 두고 붉은 포도주를 새로 한 병 따서 한 잔 따라준 뒤 그는 선미에 그녀와 함께 앉아 사건과 관련해서 새로 밝혀진 사실들을 말해주었다. 그가 케넌에 대해 이야기하는 동안 그래시엘라는 눈을 휘둥그렇게 뜬 채 자신의 동생과 살해당한 범죄자 사이에 모종의 연관이 있을 거라는 말을 받아들이려고 애썼다.

"얼른 생각나는 게 없죠?" 매케일렙이 물었다.

"네. 도대체 어떻게 두 사람이 연결되는지 정말…."

그래시엘라는 말을 끝맺지 못했다.

매케일렙은 고개를 저으며 갑판 의자에 앉은 채 어깨를 앞으로 늘어뜨렸다. 그래시엘라는 가방을 열어 글로리아의 행동에 대해 기억나는 대로 메모해둔 수첩을 꺼냈다. 두 사람은 그 내용을 함께 살펴보았다. 하지만 매케일렙이 보기에 중요한 내용은 없었다. 그래도 그는 앞으로 사건 수사가 계속 진행되는 동안 이 정보가 유용하게 쓰일 수 있을 것이라고 말해주었다.

"모든 게 이렇게 변해버리다니 정말 놀라워요." 그가 말했다. "일주일 전에는 그냥 단순한 노상강도 사건이었는데, 이젠 사회병리적인 현상이 관련되어 있거나 심지어 청부살인일지도 모른다는 가능성이 펼쳐지고 있으니 말이에요. 범인이 무작위로 피해자를 골랐을 거라는 가설은 이제 세 번째 위치로 떨어졌어요."

그래시엘라는 포도주를 한 모금 마신 뒤 입을 열었다.

"그럼 수사가 더 힘들어진 거죠?" 그녀가 부드러운 목소리로 물었다.

"아뇨." 매케일렙이 말했다. "오히려 우리가 범인에게 점점 근접하고 있다고 봐야 해요. 마음을 열고 모든 가능성을 받아들여야 합니다. 그러고 난 뒤에 그중에서 쓸 만한 것을 추리는 거죠…. 이 모든 과정을 통해 우리는 범인에게 점점 다가가는 거예요."

일몰을 구경한 뒤 두 사람은 그래시엘라가 모는 차를 타고 롱비치의 벨몬트 해변에 있는 자그마한 이탈리아 식당으로 갔다. 매케일렙은 이곳의 음식을 좋아했다. 두 사람은 이 식당에 셋뿐인 둥근 칸막이 좌석 중 하나를 차지할 수 있었다. 저녁을 먹으면서 매케일렙은 화제를 바꾸려고 애썼다. 그래시엘라가 새로 밝혀진 사실들 때문에 여전히 우울해하고 있는 것 같아서였다. 그는 FBI 시절에 들었던 서투른 우스갯소리를 몇 개 들려주었지만, 그래시엘라는 거의 웃지 않았다.

"이런 일을 직업으로 하실 때는 정말 힘들었겠어요." 그래시엘라가 반밖에 먹지 않은 뇨키 접시를 옆으로 밀면서 말했다. "그런 사람들을 항상 상대해야 하잖아요. 정말이지…."

그녀는 말을 끝맺지 않았다. 매케일렙은 고개를 끄덕였다. 그런 얘기를 다시 할 필요는 없을 것 같았다.

"그걸 극복할 수 있을 것 같으세요?"

"극복하다니, 뭘요?"

"그 일을 하면서 받은 영향 말이에요. 지난번에 이야기해준 악마의 성 사건 같은 것. 그 일로 인해 선생님에게 일어난 변화. 그런 걸 극복하실 수 있어요?"

매케일렙은 잠시 생각에 잠겼다. 자신의 대답에 많은 것이 걸려 있다는 생각이 들었다. 그래시엘라의 질문은 믿음에 관한 것이었고, 그의 대답을 토대로 그에 관해 나름의 판단을 내리려 하는 것 같았다. 반드시 정직하면서도 정확한 대답을 해야 한다는 생각이 들었다. 매케일렙 자신을 위해서도 정확한 대답을 해야 했다.

"그래시엘라, 내가 할 수 있는 말은 그걸 극복할 수 있기를 바라고 있다는 것뿐이에요. 나도 옛날로 돌아가고 싶어요. 그게 어떤 모습인지는 나도 잘 모르지만. 어쨌든 아주 오랫동안 내 속이 텅 비어 있었기 때문에 이젠 빈 곳을 채우고 싶어요. 그 빈 공간에 대해 이야기를 하다 보면 아주 이상한 기분이 들어서 입에 담기도 힘들지만 그 공간은 분명히 있어요. 그걸 알아줬으면 좋겠어요. 이걸로 그래시엘라가 나에 관해 알고 싶어 하는 것들을 다 알 수 있을지 어떨지는 몰라요. 하지만 난 그래시엘라에게 있는 것을 나도 갖고 싶고, 그때를 기다리고 있어요."

이게 지금 말이 되는 소리인지 자신이 없었다. 매케일렙은 둥근 칸막이 좌석 안에서 옆으로 스르르 움직여 그래시엘라 바로 옆에 앉았다. 그리고 고개를 숙여 그녀의 뺨 위쪽에 입을 맞췄다. 그는 빨간 격자무늬 식탁보가 방패처럼 덮여 있는 그녀의 무릎에 한 손을 올리고 허벅지 위쪽을 부드럽게 쓸었다. 연인들이나 할 법한 행동이었다. 하지만 그는 그녀를 붙들고 싶어서, 그녀를 잃고 싶지 않아서 필사적이었다. 게다가 자기가 말을 제대로 한 건지 자신도 별로 없었다. 그래서 어떤 식으로든 그녀를 만져봐야 할 것 같았다.

"이제 그만 갈까요?" 그녀가 물었다.

그는 그녀를 잠시 바라보았다.

"어디로요?"

"배로."

그는 고개를 끄덕였다.

배로 돌아온 뒤 그래시엘라는 그를 선실로 이끌어 주저 없이 그와 사랑을 나눴다. 매케일렙은 그녀와 함께 천천히 움직이면서 자신의 심장이 가슴속에서 아주 강하고 세차게 뛰는 것을 느꼈다. 어찌나 센지 심장박동이 관자놀이까지 울리는 것 같았다. 그 쿵쿵거리는 느낌이 그를 계속 재촉했다. 그녀도 자신의 가슴과 맞닿은 그 심장의 박동, 생명의 리듬을 틀림없이 느낀 것 같았다.

정사가 끝난 뒤 전율이 온몸을 훑고 지나가자 그는 그녀의 목에 얼굴을 묻고 세게 눌렀다. 짧게 뚝뚝 끊어지는 웃음소리가 마치 헉 하고 숨을 들이쉴 때처럼 그의 목에서 저절로 새어나왔다. 그녀가 이 소리를 기침소리나 숨을 고르는 소리로 생각해주었으면 싶었다. 그는 그녀의 몸 위에 부드럽게 자신의 체중을 싣고 귀 뒤의 부드러운 머리카락 속에 얼굴을 묻었다. 그녀는 한 손으로 그의 등을 쓸어내리다가 다시 위로 올라갔다. 그녀의 손이 목에 부드럽고 따뜻하게 닿았다.

"뭐가 그렇게 웃겨요?" 그녀가 속삭였다.

"아무것도…. 그냥 행복해서 그래요. 그뿐이에요."

그는 얼굴을 그녀의 머리카락 속으로 더욱 세게 누르며 그녀의 귀에 입을 대고 속삭였다. 그녀의 체취가 그의 코를 가득 채우고, 가슴과 마음은 희망으로 가득 찼다.

"당신이 날 되돌려놓고 있어요." 그가 말했다. "당신이 내 희망이에요."

그녀는 양팔로 그의 목을 세게 끌어안았다. 말은 단 한 마디도 하지 않았다.

매케일렙은 한밤중에 잠에서 깼다. 꿈에 그는 수면으로 올라가 숨을 쉬지 않고도 계속 문제없이 물 밑을 헤엄치고 있었다.

그는 똑바로 누워서 한쪽 팔로 그래시엘라의 벗은 등을 끌어안고 있었다. 따뜻한 체온이 느껴졌다. 그는 몸을 일으켜 그녀 뒤의 시계를 볼까 했지만 이렇게 서로 몸이 맞닿아 있는 순간을 깨뜨리고 싶지 않았다. 그가 다시 꿈속으로 돌아가려고 눈을 감는데 위층에서 미닫이문이 천천히 열리는 소리가 똑똑히 들려와서 잠이 달아나버렸다. 애당초 꿈을 꾸다 잠에서 깬 것도 어떤 소리 때문이었다는 생각이 들었다. 얼음조각이 가슴을 가로질러 지나가는 것처럼 서늘해져서 그는 바짝 긴장했다. 배 안에 누군가가 있었다.

볼로토프인 것 같았다. 그가 매케일렙을 찾아내서 협박을 실천에 옮기려고 온 것이다. 하지만 매케일렙은 볼로토프에 대한 생각을 재빨리 접어버리고, 그가 그렇게까지 바보짓을 하지는 않을 거라는 자신의 본능적인 판단을 믿기로 했다.

매케일렙은 침대 가장자리로 몸을 굴려 바닥에 떨어져 있는 무선전화기를 집어 단축 다이얼로 버디 로크리지의 배로 전화를 걸었다. 로크리지에게 〈더 팔로잉 시〉 호에 혹시 이상한 점이 없는지 한번 살펴봐달라고할 작정이었다. 도널드 케년이 범인에게 끌려 자기 집 출입문으로 가서, 목표물에 박히면 산산이 부서지는 총알에 맞는 모습이 번개처럼 그의 머릿속을 스치고 지나갔다. 그러자 저 위에 있는 사람이 누구인지는 몰라도 그래시엘라가 이 배에 있을 줄은 모를 거라는 생각이 들었다. 앞으로 몇 분 동안 무슨 일이 벌어지든 저 침입자가 그래시엘라의 존재를 알아차리는 건 절대로 안 될 일이었다.

벨이 네 번 울려도 로크리지가 전화를 받지 않자 매케일렙은 더 이상 시간을 낭비할 수 없다는 결론을 내렸다. 그래서 재빨리 침대를 빠져나와 닫혀 있는 선실 문으로 가서 시계에서 빨갛게 빛나는 숫자들을 확인했다. 3시 10분이었다.

그는 조용히 문을 열면서 총이 어디 있는지 생각해보았다. 해도탁자의 맨 아래 서랍에 있었다. 매케일렙보다 침입자가 그쪽에 더 가까웠기 때문에, 어쩌면 이미 그 총을 찾아냈을 가능성이 있었다.

매케일렙은 머릿속으로 배 아래층의 모습을 그려보며 무기가 될 만한 것을 찾아보았지만 소용이 없었다. 이제 문은 완전히 열려 있었다.

"무슨 일이에요?" 그래시엘라가 뒤에서 속삭이듯 물었다.

매케일렙은 재빨리 몸을 돌려 조용히 침대로 다가갔다. 그리고 그녀의 입을 한 손으로 막고 속삭였다. "배 안에 누가 있어요."

그녀의 몸이 딱딱하게 굳는 것이 느껴졌다.

"놈들은 당신이 여기 있는 걸 몰라요. 그러니까 조용히 침대 아래로 내려가서 내가 데리러 올 때까지 바닥에 누워 있어요."

그녀는 움직이지 않았다.

"어서요, 그래시엘라."

그녀가 몸을 움직이기 시작했지만, 이번에는 그가 그녀를 붙잡았다.

"가방 안에 무기가 될 만한 거 없어요?"

그녀는 고개를 저었다. 그는 고개를 끄덕이고는 그녀를 벽 쪽의 침대 가장자리로 밀었다. 그리고 문으로 돌아갔다.

매케일렙이 조용히 계단으로 올라서니 미닫이문이 반쯤 열려 있는 것이 보였다. 응접실이 아래층보다 환했기 때문에 더 많은 것을 볼 수 있었다. 갑자기 문 너머에서 들어오는 외부의 빛을 배경으로 어떤 남자의 실루엣이 나타났다. 빛이 그 남자의 몸에 닿았다가 반사되어 튀어나오는 것 같았다. 그래서 침입자가 지금 매케일렙을 노려보고 있는지, 아니면 등을 돌리고 부두를 내다보고 있는지 알 수 없었다.

아까 그래시엘라를 위해 포도주 병을 딸 때 썼던 와인 따개가 취사실 조리대 위에 있었다. 계단 꼭대기에서 바로 오른쪽이었다. 거기까지는 쉽게 갈 수 있었다. 다만 그보다 더 좋은 무기를 지닌 상대에게 그걸 사용해도 될지가 문제였다.

하지만 선택의 여지가 없었다. 매케일렙은 계단 끝까지 올라와서 와인 따개를 잡으려고 손을 뻗었다. 그 바람에 계단이 삐걱거리자 남자의 실루엣에 힘이 들어가는 것이 보였다. 상대의 허를 찌르려는 작전이 물거품이 된 것이다.

"꼼짝 마!" 매케일렙은 와인 따개를 움켜쥐고 검은 실루엣을 향해 움직이면서 소리쳤다.

침입자는 재빨리 문으로 가서 몸을 옆으로 돌려 밖으로 나간 뒤 한 손으로 문을 닫았다. 매케일렙이 문을 여느라고 애를 쓰는 몇 초 동안 침입자는 이미 부두에 내려서서 도망치기 시작했다. 매케일렙은 아직 배에서 내리지도 못한 상태였다.

그는 침입자를 잡을 수 없다는 사실을 본능적으로 알아차렸지만, 그래도 부두로 뛰어내려 전속력으로 침입자를 뒤쫓았다. 서늘한 밤공기 때문에 살갗이 단단하게 긴장하고, 배와 부두를 이어주는 거친 널빤지 바닥이 그의 맨발을 할퀴었다.

그가 비스듬히 경사를 이룬 통로를 달려 올라가는데 차에 시동이 걸리는 소리가 들렸다. 매케일렙은 부두 출입문을 벌컥 열고 주차장으로 뛰어나갔다. 어떤 차 한 대가 막 출구를 빠져나가고 있었다. 차가운 아스팔트 위에서 타이어가 미끄러지며 끽 하는 소리가 났다. 매케일렙은 차가 점점 멀어지는 것을 지켜보았다. 거리가 너무 멀어서 번호판을 읽을 수 없었다.

"젠장!"

그는 눈을 감고 한 손으로 콧잔등을 꼬집었다. 이건 자가최면 기법 중 하나였다. 그는 자신이 방금 본 것들을 가능한 한 상세하게 기억해두려고 애썼다. 빨간 자동차, 소형, 외제, 낡은 서스펜션…. 차가 낯익다는 생각이 들었다. 하지만 어디서 본 차인지 생각이 나지 않았다.

속이 메스꺼워져서 매케일렙은 허리를 숙여 양손으로 무릎을 짚었다. 심장이 한층 더 세차게 뛰는 것 같았다. 그는 정신을 집중하고 심호흡을 했다. 마침내 심장박동이 느려졌다.

감은 눈꺼풀에 빛이 닿는 것이 느껴졌다. 매케일렙은 눈을 뜨고 자신에게 다가오는 손전등 불빛 쪽을 바라보았다. 부두 경비원이 골프카트를 타고 그를 향해 다가오고 있었다.

"매케일렙 씨?" 불빛 뒤에서 경비원이 물었다. "매케일렙 씨예요?"

그때야 매케일렙은 자신이 알몸이라는 사실을 깨달았다.

없어진 물건은 전혀 없었다. 누가 배 안에 손을 댄 흔적도 없었다. 적어도 매케일렙이 보기에는 그랬다. 이상한 점은 하나도 없는 것 같았다. 취사실 식탁 위에 놓아두었던 가죽가방 속의 물건들도 그대로인 것 같았다. 낮에 취사실 수납장에 쑤셔 넣었던 두툼한 서류 뭉치도 그대로였다. 미닫이문을 조사해보니 드라이버에 긁힌 자국이 있었다. 드라이버로 미닫이문을 열기가 얼마나 쉬운지는 매케일렙도 잘 알고 있었다. 그리고 문이 열릴 때 나는 소리가 안보다 밖에서 더 크게 들린다는 사실도 알고 있었다. 그가 잠에서 깬 것이 문이 열리는 소리 때문인지 다른 것 때문인지는 몰라도, 어쨌든 잠에서 깬 것이 다행이었다.

경비원인 셸 뉴비가 지켜보는 가운데 매케일렙은 응접실의 서랍과 수납장을 모조리 확인해보았지만 없어진 물건은 하나도 없었다.

"저 아래쪽은요?" 뉴비가 물었다.

"시간이 없었어." 매케일렙이 말했다. "놈이 문을 열자마자 내가 그 소리를 들었기 때문에. 놈이 왜 왔는지는 몰라도 내가 깨어나는 바람에 놀라서 도망친 모양이야."

매케일렙은 입을 다물고 침입자가 도둑일 가능성에 대해 생각해보았다. 다시 볼로토프가 떠올랐지만 역시 재빨리 그를 지워버렸다. 미닫이문을 옆으로 빠져나간 침입자의 몸집이 작았기 때문에 볼로토프일 리가 없었다.

"올라가도 돼요? 커피를 좀 끓일까요?"

매케일렙은 계단으로 고개를 돌렸다. 그래시엘라가 거기 있었다. 아까 옷을 입으러 선실로 갔을 때 그는 그녀에게 그냥 아래층에 있는 편이 좋겠다고 말했다. 그런데도 그녀는 그의 벽장에서 꺼낸 헐렁한 회색 운동복 바지 위에 분홍색 잠옷을 걸치고 밖으로 나와 있었다. 머리가 약간 헝클어져서 그 어느 때보다 섹시해 보였다. 그는 잠시 말없이 그녀를 바라보다가 입을 열었다.

"글쎄요, 이제 조사를 끝낼 참인데요."

"해안경찰서에 신고할까요?" 뉴비가 물었다.

매케일렙은 고개를 저었다.

"아마 부두의 불량배가 기계를 훔쳐가려고 들어왔을 거야." 말은 이렇게 했지만, 정말로 그럴 것 같지는 않았다. "경찰을 끌어들이고 싶지는 않아. 그랬다가는 밤을 꼬박 새워야 할걸."

"정말 괜찮으시겠어요?"

"그래. 도와줘서 고맙네, 셀. 정말 고마워."

"뭘요. 그럼 전 이만 가볼게요. 사건 보고서를 써야 할 거예요. 그러면 아침에 결국 LA 경찰국에 신고가 들어갈지도 몰라요."

"그래, 그건 괜찮아. 지금 경찰이 와서 여길 조사하는 걸 옆에서 기다리고 싶지 않을 뿐이지. 아까 놈을 쫓느라 좀 달렸더니 기운이 없어. 내일은 괜찮을 거야."

"그러죠, 뭐. 그럼."

뉴비는 경례를 하고 사라졌다. 매케일렙은 잠시 기다렸다가 그래시엘라를 바라보았다. 그녀는 여전히 계단에 서 있었다.

"괜찮아요?"

"네. 좀 겁이 났을 뿐이에요."

"다시 내려가 있어요. 나도 곧 내려갈게요."

그래시엘라는 선실로 돌아갔다. 매케일렙은 미닫이문을 닫고 자물쇠가 아직 작동하는지 살펴보았다. 자물쇠는 고장 나지 않았다. 매케일렙은 머리 위의 선반에서 나무로 된 작살대를 내려 그것을 문의 트랙에 놓고 쐐기처럼 이용해서 문이 열리지 않게 했다. 오늘 하룻밤 정도는 버텨줄 것이다. 하지만 이 배의 안전에 대해 다시 생각해볼 필요가 있었다.

문을 단단히 잠가서 어느 정도 안전해졌다는 생각이 들자 매케일렙은 응접실의 카펫을 밟고 있는 자신의 맨발을 내려다보았다. 그제야 카펫이 젖었다는 사실이 눈에 들어왔다. 자신이 문가에 서 있을 때, 빛이 침입자의 몸에 부딪혔다가 튀어나오는 것처럼 보이던 것이 기억났다.

27 글로리아의 흔적

밸리의 〈로스앤젤레스 타임스〉 인쇄공장을 향해 진입로를 달리는 그래시엘라의 폴크스바겐 안에서 매케일렙은 조수석에 앉아 별로 말을 하지 않았다. 어젯밤 일이 머릿속을 떠나지 않았다. 하지만 모래밭을 끌려가는 닻처럼 뭔가 단단히 걸릴 만한 것을 찾으려 해도 잡히는 것이 없었다.

카펫의 젖은 자국을 발견한 뒤 그는 침입자를 뒤쫓아 달려갔던 길을 주차장까지 되짚어 가보았다. 통로도 젖어 있었다. 날씨가 서늘하고 맑은 밤이었다. 아직 이슬이 맺힐 시간도 아니었다. 침입자가 배 안으로 들어올 때 이미 몸이 젖어 있었음이 틀림없었다. 빛이 그의 몸에서 튀어나오는 것처럼 보였다는 점을 감안하면, 잠수복을 입고 있었을 가능성이 높았다. 하지만 그 이유를 도무지 알 수 없었다.

배를 떠나기 전에 매케일렙은 버디 로크리지가 배에 있는지 보러 갔다. 버디는 여느 때처럼 부스스한 모습으로 조종실에 앉아《호커스(Hocus)》라는 책을 읽고 있었다. 매케일렙이 그에게 지난 밤에 배에 있었느냐고 묻자 그는 그렇다고 대답했다. 그런데 왜 전화를 안 받았느냐는 질문에 버디는 벨이 울리지 않았다고 우겼다. 매케일렙은 로크리지가 기절하다시

피 곤히 잠들어서 전화벨 소리를 듣지 못했거나, 자신이 단축 다이얼 번호를 잘못 누른 모양이라고 생각하면서 더 이상 따지지 않았다.

그는 로크리지에게 오늘은 운전기사가 필요 없지만 대신 잠수부 노릇을 좀 해줬으면 좋겠다고 말했다.

"자네 배 외벽을 청소해달라고?"

"아니. 우리 배 외벽을 조사해줘. 밑바닥도. 배 주위의 독도 전부."

"조사? 뭘 찾으려고?"

"나도 몰라. 하지만 조사하다 보면 알게 될 거야."

"나야 자네가 시키는 대로 해야지, 뭐. 그런데 버트램을 청소하다가 잠수복이 찢어졌어. 그걸 다 꿰매는 대로 가서 조사해볼게."

"고마워. 그 비용도 따로 계산해줘."

"알았어. 아, 이제부터는 자네를 찾아온 그 아가씨가 운전기사 노릇을 하는 건가?"

버디는 매케일렙 등 뒤의 〈더 팔로잉 시〉 호 선미에 서 있는 그래시엘라를 바라보고 있었다. 매케일렙은 그녀를 바라보았다가 다시 로크리지에게 시선을 돌렸다.

"아냐, 버디. 오늘만이야. 나한테 소개해줄 사람들이 있어서. 괜찮지?"

"그럼. 괜찮아."

차에 오른 뒤 매케일렙은 배에서 머그잔에 담아 가져온 커피를 마시며 창밖을 내다보았다. 로크리지가 밤에 전화를 받지 않은 것이 여전히 마음에 걸렸다. 차는 세풀베다 고개를 통해 산타모니카 산맥을 넘고 있었다. 405번 도로를 달리는 다른 차들은 대부분 반대방향을 향하고 있었다.

"무슨 생각해요?" 그래시엘라가 물었다.

"어젯밤 일이죠, 뭐." 매케일렙이 말했다. "어찌 된 일인지 생각해보는 거예요. 버디가 오늘 물속에 들어가서 배 밑을 조사할 거예요. 어쩌면 어제 그놈이 뭘 하려던 건지 알아낼지도 모르죠."

"〈로스앤젤레스 타임스〉에 가는 건 다음으로 미룰까요? 약속을 다시 잡으면 돼요."

"아뇨, 이미 출발했는데요, 뭐. 가능한 한 많은 사람을 만나보는 게 좋아요. 어제 그 일이 무슨 의미인지도 아직 모르고요. 그 의미를 알아낼 때까지 계속 열심히 움직여야죠."

"그런 것 같네요. 글로리의 상사는 오늘 우리가 거기서 글로리의 친구들도 만나볼 수 있을 거라고 했어요."

매케일렙은 고개를 끄덕이고는 바닥에 놓인 가죽가방으로 손을 뻗었다. 그동안 모은 서류와 테이프 때문에 가방이 제법 뚱뚱해져 있었다. 매케일렙은 혹시 또 침입자가 나타날지 모른다는 생각이 들어서 배에는 사건 관련 자료를 전혀 남겨두지 않기로 했다. 가방에는 자료뿐만 아니라 총까지 들어 있어서 더 무거웠다. 지그자우어 P-228. 볼로토프와 만날 때를 빼고는 FBI를 그만둔 뒤 그 총을 갖고 다닌 적이 없었다. 하지만 그래시엘라가 샤워를 하러 들어갔을 때 그는 서랍에서 총을 꺼내 탄창을 끼웠다. 그는 일부러 총알 하나를 비워두었다. FBI 시절부터 항상 따르던 안전 조치였다. 그는 총이 들어갈 자리를 마련하기 위해 가방에 들어 있던 약상자를 포기했다. 약 먹을 시간이 되기 전에 배로 돌아올 계획이었다.

그는 가방 안의 서류 더미들을 뒤져 종이철을 찾아내서 자신이 LA 경찰국의 사건보고서를 읽으며 시간대별로 상황을 정리해둔 곳을 펼쳤다. 메모의 맨 윗줄에 그가 원하는 정보가 있었다.

"아네트 스테이플턴." 그가 말했다.

"그 사람이 왜요?"

"아는 사람이에요? 내가 한번 만나보고 싶은데요."

"글로리의 친구예요. 레이먼드를 만나러 온 적도 있어요. 장례식에도 왔고요. 그 친구를 어떻게 알아요?"

"LA 경찰국 기록에 이 이름이 있어요. 그날 밤 주차장에서 글로리아와 이야기를 나눴다고요. 다른 날 밤에는 어땠는지 한번 물어보고 싶어요. 글로리아에게 걱정거리가 있었는지도 물어보고요. LA 경찰은 스테이플턴에게 이것저것 자세히 물어보지 않았어요. 처음부터 범인이 무작위로 피해자를 고른 노상강도 사건이라고 봤으니까요."

"멍청이들."

"글쎄요. 경찰을 탓하기는 힘들어요. 사건이 워낙 많은 데다가, 이 사건은 범인의 의도대로 노상강도처럼 보였으니까요."

"그래도 변명의 여지가 없어요."

매케일렙은 더 이상 뭐라고 하지 않고 입을 다물었다. 굳이 어랭고와 월터스를 변호해주고 싶은 마음도 없었다. 그는 어젯밤의 일들을 다시 생각해보다가 확실한 결론을 하나 얻었다. 누군가가 그런 반응을 보인 것을 보면 자신이 상당한 파문을 일으키고 있음이 분명하다는 것. 하지만 그 반응이 정확히 어떤 것인지 아직 모른다는 점이 문제였다.

두 사람은 글로리아의 상사였던 클린트 네프와의 약속시간보다 10분 일찍 〈로스앤젤레스 타임스〉 인쇄공장에 도착했다. 로스앤젤레스 북서쪽 귀퉁이의 채츠워스에서 위닛카 애버뉴와 프레이리 거리가 교차하는 지점에 서 있는 거대한 건물이었다. 주위에는 미끈한 사무용 건물들, 창고, 중상층 주택가가 있었다. 〈로스앤젤레스 타임스〉 인쇄공장은 마치 흐릿하게 처리한 유리와 하얀 플라스틱으로 지어진 것 같았다. 두 사람은 경비실 앞에 차를 세우고 제복을 입은 경비원이 위층으로 전화를 걸어 약속을 확인한 뒤 문을 열어줄 때까지 기다려야 했다. 매케일렙은 차를 주차한 뒤에 종이철을 가지고 들어가려고 가방에서 꺼냈다. 가방은 너무 무거워서 들고 돌아다니기 힘들었다. 그는 그래시엘라가 문을 확실히 잠그는지 확인한 뒤 자리를 떴다.

자동문을 통과해 안으로 들어가자 검은 대리석과 테라코타 타일로 장식된 2층 높이의 로비가 나왔다. 바닥을 밟을 때마다 발소리가 메아리쳤다. 차갑고 금욕적인 분위기였다. 일부 비평가들은 〈로스앤젤레스 타임스〉가 차갑고 금욕적인 시선으로 기사를 다룬다고 말하곤 하는데, 건물 로비도 비슷한 분위기를 풍기고 있었다.

위아래 모두 파란색인 제복 차림의 백발 남자가 복도를 내려와 두 사람을 맞이했다. 셔츠 주머니 위에 타원형으로 덧붙인 천에 클린트라는 이름이 적혀 있었다. 공항의 지상팀 직원들이 착용하는 것과 비슷한 전문가용 귀마개가 그의 목에 걸려 있었다. 그래시엘라는 먼저 자신의 이름을 밝힌 뒤 매케일렙을 클린트에게 소개했다.

"리버스 씨, 정말이지 저희들 모두 안타까워하고 있다는 말씀 외에는 뭐라고 드릴 말씀이 없습니다." 네프가 말했다. "동생분은 좋은 사람이었어요. 일도 잘 하고, 누구에게나 친절했죠."

"고맙습니다. 저도 알아요."

"저쪽 뒤로 가시면 한 1분쯤 앉아서 이야기할 수 있는 곳이 있습니다. 저도 최선을 다해 돕고 싶어요."

네프는 앞장서서 복도를 내려가면서 어깨 너머로 두 사람과 대화를 나눴다.

"아마 동생분한테서 들으셨겠지만, 여기서 밸리 판 신문을 모두 찍습니다. 모든 신문에 배포되는 특별판도 대부분 여기서 찍고요. 그 왜, 텔레비전 프로그램 안내 같은 것 말입니다."

"예, 알아요." 그래시엘라가 말했다.

"제가 두 분께 어떤 도움이 될 수 있는지 잘 모르겠습니다. 두 분이 만나보고 싶어 하실 만한 직원들에게도 미리 얘기를 해두었습니다. 모두들 두 분을 만나겠다고 했어요."

세 사람은 계단을 올라갔다.

"아네트 스테이플턴 씨는 지금도 야간근무조입니까?" 매케일렙이 네프에게 물었다.

"어… 사실, 아닙니다." 네프가 말했다. 계단을 오르느라 숨이 가쁜 모양이었다. "네티는… 글로리 일이 있은 뒤에 겁을 집어먹었다고나 할까요? 그럴 만도 하죠. 일이 일이니 만큼. 그래서 지금은 주간근무를 합니다."

네프는 문이 두 짝으로 되어 있는 방을 향해 복도를 내려갔다.

"그럼 오늘 출근했나요?"

"물론이죠. 원한다면 만나보셔도 됩니다…. 단, 누굴 만나든 휴식시간에 만나셔야 합니다. 네티도 그렇고요. 네티는 10시 30분에 휴게실로 가는데, 그때쯤이면 우리 얘기가 이미 끝난 뒤일 테니까 네티를 만날 수 있을 겁니다."

"좋습니다." 매케일렙이 말했다.

네프는 말없이 몇 걸음 걷다가 고개를 돌려 매케일렙을 바라보았다.

"FBI에서 일하셨다고요? 맞습니까?"

"맞습니다."

"아주 재미있는 일들이 많았겠는데요."

"그럴 때도 있었죠."

"왜 그만두신 겁니까? 아직 나이도 젊어 보이는데."

"일이 너무 재미있었나보죠."

매케일렙은 그래시엘라를 바라보며 한쪽 눈을 찡긋했다. 그녀는 미소를 지었다. 인쇄실의 소음 덕분에 매케일렙은 사적인 질문에서 해방될 수 있었다. 세 사람은 두툼한 문 앞에 이르렀다. 하지만 문이 아무리 두꺼워도 그 안에서 나는 인쇄기의 굉음을 막기에는 역부족이었다. 문 옆의 벽에 부착된 기계에서 네프는 비닐봉지에 든 1회용 귀마개를 두 개 꺼내서 매케일렙과 그래시엘라에게 건네주었다.

"저 안을 지나갈 동안 이걸 끼시는 게 좋을 겁니다. 지금 모든 라인을 가동 중이라서요. 〈북 리뷰〉를 찍는 중입니다. 100만 부가 넘어요. 그 귀마개를 끼면 소음이 30데시벨쯤 줄어들 겁니다. 그래도 자기가 무슨 말을 하는지 하나도 안 들릴 정도예요."

두 사람이 봉지를 열어 귀마개를 끼는 동안 네프도 자기 귀마개를 끼었다. 그가 문 한쪽을 열어주자 두 사람은 안으로 들어가 줄줄이 늘어선 인쇄기들 옆을 걸었다. 소리가 어찌나 큰지 몸으로 느껴질 정도였다. 마치 소규모 지진이라도 난 것처럼 바닥이 진동했다. 귀마개를 끼었는데도 인쇄기의 찢어지는 듯한 소음은 거의 줄어들지 않았다. 그 찢어지는 소음 밑으로 무겁게 쿵쿵거리는 소리가 베이스기타처럼 깔렸다. 네프가 어떤 문을 열자 휴게실처럼 보이는 곳이 나타났다. 점심 식사를 할 수 있는 긴 탁자와 다양한 자동판매기가 있었다. 벽에는 회사와 노조의 각종 공고문과 안전과 관련된 경고문이 어지럽게 붙어 있는 코르크판이 여러 개 있었다. 휴게실 문을 닫자 소음이 크게 줄어들었다. 세 사람은 방을 가로질러 네프의 자그마한 사무실로 들어갔다. 네프가 귀마개를 뽑아 다시 목에 늘어뜨리자 매케일렙과 그래시엘라도 귀마개를 뽑았다.

"그거 버리지 마세요." 네프가 말했다. "나갈 때도 그 길로 가야 합니다. 잘하면 우리가 또 한창 기계를 돌릴 때 나가게 될 수도 있어요."

매케일렙은 주머니에서 비닐봉지를 꺼내 귀마개를 넣었다. 네프가 자기 책상에 앉아 두 사람에게 책상 앞의 의자를 가리켰다. 매케일렙에게 할당된 의자는 좌판의 비닐 커버에 잉크가 묻어 있었다. 그는 잠시 망설이다가 의자에 앉았다.

"걱정 마세요." 네프가 말했다. "다 마른 거니까요."

그 뒤 15분 동안 두 사람은 글로리아 토레스에 관해 네프에게 이것저것 물어보았지만, 쓸모 있는 정보를 거의 얻어내지 못했다. 네프가 글로리아를 좋아했던 건 분명하지만, 두 사람의 관계는 상사와 부하직원의 전형적인 관계일 뿐이었다. 두 사람의 관계가 주로 일을 중심으로 형성되었기 때문에 서로 개인적인 이야기를 주고받은 적이 거의 없었다. 네프는 글로리아에게 혹시 고민이 있었느냐는 질문에 고개를 저으며 자기도 도움이 될 만한 것을 알고 있으면 정말 좋겠다는 생각이 든다고 말했다. 글로리아가 동료 직원들과 불화를 빚은 적은 있나요? 이번에도 네프는 또 고개를 저었다.

매케일렙은 느닷없이 제임스 코넬을 아느냐고 물었다.

"그게 누굽니까?" 네프가 말했다.

"도널드 케년은 아십니까?"

"그 은행장 하던 사람이요?" 네프가 미소를 지었다. "네, 저랑 친구였죠. 컨트리클럽에서. 밀큰과 보스키도 우리랑 같이 어울렸습니다."

매케일렙은 마주 미소를 지으며 고개를 끄덕였다. 네프에게서 이렇다 할 정보를 얻어내기는 힘들 것 같았다. 매케일렙이 다른 생각을 하고 있는데 그래시엘라가 글로리아가 직장에서 누구랑 친했느냐고 물었다. 매케일렙은 자신이 앉아 있는, 잉크 얼룩이 묻은 의자에 대해 생각했다. 여기에 어쩌다 잉크가 묻었는지는 뻔했다. 지금까지 여기 앉았던 사람들은 전부 인쇄기 옆에서 일을 하다 불려 들어왔을 것이다. 여기 직원들이 짙은 남색 제복을 입고 있는 것도 잉크 자국을 감추기 위해서였다.

문득 어떤 생각이 떠올랐다. 글로리아는 퇴근해서 집으로 돌아가다가 목숨을 잃었다. 하지만 제복 차림은 아니었다. 옷을 갈아입은 것이다. 여기서. 그런데 LA 경찰국 보고서에는 형사들이 글로리아의 차 안에서 작업복을 발견했다거나 직장의 사물함을 확인해봤다는 이야기가 한 마디도 없었다.

"잠깐만요." 매케일렙은 네프의 말을 중간에서 잘랐다. 그는 그래시엘라에게 글로리아가 거대한 신문용지 두루마리를 지게차에 잔뜩 싣고 인쇄기까지 운반하는 솜씨가 아주 뛰어났다는 이야기를 하던 참이었다. "여기 혹시 사물함이 있습니까? 글로리아가 사물함을 갖고 있었나요?"

"물론이죠. 잉크로 범벅이 된 몸으로 자기 차에 오르고 싶은 사람이 어디 있겠습니까? 그래서 사물함을 완벽하게⋯."

"글로리아의 사물함을 누가 이미 치웠나요?"

네프는 의자에 등을 기대고 앉아 잠시 생각에 잠겼다.

"사실, 이번에 또 고용이 동결됐습니다. 그래서 글로리 후임을 아직 뽑지 못했어요. 그러니 누가 글로리의 사물함을 치우지는 않았을 겁니다."

매케일렙은 심장이 살짝 두근거리는 것을 느꼈다. 어쩌면 여기서 돌파구를 찾을 수 있을 것 같았다.

"그럼 열쇠가 있나요? 우리가 봐도 됩니까?"

"어, 물론이죠, 아마 될 겁니다. 내가 관리실에 가서 마스터키를 가져와야 할걸요."

네프는 마스터키를 가져오면서 네티 스테이플턴도 데려오겠다며 밖으로 나갔다. 글로리아의 사물함은 당연히 여직원 라커룸에 있을 테니 네티가 그래시엘라를 데리고 라커룸으로 가면 될 거라고 했다. 매케일렙에게는 자신과 함께 복도에서 기다려야 한다고 말했다. 매케일렙은 이게 마음에 걸렸다. 그래시엘라가 사물함을 조사할 능력이 없을 것 같아서가 아니라, 자기가 직접 사물함을 있는 그대로 보고, 범죄현장과 현장 테이프를 조사할 때처럼 미세한 점들을 찾아내고 싶었다.

네프가 곧 스테이플턴을 데리고 나타나 두 사람에게 소개해주었다. 스테이플턴은 그래시엘라를 기억한다면서 진심 어린 조의를 표했다. 네프는 일행을 이끌고 아래층으로 내려가 라커룸으로 이어진 복도로 안내했다. 매케일렙은 그에게 만약 라커룸이 비어 있으면 자기도 안으로 들어가게 해달라고 마지막으로 한 번 더 부탁해볼 생각이었다. 하지만 여직원 라커룸이 가까워지자 샤워기에서 물이 쏟아지는 소리가 들렸다. 매케일렙이 안으로 들어가는 건 불가능한 일이었다.

매케일렙은 더 이상 네프에게 물어볼 것이 없었다. 가벼운 화젯거리도 없었다. 밖에서 기다리는 동안 그는 한가로운 대화와 개인적인 질문을 피하려고 천천히 네프에게서 멀어져 이리저리 걸어다녔다. 라커룸의 문들 사이 벽에 또 게시판들이 붙어 있었다. 매케일렙은 거기 붙어 있는 공고문들을 읽는 척했다.

침묵 속에서 4분이 흘러갔다. 매케일렙은 나란히 붙어 있는 게시판들을 처음부터 끝까지 다 훑어보았다. 그래시엘라와 네티가 마침내 밖으로 나왔을 때, 그는 게시판에서 손으로 액체 방울을 그려 넣은 포스터를 뚫어지게 바라보고 있었다. 액체 방울의 절반이 빨간색으로 칠해져 있는 것으로 보아, 직원들의 헌혈 캠페인이 목표를 절반쯤 달성한 모양이었다. 그래시엘라가 그에게 다가왔다.

"아무것도 없어요." 그녀가 말했다. "옷가지 몇 개, 향수 한 병, 이어폰뿐이에요. 레이먼드 사진 네 장과 내 사진 한 장이 문에 테이프로 붙어 있었어요."

"이어폰이요?"

"귀마개요. 다른 건 없었어요."

"옷은 어떤 거였죠?"

매케일렙은 여전히 포스터를 노려보고 있었다.

"새 제복 두 벌, 집에서 가져온 셔츠 하나, 청바지 한 벌이에요."

"주머니도 전부 확인했어요?"

"네. 아무것도 없었어요."

그 순간 갑옷을 꿰뚫는 총알처럼 강한 충격과 함께 깨달음이 왔다. 그는 몸을 앞으로 숙이고 게시판에 손을 짚어 몸을 지탱했다.

"테리, 무슨 일이에요?" 그래시엘라가 말했다. "괜찮아요?"

그는 대답하지 않았다. 머릿속이 무섭게 돌아가고 있었다. 그래시엘라가 그의 이마를 손으로 짚어 열을 재보았다. 그는 그 손을 치웠다.

"아뇨, 그런 게 아니에요." 그가 말했다.

"무슨 문제라도 있습니까?" 네프가 끼어들었다.

"아뇨." 매케일렙이 말했다. 목소리가 지나치게 컸다. "그만 가봐야겠습니다. 빨리 자동차로 가야겠어요."

"정말 괜찮은 겁니까?"

"네." 매케일렙이 말했다. 이번에도 목소리가 지나치게 컸다. "죄송합니다. 아무 문제도 없어요. 빨리 가봐야겠습니다."

매케일렙은 고맙다는 뜻으로 아네트 스테이플턴에게 목례를 하고 로비라고 짐작되는 방향을 향해 복도를 내려갔다. 그래시엘라가 그의 뒤를 따랐다. 네프는 뒤에서 왼쪽으로 꺾어지는 길이 나오자마자 그 길로 들어가라고 외쳤다.

28 피

"도대체 왜 그래요? 무슨 일이에요?"

매케일렙은 차를 향해 빠르게 걷고 있었다. 왠지 그 속도를 계속 유지하기만 한다면, 속에서 점점 자라나고 있는 두려움이 자신의 머리를 완전히 점령해버리는 것을 어떻게든 막을 수 있을 것 같았다. 그래시엘라는 그의 걸음을 쫓아오기 위해 종종걸음을 쳤다.

"피예요."

"피?"

"두 사람 모두 헌혈을 했어요. 글로리와 코델. 그동안 내내 내 눈앞에 있었는데…. 아까 그 포스터를 본 순간 코델의 집에서 본 편지가 생각났어요…. 그러니까 알겠더라고요. 열쇠 갖고 있어요?"

"잠깐만요, 좀 천천히 걸어요, 테리. 천천히 걸어요."

매케일렙은 마지못해 속도를 늦췄다. 그래시엘라가 열쇠를 꺼내려고 가방을 뒤지며 그의 옆으로 다가왔다.

"이제 무슨 소리인지 차분하게 말해봐요."

"차 문을 열면 내가 보여줄게요."

두 사람이 차 앞에 이르자 그래시엘라는 조수석 문을 먼저 열어주고 자신의 자리로 돌아갔다. 매케일렙은 차에 올라 손을 뻗어서 운전석 문을 열어준 다음, 앞으로 몸을 수그리고 바닥에 놓인 가방 안을 뒤지기 시작했다. 서류가 워낙 많아서 먼저 총을 꺼내 바닥에 내려놓은 뒤에야 서류를 이리저리 밀치며 뒤질 공간이 생겼다. 그래시엘라가 차에 올라 그를 지켜보기 시작했다.

"시동을 걸어도 돼요." 매케일렙은 가방에서 눈을 들지 않은 채 빠르게 말했다.

"뭘 하는 거예요?"

매케일렙은 코델의 부검 보고서를 꺼냈다.

"내가 찾는 건…. 젠장, 이건 1차 보고서잖아."

그는 자기 생각이 맞는지 확인하기 위해 서류를 넘겨보았다. 불완전한 서류였다.

"약물 검사와 혈액검사 결과가 없어요."

그는 부검 보고서를 다시 가방 안에 던져 넣고 총도 넣었다. 그리고 허리를 폈다.

"공중전화를 찾아야 돼요. 코델의 아내에게 전화를 해야겠어요."

그래시엘라가 차에 시동을 걸었다.

"좋아요." 그녀가 말했다. "그럼… 우리 집으로 가요. 하지만 이게 다 무슨 일인지 말해줘야 해요, 테리."

"알았어요. 생각을 좀 정리해야 하니까 1분만 줘요."

그는 머릿속에서 뒤죽박죽 뒤엉켜 소용돌이치는 생각의 흐름을 늦춰 자신이 방금 이끌어낸 비약적인 결론을 분석하려 했다.

"내가 지금 두 사건 사이에 일치하는 부분을 찾아낸 것 같아요." 그가 말했다. "공통점."

"무슨 공통점이요?"

"그동안 빠져 있던 게 뭐죠? 우리가 줄곧 찾던 게 뭐예요? 이 사건들을 연결해주는 공통점이잖아요. 처음에는 그냥 범인이 무작위로 저지른 범행이라고 생각했죠. 경찰도 그렇게 생각했고, 나도 처음 조사를 시작했을 때 그렇게 생각했어요. 노상강도를 당한 피해자가 두 명. 같은 살인범에게 당했다는 점과 피해자들이 이 범인과 우연히 마주쳤다는 점을 빼면 공통점이 전혀 없는 사건들. 여긴 LA니까 이런 사건은 늘 일어나죠. 우발적인 폭력 범죄의 온상이잖아요. 그렇죠?"

그래시엘라는 차를 셔먼 웨이로 몰았다. 그녀의 집까지는 이제 겨우 몇 분 거리였다.

"맞아요."

"틀린 생각이었어요. 사건을 더 조사해보니, 이 범인이 기념품을 가져간다는 걸 알게 됐거든요. 그렇다면 범인과 피해자가 우연히 마주친 게 아니라고 봐야 해요. 범인과 피해자 사이에 더 깊은 관계가 있을 거예요. 범인은 매번 피해자를 미리 골라서 미행하며 감시하다가 범행을 저지른 거예요."

매케일렙은 말을 멈췄다. 차는 셔먼 슈퍼마켓 앞을 지나고 있었다. 두 사람 모두 아무 말 없이 그 가게를 바라보았다. 매케일렙은 잠시 더 가만히 있다가 말을 이었다.

"그런데 갑자기 또 다른 사실이 하나 밝혀졌어요. 양파 껍질 하나가 또 벗겨진 거죠. 탄도검사를 해봤더니 완전히 다른 얘기가 펼쳐진 거예요. 살인사건이 또 하나 밝혀졌는데, 이건 전문가의 솜씨 같았어요. 살인청부업자. 왜지? 글로리아, 제임스 코델, 도널드 케년 사이에 도대체 무슨 공통점이 있는 거지?"

그래시엘라는 아무 말도 하지 않았다. 차가 앨라배마 거리에 들어섰으므로, 그녀는 좌회전을 위해 차선을 바꿨다.

"피예요." 매케일렙이 말했다. "틀림없이 피가 공통점이에요."

그래시엘라는 자기 집 진입로에 차를 세우고 시동을 껐다.

"피라고요?" 그녀가 말했다.

매케일렙은 바로 앞의 닫힌 차고 문을 빤히 바라보았다. 그는 느릿느릿 입을 열었다. 이제야 두려움이 엄습했다.

"그동안 내내 나는 글로리아가 뭘 봤을까, 뭘 알고 있었을까, 이런 것만 생각했어요. 글로리아가 누구의 심기를 건드렸기에 목숨까지 잃은 걸까? 난 글로리아의 삶을 살펴보고 나름대로 판단을 내렸어요. 글로리아는 남이 빼앗고 싶어 할 만한 것을 하나도 갖고 있지 않았으니, 살해당한 이유는 틀림없이 뭔가 다른 것일 거다. 내가 그걸 놓친 거다. 완전히. 글로리아는 좋은 엄마, 좋은 동생, 좋은 직원, 좋은 친구였어요. 그런데 글로리아한테 독특한 점이 하나 있다면 바로 피였죠. 그래서 글로리아의 몸속에 있는 뭔가가 아주 귀해진 거예요…. 누군가에게."

그는 잠시 가만히 있었다. 아직 그래시엘라의 얼굴을 마주 바라볼 수 없었다.

"바로 나 같은 사람."

그래시엘라가 숨이 막히는 것 같은 소리를 냈다. 매케일렙은 자신의 몸에서 희망이 다 빠져나가는 것 같았다. 구원받을 수 있다는 희망.

"글로리가… 살해당한 게 장기 때문이라고요? 거기서 포스터 한 장을 보고 이런 얘기를 해도 되는 거예요?"

매케일렙은 마침내 그래시엘라를 바라보았다.

"그냥 깨달음이 왔어요."

그는 차 문을 열었다.

"코델 부인에게 전화를 걸어서 남편의 혈액형을 물어봐야겠어요. 아마

CMV 네거티브 AB형일 거예요. 완벽하게 일치하는 혈액형. 케넌의 혈액형도 알아보면 역시 일치할 거예요. 틀림없어요."

매케일렙은 차에서 내리려고 몸을 돌렸다.

"말이 안 돼요." 그래시엘라가 말했다. "코델 씨는 그 자리에서 즉사했다고 했잖아요. 은행에서. 그래서 심장이나 장기를 기증하지 못했어요. 글로리와는 달라요. 케넌도 그래요. 그 사람은 자기 집에서 죽었어요."

매케일렙은 차에서 내린 뒤 허리를 숙여 차 안의 그래시엘라를 바라보았다. 그녀는 앞 유리창 너머를 바라보고 있었다.

"코델과 케넌 사건에서 범인은 일을 제대로 해내지 못했어요." 매케일렙이 말했다. "그 두 사건에서 교훈을 얻은 덕분에 글로리아 사건에서 마침내 제대로 해낸 거예요."

매케일렙은 문을 닫고 집으로 걸어갔다. 그래시엘라는 조금 시간이 흐른 뒤에야 그의 뒤를 따라왔다.

집 안으로 들어온 뒤 매케일렙은 거실의 조립식 소파에 앉았고 그래시엘라가 부엌에 있던 전화기를 가져다주었다. 그런데 어밀리어 코델의 전화번호가 차 안의 가방에 있었다. 자동차 문을 잠그지 않았고, 총도 가방안에 있다는 생각도 뒤늦게 떠올랐다.

그는 다시 밖으로 나가 자동차로 다가가면서 무심히 거리를 훑어보았다. 어젯밤 부두에서 보았던 자동차가 있는지 확인하기 위해서였다. 하지만 그 차와 조금이라도 비슷한 차는 하나도 보이지 않았다. 길가에 주차된 차 중에 사람이 타고 있는 것도 없었다.

다시 집 안으로 들어온 그는 소파에 앉아 어밀리어 코델의 번호로 전화를 걸었다. 그래시엘라는 소파 맨 끝에 앉아 망연한 표정으로 그를 지켜보았다. 벨이 다섯 번 울린 뒤 자동응답기가 돌아갔다. 매케일렙은 자신의 이름과 번호를 말한 뒤 가능한 한 빨리 제임스 코델의 혈액형을 알고 싶다고 말했다. 그는 전화를 끊고 그래시엘라를 바라보았다.

"혹시 코델 부인이 직장에 다니나요?" 그녀가 물었다.

"아뇨. 그러니 지금 어디 있는지 알 수가 없어요."

매케일렙은 다시 수화기를 들고 자기 집으로 전화를 걸어 응답기에 녹음된 메시지를 확인했다. 토요일부터 그가 응답기를 확인하지 않았기 때문에 메시지가 아홉 통이나 쌓여 있었다. 그는 제이 윈스턴의 메시지 네통, 버넌 캐러서스의 메시지 두 통을 주의 깊게 들었다. 이미 때가 늦어버린 메시지들이었다. 월요일에 배로 가겠다는 그래시엘라의 메시지도 있었다. 나머지 두 통의 메시지 중 첫 번째 것은 비디오 기술자 토니 뱅크스의 것이었다. 그는 비디오 작업을 끝냈다고 말했다. 두 번째 메시지는 제이 윈스턴의 것이었다. 아침에 걸려온 그 전화에서 제이는 매케일렙에게 그의 예언이 맞았다고 말했다. FBI가 이곳의 살인사건 수사에 점점 더 깊숙이 관여하고 있다는 것이었다. 히친스는 전폭적인 협조를 약속했을 뿐만 아니라, 수사팀장 자리를 네빈스와 울리그에게 넘겨주는 중이었다. 제이의 목소리에 속이 상한 기색이 역력했다. 하긴 화가 나기는 매케일렙도 마찬가지였다. 그는 전화를 끊고 숨을 내쉬었다.

"이번엔 또 뭐예요?" 그래시엘라가 물었다.

"모르겠어요. 일단 다음 단계로 나아가기 전에… 내 생각이 맞는지 확인해야 돼요."

"보안관서의 그 형사한테 물어보지 그래요? 거기라면 완전한 부검 보고서가 있을 텐데요. 그러니 그 형사가 혈액형을 알고 있을 거예요."

"안 돼요."

매케일렙은 더 이상 아무런 설명도 하지 않았다. 그는 소파에 앉은 채 집 안을 둘러보았다. 작지만 깔끔한 집이었다. 가구도 깔끔했다. 바로 옆 식당에는 도자기를 넣어두는 장식장 맨 위 칸에 글로리아 토레스의 커다란 사진이 액자에 담겨 놓여 있었다.

"왜 그 형사한테 전화를 안 하겠다는 거예요?" 그래시엘라가 물었다.

"나도 잘 모르겠어요. 그냥… 제이 형사한테 이야기하기 전에 내 생각을 좀 더 확인해보고 싶어요. 코델 부인한테서 연락이 올 때까지 좀 더 기다려보죠."

"검시관 사무실에 직접 전화하는 건 어때요?"

"안 돼요. 그 방법도 소용이 없을 거예요."

그는 만약 자신의 생각이 옳은 것으로 확인된다면, 글로리의 죽음으로 이득을 본 모든 사람이 당연히 용의자로 간주될 것이라는 말은 하지 않았다. 그런 사람들 중에는 그도 포함되었다. 따라서 그는 공연히 당국자들에게 문의를 해서 의심을 자초하고 싶지 않았다. 그전에 먼저 자신을 변호할 수 있을 만큼 정보를 확보하고 싶었다.

"알았다!" 그래시엘라가 갑자기 말했다. "혈액검사실의 컴퓨터요. 내가 거기서 확인해볼 수 있을지도 몰라요. 코델의 이름이 삭제되지만 않았다면. 아마 삭제되지는 않았을 거예요. 4년 전에 죽은 장기 기증자의 이름도 여전히 저장돼 있는 걸 봤거든요."

매케일렙은 그래시엘라의 말을 이해할 수 없었다.

"무슨 소리예요?" 그가 물었다.

그래시엘라는 손목시계를 보더니 자리에서 벌떡 일어났다.

"옷 좀 갈아입고 올게요. 빨리 가야 돼요. 가면서 다 설명할게요."

그래시엘라는 이 말을 남기고 복도 저편으로 사라졌다. 침실 문이 닫히는 소리가 들렸다.

29 BOPRA

두 사람은 정오 직전에 홀리크로스 병원에 도착했다. 그래시엘라는 병원 앞 주차장에 차를 세운 뒤 매케일렙과 함께 일반 환자들이 드나드는 출입구로 들어갔다. 자기가 일하는 응급실 문으로는 들어가고 싶지 않다고 했다. 병원으로 오는 길에 그녀는 글로리아가 죽은 뒤 레이먼드를 보살피기 위해 갑자기 휴가를 낸 경우가 많았다고 말했다. 그래서 이제 윗사람들이 점점 불만을 드러내고 있다는 것이다. 그러니 겨우 하루 전에 휴가를 내겠다고 통보해서 오늘 하루를 쉬는 주제에 응급실 문으로 의기양양하게 들어가는 건 현명한 짓이 아니었다. 게다가 두 사람이 지금부터 하려는 일을 들키면 그녀가 해고를 당할 수도 있었다. 따라서 그녀를 본 사람이 적을수록 좋았다.

간호사 제복을 입은 그래시엘라는 병원 안에서 안면을 이용해 어디든 출입할 수 있었다. 마치 어떤 차단막도 통과할 수 있는 사절 같았다. 아무도 두 사람을 제지하지 않았다. 무슨 일이냐고 묻는 사람도 없었다. 두 사람은 직원용 엘리베이터로 4층까지 올라갔다. 정오에서 몇 분 지난 시각이었다.

그래시엘라는 이리로 오는 동안 매케일렙에게 자신의 계획을 설명해 주었다. 그녀는 자신들이 이제부터 하려는 일을 위해 15분 정도 시간을 마련할 수 있을 거라고 말했다. 그것이 최대치였다. 혈액공급 조정관 (BSC)이 병원 카페테리아로 내려가서 점심을 사가지고 검사실로 다시 올라오는 데 걸리는 시간. BSC의 점심시간은 사실 한 시간이었지만, 자리를 비운 동안 일을 대신해줄 사람이 없기 때문에 그냥 사무실에서 점심을 먹는 것이 관행이었다. BSC는 간호사 자격증을 갖고 있지만, 직접 환자를 돌보는 일을 하지 않기 때문에 BSC가 점심을 먹는 동안 일을 대신해주는 사람이 없었다.

　　그래시엘라가 예상한 대로 두 사람이 12시 5분에 검사실에 도착해 보니 BSC의 자리가 비어 있었다. 매케일렙은 책상 위 컴퓨터 화면에서 토스터기가 날아다니는 화면보호기를 보며 심장박동이 조금 빨라지는 것을 느꼈다. 책상은 넓게 탁 트인 검사대에 자리 잡고 있었다. 컴퓨터 책상에서 3미터쯤 떨어진 곳의 또 다른 책상에는 간호사 제복을 입은 여자가 앉아 있었다. 그래시엘라는 전혀 불안한 기색이 없었다.

　　"패트리스, 잘 지내?" 그래시엘라가 쾌활하게 말했다.

　　여자는 처리하고 있던 서류에서 눈을 들어 미소를 지었다. 그녀는 매케일렙을 흘깃 바라보았지만 이내 그래시엘라에게 시선을 돌렸다.

　　"그래시엘라." 마치 텔레비전 뉴스의 앵커처럼 지나치게 또박또박한 발음이었다. "별일 없지 뭐. 넌 어때?"

　　"나도 그래. 요즘 BSC가 누구야? 지금 어디 갔어?"

　　"며칠 동안 패티 커크가 맡고 있어. 몇 분 전에 샌드위치를 사러 갔어."

　　"흠." 그래시엘라는 이제 막 생각이 났다는 듯이 말했다. "그럼 내가 빨리 살펴봐야겠네."

　　그녀는 접수대 뒤로 돌아가서 컴퓨터로 향했다.

"응급실에 혈액형이 희귀한 SCW가 있거든. 아무래도 이것저것 손을 많이 써야 할 것 같아서 여기 뭐가 있는지 좀 보려고."

"그냥 전화를 하지 그랬어. 내가 봐줄 수도 있는데."

"그거야 알지만 여기 내 친구 테리한테 우리가 어떤 일을 하는지 보여주는 중이거든. 테리, 이쪽은 패트리스예요. 패트리스, 테리야. UCLA 의예과 학생이지. 난 의사가 되는 걸 포기하라고 설득하는 중이고."

패트리스는 매케일렙을 바라보며 다시 미소를 짓더니 마치 평가하듯 그를 유심히 살펴보았다. 패트리스가 무슨 생각을 하는지 알 것 같았다.

"네, 좀 늦었죠." 그가 말했다. "뭐, 중년의 위기 같은 거예요."

"그런 것 같네요. 레지던트 생활을 잘 해내셔야 할 텐데요. 스물다섯 살짜리들이 레지던트를 마칠 때쯤 쉰 살 아저씨로 변하는 걸 봤거든요."

"나도 알아요. 각오해야죠."

두 사람은 서로 미소를 지었다. 이것으로 마침내 대화가 끝났다. 패트리스는 다시 서류를 들여다보기 시작했고, 매케일렙은 컴퓨터 앞에 앉아 있는 그래시엘라를 바라보았다. 토스터기가 사라지고 화면이 활성화되어 있었다. 하얀 표 같은 것이 화면에 보였다.

"이쪽으로 와도 돼요." 그래시엘라가 말했다. "패트리스가 묻지는 않을 거예요."

패트리스는 웃기만 하고 아무 말도 하지 않았다. 매케일렙은 접수대 뒤로 들어가서 그래시엘라의 의자 뒤에 섰다. 그녀가 그를 올려다보며 한쪽 눈을 찡긋했다. 그가 패트리스의 시야를 차단하고 있음을 알아차린 모양이었다. 그도 한쪽 눈을 찡긋하며 미소를 지었다. 그래시엘라의 냉정함이 놀라웠다. 그는 손목시계를 확인한 뒤 팔을 내려 그래시엘라에게도 보여주었다. 12시 7분이었다. 그래시엘라는 컴퓨터로 시선을 돌렸다.

"자, 우리가 찾는 건 AB형 혈액이에요. 알죠? 그럼 우선 여기서 로그인을 해서 BOPRA에 접속해요. 이건 혈액 및 장기의 조달과 요청 담당국 (Blood and Organ Procurement and Request Agency)의 머리글자를 딴 이름이에요. 여긴 이 지역의 대형 혈액은행이에요. 주위의 병원들 대부분이 이 은행을 이용하고 있어요."

"그렇군요."

그래시엘라는 모니터의 스크린 위에 테이프로 붙여 놓은 자그마한 종이조각을 손가락으로 훑으며 읽었다. 종이에는 여섯 자리 숫자가 써 있었다. 접속암호인 모양이었다. 그래시엘라 너머의 드라이브에는 BOPRA 시스템의 보안상태에 관한 설명이 있었다. 접속암호가 매달 바뀐다는 내용이었지만, 그것만으로는 보안이 잘 될 것 같지 않았다.

홀리크로스 병원의 BSC는 간호사들이 돌아가며 맡는 직책이었다. 이 직책을 이렇게 운영하는 것에 관해 잊을 만하면 한 번씩 논란이 일었다. 감기나 바이러스 감염 등 출근을 못할 정도는 아니지만 환자들을 상대할 수 없는 병에 걸린 간호사들에게 BSC 일을 맡길 때가 많기 때문이었다. 이처럼 이 자리를 거쳐 가는 사람이 워낙 많았기 때문에 BOPRA의 접속암호가 매달 바뀔 때마다 모니터 위에 테이프로 붙여둘 수밖에 없었다. 그래시엘라는 8년간 로스앤젤레스의 다른 병원 두 곳에서 간호사로 일했는데, BSC 직책의 운영상태는 그 병원들도 마찬가지였다고 말했다. BOPRA를 이용하는 모든 병원들이 BOPRA의 보안시스템을 물거품으로 만들어버리고 있는 셈이었다.

그래시엘라는 암호를 입력한 뒤, 모뎀에 명령을 내렸다. 컴퓨터가 전화를 거는 소리가 들리더니 BOPRA 컴퓨터와 연결되었다.

"본기지와 연결됐어요." 그래시엘라가 말했다.

매케일렙은 손목시계를 보았다. 남은 시간은 기껏해야 8분이었다. 접속을 환영하는 화면들이 몇 개 뜬 뒤 신분을 입력하는 화면과 혈액을 요청하는 데 필요한 확인사항들을 기입하는 화면이 나타났다. 그래시엘라는 필요한 정보를 재빨리 입력하면서 매케일랩에게 설명을 계속했다.

"이제 혈액을 요청하는 페이지로 갈 거예요. 여기에 우리가 찾는 걸 입력하고… 수리수리마수리, 기다리면 돼요."

그래시엘라는 화면 앞에 양손을 들고 손가락을 꼼지락거렸다.

"그래시엘라, 레이먼드는 잘 지내?" 패트리스가 뒤쪽에서 질문을 던졌다. 매케일랩은 고개를 돌려 그녀를 바라보았다. 패트리스는 여전히 두 사람에게 등을 돌린 채 일을 하는 중이었다.

"잘 지내." 그래시엘라가 대답했다. "걔를 보면 난 지금도 마음이 아프지만, 걔는 잘 이겨내고 있어."

"그거 다행이다. 언제 또 한 번 레이먼드를 데려와."

"그러고는 싶은데 애가 학교에 가야 해서. 봄방학 때 봐서."

컴퓨터 화면에 AB형 혈액의 재고목록과 각각의 혈액을 보관하고 있는 병원이나 혈액은행의 위치가 속속 뜨기 시작했다. BOPRA도 혈액은행이지만, 서부 전역의 소규모 혈액은행과 병원들을 연결해주는 역할도 하고 있었다.

"됐어요." 그래시엘라가 말했다. "이제 이 혈액의 공급량이 아주 충분하다는 걸 알 수 있죠? 의사 선생님은 가슴에 부상을 입은 우리 환자에게 혹시 추가수술이 필요할지도 모르니까 혈액을 적어도 여섯 팩 정도 확보해놓으라고 하셨어요. 그러니까 여기 주문 창에 여섯 팩을 대기시켜달라고 적어 넣을 거예요. 대기상태는 24시간 동안만 유효해요. 내일 이맘때까지 다른 조치를 취하지 않으면 대기상태가 해제돼서 아무나 이 혈액을 가져갈 수 있어요."

"그렇군요." 매케일랩은 학생 흉내를 냈다.

"패티한테 내일 이걸 다시 대기상태로 걸어달라고 말해야겠어요."

"만약 이 목록에 남은 혈액이 하나도 없으면 어떻게 되죠?"

차를 몰고 이리로 오는 길에 그래시엘라는 만약 BOPRA에 접속했을 때 간호사실에 사람이 있다면 자신에게 이 질문을 던져달라고 매케일렙에게 미리 말해두었다.

"좋은 질문이에요." 그래시엘라는 컴퓨터 마우스를 움직이기 시작했다. "그럴 땐 이렇게 하면 돼요. 핏방울처럼 생긴 이 아이콘을 클릭하면 기증자 파일이 열려요. 여기서 다시 좀 기다려야 해요."

몇 초쯤 지난 뒤 화면에 이름, 주소, 전화번호 등 여러 가지 정보가 떴다.

"이건 AB형 헌혈자 명단이에요. 이 사람들의 주소, 연락처 등 이 사람들이 최근에 헌혈을 하면서 제공한 정보가 여기 포함되어 있어요. 항상 같은 사람한테만 헌혈을 부탁할 수는 없잖아요. 그러니까 여러 사람에게 골고루 부탁하면서도 비교적 가까운 곳에 있어서 여기까지 쉽게 올 수 있는 사람이나 아니면 혈액은행과 가까운 곳에 있는 사람을 고르는 게 좋아요. 헌혈을 하는 사람들을 불편하게 만들면 안 되잖아요."

이 말을 하면서 그래시엘라는 명단을 아래로 죽 훑어 내려갔다. 명단에 포함된 사람은 대략 25명이었는데, 주소지는 서부지역 전역에 걸쳐 있었다. 그래시엘라는 자기 동생의 이름이 나오자 손을 멈추고 손톱으로 화면을 두드렸다. 그러고는 다시 아래로 내려갔다. 그녀의 손가락이 명단 맨 밑에까지 도달했는데도 제임스 코델이나 도널드 케넌의 이름은 없었다.

매케일렙은 큰 소리로 실망의 한숨을 내쉬었지만 그래시엘라는 잠시만 기다리라는 듯이 손가락 하나를 들어올렸다. 그러고 나서 화면을 다음 페이지로 넘기는 키를 누르자 새로운 이름들이 떴다. 15명쯤 되는 것 같았다. 제임스 코델의 이름이 이 새로운 명단의 맨 꼭대기에 있었다. 그래시엘라는 손가락으로 화면을 훑어 내려가다가 끝에서 두 번째에 있는 도널드 케넌의 이름도 찾아냈다.

매케일렙은 숨이 막혀서 그냥 고개만 끄덕였다. 그를 올려다보는 그래시엘라의 눈빛이 우울했다. 매케일렙의 주장이 옳은 것으로 확인된 것이다. 매케일렙은 화면을 향해 몸을 기울이고 두 사람의 이름 뒤에 기재된 정보를 읽었다. 코델은 9개월 동안 헌혈을 한 적이 없었고, 케넌은 6년이 넘게 피를 내준 적이 없었다. 두 사람의 정보 맨 끝에 * 표시와 함께 D라는 글자가 써 있는 것이 보였다. 다른 사람들 이름 뒤에도 둘 중 하나가 붙어 있는 경우가 간혹 있었지만, 둘 다 붙어 있는 이름은 몇 개 되지 않았다. 매케일렙은 손을 뻗어 D자를 톡톡 두드렸다.

"이건 뭐죠? 죽었다는 뜻인가요?"

"아뇨." 그래시엘라가 조용한 목소리로 말했다. "D는 기증자라는 뜻이에요. 장기기증자. 장기기증 서약서에 서명을 하고, 운전면허증에 표시를 한 사람. 그러니까 이 사람들이 혹시 병원으로 실려 와서 사망하면 병원 측이 장기를 떼어낼 수 있어요."

그래시엘라는 이 말을 하는 동안 내내 매케일렙을 바라보았다. 매케일렙은 그녀의 시선을 마주보기가 어려웠다. 그녀가 지금 말하는 사실이 무엇을 의미하는지 그도 알고 있었다.

"그럼 * 표시는요?"

"잘 모르겠어요."

그래시엘라는 화면을 위로 올려 맨 꼭대기의 범례를 찾아냈다. 그리고 손가락으로 여러 기호들을 짚어 가다가 마침내 * 표시에 이르렀다.

"이건 CMV 네거티브라는 뜻이에요." 그녀가 말했다. "대부분의 사람들은 CMV라는 무해한 혈액 바이러스를 갖고 있어요. CMV는 아주 복잡한 말을 줄인 약자예요. 그런데 이걸 갖고 있지 않은 사람이 인구 중 약 4분의 1쯤 돼요. 기증자와 수혜자의 혈액이 완벽하게 일치하는지 확인하려면 이 점도 반드시 확인해야 해요."

매케일렙은 고개를 끄덕였다. 이건 그도 이미 아는 사실이었다.

"오늘 수업은 이걸로 끝이에요." 그래시엘라가 조용히 말했다.

그녀가 마우스를 움직이자 화면 맨 꼭대기의 로그아웃 아이콘으로 화살표가 이동했다. 매케일렙은 손을 뻗어 그녀가 마우스를 누르기 전에 그녀의 손을 잡았다.

그래시엘라가 의아한 표정으로 그를 올려다보았다. 매케일렙은 패트리스를 뒤돌아보았다. 하고 싶은 말을 말로 할 수는 없었다. 주위를 둘러보니 접수대 위에 서류 양식이 끼워진 클립보드가 보였다. 연필 한 자루가 클립보드에 줄로 연결되어 있었다. 매케일렙은 손으로 패트리스와 그래시엘라를 차례로 가리킨 뒤 손가락으로 말하는 시늉을 했다. 그러고는 클립보드를 들고 글을 쓰기 시작했다.

"패트리스, 저기, 찰리는 잘 지내?" 그래시엘라가 물었다.

"그럼, 잘 지내지. 여전히 못되게 굴어."

"세상에, 두 사람이 정말로 자아아아알 지내는 모양이네!"

"응, 우린 잘 어울리는 한 쌍이야."

매케일렙이 그래시엘라 앞에 클립보드를 들어올렸다. 세 가지 질문이 적혀 있었다.

1. 명단을 인쇄할 수 있어요?
2. 동생의 파일을 불러낼 수 있어요?
3. 누가 동생의 장기를 받았죠?

그래시엘라는 어깨를 으쓱하며 입만 움직여서 모르겠다고 말했다. 그러고는 컴퓨터로 시선을 돌려 작업을 시작했다. 먼저 그녀는 AB형 헌혈자들의 명단을 인쇄했다. 다행히 컴퓨터가 레이저프린터와 연결되어 있어서 인쇄할 때 거의 소리가 나지 않았기 때문에 패트리스는 아무것도 눈치채지 못했다. 매케일렙은 재빨리 명단을 길게 접어서 겉옷 안주머니에 넣었다. 그래시엘라는 맨 처음 접속 화면으로 돌아가서 명령을 입력하는 창을 열었다. 그리고 빨간 심장 모양의 아이콘을 눌렀다. '장기조달 서비스'라는 제목의 화면이 나타나더니 접속암호를 입력하는 창이 떴다. 그래시엘라는 어깨를 으쓱하고는 모니터 위에 테이프로 붙여둔 암호를 다시 입력했다.

화면에는 아무 변화가 없었다.

화살표가 모래시계 모양으로 변하기는 했지만 그것으로 끝이었다. 매케일렙은 손목시계를 보았다. 12시 15분이었다. 두 사람이 컴퓨터를 이용할 수 있는 시간이 끝났다는 뜻이었다. 패티 커크가 당장이라도 돌아오면 두 사람의 행동이 들통 날 것이다. 처음 계획을 짤 때 그래시엘라는 만약 담당자에게 들키는 경우 어떻게 변명할 것인지에 대해서는 한 마디도 하지 않았다.

"컴퓨터가 다운된 것 같아요." 그래시엘라가 말했다.

속이 상해서 그녀는 모니터 옆구리를 손바닥으로 후려쳤다. 이런 방법으로 컴퓨터를 고칠 수 있을지도 모른다고 생각하는 사람이 이토록 많다는 사실이 매케일렙은 항상 놀라웠다. 그가 그녀에게 막 애쓰지 말라고 말하려던 참에 패트리스의 의자 바퀴가 움직이는 소리가 들렸다. 고개를 돌려 보니 그녀가 자리에서 일어서고 있었다. 패트리스도 컴퓨터를 한 번 고쳐보겠다고 나설 생각인 것 같았다.

"됐어요." 그래시엘라가 말했다.

매케일렙은 패트리스가 컴퓨터 화면을 못 보게 계속 몸으로 가리고 서 있었다.

"그게 항상 말썽이야." 패트리스가 말했다. "골치가 아파. 난 위층 베란다로 가서 콜라도 하나 사고 담배도 한 대 피워야겠어. 나중에 봐, 그래시엘라."

패트리스는 매케일렙에게 미소를 지었다.

"만나서 반가웠어요." 그녀가 말했다.

매케일렙도 마주 미소를 지었다.

"저도 반가웠습니다." 그가 말했다.

"나중에 봐, 패트리스." 그래시엘라가 말했다.

패트리스는 접수대 옆을 돌아서 복도로 나갔다. 두 사람 옆을 지나가면서도 컴퓨터에는 눈길도 주지 않았다. 패트리스가 사라진 뒤 매케일렙은 화면을 바라보았다. 화면에서 다음과 같은 메시지가 반짝이고 있었다.

1급만 접속 가능

다시 시도하세요

"저게 무슨 소리예요?"

"저 파일을 열 수 있는 암호를 내가 모른다는 뜻이에요. 지금 몇 시죠?"

"그만 가야 돼요. 로그아웃해요."

그래시엘라가 로그아웃 버튼을 누르자 전화연결이 칙칙 하고 끊어지는 소리가 났다.

"이걸 보자고 한 이유가 뭐예요?" 그래시엘라가 물었다. "뭘 찾고 싶었던 거예요?"

"나중에 말해줄게요. 우선 여기서 나가요."

그래시엘라가 일어서서 의자를 원래대로 돌려놓았다. 두 사람은 서둘러 접수대 옆을 돌아 복도로 나갔다. 맨 처음 갈림길에서 오른쪽으로 꺾어진 두 사람은 다시 엘리베이터로 향했다. 마치 도둑처럼 서둘러 걷고 있었다. 그런데 어떤 여자가 콜라 캔 하나와 스티로폼 상자에 포장된 샌드위치를 들고 두 사람을 향해 다가오고 있었다. 두 사람과의 거리는 2~3미터쯤 되었는데, 여자가 그래시엘라를 향해 웃고 있었다.

"아, 젠장." 매케일렙이 속삭였다. "혹시…."

"맞아요. 괜찮아요."

"아뇨. 시간을 끌어요."

"왜요? 우린 들킨 거 아니에요."

매케일렙은 여자가 자기 말을 듣지 못하게 손으로 코를 긁적이는 시늉을 하며 소리가 새나가는 것을 막았다.

"화면보호기요. 대개 1분은 지나야 화면보호기가 켜져요. 그러니까 저 여자가 눈치를 챌 거예요."

"상관없어요. 우리가 정부기밀을 훔친 것도 아닌데요."

알고 보니 그래시엘라가 일부러 시간을 끌 필요도 없었다. 패티 커크가 스스로 시간을 끌었다.

"그래시엘라, 여긴 웬일이야?" 패티가 두 사람과 가까워지며 말했다. "방금 카페테리아에서 제인 톰킨스를 봤는데, 네가 또 출근을 안했다고 투덜거리던데."

두 사람이 걸음을 멈추자 패티 커크도 걸음을 멈췄다.

"날 여기서 봤다고 말하지 마!" 그래시엘라가 부탁했다.

"여긴 왜 온 건데?"

패티는 손을 들어 그래시엘라가 입고 있는 간호사 제복을 가리켰다.

"이쪽은 내 친구 테리야. 의예과 재학 중이야. UCLA. 오늘 내가 여길 구경시켜주기로 했어. 테리가 여기서 레지던트 생활을 하게 될지도 모르거든. 제복을 입으면 돌아다니기가 더 쉬울 것 같아서. 테리, 이쪽은 패티 커크예요."

두 사람은 미소를 지으며 악수를 나누고 인사말을 교환했다. 패티의 컴퓨터 화면에 지금쯤이면 다시 토스터기가 날아다니고 있을 것 같았다.

패티 커크는 다시 그래시엘라를 바라보며 고개를 절레절레 저었다.

"제인이 알면 널 죽이려 들걸. 제인은 또 레이먼드 때문인 줄 알던데. 나중에 나한테 이 은혜를 갚아야 돼."

"알아, 알아. 제인한테 말하지만 마, 알았지? 그쪽 사람들은 전부 나한테 불만이 많아. 이제 남은 친구라고는 제인밖에 없단 말이야."

두 사람이 작별 인사를 나눈 뒤 매케일렙과 그래시엘라는 다시 엘리베이터로 향했다. 패티 커크가 멀어지자 그래시엘라가 이만하면 충분히 시간을 끈 거냐고 물었다.

"화면보호기 설정이 어떻게 돼 있는지에 따라 다르죠. 하지만 아마 괜찮을 거예요. 얼른 여기서 나갑시다."

그래시엘라는 차를 몰고 병원 주차장을 빠져나가 남쪽으로 뻗은 405번 프리웨이로 향했다.

"이제 어디로 갈까요?" 그녀가 물었다.

"글쎄요. 어떻게든 BOPRA에 다시 들어가야 돼요. 수혜자 명단을 구해야 하니까요. 하지만 우리가 무작정 찾아간다고 그쪽에서 명단을 내주지는 않겠죠. 그건 그렇고, BOPRA가 어디 있어요?"

"LA 서부, 공항 근처예요. 어쨌든 당신 말이 맞아요. 무작정 찾아가서 명단을 구할 수는 없어요. 이 시스템 전체가 비밀보장을 바탕으로 하고 있으니까요. 내가 당신을 찾아낸 것도 순전히 누가 그 신문기사를 얘기해줬기 때문이에요."

"그렇죠." 그가 말했다.

그에게 그건 이미 문제가 아니었다. 그는 분주하게 움직이는 머릿속에서 마침내 아이디어 하나를 잡아냈다. 프리웨이 입구가 바로 코앞이었다.

"저기 언덕을 넘어서 시더스로 가요. 내가 아는 사람 중에 우릴 도와줄 사람이 있을 것 같아요."

30 확률

먼저 두 사람은 시더스의 서쪽 건물에 있는 보니 폭스의 진찰실로 갔다. 대기실은 텅 비었고, 좀처럼 웃는 법이 없는 글래디스라는 접수원은 박사가 지금 부재중이라고 확인해주었다.

"북쪽에 일이 있어서 가셨어요. 오늘 중에는 돌아오시지 않을걸요." 글래디스가 시종일관 찡그린 표정으로 말했다. "맥의 진료기록을 가지러 오셨나요?"

"아뇨, 아직은 아니에요."

매케일렙은 고맙다고 인사하고 그곳을 나섰다. 글래디스의 말은, 보니 폭스가 북쪽 건물, 즉 병원 6층에서 회진 중이라는 뜻이었다. 두 사람은 3층의 다리를 통해 북쪽으로 건너간 뒤 엘리베이터를 타고 6층의 심장병동으로 올라갔다. 매케일렙은 무거운 가죽가방을 들고 다니기가 점점 피곤해졌다.

매케일렙은 6층에 와본 적이 많기 때문에 이곳 분위기에 잘 어울렸다. 여전히 간호사 제복 차림인 그래시엘라는 그보다도 훨씬 더 잘 어울렸다. 매케일렙이 앞장서서 복도를 내려가 엘리베이터 왼쪽으로 갔다. 이식 대기자들과 수술 후 회복환자들의 입원실은 물론 이식수술 담당 간호사실도 그쪽에 있었다. 폭스도 그쪽에 있을 가능성이 높았다.

매케일렙은 긴 복도를 내려가면서 문이 열린 입원실들 안을 살펴보았다. 폭스는 보이지 않았다. 병상에는 대부분 나이 많고 몸이 쇠약한 남자 노인들이 누워 있었다. 대기자들은 기계에 몸이 연결된 채 병상에 누워 있었다. 심장이 점점 조용해지고, 살아날 가능성도 점점 희박해져서 죽음이 멀지 않은 사람들이었다. 어떤 입원실 앞을 지나가는데, 매케일렙이 전에도 본 적이 있는 소년이 보였다. 아이는 침대에 똑바로 앉아 텔레비전을 보고 있었다. 혼자인 것 같았다. 환자복 소매에서 뱀처럼 구불구불하게 삐져나온 갖가지 선과 튜브들이 기계와 모니터에 연결되어 있었다. 매케일렙은 폭스가 그 방에 없다는 걸 확인하자마자 재빨리 시선을 돌렸다. 어린 환자들을 바라보는 건 정말 힘들었다. 그런 환자들의 존재를 인정하는 것조차 쉬운 일이 아니었다. 아직 너무나 젊은 그들의 장기가 문제를 일으키는 건 설명할 수 없는 일이었다. 어린 환자들은 아무런 잘못도 없이 인생의 무서운 시련을 겪고 있을 뿐만 아니라, 때로는 목숨까지 잃어야 했다. 매케일렙의 머릿속에 순간적으로 에버글레이드의 모습이 떠올랐다. 에어보트를 탄 수사관들이 악마의 성으로 모여들던 모습. 그곳은 모든 일에 합당하고 훌륭한 이유가 존재한다는 그의 믿음을 삼켜버린 블랙홀이었다.

두 사람은 운이 좋았다. 간호사실 쪽으로 방향을 트는 순간, 보니 폭스가 접수대 위로 몸을 기울이고 수직 정리대에서 환자 파일을 꺼내는 것이 보였다. 폭스는 몸을 똑바로 세우고 방향을 돌리다가 두 사람을 보았다.

"테리 씨?"

"안녕하세요, 선생님."

"무슨 일이에요? 혹시….."

"아뇨, 아뇨. 아무 문제도 없어요."

매케일렙은 진정하라는 듯 양손을 들어올렸다.

"그럼 여긴 웬일이에요? 테리 씨 기록은 내 진찰실에 있잖아요."

폭스는 그때야 그래시엘라의 존재를 알아차렸지만, 그녀가 누군지는 모르는 것 같았다. 그래서 그렇지 않아도 혼란스럽던 폭스의 표정이 더욱 더 혼란스러워졌다.

"기록 때문에 온 게 아니에요." 매케일렙이 말했다. "혹시 우리가 몇 분 정도 쓸 수 있는 방이 있을까요? 빈 방이요. 선생님한테 할 이야기가 있어요."

"테리 씨, 난 지금 회진 중이에요. 이렇게 무작정 찾아와서 이러는 건…."

"중요한 일이에요, 선생님. 아주 중요한 일입니다. 5분만 시간을 내주세요. 이야기를 듣고 나면 선생님도 이해하실 거예요. 만약 선생님이 이해하지 못하신다면, 우린 그냥 나가겠습니다. 진찰실에서 내 기록을 받아서 그냥 갈 거예요."

폭스는 짜증스러운 표정으로 고개를 절레절레 젓더니 접수대의 간호사를 바라보았다.

"앤, 어떤 방이 비어 있죠?"

간호사 한 명이 왼쪽으로 몸을 기울이고 손가락으로 클립보드를 짚어 내려갔다.

"10호실, 18호실, 36호실이에요. 아무거나 고르세요."

"그럼 18호실로 하죠. 코슬로 씨 병실에서 가까우니까. 코슬로 씨가 벨을 울리면, 내가 5분 뒤에 간다고 해줘요."

폭스는 말을 하면서 엄격한 표정으로 매케일렙을 바라보았다.

폭스는 빠른 걸음으로 복도를 내려가 앞장서서 618호로 들어갔다. 매케일렙은 맨 마지막으로 들어가 문을 닫았다. 그리고 무거운 가방을 바닥에 내려놓았다. 폭스는 빈 병상에 엉덩이를 기대고, 환자 파일을 옆에 내려놓은 뒤 팔짱을 꼈다. 매케일렙은 자신을 향해 정면으로 쏟아지는 그녀의 분노를 느낄 수 있었다.

"5분 드리죠. 이분은 누구예요?"

"그래시엘라 리버스예요." 매케일렙이 말했다. "전에 말씀드린 적이 있죠?"

폭스는 엄격한 시선으로 그래시엘라를 유심히 바라보았다.

"테리 씨를 이 일에 끌어들인 사람이군요." 폭스가 말했다. "테리 씨는 내 말을 안 들어요. 댁은 간호사니까 애당초 이런 일을 벌이지 말았어야죠. 테리 씨를 한번 보세요. 안색을 좀 보라고요. 눈 밑의 주름도. 일주일 전에는 아무렇지도 않았어요. 완벽한 상태였다고요! 난 그때 이미 테리 씨 파일을 내 책상에서 치워버렸어요. 그 정도로 테리 씨 상태에 대해 자신이 있었으니까. 그런데 지금은⋯."

폭스는 매케일렙의 얼굴을 증거로 가리켰다.

"전 반드시 그렇게 해야 할 것 같았어요." 그래시엘라가 말했다. "반드시⋯."

"선택은 내가 한 겁니다." 매케일렙이 끼어들었다. "모든 게 내 선택이에요."

폭스는 짜증스러운 표정으로 고개를 저으며 두 사람의 말을 무시해버렸다. 그녀는 침대에서 한 발 멀어지더니 매케일렙에게 앉으라는 시늉을 했다.

"셔츠를 벗고 앉아요. 그리고 하고 싶은 말을 하세요. 이제 4분밖에 안 남았어요."

"셔츠를 벗을 필요는 없어요, 선생님. 그냥 내 말을 들어주시기만 하면 됩니다. 내 심장박동을 들을 필요는 없어요."

"좋아요. 그럼 말해봐요. 내가 환자들을 보는 것까지 포기하게 만들었으니까 어디 한번 말해봐요."

폭스는 침대 위에 놓은 환자 파일을 손마디로 톡톡 두드렸다.

"여기 코슬로 씨도 두어 달 전의 테리 씨와 똑같은 상태예요. 난 혹시나 심장이 나타날 때까지 코슬로 씨를 살려두려고 애쓰고 있어요. 그리고 열세 살짜리 사내아이도 있는데…."

"우리가 여기 온 이유를 말할 기회를 줄 겁니까, 말 겁니까?"

"나도 어쩔 수 없어요. 테리 씨한테 너무나 화가 났기 때문에."

"그럼 내 얘기를 잘 들으세요. 어쩌면 선생님 기분이 바뀔지도 모르니까요."

"그런 일은 없을걸요."

"얘기를 할까요, 말까요?"

폭스는 항복이라는 듯이 양손을 들어올리고 입술을 꾹 다물며 매케일렙에게 살짝 고개를 숙였다. 마침내 매케일렙이 이야기를 시작했다. 그가 지금까지 조사한 내용을 요약해서 말하는 데는 10분이 걸렸지만 그건 문제가 되지 않았다. 5분이 흘렀을 때 폭스는 이미 이야기에 너무 몰두한 나머지 시간에는 신경 쓰지 않았다. 그래서 단 한 번도 그의 말을 막지 않았다.

"여기까집니다." 매케일렙이 이야기를 마쳤다. "그래서 우리가 여기 온 거예요."

폭스는 잠시 두 사람을 번갈아 바라보며 방금 매케일렙에게서 들은 이야기를 이해하려고 애썼다. 그러더니 작은 입원실 안을 오락가락하며 자신이 이해한 이야기 내용을 소리 내어 말했다. 서성거리는 건 아니었다. 자기 머릿속에 그 이야기가 들어갈 자리를 마련해야 할 것 같은 생각에 앞뒤로 오락가락하면서 자기 주위의 공간을 조금씩 넓히는 식으로 반응하는 것 같았다.

"그러니까 심장이든, 허파든, 간이든, 신장이든 장기가 필요한 사람이 문제의 발단이라는 얘기죠? 그런데 그 사람은 테리 씨처럼 희귀한 혈액형인 CMV 네거티브 AB형이고요. 그러니 아주, 아주 오랫동안 기다려도 장기를 구하지 못할 가능성이 있죠. 그 혈액형을 지닌 사람은 인구 200명 중 한 명 꼴에 불과하니까, 이 사람에게 일치하는 장기가 나타날 가능성도 200분의 1밖에 안 되거든요. 내가 제대로 이해한 거죠? 이 사람이 장기를 이식받을 가능성을 높이려고 자기와 혈액형이 같은 사람들을 쏘아 죽였다는 거죠? 그래야 그 사람들 장기가 이식용으로 나올 테니까."

폭스가 지나치게 비꼬는 말투로 이 말을 했기 때문에 매케일렙은 기분이 상했지만, 뭐라고 반박하기보다는 그냥 고개만 끄덕였다.

"그리고 그 사람이 BOPRA의 컴퓨터에 저장된 헌혈자 명단에서 자신과 혈액형이 같은 사람들의 이름을 알아냈다는 거죠?"

"맞아요."

"하지만 그걸 어떻게 알아냈는지는 당신도 모르고요."

"확실히는 몰라요. 하지만 BOPRA의 보안 시스템이 대단히 취약하다는 건 분명히 알고 있습니다."

매케일렙은 그래시엘라가 홀리크로스 병원에서 인쇄한 명단을 주머니에서 꺼내 펼쳐서 폭스에게 건네주었다.

"난 컴퓨터 해킹에 대해서는 아무것도 모르는 사람인데 오늘 그 명단을 구할 수 있었어요."

폭스는 그 종이를 받아 그래시엘라를 향해 흔들었다.

"저 사람이 도와줬잖아요."

"문제의 그 사람이 누구인지, 그 사람을 도와주는 사람은 또 누군지 우리는 아직 몰라요. 만약 그 사람이 청부살인업자를 고용할 수 있는 능력과 인맥이 있는 사람이라면, BOPRA 컴퓨터에도 접근할 수 있을 거라고 가정해야죠. 중요한 건, 그 사람이 이 명단을 얼마든지 구할 수 있다는 겁니다."

매케일렙은 명단을 가리켰다.

"우리한테 필요한 모든 정보가 거기에 다 있어요. 그 명단에 속한 사람들은 모두 그 희귀한 혈액형의 소유자예요. 문제의 그 사람은 그 헌혈자들 중 한 명을 골랐겠죠. 젊은 사람을 하나 골라서 조사를 했을 겁니다. 케년은 젊고 건강했어요. 테니스를 치고, 승마도 했으니까요. 코델도 젊고 튼튼했습니다. 한동안 코델을 지켜본 사람이라면 그가 건강하다는 걸 알 수 있었을 거예요. 서핑, 스키, 산악자전거를 즐기는 사람이었으니까요. 두 사람 모두 완벽했습니다."

"그럼 왜 그 두 사람을 죽인 거죠? 무슨 연습 같은 건가요?" 폭스가 물었다.

"아뇨, 연습이 아니에요. 진짜였는데, 매번 일이 잘못된 거예요. 케년의 경우에는 청부살인업자가 목표물에 맞으면 산산이 부서지는 총탄을 쓰는 바람에 뇌가 곤죽이 돼서 병원에 가기도 전에 죽어버렸어요. 청부살인업자는 방법을 달리해서 FMJ 총알을 뇌 앞쪽에 발사했습니다. 치명적인 부상이지만, 즉시 목숨을 앗아가지는 않죠. 현장에 나타난 남자가 카폰으로 신고를 했어요. 코델은 그때 살아 있었고요. 그런데 구급대원이 주소를 잘못 알아듣는 바람에 구급차가 엉뚱한 곳으로 가버렸죠. 그렇게 시간이 흐르는 동안 코델은 현장에서 죽어버린 겁니다."

"그래서 이번에도 장기를 채취할 수 없게 됐군요." 폭스가 이제야 이해가 간다는 듯이 말했다.

"난 그 말이 싫어요." 그래시엘라가 말했다. 한참 만에 처음으로 한 말이었다.

"네?" 폭스가 물었다.

"채취한다는 말이요. 정말 싫어요. 장기는 채취하는 게 아니라, 죽은 사람이 기증하는 거예요. 다른 사람들을 생각하는 마음에서. 농장에서 곡식을 수확하듯 꺼내가는 게 아니라고요."

폭스는 고개를 끄덕이며 아무 말 없이 그래시엘라를 바라보았다. 그녀를 다시 평가하는 듯했다.

"코넬의 경우에도 일이 실패로 돌아갔지만, 방법이 잘못된 건 아니었어요." 매케일렙이 말을 이었다. "그래서 범인은 기증자명단을 다시 살펴봤죠. 범인은…."

"BOPRA의 컴퓨터에 저장된 명단 말이군요."

"그래요. 범인은 그 명단에서 글로리아 토레스를 골랐습니다. 모든 일이 처음부터 다시 시작됐죠. 글로리아를 지켜보면서 일상을 파악하고, 글로리아가 건강해서 괜찮겠다는 사실도 확인했어요."

매케일렙은 이 말을 하면서 그래시엘라를 바라보았다. 자신의 냉혹한 표현에 그래시엘라가 또 제동을 걸지 않을지 걱정스러웠다. 그래시엘라는 아무 말도 하지 않았다. 폭스가 입을 열었다.

"그러니까 테리 씨는 범인이든 아니면 그 범인을 고용한 사람이든 둘 중 한 명이 그 장기들 중 하나를 받았을 거라는 말이죠? 그게 무슨 뜻인지 알아요?"

"알죠." 매케일렙은 폭스가 반대의견을 말하기 전에 재빨리 말했다. "하지만 다른 설명이 없어요. BOPRA 기록을 보려면 선생님의 도움이 필요합니다."

"글쎄요."

"생각해보세요. 똑같은 사람, 아마도 청부살인업자일 그 사람이 200명 중 한 명 꼴로 나타나는 희귀 혈액형을 지닌 사람 셋을 우연히 쏘아 죽일 확률이 얼마나 되겠어요? 컴퓨터로도 확률을 계산하기 어려울 겁니다. 우연이 아니니까요. 이건 혈액형 때문에 벌어진 일입니다. 혈액형이 바로 세 사건의 공통점이에요. 혈액형이 바로 범행동기입니다."

폭스는 두 사람에게서 멀어져 창가로 갔다. 매케일렙은 그녀를 따라가서 옆에 섰다. 비벌리 대로가 내려다보였다. 길 건너편에 가게들이 줄줄이 늘어서 있었다. 추리소설 전문서점, 지붕에 '쾌유를 빕니다!'라고 써 붙인 식품점. 그는 폭스를 바라보았다. 폭스는 창문에 비친 자신의 모습을 빤히 바라보고 있는 것 같았다.

"환자들이 기다리고 있어요." 폭스가 말했다.

"우릴 도와주세요."

"정확히 뭘 해달라는 거죠?"

"나도 잘 몰라요. 하지만 선생님이라면 우리보다 쉽게 BOPRA에서 정보를 빼낼 수 있을 것 같아요."

"그냥 경찰에 이야기하지 그래요? 그쪽이 가능성이 가장 높을 텐데. 왜 날 끌어들이려는 거예요?"

"경찰에는 갈 수 없어요. 아직은. 경찰에 이야기하면 난 쫓겨날 겁니다. 사건에서 손을 떼야 해요. 방금 내가 말한 이야기를 생각해보세요. 나도 용의자예요."

"말도 안 돼요."

"그건 나도 알지만, 경찰은 모릅니다. 게다가 사실은 그게 문제가 아니에요. 이건 내 개인적인 문제입니다. 글로리아 토레스와 그래시엘라에게 진 신세를 갚아야 해요. 옆으로 물러나서 구경만 할 생각은 없습니다."

짧은 침묵이 흘렀다.

"선생님?"

그래시엘라가 두 사람 뒤로 다가와 있었다. 두 사람은 그녀를 향해 고개를 돌렸다.

"도와주셔야 해요. 도와주시지 않으면, 이 모든 게, 선생님이 여기서 하시는 모든 일이 무의미한 게 되어버려요. 선생님이 속한 시스템의 도덕성을 보호할 수 없다면, 시스템이 없는 거나 마찬가지예요."

두 여자는 한참 동안 서로를 바라보았다. 마침내 폭스가 슬픈 미소를 지으며 고개를 끄덕였다.

"내 진찰실로 가서 기다리세요." 폭스가 말했다. "코슬로 씨와 다른 환자 한 명을 더 봐야 해요. 기껏해야 30분이면 될 거예요. 그 뒤에 내가 진찰실로 가서 전화를 걸어보죠."

31 정보

"조정관실입니다."

"글렌 레오폴드 씨 좀 부탁합니다. 저는 보니 폭스예요."

폭스의 진찰실이었다. 문은 닫혀 있었다. 폭스는 매케일렙과 그래시엘라도 통화내용을 들을 수 있게 전화기 스피커를 켜두었다. 폭스는 약속대로 30분 뒤에 진찰실로 왔다. 아까와는 태도가 달랐다. 두 사람을 돕겠다는 생각은 변함이 없었지만, 북쪽 건물의 빈 입원실에서 보았을 때보다 더 흥분한 것 같았다. 세 사람은 매케일렙이 기다리는 동안 생각해낸 계획을 함께 검토했고, 폭스는 중요한 사항을 메모한 뒤 전화를 걸었다.

"보니?"

"글렌, 잘 지냈어요?"

"잘 지냈죠. 어쩐 일이에요? 회의시간까지 10분쯤 시간이 있어요."

"오래 안 걸릴 거예요. 이쪽에 좀 문제가 있어서요. 글렌이라면 도와줄 수 있을 것 같아요."

"무슨 일인데요?"

"내가 2월 9일에 여기서 이식수술을 했는데, BOPRA 파일 9836번이에요. 그런데 합병증이 생겼어요. 그래서 기증자의 다른 장기들로 이식수술을 한 의사들과 이야기를 해보고 싶어요."

잠시 침묵이 흐르더니 레오폴드의 목소리가 스피커에서 다시 흘러나왔다.

"흠, 어디 보자…. 이런 건 좀 드문 일이라서요. 어떤 합병증이에요, 보니?"

"아까 회의가 있다고 했죠? 최대한 간단하게 말하자면, 수혜자의 혈액형이 CMV 네거티브 AB형이에요. 우리가 BOPRA를 통해서 받은 장기도 같은 혈액형이었어요. 기록에 따르면요. 그런데 지금, 수술한 지 얼마나 됐죠? 9주쯤? 우리 환자가 CMV 바이러스에 감염됐어요. 조직검사를 해보니까 혈액에서 거부반응이 나타났고요. 그래서 이런 일이 벌어진 원인을 파악하려고요."

또 침묵이 흘렀다.

"글쎄요, 그게 심장 때문이라면 이미 예전에 그걸 알아차릴 수 있었을 텐데요."

"그건 그렇지만, 우리가 딱히 그걸 주시하던 게 아니라서요. CMV가 없다는 기록을 믿었죠. 오해하지 마세요, 글렌. 심장이 문제의 원인이라는 뜻은 아니에요. 그래도 그게 어디서 왔는지 찾아야 하니까 모든 걸 다시 검토하는 거예요. 심장이 우선적인 후보가 된 거고요."

"혹시 변호사들의 요청으로 이걸 조사하는 건가요? 만약 그런 거라면 나도 승인을…."

"아뇨, 아니에요, 글렌. 그냥 내가 조사하는 거예요. 바이러스가 장기에 붙어 왔는지, 아니면 이쪽에서 문제가 발생한 건지 알고 싶어서요."

"어떤 혈액을 사용하셨는데요?"

"바로 그거예요. 우린 환자의 혈액만 사용했어요. 지금 내가 파일을 보면서 얘기하는 거예요. 우린 수술 훨씬 전에 환자의 혈액을 여덟 팩이나 저장해뒀어요. 그중에 여섯 팩만 사용했고요."

"그 여섯 팩이 확실히 환자의 것인가요?"

레오폴드의 목소리에 이제는 약간 동요한 기색이 드러났다. 폭스는 매케일렙을 바라보며 그의 질문에 대답했다. 매케일렙은 폭스가 BOPRA의 장기 조정관에게 거짓말을 하면서 얼마나 불편해하는지 표정을 보고 알 수 있었다.

"내가 할 수 있는 말은 우리가 모든 절차를 따랐고, 수술 전에 내가 혈액 팩의 꼬리표를 직접 두 번이나 확인했다는 거예요. 꼬리표에는 분명히 환자의 이름이 있었어요. 그러니 환자의 피라고 생각할 수밖에요."

"그럼 우리가 뭘 해드리면 되죠?"

"명단이 필요해요. 어떤 장기가 어떤 환자에게 갔는지, 그리고 집도의가 누군지."

"글쎄요. 그런 거라면 내가 승인을…."

"글렌, 내가 개인적인 일로 이러는 게 아니잖아요. 내 환자가 합병증으로 고생하고 있기 때문에 내가 직접 확인할 필요가 있어요. 나 스스로 만족스러운 답을 찾아내야 한다고요. 명단이 새나가지 않게 할게요. 지금 걱정하는 게 그거죠? 변호사가 나서거나 의료과실 문제가 불거질 위험은 전혀 없어요. 그냥 어쩌다 일이 이렇게 됐는지만 알면 돼요. 모르긴 몰라도 아마 글렌의 생각처럼 혈액이 뒤섞였을 거예요. 그래도 이런 문제를 조사할 때는 일단 환자의 몸에 새로 이식한 조직부터 살피는 게 정석이라는 건 글렌도 알 거예요."

매케일렙은 숨을 죽였다. 지금이 바로 결정적인 순간이었다. 폭스가 반드시 그 명단을 얻어내야 했다. 레오폴드가 직접 찾아보고 다시 연락해주겠다고 하면 낭패였다.

"글쎄요…."

레오폴드가 말을 흐렸다. 폭스는 앞으로 몸을 기울이며 책상 위에서 팔짱을 끼고 고개를 숙였다. 침묵이 흐르는 가운데 전화기에서 어떤 소리가 들렸다. 매케일렙이 듣기에 컴퓨터 자판을 두드리는 소리 같았다. 레오폴드가 컴퓨터로 자료를 불러내고 있는 것 같다는 생각이 들자 매케일렙은 살짝 마음이 들떴다.

그는 일어서서 책상 위로 몸을 기울이고 폭스의 팔꿈치를 살짝 두드렸다. 폭스가 고개를 들어 그를 바라보자 그는 손으로 원을 그리면서 계속 말을 해보라는 시늉을 했다.

"글렌?" 폭스가 말했다. "어떻게 생각해요?"

"지금 그 자료를 보고 있어요…. 채취는 홀리크로스 병원에서 이뤄졌네요…. 여기 기증자 프로필에는 CMV에 관한 말이 전혀 없어요. 전혀. 이 사람은 오래전부터 헌혈을 하던 사람이에요. 이 정도면 그 여자가 그렇게 되기 전에…."

"맞는 말이지만, 확실하게 확인할 필요가 있어요. 순전히 내 마음의 평화를 위해서라도."

"알아요."

컴퓨터 자판을 두드리는 소리가 계속 들려왔다.

"어디 보자, 운송은… 메딕에어가 맡았네요…. 간은 바로 여기서 이식됐고, 심장은 시더스로 갔어요. 스피백 씨라는 사람을 알아요? 대니얼 스피백?"

"아뇨."

매케일렙은 가방에서 종이철을 꺼내 메모를 시작했다.

"그 사람이 그 수술을 했어요. 어디 보자, 허파는…."

"내가 스피백한테 전화를 해볼게요." 폭스가 말을 잘랐다. "환자 이름은

398

뭐죠?"

"음… 정말로 비밀을 지켜주셔야 해요."

"물론이죠."

"남자였어요. J. B. 디키."

매케일렙은 그 이름을 받아 적었다.

"됐어요." 폭스가 말했다. "아까 허파 얘기를 했죠?"

"아, 네, 허파. 심장이 없어서 아무도 가져가지 않았어요. 심장은 그쪽 환자가 받았고요."

"맞아요. 골수 이식 쪽은 어때요?"

"온갖 걸 다 물어보시네요. 골수는… 음, 골수는 우리가 처리를 잘못했어요. 시간대를 놓쳤거든요. 샌프란시스코로 보냈는데, 날씨 때문에 비행기가 연착했어요. 그래서 산호세로 다시 보냈는데 이미 시간이 지연된 데다가 도로도 막혀서 세인트 조지프 병원까지 가는데 시간이 너무 오래 걸렸어요. 그래서 시간을 놓쳐버렸어요. 내가 알기로 그 환자는 나중에 사망했어요. 아시다시피 이 혈액형이 워낙 희귀하니까요. 그 혈액형의 장기를 구할 기회는 아마 그때 한 번뿐이었을 거예요."

이 말에 또 침묵이 흘렀다. 매케일렙은 그래시엘라를 바라보았다. 그녀가 시선을 내리깔고 있어서 표정을 읽을 수 없었다. 처음으로 그는 그녀의 심정이 어떨지 생각해보았다. 지금 그들은 그녀의 동생에 대해서, 그리고 그 동생이 목숨을 구한 사람들에 대해서 이야기하는 중이었다. 하지만 순전히 임상적인 견지에서 오가는 딱딱한 대화였다. 그래시엘라는 간호사니까 환자들에 대해 그런 식으로 이야기하는 것에 익숙했지만, 동생 일이라면 이야기가 달랐다.

매케일렙은 종이에 '골수'라고 쓰고 그 위에 선을 그었다. 그러고는 폭스에게 또 이야기를 계속하라고 손짓했다.

"콩팥은요?" 폭스가 물었다.

"콩팥은… 콩팥은 둘로 갈렸어요. 콩팥이 어떻게 됐냐면…."

그 뒤로 4분 동안 레오폴드는 글로리아 토레스의 몸에서 채취되어 살아 있는 환자들에게 분배된 장기들의 목록을 죽 훑어 내려갔다. 매케일렙은 모든 정보를 받아 적었다. 그래시엘라가 이 무서운 목록을 들으며 어떤 심정인지 다시 살펴보고 싶은 생각이 없었기 때문에 그는 종이에서 눈을 떼지 않았다.

"이게 다예요." 마침내 레오폴드가 말했다.

매케일렙은 명단을 알아낸 것에 기운이 났지만, 이 명단을 얻으려고 아슬아슬한 순간들을 넘기다 보니 완전히 지쳐서 큰 소리로 숨을 내쉬었다. 그런데 그 소리가 너무 컸다.

"보니?" 레오폴드가 조용히 물었다. "지금 혼자 있어요? 누구랑 같이 있다는 말은 안 했잖아요…."

"아뇨, 나 혼자예요, 글렌. 아무도 없어요."

침묵이 흘렀다. 폭스는 성난 표정으로 매케일렙을 쏘아보더니 눈을 꼭 감고 상대방의 반응을 기다렸다.

"뭐, 그럼 됐어요." 레오폴드가 마침내 말했다. "누가 있는 것 같은 소리가 들려서요. 다시 말하지만, 이건 진짜 기밀 정보니까…."

"나도 알아요, 글렌."

"내가 이걸 알려준 것 자체가 내 원칙에 어긋나는 거예요."

"알아요." 폭스는 눈을 떴다. "신중하게 조사할게요, 글렌. 그리고… 조사결과를 나중에 알려줄게요."

"그럼 좋죠."

두 사람은 가벼운 이야기를 잠시 나눈 뒤 전화를 끊었다. 폭스는 팔짱을 낀 팔 위에 고개를 묻었다.

"세상에…. 내가 방금 무슨 짓을 한 거야? 내가… 거짓말을 했잖아. 동료한테 거짓말을 했어. 글렌이 사실을 알아차리면….'

폭스는 말을 끝맺지 않았다. 그냥 팔에 머리를 묻은 채 절레절레 저을 뿐이었다.

"선생님." 매케일렙이 입을 열었다. "옳은 일을 하신 거예요. 저 사람한테 해가 갈 일도 없고, 우리가 그 정보를 어떻게 쓸지 저 사람은 아마 결코 모를 거예요. 내일 저 사람한테 전화해서 CMV 문제의 원인은 기증자가 아니었다고 말씀하시면 됩니다. 그리고 다른 수혜자들에 관한 정보를 모두 폐기했다고 하세요."

폭스는 고개를 들고 매케일렙을 바라보았다.

"그게 문제가 아니에요. 거짓말을 한 게 문제지. 거짓말을 할 수밖에 없는 상황이 싫어요. 글렌이 사실을 알면 다시는 날 믿지 않을 거예요."

매케일렙은 폭스를 바라보기만 했다. 뭐라고 할 말이 없었다.

"한 가지만 약속해줘요." 폭스가 말했다. "만약 테리 씨 생각이 옳은 걸로 판명되면, 반드시 범인을 잡으세요. 그래야만 내가 오늘 일을 용납할수 있어요. 내 행동을 변명할 길은 그것뿐이에요."

매케일렙은 고개를 끄덕였다. 그는 책상 옆을 돌아가서 허리를 숙여 폭스를 안아주었다.

"고맙습니다." 그래시엘라가 부드럽게 말했다. "선생님은 좋은 일을 하신 거예요."

폭스는 그녀를 향해 힘없는 미소를 지으며 고개를 끄덕였다.

"마지막으로 한 가지만 더요." 매케일렙이 말했다. "혹시 복사기 어디있어요?"

32 가능성

아래로 내려가는 엘리베이터는 만원이었지만 조용했다. 어딘가에서 흘러나오는 음악소리뿐이었다. 매케일렙이 아는 노래였다. 루이스 조던이 녹음한 옛날 노래 '강렬한 키스를 해줘(Knock Me a Kiss)'였다.

매케일렙은 엘리베이터에서 내리면서 그래시엘라에게 전차 정류장으로 통하는 문을 가리켰다. 그쪽으로 나가면 주차장으로 갈 수 있었다.

"저쪽으로 가요."

"왜요? 당신은 어딜 가게요?"

"난 그냥 택시를 타고 배로 돌아갈 거예요."

"거기 가서 뭘 할 건데요? 나도 같이 갈래요."

매케일렙은 북적이는 로비 구석으로 그녀를 끌고 갔다.

"집에 가서 레이먼드를 돌보고, 직장 일도 해요. 레이먼드를 보살피는 게 당신한테는 가장 중요한 일이에요. 이건 내가 할 일이고요. 당신이 나한테 부탁한 일이잖아요."

"그건 알지만 나도 돕고 싶어요."

"이미 도왔어요. 지금도 돕고 있고요. 이젠 레이먼드한테 가봐요. 난 응

402

급실 쪽으로 나갈게요. 그쪽에 가면 항상 택시가 있거든요."

그래시엘라는 미간을 찌푸렸다. 표정을 보니 그의 말이 맞다는 걸 알면서도 받아들이기가 싫은 모양이었다. 그는 폭스의 진찰실에서 복사해온 종이를 주머니에서 꺼냈다.

"자, 이거 받아요. 혹시 나한테 무슨 일이 생기면 이걸 보안관서의 제이 윈스턴 형사한테 줘요."

"무슨 일이 생기다뇨? 그게 무슨 소리예요?"

거의 비명을 지르는 것 같은 목소리였다. 매케일렙은 공연한 말을 했다는 생각이 들었다. 그는 그녀를 데리고 공중전화가 있는 후미진 곳으로 들어갔다. 전화를 쓰는 사람이 아무도 없어서 조금이나마 남들의 눈을 피할 수 있었다. 그는 가방을 양발 사이의 바닥에 내려놓고 몸을 기울여 그녀의 눈을 가까이서 들여다보았다.

"걱정 말아요. 아무 일도 없을 테니." 그가 말했다. "내가 지금까지 한 일, 그날 당신이 내 배에 나타났을 때부터 내가 한 모든 일 덕분에 여기까지 왔어요. 이 종이에 적힌 명단 말이에요. 그러니까 우리 둘이 복사본을 한 장씩 갖고 있는 게 좋겠다고 생각한 것뿐이에요."

"정말로 이 명단에 범인의 이름이 있을까요?"

"글쎄요. 배로 돌아가서 바로 그걸 조사할 거예요."

"내가 도울 수 있어요."

"그건 나도 알아요, 그래시엘라. 이미 도와줬으니까. 하지만 지금은 조금 뒤로 물러나서 레이먼드 옆에 있어줘요. 걱정할 필요 전혀 없어요. 전화로 모든 걸 보고해줄 테니까. 난 당신 부탁으로 이 일을 하는 사람이잖아요."

그래시엘라는 희미한 미소를 지어보려고 했다.

"아뇨, 그렇지 않아요. 난 당신한테 글로리 얘기를 해줬을 뿐이에요. 그

다음부터는 당신이 그 심장의 지시대로 움직이고 있는 거예요."

"그럴지도 모르죠."

"내가 당신을 배까지 데려다주는 건 어때요?"

"안 돼요. 그랬다가는 러시아워에 걸려서 운전만 두 시간이나 해야 할 거예요. 그러니까 지금 가요. 레이먼드 곁에 있어줘요."

그래시엘라가 마침내 고개를 끄덕였다. 매케일렙은 여전히 그녀를 향해 고개를 기울인 채로 손으로 그녀의 어깨를 잡고 부드럽게 잡아당겨 입을 맞췄다.

"그래시엘라?"

"네?"

"할 얘기가 또 있어요."

"뭔데요?"

"만약 내 말이 옳다면 어떻게 될지 한번 생각해봐요. 나도 그걸 생각해볼 거예요."

"그게 무슨 소리예요?"

"만약 내 말이 옳다면, 그러니까 누군가가 장기 때문에 글로리아를 죽인 거라면, 어떤 의미에서는 나도 그 범인의 수혜자인 셈이에요. 나도 글로리아의 몸 중 일부를 받았으니까요. 만약 그렇다면 우리가….."

그는 말을 끝맺지 않았다. 그래시엘라도 한참 동안 아무 말이 없었다. 그녀가 그의 가슴으로 시선을 떨어뜨렸다.

"나도 알아요." 마침내 그녀가 말했다. "하지만 당신은 아무 짓도 안 했잖아요. 당신이 이 일을 벌인 게 아니잖아요."

"그래도 생각해봐요. 확실하게."

그녀는 고개를 끄덕였다.

"하느님께서는 나쁜 일을 바탕으로 좋은 일을 만들어내세요."

매케일렙은 고개를 기울여 그녀와 이마를 맞댔다. 말은 한 마디도 하지 않았다.

"당신이 나한테 해준 얘기 있죠? 오브리-린의 이야기. 그래서 더욱더 당신을 믿어요. 당신도 스스로를 믿으려고 해봐요."

그는 그녀를 끌어안고 그녀의 귓가에 속삭였다.

"그래요, 노력해볼게요."

두툼한 서류가방을 든 남자가 나타나 전화기 앞으로 갔다. 그는 두 사람을 흘깃 보더니 그래시엘라의 간호사 제복을 보고 깜짝 놀라는 눈치였다. 아마 시더스 병원의 간호사가 직업상 해서는 안 되는 짓을 하고 있다고 생각하는 모양이었다. 매케일렙은 이제 그만 가봐야겠다고 생각했다. 그는 포옹을 풀고 그래시엘라의 얼굴을 들여다보았다.

"조심해요. 레이먼드한테 내 대신 인사도 전해주고요. 내가 다시 낚시를 가고 싶어 한다고 전해줘요."

그녀는 미소를 지으며 고개를 끄덕였다.

"당신도 조심해요. 전화해야 돼요."

"그럴게요."

그녀는 몸을 기울여 그에게 재빨리 입을 맞춘 뒤 주차장 쪽으로 향했다. 매케일렙은 전화기 앞의 남자를 흘깃 보고는 그 반대 방향으로 걸어갔다.

33 함정

응급실 앞 도로에는 손님을 기다리는 택시가 한 대도 없었다. 매케일렙은 계획을 바꾸기로 했다. 아침 식사 이후로 아무것도 먹은 게 없어서 점점 기운이 떨어지고 있었다. 머리 아래쪽에서 가벼운 편두통이 시작되는 게 느껴졌다. 뭘 좀 먹지 않으면 두통이 머리 꼭대기까지 기어 올라와서 머리 전체를 집어삼킬 터였다. 매케일렙은 버디 로크리지를 부르기로 했다. 그를 기다리는 동안 길 건너편 제리스 델리에서 칠면조와 양배추 샐러드를 넣은 샌드위치를 사먹을 작정이었다. 제리스 델리의 맛 좋은 샌드위치를 생각하면 할수록 점점 더 배가 고파졌다. 버디가 오면 할리우드의 비디오 그라FX 컨설턴츠로 가서 비디오테이프와 함께 토니 뱅크스가 화질을 높여서 뽑은 사진을 받아올 수 있을 것이다.

그는 곧장 응급실 안으로 다시 들어가서 공중전화기가 설치된 곳으로 갔다. 여러 대의 전화기 중 한 곳에서 젊은 여자가 누군가에게 응급실에서 치료를 받고 있는 듯한 다른 사람 얘기를 하며 눈물짓고 있었다. 여자의 콧구멍 한쪽과 아랫입술에 각각 은 고리가 달려 있고, 사슬처럼 연결한 안전핀이 두 개의 고리를 다시 연결하고 있었다.

"그 사람이 날 몰라봐. 대니도 몰라봐." 여자가 울부짖었다. "완전히 망가졌어. 여기 사람들은 경찰까지 부를 모양이야."

안전핀을 바라보며 매케일렙은 만약 저 여자가 하품을 하면 어떻게 될지 모르겠다고 잠시 딴 생각을 하다가 여자에게서 가장 멀리 떨어진 전화기로 가서 여자의 목소리를 머릿속에서 밀어내려 했다. 벨이 여섯 번이나 울려도 로크리지가 전화를 받지 않자 그는 수화기를 내려놓으려고 했다. 〈더블다운〉호의 크기를 생각하면, 아무리 멀리 있다 해도 전화벨이 네번 울리기 전에 전화를 받을 수 있을 터였다. 매케일렙이 막 포기하고 전화를 끊으려는데 버디가 마침내 전화를 받았다.

"어이, 버디, 오늘 일할 수 있어?"

"테리?"

매케일렙이 그렇다고 대답하기도 전에 로크리지가 목소리를 확 낮춰서 속삭이듯이 말했다.

"자네 지금 어디야?"

"시더스 병원. 자네가 날 좀 데리러 왔으면 해서. 무슨 일이야?"

"자네를 데리러 가는 거야 좋지만, 자네가 이리로 돌아오는 게 좋을지는 잘 모르겠는데."

"버디, 왜 그래? 헛소리는 집어치우고 도대체 무슨 일인지 말해봐."

"나도 잘 모르겠는데, 어쨌든 자네 배에 사람들이 잔뜩 몰려왔어."

"사람들이라니?"

"그게, 두 명은 어제 왔던 양복쟁이야."

네빈스와 울리그라는 얘기였다.

"그놈들이 내 배 안에 있다고?"

"그래, 안에. 게다가 자네의 체로키 자동차도 커버를 벗기고 견인트럭을 불렀어. 차를 가져갈 생각인가 봐. 내가 무슨 일인가 보려고 가봤더니 놈들이 날 바닥에 깔아뭉개다시피 했어. 배지랑 수색영장을 보여주면서 나더러 꺼지라고 하더라고. 친절과는 거리가 먼 놈들이던데. 자네 배를 수색하고 있어."

"젠장!"

매케일렙이 저편을 바라보자 울면서 전화하던 여자가 깜짝 놀라서 그를 바라보고 있었다. 그는 여자에게 등을 돌렸다.

"버디, 지금 어디야? 갑판 위야, 아래야?"

"아래."

"지금 내 배가 보여?"

"당연하지. 취사실 창문으로 내다보고 있어."

"사람이 몇 명이나 돼?"

"글쎄, 안에 있는 사람도 있어서. 그래도 다 합하면 네댓 명쯤 될 거야. 체로키 쪽에도 두어 명 더 있고."

"여자도 있어?"

"응."

매케일렙은 제이 윈스턴의 모습을 가능한 한 자세히 설명해주었다. 로크리지는 그 설명과 일치하는 여자가 배에 있다고 확인해주었다.

"지금 응접실에 있어. 아까 내가 봤을 때는 여자가 그냥 구경만 하고 있는 것 같던데."

매케일렙은 고개를 끄덕였다. 그의 머릿속으로 여러 가지 가능성들이 줄줄이 지나갔다. 어떤 각도에서 보아도 결론은 항상 똑같았다. 그가 FBI의 서류를 갖고 있다는 사실을 네빈스와 울리그가 알고 있는 것만으로 이런 일을 벌였을 리는 없었다. 수색영장까지 받아서 완벽한 수색 팀을 데려오다니. 그렇다면 결론은 하나뿐이었다. 그가 공식적으로 용의자가 됐다는 것. 매케일렙은 이 사실을 받아들이면서 네빈스와 울리그가 증거물 수색을 어떤 식으로 실시할지 머릿속으로 그려보았다.

"버디." 그가 말했다. "놈들이 배에서 뭘 가지고 나갔어? 비닐봉투나 종이봉투 같은 데에 뭘 담아서 나가지 않았느냐는 말이야."

"그랬어. 봉투가 몇 개 나갔지. 그걸 부두에 쌓아 놨어. 하지만 그건 걱정 마, 테러."

"무슨 소리야?"

"놈들이 정말로 찾으려는 걸 찾지는 못할 거야."

"그게 무슨….”

"전화로는 안 돼. 내가 지금 데리러 갈까?"

매케일렙은 멈칫했다. 이게 무슨 소리인가? 도대체 무슨 일이 벌어지고 있는 거지?

"잠깐 그대로 있어." 마침내 그가 말했다. "금방 다시 전화할게."

매케일렙은 전화를 끊고 곧장 25센트 동전을 하나 더 전화기에 집어넣은 뒤 자기 번호로 전화를 걸었다. 아무도 전화를 받지 않았다. 자동응답기가 돌아가자 자신이 메시지를 남기라고 녹음해 놓은 목소리가 들렸다. 삐 소리가 난 뒤 그가 말했다. "제이 윈스턴 형사, 거기 있으면 전화 좀 받아요."

그는 잠시 침묵 속에서 기다리다가 같은 말을 다시 하려고 했다. 그런데 그 순간에 누가 전화를 받았다. 윈스턴의 목소리가 흘러나오자 약간의 안도감이 느껴졌다.

"윈스턴이에요."

"매케일렙이에요."

그게 다였다. 그는 윈스턴이 이 전화를 어떻게 처리하는지 보고 싶었다. 윈스턴의 태도를 보고 자신의 처지를 판단하는 편이 좋을 것 같았다.

"어… 테리 씨." 윈스턴이 말했다. "어떻게… 지금 어디예요?"

아까 느꼈던 안도감이 사라지기 시작했다. 대신 두려움이 자리를 잡았다. 그는 윈스턴에게 에둘러 상황을 설명할 기회를 주었다. 윈스턴이 동료 형사나 히친스 과장에게 통화하는 척하면서 암호 같은 말로 상황을 설명해주는 걸 바란 것 같기도 했다. 하지만 윈스턴은 매케일렙의 이름을 불렀다.

"내가 어디 있는지는 중요하지 않아요." 그가 말했다. "지금 내 배에서 뭘 하는 겁니까?"

"테리 씨가 이리로 와서 나랑 얘기를 좀 하는 게 어때요?"

"아뇨, 지금 얘기하죠. 내가 용의자가 된 겁니까? 그래서 이런 일을 벌이는 거예요?"

"테리 씨, 일을 필요 이상으로 복잡하게 만들지 마세요. 이쪽으로…."

"체포영장도 나왔나요? 그것만 대답해줘요."

"아뇨, 테리 씨, 그건 없어요."

"그래도 내가 용의자이긴 하죠?"

"테리 씨, 검은색 체로키를 갖고 있다고 왜 나한테 말 안 했어요?"

매케일렙은 망치로 머리를 맞은 것 같았다. 증거들이 어떻게 맞아 떨어져서 자신을 가리키게 됐는지 알 것 같았다.

"물어보지 않았잖아요. 지금 무슨 생각을 하는 거예요? 만약 내가 범인이라면 이번 일에 끼어들어서 조사를 하고, FBI까지 끌어들였겠습니까? 정말로 그렇게 생각하는 거예요?"

"우리의 유일한 목격자를 만났잖아요."

"뭐라고요?"

"눈을 만났잖아요. 수사에 끼어들어서 우리의 유일한 목격자를 만났어요. 최면을 걸었다고요, 테리 씨. 그래서 이제 우린 눈 씨를 증언대에 세울수 없게 됐어요. 범인의 얼굴을 알 수도 있는 유일한 사람을 잃어버린 거예요. 눈 씨는….”

누군가가 찰칵 하고 또 다른 수화기를 드는 소리가 들리자 윈스턴은 말을 멈췄다.

“매케일렙 씨? 네빈스입니다. 지금 위치가 어디예요?”

“네빈스 요원, 당신이랑 통화하는 거 아닙니다. 당신은 지금 어리석은 짓을 하고 있어요. 난 그저….”

“내 말 잘 들어요. 지금 점잖게 대하려고 노력하는 중이니까. 쉽고 편안하게 갈 수도 있고, 시끄럽게 갈 수도 있습니다. 당신이 결정해요. 당신이 이리로 와서 함께 얘기를 해보고 결과가 어떻게 되는지 봅시다.”

매케일렙은 머릿속으로 재빨리 이미 밝혀진 사실들을 훑어보았다. 네빈스를 비롯한 수사관들도 자신과 똑같은 결론을 내렸을 것이다. 그들도 혈액형이라는 공통점을 찾아냈을 것이다. 그리고 매케일렙이 토레스 살인사건의 직접적인 수혜자라는 점 때문에 그를 용의선상에 올렸을 것이다. 매케일렙은 그들이 컴퓨터로 그의 이름을 조회하다가 체로키 자동차를 찾아냈을 거라고 짐작했다. 이 사실을 알아낸 뒤 그들은 한껏 흥분했을 것이다. 그래서 수색영장을 받아 배로 온 것이다.

차갑고 선뜩한 손이 목덜미를 움켜쥐는 것 같았다. 전날 밤의 침입자. 그놈이 뭘 찾으려고 들어온 게 아니라는 사실을 이제야 알 수 있었다. 놈은 그의 배에 뭔가를 갖다 두려고 온 것이다. 요원들이 원하는 걸 찾지 못할 거라던, 조금 전 버디의 말이 생각났다. 그랬더니 그림이 그려지기 시작했다.

“네빈스 요원, 내가 가죠. 하지만 먼저 거기서 뭘 찾았는지 알아야겠습니다. 뭘 찾았습니까?”

“아뇨, 테리 씨, 우린 그런 식으로 하지 않아요. 일단 당신이 온 뒤에 이야기합시다.”

"그럼 그냥 전화 끊겠습니다, 네빈스 요원. 당신한테는 이게 마지막 기회예요."

"우체국에는 들어가지 마세요, 매케일렙 씨. 벽에 당신 사진을 붙일 거니까. 우리가 증거를 짜 맞추는 대로 말입니다."

매케일렙은 전화를 끊고 전화기를 손으로 잡은 채 이마를 기댔다. 도대체 일이 어떻게 돌아가는지, 이제 어떻게 해야 하는지 알 수 없었다. 저 사람들이 뭘 찾아낸 걸까? 어젯밤의 침입자가 배에 뭘 숨겨둔 걸까?

"괜찮아요?"

그가 화들짝 놀라서 주위를 둘러보니, 코와 입술에 고리를 끼운 그 여자였다.

"괜찮아요. 그쪽은요?"

"이젠 괜찮아요. 이야기를 하고 나니 좀 풀렸어요."

"그럴 때가 있죠."

여자가 가버리자 매케일렙은 다시 수화기를 들고 25센트 동전을 또 전화기에 넣었다. 벨이 한 번 다 울리기도 전에 버디가 전화를 받았다.

"잘 들어." 매케일렙이 말했다. "날 데리러 와. 하지만 거기서 간단히 걸어 나올 수는 없을 거야."

"왜? 여긴 자유….."

"내가 방금 놈들하고 통화했거든. 그래서 자기들이 거기 있다는 걸 나한테 알려준 사람이 있다는 걸 놈들이 알아. 그러니까 이렇게 해. 신발을 벗고 열쇠랑 지갑을 그 안에 넣은 다음, 빨래 바구니에 신발을 넣고 옷으로 덮어. 그 바구니를 들고 배에서 나와서…."

"바구니에 빨랫감이 하나도 없어, 테리. 오늘 아침에 빨래를 했거든. 저 사람들이 나타나기 전에."

"괜찮아, 버디. 깨끗한 옷가지라도 좀 가져다가 더러운 빨랫감처럼 보이게 바구니에 넣어. 그 밑에 신발을 숨기는 거야. 그냥 빨래방에 가는 것처럼 굴어. 배의 해치도 잠그지 말고, 손에 25센트 동전 네 개도 미리 꺼내서 들고 있어. 놈들이 자네를 불러 세우겠지만, 자네가 제대로만 하면 자네 말을 믿고 보내줄 거야. 그러면 차에 타고 날 데리러 오면 돼."

"날 미행할지도 몰라."

"아냐. 일단 자네를 놓아준 뒤에는 빨래방에 가는 줄 알고 돌아보지도 않을 거야. 어쩌면 먼저 빨래방에 갔다가 차고로 가는 게 좋을 수도 있어."

"알았어. 그럼 어디로 가면 돼?"

매케일렙은 주저하지 않았다. 그동안 로크리지를 점점 믿게 되었기 때문이다. 게다가 자기가 먼저 조심하면 될 일이었다.

전화를 끊은 뒤 매케일렙은 토니 뱅크스에게 전화를 걸어 잠시 후에 들르겠다고 말했다. 뱅크스는 기다리고 있겠다고 대답했다.

매케일렙은 제리스 페이머스 델리로 들어가 양배추와 칠면조를 넣은 샌드위치와 러시안 드레싱을 포장용으로 주문했다. 얇게 저민 피클과 콜라 한 캔도 함께 주문했다. 그는 값을 치른 뒤 샌드위치를 들고 나와 비벌리 대로를 건너 시더스 병원으로 돌아왔다. 이 병원에 입원해서 보낸 시간이 워낙 길었기 때문에 건물 구조를 완전히 외우고 있었다. 그는 엘리베이터를 타고 3층의 산부인과 병동으로 올라갔다. 그곳의 대기실에서는 헬리콥터 이륙장 너머로 비벌리 대로와 제리스 델리를 바라볼 수 있었다. 예비 아빠가 대기실에서 샌드위치를 게걸스레 먹어치우는 모습은 그리 낯선 것이 아니었다. 따라서 그곳이라면 샌드위치를 먹으며 버디 로크리지가 오는지 살펴볼 수 있었다.

샌드위치를 다 먹는 데는 5분도 걸리지 않았지만, 버디 로크리지는 한 시간이 지나도 나타나지 않았다. 그동안 매케일렙은 헬리콥터 두 대가 빨간색 냉각통에 이식용 장기를 담아서 가져오는 모습을 지켜보았다.

로크리지가 FBI 요원들에게 붙잡힌 건지 확인하려고 막 〈더블다운〉 호에 전화를 하려던 참에 낯익은 버디의 토러스 자동차가 마침내 델리 앞에 나타났다. 매케일렙은 창가로 가서 비벌리 대로 양편을 저 멀리까지 한참동안 살펴본 뒤 경찰 헬리콥터가 떠 있지 않은지 확인하려고 하늘도 살펴보았다. 그러고 나서야 창가를 떠나 엘리베이터로 향했다.

옷가지로 가득 찬 플라스틱 빨래바구니가 토러스 뒷좌석에 있었다. 매케일렙은 차에 타서 그 바구니를 보고는 로크리지를 바라보았다. 로크리지는 하모니카로 뭔지 알 수 없는 곡을 연주하고 있었다.

"와줘서 고마워, 버디. 문제는 없었어?"

로크리지가 하모니카를 도어포켓에 넣었다.

"없었어. 자네 말대로 놈들이 날 불러 세우더니 이것저것 묻더라고. 그래도 내가 그냥 아무것도 모르는 척했더니 놓아줬어. 아마 순전히 내가 동전 네 개를 들고 있었기 때문에 보내준 것 같아. 진짜 좋은 생각이었어, 테리."

"그건 두고 봐야지. 자네를 불러 세운 게 누구야? 양복쟁이 두 명?"

"아니, 같이 온 사람 두 명이었어. 경찰들도 있었고. FBI 요원이 아니라. 어쨌든 자기들 말로는 그랬어. 그런데 나한테 이름을 밝히지 않던데."

"혹시 몸집이 큰 라틴계였어? 입에 이쑤시개를 문?"

"맞았어. 그놈이야."

어랭고였다. 매케일렙은 그 잘난 척하는 놈한테 한 번 골탕을 먹였다고 생각하니 약간 만족스러웠다.

"어디로 갈까?" 버디가 물었다.

매케일렙은 버디를 기다리는 동안 어디로 갈지 생각을 해보았다. 장기를 이식받은 사람들을 조사해야 할 필요가 있었다. 그것도 아주 빨리. 하지만 그전에 모든 준비가 제대로 갖춰졌는지 확인하고 싶었다. 그는 수사가 소방차의 접는 사다리와 비슷하다고 생각했다. 계속 사다리를 펼치기만 하면, 길이가 길어질수록 끝이 심하게 흔들거린다. 따라서 뿌리 쪽, 즉 수사의 시발점을 무시해서는 안 된다. 제대로 정리할 수 있는 거라면, 아무리 사소한 사실이라도 제자리에 정리해둘 필요가 있었다. 따라서 우선 시간대의 모순을 해결해야 할 것 같았다. 사다리 끝까지 올라가기 전에 자신이 스스로 제기한 의문들의 해답을 찾아내고 싶었다. 그의 신념과 본능이 모두 이 길이 옳다고 말하고 있었다. 그는 시간대의 모순 속에서 진실을 찾아낼 수 있을 것 같은 육감이 들었다.

"할리우드." 그가 로크리지에게 말했다.

"전에 갔던 그 비디오 회사?"

"맞아. 할리우드에 먼저 갔다가 밸리로 가자."

로크리지는 몇 블록을 달려 멜로스 대로에서 할리우드가 있는 동쪽으로 방향을 틀었다.

"좋아, 이제 말해봐." 매케일렙이 말했다. "아까 전화로 한 말이 무슨 뜻이야? 놈들이 찾는 걸 못 찾을 거라는 말 말이야."

"빨래바구니를 봐."

"왜?"

"그냥 봐봐."

버디가 매케일렙에게 고개를 돌려 고갯짓으로 뒷좌석 쪽을 가리켰다. 매케일렙은 안전띠를 풀고 몸을 돌려 뒷좌석으로 손을 뻗었다. 그러면서 뒤를 따라오는 차들도 확인해보았다. 도로에는 차가 많았지만 수상쩍은 차는 없었다.

그는 바구니로 시선을 떨어뜨렸다. 속옷과 양말이 가득 들어 있었다.

버디가 머리를 제대로 쓴 모양이었다. 네빈스든 누구든 그를 불러 세웠을 때 이런 바구니 속을 뒤지기는 쉽지 않았을 것이다.

"이거 깨끗한 거 맞지?"

"물론이지. 그건 바닥에 있어."

매케일렙은 무릎으로 의자에 올라서서 뒷좌석으로 완전히 몸을 기울였다. 그리고 바구니 안의 옷가지들을 뒷좌석에 비웠다. 뭔가 무거운 것이 둔탁하게 좌석에 부딪히는 소리가 들렸다. 요란한 무늬의 사각팬티 한 장을 치웠더니 권총이 들어 있는 비닐 지퍼백이 나왔다.

매케일렙은 그 봉투를 들고 말없이 자리로 돌아와 앉았다. 그리고 총의 윤활유 때문에 안쪽이 노랗게 변한 봉투를 매끈하게 폈다. 총을 좀 더 자세히 살펴보기 위해서였다. 목덜미에 식은땀이 흘렀다. 봉투 속의 총은 HK P7이었다. 굳이 탄도검사를 하지 않아도 이것이 케넌, 코델, 토레스를 차례로 죽인 그 총임을 알 수 있었다. 그는 허리를 숙여 총을 더 자세히 들여다보았다. 산(酸)으로 일련번호를 지워버린 흔적이 보였다. 추적할 수 없는 총이었다.

이 살인무기를 들고 있는 매케일렙의 손이 부들부들 떨렸다. 몸이 문쪽으로 축 늘어지면서 그의 기분은 지금 손에 들고 있는 이 총의 과거에서 오는 고뇌와 자신이 궁지에 처했다는 절망감 사이를 정신없이 오갔다. 누군가가 매케일렙을 함정에 빠뜨리려 하고 있었다. 만약 버디 로크리지가 〈더 팔로잉 시〉 호 밑의 어두운 물속으로 들어갔을 때 이 총을 발견하지 못 했다면, 아무도 깨뜨릴 수 없는 함정이 완성되었을 것이다.

"세상에." 매케일렙이 속삭이듯 말했다.

"아주 고약하게 꼬인 거지?"

"이게 정확히 어디 있었어?"

"자네 배 선미 아래로 2미터쯤 되는 지점에 매달린 다이빙 가방 속에 있었어. 배 아래쪽 구멍에 묶여 있더라고. 그게 거기 있다는 걸 아는 사람이라면 작살로 끌어올릴 수 있었을 거야. 하지만 그게 거기 있다는 걸 반드시 아는 사람이라야 해. 그걸 모르면 위에서는 가방이 안 보였을 거야."

"오늘 온 사람들이 물속도 수색했어?"

"응, 잠수부가 한 명 있었어. 그 사람이 물속으로 들어갔는데, 내가 자네 부탁대로 이미 확인을 끝낸 뒤였지. 내가 먼저 손을 쓴 거야."

매케일렙은 고개를 끄덕이고는 총을 양발 사이의 바닥에 놓았다. 그리고 그걸 뚫어지게 바라보며, 마치 추위를 막으려는 듯 가슴 앞에서 팔짱을 꼈다. 정말 아슬아슬하게 위기를 넘긴 셈이었다. 그는 이번에 자신을 구해준 사람과 나란히 앉아 있는데도 소외감이 밀려와 압도당할 것 같았다. 완전히 혼자가 된 기분이었다. 지금까지는 책에서만 봤던 감정이 자신의 머릿속에서 실제로 생겨나는 것이 느껴졌다. 싸울 것인지, 도망칠 것인지를 놓고 느끼는 갈등. 모든 걸 잊어버리고 도망치고 싶은 생각이 어찌나 강한지 마치 주먹으로 한 대 맞은 것 같았다. 그냥 모든 걸 그만두고 가능한 한 멀리 도망치고 싶었다.

"문제가 심각해, 버디." 그가 말했다.

"내가 보기에도 그런 것 같아." 버디가 말했다.

34 셔먼 슈퍼마켓

비디오 그라FX 컨설턴츠에 도착할 때쯤 매케일렙은 이미 평정을 되찾고 결의를 다진 뒤였다. 이리로 오는 도중에 그는 도망치는 것이 가능한지 생각해보고는 이내 불가능하다는 결론을 내렸다. 싸우는 방법밖에 없었다. 그는 심장 때문에 꼼짝없이 묶여 있는 신세였다. 도망치는 것은 곧 죽음을 의미했다. 몸이 새 심장을 거부하지 못하게 하려면 의사가 세심하게 조합해서 처방해준 약을 복용해야 했기 때문이다. 도망치는 것은 또한 그래시엘라와 레이먼드의 곁을 떠난다는 의미이기도 했다. 그런데 그 생각을 하기만 해도 약을 안 먹었을 때처럼 순식간에 심장이 말라버리는 것 같았다.

로크리지는 건물 정문 앞에서 그를 내려주고 주차금지 구역에서 그를 기다렸다. 문은 잠겨 있었지만, 토니 뱅크스에게서 배달부들을 위한 버저를 누르면 된다는 말을 미리 들었기 때문에 문제없었다. 매케일렙이 버저를 두 번 누른 뒤 뱅크스가 직접 나와서 문을 열어주었다. 그는 마닐라봉투를 들고 나와 매케일렙에게 건네주었다.

"이게 전부예요?"

"테이프와 사진이에요. 모두 아주 선명하게 나왔어요."

매케일렙은 봉투를 받았다.

"이 은혜를 어떻게 갚죠, 토니?"

"은혜라니요. 도와드릴 수 있어서 오히려 기쁘죠."

매케일렙은 고개를 끄덕이고 차로 돌아가려다가 걸음을 멈추고 뱅크스를 뒤돌아보았다.

"내가 말해둘 게 있어요. 난 이제 FBI 요원이 아니에요, 토니. 내가 오해하게 만들었다면 미안해요. 하지만…."

"이제 FBI 요원이 아니시라는 건 저도 이미 알아요."

"안다고요?"

"토요일에 전화를 드렸는데 답이 없어서 어제 요원님의 옛날 사무실 번호로 전화를 했거든요. 요원님이 보낸 편지에 있던 번호요. 벽에 붙여 놓은 편지. 그런데 그쪽에서 요원님이 일을 그만두신 지 2년쯤 됐다고 하더라고요."

매케일렙은 뱅크스를 유심히 살펴보았다. 이 청년을 이렇게 자세히 살펴본 건 이번이 처음이었다. 그는 봉투를 들어올렸다.

"그럼 나한테 왜 이걸 준 거죠?"

"그놈을 뒤쫓는 중이시니까요. 테이프에 나온 그놈이요."

매케일렙은 고개를 끄덕였다.

"행운을 빌어드릴게요. 그놈을 꼭 잡으세요."

뱅크스는 문을 닫아걸었다. 매케일렙은 고맙다고 말했지만 이미 문이 닫힌 뒤였다.

셔먼 슈퍼마켓은 텅 비어 있었다. 사탕 진열대 앞에서 고민에 빠진 여자아이 두어 명과 계산대 뒤의 청년이 전부였다. 매케일렙은 처음 이곳을 찾아왔을 때 봤던 중년여성을 다시 보게 될 거라고 기대했었다. 찬호 강의 미망인. 그는 청년의 영어실력이 그 중년여성보다는 낫기를 바라면서 천천히 또박또박 말했다.

"낮에 여기서 일하시는 여자 분을 만나고 싶은데."

청년(사실 10대 소년 같은 모습이었다)은 부루퉁한 얼굴로 매케일렙을 바라보았다.

"무슨 지진아한테 하듯이 그렇게 말 안 해도 돼요." 청년이 말했다. "나도 영어 할 줄 알아요. 여기서 태어났으니까."

"아." 매케일렙은 당황했다. "미안합니다. 전에 여기 계시던 여자분이 내 말을 잘 알아듣지 못하시기에…."

"우리 어머니세요. 어머니는 서른 살 때까지 한국에서 한국어를 쓰며 사셨어요. 손님도 언제 한번 해보세요. 한국으로 이사를 가서 20년 만에 한국어에 통달해보시라고요."

"그래요, 미안해요."

매케일렙은 손바닥을 바깥쪽으로 해서 양손을 들어올렸다. 일이 잘 풀리지 않았다. 그는 다시 질문을 던졌다.

"찬호 강의 아들인가요?"

청년이 고개를 끄덕였다.

"손님은 누구세요?"

"내 이름은 테리 매케일렙이에요. 아버님 일은 정말 유감입니다."

"원하는 게 뭐예요?"

"그날 여기서 죽은 여자분의 가족을 위해 일을 좀 하고 있는데…."

"무슨 일이요?"

"범인을 잡으려고 애쓰는 중이에요."

"어머니는 아무것도 몰라요. 어머니를 귀찮게 하지 마세요. 그렇지 않아도 힘든 분이에요."

"사실 내가 원하는 건 어머니의 시계를 살펴보는 것뿐이에요. 일전에 여기 들렀다가 아버님이 그날 밤에 차고 계시던 시계를 어머니가 차고 계신 걸 봤어요."

청년은 무표정한 얼굴로 그를 빤히 바라보다가 사탕 진열대 앞의 여자아이들을 흘깃 바라보았다.

"자, 얘들아, 이제 그만하자. 얼른 골라."

매케일렙은 여자아이들을 바라보았다. 이렇게 중요한 결정을 재촉당하는 게 달갑지 않은 표정이었다.

"시계는 왜요?"

매케일렙은 다시 청년을 바라보았다.

"글쎄, 그게 좀 복잡한데…. 경찰 보고서에 앞뒤가 안 맞는 부분이 좀 있어요. 그래서 그 이유를 알아보는 중이에요. 그러려면 총을 든 남자가 여기에 들어온 시간이 정확히 몇 시인지 알아야 해요."

매케일렙은 청년 뒤쪽의 벽에 높다랗게 걸려 있는 비디오카메라를 가리켰다.

"경찰한테서 저 테이프 복사본을 구했는데, 아버님의 시계가 화면에 나와 있더군요. 그래서 내가 화질을 높여서 살펴봤어요. 만약 어머님이 그… 시계를 차기 시작한 뒤로 시간을 다시 맞추지 않았다면 내가 원하는 시간을 알아낼 수 있어요."

"시계는 필요 없잖아요. 테이프에 시간이 나와 있어요. 테이프를 갖고 계신다면서요."

"경찰 말로는 테이프의 시간이 잘못 되어 있대요. 내가 알아보고 싶은 게 바로 그거예요. 어머니한테 전화를 걸어서 좀 물어봐줄래요?"

여자아이들이 계산대로 다가왔다. 청년은 매케일렙에게 아무 대답도 하지 않은 채 아무 말 없이 아이들의 돈을 받고 거스름돈을 내줬다. 그러고는 아이들이 밖으로 나가는 모습을 지켜본 뒤 다시 매케일렙에게 시선을 돌렸다.

"이해가 안 가네요. 무슨 소리인지 모르겠어요."

매케일렙은 크게 숨을 내쉬었다.

"난 지금 당신을 도와주려는 거예요. 아버지를 죽인 범인이 잡히기를 원하죠?"

"당연하죠. 하지만 시계 말인데… 그게 무슨 상관이에요?"

"30분만 시간을 내주면 내가 전부 설명하겠지만…."

"난 시간 많아요."

매케일렙은 청년을 잠시 바라보다가 방법이 하나밖에 없다는 결론을 내렸다. 그는 고개를 끄덕이고는 차에 가서 사진을 가져올 테니 잠시 기다리라고 말했다.

청년의 이름은 스티브 강이었다. 그는 조수석에 앉아 버디 로크리지에게 방향을 일러주었다. 그는 그래시엘라 리버스와 레이먼드 토레스의 집에서 겨우 몇 블록 떨어진 동네에 살고 있었다.

매케일렙은 수사 상황을 자세히 설명해서 청년을 설득했다. 스티브는 매케일렙의 가설을 한참 동안 진지하게 생각해본 다음 가게 문에 '곧 돌아오겠습니다'라는 표지판을 내걸고 문을 잠갔다. 그는 대개 집에서 가게까지 걸어 다니지만, 이번에는 로크리지의 차를 타는 편이 시간을 절약해줄 것 같았다.

스티브 강은 매케일렙을 데리고 집으로 들어갔고, 로크리지는 차 안에서 기다렸다. 그의 집은 그래시엘라의 집과 사실상 똑같은 구조였다. 아마 1950년대 초에 같은 개발업자가 두 집을 모두 지은 모양이었다. 강은 매케일렙에게 거실에 앉아 있으라고 말하고는 침실로 통하는 복도 아래쪽으로 사라졌다. 복도에서 이야기 소리가 희미하게 들려왔다. 매케일렙은 몇 초가 흐른 뒤에야 두 사람이 한국어로 말하고 있음을 깨달았다.

기다리는 동안 그는 두 집의 비슷한 구조를 생각하며, 총격 사건이 있던 날 밤부터 며칠 동안 두 가족이 슬픔에 잠긴 모습을 상상해보았다.

스티브 강이 다시 나타나 매케일렙에게 무선 전화기와 아버지의 시계를 건네주었다.

"어머니는 아무것도 안 바꾸셨대요." 그가 말했다. "그날 밤 상태 그대로예요."

매케일렙은 고개를 끄덕였다. 뭔가가 움직이는 것이 시야의 가장자리에 잡혔다. 왼쪽을 바라보니 스티브 강의 어머니가 복도에 서서 그를 가만히 지켜보고 있었다. 매케일렙은 그녀에게 목례를 했지만, 그녀는 아무런 반응도 보이지 않았다.

매케일렙은 이 집에 들어올 때 화질을 높인 사진, 수첩, 전화번호 수첩을 함께 가져왔다. 스티브 강에게 자신의 계획을 미리 말해주기는 했지만, 그가 보는 앞에서 실행에 옮기려니 불편했다. 그는 이제부터 경찰관 행세를 할 예정이었다. 그리고 그건 범죄였다. 비록 그가 에디 어랭고 같은 인간을 사칭하는 거라 해도.

그는 전화번호 수첩에서 LA 시내의 중앙 통신센터 번호를 찾아냈다. 이건 그가 LA 지부에서 근무하던 시절부터 갖고 있던 번호였다. 그때는 여러 기관들의 활동을 그가 조율해야 하는 경우가 간혹 있었다. 통신센터는 시청 지하 4층에 있는, 동굴처럼 어둡고 넓은 곳이었다. 경찰과 소방서의 무선통신이 모두 여기서 전송되었다. 글로리아 토레스와 찬호 강 사건이 발생한 시각을 공식적으로 확인해준 것도 바로 이곳의 시계였다.

할리우드에서 슈퍼마켓까지 오는 도중에 매케일렙은 토레스 파일을 꺼내서 사건 보고서에 적혀 있는 어랭고의 배지 번호를 알아냈다. 그는 스티브 강에게서 받은 시계를 소파 팔걸이에 놓고 통신센터의 비(非)응급 번호로 전화를 걸었다. 벨이 네 번 울린 뒤 교환원이 전화를 받았다.

"웨스트밸리 살인사건 전담반의 어랭고입니다." 매케일렙이 말했다. "배지 번호 1411. 현재 무전기는 없습니다. 감시 개시에 대한 위치확인만 해주면 됩니다. 그리고 혹시 시각을 초까지 말해줄 수 있습니까?"

"초까지요? 세상에, 정말로 정확한 분이시네요, 어랭고 형사님."

"그럼요, 정확하죠."

"잠시만요."

매케일렙은 시계를 내려다보았다. 교환원의 목소리가 다시 들려온 시각은 오후 5시 14분 42초였다.

"시각은 17시 14분 38초예요."

"알겠습니다." 매케일렙이 말했다. "고맙습니다."

그는 전화를 끊고 스티브 강을 바라보았다.

"아버님의 시계는 통신센터 시계보다 4초가 빨라요."

강은 눈을 가늘게 뜨고 소파 옆으로 돌아와 매케일렙이 수첩에 시간을 적고, 자신이 작성한 시간대별 기록에서 특정 시간을 찾아본 다음, 계산을 하는 모습을 지켜보았다.

두 사람 모두 동시에 같은 결론에 도달했다.

"그렇다면….'

스티브 강은 말을 끝맺지 않았다. 그는 복도에 서 있는 어머니를 흘깃 바라보더니 매케일렙이 수첩에 밑줄을 쳐 놓은 시간을 다시 바라보았다.

"나쁜 자식!" 그가 증오가 가득한 소리로 속삭였다.

"그런 말로도 부족한 놈이죠." 매케일렙이 말했다.

밖에서 기다리던 버디 로크리지는 매케일렙이 나오는 것을 보자마자 토러스의 시동을 걸었다. 매케일렙이 홀쩍 차에 올라탔다.

"가자."

"그 청년도 다시 태워다 줄 거야?"

"아니, 어머니랑 할 얘기가 있대. 가자."

"알았어, 알았어. 어디로 가?"

"배로 돌아가야지."

"배로? 거긴 가면 안 돼, 테리. 그 사람들이 아직 있을지도 모른다고. 아니면 배를 감시하고 있거나."

"상관없어. 어차피 나한텐 선택의 여지가 없으니까."

35 동지

로크리지는 부두에서 800미터쯤 떨어진 카브리요 웨이에서 매케일렙을 내려주었다. 매케일렙은 대로변에 늘어선 자그마한 가게들의 그림자를 따라 배까지 걸어갔다. 두 사람은 버디가 토러스에 열쇠를 놓아둔 채 아무 일도 없는 것처럼 자기 배로 돌아가기로 계획을 짰다. 만약 조금이라도 이상한 점이 눈에 띈다면, 그러니까 낯선 사람이 부두 근처를 어슬렁거리기라도 하면, 버디가 〈더블다운〉 호의 돛대 등불을 켤 것이다. 그 불빛은 아주 멀리서도 볼 수 있으므로 매케일렙이 미리 몸을 피할 수 있을 터였다.

부두가 눈에 보이는 곳까지 왔을 때 매케일렙은 수십 개의 돛대들을 눈으로 훑었다. 이미 어두워진 하늘을 배경으로 불을 켠 돛대는 하나도 보이지 않았다. 상황이 괜찮은 모양이었다. 주위를 둘러보니 구멍가게 바깥에 공중전화가 하나 있었다. 그는 그리로 가서 로크리지에게 전화를 걸었다. 그 덕분에 무거운 가죽가방을 잠시라도 바닥에 내려놓을 수 있는 틈이 생겼다. 벨이 울리자마자 로크리지가 전화를 받았다.

"안전해?" 매케일렙이 물었다. 이건 몇 년 전에 재미있게 봤던 영화 속의 대사였다.

"그런 것 같아." 버디가 말했다. "이제 아무도 안 보여. 들어오는 길에 날 잡은 사람도 없고. 주차장에도 표시 없는 경찰차처럼 보이는 차가 전혀 없어."

"내 배는 어때?"

버디가 배를 살펴보러 간 동안 침묵이 흘렀다.

"아직 제자리에 있어. 자네가 들어가는 걸 막으려는 건지 노란 테이프를 둘러 놨는데."

"알았어, 버드. 그럼 들어갈게. 먼저 빨래방으로 가서 가방을 건조기 안에 넣을 거야. 만약 내가 배로 갔다가 놈들한테 기습을 당하면 자네가 그 가방을 가져와서 내가 나올 때까지 보관해줘. 그럴 수 있지?"

"물론이지."

"좋아. 만약 배에서 아무 일이 없어도 난 오래 머무르지 않을 거야. 그러니까 지금 미리 말할게. 정말 고마워, 버디. 자네한테 정말 크게 신세를 졌어."

"에이, 아무것도 아냐. 그 나쁜 놈들이 자네를 어떻게 보든 난 상관없어. 자네가 멋진 사람이라는 걸 아니까."

매케일렙은 다시 한 번 고맙다고 말하고는 전화를 끊은 뒤 가방을 들어 겨드랑이에 끼고 부두를 향해 걷기 시작했다. 먼저 빨래방에 들른 그는 빈 건조기를 찾아내서 가방을 숨겼다. 그러고는 배까지 무사히 걸어갔다. 미닫이문의 잠금장치를 열기 전에 그는 마지막으로 한 번 더 주위를 둘러보았다. 이상하거나 수상쩍은 구석은 전혀 없었다. 〈더블다운〉 호의 조종실에 앉아 있는 버디 로크리지의 모습이 검은 실루엣으로 보였다. 하모니카를 트레몰로로 연주하는 소리도 들렸다. 매케일렙은 그 실루엣을 향해 고개를 끄덕하고는 문을 밀어 열었다.

배 안에서는 탁하고 퀴퀴한 냄새가 났지만, 향수 냄새 또한 아직 남아 있었다. 제이 윈스턴이 남기고 간 향기인 모양이었다. 매케일렙은 불을 켜는 대신 해도탁자 밑에 걸어둔 손전등으로 손을 뻗었다. 그는 손전등을 켜서 옆구리에 늘어뜨려 바닥을 비추게 했다. 그리고 아래층으로 향했다. 빨리 움직여야 한다는 걸 알기 때문이었다. 그는 며칠 동안 필요한 옷가지, 약, 의료용품만 챙겨서 갈 생각이었다. 일이 어떻게 풀리든 자신이 확보할 수 있는 시간이 며칠밖에 안 될 것 같았다.

그는 복도의 해치 중 하나를 열고 커다란 가방을 꺼냈다. 그러고는 중앙 선실로 가서 필요한 옷가지를 챙겼다. 손전등 불빛에만 의지해서 은밀히 짐을 싸다 보니 속도가 느렸지만, 결국은 필요한 옷을 모두 챙길 수 있었다.

옷을 다 싼 그는 가방을 들고 복도를 가로질러 약과 의료용품, 맥박 등을 기록한 클립보드를 가지러 갔다. 그는 지퍼가 열린 가방을 개수대에 올려놓고 약품 상자와 약병들을 집어넣으려다가 갑자기 뭔가를 깨달았다. 자신이 복도를 가로지를 때 위쪽에 불빛이 있었다는 것. 취사실의 불빛이었다. 아니면 응접실 천장의 불빛 같기도 했다. 그는 순간적으로 얼어붙어서 위에서 들려오는 소리가 없는지 귀를 기울이며, 지금까지 자신의 움직임을 되짚어보았다. 자신이 배에 들어온 뒤 불을 켠 적이 없는 건 확실했다.

그는 거의 30초 동안 귀를 기울였지만 아무 소리도 들리지 않았다. 그는 조용히 복도로 다시 나와 계단 위쪽을 올려다보았다. 그렇게 꼼짝도 않고 서서 귀를 기울이며 자신이 취할 수 있는 행동들을 가늠해보았다. 계단을 다시 올라가지 않고 밖으로 나가는 유일한 길은 뱃머리 선실의 천장에 있는 갑판 해치밖에 없었다. 하지만 저 위에 있는 사람이 누군지는 몰라도, 그 도주로를 감시하지 않을 리가 없었다.

"버디." 매케일렙은 큰 소리로 외쳤다. "자네야?"

대답은 한참 침묵이 흐른 뒤에야 돌아왔다.

"아뇨, 테리 씨. 버디가 아니에요."

여자의 목소리였다. 매케일렙이 아는 목소리.

"제이 씨?"

"이리로 올라오지 그래요?"

그는 뒤를 돌아보았다. 손전등은 가방 안에 들어 있어서 빛이 밖으로 거의 새어나오지 않았다. 그 불빛만 빼면, 매케일렙은 어둠 속에 잠겨 있었다.

"올라갈게요."

윈스턴은 티크 커피탁자 근처의 푹신푹신한 회전의자에 앉아 있었다. 아까는 그가 어둠 속에서 윈스턴을 못 보고 그냥 지나쳐버린 모양이었다. 매케일렙은 응접실 맞은편의 똑같은 의자에 앉았다.

"왔어요, 제이 씨? 일은 잘돼요?"

"별로요."

"나도 그래요. 아침에 제이 씨한테 전화를 하려고 했는데요."

"뭐, 내가 먼저 와버렸네요."

"친구들은 어디 있어요?"

"그 사람들은 내 친구가 아니에요. 테리 씨 친구는 더욱더 아니고요."

"그런 것 같았어요. 그래, 어쩐 일이에요? 왜 그 사람들 없이 혼자 여기 있어요?"

"가끔은 우리처럼 멍청한 지역 경찰이 FBI 사람들보다 똑똑한 짓을 하거든요."

매케일렙은 미소를 지었다. 우스워서 짓는 웃음이 아니었다.

"내가 약을 가지러 올 수밖에 없다는 걸 알고 있었죠?"

윈스턴은 마주 웃으며 고개를 끄덕였다.

"그 사람들은 테리 씨가 이미 멕시코로 갔거나, 아니면 거의 다 갔을 거라고 생각해요. 하지만 나는 캐비닛에 약이 가득 들어 있는 걸 보고 테리 씨가 다시 올 수밖에 없다는 걸 알았죠. 약은 개를 묶어두는 끈과 같으니까요."

"그럼 이제 날 잡아가서 공을 세우겠네요."

"꼭 그렇지는 않아요."

그는 곧장 반응을 보이지 않았다. 그는 윈스턴의 말을 곱씹으며 그녀가 어떻게 나올지 생각해보았다.

"그게 무슨 말이에요, 제이 씨?"

"내 육감과 증거가 서로 다른 곳을 가리키고 있다는 뜻이에요. 난 대개 육감을 믿는 편이에요."

"나도 그래요. 증거라면 뭘 말하는 거죠? 오늘 여기서 뭘 찾았어요?"

"별것 없어요. CI라는 로고가 있는 야구모자뿐이에요. 우리가 보기에 CI는 카탈리나 섬을 뜻하는 것 같아요. 제임스 눈이 묘사한 체로키 운전자의 모자와 모양이 일치하죠. 그것 말고는 하나도 없었어요. 해도탁자의 맨 위 서랍을 열어볼 때까지는."

매케일렙은 해도탁자를 바라보았다. 전날 밤 침입자가 도망친 뒤 해도탁자 서랍을 열고 확인했던 것이 기억났다. 그때는 이상한 점도, 그에게 불리할 것 같은 물건도 전혀 없었다.

"그 안에 뭐가 있었는데요?"

"그 안에요? 아무것도요. 문제는 그 밑이었어요. 밑에 테이프로 붙어 있더라고요."

매케일렙은 일어서서 해도탁자로 갔다. 그리고 맨 위 서랍을 꺼내 뒤집은 뒤, 두꺼운 테이프를 붙였던 자리에 남은 접착제 자국을 손가락으로 쓸었다. 그는 미소를 지으며 고개를 저었다. 침입자가 들어와서 미리 테이프를 붙여둔 꾸러미를 열린 서랍 밑에 붙이는 데는 시간이 별로 필요하지 않았을 것이다.

"내가 알아맞혀 볼까요?" 그가 말했다. "비닐…."

"아뇨. 아무 말도 하지 말아요. 지금 무슨 말이든 했다가는 나중에 그 말에 당할 수 있어요. 난 테리 씨를 해치고 싶지 않아요."

"그런 건 상관없어요. 이제는. 그러니까 내가 알아맞혀 볼게요. 서랍 밑에 비닐봉지가 있었겠죠. 지퍼백처럼 생긴 봉지. 그 안에는 범인이 글로리아 토레스한테서 가져간 십자가 귀걸이와 제임스 코렐의 가족사진이 있었을 테고요. 범인이 코렐의 차에서 가져간 사진 말이에요."

윈스턴은 고개를 끄덕였다. 매케일렙은 자기 자리로 돌아왔다.

"도널드 케넌의 커프스 단추도 있었어요." 윈스턴이 말했다. "달러 기호 모양의 순은제."

"그건 몰랐어요. 네빈스와 울리그, 그리고 그 못된 어랭고가 그 봉지를 찾아내고는 좋아 죽었겠는데요."

"우쭐거린 건 사실이에요." 윈스턴이 고개를 끄덕이며 말했다. "기분이 아주 좋은 모양이더라고요."

"제이 씨는 아니었네요."

"네. 사건이 너무 쉽게 풀렸잖아요."

두 사람은 잠시 침묵 속에 앉아 있었다.

"테리 씨, 세 건의 살인과 테리 씨를 연결시키는 증거가 배에서 발견됐다는데도 별로 걱정하는 기색이 아니네요. 게다가 테리 씨는 그 살인사건을 저지를 동기까지 갖고 있는데 말이에요." 윈스턴은 고갯짓으로 매케일렙의 가슴을 가리켰다. "기껏해야 살짝 기분이 상한 정도랄까? 무슨 이유인지 말해줄래요?"

매케일렙은 팔꿈치를 무릎에 괴고 앞으로 몸을 기울였다. 그 덕분에 그의 얼굴이 빛 속에 드러났다.

"전부 누가 일부러 가져다 놓은 거예요, 제이 씨. 야구모자, 귀걸이, 전부. 어젯밤에 이 배에 침입자가 있었어요. 여기서 뭘 훔쳐가지는 않았으니, 물건을 두고 갔겠죠. 목격자도 있어요. 누가 날 함정에 빠뜨린 거라고요. 이유는 모르겠지만, 이건 함정이에요."

"만약 볼로토프를 의심하는 거라면, 잊어버려요. 볼로토프는 일요일 오후에 가석방 담당관한테 붙잡혀서 줄곧 밴 나이스 구치소에 있었어요."

"아뇨, 볼로토프를 의심하는 게 아니에요. 그 친구는 이 일과 아무 상관 없어요."

"생각이 많이 달라진 모양이네요."

"그동안 일어난 일들을 생각하면 그 친구가 범인일 가능성이 없어요. 생각해봐요. 내가 그 친구를 의심한 건, HK P7이 도난당한 장소 근처에 그 친구의 직장이 있기 때문이에요. 그러니 그 친구가 코델과 토레스를 죽인 총을 훔쳤을 거라고 의심하기 딱 좋았죠. 하지만 그 강도 사건은 12월에 일어났어요. 크리스마스 무렵에. 거기에 케넌을 덧붙여 봐요. 케넌은 11월에 P7에 맞아 죽었어요. 그러니 그 둘이 같은 총일 리가 없어요. 볼로토프가 정말로 그 총을 훔쳤다 해도 말이에요. 그러니까 볼로토프는 상관 없어요. 그 친구가 날 만났을 때 왜 그렇게 날뛰었는지, 도망친 이유가 뭔지는 아직 잘 모르겠지만요."

"뭐, 테리 씨 말대로 그놈이 크리스마스 때 발생한 그 강도사건의 범인인지도 모르죠. 그런데 테리 씨가 나타나서 살인사건 두 건의 혐의를 씌우겠다는 식으로 겁을 주니까 도망친 거예요. 간단해요."

매케일렙은 고개를 끄덕였다.

"이제 볼로토프는 어떻게 되죠?"

"그 시계 공장 사장이 볼로토프가 깬 창문에 대해 보상을 받는 대가로 고소를 취하할 거예요. 그래서 볼로토프는 오늘 청문회를 거쳐서 석방될 거예요."

매케일렙은 다시 고개를 끄덕이고는 카펫을 내려다보았다.

"그러니까 그놈은 잊어버려요, 테리 씨. 그럼 이제 뭐가 남죠?"

매케일렙은 다시 고개를 들어 강렬한 눈빛으로 윈스턴을 바라보았다.

"이제 거의 다 왔어요. 한두 걸음만 더 가면 모든 수수께끼를 풀 수 있어요. 총을 쏜 놈이 누군지 이제 알 것 같아요. 며칠만 있으면 그놈에게 살인을 청부한 자도 알아낼 거예요. 내가 찾아낸 용의자 명단이 있어요. 우리가 뒤쫓는 범인이 그 명단에 틀림없이 있을 거예요. 이번에도 육감을 믿어 봐요, 제이 씨. 지금 날 체포해서 데려갈 수도 있겠지만, 그러면 안 돼요. 결국은 내가 무죄를 증명할 수 있을 테니까요. 하지만 그러는 동안에 우리는 지금의 이 기회를 놓치고 말 거예요."

"총을 쏜 놈이 누구예요?"

매케일렙은 자리에서 일어섰다.

"가서 가방을 가져와야 해요. 그 안에 답이 있어요."

"가방이 어디 있는데요?"

"부두 빨래방의 건조기 안에요. 내가 거기 숨겨뒀어요. 여기 상황이 어떤지 몰라서."

윈스턴은 잠시 생각에 잠겼다.

"내가 가서 가져올게요." 매케일렙이 말했다. "아직 약이 여기 있으니까 어차피 난 아무 데도 못 가요. 날 못 믿겠으면 나랑 같이 가도 돼요."

윈스턴은 손사래를 쳤다.

"됐어요. 갔다 와요. 가서 가방을 가져와요. 난 여기서 기다릴게요."

빨래방으로 가는 길에 매케일렙은 버디 로크리지를 만났다. 버디는 빨래방에서 가죽가방을 꺼내서 가져오는 중이었다.

"괜찮은 거야? 누가 자네를 잡으려고 하면 이걸 가져가서 보관하라고 아까 나한테 말했잖아."

"아무 문제 없어, 버디. 그런 것 같아."

"그 여자가 무슨 얘기를 했는지는 모르지만, 그 여자도 오늘 여기 왔던 사람들이랑 한패야."

"나도 알아. 하지만 내 편인 것 같아."

매케일렙은 버디에게서 가방을 받아 다시 배로 향했다. 안으로 들어간 그는 텔레비전을 켜고 VCR에 셔먼 슈퍼마켓 비디오테이프를 넣어 재생시켰다. 그는 빨리감기 버튼을 누른 뒤 범인이 들어와 글로리아 토레스와 가게 주인을 쏘고 도망치는 모습을 지켜보았다. 곧 착한 사마리아인이 안으로 들어오자 매케일렙은 테이프를 정상 속도로 틀었다. 착한 사마리아인이 쓰러진 글로리아를 돕다가 고개를 든 순간 매케일렙은 일시정지 버튼을 눌렀다.

그는 텔레비전 화면에 정지화면으로 떠 있는 남자를 가리키며 제이 윈스턴을 바라보았다.

"이 사람이에요. 이 사람이 총을 쏜 범인이에요."

윈스턴은 한참 동안 화면을 빤히 바라보았다. 무슨 생각을 하는지 전혀 알 수 없는 표정이었다.

"왜 이 사람이 범인이라는 거예요?"

"시간대가 문제예요. 어랭고와 월터스는 이 사건을 줄곧 평범한 강도 총격 사건으로만 봤어요. 사건 자체가 그렇게 보이니까요. 두 사람을 탓할 수도 없죠. 하지만 두 사람은 이 사건을 제대로 수사하지 않았어요. 시간대를 완전히 확인할 생각조차 안 했으니까요. 그냥 눈에 보이는 걸 그

434

대로 믿어버렸을 뿐이에요. 그런데 가게 비디오에 찍힌 시간과 착한 사마리아인이 신고전화를 했을 때 통신센터의 대형 시계가 가리키던 시간이 서로 달랐어요."

"맞아요. 테리 씨가 전에 얘기해줬잖아요. 시간차가 얼마나 됐죠? 30초 정도인가요?"

"34초예요. 가게 비디오에 따르면, 착한 사마리아인은 총격사건이 발생하기 34초 전에 신고전화를 한 게 돼요."

"하지만 월터스나 어랭고가 비디오에 찍힌 시간이 정확한지 확인할 수 없었을 거라고 테리 씨가 말했잖아요. 그 두 사람은 가게 주인, 그러니까 강 씨가 직접 시간을 맞춰서 조금 차이가 나는 모양이라고 생각했겠죠."

"맞아요. 두 사람은 그렇게 추측만 하고 끝났지만, 난 안 그랬어요."

매케일렙은 계산대 위에 쓰러진 찬호 강의 팔목에 시계가 보이는 장면까지 비디오를 뒤로 돌려 슬로모션으로 틀었다. 그리고 화면을 앞뒤로 돌리며 화면 맨 아래의 시간 표시에 자신이 원하는 숫자가 나오는 순간을 찾았다. 거기서 화면을 멈춘 뒤 그는 가방에서 화질을 높여 뽑은 사진을 꺼냈다.

"나는 총격이 정확히 몇 시에 발생했는지 파악하려고 시간을 자세히 검토했어요. 저 시계 보이죠?"

윈스턴은 고개를 끄덕였다. 매케일렙은 윈스턴에게 사진을 건넸다.

"옛날에 FBI에 있을 때 일을 부탁했던 친구에게 이 장면의 화질개선을 부탁했어요. 이건 그걸 사진으로 뽑은 거예요. 보다시피 시계에 나타난 시간과 비디오에 찍힌 시간이 똑같아요. 초까지 정확하게. 강 씨가 자기 시계를 보고 카메라 시계를 맞춘 거예요. 여기까지는 이해가 가죠?"

"네. 비디오와 시계의 시간이 똑같다 이거죠? 그래서요?"

매케일렙은 잠시만 기다리라는 듯이 한 손을 들어올리더니 수첩을 꺼내서 자신이 작성한 시간대 메모를 찾았다.

"시내에 있는 중앙 통신센터의 시계에 따르면, 착한 사마리아인은 10시 41분 03초에 총격을 신고하는 전화를 했어요. 그런데 그건 비디오테이프에 찍힌 총격 발생시간보다 34초 이전이에요. 맞죠?"

"맞아요."

매케일렘은 저녁 때 셔먼 슈퍼마켓에 갔다가 강의 집까지 가서 시계를 직접 확인했다고 설명했다. 살인사건 이후로 시계를 다시 맞춘 적이 없다는 말도 했다.

"그걸 확인한 뒤에 통신센터에 전화해서 시간을 확인하며 시계와 비교했어요. 그런데 그 시계는 통신센터 시계보다 겨우 4초 빠를 뿐이었어요. 그러니까 살인사건 당시 비디오 시간도 통신센터 시계보다 겨우 4초 빨랐다는 얘기예요."

윈스턴은 미간을 좁히고 몸을 앞으로 기울이며 그의 설명을 이해하려고 애썼다.

"그렇다면⋯."

그녀는 말을 끝맺지 않았다.

"그렇다면 비디오 시계와 통신센터 시계 사이에 시간차가 거의 없다는 뜻이에요. 겨우 4초예요. 그러니까 착한 사마리아인이 통신센터 시계로 10시 41분 03초에 총격을 신고하는 전화를 걸었다면, 당시 가게 시계로는 10시 41분 07초였을 거예요. 시간차가 4초밖에 안 되니까요."

"그건 말도 안 돼요." 윈스턴이 고개를 저으며 말했다. "그건 총격이 발생하기 전이잖아요. 30초 전이라고요. 글로리아는 아직 가게에 들어오지도 않았을 때예요. 아마 그때 막 차를 세우고 있었을 거예요."

매케일렘은 아무 말도 하지 않았다. 그는 자신이 말을 하거나 재촉하지 않고 윈스턴이 스스로 결론을 내리게 할 생각이었다. 만약 그녀가 혼자 힘으로 그와 똑같은 결론에 이른다면 그 효과가 훨씬 더 커질 터였다.

"그렇다면…." 윈스턴이 말했다. "이 착한 사마리아인은 총격이 발생하기 전에 이미 신고전화를 한 게 돼요."

매케일렙은 고개를 끄덕였다. 윈스턴의 눈빛이 점점 강렬하게 변하고 있었다.

"그놈이 왜 그런… 미리 알고 있었군요. 총격이 발생할 거라는 걸 미리 알았어요. 놈은… 젠장! 그놈이 범인이에요!"

매케일렙은 한 번 더 고개를 끄덕였다. 이번에는 얼굴에 만족스러운 미소가 떠올라 있었다. 이제 윈스턴도 그와 같은 차를 타게 된 셈이었다. 두 사람은 이제부터 가속 페달을 밟을 참이었다.

36 용의자 X

"그동안 이걸 머릿속으로 굴리면서 사실을 밝혀낸 거예요?"

"어느 정도는요."

"그럼 다 말해줘요."

매케일렙은 이제 취사실에 서서 오렌지주스를 마시려고 잔에 따르고 있었다. 윈스턴은 음료수를 거절했지만, 그와 함께 취사실에 서 있었다. 너무 흥분해서 가만히 앉아 있을 수 없는 모양이었다. 매케일렙도 잘 아는 감정이었다.

"잠깐 기다려요." 그가 말했다.

매케일렙은 단번에 오렌지주스를 다 마셔버렸다.

"미안해요. 오늘 혈당관리를 못한 것 같아서요. 식사를 너무 늦게 했거든요."

"괜찮은 거예요?"

"괜찮아요."

그는 잔을 개수대에 놓고 돌아서서 조리대에 몸을 기댔다.

"자, 내 생각은 이래요. 먼저 X라는 사람이 있어요. 일단은 남자라고 가정하죠. 이 사람은 필요한 게 있어요. 새로운 장기. 콩팥이나 간. 어쩌면 골수일 수도 있고요. 각막일 가능성도 있지만, 그건 좀 지나친 것 같네요. 뭐가 됐든, 사람을 죽일 만큼 가치 있는 것이어야 해요. 목숨이 오락가락 할 만큼 중요한 것. 만약 각막이라면, 장님이 돼서 제대로 살 수 없게 될 만큼 심각한 병이겠죠."

"심장은요?"

"그것도 목록에 들어 있겠지만, 심장은 내가 받았어요. 그러니까 네빈스, 울리그, 어랭고 등등처럼 내가 바로 X라고 생각하는 게 아니라면 심장은 지워버립시다. 됐죠?"

"좋아요. 계속해요."

"이 X라는 사람은 돈과 인맥을 갖고 있어요. 사람을 구해서 살인을 청부할 수 있을 만큼."

"범죄조직과 연결돼 있겠죠."

"그럴 수도 있지만 반드시 그렇지는 않아요."

"카놀리를 잊지 말라는 말은 어쩌고요?"

"글쎄요. 나도 그걸 생각해봤는데, 진짜 범죄조직원이 저지른 거라면, 좀 과시적이지 않아요? 그래서 수사에 혼선을 주려는 수작이 아닌가 싶은데, 지금은 그냥 추측일 뿐이죠."

"좋아요. 그럼 그건 당분간 잊어버리죠. X 얘기를 계속해봐요."

"X는 살인을 청부할 수 있을 뿐만 아니라, BOPRA의 컴퓨터에도 접근할 수 있는 사람이에요. 자기한테 필요한 장기가 누구한테 있는지 알아야 하니까요. 혹시 BOPRA가 뭔지 알아요?"

"오늘 알았어요. 그리고 네빈스한테 테리 씨에 관해 똑같은 말을 해줬죠. '테리 매케일렘이 어떻게 BOPRA 컴퓨터에 접근할 수 있었겠어요?'라고. 그랬더니 그쪽 컴퓨터 보안 시스템이 아주 엉망이라고 대답하더라고요. 그러니까 테리 씨가 시더스에 입원해 있는 동안 그쪽 컴퓨터를 해킹했다는 거죠. 거기서 CMV 네거티브 AB형의 헌혈자들 명단을 구해서 일을 시작했다는 거예요."

"좋아요. 그럼 그 사람들하고 똑같은 가설을 세우되, 범인이 내가 아니라 X라고 가정해요. X는 그 명단을 구한 뒤 착한 사마리아인을 일에 투입해요."

매케일렙은 응접실 쪽을 가리켰다. 응접실 텔레비전 화면에 착한 사마리아인의 얼굴이 여전히 정지화면으로 떠 있었다. 두 사람 모두 그 얼굴을 잠시 바라보다가 매케일렙이 말을 이었다.

"살인자는 명단을 훑어보다가 낯익은 이름을 발견해요. 도널드 케넌이죠. 케넌은 유명한 사람이에요. 적이 아주 많다는 게 가장 큰 이유지만. 바로 그 점 때문에 케넌은 완벽한 표적이 되죠. 투자자들뿐만 아니라 그의 배후에서 어른거리는 폭력단원들까지 워낙 적이 많아서 범행을 훌륭하게 위장할 수 있거든요."

"그래서 착한 사마리아인이 케넌을 고른 거군요."

"그렇죠. 놈은 케넌을 선택한 뒤 케넌을 감시해서 일상을 파악해요. 케넌은 연방정부의 감시장치를 차고 있기 때문에 아주 단순한 생활을 하고 있죠. 대개는 집 밖으로 나가지도 않아요. 하지만 착한 사마리아인은 낙담하지 않아요. 아침마다 케넌의 아내가 아이들을 학교에 데려다주려고 차를 몰고 나가면 케넌이 그 집에 20분 동안 혼자 있게 된다는 걸 알아냈거든요."

말을 많이 해서 목이 말랐다. 매케일렙은 개수대에서 잔을 다시 꺼내 오렌지주스를 한 잔 더 따랐다.

"그래서 놈은 그 시간에 들이닥쳐요." 매케일렙은 주스를 반 잔쯤 단숨에 들이켠 뒤 말을 이었다. "놈은 케넌이 병원에 도착할 때까지는 살아 있게 해야 한다는 걸 알고 있어요. 이식할 장기를 보존해야 하니까요. 놈이 자칫 너무 확실하게 일을 처리하면, 케년이 죽은 상태로 병원에 도착할 테니 아무 소용이 없어져요. 그래서 놈은 집 안으로 들어가 케년을 붙들고 정문까지 데리고 나와요. 그러고는 케년의 아내가 아이들을 데려다주고 돌아오기를 기다리죠. 케년에게 문에 난 구멍을 내다보게 해서 아내가 맞는지 확인시키고는 케년에게 총을 쏜 뒤 바닥에 눕혀 놓는 거예요. 아내가 문을 열면 바로 볼 수 있게."

"하지만 케년은 병원에 도착하기 전에 죽었어요."

"그렇죠. 계획은 잘 세웠는데 범인이 실수를 한 거예요. P7에 데버스테이터를 사용한 게 문제였죠. 이런 일에는 안 맞는 총알이에요. 부서지기 쉬운 총알이라 그대로 폭발하면서 케년의 뇌를 사실상 곤죽으로 만들어서 생명유지 활동의 지휘본부인 뇌가 완전히 파괴됐거든요. 그래서 케년은 사실상 즉사한 거나 다름없었어요."

매케일렙은 여기서 말을 멈추고, 윈스턴을 지켜보았다. 그녀는 매케일렙의 이야기를 곰곰이 생각하는 눈치였다. 매케일렙은 의견을 말하기 전에 잠깐 기다리라는 뜻으로 손가락 하나를 들어올린 뒤, 응접실에 있는 자기 가방으로 가서 서류 하나를 꺼냈다. 윈스턴이 가방을 볼 수 없게 일부러 몸으로 가방을 가리는 것도 잊지 않았다. 아직 가방 안에 있는 P7을 윈스턴에게 보여주고 싶지 않아서였다.

조리대로 돌아온 그는 서류를 넘겨 자신이 원하는 부분을 찾았다.

"이건 원래 내가 갖고 있으면 안 되는 서류지만, 어쨌든 한번 봐요. 이건 FBI가 케년의 집에 불법적으로 설치한 도청장치의 녹취록이에요. 여긴 케년이 총에 맞는 순간의 기록이고요. 두 사람이 주고받은 말이 전부 녹음되지는 않았지만, 녹음된 부분만 보면 방금 내가 이야기한 내용과 잘 맞아떨어져요."

윈스턴은 매케일렙과 나란히 서서 그가 버디 로크리지의 차를 타고 부두로 오는 길에 펜으로 둥글게 원을 그려 표시해둔 부분을 읽었다.

미지의 남자: 좋아, 잘 봐. 누군지….

케넌: 안 돼…. 저 사람은 이번 일과 아무 상관없어요. 저 사람은….

윈스턴은 고개를 끄덕였다.

"범인이 케넌에게 구멍으로 밖을 내다보라고 한 것일 수도 있겠네요." 그녀가 말했다. "케넌이 보호하려고 한 걸로 봐서 케넌의 아내가 온 게 틀림없어요."

"그렇죠. 그리고 여기 녹취록에 보면, 2분 동안 침묵이 흐른 뒤에 이 대화가 들려오고 총소리가 났다고 돼 있어요. 케넌이 총에 맞은 직후 아내가 케넌을 발견할 수 있게 하려고 아내가 돌아올 때까지 기다렸다는 해석 외에 달리 어떻게 해석할 수 있겠어요?"

윈스턴은 다시 고개를 끄덕였다.

"말이 되네요." 그녀가 말했다. "하지만 FBI 사람들이 도청한 건 어쩌고요? 범인이 그 사실을 몰랐을까요?"

"글쎄요. 몰랐던 것 같아요. 그냥 운이 좋았던 거겠죠. 하지만 범인이 만에 하나 도청장치가 있을지도 모른다는 생각을 했을 수는 있어요. 그래서 카놀리 어쩌고 하는 말을 했을지도 모르죠. 만약의 경우 수사에 살짝 혼선을 주려고."

매케일렙은 오렌지주스를 다 마시고 잔을 다시 개수대에 놓았다.

"좋아요, 범인이 실수를 했다고 쳐요." 윈스턴이 말했다. "그럼 다시 원점으로 돌아온 거죠. 아니, BOPRA 명단으로 돌아갔겠죠. 그래서 그다음으로 고른 사람이 내가 맡은 사건의 피해자 제임스 코델이었어요."

매케일렙은 고개를 끄덕이고는 윈스턴이 스스로 이야기를 이어나가게 했다. 윈스턴이 스스로 맞춘 퍼즐 조각이 많을수록 전체 이야기를 믿게 될 가능성이 높았다.

"놈은 총알을 바꿨어요. 잘 부서지는 총알에서 단단한 총알로. 그래야 관통상을 입혀서 뇌손상을 줄일 수 있을 테니까요. 놈은 코델을 감시해서 일상을 파악한 뒤 케년과 비슷한 방식으로 범행을 계획했어요. 케년을 도와줄 수 있는 제3자가 현장에 나타나자마자 총을 쏜 거죠. 케년의 경우 그 제3자는 아내였고, 코델의 경우에는 제임스 눈이었어요. 범인은 눈의 차가 은행으로 통하는 차선에 들어오는 게 보일 때까지 코델 뒤에 서 있었을 거예요. 그러다 차가 보이자 총을 쏜 거죠."

"내가 보기에 눈이 나타난 건 우연이었던 것 같아요." 매케일렙이 말했다. "목격자가 나타나는 것까지 계획에 넣을 수는 없는 일이었으니까요. 놈은 아마 일단 코델을 쏜 뒤 길가의 공중전화로 911에 전화를 걸 생각이었을 거예요. 범죄현장 비디오테이프를 보면 바로 길가에 공중전화가 보여요. 그런데 눈이 나타나는 바람에 범인은 그냥 냅다 도망칠 수밖에 없었죠. 놈은 아마 목격자가 공중전화로 신고를 할 거라고 생각했을 거예요. 일반적인 신고전화죠. 그런데 눈이 카폰으로 신고전화를 했고, 구조대원들이 주소를 혼동하는 바람에 도착이 늦어지면서 코델이 죽어버린 거예요."

윈스턴은 맞다는 듯이 고개를 끄덕였다.

"코델은 이미 사망한 상태로 병원에 도착했어요." 그녀가 말했다. "또 일이 수포로 돌아간 거죠. 범인은 다시 명단을 보면서 글로리아 토레스를 선택했어요. 그리고 이번에는 조금이라도 일이 잘못되지 않게 만반의 준비를 했죠. 총격이 발생하기도 전에 신고전화부터 건 거예요."

"맞아요. 구급대원들이 빨리 움직이게 하려고 그런 거죠. 놈은 글로리아의 일상을 알고 있었어요. 그러니까 아마 공중전화 옆에서 기다리고 있다가 글로리아의 차가 주차장으로 들어오는 순간 911에 전화를 했을 거예요."

"그러고 나서 안으로 들어와 일을 저지르고 도망쳤죠. 밖에 나간 뒤 복면과 점프수트를 벗고 착한 사마리아인으로 변신해서 다시 들어와 글로리아를 돕는 척하다가 냅다 도망쳤어요. 이번에는 일이 제대로 됐죠. 완벽하게."

"놈이 점점 학습을 한 거예요. 처음에 두 번 실수를 저지르면서 교훈을 얻어 세 번째에 완벽하게 해낸 거죠."

매케일렙은 팔짱을 끼고 윈스턴이 다음 단계로 나아가기를 기다렸다.

"그럼 이제 채취된 장기를 추적해야겠네요." 그녀가 말했다. "글로리아의 장기를 받은 사람들 중에 X가 있을 거예요. 그러니까 BOPRA에 가서…. 잠깐, 명단을 갖고 있다고 했어요?"

그는 고개를 끄덕였다.

"BOPRA 명단?"

"BOPRA 명단."

그는 다시 가방으로 가서 보니 폭스에게서 받은 명단을 찾았다. 그러고는 뒤로 돌아서다가 하마터면 윈스턴과 부딪힐 뻔했다. 그녀는 취사실에서 나와 있었다. 매케일렙은 그녀에게 명단을 건네주었다.

"이게 그 명단이에요."

윈스턴은 서류를 열심히 들여다보았다. 마치 거기에 정말로 X라는 이름이 써 있거나, 아니면 어떤 식으로든 범인의 이름을 금방 알아볼 수 있을 거라고 생각하는 사람처럼.

"이걸 어떻게 구했어요?"

"그건 말할 수 없어요."

윈스턴은 그를 올려다보았다.

"지금은 정보원을 보호해야 해요. 하지만 합법적으로 구한 거예요. 이 사람들이 글로리아 토레스의 장기를 받았어요."

"이걸 나한테 주는 거예요?"

"그걸로 수사를 할 생각이라면."

"할 거예요. 내일 당장 시작할게요."

매케일렙은 자신이 지금 윈스턴에게 준 물건의 가치를 잘 알고 있었다. 이 명단이 그의 무죄를 입증하고 악질 중의 악질인 범인을 알려줄 수 있음은 물론이었지만, 윈스턴에게도 커다란 행운을 가져다줄 수 있었다. FBI와 LA 경찰국이 엉뚱한 방향을 헤매고 있을 때 윈스턴 혼자 성공적으로 사건을 해결한다면 형사로서 무한한 장래가 보장될 터였다.

"어떻게 조사할 거예요?" 매케일렙이 물었다.

"할 수 있는 방법을 다 써봐야죠. 재정상태, 전과기록, 그 밖에 뭐든 눈에 띄는 게 있으면 다 찾아볼 거예요. 대개 배경조사를 할 때 조사하는 것들 있잖아요. 테리 씨는 이제 어떻게 할 거예요?"

매케일렙은 자기 가방을 흘깃 바라보았다. 서류와 테이프에 총까지 들어 있어서 가방이 불룩했다.

"아직 잘 모르겠어요. 뭐 하나만 대답해줄래요? 어쩌다 나한테 의심이 쏠린 거예요? 왜 다들 날 지목하게 된 거죠?"

윈스턴은 명단을 깔끔하게 접어 겉옷 주머니에 집어넣었다.

"FBI 때문이에요. 네빈스 말이 제보를 받았대요. 제보자가 누군지는 말을 안 했어요. 어쨌든 용의자 이름을 구체적으로 말했다고 했어요. 네빈스가 그건 확실히 얘기해주더라고요. 테리 씨가 심장을 구하려고 글로리아 토레스를 죽였다고 제보자가 말했대요. 그래서 거기서부터 수사를 시작한 거예요. 피해자 세 명의 부검 보고서를 조사해보니 혈액형이 모두 같았죠. 그다음부터는 모든 게 저절로 맞아떨어졌어요. 솔직히 나도 그렇게 믿었어요. 그때는 모든 게 맞아떨어지는 것 같았거든요."

"어떻게…?" 매케일렙이 언성을 높였다. "내가 조사를 시작하지 않았으면, 수사가 여기까지 오지도 않았어요. 케넌 사건과 탄도가 일치한다는 사실이 밝혀진 건 나 때문이라고요. 그래서 FBI가 끼어든 거고요. 죄가 있는 사람이 그런 짓을 했을 것 같아요? 미치지 않고서야…."

그는 화난 얼굴로 자기 가슴을 가리켰다.

"그것도 다 생각했어요. 오늘 아침에 다 같이 둘러앉아서 의논을 했죠. 그래서 나온 얘기가, 그 언니라는 사람이 테리 씨를 찾아왔을 때 테리 씨가 이 여자가 그냥 물러날 사람이 아니라는 걸 알아차리고 다른 사람이 수사를 시작하기 전에 차라리 자기가 수사를 하는 게 낫겠다고 생각했을 거라는 거였어요. 자기가 수사를 하면서 오히려 수사를 방해하기로 했다는 거죠. 그래서 볼로토프라는 엉뚱한 인물을 끄집어내고, 유일한 목격자한테 최면을 걸어 법정에 세울 수 없게 만들었어요. 탄도 검사 결과가 확인된 건 테리 씨 공이 맞지만, 어쩌면 그건 테리 씨도 미처 예상치 못한 일이었을 거다, 첫 번째 사건에서 데버스테이터를 썼기 때문에 탄도 검사에서 아무것도 안 나올 거라고 생각했을 거다, 이렇게 된 거죠."

매케일렙은 고개를 절레절레 저었다. 그들의 논리를 받아들이고 싶지 않았다. 그들이 자신에게 의심의 눈길을 돌렸다는 걸 여전히 믿을 수가 없었다.

"그래도 그걸 100퍼센트 믿은 건 아니에요." 윈스턴이 말했다. "수색영장을 받을 만한 근거가 된다고는 생각했죠. 실제로도 그랬고요. 일단 수색을 해보면 뭔가 결론이 나올 거라고 생각했어요. 배에서 증거를 발견해서 수사를 진전시키든지, 아니면 그만두든지. 그런데 테리 씨 차가 검은색 체로키라는 사실이 밝혀지고, 서랍 밑에서 옴짝달싹할 수 없는 증거

세 개가 나온 거예요. 배에서 총만 안 나왔다 뿐이지 사실상 최악의 상황이 된 거죠."

매케일렙은 겨우 1.5미터 거리의 가방 안에 들어 있는 총을 생각했다. 자신이 정말 운이 좋았다는 생각이 또 들었다.

"하지만 아까 제이 씨가 말한 대로, 그러면 사건이 너무 쉽잖아요."

"나한테는 그랬어요. 하지만 다른 사람들은 그렇게 생각하지 않더라고요. 아까도 말했지만, 우쭐거리면서 좋아하던데요. 신문에 자기들 이름이 나서 유명해질 거라고 생각한 거죠."

매케일렙은 고개를 절레절레 저었다. 이야기를 듣다 보니 기운이 쭉 빠졌다. 그는 취사실 탁자로 가서 의자에 앉았다.

"난 함정에 빠진 거예요." 그가 말했다.

윈스턴이 다가왔다.

"난 테리 씨 말을 믿어요." 그녀가 말했다. "범인이 누군지는 몰라도, 함정을 아주 제대로 팠어요. 왜 하필 테리 씨가 함정에 빠졌는지 생각해봤어요?"

매케일렙은 탁자 위에 엎질러져 있던 설탕으로 무늬를 그리며 고개를 끄덕였다.

"총을 쏜 자의 입장에서 바라보니 이유를 알겠더라고요."

그는 손바닥으로 설탕을 바닥으로 쓸어버렸다.

"케년 사건이 실패로 돌아간 뒤 놈은 다시 명단으로 돌아가야 한다는 걸 깨달았죠. 위험이 두 배로 높아졌다는 것도 깨달았고요. 가능성이 희박하기는 해도, 혈액형 때문에 이 사건들이 서로 연결될 수도 있었어요. 그래서 사람들의 주의를 다른 데로 돌리기 위해 미리 손을 쓸 필요가 있다 싶어서 날 선택한 거예요. BOPRA 명단을 봤으니 내가 심장 이식 대기자 명단 1순위에 올라 있다는 걸 알았겠죠. 다른 사람들과 마찬가지로 내 배경조사도 했을 거예요. 그래서 내가 체로키를 몬다는 걸 알고 자기도 그 차를 구한 거예요. 나중에 필요한 경우 여기에 심어두려고 피해자들한테서 기념품도 가져갔고요. 그렇게 모든 준비를 갖춘 뒤에 네빈스한테 전화한 것도 아마 바로 그놈일 거예요."

매케일렙은 한참 동안 조용히 앉아서 자신의 처지를 곰곰이 생각해보았다. 그러고는 천천히 자리에서 일어섰다.

"짐을 마저 싸야겠어요."

"어디로 가려고요?"

"나도 몰라요."

"내가 내일 테리 씨랑 연락해야 해요."

"내가 연락할게요."

그는 손으로 머리 위의 난간을 움켜쥐고 계단을 빤히 내려다보았다.

"테리 씨."

그는 고개를 돌려 그녀를 바라보았다.

"이건 나한테도 위험한 일이에요. 내 목이 걸려 있어요."

"나도 알아요, 제이 씨. 고마워요."

이 말을 마친 뒤 그는 저 아래의 어둠 속으로 사라졌다.

37 믿음

　매케일렙의 체로키는 오전 수색 때 압수된 상태였다. 그래서 그는 로크리지의 토러스를 빌려 405번 도로를 따라 북쪽으로 달렸다. 10번 인터체인지가 나오자 그는 태평양이 있는 서쪽으로 방향을 돌린 뒤 해안 고속도로를 따라 계속 북쪽으로 갔다. 굳이 서두를 필요도 없었고, 프리웨이에는 이미 싫증이 난 참이었다. 그는 해변을 따라 달리다가 토팽가 협곡을 가로질러 밸리로 올라가기로 했다. 토팽가는 인적이 드문 곳이었기 때문에 윈스턴이나 아니면 다른 사람이 자신을 미행하고 있는지 확인할 수 있을 터였다.

　그가 해변에 도착한 것은 9시 반이었다. 그는 파도가 간헐적으로 하얀 물거품을 일으키는 검은 물가를 따라 달렸다. 밤안개가 무겁게 밀려와 고속도로를 뒤덮고, 팔리세이드 절벽을 호위하듯 서 있는 깎아지른 바위들에 부딪혔다. 강한 바다 냄새가 안개에 실려 와서 매케일렙은 어렸을 때 아버지와 밤낚시를 하던 기억이 떠올랐다. 아버지가 엔진을 끄고 어둠 속에서 배가 한가로이 흔들리게 내버려둘 때마다 그는 겁이 났다. 그래서 밤을 새운 뒤 아버지가 배에 다시 시동을 걸려고 열쇠를 돌릴 때면 그는 숨을 죽였다. 어렸을 때 그는 엔진이 꺼져버린 배를 타고 어둠 속에서 혼자 표류하는 악몽을 꾸었다. 하지만 아버지에게는 이 꿈에 대해 한 번도 말하지 않았다. 밤낚시가 싫다는 말도 결코 하지 않았다. 그는 항상 두려움을 혼자 삭였다.

매케일렙은 왼쪽 창밖을 내다보며 바다와 하늘이 만나는 선을 찾아보려 했지만 잘 보이지 않았다. 저 멀리 어딘가에서 서로 다른 종류의 어둠둘이 뒤섞이고, 달은 구름 속에 숨어 있었다. 그의 기분과 잘 맞는 풍경인 것 같았다. 그는 라디오를 켜서 블루스 음악이 나오는 곳을 찾으려고 이리저리 돌리다가 포기하고 라디오를 꺼버렸다. 그러고는 버디가 하모니카를 여러 개 모아둔 것이 생각나서 도어포켓으로 손을 뻗었다. 그는 머리 위의 실내등을 켜고 자신이 꺼낸 하모니카에 새겨진 글자를 확인했다. C음이 나는 자리에 톰보라는 상표가 새겨져 있었다. 그는 하모니카를 셔츠에 닦은 뒤 운전을 하면서 연주했다. 하지만 불협화음이 대부분이라 기가 막혀서 가끔 폭소가 터져 나왔다. 그래도 가끔은 제대로 된 음이 나오기도 했다. 예전에 버디가 그에게 하모니카를 가르치려고 한 적이 있는데, 그때 그는 '미드나잇 램블러(Midnight Rambler)'의 첫머리를 연주하는 수준까지 갔었다. 하지만 지금은 그 곡을 연주하려고 해도 코드를 찾지 못해 노인이 쌕쌕 숨을 몰아쉬는 것 같은 소리만 날 뿐이었다.

토팽가 협곡으로 들어선 뒤 그는 하모니카를 내려놓았다. 협곡을 통과하는 길이 뱀처럼 구불구불해서 양손으로 운전대를 잡아야 했다. 다른 생각들을 하며 머리를 식힌 덕분에 그는 마침내 자신의 처지를 생각하기 시작했다. 먼저 자신이 윈스턴에게 많이 의지하고 있다는 생각이 들었다. 윈스턴은 유능하고 포부가 컸다. 하지만 FBI와 LA 경찰국에 맞섰을 때 반드시 겪게 되어 있는 압력에 그녀가 얼마나 버틸 수 있을지 알 수 없었다. 매케일렙은 윈스턴이 자기편인 건 행운이지만, 자신이 가만히 앉아서 윈스턴이 선물처럼 사건을 해결해주기만 기다릴 수는 없다는 결론을 내렸다. 그가 믿을 수 있는 사람은 자신뿐이었다.

만약 윈스턴이 다른 사람들을 설득하지 못한다면, FBI와 경찰이 이 사건을 정식으로 기소하고 언론에 밝힐 때까지 기껏해야 이틀밖에 시간이 없었다. 일단 사건이 공개되고 나면, 그가 사건을 수사할 수 있는 기회는 급격히 줄어들 것이다. 그는 6시와 11시 뉴스 첫머리에 등장하는 주인공이 되어 수사를 포기하고 변호사를 구해 FBI와 경찰에 항복하는 수밖에 없을 것이다. 그렇게 되면 법정에서 누명을 벗는 것이 무엇보다 시급해질 것이고, 총을 쏜 범인과 그를 고용한 배후인물을 잡는 데에는 전혀 신경을 쓸 수 없게 될 것이다.

길가에 자갈이 깔린 갓길이 있어서 매케일렙은 거기에 차를 세우고 기어를 주차에 놓은 뒤 오른쪽의 깎아지른 절벽 아래 새까만 어둠을 내다보았다. 저 멀리 협곡 속에 깊숙이 자리 잡은 주택의 창문에서 사각형으로 새어나오는 불빛이 보였다. 저런 곳에 살면 기분이 어떨지 궁금했다. 그는 하모니카를 찾으려고 조수석으로 손을 뻗었지만, 뱀처럼 구불구불한 도로를 달리는 동안 하모니카가 바닥으로 미끄러진 모양이었다.

3분이 흘렀는데도 지나가는 차가 한 대도 없었다. 매케일렙은 기어를 다시 주행으로 바꾸고 달리기 시작했다. 산 정상에 오르고 나니 길이 조금 똑바르게 펴지면서 우드랜드 힐스를 향해 내려가는 길이 시작되었다. 그는 토팽가 협곡 대로를 따라 계속 달리다가 셔먼 웨이에서 동쪽의 커노가 파크로 접어들었다. 5분 뒤 그는 그래시엘라의 집 앞에 차를 세우고 몇 분 동안 창문들을 지켜보았다. 그래시엘라에게 무슨 말을 해야 할지 머릿속을 정리하는 중이었다. 자신과 그래시엘라가 지금 어떤 관계인지는 확신할 수 없었지만, 그의 감정은 강렬했다. 그녀와의 관계가 맞는 길이라는 생각도 들었다. 하지만 자동차 문을 열기도 전에 그는 벌써 그래시엘라와의 관계가 끝나버렸는지도 모른다며 슬퍼하고 있었다.

그가 손을 뻗어 문을 두드리기도 전에 그래시엘라가 문을 열었다. 그녀가 차 안에 앉아 있는 자신을 지켜보고 있었던 게 아닌가 싶을 정도였다.

"테리? 무슨 일이에요? 왜 직접 운전을 해요?"

"어쩔 수 없었어요."

"얼른 들어와요."

그녀는 그가 들어올 수 있게 뒤로 물러섰다. 두 사람은 거실로 가서 지난번과 똑같은 자리에 앉았다. 구석에 있는 나무 받침대 위에 놓인 자그마한 컬러텔레비전이 작은 소리로 켜져 있었다. 채널 5의 10시 뉴스가 이제 막 시작한 참이었다. 그래시엘라는 리모컨으로 텔레비전을 껐다. 매케일렙은 무거운 가죽가방을 양발 사이에 내려놓았다. 자신의 짐이 든 가방은 차 안에 그냥 놓아두었다. 그래시엘라의 입에서 여기서 자고 가라는 말이 나올 거라고 지레짐작하기가 싫어서였다.

"무슨 일이에요?" 그래시엘라가 말했다. "어떻게 된 거에요?"

"날 범인으로 생각해요. FBI, LA 경찰국, 모두. 보안관서의 형사 한 명만 빼고. 그 사람들은 내가 심장 때문에 당신 동생을 죽였다고 생각해요."

매케일렙은 그녀의 얼굴을 바라보다가 마치 죄인처럼 시선을 피했다. 자신의 행동이 그녀에게 어떻게 보일지 깨닫고는 움찔했지만, 마음속 깊은 곳을 들여다보면 그가 죄인인 건 사실이었다. 그는 수혜자였다. 비록 살인사건과는 아무런 관련이 없다고 해도. 지금 그가 살아 있는 것은 글로리아가 죽었기 때문이었다. 질문 하나가 어두운 복도에서 10여 개의 문이 쾅쾅 닫히는 것처럼 그의 머릿속에서 메아리쳤다. 이 죄책감을 어떻게 견디며 살지?

"말도 안 돼요." 그래시엘라가 성난 목소리로 말했다. "어떻게 그런 생각을…."

"잠깐." 그는 그녀의 말을 잘랐다. "당신한테 말할 것이 있어요, 그래시엘라. 내 얘기를 듣고 나서 누구의 말을 믿어야 할지, 뭘 믿어야 할지 직접 결정해요."

"그런 얘기는 들을 필요도…."

매케일렙은 손을 들어올려 다시 그녀의 말을 잘랐다.

"일단 내 말부터 들어요. 레이먼드는 어디 있어요?"

"자고 있어요. 오늘 학교에 갔다 왔거든요."

매케일렙은 고개를 끄덕이고 팔꿈치를 무릎에 괸 자세로 몸을 앞으로 기울였다. 양손은 깍지를 끼었다.

"사람들이 내 배를 수색했어요. 아까 내가 당신이랑 같이 있을 때, 그 사람들이 내 배를 수색했어요. 그 사람들도 우리와 똑같이 세 사건의 공통점을 찾아냈어요. 혈액형 말이에요. 하지만 그 사람들은 바로 그 혈액형 때문에 날 범인으로 생각해요. 그리고 내 배에서 몇 가지 물건들이 발견됐어요. 당신이 그 사람들한테서 그 이야기를 듣거나, 텔레비전과 신문에서 접하기 전에 내가 먼저 말해주고 싶었어요."

"물건이라니요?"

"서랍 밑에 숨겨져 있었어요. 당신 동생의 귀걸이요. 범인이 가져간 십자가 귀걸이."

그는 잠시 그녀를 지켜보다가 다시 말을 이었다. 그래시엘라는 그의 얼굴에서 커피탁자의 유리 상판으로 시선을 떨어뜨리고 생각에 잠겼다.

"코렐의 자동차에서 없어진 사진도 발견됐어요. 도널드 케넌한테서 범인이 가져간 커프스 단추도 있었고요. 범인이 가져간 기념품들이 모두 발견됐어요, 그래시엘라. 나한테 이 얘기를 해준 보안관서 형사 말로는, 그 사람들이 대배심에 이 사건을 가져가서 날 기소할 작정이래요. 이제 난 배로 돌아갈 수 없어요."

그래시엘라는 그를 흘긋 바라보았다가 시선을 돌렸다. 그러고는 자리에서 일어나 창가로 걸어갔다. 커튼이 닫혀 있는데도. 그녀가 고개를 절레절레 저었다.

"내가 그만 가는 게 좋겠어요?" 매케일렙은 그래시엘라의 등을 향해 말했다.

"아뇨, 가지 마세요. 이건 말도 안 돼요. 어떻게 그런⋯. 그 형사한테 침입자 얘기했어요? 그놈이 이런 짓을 했을 거예요. 서랍에 그 물건들을 놓아둔 거예요. 그놈이 범인이에요. 세상에! 그놈을 잡을 수 있었는데⋯."

그래시엘라는 말을 끝맺지 않았다. 매케일렙은 자리에서 일어나 그녀에게 다가갔다. 안도감이 머릿속을 휩쓸고 지나갔다. 그래시엘라는 경찰과 FBI의 주장을 믿지 않았다. 전혀. 매케일렙은 뒤에서 그녀를 끌어안고 머리카락 속에 얼굴을 묻었다.

"날 믿어줘서 정말 기뻐요." 그가 속삭였다.

그녀가 그의 품속에서 몸을 돌려 그와 오랜 키스를 나눴다.

"내가 어떻게 도우면 돼요?" 그녀가 속삭였다.

"그냥 계속 믿어주기만 하면 돼요. 나머지는 내가 알아서 할게요. 내가 여기 있어도 돼요? 우리가 사귀는 건 아무도 몰라요. 수사관들이 여길 찾아올 수도 있지만, 날 찾으러 오는 건 아닐 거예요. 그냥 내가 범인이라는 얘기를 하러 오겠죠."

"여기 계세요. 필요한 만큼, 있고 싶은 만큼."

"난 그냥 일을 할 수 있는 장소만 있으면 돼요. 모든 걸 처음부터 다시 살펴볼 수 있는 곳. 아무래도 내가 뭘 놓친 것 같아요. 처음에 혈액형을 놓쳤던 것처럼. 이 서류 뭉치 속 어딘가에 반드시 해답이 있을 거예요."

"여기서 일하면 돼요. 나도 내일 출근하지 않고 도울게요⋯."

"아뇨, 그러면 안 돼요. 평소와 다른 행동은 절대 안 돼요. 당신은 아침에 일어나서 레이먼드를 학교에 데려다주고 출근해요. 내가 혼자 할 수 있어요. 이건 내가 해야 하는 일이에요."

매케일렙은 손으로 그녀의 얼굴을 감쌌다. 그녀가 자신과 함께 있다는 사실만으로도 죄책감의 무게가 한결 가벼워졌다. 오랫동안 닫혀 있던 마음속 통로가 살짝 열리는 것이 느껴졌다. 그 통로가 어디로 통하는지는 확실치 않았지만, 자신이 그곳으로 가고 싶어 한다는 것, 반드시 가야 한다는 것만은 가슴으로 알 수 있었다.

"막 자려던 참이었어요." 그래시엘라가 말했다.

매케일렙은 고개를 끄덕였다.

"나랑 같이 갈래요?"

"레이먼드는 어쩌고요? 우리가…."

"레이먼드는 자고 있으니까 걱정할 필요 없어요. 지금은 우리 일을 걱정할 때예요."

38 위기

아침에 그래시엘라와 레이먼드가 집을 나선 뒤 매케일렙은 조용한 집 안에서 가죽가방을 열고 그동안 모은 서류들을 커피탁자 위에 여섯 더미로 죽 늘어놓았다. 그는 그 서류들에 대해 곰곰이 생각하면서 오렌지주스 한 잔을 마시고, 데우지 않은 블루베리 팝타르트 두 개를 먹었다. 팝타르트는 원래 레이먼드의 몫으로 사다놓은 것일 터였다. 식사를 끝낸 뒤 그는 일을 시작했다. 이 서류에 파묻혀 일하느라 자신이 손을 쓸 수 없는 일, 특히 제이 윈스턴이 명단 속의 사람들을 어떻게 조사할지에 대해서는 잊어버릴 수 있기를 바라면서.

자꾸만 다른 생각이 드는데도, 그는 자신이 점점 서류에 빠져들고 있음을 느낄 수 있었다. 그는 결정적인 고리를 찾고 있었다. 전에는 잘 맞지 않았지만, 지금은 의미를 지니고 그에게 답을 알려줄 퍼즐조각. 그가 FBI에서 살아남을 수 있었던 데에는 육감을 따른 것이 큰 역할을 했다. 지금도 그는 육감을 따르고 있었다. 사건 파일의 분량이 많으면 많을수록, 즉 축적된 사실이 많으면 많을수록, 결정적인 고리를 감추기가 더 쉽다는 사실을 그는 잘 알고 있었다. 그는 이제부터 그 고리를 찾아 나설 참이었다.

식품점에서 완벽한 빨간 사과를 찾듯이. 그 사과를 꺼내면 사과 더미가 와르르 무너져 내리는, 그런 사과 말이다.

매케일렙은 아침 8시 30분에 이렇게 활기차게 일을 시작했지만, 늦은 오후 무렵에는 풀이 죽어 있었다. 여덟 시간 동안 그는 볼로냐 샌드위치를 먹을 때와 윈스턴에게 전화했다가 응답이 없어서 그냥 끊었을 때만 빼고 줄곧 지난 열흘 동안 모은 자료를 샅샅이 살펴보았다. 하지만 결정적인 고리는 아직도 숨어 있었다. 그게 이 자료들 속에 있는지도 의심스러웠다. 지나친 의심증과 고립감이 다시 스멀스멀 고개를 들기 시작했다. 한 번은 캐나다의 산 속으로 도망칠지, 아니면 멕시코 해변으로 도망칠지 생각하며 몽상에 잠겨 있다가 정신을 차리기도 했다.

4시에 그는 스타센터에 다시 전화를 걸었지만, 윈스턴이 자리에 없다는 말만 들었다. 벌써 다섯 번째였다. 하지만 이번에는 전화를 받은 비서가 아마 오늘은 윈스턴 형사가 돌아오지 않을 것 같다는 말을 덧붙였다. 그전에 전화했을 때는 비서가 규정대로 윈스턴의 행방을 알려주지도 않았고, 호출기 번호를 가르쳐주지도 않았다. 그걸 알고 싶다면 과장에게 직접 물어보라면서. 하지만 매케일렙은 윈스턴이 용의자인 자신에게 연민을 품고 있을 뿐만 아니라 도움까지 주고 있다는 사실이 알려지면 위험해질 것 같아서 과장과 통화하지 않았다.

전화를 끊은 뒤 그는 자신의 배로 전화를 걸어 지난 몇 시간 동안 녹음된 메시지 두 건을 들었다. 첫 번째 메시지는 버디 로크리지가 별일 없냐고 안부를 물은 것이었고, 두 번째 메시지는 잘못 걸린 전화였다. 여자의 목소리로 번호가 맞는지 잘 모르겠는데, 하여튼 루서 해치라는 사람을 찾고 있다는 내용이 녹음되어 있었다. 여자는 자기 번호를 남겼다. 루서 해치는 매케일렙이 아는 이름이었다. 그가 제이 윈스턴을 처음 만났을 때 함께 담당했던 사건의 용의자가 바로 루서 해치였다. 일단 이 사실을 떠올리고 나니 녹음된 여자 목소리도 누구 것인지 알 수 있었다. 그 여자의 메시지는 그에게 전화를 해달라는 뜻이었다.

그 여자, 즉 윈스턴이 남긴 번호를 누르다 보니 교환 번호가 낯익었다. 그가 예전에 일하던 웨스트우드의 FBI 지부 번호였다. 상대방이 즉시 전화를 받았다.

"윈스턴입니다."

"매케일렙이에요."

침묵이 흘렀다.

"당신이 그 메시지를 들을 수 있을지 걱정했어요." 마침내 윈스턴이 조심스럽게 말했다.

"무슨 일이에요? 지금 통화 가능해요?"

"그렇지는 않아요."

"그럼 내가 이야기할게요. 제이 씨가 날 돕는 걸 그 사람들이 알아요?"

"아뇨, 모르는 것 같아요."

"하지만 수사권이 FBI로 넘어갔기 때문에 지금 거기 가 있는 거죠?"

"그렇죠, 뭐."

"그럼 그 명단 속의 이름들은 조사해봤어요?"

"하루 종일 그걸 하느라 나가 있었어요."

"뭣 좀 나왔어요? 의심 가는 사람이 있던가요?"

"아뇨, 그쪽에는 아무것도 없어요."

매케일렙은 눈을 감고 소리 없이 투덜거렸다. 어디서 뭘 잘못한 걸까? 왜 여기서 막다른 길이 나온 거지? 혼란에 빠진 그는 머릿속으로 여러 가지 가능성들을 되짚어 보았다. 윈스턴이 그 명단을 철저히 조사할 시간이 없었던 건지도 모른다는 생각이 들었다.

"언제 어디서 나랑 이 이야기를 자세히 나눌 수 있어요? 물어보고 싶은 게 있어요."

"조금 있으면 가능할 거예요. 번호를 가르쳐주면 내가 전화할게요."

매케일렙은 잠시 침묵을 지키며 생각해보았다. 하지만 망설이는 시간 이 길지는 않았다. 전날 밤에 말했던 것처럼, 윈스턴은 그를 위해 목을 내 걸고 있었다. 윈스턴은 믿어도 되는 사람이었다. 그는 그래시엘라의 전화 번호를 가르쳐주었다.

"가능한 한 빨리 전화해요."

"그럴게요."

"마지막으로 하나만요. 사건을 대배심에 기소했어요?"

"아뇨, 아직."

"언제쯤 기소할까요?"

"그럼 내일 아침에 봐요. 끊어요."

매케일렙은 큰 소리로 투덜거렸지만 윈스턴은 이미 전화를 끊은 뒤였 다. 윈스턴의 말은, FBI가 다음 날 아침에 매케일렙을 살인혐의로 기소할 거라는 뜻이었다. 대배심에서 기소 절차를 밟는 것은 그야말로 형식에 불 과할 터였다. 대배심은 항상 기소하는 쪽에 호의적이었다. 이번 사건의 경우에는, 셔먼 슈퍼마켓의 감시카메라 테이프를 보여주고 배에서 발견 된 귀걸이만 내놓아도 충분할 것이다. 그리고 오후에는 기자회견이 열릴 것이다. 6시 뉴스에 보도되기 딱 좋은 시간에.

그가 혼자 서서 이런 우울한 전망을 하고 있을 때 손에 들고 있던 전화 기가 울렸다.

"제이예요."

"지금 어디예요?"

"FBI 카페테리아요. 공중전화예요."

매케일렙은 그녀가 있는 곳을 즉시 머릿속에 떠올렸다. 공중전화는 카페테리아 한 쪽의 약간 움푹 들어간 곳에 있고, 그 옆에 자동판매기가 있었다. 그만하면 누가 대화를 들을 염려는 없었다.

"어떻게 된 거예요, 제이 씨?"

"좋지 않아요. 오늘 밤에 지방검사한테 가져갈 서류를 마지막으로 손질하는 중이에요. 내일 아침에 그걸 대배심에 제출할 거예요. 일단 글로리아 토레스의 살인혐의만 적용할 거예요. 그게 받아들여지면, 시간을 갖고 천천히 조사해서 코델과 케넌 사건도 덧붙일 거예요."

"알았어요." 매케일렙은 달리 뭐라고 대답해야 할지 알 수 없었다. 이제는 큰 소리로 투덜거려봤자 아무런 의미가 없었다.

"자수하는 게 좋을 것 같아요, 테리 씨. 나한테 말해준 얘기를 그 사람들한테도 해주고 설득하는 거예요. 내가 테리 씨 편을 들어줄게요. 이대로라면 내가 꼼짝도 할 수 없어요. 착한 사마리아인에 대해 내가 알고 있는 정보는 원래 알면 안 되는 거잖아요. 그걸 밝히면 나도 테리 씨랑 같이 나락으로 떨어질 거예요."

"그 명단은요? 아무것도 못 건졌어요?"

"그 명단 얘기는 여기 사람들한테도 했어요. 그래야 그걸 조사할 시간을 얻을 수 있을 테니까요. 오늘 아침에 출근해서 테리 씨가 잡혔을 때 내세울 논리에 맞서려면 글로리아 토레스의 장기를 받은 다른 사람들도 조사해야 한다고 말했어요. 수색영장을 받지 않아도 그 명단을 슬쩍 찔러줄 정보원도 있다고요. 그랬더니 잘됐다면서 나한테 하루를 줬어요. 그런데 아무것도 없어요. 명단 속 사람들을 전부 조사했는데도 소용없어요. 미안하지만 건진 게 없어요."

"자세히 말해봐요."

"그게, 지금은 명단이 없어서요…."

"잠깐만요."

매케일렙은 그래시엘라의 침실로 들어갔다. 자신이 그녀에게 준 명단 사본이 거기 책상 위에 있는 걸 본 기억이 났다. 그는 그 서류를 들고 가장 위의 이름을 윈스턴에게 읽어주었다.

"J. B. 디키. 간을 받았어요."

"아, 그 사람은 회복하지 못했어요. 수술을 받았지만 합병증이 생겨서 3주 뒤에 죽었어요."

"그렇다고 이 사람이 범인이 아니라는 뜻은 아니잖아요."

"그건 나도 알아요. 그래서 세인트 조지프 병원의 집도의랑 얘기를 해봤는데, 자선단체의 주선으로 이루어진 수술이래요. 그러니까 살인청부업자를 구할 돈도, 연줄도 없는 사람이었어요, 테리 씨."

"좋아요. 그럼 다음. 태미 도미키, 신장을 하나 받았어요."

"맞아요. 교사이고, 나이는 스물여덟, 목수인 남편과의 사이에 자녀가 둘 있어요. 이 여자도 아니에요. 그냥…."

"윌리엄 팔리, 이 사람도 신장을 하나 받았어요."

"베이커스필드 출신의 전직 고속도로 순찰경관이에요. 12년 동안 휠체어 신세를 지고 있어요. 제보를 받고 도로에서 문제 차량을 세우려다가 척추에 총을 맞았거든요. 총을 쏜 놈은 지금도 잡히지 않았어요."

"캘리포니아 고속도로 순찰대였단 말이죠?" 매케일렙이 말했다. "그럼 동료들 중에 그 친구를 위해서 이번 일을 저지른 사람이 있을 수도 있겠네요."

윈스턴은 한참 동안 말이 없다가 입을 열었다.

"그럴 것 같지는 않아요, 테리 씨. 생각해보세요. 지금 테리 씨가 무슨 말을 한…."

"알아요, 알아요, 잊어버려요. 눈은 어때요? 크리스틴 포이가 각막을 받았는데."

"그 여자는 서적 판매원이고 이제 갓 대학을 졸업했어요. 이 여자도 아니에요. 테리 씨, 우린 이 사람들 중에 백만장자나 정치가처럼 이런 일을 벌일 만한 사람이 있을 거라고 생각했어요. 금방 눈에 띄는 사람이 있을 거라고. 하지만 없어요. 유감이에요."

"그럼 아직도 내가 유일한 용의자로군요."

"불행히도 그래요."

"고마워요, 제이 씨. 많은 도움이 됐어요. 이만 끊을게요."

"잠깐만요! 나한테 화내는 거예요? 테리 씨 말을 들어준 사람은 나뿐이었잖아요."

"알아요. 미안해요."

"한 가지 더 있어요. 내가 생각하던 일이 하나 있는데, 원래는 먼저 확인한 뒤에 테리 씨한테 말해줄 생각이었어요. 내일부터 그걸 조사해볼 거예요. 지금 그 정보를 얻기 위한 영장을 작성하는 중이에요."

"그게 뭔데요? 말해봐요. 나도 뭔가 정보가 필요해요."

"테리 씨는 지금 글로리아 토레스가 죽은 뒤에 장기를 받은 사람만 생각하고 있잖아요. 맞죠?"

"맞아요. 코델과 케넌의 장기는 채취할 수 없었으니까요."

"그래요. 나도 그 얘기를 하는 게 아니에요. 하지만 환자 대기명단이라는 게 있잖아요."

"항상 대기자가 있죠. 난 혈액형 때문에 거의 2년이나 기다렸어요."

"그럼 명단에서 순위가 올라가기를 바라는 사람이 일을 저질렀을 수도 있어요."

"순위를 올린다고요?"

"그 사람들도 테리 씨처럼 하염없이 기다려야 한다는 걸 알 거예요. 그러다 죽을 수도 있다는 것도. 테리 씨도 혈액형이 희귀해서 맞는 심장을 언제 구할 수 있을지 아무도 모른다는 말을 듣지 않았어요?"

"그랬죠. 나더러 공연히 희망을 품지 말라고 했어요."

"그러니까 우리 범인도 아직 기다리는 중이지만, 글로리아 토레스를 죽임으로써 명단 순위가 한 계단 올라갔을지도 몰라요. 그만큼 확률이 높아진 거죠."

매케일렙은 생각을 해보았다. 가능성이 있는 얘기였다. 보니 폭스가 예전의 매케일렙과 똑같은 처지인 환자가 병동에 있다고 말한 것이 퍼뜩 떠올랐다. 똑같은 상황이라는 말이 문자 그대로 똑같은 상황, 즉 CMV 네거티브 AB형 환자가 심장을 기다리는 상황이라는 뜻인지 궁금해졌다. 병원 침대에 누워 있던 소년도 생각났다. 폭스가 말한 환자가 그 아이일까?

매케일렙은 자식을 구하기 위해 부모가 과연 어떤 일까지 할 수 있을지 생각해보았다. 이런 일도 가능할까?

"가능성이 있겠는데요." 매케일렙이 말했다. 다시 기운이 나기 시작하면서 단조롭던 목소리도 변했다. "그러니까 아직 대기자 명단에 있는 사람이 범인일 수도 있다는 거잖아요."

"맞아요. 그래서 내가 영장을 받아서 BOPRA의 대기자 명단과 헌혈 기록을 전부 살펴볼 거예요. 그쪽에서 어떤 반응을 보일지 기대가 되네요."

매케일렙은 고개를 끄덕였다. 하지만 그의 생각은 훌쩍 앞으로 뛰었다.

"잠깐만요, 잠깐만요." 그가 말했다. "그건 너무 복잡해요."

"뭐가요?"

"전부 다요. 만약 대기자 명단에서 순위를 올리고 싶다면 기증자를 죽일 이유가 없잖아요. 그냥 대기자 명단에 있는 사람들을 쓰러뜨리면 되는데요."

"그러면 너무 뻔히 보이잖아요. 심장이나 간 이식을 기다리던 사람 두

세 명이 연달아 목숨을 잃는다면, 반드시 누군가가 의문을 제기할 거예요. 하지만 기증자를 죽이면 얼른 눈치채기가 힘들죠. 실제로 테리 씨가 조사를 시작할 때까지 아무도 알아차리지 못했잖아요."

"그런 것 같네요." 매케일렙은 이렇게 말했지만, 아직은 윈스턴의 말을 전적으로 받아들일 수 없었다. "만약 제이 씨 말이 옳다면, 살인청부업자가 또 사건을 저지를 수도 있어요. 그러니까 AB형 헌혈자들을 찾아가서 경고하고, 보호해줘야 해요."

이 생각을 떠올리고 나니 다시 기운이 났다. 피가 몸속을 활기차게 돌기 시작했다.

"알아요." 윈스턴이 말했다. "영장이 나오면 네빈스와 울리그를 비롯해서 모든 사람에게 내가 뭘 조사하려는 건지 말해야 할 거예요. 그래서 내가 테리 씨더러 자수하라고 한 거예요. 그 방법밖에 없어요. 변호사를 대동하고 와서 모든 걸 직접 설명하고 운명을 운에 맡겨요. 네빈스나 울리그나 모두 똑똑한 사람들이에요. 그러니까 자기들이 뭘 잘못 생각했는지 알아차릴 거예요."

매케일렙은 대답하지 않았다. 윈스턴의 말에도 일리가 있었지만, 다른 사람들 손에 자신의 운명을 맡기는 게 내키지 않았다. 그냥 자신을 믿고 싶었다.

"변호사는 있어요, 테리 씨?"

"아뇨, 없어요. 변호사가 필요한 일이 있었어야죠. 잘못을 저지른 적이 없는데요."

그는 움찔했다. 전에 죄를 지었으면서도 이런 말을 하는 사람들을 헤아릴 수도 없을 만큼 많이 만나본 기억이 났다. 윈스턴도 아마 마찬가지일 것이다.

"도와줄 수 있는 변호사를 아느냐는 뜻이었어요." 윈스턴이 말했다. "아는 변호사가 없다면 내가 몇 명 추천해줄 수도 있어요. 마이클 할러 2세(마이클 코넬리의 2005년 작《링컨 차를 타는 변호사》의 주인공 – 편집자) 정도면 괜찮을 거예요."

"나도 필요할 때 연락할 수 있는 변호사들을 몇 명 알아요. 생각을 좀 해봐야겠어요."

"그럼 나중에 전화줘요. 내가 테리 씨를 경찰서로 데려가서 엉뚱한 일을 당하지 않게 손을 써줄게요."

매케일렙은 구치소 감방 안에 있는 자신을 그려보았다. FBI 요원 시절에 재소자를 면담하기 위해 감옥을 찾아간 적이 여러 번 있었다. 그래서 감옥이 얼마나 시끄럽고 위험한 곳인지 잘 알았다. 무고하든 아니든, 그런 환경에 자신을 맡길 생각은 전혀 없었다.

"테리 씨, 듣고 있어요?"

"네, 미안해요. 뭘 좀 생각하느라고요. 내가 제이 씨한테 어떻게 연락하면 돼요?"

"내 호출기 번호랑 집 전화번호를 가르쳐줄게요. 아마 6시까지 여기 있다가 집으로 갈 거예요. 언제든 전화해도 돼요."

윈스턴이 번호를 불러주자 매케일렙은 수첩에 받아 적었다. 그러고는 수첩을 집어넣으며 고개를 저었다.

"정말이지 믿을 수가 없네요. 내가 저지르지도 않은 일로 자수를 하네 어쩌네, 그런 이야기를 하고 있다니."

"알아요. 그래도 진실은 언제나 강한 힘을 지니고 있어요. 그러니까 일이 잘 풀릴 거예요. 꼭 전화해요, 테리 씨. 마음을 정한 뒤에."

"전화할게요."

그는 전화를 끊었다.

39 목격자

보니 폭스의 진찰실 접수원인 그 찡그린 표정의 여자는 매케일렙에게 박사가 오후 내내 이식수술을 할 예정이라 두세 시간이 지나야 나올 것이라고 말했다. 매케일렙은 하마터면 큰 소리로 투덜거릴 뻔했지만, 그냥 접수원에게 그래시엘라의 전화번호를 알려주며 시간은 상관없으니 가능한 한 빨리 전화를 해달라고 폭스에게 전해달라고 말했다. 그러고는 막 전화를 끊으려다가 다른 생각을 떠올렸다.

"잠깐만요, 누가 심장을 받는 거죠?"

"네?"

"박사님이 수술 중이라면서요. 어떤 환자예요? 그 남자아이인가요?"

"죄송하지만 다른 환자 이야기를 함부로 할 수는 없어요." 접수원이 말했다.

"그렇군요." 매케일렙이 말했다. "그럼 박사님한테 내 말이나 확실히 전해주세요."

매케일렙은 15분 동안 거실과 부엌 사이를 서성거리며 당장이라도 폭스에게서 전화가 왔으면 좋겠다는 비현실적인 생각을 했다.

그러다가 마침내 불안감을 간신히 구석으로 밀어내고 눈앞의 중요한 문제들에 대해 생각하기 시작했다. 지금 결정을 내려야 하는 일들이 많았다. 그중에서도 가장 중요한 것은 변호사를 구할 것인가 하는 문제였다. 윈스턴의 말이 옳았다. 법적인 보호를 구하는 편이 현명했다. 하지만 매케일렙은 마이클 할러 2세든 누구든 변호사에게 전화를 걸 수가 없었다. 그건 자신의 능력에 대한 기대를 접고 남에게 의존하겠다는 뜻이 될 테니까 말이다.

거실의 커피탁자 위에는 서류가 하나도 남아 있지 않았다. 그는 이미 모든 서류를 훑어보고 가죽가방에 다시 넣어두었다. 그래서 탁자 위에는 비디오테이프들만 남아 있었다.

폭스가 지금 수술 중인 환자에 대한 궁금증에서 어떻게든 마음을 돌리기 위해 그는 가장 위에 있는 비디오테이프를 들고 텔레비전으로 다가가 어떤 테이프인지 확인해보지도 않고 VCR에 넣었다. 어떤 테이프인지는 중요하지 않았다. 한동안 생각할 거리를 제공해줄 수만 있다면 다른 건 중요하지 않았다.

하지만 소파에 주저앉는 순간 그는 화면을 무시해버렸다. 마이클 할러 2세라. 그래, 그 사람이라면 변호를 잘해줄 거야. 전설적인 변호사였던 아버지 마이클 할러만큼은 못 되더라도. 그는 속으로 생각했다. 그 전설의 변호사는 이미 오래전에 세상을 떠났고, 아들이 아버지의 직업을 물려받아 로스앤젤레스의 형사 변호사들 중에서 가장 눈에 띄는 활약을 하고 있었다. 그 아들이라면 매케일렙을 이번 일에서 틀림없이 구해줄 수 있을 터였다. 하지만 그 과정에서 언론의 공격으로 매케일렙의 평판은 산산조각이 날 것이고, 저축한 돈도 거덜 나서 결국은 〈더 팔로잉 시〉 호를 팔게 될 것이다. 게다가 누명을 벗고 일이 모두 해결된 뒤에도, 용의자의 낙인은 여전히 남아 있을 것이다.

영원히.

매케일렙은 눈을 가늘게 뜨고 텔레비전 화면을 바라보았다. 탁자 위에 서 있는 누군가의 다리와 발이 화면을 채웠다. 그는 그것이 자신의 부츠임을 깨닫고 이것이 어떤 테이프인지 알아차렸다. 최면을 걸었을 때의 테이프였다. 매케일렙이 천장의 전등 몇 개를 빼내려고 탁자 위에 올라갔을 때도 카메라가 계속 돌고 있었던 모양이었다. 제임스 눈이 화면에 나타나 손을 뻗었고, 긴 형광등 한 개가 그의 손에 건네졌다.

매케일렙은 소파 팔걸이에 있던 리모컨을 움켜쥐고 빨리감기 버튼을 눌렀다. 히친스 과장에게 최면 테이프를 다시 살펴보겠다고 약속했지만 그동안 잊고 있었기 때문에 흥미가 동한 그는 최면 준비과정은 그냥 건너뛰기로 했다. 그래서 최면 전의 대화와 긴장을 푸는 절차를 건너뛰고 최면에 걸린 눈에게 질문을 던지는 부분을 찾았다. 총격 현장과 도망치던 범인에 대한 눈의 말을 자세히 듣고 싶었다.

매케일렙은 완전히 집중해서 화면을 지켜보다가, 저 최면수사를 진행했을 때와 똑같이 갑갑한 기분이 몸에도 영향을 미치고 있음을 깨달았다. 눈은 최면을 걸 대상자로 완벽한 조건을 갖추고 있었다. 그가 목격자에게 최면을 걸어 그토록 자세한 진술을 이끌어낸 것은 드문 일이었다. 그런데도 속이 갑갑한 것은 눈이 범인의 얼굴을 제대로 보지 못했고, 체로키의 번호판이 가려져 있었기 때문이었다.

"젠장." 최면수사가 끝나갈 무렵 매케일렙은 큰 소리로 중얼거렸다.

그리고 처음으로 다시 돌려서 보려고 리모컨으로 손을 뻗었다가 그대로 얼어붙었다. 손가락으로 리모컨 버튼을 누르기 직전이었다.

뭔가 이상한 점이 눈에 띈 탓이었다. 최면수사를 참관한 윈스턴 때문에 정신을 집중하지 못해서 당시에는 그 점을 보지 못했다. 그는 테이프를 살짝 앞으로 돌려서 자신이 마지막으로 몇 가지 질문을 던지는 부분을 다시 보았다.

화면 속에서 매케일렙은 슬슬 조사를 끝낼 준비를 하면서 혹시나 하는 마음에 이런저런 질문을 던지고 있었다. 마음이 갑갑해서 별로 가망성이 없다는 걸 알면서도 던지는 질문이었다. 그는 체로키의 앞 유리창에 혹시 스티커가 없더냐고 물었다. 눈이 없다고 대답하자 매케일렙은 더 이상 물어볼 것이 없었다. 그래서 윈스턴에게 시선을 돌려 물어보았다. "묻고 싶은 것 있어요?"

매케일렙이 스스로 정한 규칙을 깨뜨리고 최면에 참가하지 않은 사람에게 질문을 던졌는데도 윈스턴은 그가 정한 규칙대로 말로 대답하는 대신 고개만 흔들었다.

"확실해요?" 매케일렙이 물었다.

이번에도 윈스턴은 고개를 저었다. 그러자 매케일렙은 눈을 최면에서 풀어주는 절차를 시작했다.

하지만 그건 잘못이었다. 당시에 매케일렙은 그걸 깨닫지 못했다. 그는 리모컨을 손에 쥔 채 커피탁자 앞으로 돌아가서 화면을 향해 몸을 기울였다. 그리고 테이프를 다시 앞으로 돌려 재생했다.

"이 나쁜 자식." 그 장면을 다시 본 뒤 매케일렙은 속삭였다. "당신이 나한테 대답을 해야 하잖아, 눈. 당신이 대답을 해야 한다고!"

그는 테이프를 꺼낸 뒤 다른 테이프를 집으려고 몸을 돌리다가 테이프 더미를 쓰러뜨렸다. 그는 커피탁자 위에 흩어진 테이프들을 재빨리 뒤져셔면 슈퍼마켓이라고 적힌 테이프를 찾아냈다. 그리고 테이프를 기계에 넣어 재생버튼을 누른 뒤, 빨리감기로 착한 사마리아인이 화면에 잡힌 부분을 찾아 일시정지 버튼을 눌렀다.

그런데 VCR이 정지화면을 유지해주지 못했다. 싸구려 기계라 테이프 헤드가 둘밖에 없어서 그런 모양이었다. 그는 테이프를 꺼낸 뒤 손목시계를 보았다. 4시 40분이었다. 그는 리모컨을 텔레비전 위에 철썩 내려놓고 전화를 걸려고 부엌으로 갔다.

토니 뱅크스는 지난번처럼 비디오 그라FX 컨설턴츠가 문을 닫은 뒤에도 매케일렙이 도착할 때까지 기다려주겠다고 했다. 매케일렙은 101번 도로를 따라 밸리를 가로지르면서 처음에는 속도를 씽씽 냈다. 러시아워 차량들은 대부분 반대편 차선에 있었다. 시내에서 일을 마치고 밸리의 베드타운에 있는 집으로 돌아가는 직장인들이었다. 그런데 캐흉거 패스를 지나 할리우드로 가기 위해 프리웨이로 접어들어 남쪽으로 살짝 방향을 꺾었더니 빨간 브레이크등들이 한없이 이어져 있었다. 도로에서 발이 묶여 있던 그가 버디 로크리지의 토러스를 몰고 간신히 비디오 그라FX 컨설턴츠의 자그마한 직원 주차장에 들어선 시각은 6시 5분이었다. 매케일렙이 야간 벨을 누르자 이번에도 토니 뱅크스가 문을 열어주었다.

"고마워요." 매케일렙은 지난번처럼 토니 뱅크스의 뒤를 따라 복도를 걸어 작업실로 가면서 그의 등을 향해 말했다. "정말 신세가 많아요."

"뭘요."

하지만 이번에는 '뭘요'라고 말하는 목소리에 지난번만큼 열의가 없었다. 두 사람은 일주일 전에 들어갔던 바로 그 작업실로 들어갔다. 매케일렙은 가져온 테이프 두 개를 뱅크스에게 건네주었다.

"이 두 테이프에 각각 남자가 한 명 나와요." 그가 말했다. "그 사람이 동일인물인지 봐줘요."

"그냥 봐서는 알 수 없다는 뜻인가요?"

"확실치가 않아요. 다르게 보이거든요. 그런데 내가 보기에는 변장을 한 것 같아요. 동일인물인 것 같아서 확인을 하려고요."

뱅크스는 첫 번째 테이프를 왼쪽 기계에 넣고 재생시켰다. 셔먼 슈퍼마켓의 총격 장면이 위쪽의 화면에 나타났다.

"이 사람이에요?" 뱅크스가 물었다.

"맞아요. 그 사람이 화면에 잘 잡혔을 때 정지시켜요."

뱅크스는 이른바 착한 사마리아인의 오른쪽 옆얼굴이 화면에 잡혔을 때 화면을 정지시켰다.

"이건 어때요? 비교를 하려면 옆얼굴이 필요해요. 정면 얼굴은 비교하기 힘들거든요."

"전문가니까 알아서 해요."

매케일렙이 뱅크스에게 두 번째 테이프를 건네주자 그는 그것을 오른쪽 기계에 넣었다. 이내 최면수사 장면이 오른쪽 화면에 나타났다.

"뒤로 좀 돌려봐요." 매케일렙이 말했다. "저 사람이 앉기 전에 옆모습이 잡힌 것 같아요."

뱅크스는 테이프를 뒤로 돌렸다.

"저 사람한테 뭘 하시는 장면이에요?"

"최면을 걸었어요."

"정말로요?"

"그때는 그런 줄 알았어요. 그런데 지금 생각해보니 저자가 처음부터 날 데리고 놀았던 것 같아요…. 여기예요."

뱅크스는 화면을 정지시켰다. 제임스 눈은 오른쪽을 바라보고 있었다. 조사실 문을 바라보는 모양이었다. 뱅크스가 기계의 다이얼과 컴퓨터 마우스를 조작해서 사진을 확대한 뒤 해상도를 높였다. 왼쪽 스크린에도 같은 작업을 했다. 그러고는 뒤로 등을 기대며 두 옆얼굴을 바라보았다. 잠시 후 그가 주머니에서 적외선 포인터를 꺼내 켜면서 입을 열었다.

"안색이 일치하지 않아요. 한쪽은 멕시코인처럼 보여요."

"그거야 쉽죠. 태닝 전문점에서 두어 시간만 있다 나오면 저렇게 될 수 있어요."

뱅크스는 포인터의 빨간 점으로 착한 사마리아인의 콧잔등을 훑었다.

"코의 경사를 보세요." 그가 말했다. "울퉁불퉁한 데가 두 군데죠?"

"그러네요."

빨간 점이 왼쪽 화면으로 펄쩍 뛰어 가더니 제임스 눈의 코에서도 역시 울퉁불퉁한 곳을 두 군데 찾아냈다.

"과학적인 근거는 없는 추측이지만, 제가 보기에는 아주 비슷한 것 같아요." 뱅크스가 말했다.

"나도 같은 생각이에요."

"눈 색깔이 다르지만 그거야 쉽죠."

"렌즈를 끼면 되니까."

"맞아요. 그리고 여기, 오른쪽 이 남자는 턱선이 넓어요. 치과용품, 이를테면 잘 때 이를 보호하려고 끼는 고무 보호대나 아니면 말론 브랜도가 〈대부〉에서 했던 것처럼 화장지를 뭉쳐서 물기만 해도 이런 모습을 만들어낼 수 있어요."

매케일렙은 고개를 끄덕였다. 여기서 또 갱 영화가 등장한다는 생각이 들었다. 처음에는 카놀리, 그리고 지금은 뺨의 모양을 바꾸기 위한 화장지 뭉치.

"머리 모양도 언제든지 바꿀 수 있죠." 뱅크스가 말했다. "사실 이 사람은 가발을 쓴 것 같아요."

뱅크스는 빨간 점으로 착한 사마리아인의 머리선을 훑었다. 매케일렙은 이걸 이제야 발견한 자신을 소리 없이 꾸짖었다. 구부러진 곳 하나 없이 완벽한 머리선은 가발을 썼다는 확실한 표식이었다.

"또 뭐가 있는지 더 찾아봅시다."

뱅크스는 기계의 다이얼을 다시 돌려 확대했던 화면을 원래대로 돌려놓았다. 그러고는 마우스로 새로 해상도를 높인 부분을 가리켰다. 착한 사마리아인의 손이었다.

"이건 여자들이랑 같아요." 뱅크스가 말했다. "여자들은 화장도 하고, 가발도 쓰고, 심지어 가슴도 성형하잖아요. 하지만 손은 어떻게 할 수가 없어요. 손을 보면 항상 그 사람이 누군지 알 수 있어요. 가끔은 발도 마찬가지예요."

뱅크스는 착한 사마리아인의 손을 확대해서 초점을 맞춘 뒤 다른 쪽 기계로 옮겨 가서 눈의 오른손을 또 확대했다. 그러고는 두 개의 스크린과 자기 눈높이가 똑같아지게 일어서서 화면에서 겨우 몇 센티미터 거리까지 몸을 기울여 두 화면의 손을 자세히 살펴보았다.

"찾았어요, 여기예요."

매케일렙은 일어서서 두 개의 화면을 자세히 살펴보았다.

"뭘 말하는 거예요?"

"이쪽 화면의 손마디에 작은 흉터가 있어요. 여기, 색이 좀 다른 게 보이죠?"

매케일렙은 착한 사마리아인의 오른손을 향해 몸을 가까이 기울였다.

"잠깐만요." 뱅크스는 이렇게 말하고 나서 서랍을 열어 사진가들이 쓰는 확대경을 꺼냈다. 밑에 전등을 켜서 환하게 만든 탁자 위에 네거티브를 놓고 확대해서 살펴볼 때 쓰는 물건이었다. "이걸로 보세요."

매케일렙은 문제의 손마디 위에 확대경을 대고 살펴보았다. 하얀 흉터가 소용돌이 모양으로 나 있는 것이 보였다. 전체적인 이미지는 일그러지고 흐릿했지만, 흉터는 대략 물음표와 비슷한 모양인 것 같았다.

"찾았어요." 그가 말했다. "이제 저쪽을 봅시다."

매케일렙은 왼쪽으로 한 걸음 옮겨가서 제임스 눈의 오른손에서 같은 손마디를 찾아내 확대경을 댔다. 손의 자세와 각도는 달랐지만, 하얀 흉터가 분명히 보였다. 매케일렙은 확대경을 단단히 대고 확신이 들 때까지 화면을 살펴보았다. 그러고는 잠시 눈을 감았다가 떴다. 확실했다. 두 개의 화면에 떠 있는 남자는 같은 인물이었다.

"거기도 있어요?" 뱅크스가 물었다.

매케일렙은 그에게 확대경을 건네주었다.

"있어요. 혹시 이 두 그림을 사진으로 뽑아줄 수 있어요?"

뱅크스는 확대경으로 두 번째 화면을 살펴보고 있었다.

"확실히 있네요." 그가 말했다. "네, 사진으로 뽑을 수 있어요. 이 장면들을 디스크에 담아 기술실 프린터로 가져가면 돼요. 몇 분쯤 걸릴 거예요."

"고마워요."

"이게 도움이 되면 좋겠네요."

"도움이 되다마다요."

"그런데 이 사람은 왜 이러는 거예요? 멕시코인처럼 변장하고 남을 돕다니요?"

"정확히 말하면 그런 건 아니에요. 언젠가 내가 자초지종을 다 말해줄게요."

뱅크스는 더 이상 따지지 않고 화면에 떠 있는 장면을 컴퓨터 디스크에 담는 작업을 시작했다. 그리고 화면을 뒤로 돌려 남자의 얼굴이 나온 장면도 디스크에 복사했다.

"몇 분이면 될 거예요." 그가 일어서며 말했다. "기계를 예열해야 한다면 좀 더 걸릴 수도 있지만요."

"아, 혹시 내가 전화 좀 쓸 수 있어요?"

"거기 왼쪽 서랍을 보세요. 먼저 9번을 누르시고요."

매케일렙은 윈스턴의 집으로 전화를 걸었다. 자동응답기가 나왔다. 그는 그녀의 녹음된 목소리를 들으며 메시지를 남길 것인지 망설였다. 윈스턴이 살인 용의자를 도왔다는 사실이 이 메시지로 인해 증명된다면 윈스턴이 어떤 일을 당하게 될지 알기 때문이었다. 그래도 그는 지난 한 시간 동안 알아낸 사실을 생각하면 그 정도 위험은 감수할 가치가 있다는 결론을 내렸다. 윈스턴의 호출기로 전화하고 싶지는 않았다. 그러면 윈스턴이 전화할 때까지 여기서 기다려야 하기 때문이었다. 그는 빨리 움직여야 하는 처지기 때문에 재빨리 계획을 짜서 자동응답기에 메시지를 남겼다.

"제이 씨, 나예요. 나중에 만나서 다 설명하겠지만 지금은 그냥 내 말을 믿어줘요. 총을 쏜 놈이 누군지 알아냈어요. 눈이에요, 제이 씨. 제임스 눈. 내가 곧 그놈 집으로 갈 거예요. 목격자 보고서에 주소가 있거든요. 가능하면 거기서 나랑 만나요. 그때 다 설명해줄게요."

그는 전화를 끊고 윈스턴의 호출기로 전화를 건 다음, 그녀의 집 전화번호를 입력했다. 혹시 운이 좋으면 윈스턴이 그 메시지를 듣고 곧 눈의 집으로 달려와 그를 지원해줄 수도 있을 것이다.

매케일렙은 가죽가방을 무릎에 올려놓고 가운데 주머니의 지퍼를 열었다. 총 두 자루가 그 안에 있었다. 원래 그의 것인 지그자우어 P-228과 제임스 눈이 그의 배 밑에 일부러 갖다 놓았음이 분명한 HK P7. 매케일렙은 자기 총을 꺼내 상태를 확인한 뒤 청바지 허리춤에 끼웠다. 그리고 재킷을 그 위로 내려 총을 덮었다.

40 추락

    제임스 코델의 살인사건이 벌어진 날 밤 경찰관의 질문에 대답하면서 제임스 눈은 집과 직장의 주소가 같다며 주소를 하나만 알려주었다. 그런데 매케일렙이 노스 할리우드 애톨 애버뉴에 있는 그 주소로 가 보니 아파트도 사무실도 보이지 않았다. 이 일대에는 주택가와 상업지구는 물론 심지어 산업지구까지 뒤죽박죽으로 섞여 있었다.

    매케일렙은 101번 도로를 따라 천천히 북쪽으로 올라가서 캐훙거 패스를 다시 통과한 뒤 134번 도로 북단으로 접어들면서 비로소 속도를 냈다. 그는 빅토리 거리에서 134번 도로를 벗어나 애톨 애버뉴가 나올 때까지 서쪽으로 달렸다. 그가 들어선 동네는 분명히 산업지구였다. 빵가게 냄새가 나더니, 울타리를 둘러친 야적장이 나왔다. 가장자리가 들쭉날쭉한 화강암 판들이 하늘을 향해 쌓여 있었다. 아무런 표시가 없는 창고들도 있었다. 화학약품 도매상과 산업 폐기물 재활용 센터도 보였다. 애톨 애버뉴는 낡은 철도 지선과 맞닥뜨린 지점에서 끝났다. 레일 사이로 잡초들이 높이 자라 있었다. 매케일렙은 차를 돌려, 자동차 한 대를 세울 수 있을 만한 크기의 자그마한 창고들이 양편에 죽 늘어서 있는 길로 들어섰다. 창고 공간 하나하나가 별도의 소기업 사무실이나 창고로 쓰이고 있었다. 알루미늄 셔터 위에 기업 이름이 써 있는 곳도 있고, 표시가 전혀 없는 곳도 있었다. 임대가 되지 않았거나, 누군가가 익명으로 임대해 창고로 쓰고 있는 모양이었다. 매케일렙은 제임스 눈이 3개월 전 경찰에게 밝힌 주소가 적힌 녹슨 문 앞에서 차를 세웠다. 주소 외에 다른 표시는 하나도 없었다. 매케일렙은 엔진을 끄고 차에서 내렸다.

칠흑같이 어두운 밤이었다. 달도 없고, 별도 없었다. 줄지어 늘어선 창고들 중 한 곳의 입구에서 새어나오는 불빛만 제외하면 사방이 어둠에 잠겨 있었다. 매케일렙은 주위를 둘러보았다. 아주 작은 음악소리가 들렸다. 지미 헨드릭스가 부르는 '너의 불 옆에 서 있게 해줘(Let me stand next to your fire)'였다. 아주 멀리서 들려오는 소리 같았다. 도로를 따라 창고 여섯 개를 더 내려간 곳에서 셔터 식 창고 문이 비뚤게 닫혀서 중간에 걸려버리는 바람에 바닥에서부터 약 1미터 높이까지 창고 내부가 들여다보이는 곳이 있었다. 그 모습이 새까만 밤하늘보다 더 어둡고 뒤틀린 미소를 짓고 있는 것 같았다.

매케일렙은 눈의 주소지 앞에 쪼그리고 앉아 창고 문과 콘크리트 바닥이 만나는 지점을 유심히 살펴보았다. 확실치는 않았지만 안쪽에서 희미한 불빛이 새어나오는 것 같았다. 좀 더 가까이 다가가 보니 콘크리트 바닥에 박힌 고리와 문에 달린 강철 고리에 맹꽁이자물쇠가 걸려 있는 것이 보였다.

매케일렙은 일어서서 손바닥으로 문을 두드렸다. 소리가 커서 안에서 메아리치는 것이 들렸다. 그는 뒤로 물러나 다시 주위를 둘러보았다. 음악소리를 빼면, 침묵뿐이었다. 사방이 적막했다. 밤바람도 줄지어 늘어선 창고들 사이로 들어오는 길을 찾지 못한 모양이었다.

매케일렙은 다시 차에 올라 시동을 걸고 약간 비스듬히 방향을 틀었다.

헤드라이트 불빛이 눈의 창고를 일부만이라도 비추게 하기 위해서였다. 그는 엔진을 껐지만 헤드라이트는 그대로 켜둔 채 차에서 내려 트렁크로 갔다. 트렁크 바닥의 매트를 들어올리자 조립식 잭이 있었다. 그는 잭 핸들을 꺼내 차 옆을 돌아서 창고 문으로 갔다. 그리고 길 양편을 다시 한 번 훑어본 다음 맹꽁이자물쇠를 향해 허리를 숙였다.

FBI 요원 시절에 매케일렙은 불법적인 침입을 저지른 적이 한 번도 없었다. 그런 일이 일상적으로 벌어진다는 건 알고 있었지만, 매케일렙 자신은 윤리적으로 딜레마를 일으키는 그런 상황을 용케 피했다. 하지만 지금은 자물쇠를 억지로 열면서 아무런 딜레마도 느끼지 않았다. 이제는 FBI 요원도 아닐뿐더러, 이건 개인적인 일이었다. 눈은 살인자일 뿐만 아니라, 매케일렙에게 누명을 씌우려고 하기까지 했다. 매케일렙은 불법적인 압수수색으로부터 보호받을 수 있는 눈의 합법적 권리를 완전히 무시해버렸다.

그는 지렛대 효과를 위해 잭 핸들의 한쪽 끝을 잡고 천천히 시계 방향으로 돌리기 시작했다. 자물쇠 고리는 아주 단단했지만, 문과 연결된 강철 고리가 입력에 못 이겨 신음소리를 내더니 뚝 부러졌다. 땜질을 한 부분이 압력을 이기지 못한 것이다.

매케일렙은 허리를 펴고 주위를 둘러보며 귀를 기울였다. 아무 소리도 들리지 않았다. 헨드릭스가 밥 딜런의 '감시탑 옆에서(All Along the Watchtower)'를 부르는 소리뿐이었다. 매케일렙은 재빨리 차로 가서 잭 핸들을 스페어타이어 옆에 돌려놓고 트렁크 매트를 덮은 뒤 트렁크 뚜껑을 닫았다.

그러고는 차 옆을 돌아오면서 앞바퀴를 향해 허리를 숙여 손가락 두 개로 휠 가장자리를 훑었다. 브레이크패드에서 나온 검댕이 손가락에 제법 많이 묻어나왔다. 그는 창고 문으로 가서 자물쇠 옆에 쪼그리고 앉아 부러진 땜질 부위에 검댕을 발랐다. 부러진 부분에 먼지가 묻을 만큼 오래 전에 고리가 부러진 것처럼 보이게 만들기 위해서였다. 그는 손가락에 남은 검댕을 검은 양말에 문질러 닦았다.

준비가 끝나자 그는 오른손으로 문손잡이를 잡았다. 왼손은 뒤로 뻗어 재킷 아래 허리춤에서 권총을 꺼냈다. 그는 총을 어깨 높이로 들고 총구를 하늘로 향하게 했다. 그리고 단번에 몸을 세우며 셔터를 위로 올렸다. 일단 움직이기 시작한 셔터는 제풀에 그의 머리 위까지 올라갔다.

그는 좁고 어두운 창고 안을 재빨리 눈으로 훑었다. 이제 총구는 그의 눈이 향하는 곳을 향하고 있었다. 자동차 헤드라이트 불빛에 창고의 3분의 1 가량이 드러났다. 왼쪽 벽에 흐트러진 침상과 마분지 상자 더미가 보였다. 오른쪽을 보니 책상과 서류함처럼 보이는 물건이 있었다. 책상 위에는 컴퓨터가 있었는데, 뒤편 벽을 향하고 있는 모니터가 켜져 있는지 벽에 보라색 불빛이 비치고 있었다. 천장에는 길이가 2미터에 가까운 전등이 달려 있었다. 흐릿한 불빛 속에서 그의 시선이 배선함에서 나온 알루미늄 전선다발을 따라 천장을 지나서 벽으로 내려와 침상 근처의 스위치에 이르렀다. 그는 옆으로 물러나 스위치를 보지도 않고 그쪽을 향해 손을 뻗었다.

형광등이 한 번 깜박이며 지잉 하는 소리를 내더니 이내 강렬한 불빛으로 창고 내부를 밝혔다. 창고 안에는 아무도 없었다. 조사해볼 벽장도 없었다. 가로세로가 각각 6미터, 3.5미터쯤 되는 공간에 잡다한 사무용 가구와 사무용품, 기본적인 가정용품이 흩어져 있을 뿐이었다. 침대, 서랍장, 전기난로, 코일 두 개짜리 핫플레이트, 소형 냉장고. 개수대나 화장실은 없었다.

매케일렙은 뒤로 물러나서 차로 돌아가 열린 창문으로 손을 뻗어 헤드라이트를 껐다. 그러고는 총을 다시 허리띠에 끼웠다. 이번에는 꺼내기 쉽게 앞쪽에 꽂아두었다. 그러고는 마침내 창고 안에 발을 들여놓았다.

바깥에는 바람 한 점 없어 사방이 적막했다면, 창고 내부에서는 퀴퀴한 냄새가 났다. 매케일렙은 강철로 된 낡은 관공서용 책상 옆을 천천히 돌아가서 컴퓨터를 바라보았다. 켜진 모니터에 화면보호기가 작동하고 있었다. 다양한 크기와 색깔의 숫자들이 보라색 벨벳 같은 바다 위에 떠다니는 그림이었다. 매케일렙은 잠시 그 화면을 바라보다가 속이 꼬이는 것을 느꼈다. 마치 저 안쪽 깊숙한 곳의 근육이 꼬이는 것 같았다. 빨간 사과 한 개가 더러운 장판 바닥에 부딪혀 튀어 오르는 모습이 머릿속에 떠올랐다 사라졌다. 그의 척추를 타고 전율이 올라왔다.

"젠장." 그는 속삭이듯 작은 소리로 말했다.

컴퓨터 화면에서 눈을 돌리자 책상 위에 놋쇠 북엔드로 고정시킨 책들이 보였다. 대부분 인터넷 사용법에 관한 참고서적들이었다. 인터넷 주소에 관한 책이 두 권, 유명한 해커들의 전기가 두 권 있었다. 그 밖에 범죄 현장 조사에 관한 책 세 권, 살인사건 수사 지침서, 시인이라고 알려진 연쇄살인범에 대한 FBI 조사를 다룬 책 한 권, 그리고 마지막으로 최면술에 관한 책 두 권이 있었다. 특히 마지막 책은 호레이스 곰블이라는 남자에 관한 책이었다. 매케일렙도 곰블에 대해 알고 있었다. FBI의 연쇄살인 전담반이 곰블을 수사선상에 올린 적이 한두 번이 아니었기 때문이다. 곰블은 원래 라스베이거스에서 최면술 공연을 하던 자로, 플로리다 일대의 마을축제장을 돌아다니며 자신의 기술과 최면 효과를 높이는 약물을 이용해 어린 여자아이들을 추행했다. 매케일렙이 아는 한, 그는 아직도 감옥에 있었다.

매케일렙은 천천히 책상 뒤로 들어가서 컴퓨터와 마주 보게 놓인 낡은 의자에 앉았다. 그리고 주머니에서 펜을 하나 꺼내 책상 중앙의 서랍을 열었다. 펜 몇 개와 플라스틱 시디롬 케이스 외에는 별 다른 물건이 없었다. 펜으로 시디롬 케이스를 뒤집어 보니 〈브레인 스캔〉이라는 제목이 보였다. 포장지의 설명을 읽어본 결과, 인간의 뇌에 관한 자세한 그림과 설명이 들어 있는 자료였다.

그는 서랍을 닫고 다시 펜으로 측면의 두 서랍을 차례로 열었다. 첫 번째 서랍에는 뜯지 않은 크래커잭 하나뿐이었고, 그 아래 서랍에는 파일들이 들어 있었다. 노란색 마닐라 파일 여러 개가 두 개의 레일에 걸린 초록색 고리에 매달려 있었다. 매케일렙은 글자를 자세히 보려고 허리를 숙였다. 첫 번째 파일의 탭에 적힌 이름이 보였다.

글로리아 토레스

그가 쥐고 있던 펜이 바닥에 떨어졌다. 하지만 그는 이제 지문이 남든지 말든지, 범죄현장을 망치든지 말든지 상관할 계제가 아니라는 결론을 내리고 펜을 줍지 않았다. 그리고 그 파일을 꺼내 책상 위에 펼쳤다. 다양한 시간에 다양한 옷차림의 글로리아 토레스를 찍은 사진들이 들어 있었다. 레이먼드가 함께 찍힌 사진도 두 장 있고, 그래시엘라가 함께 찍힌 사진도 한 장 있었다.

타자로 작성한 기록도 있었다. 감시기록이었다. 글로리아의 동태가 매일 상세하게 적혀 있었다. 그 내용을 재빨리 훑어보니, 글로리아가 퇴근길에 셔먼 슈퍼마켓에 들렀다는 말이 반복적으로 등장했다.

매케일렙은 파일을 닫아 책상 위에 둔 채 서랍 속에 있는 다음 파일을 향해 손을 뻗었다. 탭을 보지 않아도 거기 어떤 이름이 써 있을지 알 것 같았다.

제임스 코델

매케일렙은 이 파일을 굳이 열어보지도 않았다. 글로리아의 파일과 마찬가지로 사진과 감시기록이 있을 게 뻔했다. 그래서 그는 다시 서랍으로 손을 뻗어 다음 파일을 살펴보았다. 예상대로였다.

도널드 케년

매케일렙은 이 파일도 꺼내지 않았다. 그는 손가락으로 나머지 파일들의 탭을 젖혀 이름을 읽어보았다. 그동안 심장이 가슴 속에서 요동쳤다. 마치 혼자 멋대로 떨어져 나온 것처럼. 파일 탭에 있는 이름들은 모두 그가 아는 것이었다. 하나도 빠짐없이.

"그래, 너였어." 그는 속삭이듯 작은 소리로 말했다.

사과들이 폭포수처럼 바닥으로 와르르 무너져 사방으로 흩어지는 모습이 머릿속에 떠올랐다.

매케일렙은 파일 서랍을 세게 닫았다. 커다랗게 쾅 하는 소리가 콘크리트 바닥과 강철 벽에 부딪혀 메아리치는 바람에 그는 마치 총성이라도 들은 사람처럼 화들짝 놀랐다. 매케일렙은 열린 문을 통해 어두운 바깥을 내다보며 귀를 기울였다. 아무 소리도 들리지 않았다. 이제는 심지어 음악소리도 없었다. 오로지 침묵뿐이었다.

그의 시선이 컴퓨터 모니터로 옮겨갔다. 매케일렙은 화면 안을 게으르게 돌아다니는 숫자들을 유심히 바라보았다. 이 컴퓨터가 켜져 있는 데에는 틀림없이 이유가 있을 터였다. 눈이 곧 돌아올 생각으로 켜둔 것 같지는 않았다. 그는 이미 오래전에 어딘가로 사라져버렸을 것이다. 이 컴퓨터가 켜져 있는 것은 바로 매케일렙을 위해서였다. 매케일렙이 올 것을 이곳의 주인이 미리 예상하고 있었다는 뜻이었다. 이제는 그것을 확실히 알 수 있었다. 눈이 모든 움직임을 지휘했다는 사실도 분명히 알 수 있었다.

매케일렙이 스페이스바를 누르자 화면보호기가 사라졌다. 그리고 비밀번호를 넣으라는 지시문이 떴다. 매케일렙은 망설이지 않았다. 누군가가 피아노를 연주하듯이 자신을 조종하고 있다는 느낌이 들었다. 그는 머릿속에 각인된 순서대로 숫자들을 입력했다.

903472568

그가 엔터키를 누르자 컴퓨터가 돌아가기 시작했다. 이내 비밀번호가 승인되고, 프로그램 관리 화면이 떴다. 하얀색을 바탕으로 화면 전체에 다양한 아이콘들이 흩어져 있었다. 매케일렙은 아이콘들을 재빨리 살펴보았다. 대부분 게임 아이콘이었다. 아메리카온라인과 윈도의 워드 프로그램 아이콘도 있었다. 그의 눈에 마지막으로 들어온 아이콘은 자그마한 서류함 모양이었다. 이것이 바로 컴퓨터의 파일관리프로그램 아이콘인 것 같았다. 매케일렙은 컴퓨터 옆에서 마우스를 찾아내서 그 서류함 아이콘을 눌렀다. 파일관리프로그램이 화면에 떴다. 기본적인 프로그램이었다. 화면 왼쪽에 파일 목록이 한 줄로 죽 늘어섰다. 그중 하나를 선택해서 마우스를 누르자 그 파일 안에 들어 있는 문서들의 목록이 화면 오른쪽에 한 줄로 떴다.

매케일렙은 마우스 화살표로 파일 목록을 훑어 내려가며 하나하나 유심히 살펴보았다. 대부분 아메리카온라인, 라스베이거스 카지노 게임 등 다양한 프로그램들을 작동시키는 소프트웨어 파일이었다. 그러다 마침내 CODE라는 제목의 파일이 눈에 들어왔다. 매케일렙이 그 파일을 마우스로 누르자 화면 오른쪽에 여러 개의 문서 제목들이 떴다. 매케일렙은 제목들을 재빨리 읽어보면서 각각의 문서가 책상 서랍에 있는 파일들과 짝을 이룬다는 사실을 깨달았다.

딱 한 문서만 예외였다. 매케일렙은 손가락을 들어 마우스 버튼 위에 놓은 채 한참 동안 그 문서 제목을 바라보았다.

McCaleb.doc

그가 마우스를 누르자 금방 문서가 화면을 가득 채웠다. 매케일렙은 자신의 부고기사를 읽는 심정으로 그 문서를 읽기 시작했다. 읽으면 읽을수록 두려움이 머리를 가득 채웠다. 이 문서가 자신의 삶을 영원히 바꿔놓을 것임을 알고 있기 때문이었다. 이 문서는 그에게서 영혼을 빼앗고, 그가 지금까지 성취한 일들에서 의미를 빼앗고, 그를 끔찍한 조롱거리로 삼았다.

안녕하십니까, 매케일렙 요원.

지금 거기 있는 사람이 요원이기를 바랍니다.

나는 요원일 거라고 생각하겠습니다. 요원이 그토록 고상하게 매달고 다니는 그 놀라운 명성에 걸맞게 활약했을 거라고 생각하겠습니다.

그런데 궁금하긴 하군요. 지금 혼자입니까? 수배자가 되어 도망치는 중입니까? 하지만 물론 요원은 이제 자신을 구하는 데 필요한 것을 손에 넣었습니다. 그래도 묻고 싶습니다. 쫓기는 처지가 되어보니 기분이 어떻던가요? 요원도 그 기분을 느껴보게 하고 싶었습니다. 내 기분은… 두려움을 안고 사는 건 정말 끔찍한 일이죠. 아닌가요?

두려움은 결코 잠드는 법이 없습니다.

내가 무엇보다도 원했던 것은 당신의 가슴속에서 한자리를 차지하는 것이었습니다, 매케일렙 요원. 난 항상 당신과 함께 있고 싶었습니다. 카인과 아벨, 케네디와 오스월드, 어둠과 빛. 적이지만 서로를 결코 경멸할 수 없는 두 사람이 시간을 통해 하나로 묶여서….

내가 요원을 죽일 수도 있었습니다. 내게는 그럴 능력도, 기회도 있었습니다. 하지만 그건 너무 쉬운 길이죠. 그렇지 않습니까? 부두에서 길을 묻는 남자. 요원이 아침에 산책을 나갈 때 방파제에서 낚싯대를 드리우고 있던 남자. 내가 기억납니까?

이제 기억나겠죠. 나는 거기 있었습니다. 하지만 그렇게 요원을 죽이는 건 너무 쉬운 길이었습니다. 요원 생각도 그렇지 않습니까? 너무 쉬운 길이었어요.

난 적에게 승리를 거두거나 복수하는 것 이상의 뭔가를 원했습니다. 승리나 복수를 목표로 삼는 건 바보들이나 하는 짓이죠. 내가 원한 건, 아니 내가 필요로 하고 갈망했던 건, 다른 것이었습니다. 먼저 요원을 내 입장에 놓아 시험하는 것. 요원을 악당으로, 쫓기는 자로 만드는 것이었죠.

그다음에는, 요원이 비록 살갗은 좀 그을렸지만 이렇다할 상처는 입지 않은 몸으로 그 불의 시련을 딛고 일어섰을 때, 내가 요원에게 가장 커다란 은혜를 베풀어준 사람으로 모습을 드러내는 겁니다. 그래요, 그게 나였습니다. 내가 그 여자를 미행했습니다. 내가 그 여자를 조사했습니다. 내가 요원을 위해 그 여자를 선택했습니다. 그 여자는 내가 요원에게 보내는 나의 밸런타인이었습니다.

당신은 영원히 내 것입니다, 매케일렙 요원. 당신의 들숨과 날숨조차 모두 내 것입니다. 그 도난당한 심장의 박동은 당신의 머릿속에서 메아리치는 내 목소리입니다. 언제나.

잊지 마십시오….

숨을 쉴 때마다….

매케일렙은 팔짱을 끼고, 내장이 드러날 정도로 칼에 베인 사람처럼 온 몸에 힘을 주었다. 저 깊은 곳에서부터 시작된 전율이 온 몸을 훑고 지나가고, 입에서 신음소리가 터져 나왔다. 그는 책상에서 의자를 뒤로 밀었다. 아직도 화면에 떠 있는 그 끔찍한 글에서 멀어지려고. 그는 비행기가 추락할 때처럼 몸을 앞으로 숙였다. 그가 탄 비행기가 실제로 추락하고 있었다.

41 아무것도 아닌 인간

그의 머릿속은 피처럼 붉고 새까맸다. 마치 영원한 진공 속에서 벨벳 커튼 같은 검은 공간에 둘러싸여 있는 것 같았다. 그의 양손은 이 진공을 빠져나가려고 계속 틈새를 찾아 헤맸지만, 결코 찾지 못했다. 그래서 엘라 리버스와 레이먼드의 얼굴이 저 멀리서 어둠 속으로 점점 멀어지는 것이 보였다.

갑자기 차가운 손이 목에 닿는 바람에 그는 화들짝 놀랐다. 감옥 담장을 넘어가는 죄수처럼 비명이 그의 목구멍에서 터져 나왔다. 그는 허리를 곧추 세웠다. 윈스턴이었다. 윈스턴 때문에 그가 놀란 만큼, 윈스턴도 그의 반응을 보고 놀란 표정이었다.

"테리 씨? 괜찮아요?"

"네. 아니, 아뇨. 그놈이에요. 눈이 코드 킬러예요. 그놈이 전부 죽였어요. 마지막 세 사람은 나 때문에 죽인 거예요. 심장을 이식할 수 있을 때까지 그놈이 심장 때문에 글로리아 토레스를 죽였어요. 나 때문에. 그래야 내가 살아서 그놈의 찬란한 영광을 증거해줄 테니까."

글로리아가 영광을 뜻하는 글로리로 불렸다는 사실과 눈이 자신의 영광을 위해 그녀를 죽였다는 사실이 갑자기 머릿속에서 하나로 합쳐졌다.

"잠깐만요." 윈스턴이 말했다. "좀 천천히 말해요. 무슨 소리예요?"

"그놈이에요. 여기 다 있어요. 파일을 봐요. 컴퓨터에. 그놈이 다른 사람들도 다 죽였어요. 그러고는 내 목숨을 구해주기로 한 거예요. 그래서 나 때문에 살인을 저질렀어요."

매케일렙은 컴퓨터 화면을 가리켰다. 매케일렙을 위한 글이 아직 화면에 떠 있었다. 그는 윈스턴이 글을 읽는 동안 기다리며 겨우 마음을 가라앉힐 수 있었다.

"모든 퍼즐 조각들이 바로 눈앞에 있었어요. 처음부터."

"퍼즐 조각이라니요?"

"코드요. 정말 간단했는데. 놈은 1만 빼고 모든 숫자를 사용했어요. 1이 없어요. 노 원. 알겠어요? 내가 아무것도 아닌 인간(no one)이라는 뜻이에요. 놈이 하고 싶었던 말이 그거예요."

"테리 씨, 그 얘기는 나중에 해요. 여기에 어떻게 왔는지부터 말해줄래요? 눈이 범인인 걸 어떻게 알았어요?"

"테이프. 우리가 놈한테 최면을 걸었을 때 녹화한 테이프요."

"최면이요? 그게 왜요?"

"내가 최면 대상이 혼란에 빠지면 안 되니까 최면 중에는 말하지 말라고 했던 거 기억나요?"

"네. 오로지 테리 씨만 눈에게 질문을 던져야 한다고 했잖아요. 우리 둘 사이에 할 말이 있으면 신호를 사용하거나 필담을 해야 한다고요."

"그런데 맨 마지막에 최면이 수포로 돌아갔다는 사실을 알고 내가 너무 속이 상해서 제이 씨한테 달리 물어볼 것이 또 없냐고 물었어요. 제이 씨는 고개를 흔들었고요. 그래서 내가 '확실해요?' 하고 다시 물었더니 제이 씨는 또 고개를 흔들었어요. 제이 씨한테 말을 건 것은, 내가 정한 규칙을 스스로 깨뜨린 거예요. 문제는, 내가 그 질문을 직접 말로 했다는 거예요. 그러니까 눈이 나한테 대답을 했어야 해요. 눈이 정말로 최면에 걸린 상태였다면 나한테 대답을 했어야 한다고요. 내가 제이 씨한테 그 질문을 던졌다는 사실을 모르니까요. 그런데 놈은 대답하지 않았어요. 그렇다면 상황은 뻔해요. 놈은 내 목소리가 향한 방향을 통해서든, 어조를 통해서든, 내가 자기가 아니라 제이 씨한테 말하고 있다는 걸 안 거예요. 그걸 몰라야 정상인데 말이에요. 정말로 최면에 걸렸다면 몰라야 하는데. 그러니까 내가 다른 사람에게 하는 질문이라고 분명히 밝히지 않은 이상, 눈은 그 방 안에서 들려오는 모든 질문에 대답해야 해요. 그때 나는 제이 씨를 이름으로 부르지 않았어요."

"놈이 최면에 걸린 척 연극을 한 거군요."

"그래요. 그리고 그게 연극이었다면, 놈이 한 대답도 가짜예요. 그럼 놈 역시 함정의 일부였다는 뜻이에요. 여기 오기 전에 나는 비디오 화면을 비교해봤어요. 내 차에 그걸 사진으로 뽑은 게 있어요. 제임스 눈과 착한 사마리아인은 동일인물이에요. 놈이 총을 쏜 범인이에요."

제이 윈스턴은 뇌에 과부하가 걸렸다는 듯이 고개를 흔들었다. 그리고 앉을 곳을 찾으려고 눈으로 창고 안을 훑었다. 앉을 자리라고는 침상밖에 없었다.

"여기 앉아요." 매케일렙이 일어서면서 말했다.

"앉고 싶은 건 맞는데, 이 안에 있고 싶지는 않아요. 여기서 나가요, 테리 씨. 히친스 과장한테 먼저 전화하고, LA 경찰국과 FBI에도 연락해야 해요. 눈에 대한 수배령도 내려야 하고요."

매케일렙은 윈스턴이 아직도 상황을 다 이해하지 못했다는 사실이 놀라울 뿐이었다.

"내 말을 어디로 들은 거예요? 눈이라는 인물은 없어요. 존재하지 않는다고요."

"무슨 소리예요?"

"이름 말이에요. 눈이라는 이름. 그것도 놈이 꾸며낸 거예요. 이름 철자인 N-O-O-N-E을 나누면 no one이 돼요. 내가 아무것도 아닌 인간이라는 뜻이라고요. 퍼즐 조각들이 처음부터 눈앞에 있었는데…."

매케일렙은 고개를 저으며 다시 의자에 털썩 주저앉았다. 그리고 손에 얼굴을 묻었다.

"내가 어떻게… 앞으로 어떻게 살아가죠?"

윈스턴이 또 그의 목덜미에 손을 올려놓았다. 하지만 매케일렙은 이번에는 깜짝 놀라지 않았다.

"기운 내요, 테리 씨. 그런 생각은 하지 말아요. 우선 밖으로 나가서 기다려보죠. 감식반을 이리로 불러야겠어요. 어쩌면 지문이 나와서 놈의 신원을 밝힐 수 있을지도 몰라요."

매케일렙은 일어서서 책상 옆을 돌아 문으로 향했다. 그리고 뒤를 돌아보지 않은 채 윈스턴에게 말했다.

"놈은 전에도 어디서든 지문을 남긴 적이 없어요. 그러니 이제 와서 여기에 지문을 남기지는 않았을 거예요."

두 시간 뒤 매케일렙은 애톨 거리에서 노란색 경찰 테이프 뒤에 주차된 토러스 자동차 안에 앉아 있었다. 길을 따라 100미터쯤 내려간 곳에서 환하게 불이 켜진 눈의 창고를 중심으로 사람들이 분주하게 움직이고 있었다. 형사들이 여럿 나와 있었다. 그중에는 코드 킬러 전담반 시절에 매케일렙과 함께 일했던 사람도 몇 명 있었다. 적어도 두 곳의 관련기관에서 나온 감식 기술자들과 비디오 기록관들도 있었고, 제복경찰관 대여섯 명이 경비를 서고 있었다.

불을 향해 달려드는 나방들 같군. 매케일렙은 속으로 생각했다. 그는 이상하게 초연한 기분으로 그들을 지켜보았다. 머릿속으로는 다른 생각을 하고 있었다. 그래시엘라와 레이먼드. 그리고 눈. 눈이라는 이름으로 나타났던 그 남자에 관한 생각을 머릿속에서 지워버릴 수가 없었다. 그는 놈과 한 방에 있었다. 그렇게 가까이 있었는데….

술을 마시고 싶었다. 목구멍이 타는 듯한 위스키의 맛을 느끼고 싶었다. 하지만 그 맛을 느끼는 건 머리에 총을 들이대는 것과 같은 짓이었다. 비록 지금 마음이 헤아릴 수 없이 고통스럽지만, 눈인지 뭔지 하는 녀석에게 만족감을 안겨줄 생각은 전혀 없었다. 차 안의 어둠 속에서 그는 절대 죽지 않겠다고 다짐했다. 비록 이런 일이 일어났지만, 그는 절대 죽지 않을 것이다.

매케일렙은 길을 따라 걸어오는 남자들을 보지 못했다. 그들이 토러스에 거의 다다랐을 때야 비로소 눈에 들어왔다. 헤드라이트를 켜고 살펴보니 네빈스와 울리그와 어랭고였다. 그는 불을 끄고 기다렸다. 그들이 자동차 문을 열고 올라탔다. 네빈스가 조수석에, 나머지 두 명은 뒷좌석에 앉았다. 어랭고는 매케일렙의 바로 뒷자리였다.

"여긴 난방이 안 돼요?" 네빈스가 물었다. "바깥이 점점 추워지네요."

매케일렙은 차에 시동을 걸었지만, 곧장 난방을 켜지 않고 엔진이 따뜻해질 때까지 기다렸다. 그러면서 백미러로 어랭고를 바라보았다. 너무 어두워서 어랭고가 지금도 입에 이쑤시개를 물고 있는지 식별할 수 없었다.

"월터스는 어디 있어요?"

"바빠요."

"좋습니다." 네빈스가 말했다. "저, 우리가 당신을 잘못 생각한 것 같다는 말을 하려고 왔어요. 미안합니다. 우리 모두. 눈이 범인인 것 같네요. 조사를 잘 하셨어요."

매케일렙은 고개만 끄덕였다. 그다지 진심이 담기지 않은 사과였지만, 그런 건 상관없었다. 그가 누명을 벗으려고 찾아낸 진실은 살인범으로 기소되는 것보다 더 견디기 어려웠다. 사과를 받는 건 그에게 아무런 의미도 없었다.

"오늘 많이 힘들었을 테니까 이만 가보세요. 우선 그동안의 경위에 대해 간단히 말해주시고, 내일 나와서 정식으로 진술서를 작성하시죠. 어때요?"

"좋습니다. 정식 진술서라면, 윈스턴 형사와 함께 작성하죠. 당신들이 아니라."

"좋습니다. 그거야 저도 이해하죠. 하지만 우선 이 자리에서 이번 일이 어떻게 된 건지 매케일렙 씨의 생각을 이야기해주시죠. 할 수 있겠습니까?"

매케일렙은 난방 스위치를 켰다. 그리고 잠시 생각을 정리한 뒤 입을 열었다.

"지금부터 놈을 눈이라고 부르겠습니다. 우리가 아는 이름이 그것뿐이고, 어쩌면 앞으로도 그 이상 알아내기가 힘들지도 모르니까 말이죠. 시작은 코드 킬러입니다. 눈이 바로 그놈이었죠. 당시 나는 코드 킬러 전담 수사반에 파견된 FBI 대표였습니다. LA 경찰국과 협의를 통해 내가 언론을 상대하는 대변인 역할도 맡았고요. 나는 브리핑을 담당했고, 언론의 인터뷰 요청도 나를 통해 이루어졌습니다. 열 달 동안 내 얼굴은 텔레비전에서 코드 킬러와 동의어가 됐어요. 그래서 눈이 나한테 집착하게 된 겁니다. 우리가 놈의 정체를 밝히는 데 가까워질수록 놈이 나한테 집착하게 된 거예요. 놈은 나한테 편지를 보냈습니다. 놈이 보기에 나는 놈의 적이었습니다. 자기를 뒤쫓는 전담팀을 상징하는 존재가 된 거죠."

"너무 자만하는 것 아닙니까?" 어랭고가 말했다. "당신이 무슨 유일한…."

"닥치고 듣기나 해요, 어랭고. 듣다 보면 당신도 뭘 좀 배우는 게 있을 지도 모르니까."

매케일렙이 백미러로 그를 노려보자 그도 매케일렙을 마주 노려보았다. 네빈스가 어랭고를 향해 진정하라는 듯 한 손을 들어올리는 것이 보였다.

"놈이 날 그렇게 생각한 겁니다." 매케일렙이 말했다. "내가 그렇게 나선 게 아니에요. 놈은 결국 들킬 위험이 너무 크다는 걸 깨닫고 물러났습니다. 살인이 멈춘 겁니다. 코드 킬러가 사라진 거예요. 그 무렵 나도… 문제가 좀 있어서 쓰러졌습니다. 심장이식이 필요하다는 진단결과가 나오자 그게 뉴스가 됐죠. 내가 뉴스에 자주 등장하던 유명인물이었으니까요. 눈이 그걸 본 겁니다. 그 뉴스야 어디서든 접할 수 있었겠죠. 그래서 이른바 '웅대한 계획'이라는 걸 짜게 된 겁니다."

"매케일렙 씨를 죽이는 대신 목숨을 구해주기로 했다는 거로군요." 올리그가 말했다.

매케일렙은 고개를 끄덕였다.

"그러면 놈은 궁극의 승리를 거둘 수 있습니다. 아주, 아주 오랫동안 그 효과가 지속될 테니까요. 그냥 나를 죽여서 제거해버리면 아주 잠깐 동안 만족감을 느낄 수 있을 뿐입니다. 하지만 내 목숨을 구해주면… 아주 독특한 것, 놈을 영예의 전당에 넣어줄 뭔가가 생기는 겁니다. 게다가 자기가 얼마나 똑똑하고 능력 있는 사람인지를 보여주는 증거로 나를 항상 바라볼 수 있게 되겠죠. 무슨 소리인지 알겠습니까?"

"압니다." 네빈스가 말했다. "하지만 그건 심리적인 측면이고, 내가 알고 싶은 건 놈이 어떻게 범행을 저질렀느냐는 거예요. 헌혈자들 이름을 어떻게 알아냈을까요? 케넌과 코델과 토레스에 대해 어떻게 알아낸 겁니까?"

"컴퓨터죠. 기술 팀에서 놈의 컴퓨터를 샅샅이 뒤져봐야 할 겁니다."

"안 그래도 밥 클리어마운틴을 불렀어요." 네빈스가 말했다. "기억하시죠?"

매케일렙은 고개를 끄덕였다. 클리어마운틴은 LA 지부의 상근 컴퓨터 전문가였다. 뛰어난 해커이기도 했다.

"다행이군요. 그럼 방금 요원이 한 질문에 대해서는 나보다 클리어마운틴이 더 좋은 대답을 내놓을 수 있을 겁니다. 내 추측으로는, 그 컴퓨터에 아마 해킹 프로그램이 있을 것 같아요. 눈은 BOPRA 컴퓨터에 들어가서 명단을 얻어낸 겁니다. 그리고 나이, 건강상태, 거주지역 등을 고려해서 표적을 골랐죠. 그러고 나서 일에 착수한 겁니다. 케넌과 코델의 경우에는 일이 생각대로 풀리지 않았어요. 하지만 토레스의 경우는 제대로 됐죠. 눈의 시점에서 보면 그렇다는 얘깁니다."

"그럼 처음부터 매케일렙 씨가 범인으로 지목되게 할 작정이었던 겁니까?"

"놈이 원한 건, 내가 사건을 조사해서 자기가 해낸 일을 직접 찾아내게 하는 것이었을 겁니다. 내가 용의자가 되면 그 일이 가능해진다는 걸 알았겠죠. 그래야 내가 나 자신을 들여다볼 테니까요. 하지만 처음에는 수사관들이 단서를 놓쳤기 때문에 일이 놈의 생각대로 흘러가지 않았습니다."

매케일렙은 이 말을 하면서 백미러로 어랭고를 바라보았다. 어랭고의 눈빛이 분노로 어둡게 변했다. 금방이라도 폭발할 것 같았다.

"어랭고 형사, 당신은 이 사건을 평범한 강도사건으로 봤어요. 총이 발사된 건 우발적인 일이라고 생각했죠. 당신이 단서를 놓친 겁니다. 그래서 눈이 다시 나선 거예요."

"어떻게요?" 올리그와 네빈스가 한목소리로 물었다.

"내가 사건을 수사하게 된 건, 〈로스앤젤레스 타임스〉에 실린 기사 때문이었습니다. 그런데 기자가 그 기사를 쓰게 된 건 독자에게서 온 편지

한 통 덕분이었죠. 그 편지에 써 있는 이름이 뭔지는 몰라도, 틀림없이 눈이 쓴 겁니다."

매케일렙은 여기서 말을 멈추고 반대의 목소리가 나오기를 기다렸다. 하지만 아무도 입을 열지 않았다.

"그 편지를 계기로 그 기사가 보도되었습니다. 그 기사가 그래시엘라 리버스를 움직였고, 그래시엘라 리버스는 나를 움직였죠. 도미노처럼."

갑자기 어떤 생각이 떠올랐다. 자신이 셔먼 슈퍼마켓을 처음으로 찾아갔을 때 길 건너편에서 낡은 외제차 안에 앉아 자신을 지켜보던 남자가 있었다. 매케일렙은 자신이 지난번에 배에서 침입자의 뒤를 쫓아 나갔을 때 부두 주차장을 쌩 하니 빠져나간 차와 그 외제차가 똑같다는 사실을 깨달았다.

"눈은 처음부터 줄곧 나를 감시하고 있었던 것 같습니다." 매케일렙이 말했다. "자기 계획이 펼쳐지는 걸 지켜본 거죠. 그래서 정확한 시점에 내 배에 침입해서 증거를 심어둔 겁니다. 언제 당신들한테 제보전화를 해야 할지도 알고 있었고요."

매케일렙은 네빈스를 바라보았다. 네빈스는 그의 시선을 피해 앞유리창밖을 바라보았다.

"익명의 전화가 왔다고 했죠? 뭐라고 하던가요?"

"사실은 익명의 메시지였습니다. 야근하던 직원이 받아 적은 건데, '피를 확인해라. 매케일렙이 그들의 피를 갖고 있다'는 내용이었습니다. 그뿐이었어요."

"그럼 맞네요. 그놈입니다. 게임을 위해 놈이 또 수를 쓴 거예요."

모두들 한동안 침묵에 빠졌다. 차내의 따뜻한 공기와 사람들의 입김 때문에 유리창에 김이 서리기 시작했다.

"글쎄요, 지금 하신 이야기를 우리가 얼마나 확인할 수 있을지는 모르겠습니다." 네빈스가 말했다. "아무래도 추측으로 남는 부분이 많겠죠."

매케일렙은 고개를 끄덕였다. 사실 자기가 한 이야기 중에 과연 확인되는 부분이 있을지 의심스러웠다. 눈의 정체가 밝혀지지 않을 것 같았기 때문이다.

"좋습니다." 네빈스가 말을 이었다. "다시 연락드리죠."

네빈스가 문을 열자 다른 사람들도 각자 문을 열었다. 울리그는 차에서 내리기 전에 좌석 너머로 손을 뻗어 하모니카로 매케일렙의 어깨를 두드렸다.

"이쪽 바닥에 떨어져 있었습니다." 그가 말했다.

어랭고가 아스팔트 위에 발을 내려놓을 때 매케일렙은 자기 쪽 창문을 내리고 그를 올려다보았다.

"당신이 이걸 해결할 수도 있었어. 모든 게 기록 속에 있었으니까. 얌전히 앉아서 당신을 기다리고 있었다고."

"잘난 척 그만하시지, 매케일렙."

어랭고는 두 FBI 요원의 뒤를 따라 눈의 창고를 향해 가버렸다. 매케일렙은 살짝 미소를 지었다. 이런 상황에서도 자신이 어랭고의 화를 돋우며 뒤틀린 기쁨을 느끼고 있음을 인정할 수밖에 없었다.

매케일렙은 몇 분 더 차 안에 가만히 앉아 있었다. 10시가 넘은 늦은 시각이었다. 어디로 가야 할지 생각이 떠오르지 않았다. 아직 그래시엘라에게는 사건의 전말을 이야기하지 않았다. 그녀에게 이야기를 들려줄 생각을 하니 두려움과 안도감이 동시에 느껴졌다. 안도감이 느껴진 것은, 이제 자신과 그녀의 관계가 어떤 식으로든 분명히 규정될 거라는 생각 때문이었다. 그런데 이 소식을 이 밤에 전해주어야 할지 마음을 정할 수 없었다. 환한 대낮에 소식을 전하는 편이 나을 것 같았다.

그는 열쇠에 손을 대고 불이 밝혀진 창고 쪽을 마지막으로 한 번 더 바라보았다. 그의 인생을 아주 잔인하게 바꿔버린 곳이었다. 창고에서 새어 나와 도로 건너편까지 비추고 있는 빛이 움직이는 것이 보였다. 누군가가 천장의 전등을 건드려 전등이 흔들리고 있는 모양이었다. 그런데 그 순간 어떤 생각이 떠올라서 그는 열쇠에 대고 있던 손을 뗐다.

매케일렙은 차에서 내려 주저 없이 노란 테이프 밑으로 들어갔다. 범죄 현장 출입 통제를 맡은 제복 경찰관은 아무 말도 하지 않았다. 아마 매케일렙이 형사라고 잘못 생각한 모양이었다. 고위급 수사관 세 명이 이리로 내려와서 매케일렙의 차에 올라타고 한동안 이야기를 나눴으니 그럴 만도 했다.

매케일렙은 빛이 비치는 곳 가장자리로 걸어가서 제이 윈스턴과 시선이 마주치기를 기다렸다. 윈스턴은 클립보드를 들고 서서 창고 안의 물건들에 관한 설명을 적어 넣고 있었다. 사람들이 창고 안의 모든 물건에 꼬리표를 붙여 증거품으로 챙기는 중이었다.

윈스턴은 감식반원의 일에 방해가 되지 않으려고 옆으로 피하다가 바깥의 어둠을 흘깃 바라보았다. 그때 매케일렙이 손을 흔들어 그녀의 시선을 끌었다. 윈스턴이 창고에서 나와 그에게 다가왔다. 얼굴에 조심스러운 미소를 띠고 있었다.

"누명이 다 벗겨진 것 아니에요? 왜 아직도 여기 있어요?"

"금방 갈 거예요. 그냥 당신에게 고맙다는 인사를 하려고요. 저 안에 뭣 좀 있어요?"

윈스턴은 미간을 찌푸리며 고개를 저었다.

"테리 씨 말이 옳았어요. 아무것도 없어요. 심지어 얼룩 하나도 없어요. 컴퓨터에 지문이 있기는 한데, 아마 테리 씨 지문일 거예요. 이놈을 어떻게 찾아내야 할지 모르겠어요. 마치 놈이 여기에 온 적이 전혀 없는 것 같아요."

매케일렙은 어랭고가 창고에서 나와 담배를 입에 무는 것을 보고 윈스턴에게 더 가까이 오라고 손짓했다.

"놈이 실수를 저지른 것 같아요." 매케일렙이 조용히 말했다. "실력이 가장 좋은 감식반원을 데리고 스타센터로 가 봐요. 거기 면담실 천장의 형광등에 레이저를 비춰보라고 하세요. 내가 최면을 준비하면서 전등을 몇 개 빼서 눈한테 넘겨줬어요. 눈은 정체를 들키지 않으려고 나한테서 그걸 받을 수밖에 없었죠. 어쩌면 거기 지문이 있을지도 몰라요."

윈스턴의 얼굴이 밝아지더니 미소가 번졌다.

"최면수사를 녹화한 테이프에서 봤어요." 매케일렙이 말했다. "다른 사람들한테는 제이 씨가 찾아낸 거라고 해요."

"고마워요, 테리 씨."

윈스턴은 매케일렙의 어깨를 가볍게 쳤다. 매케일렙은 고개를 끄덕이고 차를 향해 걸음을 옮겼다. 윈스턴이 뒤에서 그를 불렀다.

"괜찮아요?"

매케일렙은 뒤를 돌아보며 고개를 끄덕였다.

"어디로 갈 건지는 모르겠지만, 행운을 빌어요."

매케일렙은 손을 흔들어주고는 다시 자기 목적지를 향해 돌아섰다.

42 글로리아의 미소

그래시엘라의 집은 불이란 불을 모조리 켜놓은 것 같은 모습이었다. 매케일렙은 이번에는 차 안에서 망설이지 않았다. 이제는 망설일 시간이 없다는 걸 알기 때문이었다. 이제 그래시엘라를 마주보고 진실을 털어 놓아야 했다. 그녀에게 모든 걸 털어놓고 그 결과를 감수해야 했다.

이번에도 그녀는 그가 문에 도착하기도 전에 문을 열었다. 이 여자는 이제나저제나 나를 기다리며 밖을 내다보고 있을 만큼 날 생각하는 건가. 매케일렙은 문으로 다가가면서 속으로 생각했다. 내 이야기가 그녀의 마음을 산산이 찢어 놓을 텐데.

"테리, 어디 갔다 오는 거예요? 내가 얼마나 걱정했는지 알아요?"

그래시엘라는 문에서 달려나와 그를 끌어안았다. 매케일렙은 결심이 약해졌지만, 완전히 무너지지는 않았다. 그는 그녀의 어깨에 팔을 둘러 옆으로 안고 다시 안으로 들어갔다. 이렇게 그녀를 가까이 안는 것이 어쩌면 마지막일지도 몰랐다.

"안으로 들어가요." 매케일렙이 말했다. "들려줄 말이 있어요."

"당신은 괜찮은 거예요?"

"지금은요."

두 사람은 거실로 들어가 나란히 앉았다. 매케일렙은 그녀의 양손을 잡았다.

"레이먼드는 자요?"

"네. 무슨 일이에요, 테리? 뭐가 잘못됐어요?"

"다 끝났어요. 아직 범인을 잡지는 못했지만, 누군지는 알아냈어요. 일이 잘 되면 곧 잡을 수 있겠죠. 난 누명을 벗었어요."

"자세히 말해보세요."

매케일렙은 그녀의 손을 꼭 쥐었다. 하지만 자기 손에 땀이 나는 것을 깨닫고 그녀의 손을 놓아주었다. 마치 땅에 떨어져서 다친 새를 열심히 보살펴 건강을 되찾게 해준 뒤 날려보내는 것 같은 심정이었다. 다시는 그녀의 손을 잡지 못할 것 같았다.

"우리가 믿음에 대해 이야기했던 거 기억나요? 내가 사람을 믿기가 힘들다는 얘기를 했죠?"

그래시엘라는 고개를 끄덕였다.

"모든 이야기를 털어놓기 전에, 지난 며칠 동안, 그러니까 당신을 알게 된 그 짧은 기간 동안, 내 안에서 뭔가가 되돌아오는 걸 느꼈다는 사실을 말해주고 싶어요. 일종의 믿음이 되돌아왔어요. 어쩌면 신념일 수도 있고요. 잘 모르겠어요. 하지만 그게 시작이었던 건 확실해요. 뭔가 좋은 일의 시작…."

"시작이었던 건?"

매케일렙은 잠시 그녀의 시선을 피한 채 머릿속으로 생각을 정리했다. 힘들었다. 그에게 기회는 지금 한 번뿐이었다.

그는 다시 그녀를 바라보았다.

"그게 너무 새롭고 연약해요. 그 변화 말이에요. 그래서 내가 지금부터 이야기를 털어놓은 뒤에도 그게 계속 남아 있을지 잘 모르겠어요. 하지만 결정은 당신이 해요. 난 오랫동안 무슨 일로도 기도를 한 적이 없는데, 지금은 당신과 레이먼드를 부두에서 다시 보게 해달라고 기도할 거예요. 아니면 내가 전화를 걸었을 때 당신 목소리를 듣게 해달라고 기도하거나. 결정은 당신한테 맡길게요."

매케일렘은 그녀를 향해 고개를 기울여 뺨에 가볍게 입을 맞췄다. 그녀는 저항하지 않았다.

"이제 말해줘요." 그녀가 조용히 말했다.

"그래시엘라, 동생이 죽은 건 나 때문이에요. 내가 오래전에 한 일 때문이에요. 내가 어딘가에서 선을 넘어 자만심 때문에 미친놈에게 도전장을 던졌기 때문에 글로리아가 죽은 거예요."

그는 그녀의 눈을 피해 시선을 떨어뜨렸다. 그의 말을 듣고 그녀의 눈에 떠오른 고통을 그는 차마 볼 수 없었다.

"말해줘요." 그래시엘라가 다시 말했다. 아까보다 훨씬 더 조용한 목소리였다.

그는 그녀의 말대로 했다. 그는 지금까지 제임스 눈이라고만 알려진 남자에 대해서 말해주었다. 자신이 그의 뒤를 쫓아 창고까지 간 이야기도 했다. 그리고 거기서 무엇을 찾았는지, 컴퓨터에서 무엇이 자신을 기다리고 있었는지 이야기했다.

그래시엘라는 이야기를 들으며 울기 시작했다. 소리 없는 눈물이 뺨을 타고 내려와 그녀가 입고 있는 데님 블라우스에 떨어졌다. 그는 손을 뻗어 그녀를 안고 뺨을 적시는 눈물에 입을 맞추고 싶었다. 하지만 그럴 수 없었다. 지금은 자신이 그녀의 세상에 들어갈 수 없음을 알기 때문이었다. 그곳은 그가 마음대로 들어갈 수 있는 곳이 아니었다. 그녀가 다시 들어오라고 초대해주어야만 들어갈 수 있었다.

이야기가 끝난 뒤 두 사람은 잠시 조용히 앉아 있었다. 그래시엘라가 마침내 손을 들어올려 눈물이 묻은 뺨을 손바닥으로 닦았다.

"내 몰골이 끔찍하죠?"

"아뇨, 그렇지 않아요."

그래시엘라는 커피탁자의 유리 상판을 통해 카펫을 내려다보았다. 오랜 침묵이 흘렀다.

"이제 어떻게 할 거예요?" 마침내 그녀가 물었다.

"확실치는 않지만, 몇 가지 생각한 게 있기는 해요. 놈을 찾을 거예요, 그래시엘라."

"그냥 잊어버리면 안 돼요? 경찰이 찾게 내버려두면?"

매케일렙은 고개를 저었다.

"그럴 수는 없을 것 같아요. 지금은. 만약 내가 놈을 찾아서 마주 보지 못한다면, 이 일을 이겨낼 수 있을지 결코 알 수 없을 거예요. 이게 말이 되는 소린지 잘 모르겠네요."

그래시엘라는 고개를 끄덕였다. 시선은 여전히 바닥을 향한 채였다. 또 침묵이 흘렀다. 마침내 그녀가 고개를 들어 그를 바라보았다.

"이제 그만 가주세요, 테리. 혼자 있고 싶어요."

매케일렙은 고개를 끄덕이고 천천히 일어섰다.

"알았어요."

그는 또 그녀를 만지고 싶은 압도적인 충동에 저항했다. 많은 걸 원하는 것도 아니었다. 그저 그녀의 온기를 한 번 더 느끼고 싶을 뿐이었다. 처음 만난 날 그녀가 그를 만졌을 때처럼.

"잘 있어요, 그래시엘라."

"잘 가요, 테리."

매케일렙은 방을 가로질러 문으로 향했다. 도중에 거실의 도자기 수납장을 흘깃 보니 글로리아 토레스의 사진이 있었다. 액자 속에서 글로리아는 카메라를 향해 웃고 있었다. 아주 오래전 행복한 날의 사진이었다. 그 미소가 영원히 그를 따라다닐 것 같았다.

43 X의 프로파일

밤새 깊고 어두운 물속으로 끌려 들어가는 꿈을 꾸며 잠을 설친 매케일렙은 동틀 무렵에 일어났다. 그는 샤워를 한 뒤 푸짐한 아침 식사를 준비했다. 양파와 풋고추를 넣은 오믈렛, 전자레인지로 요리한 소시지, 그리고 오렌지주스 0.5리터였다. 그런데 식사를 끝낸 뒤에도 배가 고팠다. 이유를 알 수 없었다. 그는 뱃머리로 내려가서 맥박과 체온을 다시 쟀다. 모든 것이 정상이었다. 7시 5분에 그는 제이 윈스턴의 사무실로 전화했다. 윈스턴의 목소리를 들어 보니, 일을 하며 밤을 꼬박 새운 모양이었다.

"두 가지만 물어볼게요." 매케일렙이 말했다. "정식 진술서를 언제 작성할 거죠? 그리고 내 차는 언제 돌려받을 수 있어요?"

"음, 체로키는 언제든 가져가면 돼요. 내가 전화를 걸어서 내주라고 하면 되니까요."

"어디 있는데요?"

"여기요. 압수차량 주차장에."

"그럼 내가 가서 가져와야겠군요."

"어쨌든 진술서를 작성하려면 이리로 나와야 하잖아요. 두 가지 일을 한꺼번에 하는 게 어때요?"

"좋죠. 그럼 언제 나갈까요? 빨리 끝내고 싶은데…. 여길 떠나서 휴가를 가고 싶어요."

"어디로 갈 건데요?"

"몰라요. 그냥 여길 벗어나서 이 독기를 전부 빼내고 싶어요. 라스베이거스로 가면 어떨까 싶네요."

"거 참, 정신적인 재활에는 끝내주는 곳이죠."

매케일렙은 그녀의 놀리는 말을 무시했다.

"나도 알아요. 그럼 언제 만날까요?"

"난 최대한 빨리 사건을 정리해야 하는데, 그러려면 테리 씨의 진술서가 필요해요. 그러니까 오늘 오전 중에 아무 때나 와도 돼요. 내가 시간을 내볼게요."

"그럼 지금 출발하죠."

버디 로크리지는 조종실 벤치에서 자고 있었다. 매케일렙이 그를 강제로 깨우자 그는 화들짝 놀라 깨어났다.

"무슨… 어이, 테러, 돌아왔네."

"그래, 돌아왔어."

"내 차는 어때?"

"아직 잘 돌아가. 어서 일어나. 갈 데가 있는데, 자네가 날 좀 태워다줘야겠어."

로크리지는 천천히 몸을 일으켜 앉았다. 그는 밤새 덮고 있던 침낭으로 몸을 감싸고는 눈을 비볐다.

"지금 몇 시야?"

"7시 30분."

"아, 젠장."

"알아. 그래도 이번이 마지막이야."

"다 잘 해결된 거야?"

"그래, 다 해결됐어. 자네는 그냥 보안관서에 날 태워다주기만 하면 돼. 거기 차를 가지러 가야 하니까. 도중에 은행에도 들러야 하고."

"이 시간에는 문을 안 열어."

"우리가 휘티어에 도착할 때쯤이면 문을 열었을 거야."

"그러니까 자네 차를 가지러 가야 하니까 나더러 거기까지 태워다달라고? 그럼 돌아올 때 자네 차는 누가 운전하는데?"

"내가. 어서 가자."

"운전하면 안 된다며. 특히나 에어백이 있는 차는 안 된다고 했잖아."

"그건 신경 쓰지 마, 버디."

30분 뒤 두 사람은 출발했다. 매케일렙은 갈아입을 옷을 비롯해서 여행에 필요한 물건을 모두 담은 커다란 가방을 가져왔다. 커피를 담은 보온병과 컵 두 개도 가져왔다. 그는 커피를 따른 뒤, 보안관서까지 가는 동안 버디에게 그간의 일을 모두 이야기해주었다. 버디는 이런저런 질문을 던졌다.

"내일 신문을 사서 봐야겠는데." 버디가 말했다.

"아마 텔레비전에도 나올걸."

"혹시 책으로도 나오는 거 아냐? 거기 나도 나올까?"

"글쎄. 아마 오늘 뉴스에는 보도될 거야. 그리고 이 일이 얼마나 큰 사건으로 취급되는가에 따라 책이 나올 수도 있겠지."

"책에 자네 이름을 쓰려면 자네한테 돈을 지불해야 하는 건가? 영화에서처럼?"

"나도 몰라. 뭐, 자네가 뭘 요구할 수도 있겠지. 자네도 중요한 역할을 했으니까. 코델의 차에서 사진이 없어졌다는 걸 알아낸 게 자네잖아."

"맞아, 내가 그랬지."

로크리지는 자신이 그런 역할을 했다는 것이 자랑스러운 모양이었다. 그 일로 어쩌면 돈을 좀 벌 수 있겠다는 기대도 있는 것 같았다.

"그리고 그 총도. 그 비열한 놈이 자네 배 밑에 숨겨놓은 총도 내가 발견했잖아."

매케일렙은 미간을 찌푸렸다.

"있잖아, 버디, 만약 책이 나오거나, 기자나 경찰이 찾아오면, 총 얘기는 하지 않는 게 좋겠어. 그게 나한테 아주 좋을 것 같아."

로크리지는 매케일렙을 흘긋 바라보고는 다시 앞으로 시선을 돌렸다.

"그거야 쉽지. 한 마디도 안 할게."

"그래. 내가 말해도 된다고 하지 않는 한 그렇게 해줘. 그리고 혹시 누가 책을 쓰겠다면서 날 찾아오면, 반드시 자네를 만나보라고 얘기할게."

"고마워."

두 사람이 교통체증을 뚫고 휘티어에 도착한 것은 9시가 지나서였다. 매케일렙은 로크리지에게 아메리카 은행 지점 앞에 차를 세워달라고 한 뒤, 은행 안으로 들어가 1천 달러 수표를 써서 20달러와 10달러 지폐로 바꿨다.

몇 분 뒤 토러스는 스타센터 주차장에 들어섰다. 매케일렙은 250달러를 세어 로크리지에게 주었다.

"이건 뭐야?"

"어제 차를 쓰게 해준 거랑, 오늘 여기까지 태워다준 보상이야. 그리고 내가 며칠 동안 여행을 갈 건데 내 배를 좀 봐줬으면 해서."

"알았어. 어디로 가는데?"

"아직은 몰라. 언제 돌아올지도 모르고."

"그거야 상관없지. 250달러면 한참 동안 봐줄 수 있어."

"날 찾아왔던 여자 기억나? 그 예쁜 여자?"

"당연하지."

"그 여자가 날 만나러 배로 찾아올지 몰라. 내 희망사항이지만. 그러니까 그 여자가 오는지 잘 봐줘."

"알았어. 그 여자가 나타나면 어떻게 할까?"

매케일렙은 잠시 생각해보았다.

"내가 아직 여행에서 돌아오지 않았지만, 당신이 찾아오기를 바라고 있었다고 전해줘."

매케일렙은 자동차 문을 열었다. 그리고 차에서 내리기 전에 로크리지와 악수하며 그동안 정말 큰 도움이 되었다고 말했다.

"이제 가볼게."

"그래. 여행 잘 해."

"아, 참, 아무래도 내가 운전을 많이 하게 될 것 같은데, 자네 하모니카 하나만 빌려줄래?"

"아무거나 골라."

버디는 도어포켓을 뒤져 하모니카 세 개를 꺼냈다. 매케일렙은 지난번에 해안고속도로를 달리며 불었던 하모니카를 골랐다.

"그거 좋은 거야. C음부터 시작해."

"고마워, 버디."

"정말 느긋하게도 오시네요." 매케일렙이 책상으로 다가가자 윈스턴이 말했다. "도대체 어디서 뭘 하고 있는지 궁금하던 참인데."

"한 시간 동안 압수차량 주차장을 돌아다녔어요." 매케일렙이 대답했다. "일을 그렇게 처리하다니. 말도 안 되는 영장으로 내 차를 가져갔는데,

견인비랑 보관비를 내가 내야 한다고요? 180달러나. 세상에 무슨 그런 일이 다 있어요?"

"차가 없어지지 않아서 무사히 차를 돌려받은 것만으로도 운이 좋은 줄 알아요. 여기 앉아요. 내가 아직 일이 좀 남았어요."

"그러면서 나더러 늦었다고 타박한 거예요?"

윈스턴은 대답하지 않았다. 매케일렙은 윈스턴의 책상 옆 의자에 앉아 그녀가 직접 작성한 보고서를 훑어보는 모습을 지켜보았다. 아마 오자가 없는지 교정을 보는 모양이었다. 보고서를 다 읽은 뒤 그녀는 페이지마다 맨 밑에 자기 이니셜로 서명을 했다.

"됐어요." 윈스턴이 말했다. "면담실에서 진술서를 작성할 거예요. 녹음 준비도 벌써 해뒀어요. 갈까요?"

"잠깐만요. 어젯밤에 내가 떠난 뒤로 어떻게 됐어요?"

"아, 그렇지. 테리 씨는 거기 없었죠?"

"형광등에서 지문이 나왔어요?"

윈스턴이 웃음을 지으며 고개를 끄덕였다.

"그런 건 일찍 말해줘죠." 매케일렙이 투덜거렸다. "무슨 지문이 나왔어요?"

"전부 다요. 손바닥 지문 두 개, 엄지 지문 두 개, 손가락 네 개. 그걸 대조해봤더니 일치하는 사람이 있었어요. 이 동네 사람이에요. 이름은 대니얼 크리민스, 서른두 살. 코드 킬러 전담반에서 테리 씨가 작성했던 프로파일 기억나요? 그게 아주 정확했어요. 슬램덩크예요."

매케일렙은 기운이 넘쳐서 주체할 수 없을 지경이었다. 그래도 겉으로는 여전히 차분한 척했다. 마지막 퍼즐 조각이 제자리를 찾아 들어가고 있었다. 그는 사건자료에 있던 용의자 이름을 기억해보려고 했지만 아무것도 떠오르지 않았다.

"더 자세히 말해봐요."

"LA 경찰 아카데미 퇴학생이에요. 5년 전 일이죠. 우리가 아는 한, 그자는 그 뒤로 개인 보안 일을 했어요. 경비원 같은 거 말고, 컴퓨터 보안이요. 인터넷에 광고를 내고, 개인 웹페이지를 만들고, 기업들에 광고를 우송했죠. 간단히 말해서, 컴퓨터 보안 프로그램을 판매하는 일을 한 거예요. 듣기로는 어떤 기업의 컴퓨터를 해킹한 다음 CEO한테 이메일을 보내서 해킹이 아주 쉬웠다, 해킹을 당하지 않는 시스템을 만들어줄 테니 내게 일을 맡겨라, 하고 말하는 식으로 일을 따내기도 했대요."

"그게 BOPRA예요?"

"그렇죠. 지금 그쪽에 수사팀을 보냈는데, 조금 전에 연락이 왔어요. 거기 중역 한 사람이 작년에 크리민스한테서 이메일을 받았대요. 하지만 장난인 줄 알고 그냥 지워버렸죠. 그 뒤로는 이메일이 온 적 없고요. 하지만 크리민스가 BOPRA 시스템에 들어갔었다는 증거는 돼요."

매케일렙은 고개를 끄덕였다.

"LA 경찰국에서는 그자의 기록을 아직 안 보냈어요?"

"어랭고가 받았어요. 그런데 꼭 필요한 사람한테만 자료를 주겠다면서 아주 치사하게 굴고 있어요. 어쨌든, 놈이 아카데미에 다닌 기간은 5개월이에요. 퇴학 사유는, 거기 표현을 그대로 인용하자면, 아카데미의 대학 캠퍼스 같은 분위기에서 잘 지내지 못했다는 거예요. 쉬운 말로 바꾸면, 성격이 너무 내향적이라 순찰업무를 할 때 파트너랑 잘 지낼 수 없을 거라는 뜻이죠. 애당초 파트너를 구하기도 힘들 거예요. 그래서 학교에서 놈을 내보낸 거예요. 문제는, 그자가 경찰 집안 출신이라는 거였어요. 놈의 아버지는 10년 전 퇴직하고 블루 헤븐으로 갔죠. 울리그가 아이다호의 FBI 지부에 연락해서 그 아버지를 만나보라고 했어요. 아버지는 아들이 LA 경찰국에 근무하는 줄 알더래요. 아들 대니가 아무 말도 안 했기 때문에 학교에서 쫓겨난 걸 몰랐던 거예요. 아들을 본 지 5~6년쯤 됐지만, 전화통화를 할 때마다 아들이 훌륭한 무용담을 들려준다고 했대요."

"그냥 이야기를 꾸며댄 거로군요."

모든 조각들이 착착 맞아 들어갔다. 권위를 지닌 자에 대한 콤플렉스. 크리민스는 학교에서 쫓겨난 뒤 원래 아버지에게 품고 있던 콤플렉스를 LA 경찰국으로 전이시켰다. 퇴학처분은 그냥 공상만 할 뿐 아무에게도 피해를 입히지 않던 그를 소일거리 삼아 무시무시한 짓을 저지르는 인간으로 바꿔놓는 심리적 계기가 되었을 것이다. 그가 저지른 살인은 모두 LA 경찰국 관할에서 발생했다. 그는 자신에게 부적격 판정을 내린 LA 경찰국에 자기가 얼마나 똑똑하고 영리한 사람인지 과시하고 있었다.

매케일렙은 자신이 3년 전 코드 킬러의 프로파일을 작성할 때, 쫓겨난 경찰관이나 아카데미 퇴학생을 우선적으로 조사해야 한다고 제안했던 것을 떠올렸다. 그가 아는 한, 그의 제안은 실천에 옮겨졌었다.

"잠깐만요. 그럼 그때 이미 놈이 조사를 받았을 텐데요. 경찰과 관련된 일을 하다 실패한 사람을 내가 언급했잖아요."

"조사를 받았어요. 그래서 어랭고가 LA 경찰국 자료로 허튼짓을 하고 있는 거예요. 무슨 수를 썼는지 그때는 크리민스가 조사를 무사히 통과했거든요. 코드 킬러 전담반 형사들이 놈을 만났는데, 수상한 점을 하나도 찾지 못했어요. 그래도 그 일로 놈이 겁을 먹긴 했을 거예요. 놈이 조사를 받은 지 4주 뒤에 발생한 살인사건이 코드 킬러의 마지막 범행이었으니까요. 그 조사 때문에 범행을 그만둔 건지도 몰라요."

"그럴지도 모르죠. 그래도 경찰이 전에 이미 놈을 조사하고서도 그냥 넘어갔다는 사실이 알려지면 좋지 않을 거예요."

"진짜 곤란해지겠죠. 그래도 어쩌겠어요? 3시에 기자회견이 예정되어 있어요."

매케일렙은 크리민스가 조사를 받은 뒤 살인이 멈췄다는 윈스턴의 말을 생각해보았다. 아카데미 퇴학생들을 조사해보라는 자신의 지시 덕분에 살인이 멈췄을지도 모른다고 생각하니 짜릿한 만족감이 느껴졌다. 윈스턴이 파일을 펼쳐 여러 장의 컬러 사진 중 하나를 꺼내 그에게 주었다. 아카데미 제복 차림의 크리민스 사진이었다. 짧게 깎은 머리, 수염을 깨끗이 깎은 갸름한 얼굴, 희망에 찬 눈빛. 하지만 자신 있어 보이는 모습이 사실은 연극인 것 같은 분위기를 풍겼다. 이 사진을 찍을 때 놈은 이미 자신이 끝까지 해낼 수 없으리라는 것, 졸업사진을 찍지 못하리라는 것을 알고 있었던 것 같았다.

"눈으로 나타났을 때랑 비슷한데요. 변장을 많이 안 했네요." 매케일렙이 말했다. "뺨이 더 통통해 보이게 입속에 뭘 집어넣고 안경을 썼을 뿐이에요."

"맞아요. 경찰관들과 직접 대면하게 될 테니, 지나치게 변장을 하면 들킬 거라고 생각했을 거예요."

"이거 내가 가져가도 돼요?"

"그럼요. 오늘 언론에 배포할 사진인데요, 뭐."

"또 뭐가 있죠? 주소도 있어요?"

"아뇨. 테리 씨가 찾아낸 창고가 유일한 현주소예요. 하지만 분명히 다른 장소가 있을 거예요. 우리가 창고에서 컴퓨터를 가져왔는데도 놈의 웹페이지는 여전히 작동하고 있어요. 그러니까 어딘가에 컴퓨터가 또 있다는 얘기예요. 지금도 그걸로 웹페이지를 운영하고 있겠죠."

"전화선을 추적하면 안 돼요?"

"익명의 제공자가 있어요."

"그게 무슨 소리예요?"

"그 웹페이지를 드나드는 모든 정보는 이 익명의 제공자를 통해 전달돼요. 그러니까 놈의 전화선을 추적할 수도 없고, 그 제공자를 밝혀낼 수도 없어요. 표현의 자유 어쩌고 하는 헛소리 때문이에요. 게다가 FBI의 전문가인 밥 클리어마운틴이 그러는데, 요즘 그런 놈들은 전화선 대신 마이크로파를 쓴대요. 그래서 추적하기가 더 어려워요."

이런 기술적인 얘기는 매케일렙의 능력으로는 이해할 수 없었다. 그래서 그는 화제를 바꿨다.

"기자회견에서 놈의 신원을 밝힐 거예요?"

"그럴걸요. 사진을 배포하고, 최면수사 비디오를 보여줘서 제보를 기다릴 거예요. 그건 그렇고, 〈LA 타임스〉의 케이샤 러셀 말인데요, 그 여자한테 정보를 줬어요?"

"내가 신세를 진 게 있잖아요. 이 일을 시작한 게 러셀 기자 덕분이니까요. 그래서 오늘 아침에 음성사서함에 메시지를 남겼어요. 남들보다 한발빨리 정보를 얻을 수 있게. 미안해요."

"아뇨, 괜찮아요. 나도 러셀 기자가 마음에 들어요. 어차피 만나서 얘기를 해볼 필요도 있고요. 네빈스가 어젯밤에 테리 씨한테서 들은 얘기를 해줬어요. 〈LA 타임스〉가 기사를 쓴 계기가 된 편지를 놈이 보냈을지도 모른다는 얘기요."

"맞아요. 러셀 기자가 그 편지를 갖고 있던가요?"

"아뇨. 밥인지 뭔지 하는 이름으로 서명이 돼 있었던 것만 기억난대요. 아마 놈일 거예요. 놈이 아주 단단히 손을 썼어요."

매케일렙은 갑자기 뭔가를 떠올렸다. 그래시엘라한테서 들은 이야기였다. 글로리아와 함께 일했다고 주장하는 남자가 전화를 걸어 그 기사에 대해 말해준 뒤에야 비로소 기사를 찾아 읽었다는 이야기. 매케일렙은 그 남자 역시 크리민스였을 거라는 생각이 들었다.

"뭐예요?" 윈스턴이 물었다.

"아니에요. 그냥 생각을 좀 하느라고요."

매케일렙은 윈스턴에게 아직은 자신의 짐작을 말하지 않기로 했다. 자기가 직접 확인해보고 싶었다. 그래야 그래시엘라에게 전화하지 않겠다는 약속을 깨뜨릴 핑계가 생길 테니 말이다. 조사를 위한 공식적인 전화인 것처럼 전화를 걸면 될 것이다.

"그래, 지금 놈이 어디 있을 것 같아요?" 윈스턴이 물었다.

"크리민스요?" 매케일렙은 머뭇거렸다. "바람을 타고 떠돌고 있겠죠."

윈스턴은 그의 얼굴을 잠시 살펴보았다.

"테리 씨는 짐작 가는 데가 있을 줄 알았는데요."

그는 윈스턴의 시선을 피해 책상을 내려다보았다.

"뭐, 바람이 영원히 불지는 않겠죠." 윈스턴은 더 이상 따져 묻지 않았다. "놈도 어딘가에서 땅에 내려설 수밖에 없을 거예요."

"그러기를 바라야죠."

두 사람은 침묵에 빠졌다. 이제 공식적인 진술서를 작성하는 것 외에는 두 사람 사이에 남은 일이 없었다.

"내가 간섭할 일은 아니지만…." 윈스턴이 말했다. "앞으로 이겨낼 수 있겠어요?"

"노력 중이에요."

"혹시 이야기할 사람이 필요하면…."

그는 고맙다는 뜻으로 고개를 끄덕였다.

"그럼 얼른 일을 해치우러 갈까요?"

한 시간 뒤 매케일렙은 면담실에 혼자 있었다. 윈스턴에게 아는 걸 모두 말한 뒤였다. 윈스턴은 녹취록을 작성하려고 녹음테이프를 들고 나갔다. 그녀는 나가기 전에 탁자 위에 있는 전화를 써도 좋다며, 이 방에 원하는 만큼 오래 있어도 좋다고 말했다.

매케일렙은 잠시 생각을 정리한 뒤 홀리크로스 병원 응급실의 간호사실 전화번호를 눌렀다. 그가 그래시엘라를 바꿔달라고 하자, 전화를 받은 여자는 그래시엘라가 없다고 말했다.

"휴식시간인가요?"

"아뇨, 오늘 출근을 안 했어요."

"아, 네, 감사합니다."

매케일렙은 전화를 끊었다. 아마 병가를 낸 모양이었다. 무리도 아니었다. 매케일렙 자신이 어젯밤에 그녀에게 전한 소식을 생각하면 말이다. 그는 그래시엘라의 집 전화번호를 눌렀다. 하지만 벨이 다섯 번 울린 뒤 자동응답기가 나왔다. 삐 소리가 난 뒤 매케일렙은 더듬더듬 메시지를 녹음하기 시작했다.

"저, 그래시엘라, 나예요, 테리. 거기 있어요?"

그는 한참 동안 기다리다가 다시 말을 이었다.

"음, 그냥… 직장에 전화했더니 출근을 안 했다고 해서, 저, 인사도 하고, 물어볼 것도 두어 가지 있어서 전화했어요. 그냥 일을 마무리하는 차원이지만… 그래도 물어보는 게 좋을 것 같아요. 어쨌든 이제 그만 끊을게요. 나중에 다시 전화할지도 몰라요. 음, 나는 아마 차를 운전하고 있을 테니까 이 메시지를 듣고 나한테 전화를 걸까 말까 고민하지 않아도 돼요."

그는 이 메시지를 지우고 처음부터 다시 녹음하고 싶었다. 그는 자신을 탓하며 전화를 끊었다. 그런데 자신을 탓하는 소리까지 녹음된 건 아닌지 모르겠다는 생각이 들었다. 그는 고개를 절레절레 저으며 일어서서 방을 나갔다.

44 최후의 한판

제임스 눈으로 가장한 대니얼 크리민스가 최면수사 중에 묘사한 곳을 찾는 데 이틀이 걸렸다. 매케일렙은 로자리타 해변을 출발해 남쪽으로 향했다. 그 장소는 해안 한쪽 끝의 라폰다와 엔세나다 사이에 있었다. 플라야 그란데라는 작은 마을이었는데, 두 개의 층으로 구성된 바위 위에 자리 잡고 바다를 굽어보는 듯한 모양이었다. 마을에는 서로 떨어진 작은 방갈로 여섯 채가 딸린 모텔, 도자기 가게, 작은 식당, 슈퍼마켓, 페멕스(멕시코의 광산, 석유회사—옮긴이) 주유소 등이 있었다. 말을 타고 해변을 달릴 수 있게 말을 빌려주는 자그마한 마구간도 있었다. 마을의 상업적인 중심지, 사실 이런 이름을 붙일 만큼 규모가 크지는 않았지만, 어쨌든 상업적인 중심지는 해변을 굽어보는 절벽 가장자리에 있었다. 그리고 계단을 깎아놓은 그 위쪽의 절벽에는 자그마한 주택들과 주거용 트레일러들이 널찍하게 흩어져 있었다.

매케일렙이 거기서 차를 멈춘 것은 마구간 때문이었다. 크리민스가 해변에 말이 있다고 말했던 것이 생각났다. 그래서 그는 차에서 내려 바위에 가파르게 난 길을 따라 해변으로 내려갔다. 널찍한 백사장은 약 1.5킬로미터 거리의 아늑한 곳이었으며, 바다까지 이어진 울퉁불퉁하고 거대한 바위들이 양편에서 해변을 감싸고 있었다. 매케일렙은 남쪽 끝 근처에서 크리민스가 최면수사 때 묘사했던, 불쑥 튀어나온 바위를 발견했다. 그는 거짓말을 가장 그럴듯하게 하려면 가능한 한 많은 진실을 섞어야 한다는 것을 잘 알고 있었다. 따라서 크리민스가 세상에서 가장 편안한 곳이라고 묘사한 곳이 실제로 존재하며, 크리민스가 잘 아는 장소일 거라고 생각했다. 그런데 이제 그 장소를 정말로 찾아낸 것이다.

매케일렙이 플라야 그란데에 오게 된 것은 간단한 추리와 발품 덕이었다. 크리민스가 최면수사 때 묘사한 장소는 태평양 연안에 있음이 분명했다. 크리민스는 차를 몰고 이곳으로 '내려가는' 게 좋다고 말했다. 그런데 매케일렙이 알기로 LA 남쪽으로는 크리민스가 묘사한 것만큼 거리가 떨어진 해변도, 말이 있는 해변도 없기 때문에, 그 장소는 멕시코에 있음이 분명했다. 그리고 크리민스가 그곳까지 차를 몰고 간다고 했으므로, 멕시코 남쪽 끝의 바하 반도에 있는 카보 등 기타 장소들은 후보에서 제외되었다. 그렇게 추려낸 멕시코 해안을 훑는데 이틀이 걸린 것이다. 매케일렙은 마을마다 차를 멈췄다. 고속도로에서 해변으로 내려가는 길이 나올 때도 매번 차를 멈췄다.

크리민스의 말이 옳았다. 이곳은 정말로 아름답고 편안한 곳이었다. 백사장의 모래는 설탕 같이 고왔고, 수백만 년 동안 파도에 깎인 절벽은 밑동이 깊이 패여 있었다. 그래서 바위가 밀려오는 파도처럼 둥글게 휘어져서 금방이라도 모래사장 위로 떨어질 것처럼 보였다.

해변에 사람이라고는 매케일렙 혼자뿐이었다. 평일에는 대체로 찾아오는 사람이 별로 없는 모양이었다. 크리민스도 그래서 이곳을 좋아하는 것 같았다.

말 세 마리가 해변에 있었다. 녀석들은 손님을 기다리며 빈 말구유 주위에서 서로 밀치락달치락했다. 녀석들을 묶어둘 필요는 없었다. 물과 바위가 해변을 완전히 감싸고 있기 때문이었다. 이곳을 빠져나가는 길은 마구간까지 이어진 가파른 길밖에 없었다.

매케일렙은 한낮의 햇볕을 막으려고 야구모자와 선글라스를 썼다. 긴바지와 잠바도 입었다. 하지만 이곳의 아름다움에 취한 그는 대니얼 크리민스가 이곳에 없다는 걸 확인한 뒤에도 한참 동안 해변에 머물렀다. 얼마 뒤 반바지와 민소매 셔츠를 입은 10대 한 명이 마구간으로 이어진 길을 내려와 그에게 다가왔다.

"말 한번 타보실래요?"

"아니, 괜찮아."

매케일렙은 겉옷 주머니에서 토니 뱅크스가 비디오테이프 화면으로 만들어준 사진을 꺼내 소년에게 보여주었다.

"봤니? 이 사람… 내가 찾고 싶은데."

소년은 사진을 빤히 바라보았지만 그의 말을 알아들었는지 어쨌는지 표정의 변화가 전혀 없었다. 마침내 소년이 고개를 저었다.

"아뇨, 못 찾아요."

소년은 몸을 돌려 다시 가파른 길로 향했다. 매케일렙은 사진을 주머니에 넣고 2분쯤 더 있다가 소년이 올라간 길을 올라갔다. 도중에 두 번 걸음을 멈추고 쉬었는데도 다 오르고 나니 기운이 쭉 빠졌다.

매케일렙은 식당에서 점심으로 바닷가재 엔칠라다를 먹었다. 가격은 미국 돈으로 5달러쯤 되는 것 같았다. 그는 사진을 몇 사람에게 또 보여주었지만, 여전히 성과가 없었다. 점심을 먹은 뒤 그는 페멕스 주유소로 걸어가서 그곳의 공중전화를 이용해 자기 배의 자동응답기에 메시지가 있는지 확인했다. 메시지는 없었다. 그는 그래시엘라의 집으로 전화했다. 여행을 떠난 뒤로 벌써 네 번째였지만, 이번에도 역시 자동응답기가 나왔다. 매케일렙은 이번에는 메시지를 남기지 않았다. 그래시엘라가 그의 전화를 일부러 무시하는 거라면, 더 이상 그와 이야기를 나누고 싶지 않다는 뜻일 수도 있었다.

매케일렙은 플라야 그란데 모텔에 방을 잡으면서 현금으로 숙박비를 계산하고 이름도 가짜로 댔다. 그리고 뒤늦게 사진 생각이 나서 모텔 카운터 남자에게 보여주었지만 이번에도 소득이 없었다.

그가 들어간 방갈로에서는 아래쪽 해변 일부가 내다보이고, 태평양이 널찍하게 바라다보였다. 그는 방에서 보이는 해변을 확인해보았지만, 여전히 사람은 없고 말들뿐이었다. 매케일렙은 잠바를 벗고 낮잠을 자기로 했다. 이틀 동안 포장 상태가 좋지 않은 도로에서 운전을 하고, 모래사장을 걷고, 가파른 길을 올라오고 나니 피곤했다.

그는 침대에 눕기 전에 여행가방을 침대 위에 올려놓고 칫솔과 치약을 꺼내 욕실에 가져다둔 다음, 일회용 체온계가 든 상자와 약병들을 협탁에 늘어놓았다. 지그자우어 권총도 가방에서 꺼내 협탁 위에 놓았다. 무기를 소지한 채 국경을 넘는 것은 항상 위험한 일이었다. 하지만 지루한 표정으로 국경을 지키던 멕시코 병사는 매케일렙의 예상대로 그냥 지나가라는 듯 손짓을 했다.

매케일렙은 퀴퀴한 냄새가 나는 베개 두 개 사이에 머리를 뉘고 잠이 들기 전에, 해질녘에 해변을 한 번 더 살펴봐야겠다고 생각했다. 크리민스는 최면수사 중에 석양을 묘사했었다. 그때쯤이면 그가 해변에 나와 있을 수도 있었다. 그렇지 않다면, 집들이 흩어져 있는 마을 위쪽의 절벽으로 가서 크리민스를 찾아봐야 할 것 같았다. 매케일렙은 반드시 그를 찾을 수 있을 거라고 자신했다. 그리고 이곳이 바로 크리민스가 말한 그 장소라는 사실도 믿어 의심치 않았다.

매케일렙은 몇 달 만에 처음으로 총천연색 꿈을 꾸었다. 꼭 감은 눈꺼풀 밑에서 눈동자가 마구 움직였다. 그는 제멋대로 날뛰는 말에 타고 있었다. 젖은 모래와 똑같은 색깔의 거대한 애팔루사 종으로 해변을 달리고 있었다. 매케일렙은 누군가에게 쫓기는 중이었지만, 말의 상태가 불안정해서 고개를 돌려 누가 자기를 쫓아오는지 확인할 수 없었다. 다만 도망쳐야 한다는 것, 여기서 멈추면 끝장이라는 것만 알고 있을 뿐이었다. 말발굽에 젖은 모래가 뭉텅뭉텅 파여서 허공으로 내던져졌다.

일정한 간격으로 이어지는 말발굽 소리가 그의 심장박동 소리로 바뀌었다. 매케일렙은 잠에서 깨어 몸을 진정시키려고 했다. 하지만 이내 체온을 재봐야겠다는 생각이 들었다.

그는 일어나 앉아서 바닥에 발을 내려놓으며 협탁을 눈으로 확인했다. 배에서 협탁 위의 시계를 보던 습관 때문이었다. 하지만 여기에는 시계가 없었다. 그는 시선을 돌렸다가 급히 다시 협탁을 바라보았다. 총이 보이지 않았다.

매케일렙은 재빨리 일어서서 방 안을 둘러보았다. 으스스한 느낌이 엄습했다. 그는 잠들기 전에 총을 협탁 위에 놓아둔 것을 분명히 기억하고 있었다. 그런데 그가 자는 사이에 누군가가 방에 들어왔다 나간 것이다. 크리민스였다. 틀림없었다. 크리민스가 이 방에 있었다.

그는 잠바와 여행가방을 급히 확인했지만, 달리 없어진 물건은 없었다. 그는 다시 방을 훑어보다가 문 옆의 구석에 서 있는 낚싯대를 발견했다. 그는 그쪽으로 가서 낚싯대를 잡았다. 자신이 레이먼드에게 사준 것과 똑같은 모델의 낚싯대였다. 그가 그것을 돌려 자세히 살펴보니 코르크로 된 손잡이에 RT라는 이니셜이 새겨져 있었다. 레이먼드가 자기 것이라고 표시를 해놓은 것이다. 아니면 다른 사람이 대신 표시를 해줬거나. 어쨌든 이 낚싯대의 의미는 분명했다. 크리민스가 레이먼드를 데리고 있다는 뜻이었다.

　매케일렙은 이제 완전히 긴장상태였다. 두려움 때문에 가슴이 졸아드는 것 같았다. 그는 주먹으로 후려치듯이 잠바 소매에 팔을 끼고 방갈로를 나섰다. 밖으로 나가기 전에 문을 자세히 살펴보았지만 누가 잠금장치에 억지로 손을 댄 흔적은 없었다. 그는 재빨리 모텔 사무실로 갔다. 그가 사무실 문을 밀치자 머리 위에서 종소리가 시끄럽게 울렸다. 아까 그에게서 숙박비를 받았던 남자가 카운터 뒤의 의자에서 일어섰다. 어색한 미소를 짓고 있었다. 그가 막 뭐라고 말을 하려는 순간, 매케일렙은 주저 없이 한걸음에 카운터로 다가가 남자의 멱살을 잡았다. 그리고 남자를 잡아당겨 카운터에 상체가 걸쳐지게 했다. 포마이카 상판 가장자리가 남자의 배를 파고들었다. 매케일렙은 고개를 숙여 남자의 얼굴을 똑바로 바라보았다.

　"놈은 어딨어?"

　"Que?"

　"그 남자 말이야. 네가 그놈한테 내 방 열쇠를 줬잖아. 어딨어?"

　"No habla…."

　매케일렙은 남자의 멱살을 더 세게 잡아당겨 팔뚝으로 그의 목덜미를 눌렀다. 팔에서 힘이 점점 빠지는 게 느껴졌지만, 그래도 더 세게 눌렀다.

　"헛소리 늘어놓지 말고 말해. 어딨어?"

　남자가 힘들게 숨을 내쉬며 신음소리를 냈다.

　"몰라요." 마침내 그가 말했다. "이러지 마세요. 어디 있는지 몰라요."

　"여기 왔을 때 혼자였어?"

　"혼자, 네."

　"집이 어디야?"

　"그건 몰라요. 이러지 마세요. 손님 동생이라면서 깜짝 선물을 주고 싶다고 했어요. 그래서 열쇠를 준 거예요."

매케일렙은 손을 놓고 남자를 카운터 너머로 밀쳤다. 어찌나 세게 밀쳤
는지, 남자는 의자에 다시 처박혔다. 그가 애원하는 표정으로 양손을 들
어올렸다. 매케일렙은 남자가 정말로 겁을 먹었음을 깨달았다.

"이러지 마세요."

"뭘 이러지 마?"

"이러지 마세요. 문제를 일으키고 싶지 않아요."

"너무 늦었어. 내가 여기 있는 걸 놈이 어떻게 알았지?"

"내가 전화했어요. 그 사람이 나한테 돈 줘요. 어제 와서 손님이 올지
모른다고 했어요. 전화번호를 주고 돈 줬어요."

"넌 놈이 말한 게 나라는 걸 어떻게 알았어?"

"그 사람이 사진을 줬어요."

"그 사진 줘봐. 전화번호도."

남자는 주저 없이 자기 앞의 서랍으로 손을 뻗었다. 매케일렙은 재빨리
손을 뻗어 그의 손목을 잡고 거칠게 꺾어 서랍에서 떼어놓았다. 그러고는
자기가 직접 서랍을 열었다. 어지럽게 흩어진 서류 위에 사진이 보였다.
매케일렙이 부두에서 그래시엘라, 레이먼드와 함께 방파제를 걷는 모습
을 찍은 사진이었다. 분노 때문에 딱딱하게 굳은 턱으로 뜨거운 피가 몰
리면서 얼굴이 붉게 달아올랐다. 그는 사진을 들고 뒷면을 살펴보았다.
전화번호가 적혀 있었다.

"이러지 마세요." 모텔 직원이 말했다. "돈을 가져가요. 미국 돈 100달
러예요. 문제를 일으키고 싶지 않아요."

그가 셔츠 주머니로 손을 뻗었다.

"아냐." 매케일렙이 말했다. "그건 그냥 가져. 네가 번 돈이야."

매케일렙은 문을 세게 열었다. 그 바람에 문이 천장의 종을 세게 쳐서

줄이 끊어지며 종이 사무실 구석에 떨어져 나뒹굴었다.

매케일렙은 자갈이 깔린 주차장을 지나 페멕스 주유소의 공중전화로 갔다. 그리고 사진 뒷면의 번호로 전화를 걸었다. 적어도 두 개의 회로를 거쳐 전화가 연결되는지 딸깍, 딸깍 하는 소리가 여러 번 연달아 들렸다. 매케일렙은 혼자 욕설을 퍼부었다. 설사 이곳 경찰에게 부탁한다 해도 이 번호로 주소를 추적할 수는 없을 것이다.

마침내 전화가 마지막 회로에 이르렀는지 전화벨이 울리기 시작했다. 매케일렙은 숨을 죽이고 기다렸지만, 사람도 자동응답기도 전화를 받지 않았다. 벨이 열두 번 울린 뒤 그는 수화기를 쾅 하고 내려놓았다. 수화기는 다시 튀어나와 아래로 떨어져서 전화기 밑에서 제멋대로 흔들렸다. 매케일렙은 분노와 무력감 때문에 꼼짝도 할 수 없었다. 여전히 울리는 전화벨 소리가 전화기 밑에서 희미하게 들려왔다.

한참 뒤에야 그는 자신이 공중전화 박스의 유리창을 통해 모텔 주차장을 뚫어지게 바라보고 있음을 깨달았다. 그의 체로키 외에 차 한 대가 더 있었다. 캘리포니아 번호판을 단 먼지투성이 흰색 커프리스였다.

그는 재빨리 공중전화 박스에서 나와 주차장을 가로질러 해변으로 향했다. 길이 불쑥 튀어나온 바위들 사이로 나 있기 때문에 아래쪽 해변이 전혀 보이지 않았다. 바닥에 내려서서 왼쪽으로 방향을 돌린 뒤에야 비로소 해변이 눈에 들어왔다.

해변은 텅 비어 있었다. 매케일렙은 좌우를 살피며 물가까지 곧장 걸어갔지만, 어느 쪽에도 사람은 보이지 않았다. 심지어 말들도 영업을 끝냈는지 보이지 않았다. 그의 눈이 마침내 머리 위로 튀어나온 바위 밑의 깊숙한 어둠을 발견했다. 그는 그쪽으로 향했다.

바위 밑에서는 파도 소리가 몇 배로 커져서 마치 경기장의 응원소리 같았다. 밝고 탁 트인 해변에서 깊은 어둠 속으로 들어왔기 때문에 매케일렙은 순간적으로 앞이 보이지 않았다. 그래서 걸음을 멈추고 눈을 꼭 감았다가 떴다. 울퉁불퉁한 바위가 주위를 둘러싸고 있었다. 그때 바위 속 가장 깊숙한 곳에서 크리민스가 나타났다. 그는 오른손에 지그자우어를 들고 매케일렙을 겨냥하고 있었다.

"난 당신을 해치고 싶지 않아." 그가 말했다. "하지만 꼭 그래야 한다면 어쩔 수 없지."

그는 귀가 멍멍할 정도로 메아리치는 파도소리 때문에 큰 소리로 말하고 있었다.

"아이는 어디 있어, 크리민스? 레이먼드는 어디 있어?"

"두 사람이 어디 있냐고 해야 하는 거 아냐?"

매케일렙도 짐작은 하고 있었지만, 그래시엘라와 레이먼드가 지금 얼마나 겁에 질려 떨고 있을지 생각하니 가슴이 아팠다. 사실 두 사람이 아직 살아 있는지도 알 수 없는 형편이었다. 그는 크리민스를 향해 한 걸음 내디뎠지만, 크리민스가 총구를 그의 가슴으로 올리는 것을 보고 걸음을 멈췄다.

"진정해. 침착하라고. 두 사람 다 무사해, 매케일렙 요원. 그건 걱정할 필요 없어. 사실 두 사람의 안전은 당신 손에 달려 있어. 내가 결정하는 게 아냐."

매케일렙은 재빨리 크리민스를 살펴보았다. 이제 그는 새까만 머리에 콧수염을 기르고 있었다. 턱수염을 기르는 중인지는 몰라도, 하여튼 면도가 필요한 것 같았다. 발에는 끝이 뾰족한 부츠를 신었고, 옷은 검은 진바지와 데님으로 만든 카우보이 셔츠였다. 가슴 양쪽에 주머니가 달리고 장식용 바늘땀이 가슴을 가로지르는 디자인이었다. 지금 모습은 착한 사마리아인과 제임스 눈의 중간쯤 되는 이미지였다.

"원하는 게 뭐야?" 매케일렙이 물었다.

크리민스는 이 질문을 무시하고 차분한 목소리로 입을 열었다. 자신이 매케일렙을 압도하고 있다는 자신감이 묻어 나왔다.

"만약 누가 날 찾으러 온다면, 당신이 올 거라는 걸 알고 있었어. 그래서 미리 조치를 취할 필요가 있었지."

"원하는 게 뭐냐고 물었잖아. 날 원해? 그런 거야?"

크리민스는 아련한 눈빛으로 매케일렙의 뒤편을 바라보며 고개를 저었다. 매케일렙은 총을 유심히 살폈다. 안전장치가 풀려 있는 것이 보였다. 하지만 공이치기는 아직 뒤로 젖혀져 있지 않았다. 크리민스가 총알을 장전했는지 어떤지는 알 수 없었다.

"내가 여기서 보는 마지막 석양이야." 크리민스가 말했다. "이제 이곳을 떠나야 하거든."

그는 매케일렙에게 자신의 아쉬움을 인정해달라고 말하는 듯이 미소를 지으며 그를 바라보았다.

"당신은 내 예상보다 훨씬 잘해줬어."

"내가 아냐. 너야, 크리민스. 네가 망친 거야. 네가 지문을 남겼고, 네가 이곳에 대해 나한테 말해줬어."

크리민스는 인상을 찌푸리며 고개를 끄덕였다. 그것이 자기 실수임을 인정한다는 뜻이었다. 한참 동안 침묵이 흘렀다.

"당신이 왜 여기까지 찾아왔는지 알아." 마침내 그가 말했다.

매케일렙은 대답하지 않았다.

"내가 당신한테 선물로 준 것, 그걸 내게서 빼앗으려고 온 거지."

매케일렙은 증오심이 쓴 맛처럼 솟아올라 목구멍을 태우는 것 같았다. 그는 계속 침묵을 지켰다.

"복수를 하러 온 거야." 크리민스가 말했다. "복수를 하고서 느끼는 만족감이 얼마나 덧없는지 당신한테 말해준 것 같은데."

"그게 네가 그 많은 사람들을 죽이면서 얻은 교훈인가? 밤에 자려고 눈을 감으면 네 아버지가 여전히 보일걸. 네가 아무리 많은 사람을 죽여도 말이야. 아버지가 도무지 사라지지 않을 거야. 그렇지? 네 아버지가 너한테 도대체 어떻게 했기에 네가 이렇게 한심하게 망가져버린 거지, 크리민스?"

크리민스는 총을 쥔 손에 힘을 주었다. 그의 턱 선이 더욱 도드라져 보였다.

"그런 게 아냐." 그가 성난 목소리로 대답했다. "당신 때문이야. 난 당신이 계속 살아 있기를 원해. 나도 계속 살고 싶어. 당신 목숨을 위해서가 아니라면 이 모든 일이 아무런 가치도 없었을 거야. 모르겠어? 우리 둘 사이의 유대를 못 느끼겠어? 우린 이제 하나로 묶여 있어. 우린 형제라고."

"넌 미쳤어, 크리민스."

"내가 미쳤건 어쨌건, 내 탓은 아냐."

"네 변명이나 들어줄 시간은 없어. 원하는 게 뭐야?"

"나한테 목숨을 구해줘서 고맙다고 말해. 그리고 날 잡으려 들지 마. 시간이 필요해. 내 물건들을 옮기고 새 집을 구할 시간 말이야. 지금 나한테 그걸 보장해줘."

"네가 두 사람을 데리고 있다는 증거는 어디 있지? 넌 낚싯대를 갖고 있을 뿐이야. 그건 아무것도 아냐."

"당신은 날 알잖아. 그러니까 내가 그 두 사람을 데리고 있다는 것도 알 거야."

크리민스는 가만히 대답을 기다렸지만 매케일렙은 아무 말도 하지 않았다.

"당신이 그 여자 집에 전화를 걸어서 자동응답기를 상대로 비굴하게 애원할 때 나도 옆에 있었어. 당신이 그 여자한테 한심한 어린애처럼 제발 전화를 받으라고 사정할 때 말이야."

매케일렙의 분노에 창피함이 섞였다.

"지금 어디 있어?" 그가 고함을 질렀다.

"근처에 있어."

"웃기는 소리. 두 사람을 데리고 어떻게 국경을 넘어와?"

크리민스는 미소를 지으며 총으로 손짓을 했다.

"당신이 이걸 들고 국경을 넘을 때랑 똑같은 방법을 썼지. 남쪽으로 가는 사람한테는 아무것도 안 물어. 난 당신의 그래시엘라한테 선택권을 줬어. 아이랑 같이 앞좌석에 앉아 얌전히 굴든지, 아니면 트렁크에 갇혀서 가든지. 그 여자는 알아서 적절히 행동하던데."

"두 사람을 해치면 내가 가만 안 둬."

매케일렙은 이 말이 지독하게 필사적으로 들렸음을 알고 이 말을 하지 말걸 그랬다는 생각이 들었다.

"그렇게 될지 안 될지는 당신한테 달렸어."

"왜?"

"난 지금 떠날 거거든. 당신은 날 따라오면 안 돼. 날 추적할 생각은 하지도 마. 그냥 차에 올라타서 당신 배로 돌아가. 거기서 전화기 옆에 대기하고 있으면, 내가 가끔 전화를 걸어서 당신이 내 뒤를 쫓지 않고 거기 얌전히 있는지 확인할 거야. 그래서 내가 안전해졌다는 확신이 들면 그 여자랑 아이를 풀어줄게."

매케일렙은 고개를 저었다. 이건 분명한 거짓말이었다. 그래시엘라와 레이먼드를 죽이는 것은 크리민스가 아무런 죄책감 없이 기쁜 마음으로 그에게 선사할 최후의 불행이 될 것이다. 궁극적인 승리. 이제부터 어떤 일이 벌어질지는 몰라도, 크리민스가 살아서 이 해변을 떠나게 할 수는 없었다. 그가 굳이 멕시코로 온 데에는 이유가 있었으므로, 이제 그 이유를 실천에 옮길 때였다.

크리민스는 그의 생각을 알아차렸는지 미소를 지었다.

"당신은 선택의 여지가 없어, 매케일렙 요원. 날 여기서 놓아주지 않으면 두 사람은 어두운 구덩이에서 죽어갈 거야. 당신이 날 죽이면, 아무도 두 사람을 찾을 수 없을 거야. 찾더라도 이미 때가 늦겠지. 굶주림, 어둠…. 그건 끔찍한 거니까. 게다가 당신이 잊고 있는 게 있어."

그는 총을 들어올리고 매케일렙의 반응을 기다렸지만, 매케일렙은 아무런 반응을 보이지 않았다.

"난 당신이 날 자주 생각해줬으면 좋겠어." 크리민스가 말했다. "나도 당신을 자주 생각할 테니까."

그는 빛이 있는 쪽으로 걷기 시작했다.

"크리민스." 매케일렙이 말했다. "넌 아무것도 가진 게 없어."

크리민스는 몸을 돌려 매케일렙이 손에 꺼내 들고 있는 총을 내려다보았다. 매케일렙은 그를 향해 두 걸음 다가가며 P7의 총구를 그의 가슴으로 들어올렸다.

"가방도 확인했어야지."

크리민스는 지그자우어를 매케일렙의 가슴으로 들어올리는 것으로 응수했다.

"네 총은 비어 있어, 크리민스."

크리민스의 눈에 혹시나 하는 기색이 순간적으로 나타났다 사라졌다. 순식간에 벌어진 일이었지만 매케일렙은 분명히 보았다. 그걸 보니 크리민스가 총을 확인해보지 않았다는 확신이 들었다. 총에 탄창은 끼워져 있지만, 총알은 하나도 없다는 사실을 크리민스는 모르고 있었다.

"그런데 이건 다르거든."

두 사람은 각자 상대의 심장을 향해 30센티미터 간격으로 총구를 겨눈 채 가만히 서 있었다. 크리민스는 P7을 내려다본 뒤 매케일렙의 눈을 바라보았다. 시선이 강렬했다. 마치 그의 눈에서 뭔가를 읽어내려는 것 같았다. 그 순간 매케일렙은 신문에 실렸던 자신의 사진을 떠올렸다. 자비심이라고는 눈곱만큼도 없이 상대를 꿰뚫어 보는 눈. 그는 그 눈빛이 되돌아왔음을 깨달았다.

크리민스가 지그자우어의 방아쇠를 당겼다. 공이치기가 빈 탄창을 향해 획 당겨졌다. 매케일렙은 P7을 발사했다. 크리민스는 뒤로 비틀거리다가 모래 위에 벌렁 쓰러졌다. 양팔을 90도 각도로 뻗고, 입은 놀라서 벌린 채였다.

매케일렙은 그 옆으로 다가가 재빨리 지그자우어를 움켜쥐고 치워버렸다. 그러고는 셔츠로 P7을 닦은 뒤 모래 위에 떨어뜨렸다. 죽어가고 있는 크리민스의 손이 아슬아슬하게 닿을 수 없는 지점이었다.

매케일렙은 무릎을 꿇고 앉아 피가 몸에 묻지 않게 조심하면서 크리민스에게 몸을 기울였다.

"크리민스, 내가 신을 믿는다는 확신은 없지만, 그래도 네 고백을 들어주지. 두 사람이 어디 있는지 말해. 내가 두 사람을 구하게 해줘. 그래도 착한 일로 인생을 마무리해야지."

"웃기지 마." 크리민스가 강한 어조로 말했다. 그의 입에 피가 흥건했다. "두 사람은 죽을 거야. 당신 때문에."

그는 손을 들어올려 손가락으로 매케일렙을 가리켰다. 그러고는 손을 떨어뜨렸다. 그렇게 매케일렙에게 대꾸하는 데 모든 힘을 쓴 듯했다. 그가 한 번 더 입술을 달싹였지만 매케일렙에게는 소리가 들리지 않았다. 그래서 그는 몸을 더 가까이 기울였다.

"뭐라고?"

"내가 널 구했어. 내가 너한테 생명을 줬어."

매케일렙은 일어서서 바지에 묻은 모래를 털어버리고 크리민스를 내려다보았다. 그의 눈에는 눈물이 고이고, 입은 마지막 숨을 쉬기 위해 힘겹게 움직이고 있었다. 두 사람의 눈이 마주쳤다.

"틀렸어." 매케일렙이 말했다. "내가 나를 위해 널 보내는 거야. 내가 스스로 날 구한 거라고."

45 절망과 희망

매케일렙은 플라야 그란데 마을 위 절벽의 자갈이 깔린 도로를 달리며 모든 주택과 트레일러를 유심히 살폈다. 전화선이 연결돼 있거나 위성안 테나가 설치된 집을 찾기 위해서였다. 그는 자동차 창문을 모조리 열어놓고 달리다가, 자신이 찾는 특징을 지닌 집이나 트레일러가 나오면 차를 가까이 댄 뒤 시동을 끄고 귀를 기울였다.

전화나 위성설비로 외부와 연결된 집이 이곳에는 그리 많지 않았다. 이곳이 워낙 외진 마을이라 주민들이 외부와의 연결을 별로 원하지 않는 모양이었다. 이곳 주민들은 대개 세상을 등지거나 은둔하는 사람들이었다. 세상과 단절되기를 원하는 사람들이라는 뜻이었다. 이것도 크리민스가 이곳을 택한 이유 중 하나였다.

두 번이나 주민들이 집에서 나와 매케일렙에게 무슨 일이냐고 물었다. 그는 그 사람들에게 그래시엘라와 레이먼드의 사진을 보여주었지만 소득이 없었다. 그는 주거침입에 대해 사과하고 다시 도로로 나갔다.

해가 지평선 근처까지 기울었을 무렵, 그는 점점 더 필사적으로 변했다. 햇빛이 없으면 집들을 살펴볼 수 없었다. 집집마다 들러서 일일이 물어보거나, 아니면 다음 날 아침까지 기다려야 할 것이다. 그렇다면 그래 시엘라와 레이먼드가 어딘가에서 음식이나 빛도 없이 외롭게 밤을 지새 워야 한다는 뜻이었다. 아마 난방도 없을 것이고, 두 사람 모두 묶여 있거 나, 어떤 식으로든 몸이 구속되어 겁에 질려 있을 터였다.

매케일렙은 속도를 높여 트레일러 캠프 전체를 가로질렀다. 중간에 딱 한 번 차를 멈추고 낡은 트레일러 앞 베란다에 앉아 있는 할머니에게 사 진을 보여주었을 뿐이다. 할머니는 사진을 보더니 모르겠다고 고개를 저 었고, 그는 다시 출발했다.

마침내 해가 지고 하늘에 마지막 햇빛만이 남아 있을 때, 그는 조개껍 질을 깔아 만든 길을 지나갔다. 나지막한 둔덕을 지나 어딘지 눈에 보이 지 않는 곳으로 이어진 길이었다. 길 위에 문 하나가 있었고, 스페인어와 영어로 '함부로 들어오지 마시오'라는 말이 붙어 있었다. 매케일렙은 문 을 잠시 살펴본 결과 걸쇠에 짤막한 전선을 묶어둔 것이 유일한 잠금장치 임을 발견했다. 그는 차에서 내려 전선을 풀고 문을 밀어 열었다.

첫 번째 오르막길을 넘자 두 번째 오르막길 위에 서 있는 트레일러까지 길이 이어져 있는 것이 보였다. 그런데 그 트레일러의 납작한 지붕에 설 치된 위성접시가 눈에 들어오는 순간 그의 가슴이 기대감으로 두근거리 기 시작했다. 좀 더 가까이 다가가니 알루미늄으로 만든 간이차고에 자동 차가 한 대도 없었다. 트레일러 뒤쪽의 낡은 울타리 근처에 벽과 지붕이 반원형으로 이어진 조립식 주택 모양의 창고도 보였다. 울타리를 지탱하 고 있는 여러 기둥들 위에는 마치 사격연습을 위해 놓아둔 것처럼 병들이 놓여 있었다.

체로키의 타이어가 길에 깔아놓은 조개껍질 위를 달리며 조개껍질이 부서지는 소리가 났기 때문에 조용히 접근하는 건 처음부터 불가능한 일 이 되었다. 또한 차를 멈추기 전에는 안에서 무슨 소리가 나는지 귀를 기울일 수도 없었다.

매케일렙은 간이차고로 들어가 차를 세웠다. 그리고 시동을 끈 뒤 얼어붙은 듯 가만히 앉아 귀를 기울였다. 약 2초 동안은 침묵만이 흘렀지만, 곧 그 소리가 들렸다. 트레일러의 알루미늄 벽 때문에 희미하게 들리는 소리였지만, 분명했다. 트레일러 안에서 전화벨이 울리는 소리였다. 매케일렙은 숨을 죽이고 확신이 들 때까지 계속 전화벨 소리에 귀를 기울였다. 크게 숨을 내쉬자 심장이 펄쩍 뛰어올랐다. 두 사람을 찾았다는 확신이 들었다.

그는 차에서 내려 트레일러의 문으로 다가갔다. 전화벨은 계속 울리고 있었다. 매케일렙이 차를 세운 뒤로 최소한 열 번은 울린 것 같았다. 그가 안으로 들어가 전화를 받든지, 아니면 누군가가 페멕스 주유소의 공중전화 박스로 들어가 수화기를 제자리에 올려놓기 전에는 저 소리가 그치지 않을 터였다.

매케일렙은 문을 열어보려 했지만, 잠겨 있었다. 그는 크리민스의 바지를 뒤져 찾아낸 열쇠고리의 열쇠들을 여러 개 시도해본 끝에 문을 열 수 있었다. 그는 조용하고 따뜻한 트레일러 안으로 들어가 자그마한 거실처럼 보이는 방 안을 둘러보았다. 커튼이 내려져 있고, 오른쪽 벽 앞의 탁자 위에 놓인 컴퓨터 스크린의 불빛 외에는 아무런 빛도 없었다. 매케일렙은 문 왼쪽의 벽으로 손을 뻗어 전등 스위치를 찾아냈다. 그가 스위치를 올리자 방이 환해졌다.

그가 LA에서 찾아낸 창고처럼 이곳도 컴퓨터를 비롯한 여러 장비들이 가득했다. 사람이 앉을 수 있게 소파가 갖춰진 자그마한 공간은 휴식을 위해 마련해둔 듯했다. 하지만 그 어느 것도 매케일렙에게는 아무런 의미가 없었다. 더 이상은 그런 것에 관심을 쏟고 싶지 않았다. 그가 여기까지 온 것은 두 사람 때문이었다.

그는 큰 소리로 외쳤다.

"그래시엘라? 레이먼드?"

대답하는 소리가 없었다. 그는 크리민스의 말을 생각해보았다. 크리민스는 두 사람이 어두운 구덩이에 있다고 했다. 매케일렙은 몸을 돌려 문밖을 내다보며 황량한 풍경을 눈으로 훑었다. 그리고 집 뒤편의 창고로 향했다.

그는 손바닥 끝으로 맹꽁이자물쇠가 달린 문을 쾅쾅 쳤다. 그 소리가 창고 안에서 크게 메아리쳤지만 대답하는 사람은 하나도 없었다. 그는 다시 더듬더듬 열쇠를 꺼내 마스터락 로고가 있는 작은 열쇠를 자물쇠 구멍에 재빨리 쑤셔 넣었다. 마침내 문이 열리자 그는 어둠 속으로 들어갔다. 창고 안은 비어 있었다. 가슴을 누가 쥐어뜯는 것 같았다.

그는 몸을 돌려 문간에 단단히 버티고 서서 시선을 떨어뜨렸다. 그래시엘라와 레이먼드가 칠흑 같은 어둠 속에서 서로를 끌어안고 있는 모습이 머리를 가득 채웠다.

그때 그것이 눈에 띄었다. 조개껍질을 깔아 놓은 길에 분명히 눌린 자국 하나가 자동차 바퀴자국을 가로지르고 있었다. 그 자국은 길을 가로질러 둔덕의 정상 쪽으로 뻗어 있었다. 그쪽에는 아무것도 없는 것 같은데도, 누군가가 길에 자국을 남길 만큼 그쪽으로 자주 걸어다닌 것이다.

매케일렙은 그 방향을 향해 온 힘을 다해 달려갔다. 정상에 올라서니 그 아래의 급경사면에 콘크리트로 짓다 만 건물 기초가 보였다. 매케일렙은 그것이 무엇인지 궁금해하며 천천히 걸어서 접근했다. 녹슨 철근과 배수관들이 콘크리트에서 삐죽삐죽 튀어나와 있었다. 낡은 곡괭이와 삽 하나도 보였다. 아마도 문을 달 예정이었을 지점에 콘크리트 기초 위로 올라가는 계단이 하나 있었다. 매케일렙은 그 위로 올라가서 주위를 둘러보았다. 지하실로 통하는 문도, 크리민스가 말한 구덩이 같은 것도 전혀 보이지 않았다.

매케일렙은 황동 수도관 하나를 발로 차고는 화장실이 들어설 자리에 박혀 있는 10센티미터 굵기의 중앙 파이프 안을 내려다보았다. 그 순간 두 사람이 어디 있는지 알 것 같았다.

그는 휙 돌아서서 눈으로 콘크리트 기초 주위의 땅을 훑었다. 계단이 건물의 앞쪽임을 확인한 그는 뒤쪽 땅바닥에서 화장실 배수관이 이어져 있을 만한 장소, 즉 정화조를 찾았다. 최근에 누군가가 팠던 흔적이 있는 곳이 금방 눈에 띄었다. 매케일렙은 삽을 움켜쥐고 달렸다.

흙과 돌멩이를 정화조 위에서 모두 걷어내는 데는 5분이 걸렸다. 그 안에 공기는 있을 것 같았다. 콘크리트 기초까지 이어진 관들이 공기를 공급해주었을 것이다. 하지만 그는 마치 두 사람이 금방이라도 질식해서 죽을 거라고 생각하는 사람처럼 서둘렀다. 마침내 맨홀 크기만 한 뚜껑을 열자 아직 하늘에 마지막으로 남아 있던 빛이 안을 비췄고, 두 사람의 얼굴이 보였다. 두 사람은 겁에 질렸지만 살아 있었다. 매케일렙은 두 사람에게 손을 뻗으며 자신의 몸을 짓누르던 엄청난 무게가 사라지는 것을 느꼈다.

그는 두 사람을 어둠 속에서 꺼내주었다. 햇빛이 아주 미약한데도 두 사람은 눈을 찡그렸다. 매케일렙은 두 사람이 다칠까 봐 걱정스러울 만큼 세게 두 사람을 끌어안았다. 그래시엘라는 몸을 부들부들 떨면서 울고 있었다.

"괜찮아요." 그가 말했다. "이제 다 끝났어요."

그래시엘라는 고개를 뒤로 젖혀 그의 눈을 바라보았다.

"이제 다 끝났어요." 그가 같은 말을 반복했다. "놈은 이제 다시는 아무도 해칠 수 없어요."

46 해변의 참혹사

배 밑바닥의 둥근 부분은 기어다녀야 할 만큼 비좁은 데다, 휘발유 배기가스로 가득 차서 현기증이 날 정도였다. 매케일렙이 낡은 티셔츠를 산적들의 복면처럼 얼굴에 감았는데도 배기가스가 허파를 가득 채웠다. 방금 교체한 연료필터는 아홉 개의 볼트로 고정하게 되어 있는데, 그는 지금 볼트를 세 개째 단단히 조인 뒤였다. 매케일렙은 네 번째 볼트를 돌려서 박으려고 애쓰면서 땀이 눈에 들어가는 것을 막으려고 고개를 앞으로 기울였지만 아무 소용이 없었다. 저 위에서 그녀의 목소리가 들렸다.

"아무도 안 계세요?"

매케일렙은 하던 일을 멈추고, 얼굴에 감은 셔츠도 확 떼어냈다. 그리고 열린 해치까지 기어가서 위로 올라갔다. 제이 윈스턴이 부두에 서서 그를 기다리고 있었다.

"제이 씨. 어쩐 일이에요? 어서 올라와요."

"아뇨, 금방 가봐야 돼요. 그냥 놈이 발견됐다는 말을 해주려고 들렀어요. 나도 지금 멕시코로 내려갈 거예요."

매케일렙은 눈썹을 치켜올렸다.

"죽었어요. 자살이에요."

"그래요?"

"멕시코의 바하 사법경찰을 통해야 하기 때문에 우리도 거기 직접 가보기 전에는 확실히 아는 게 하나도 없어요. 하지만 플라야 그란데라는 곳의 해변에 놈이 밀려온 걸 그쪽 사람들이 발견한 건 확실해요. 해안 아래쪽에 있었대요. 스스로 가슴에 총을 쏘았다고 하네요. 해변에서 말을 돌보는 아이가 놈을 발견했어요. 이틀 전에, 그런데 우린 조금 전에야 그 소식을 들었어요."

매케일렙은 주위를 둘러보았다. 하얀 셔츠에 타이를 맨 남자가 부두 출입문 근처에서 어슬렁거리는 것이 보였다. 윈스턴의 파트너인 모양이었다.

"놈이 확실하대요?"

"그쪽 얘기로는 그래요. 인상착의도 비슷하고요. 게다가 그쪽 사람들이 놈의 행적을 좇다가 해변의 트레일러를 찾아냈어요. 거기 컴퓨터며 사진이며 온갖 물건들이 있었대요. 놈이 맞는 것 같아요. 컴퓨터 화면에 작별인사까지 남겨 놓았다니까요."

"뭐라고 했대요?"

"글쎄요, 나도 남한테 전해들은 거라서… 하지만 간단히 말하면 자기 행동에 책임을 지고 죽어야 마땅하다고 썼대요. 짧지만 착한 내용이죠."

"무기도 찾았대요?"

"아직은요. 하지만 오늘 금속탐지기로 해변을 훑는다고 했어요. 무기를 찾는다면, 아마 우리가 찾던 HK P7일 거예요. 부검 때 놈의 몸에서 나온 총알은 페더럴 FMJ였어요. 우리가 이쪽 사건과 비교하게 그 총알을 빌릴 수 있는지 한번 알아봐야죠."

매케일렙은 고개를 끄덕였다.

"그래, 그쪽에선 지금 이 일을 어떻게 보고 있어요?"

"아주 간단해요. 우리가 뒤를 쫓는 걸 놈이 알아차리고 갑자기 후회에 사로잡혀서 유서를 쓰고 해변으로 내려가 자기 심장에 총알을 박았다는 거죠. 파도가 놈을 바닷가 바위 안쪽으로 밀고 갔고, 시신이 바위에 걸렸다는 거예요. 그래서 바다로 쓸려나가지 않았다는 거죠. 지금 우리가 가서 현장을 직접 살펴볼 거예요. 지문이나 발자국도 뜨고요. 시체가 물속에 있었기 때문에 아마 화약잔여물은 검출되지 않을 거예요. 하지만 한가지만은 확실해요. 놈이 크리민스라는 사실을 철저히 확인하기 전에는 절대 이 사건을 종결하지 않을 거라는 점."

"그래요, 좋은 생각이에요."

"아무래도 놈이 자살할 사람처럼 보이지 않았기 때문에 난 확실하게 확인하고 싶어요. 무슨 뜻인지 알죠?"

윈스턴은 강렬한 시선으로 매케일렙을 바라보았다.

"글쎄요…. 그거야 모를 일이죠."

윈스턴은 고개를 끄덕이고는 처음으로 그의 시선을 피했다. 그녀는 두 사람의 이야기 소리가 전혀 들리지 않는 먼 곳에서 두 사람을 지켜보고 있는 파트너를 확인했다.

"라스베이거스는 어땠어요, 테리 씨?"

매케일렙은 뱃전에 앉아 들고 있던 렌치를 옆에 내려놓았다.

"어… 뭐, 사실 난 아무 데도 안 갔어요. 이 배를 빨리 수리해서 움직일 수 있게 해야겠다는 생각이 들어서요. 그래서 전화기도 뽑아버리고 그냥 배에서 일만 했어요. 이제 이 배가 움직일 수 있게 된 것 같아요."

"잘됐네요. 물고기 많이 잡아요."

"그래야죠. 언제 한번 놀러 와요. 나랑 같이 배를 타고 나가서 청새치를 잡게."

"정말로 올지도 몰라요."

윈스턴은 고개를 끄덕이고는 부두를 한 번 더 둘러보았다.

"뭐, 그만 가봐야겠네요. 거기까지 가려면 한참 동안 차를 몰아야 할 텐데 벌써 출발이 늦었어요."

"사냥 잘해요."

"고마워요."

윈스턴은 자리를 뜨려다가 머뭇거리며 다시 매케일렙을 바라보았다.

"주차장에서 테리 씨의 체로키를 봤어요. 세차를 해야겠던데요. 흙먼지가 엄청 많이 끼었더라고요."

두 사람은 오랫동안 눈을 마주치고 서로를 바라보았다. 두 사람 사이에 소리 없이 오간 대화의 뜻은 분명했다.

"그렇게 하죠." 매케일렙이 마침내 말했다. "고마워요."

47 한 번의 기회

〈더 팔로잉 시〉 호는 나지막한 파도를 헤치며 카탈리나 섬을 향해 남쪽으로 유유히 나아가고 있었다. 선교에서 매케일렙은 키를 잡고 힘차게 서 있었다. 앞쪽 바람막이를 내려두었기 때문에 수면에서 올라오는 차가운 공기가 그의 몸에 정면으로 부딪혀 옷 속의 피부가 단단히 긴장했다. 저 앞의 안개 속에서 섬이 거대한 바위성당처럼 수평선 위로 솟아올랐다. 애벌론 외곽의 건물들과 커다란 보트들이 눈에 들어오기 시작했다. 마을의 상징적인 건물인 카지노의 둥근 진흙 지붕이 이제 선명히 보였다.

매케일렙은 고개를 돌려 선미 쪽을 바라보았다. 육지는 보이지 않고, 안개 같은 스모그만 보였다. 육지 위에 매달린 스모그는 마치 '이리로 오지 마시오!'라고 경고하고 있는 것 같았다. 매케일렙은 스모그에서 벗어날 수 있게 된 것이 기뻤다.

그는 잠시 크리민스를 생각했다. 자신이 멕시코에서 한 일에 대해 후회는 없었다. 경찰에 사실을 밝힐 생각도 없었다. 자기 자신만을 위해서가 아니었다. 그래시엘라와 레이먼드는 크리민스와 서른여섯 시간을 함께 있었다. 놈이 두 사람을 신체적으로 해치지는 않았지만, 두 사람에게는 마음의 상처를 치유하고 나쁜 기억을 잊을 시간이 필요했다. 매케일렙은 경찰들이 또 나타나 질문을 던져대는 것이 두 사람에게 도움이 될 것 같지 않았다. 그래시엘라도 같은 생각이었다.

선교에서 그는 조종실을 내려다보며 몰래 두 사람을 지켜보았다. 레이먼드는 갑판에 고정된 의자에 앉아 자그마한 두 손으로 낚싯대를 쥐고 있었다. 그래시엘라는 그 옆에 서서 의자를 붙들어주었다. 매케일렙이 할 수만 있다면 아이의 낚싯대 앞으로 커다란 청새치를 불러왔을 것이다. 하지만 그는 걱정하지 않았다. 앞으로 물고기를 잡을 시간은 아주 많았다.

그래시엘라가 그의 시선을 느꼈는지 그를 올려다보았다. 두 사람은 친밀한 미소를 교환했다. 그래시엘라가 그를 향해 그런 미소를 지을 때면 그의 심장이 멎는 것 같았다. 너무 행복해서 가슴이 아플 정도였다.

이번에 배를 타고 나온 것은 시험용이었다. 배가 아니라 두 사람의 관계를 시험하기 위한 항해. 그래시엘라의 말에 따르면 그랬다. 그녀는 지금까지 일어났던 일과 그가 한 행동, 다른 사람들은 죽고 그만 살아남은 이유 등에 얽힌 고통스러운 기억을 극복할 수 있는지 시험을 해보자고 말했다. 특히 글로리아의 죽음이 가장 중요했다. 두 사람은 글로리아의 죽음 역시 마음속 한구석에 밀쳐두었다가 필요할 때만 꺼내볼 수 있을 만큼 자신들이 나아갈 수 있는지 보기로 했다.

매케일렙의 처지에서는 그 이상을 바랄 수 없었다. 그가 원한 것도 이렇게 기회를 한 번 얻는 것뿐이었다. 그리고 이제 그 기회를 잡았다는 사실을 생각하면, 그래시엘라에 대한 자신의 믿음이 보답을 받은 것 같은 기분이 들었다. 아주 오랜만에 처음으로 그는 삶의 목적을 생각할 수 있게 되었다.

그는 다시 앞쪽을 바라보며 항로를 점검했다. 언덕 위에 종탑이 보이고, 그 옆에 작가 겸 운동선수인 제인 그레이가 살던 집의 지붕이 보였다.

아름다운 마을이었다. 매케일렙은 빨리 고향에 도착해서 두 사람에게 구경시켜주고 싶어 몸이 근질거렸다.

　그는 선미 쪽을 한 번 더 흘깃 바라보았다. 바람 때문에 그래시엘라는 머리를 뒤에서 하나로 묶고 있었다. 그는 아름다운 곡선을 이룬 그녀의 목덜미를 유심히 살펴보았다. 최근 그는 거의 신앙에 가까운 기분을 느끼고 있었기 때문에, 이런 기분이 자신을 어디로 이끌지 혼란스러웠다. 하지만 걱정스럽지는 않았다. 그건 결코 중요한 문제가 아니라는 걸 알기 때문이었다. 그가 믿는 건 그래시엘라 리버스였다. 그는 그녀를 내려다보면서 그녀야말로 자신이 버티고 설 수 있는 반석 같은 존재임을 믿어 의심치 않았다.

〔끝〕

: 감사의 말 :

《블러드 워크》는 소설이지만, 친구 테리 핸슨과 이야기를 하다가 아이디어를 얻어 쓰게 된 작품이다. 핸슨은 1993년 밸런타인데이에 심장이식 수술을 받았다. 그가 그런 수술을 받은 뒤 생긴 감정적, 신체적 변화에 대해 솔직하게 말해준 것이 고맙다.

나는 또한 이 소설을 쓰는 동안 내게 충고와 전문지식을 제공해준 모든 사람에게도 감사의 뜻을 전하고 싶다. 혹시 이 책에 실수가 있다면 그건 내 잘못이다. 내가 특히 감사하고 싶은 사람들은 다음과 같다. 날 참아준 린다와 캘리. 최면수사 기술을 내게 가르쳐준 전직 LA 경찰 윌리엄 가이다. 카브리요 마리나와 그곳의 배들을 구경시켜준 짐 카터. 그 밖에 전직 FBI 요원인 진 릴, 컴퓨터 황제인 스콧 앤더슨, 제1 포수인 래리 설키스, 내가 240장에 달하는 원고를 못 쓰게 만들어버린 뒤(일부러 한 짓이다!) 나더러 처음부터 다시 시작하라고 설득한 스승님 스콧 아이먼에게도 감사한다.

542

작품을 쓰는 동안 원고를 읽고 생각을 이야기해준 사람들은 필자와 이 작품 모두에게 커다란 도움이 되었다. 메리 코넬리 러벨, 수전 코넬리, 제인 코넬리 데이비스, 조얼 고틀러, 브라이언 립슨, 필립 스피처, 에드 토머스, 빌 저버, 멜리사 루커, 클린트 이스트우드가 그들이다(하모니카를 연주해준 조얼에게 특히 감사한다). 편집을 맡은 마이클 핏시는 여느 때와 마찬가지로 방대한 원고를 매끄럽게 다듬는 놀라운 솜씨를 발휘했다.

마지막으로 내가 이야기를 계속 쓸 수 있게 책을 팔아주는 서적상들에게 다시 한 번 감사한다.

마이클 코넬리, 로스앤젤레스

블러드 워크

1판 1쇄 발행 2009년 11월 9일
1판 5쇄 발행 2014년 5월 15일
2판 1쇄 인쇄 2015년 5월 20일
2판 1쇄 발행 2015년 5월 27일

지은이 마이클 코넬리
옮긴이 김승욱

발행인 양원석
본부장 송명주
편집장 김지연
책임편집 한지은
해외저작권 황지현, 지소연
제작 문태일, 김수진
영업마케팅 김경만, 곽희은, 윤기봉, 우지연, 김민수
　　　　　　 장현기, 이영인, 송기현, 정미진, 이선미

펴낸 곳 ㈜알에이치코리아
주소 서울시 금천구 가산디지털2로 53, 20층 (가산동, 한라시그마밸리)
편집문의 02-6443-8847　　**구입문의** 02-6443-8838
홈페이지 http://rhk.co.kr
등록 2004년 1월 15일 제2-3726호

ISBN 978-89-255-5644-4 (03840)

RHK 는 랜덤하우스코리아의 새 이름입니다.